# Die Köchin und der König

Petra Gabriel wuchs in Stuttgart und am Bodensee auf. Seit 1982 lebt sie mit ihrer Familie am Hochrhein. Über fünfzehn Jahre lang war sie Redakteurin in der Lokalredaktion des Südkurier in Bad Säckingen, die meiste Zeit als stellvertretende Leiterin. Seit 2004 arbeitet sie als freiberufliche Journalistin und Schriftstellerin. Petra Gabriel ist Autorin von bisher fünf historischen Romanen: »Zeit des Lavendels«, »Die Gefangene des Kardinals«, »Waldos Lied«, »Der Kartograph« und »Die Konkubine«. Im Emons Verlag erschienen außerdem die Kriminalromane »Tod am Hochrhein« und »Alemannischer Totentanz« sowie »Der Klang des Regenbogens«, ein Mystery-Roman. Ein weiterer Hochrheinkrimi ist in Vorbereitung.
www.petra-gabriel.de

Dieses Buch ist ein Roman, und alle darin geschilderten Ereignisse sind frei erfunden. In besonderem Maße gilt das für Handlungen und Äußerungen der auftretenden oder erwähnten Personen, auch wenn einige von ihnen nicht der Phantasie der Autorin entsprungen sind.

Im Anhang finden Sie die (Liebes-)Rezepte Mathildes, die Lieder Steinmars, ein Glossar (Begriffe und Orte) sowie ein Verzeichnis der realen Personen.

PETRA GABRIEL

# Die Köchin und der König

HISTORISCHER ROMAN

emons:

FSC
www.fsc.org
MIX
Papier aus verantwortungsvollen Quellen
FSC® C083411


Umschlaggestaltung: Tobias Doetsch
Druck und Bindung: CPI – Clausen & Bosse, Leck
Printed in Germany 2011
ISBN 978-3-89705-887-3
Historischer Roman
Originalausgabe

Unser Newsletter informiert Sie
regelmäßig über Neues von emons:
Kostenlos bestellen unter
www.emons-verlag.de

Für Mulle und Krümel.
In Liebe.
Und weil wir zusammen so schöne Geschichten gemacht haben.

# Prolog

Die Nacht war zu hell. Aber sie konnten die Übergabe nicht verschieben. Das dreifach gefaltete Leinen war hier nicht mehr sicher. Der lederne Beutel mit dem Grabtuch, den er unter dem weißen Überwurf mit dem roten Kreuz verborgen hielt, glühte wie Feuer und brannte wie Eis. Als würde ihm das Antlitz des Gekreuzigten durch Leder, Harnisch und Kettenhemd hindurch in die Haut gesengt. Der Vollmond, dessen Licht sich im Gekräusel des Wassers brach, zog ein Gesicht. Eine Böe wehte ihm den Geruch des Meeres in die Nase, diese Mischung aus Salz, Tang und toten Fischen. Vom Hafen auf der anderen Seite der Landspitze drangen Geräusche zu ihm herüber. Poltern, Klappern, Knarren, noch verstärkt durch den Hall, den das Wasser erzeugte. Wahrscheinlich wurde dort trotz der späten Stunde ein Schiff entladen. Dem Mondstand nach musste es weit nach Mitternacht sein.

Der Tempelritter tastete zum hundertsten Mal nach dem Bündel. Es war so leicht und wog doch so schwer. Das Stück Stoff, das sorgsam in Kalbsleder eingenäht, verschnürt und versiegelt worden war, stand für die Zukunft der Christenheit. Und ausgerechnet er musste es hüten, bis der Mann kam, der es fortbringen würde.

Er erschauerte und zog die Schultern hoch. Wieso erschien der Händler nicht? Er drückte sich noch etwas mehr ins Dunkel einer Nische in den Mauern von Akkon und zog die Kapuze seines Mantels über die lockigen, nackenlangen Haare. Sein Gesicht war nun nicht mehr zu erkennen. Das Kreuz auf seiner Brust verschwamm zu einer Ahnung. Er kauerte sich auf seine Fersen, presste den Rücken an die Mauer. Nun drang ihm die Kühle der mächtigen Quadersteine durch Mark und Bein. Er hörte den unmelodischen Ruf eines Sturmvogels. Als eine Ratte über seinen linken Fuß huschte, hätte er beinahe aufgeschrien.

War da noch ein anderes Geräusch? Der Tempelritter richtete sich auf und beugte sich etwas vor. Er kniff die blauen Augen zusammen. Doch er sah nichts als den Himmel und die See, spürte nichts als den Druck der Buckelquadersteine gegen seinen Steiß, hörte nichts als die Brandung, die in stetem Rhythmus gegen die Steine klatschte. Nein, er hatte sich geirrt. Ein Mondstrahl erfasste den reich verzierten Griff seines Schwertes.

»Ihr solltet vorsichtiger sein und im Schatten der Mauern bleiben, mein Freund. Der Schatz, den Ihr tragt, ist zu kostbar, um ihn leichtfertig aufs Spiel zu setzen«, raunte ihm plötzlich eine Männerstimme ins Ohr.

Der Templer fuhr herum. Er hatte noch nicht einmal das Kollern eines Steines gehört, obwohl an dieser Stelle der Uferbefestigung viel Geröll lag. »Wo kommt Ihr denn her? Seid Ihr ein Geist?« Seine Stimme war die eines jungen Mannes, noch weich, mit dem Nachhall des Stimmbruchs. Er hatte den Akzent der Franzosen. Neugierig musterte er den Ankömmling. Er sah einen älteren Mann, um die vierzig vielleicht. Dann erst entdeckte er den kleinen Kahn, der ein ganzes Stück weiter westlich auf den Wellen schaukelte.

Der Mann lachte leise. »Von irgendwo und nirgends. Habt Ihr das Geräusch meiner Ruder nicht gehört? Ihr solltet wirklich besser auf Euch achten. Ihr seid wohl noch nicht lange im Heiligen Land? Hier gibt es viele Geister. Nach der abgesprochenen Parole habt Ihr mich auch noch nicht gefragt.«

Der Templer kniff die Lippen zusammen und starrte ihn prüfend an. Vom Gesicht des Mannes war außer dem Geflecht von Fältchen um die Augen, wenn der Mond einmal kurz hinter den Wolken hervorkam, nicht viel zu erkennen. Der Händler hatte den Stoff seines Turbans nach der Art der Nomaden bis unter die Augen gewickelt. Er war einfach gekleidet, um nicht zu sagen ärmlich. Sein weiter Umhang, aus einem robusten Baumwollstoff gefertigt, wirkte schon fadenscheinig. Darunter trug er einen knöchellangen Kaftan, der ihm viel Bewegungsfreiheit ließ. Dieser Mann sah aus wie ein armer orientalischer Händler, wie einer unter vielen. Er würde nicht auffallen. »Dann nennt die Parole«, forderte er ihn barsch auf.

Sein Gegenüber hatte die Musterung ungerührt über sich ergehen lassen. Er streckte die Hand aus. »Gebt mir, was Ihr mir geben sollt.«

Der Templer zuckte zurück, als wollte er seinen Schatz nun doch nicht hergeben. Er wirkte wie ein Liebender, der seine Liebste nicht loslassen kann. »Erst die Parole«, forderte er.

»Für Gottes Reich.« Der Mann zischte die Worte mehr, als dass er sie sprach.

Der Templer verneigte sich leicht. »Gestattet, dass ich mich vorstelle. Thiéry –«

Der Händler unterbrach ihn mit einer brüsken Handbewegung. »Lasst das. Es ist nicht wichtig, wer Ihr seid oder wer ich bin. Je weniger wir übereinander wissen, umso besser. Jetzt zählt nur, was Ihr mir zu übergeben habt.«

»Wo bringt Ihr es hin?«

»Auch das müsst Ihr nicht wissen. Wer nichts weiß, kann nichts verraten.«

Der Tempelritter packte den Händler ärgerlich an der Schulter, doch dieser schüttelte die Hand lässig ab. »Ich sagte es doch, Ihr seid noch nicht lange im Heiligen Land und wisst noch nichts von den Folterkünsten der Männer von Sultan Baybars. Unter ihren Händen redet jeder. Gebt es mir. Wir halten uns schon viel zu lange hier auf.«

»Nicht hier.« Er brach ab. »Folgt mir. Um das Boot kümmere ich mich später.«

Der Händler lachte leise. »So stimmt es also, was manche sagen. Die Tempelherren haben von ihrer Festung aus unter dem Quartier der Pisaner hindurch einen Gang gegraben.«

Der Templer schaute ihn erschrocken an. »Das sagen die Leute?«

»Gemach, gemach. Niemand weiß etwas Genaues. Doch so ein Bau lässt sich nicht verbergen. Es macht Lärm, ein Loch durch den Felsen zu treiben, egal, wie vorsichtig die Arbeiter auch sein mögen. Nun rätseln die Leute, wo die geheimen Eingänge liegen. Doch sie wissen es nicht. Wenn sie es wüssten, hätte ich davon gehört. Aber ich werde es ja nun erfahren, nicht wahr?« Erneut erklang dieses leise Lachen. »Macht Euch keine Sorgen, junger Tempelherr. Ich kann schweigen. Oder warum, glaubt Ihr, hat Euer Großmeister mich gerufen?«

Statt einer Antwort griff der Templer hinter sich und zog zwei Kienspäne aus einer Mauerspalte hervor. »Kommt.«

Er drückte gegen die Quader, ein Grollen ertönte, und eine Öffnung tat sich in dem für den Blick von Unkundigen fest zusammengefügt erscheinenden Mauerwerk auf. Erst als sie durch die Öffnung geschlüpft waren, gab er dem Händler eine der Fackeln. Dann entzündete er beide.

Die Flammen beleuchteten ein tonnenförmiges Gewölbe. Die Steine der Wände und Decken waren glatt behauen, der Boden bestand aus blankem Fels.

Sie waren etwas mehr als tausend Fuß gegangen, als der Templer seinen Begleiter leise anwies, die Fackel zu löschen. Erneut machte er sich an Steinquadern zu schaffen, erneut rollte ein Teil der Mauer wie von Geisterhand zur Seite.

»Wartet, ich habe vorhin gehört, wie ein Schiff entladen wurde.« Er spähte hinaus. »Nein, das muss im großen Hafen gewesen sein. Hier ist alles ruhig.«

»Wo sind wir?«

»In der Nähe des inneren Hafens. Dort vorne ist die Karawanserei. Es scheinen alle fest zu schlafen. Ich sehe kein Licht. Habt Ihr ein Reittier?«

Der Mann nickte. »Es steht vor den Stadtmauern, gut versteckt. Gebt mir jetzt, was Ihr mir geben sollt.«

Der Templer zögerte einen Moment. Schließlich zog er ein längliches, schmales Bündel aus seinem Mantel und reichte es behutsam weiter. »Ihr müsst –«

»Ich kenne den Weg.« Der Mann nahm das Paket, verstaute es in seinem Gürtel und wandte sich ohne ein weiteres Wort um. Er tauchte ein ins Gewirr der Gassen. Die Brandung des Mittelmeeres übertönte seine Schritte; die See sang der letzten Hochburg der Kreuzfahrer im Heiligen Land ein beständiges Wiegenlied. Doch der Eindruck des Friedens trog.

Der Mond verbarg sein Gesicht hinter Wolken. Der Händler duckte sich. Er musste ungesehen an den Schiffen vorbeikommen, die im Hafen dümpelten. Nichts rührte sich. Offensichtlich schliefen inzwischen selbst die Wachen, die an Bord zurückgelassen worden waren. Er schlug einen Haken in westliche Richtung. Die Häuser standen im Venezianischen Viertel dicht an dicht. Wie ein Schatten tauchte er immer wieder in die Dunkelheit schmaler Durchgänge. Nach einer Weile wandte er sich gen Norden, verließ das Viertel der Venezianer, passierte das Hospital des Deutschen Ordens, hielt kurz inne, brummte etwas, schüttelte den Kopf und ging weiter.

Der Mond erschien wieder hinter seinem Wolkenvorhang. Auf einen Schlag wurde es heller. Das war nicht gut. Glücklicherweise war es nicht mehr weit bis zur kleinen Pforte, auf die er zusteuerte. Sie lag in der Nähe eines Wehrturms in der nordöstlichen Wehrmauer und war selbst im Mondlicht kaum auszumachen. Er klopfte leise. Die schmiedeeiserne Tür schwang quietschend auf.

Er hielt inne und neigte lauschend den Kopf. Nichts.

»Kannst du nicht vorsichtig sein?«, raunte er dem Wächter zu, der ihm die Pforte aufgeschlossen hatte. Dann griff er unter seinen Umhang und drückte dem Mann einen Beutel in die Hand. Die Münzen darin klimperten leise.

Der Wächter wog den Beutel in der Hand, nickte und zerrte eine lange Leiter hinter einigen aufgeschichteten Steinen hervor. Gemeinsam schoben die beiden Männer sie über den breiten und tiefen Wassergraben, der vor dem doppelten Wall der Mauern von Akkon lag und die Stadt zusätzlich vor Angriffen aus dem Hinterland schützte. Dann balancierte er vorsichtig darüber, immer darauf bedacht, nicht in den Abgrund zu blicken, der unter ihm gähnte. Schließlich war er am anderen Ufer angekommen. Er wandte sich noch einmal kurz um, nickte dem Wächter zu und verschwand schließlich zwischen den vereinzelt stehenden Büschen der Ebene im Norden der Stadt.

Der Wächter blickte ihm nach, während er den Beutel mit Bakschisch erneut in der Hand wog. Er war schwer genug. Also war er bereit zu vergessen. Andererseits – Baybars, der große Mamluk, war bekannt dafür, dass er gut für eine solche Nachricht zahlte. Und zwei Beutel waren besser als einer.

Der Händler zog eine zierliche Eselin am Zügel hinter einem Gestrüpp hervor. Er steckte das Paket in die Satteltasche und schwang sich auf den Rücken des Reittieres. Seine Füße berührten fast die Erde. Mit einer Gerte schlug er der Grauen aufs Hinterteil. Die setzte sich eher widerwillig in Bewegung und fiel in einen kurzen Trab. Der Händler drehte sich einmal kurz um. Akkons Mauern wirkten abweisend. Als trauerte St. Jean d'Acre, nun seit etwa vierzig Jahren die behelfsmäßige Hauptstadt des Königreichs Jerusalem, um ihre Schwester Jerusalem, die gefallene Perle, die noch immer in den Händen der Ungläubigen war.

Er zog den Stoff vor seinem Gesicht noch ein wenig höher. Seine scharfen Augen musterten unablässig die Gegend, während er sich immer weiter von den trutzigen Mauern entfernte. Doch er konnte keine Verfolger ausmachen. Er sah nichts als das weich gewellte, zum Horizont hin hügelige Land von Kanaan.

Der Morgen dämmerte bereits, als er die Festung auf dem hohen Felssturz erblickte. Die großen Quadersteine leuchteten im Morgenrot. Er nickte zufrieden. Montfort kauerte sich wie ein junger Adler in sein Nest. Wer ohne Zustimmung der Burgbewohner dort hinaufwollte, würde es schwer haben. Das Tuch war sicher in der Bastion des Deutschen Ordens. Doch er musste sich beeilen, um ungesehen in die Burg zu kommen. Der Himmel im Osten wurde schnell heller. Bald würde die Sonne sich vollends über den Horizont geschoben haben.

Morgen würde er noch einmal aufbrechen und eine letzte Reise mit dem Heiligen Tuch antreten, ehe es dann für lange Zeit hinter den sicheren Mauern von Montfort verschwand. Er hatte es Rudolf versprochen, es ihm mit dem Heiligen Eid der Marianer geschworen. Albrecht, der Habsburger, wartete in seinem Grab zwischen Akkon und Tyros darauf, dass er es ihm zeigte. Auch um das Leinen mit dem Antlitz Christi zu schützen, war Albrecht vor über dreißig Jahren ins Heilige Land gezogen. Und viele mit ihm. Er hatte es nie gesehen. Doch morgen würde er es zu ihm bringen, würde er es ihm auf die Brust legen. Für einen kurzen Moment nur, in der Hoffnung, dass Albrecht dadurch der Vergebung der Sünden teilhaftig wurde und Eingang fand ins Paradies.

Und dann würde er den Sohn Gottes um seinen Segen für das Haus Habsburg anflehen. Zur Mehrung des Ruhmes dieses kämpferischen Geschlechts. Und um Schutz und Schirm für Rudolf, den Sohn Albrechts, auf dessen Weg zum Thron.

# I

Das rhythmische Trommeln, unterbrochen vom Klatschen von Lederriemen auf nackter Haut, war zu hören, lange bevor der Zug durch das Waldshuter Osttor kam. Es übertönte sogar das Prasseln der mit Schneegriesel und kleinen Hagelkörnern vermischten Regentropfen auf dem Lehmboden. Die ersten Schaulustigen erschienen oder hingen neugierig in den Fenstern. Mathilde seufzte. Die Feuchtigkeit hatte bereits den Weg durch ihren Hemdausschnitt und den Rücken hinunter gefunden. Ihr Umhang aus grober Wolle war vollgesogen und schützte sie nicht mehr vor dem nasskalten Novemberwetter. Bei dem Gedanken an die Prozession, die sich da dem Stadttor näherte, bekam sie zusätzlich eine Gänsehaut. Sie wollte das nicht sehen. Eine Mischung aus Ekel und Faszination trieb sie dennoch vorwärts, sie drängte sich durch die Gaffer, um besser sehen zu können. Der tagelange Dauerregen schlug jedem auf die Stimmung. Und der Zug der Büßer versprach immerhin eine Abwechslung.

Anfangs hatte sie wegen der Trommeln einen Überfall des Neuenburgers befürchtet. Doch dessen Männer kamen mit Schwertern, Lanzen, Äxten und nagelbewehrten Knüppeln, nicht mit Peitschen. Die Angst ging um in Waldshut. Es gab Gerüchte, dass der Bischof von Basel plante, die Stadt seines Erzfeindes Rudolf von Habsburg dem Erdboden gleichzumachen. Wer sollte ihn auch zur Rechenschaft ziehen? Der Landfrieden war lange dahin. Und die Großen nahmen keine Rücksicht auf die Kleinen, auf ein paar Tote, Zerstückelte oder Waisen mehr, wenn es darum ging, ihre Streitigkeiten auszutragen und ihre Schäfchen ins Trockene zu bringen. Waldshut war zwar befestigt, aber noch eine junge Siedlung, erst vor etwa zwanzig Jahren als Tor über den Rhein zu den Besitzungen des Habsburgers und nach Klingnau gegründet. Die Stadt hatte dem Neuenburger nicht viel entgegenzusetzen. Es gab nur eine kleine Wachmannschaft.

Eine Hand tippte ihr von hinten auf den Rücken. Mathilde fuhr herum.

»Willste die Hühner nun oder nich? Entscheide dich, Mädchen, die Geißler kommen«, herrschte die dicke Bäuerin sie an. Sie war Mathilde nachgekommen. Die Frau brannte wohl darauf, ihre Siebensachen zusammenzupacken, um sich das Spektakel in Ruhe anzuschauen. Mathilde blickte zurück zum Marktplatz. Auch die anderen Händler kramten eiligst ihre Waren zusammen. Im Gefolge der Flagellanten streifte Gelichter durchs Land, das wusste jeder. Diebe, die einen Apfel schneller als ein Augenzwinkern in ihren Taschen verschwinden lassen konnten.

Mathilde zuckte die Schultern. Was blieb ihr anderes übrig. Die vier Hühner in den Holzkäfigen der Bäuerin waren dünn, zwei davon weit jenseits des Alters, in dem sie noch Eier legen konnten. Es würde schwer werden, aus diesem zähen Federvieh eine zarte Speise zu bereiten. Ihr guter Ruf stand auf dem Spiel. Und der des Gasthofs »Zum Salm«, fügte sie der Vollständigkeit halber hinzu. Dort kochte sie seit vier Wochen. Sie hatte sich als Küchenmagd verdingen müssen, um nicht zu verhungern.

Sie gab seufzend ihren guten Platz auf und ging zurück zum Stand der Bäuerin. Dort prüfte sie noch einmal die mageren Hühner. Sie sahen noch immer alt und zäh aus. Doch ausgerechnet für diesen Abend hatte sich überraschend eine Gesellschaft adeliger Herren angekündigt. Und andere Vögel würde sie heute wohl nicht mehr finden. Hoffentlich bekam sie keine Prügel vom Salmwirt, weil sie keine besseren Tiere brachte.

»Was is nun? Weißte endlich, wasde willst?« Die Stimme der Bauersfrau wurde noch eine Spur ruppiger. Mathilde nickte ergeben. Warum nur bestand der Salmwirt darauf, dass sie die Waren einzig von dieser Bäuerin bezog? Er hatte wohl einen Handel mit ihr abgeschlossen.

Die Bäuerin sah Mathilde streitlustig an und stopfte die flatternden, wild kreischenden Hühner in deren Korb. Die neue Magd im Salm würde schon noch begreifen, wie die Dinge lagen.

Sie musterte sie ungeniert. Die Kleine war entschieden zu ansehnlich, drall an den richtigen Stellen, mit dem unschuldigen Gesicht eines Engels. Doch sie hatte es offenbar faustdick hinter den Ohren. Denn die rauchgrauen großen Augen mit den grünen Sprenkeln hielten ihrem Blick ohne das geringste Anzeichen von Unsicherheit stand. Trotz des regennassen Umhangs reckte sie sich sogar noch ein wenig höher auf und hob energisch das kleine Kinn mit dem Grübchen. Haselnussbraunes lockiges Haar ringelte sich unter ihrer Mantelkapuze hervor und bildete einen reizvollen Kontrast zur Farbe der Augen unter den schmalen Brauen. Eine davon zog sie spöttisch hoch. Ob dieses Mädchen wirklich so selbstsicher war, wie es sich gab?

Die Bauersfrau strich sich mit der Hand über ihr durchnässtes Kopftuch, als wollte sie ihre Haare richten. Dann wurde ihr Blick tückisch. Baldur würde seiner neuen Magd gehörig die Leviten lesen, wenn er die Hühner sah. Und anschließend dafür sorgen, dass er nicht übervorteilt wurde. Das Winterholz hatte er, wie abgemacht, schon geliefert. Deshalb würde er sich von ihr auf andere Weise entschädigen lassen. Wie sie ihn kannte, noch in dieser Nacht. Doch diesen Preis zahlte sie gerne. Baldur war zwar nicht gerade zartfühlend, aber er war ansehnlich ausgestattet und so unermüdlich wie ein guter Zuchtbulle. Nach einem letzten Blick auf das Mädchen wandte sie sich ab.

Mathilde ergriff den Henkel des Korbs mit den Hühnern und hob ihn hoch. Die Vögel protestierten gackernd. Da entdeckte sie den Zug, der nun das Stadttor passierte. Vorneweg stapfte ein Trommler durch den Matsch. Er drosch im Takt des Herzschlages mit einem Schlegel aus dem Oberschenkelknochen eines Menschen auf eine aufgeblasene Schweinsblase ein. Neben ihm marschierte ein Predigermönch in einer löchrigen Kutte von undefinierbarer Farbe. Kreischend und gestenreich beschwor er alle Qualen der Hölle und forderte milde Gaben für die Büßer.

Immer mehr Schaulustige strömten herbei, um sich dieses Spektakel anzusehen. Es würde noch über Tage viel Gesprächsstoff liefern. Ausgemergelte Gestalten, alle barfuß, wateten müde durch den aufgeweichten Lehmboden, in den sie an manchen Stellen knöcheltief einsanken. Der Lehm gab jedes Mal ein protestierendes Schmatzen von sich, wenn ein Fuß wieder herausgezogen wurde. Nach einer Weile murrten die Umstehenden enttäuscht. Es war wie immer. Die wirklich guten Flagellanten, die, die sich richtig heftig geißelten, dass das Blut nur so über den Oberkörper strömte, bevorzugten die größeren Orte. Dort war mehr zu holen. Das hier war noch nicht einmal ein mittelmäßiger, es war ein kläglicher Zug. Nur etwa fünfzehn Büßer schlugen sich im Rhythmus der Schweinsblase den nackten Rücken wund. Die Körper der Vorüberziehenden waren von einer grauen Mischung aus Matsch, Kot und Pisse bedeckt, egal, ob Mann oder Frau. Sie waren nicht besonders gut. Nur wenige Blutstropfen zogen Schlieren durch die klebrige Dreckschicht.

Ach ja, die Basler und die Freiburger waren andere Geißler gewohnt, hörte man. Solche, die kräftig draufhauten und herrlich durchdringend stöhnten, die verzweifelt mit den Augen rollten oder wenigstens Schaum vor dem Mund hatten. Diese Gestalten hier hatten Augen wie tote Fische, ihr Stöhnen wirkte unecht. Da waren Tricks und betäubende Kräuter im Spiel. Das merkte selbst Mathilde.

Die Hühner in ihrem Korb gackerten bei dem Lärm wieder Zeter und Mordio. Da blieb Mathildes Blick an einer Frau im Zug der Geißler hängen. Sie war hochgewachsen, bis auf die Knochen abgemagert und schon sehr alt. Weit über vierzig Jahre, schätzte sie. Ihre nackten Brüste hingen schlaff und faltig herab und zitterten bei jedem Schlag. Mathilde bemerkte, dass einige Männer wollüstig grinsten. Ihr lief erneut ein Schauer über den Rücken. Die dunklen Augen im hohlwangigen Gesicht der Büßerin glühten wie Kohlen. Ihre mageren Arme führten die Geißel mit schier unglaublicher Kraft. Sie murmelte unentwegt etwas vor sich hin. Aber was, das war nicht zu verstehen. Als sie vorbeizog, sah Mathilde, dass an den Riemen ihrer Geißel scharfe Metallsplitter befestigt waren. Der magere Rücken, an dem man jede Rippe abzählen konnte, war eine einzige Wunde.

Das gefiel den Leuten. Sie pfiffen und jubelten ihr zu. Hinter dem Verhalten der Frau steckte bestimmt eine schreckliche Sünde. Dafür gaben die Gaffer gerne einen Obolus. Verschmutzte Kinder mit laufenden Rotznasen sammelten die Gaben ein. Kohlköpfe flogen in den Matsch vor dem Zug, ein Stück gesalzener Fisch segelte hinterher und verschwand blitzschnell in einem Beutel.

»Gib ein Huhn für ein Vergelts Gott«, krähte eine heisere Kinderstimme. Gleichzeitig spürte Mathilde einen schmerzhaften Kniff am Unterarm. Die Umstehenden blickten sie erwartungsvoll an.

»Los, gib dem Kleinen ein Huhn«, zischte eine Frau.

Der Knirps, ein Junge von etwa vier Jahren, hatte sich siegessicher vor Mathilde aufgepflanzt. Doch die wand sich. »Tut mir leid, die Hühner gehören mir nicht. Ich habe nichts, was ich dir geben kann.«

Von hinten spürte sie einen derben Stoß, der sie fast umgeworfen hätte, von vorne fauchte der Kleine zurück: »Sollst tausend Jahre in der Hölle schmoren!« Die Umstehenden feixten.

Plötzlich fühlte sich ihr Korb ziemlich leicht an. Mathilde hob das Tuch. Verdammt, während der Kleine sie vorne verfluchte, hatte ein anderer von hinten eines der Hühner gestohlen. Verteufelte Diebesbrut. Nun würde sie selbst hungern müssen. Salmwirt Baldur hatte kein Mitgefühl, wenn es um sein Eigentum ging, jeder Verlust wurde ohne Wenn und Aber von dem wenigen abgezogen, das er seinen Bediensteten zugestand.

Mathilde schossen die Tränen in die Augen. »Diese verwünschte, gottverdammte Hurensatansbrut«, schimpfte sie leise vor sich hin – und trat so wütend in eine Pfütze, dass der Matsch ihren Umhang hochspritzte. Sie versuchte, den Dreck abzuwischen, doch das machte die Sache nur schlimmer.

»Werte Jungfer, könntet Ihr bitte zuerst von meinen malträtierten Zehen steigen und dann Euren Umhang reinigen?«

Mathilde schaute erschrocken auf – direkt in die braunen Augen eines etwas korpulenten, mittelgroßen Mannes.

»Oh, verzeiht, Herr.« Hastig und verlegen hob Mathilde ihren Fuß.

»Es war mir ein Vergnügen, holde Maid«, meinte der Mann mit einem Kratzfuß. »Passt nur auf, dass Euch der Teufel nicht wirklich in sein Feuer holt.« Er lachte schallend, als er Mathildes erschrockenes Gesicht sah. »Nun, so schlimm isses auch wieder nicht. Wenn jeder, der flucht, in die Hölle käme, wäre dort kein Platz mehr für die wirklichen Sünder.«

»Ich weiß«, gab Mathilde schluchzend zurück. »Aber mein Huhn. Das verdammte Diebespack! Diese Satansbraten haben mir ein Huhn gestohlen.«

»Ah ja, fast hätte ich es vergessen.« Der Mann hielt ihr ein flatterndes und zeterndes Bündel hin. Es war ihr Huhn, das er an den Füßen gepackt hielt.

»Oh Herr, ich danke Euch. Die Heilige Jungfrau Maria möge Euch für Eure gute Tat belohnen!« Mathilde strahlte den Fremden dankbar an, die Grübchen in ihren Wangen wurden tiefer. In den Augen des Mannes glomm mit einem Mal ein Funke auf, den sie von der Arbeit im Wirtshaus inzwischen nur allzu gut kannte. Ihr Lächeln gefror.

»Oh, ich wüsste schon eine Belohnung«, erklärte er anzüglich.

Mathilde wollte gerade eine patzige Antwort geben, da hörte sie hinter sich eine zweite Stimme rufen: »Nogger von Klingnau, das werde ich Eurem Weib sagen. Ihr seid doch sonst nicht auf Abenteuer aus.«

»Das war doch nur ein Scherz. Die kleine Wachtel hier ist schon sehr verführerisch, ich wollte sie jedoch nur ein wenig aufmuntern«, knurrte der Gerügte.

»Stimmt, ansehnlich ist sie, unsere holde Maid. Ein wenig dreckig, aber ansonsten ist alles dran. Kleine Wachtel. Hm. Das passt. Zumindest, soweit ich das bisher sehen kann«, bestätigte der Mann in Mathildes Rücken. Ein Lachen schwang in seiner Stimme. »Außerdem gebührt die Belohnung ohnehin mir, mein Freund. Ich habe den kleinen Hühnerdieb erwischt.«

Der Mann namens Nogger hob beide Hände. »Habt ja recht, Herr Steinmar. Ich gebe mich geschlagen. Die Wachtel hier ist Euer.«

Steinmar? Der berühmte Minnesänger vom Schloss in Klingnau? Eine kräftige Männerhand wirbelte Mathilde herum, und sie blickte in die blauesten Augen, die sie je gesehen hatte. Die ganze Angelegenheit war ihr unendlich peinlich. Sie tat das Einzige, was ihr in diesem Moment einfiel. Sie packte Huhn und Korb und ergriff die Flucht.

»Unsere Freundin ist nicht nur drall und proper, sondern auch flink«, flachste der Blauäugige. »Ach, da fliegt sie nun davon und …«

Mehr konnte sie nicht mehr verstehen.

Mathilde kochte innerlich. Sie merkte nicht, wie sie bei ihrem Lauf in weitere Pfützen trat und der Matsch erneut an ihr hochspritzte. Nun gut, die Männer hatten ihr Huhn gerettet. Sie müsste eigentlich dankbar sein.

Trotzdem. Hoffentlich taten dem Dicken jetzt kräftig die Zehen weh. Und der andere, puh! Kleine Wachtel? Drall und proper? Unverschämtes Pack! Ach, die Männer waren doch alle gleich, ob zwischen Linnen geboren oder im Stall.

Nur die blauen Augen und dieser spöttische Blick wollten ihr einfach nicht aus dem Sinn. Seine Augen waren so blau, so leuchtend und ebenso durchsichtig wie der Himmel an einem sonnigen Frühlingsmorgen. Ihr war, als sei das Himmelsblau direkt in sie hineingetröpfelt.

Mathilde hielt inne und wandte sich um. Vielleicht hatte die hochgewachsene Frau im Zug auch einmal zu tief in die blauen Augen eines Mannes geschaut. Vielleicht war sie darauf schwach und sündig geworden. Zögernd und dann immer forscher ging Mathilde einige Meter zurück. Die beiden Männer waren inzwischen in der Menge der Schaulustigen verschwunden.

»Kommt nach Mitternacht an die Hintertür des Salm«, rief sie der Frau zu. »Das ist die Schenke beim Stadttor da vorne. Ich kann Euch jetzt nichts geben, doch vielleicht dann.«

Die Frau hob müde den Kopf, und Mathilde erschauerte. Sie hatte noch niemals Augen so voller Leid gesehen.

»Ich danke Euch«, flüsterten ihre blassen Lippen. »Ich werde kommen.« Dann schritt sie ruhig weiter. Jeder Herzschlag ein Schwung, jeder Trommelschlag ein Klatschen der eisenbewehrten Riemen auf blutiges Fleisch.

Es war noch still im Haus, als Mathilde vorsichtig durch die Hintertür in den Gasthof schlich. Baldur und seine Frau ließen sich am Morgen Zeit. Heute gab es auch keine Übernachtungsgäste. Mathilde packte den Korb etwas fester und brachte die Hühner nach hinten zum Stall. Dort fand sie sicher Martin. Der Knecht würde sie für sie schlachten, wenn sie ihn darum bat. Sie brachte das einfach nicht übers Herz.

Beim Gedanken an den Stallknecht wurde Mathilde warm ums Herz. Er war ein großer Mann, mächtig wie ein Bär. Und er sah auch so aus. Sein dunkler borstiger Bart bedeckte fast das ganze Gesicht. Sein Blick war finster. Anfangs hatte Mathilde sich vor ihm gefürchtet. Doch dann hatte sie beobachtet, wie liebevoll und sanft er mit den beiden Kutschgäulen im Stall des Salmwirtes umging. Als wären die Rösser seine Brüder. Inzwischen waren sie Freunde.

Außer Martin hatte Mathilde in den vier Wochen, in denen sie nun als Küchenmagd im Salm diente, noch zwei Freunde gewonnen. Der eine war ein räudiger, schon fast zahnloser Straßenköter mit klugen, traurigen Augen und einem Fell so struppig wie Martins Bart. Sie gab ihm hin und wieder Knochen und Essensreste, an denen er mit seinen wenigen Zähnen glücklich kaute. Dann war da noch eine junge, halbwilde Katze. Sie ließ sich nicht streicheln, doch sie kam immer wieder und beobachtete Mathilde mit zusammengekniffenen grünen Augen bei der Arbeit und hielt den Hof von Mäusen frei.

Martin hatte Mathilde schon kommen sehen – und vermutlich die Hühner gehört, die im Korb wieder ein Höllenspektakel veranstalteten. Er kam ihr entgegen, runzelte die Stirn, als er des Federviehs ansichtig wurde, und verschwand mit dem Korb im Stall, ohne ihre Bitte um Hilfe abzuwarten. Mathilde hörte die Tiere zetern, dann brach der Lärm ab. Nicht lange danach drückte er ihr den Korb mit den toten Vögeln in die Hand.

Sie transportierte sie eiligst ins Küchenhaus. In Waldshut hatten neben dem Salmwirt auch schon einige andere Leute diese Neuerung. Natürlich war die Brandgefahr auch an der ausgelagerten Kochstelle immer noch hoch, doch wenn es nun dazu käme, würde nicht gleich das ganze Wirtshaus in Flammen aufgehen. Der Stallknecht folgte ihr unaufgefordert.

Über den glühenden Holzkohlen in der Vertiefung des steinernen Kamins hing ein Kessel mit kochendem Wasser. Es war Mathildes Aufgabe, das Herdfeuer niemals ausgehen zu lassen und immer dafür zu sorgen, dass heißes Wasser da war. Das bedeutete auch, dass sie jede Nacht mehrmals aufstehen musste, um nachzulegen, im günstigsten Fall wie diesen Morgen Holzkohlen aus einem der umliegenden Meiler. Es gab viele Köhler im dichten Wald auf den Hügeln. Holzkohle brannte länger als Scheite, selbst die minderwertige Ware, die Baldur besorgte. Trotzdem war sie ihm oft zu teuer.

Manchmal übernahm auch Martin die Arbeit des Nachlegens, dann konnte sie einmal eine Nacht durchschlafen. Allerdings nur bis gegen fünf Uhr im Winter und vier Uhr im Sommer. Die wenigen Reisenden, die auf ihrem holprigen Weg Richtung Westen im Salm Station machten, weil sie nach Laufenburg zur Brücke über den Rhein oder mit der Fähre über den Fluss und weiter nach Brugg wollten, brachen zumeist mit der Morgendämmerung auf. Es war Mathildes Pflicht, sie zu versorgen.

Noch immer war es still im Haus. Mathilde wurde die Ruhe langsam unheimlich. Sie brühte die Hühner eilig ab und begann, sie zu rupfen. Die Federn packte sie sorgsam in einen Sack, um sie nach dem Trocknen noch zu verwenden. Die Daunen dienten als Füllung für Kissen und Decken, die starken brachte sie Martin. Er schnitzte daraus Federkiele. Der Stallknecht konnte zwar nicht schreiben, verdiente sich aber so ein Zubrot. Zum Dank half er ihr beim Rupfen der Hühner. So auch heute. Zusammen waren sie in einer halben Stunde fertig.

Mathilde kokelte mit einem Stück Holzkohle die Haare von der Hühnerhaut. Dann nahm sie die Vögel aus, wusch sie und warf sie in den Wasserkessel über dem Feuer. Martin legte Holz nach, und das Wasser brodelte auf. Beim Kochen bildete sich weißer Schaum, den Mathilde zunächst abschöpfte. Danach kamen Rüben- und Selleriewürfel, ein Becher getrocknete Pimpernelle, vier Knoblauchzehen, eine große Zwiebel, etwas Eberraute, Kardamom und Majoran hinzu. Später würden noch einige Safranfäden folgen, um die Suppe schön gelb zu machen. Falls der Salmwirt sie herausrückte. Safran war teuer.

Dazu würde es Fladenbrot geben. Der Teig stand seit rund zwei Stunden zugedeckt auf dem Tisch in der Nähe des Herdfeuers. Das Wirtshaus zum Salm war für sein würziges Fladenbrot inzwischen fast ebenso bekannt wie für seine Hühnersuppe, sein Griebenschmalz und seine Geflügel- und Wildpasteten. Es hatte sich in Windeseile herumgesprochen, dass die neue Magd etwas vom Kochen verstand. Und heute sollte nun zum ersten Mal eine adlige Gesellschaft kommen. Es erstaunte Mathilde deshalb, dass Baldur immer noch nicht aufgetaucht war. Bei seinem Weib wunderte sie das weniger. Die Salmwirtin würde bald niederkommen.

Martin war am Eingang des kleinen Kochhauses stehen geblieben. Er lehnte an der Türzarge und sah Mathilde stumm zu, wie sie die Fladenbrote formte und sie in den Ofen schob. Der zahnlose Hund hatte sich ebenfalls eingefunden. Weder Mann noch Hund ließen Mathilde auch nur für einen Augenblick aus den Augen. Beide sahen zu, wie sie den vorbereiteten Pastetenteig aus einer Schüssel nahm. Der wurde ausgerollt und kam in die gefettete Form. Dann machte sie sich an die Zubereitung der Füllung. Sie bestand aus den fein gehackten rohen Hühnerinnereien, vermischt mit Eiern, altem Brot, zerhackten Knoblauchzehen, einer Prise Bachminze, getrocknetem Beifuß, kräftig Muskat, zerstoßenem getrocknetem Bertram und Quendel sowie einer Prise des kostbaren Salzes. Später, wenn die Hühner fertig gegart waren, würde sie noch das ausgelöste und zerstampfte Fleisch hinzufügen.

»Erst die Gegensätze machen das Essen rund«, murmelte Mathilde. Sorgsam hob sie das Tuch von einem Steintiegel, fuhr mit dem Holzlöffel hinein und holte eine genau bemessene Menge Honig heraus, mit der sie die Füllung süßte. Dann schüttete sie noch etwas Apfelessig und einen kräftigen Schuss Gebrannten aus Zwetschgen in die Pastetenmasse. Anschließend walkte sie mit ihren kleinen, kräftigen Händen alles energisch durch. Zur Pastete würde es Mathildes besondere Soße aus Preiselbeermus geben.

Sie war so in ihre Arbeit vertieft, dass sie alles um sich herum vergaß. Martin beobachtete, wie sich ihr sonst oft so trauriges und verschlossenes Gesicht entspannte. Mathilde liebte, was sie tat. Er fand, dass sie aussah, als bete sie.

Da erhob sich ein Heidenlärm im Haus. Die aufgeregten Stimmen von mehreren Männern und Frauen schallten zum Küchenhaus herüber. Mathilde schaute auf und versteifte sich.

»Mathilde, Martin! Heilige Radegund, wo steckt denn dieses stinkfaule Gelichter schon wieder!«

Mathilde wischte sich die Hände am Rock ab, schürzte ihn und stürzte in Richtung Haus. Die Erfahrung hatte sie gelehrt, dass sie sich besser beeilte, wenn der Salmwirt in dieser Stimmung war.

»Leuteschinder«, knurrte Martin in seinen Bart.

»Da seid ihr ja endlich. Mein Weib ist tot, und ihr lungert herum! Liederliches Pack! Man sollte euch das Fell über die Ohren ziehen.«

Mathilde war erschrocken. Damit hatte sie nicht gerechnet. Obwohl es nichts Ungewöhnliches war, viele Frauen starben im Kindbett. »Mein Beileid«, murmelte sie und verstummte.

Sie nahm Baldur den trauernden Witwer nicht ab. Auch wenn er jetzt zwei Tränen im Augenwinkel zerquetschte, als er fortfuhr: »Und mein Sohn ist auch tot.« Dann wurde er sofort praktisch. »Martin, schaff die Schankmagd her. Dann zimmere den Sarg. Im Schuppen sind Bretter. Und du, faules Stück, kümmere dich schon mal um Bier und Wein. Bald kommen die Trauergäste, diese verdammten Schmarotzer. Nimm den Wein von der hinteren rechten Seite des Vorratskellers.«

Mathilde wusste, das war der schlechtere.

Baldur seufzte noch einmal theatralisch. »Ich brauch jetzt Ruhe.« Er machte eine Pause, dann musterte er sie von oben bis unten. »Heut Nacht, wenn der Salm zumacht, werden wir mal ein Wörtchen miteinander reden.«

Mathilde begriff sofort, was das bedeutete. Ihr wurde übel. Baldur verlor keine Zeit, er wusste schon, wer demnächst sein Bett wärmen sollte. Nun, da musste er sich eine andere suchen. Sie machte, dass sie davonkam. Martin ebenfalls.

»Hast du was vom Tod der Wirtin bemerkt?«, fragte er.

Mathilde schüttelte den Kopf. »Wenn du nachts nachlegst, schlafe ich ja nicht hier im Haus, sondern in meinem eigenen Bett.« Wer weiß, wie lange noch, dachte sie dann, und eine Klammer legte sich um ihr Herz.

»Tust wohl auch gut daran, im eigenen Bett zu bleiben«, erwiderte er.

Mathilde sah ihn erstaunt an. Martin machte selten persönliche Bemerkungen.

»Soll ich aufpassen, wenn du schläfst?«, fragte er.

Sie schüttelte erneut den Kopf und wurde rot. Martin hatte also auch verstanden, worum es ging. Sie schämte sich.

In einem Moment der Ruhe beobachtete Mathilde neugierig die Gäste durch den Vorhang, der den Hinterausgang verbarg. Dicker Qualm aus dem Kamin vernebelte den Raum, der Abzug musste dringend gereinigt werden. Der säuerliche Geruch von Wein, von Bier und von Menschenschweiß vermischte sich mit dem Pastetenduft. In der Wirtsstube ging es hoch her, als wären Baldurs Sohn und sein Weib nicht gerade erst gestorben. Die Trauergäste hatten den ganzen Tag über einen Humpen Bier und einen Krug Wein nach dem anderen geleert. Mathilde musste zusätzliche Fladenbrote backen und hatte es außerdem noch irgendwie geschafft, die Suppe, die Pasteten und die Soße für die angekündigte Abendgesellschaft fertig zu bekommen.

Es war inzwischen bald Mitternacht. Wo die hohen Herren nur blieben? Sie spürte einen Luftzug. Ah, jetzt ging die Tür auf.

Mathilde beobachtete, wie der Wirt vor den hochgestellten Gästen dienerte und diese in gebückter Haltung zu einem freien Tisch führte. Die anderen Gäste gafften mit offenen Mündern. Eilig und mit niedergeschlagenen Augen servierte Mathilde die vorbereiteten Speisen und machte dann, dass sie davonkam. Wieder nahm sie ihren Beobachtungsposten hinter dem Vorhang ein, um die späten Gäste in Ruhe zu betrachten.

Es war eine Runde von fünf Männern. Dieser Nogger war dabei, der Klingnauer vom Vormittag. Neben ihm saß ein großer Hagerer in schlichtem Wams auf der Holzbank. Seine hervorstechendsten Merkmale waren seine Hakennase und die leicht hängende, wulstige Unterlippe. Er genoss offensichtlich die besondere Achtung seiner Tischgenossen. Immer wenn er das Wort ergriff, schwiegen die anderen respektvoll. Seine Stimme war sonor, klang angenehm. Doch das war es nicht, was ihm die ungeteilte Aufmerksamkeit bescherte. Von diesem Mann ging große Autorität aus. Schon allein wie er dasaß, wie er sich bewegte. Jede Geste zeigte, dass er es gewohnt war zu befehlen. Er langte nur mäßig zu, trank wenig. Dieser Mann aß, furzte und rülpste sogar vornehmer als andere Leute, fand Mathilde. Die anderen am Tisch nannten ihn Graf Rudolf. Heiliger Eusebius, das musste der Habsburger sein! Die Leute behaupteten, er sei geizig. Vielleicht trug er deshalb einen so schmucklosen Rock, dunkel wie der Kittel eines einfachen Mannes.

Dann war da noch einer, den sie Heinrich riefen. Das war wohl der schwarze Minorit, der Vertraute des Grafen, von dem alle sprachen, Heinrich von Isny. Das grobe Gesicht, das kantige Kinn, die breiten Schultern – auf den ersten Blick wirkte er auf Mathilde wie ein Bauer oder Handwerker. Sein Vater war Bäcker oder Schmied gewesen, sagten die Leute. Manche glaubten, er sei mit dem Teufel im Bunde. Oder wie sonst konnte es sein, dass ein Niemand so hoch aufstieg? Seine Kutte war aus gutem, festem Stoff gefertigt. Trotz seiner Zugehörigkeit zu den Bettelbrüdern sprach er dem Wein kräftig zu, wohl nicht nur an diesem Abend. Er hatte Besenreiser auf den Wangen und auf der Nase. Es gab welche, die behaupteten, er habe ein höllisches Temperament. Nun ja, auch in der Kutte der kleinen Brüder des heiligen Franziskus steckten halt Menschen. Seine Augen wirkten wach, sie sahen viel.

Mathildes Blick wanderte über den runden Bauch nach unten. Doch der Tisch war zu hoch. Sie konnte den Gürtel nicht sehen, von dem der Minorit seinen Spitznamen hatte. Die Leute nannten ihn Knoderer, den Gürtelknopf. Wo Rudolf sich zeigte, da war auch der Gürtelknopf nicht weit. Er war der Einzige, dem der Graf traute, hieß es. Bei den ganzen Raubzügen, die er in den letzten Jahren unternommen hatte, tat der Habsburger wahrscheinlich auch gut daran, überall Feinde zu wittern. Er war weiß Gott nicht zimperlich, wenn es darum ging, sich Hab und Gut eines anderen Mannes anzueignen.

Den Vierten, der neben dem Mönch hockte, konnte Mathilde nicht sehen. Er wurde von Baldur verdeckt. Außerdem war da noch einer, den sie den Tettinger nannten. Er hatte eine Fistelstimme, goss den Wein nur so in sich hinein und war schnell völlig betrunken. »Man reiche mir mehr von dieser wundervollen Pastete, man gebe mir mehr von dieser schmackhaften Soße, damit ich mein Lied darauf reimen kann. Zeigt mir die Köchin dieser edlen Speisen. Bringt mir die Fee der Kochlöffel, damit ich ihr mit meinen Versen einen Lorbeerkranz flechten kann«, brüllte er mit schwerer Zunge. »Schickt sie uns, schickt sie uns, schickt sie uns …«

Mathilde kicherte leise. Sie fand es erstaunlich, dass dieser Mann trotz seines beachtlichen Weinkonsums noch so lange Sätze bilden konnte.

»Wirt, warum versteckt Ihr diesen Küchenschatz vor uns? Bringt sie her!«

Ein Mann nach dem anderen fiel ein. »Bringt sie her, bringt sie her«, grölten die Gäste und hämmerten im Takt auf die Tische, bis die Schankstube dröhnte. Magdalen, die Schankmagd, machte große Kuhaugen. Baldur dienerte und rieb sich mit dem Ärmel den Schweiß von der Stirn. Mathilde wäre am liebsten in Grund und Boden versunken.

Sie wollte sich gerade heimlich davonstehlen, als der Salmwirt sie entdeckte. »Dirne, komm her. Die Herren ham geruht, deine Pasteten zu loben«, brüllte er. »Komm sofort, sonst mach ich dir Beine!«

Schüchtern trat sie vor den Vorhang. Das rhythmische Hämmern der Fäuste wurde bei ihrem Erscheinen noch lauter. Mathilde war dieses Aufsehen um ihre Person mehr als unangenehm. Sie war sich ihres verdreckten Rocks nur allzu bewusst. Ihr Haar duftete nicht wie das einer feinen Dame, sondern stank nach Fett, Essensdünsten und dem Rauch des Herdfeuers. Einige Strähnen hatten sich unter ihrem Kopftuch aus dem hüftlangen Zopf gelöst und hingen ihr ins Gesicht. Sie kam sich so hässlich und linkisch vor. Aber ein wenig stolz war sie auch. Sie ahnte nicht, wie bezaubernd sie in ihrer Verlegenheit wirkte.

»Zu viel der Ehre, zu viel der Ehre«, murmelte Baldur unentwegt und ging ein wenig zur Seite, um Mathilde an den Tisch zu lassen, an dem die erlauchte Runde saß. Sie stockte mitten im Schritt. Da war er wieder. Steinmar, der Mann mit den blauesten Augen der Welt. Er war offenbar ebenfalls ziemlich betrunken und hatte die Arme auf den Tisch gelegt. Sein für seine Körpergröße wuchtiger Schädel ruhte darauf. Als sie näher kam, hob er den Kopf und blickte sie so durchdringend an, als wäre sie eine Ziege mit sechs Beinen. Zumindest kam es Mathilde so vor.

Zum zweiten Mal tat sie an diesem Tag etwas, was so gar nicht ihre Art war. Sie ergriff erneut die Flucht.

Im Gehen hörte sie, wie die Männer hinter ihrem Rücken grölend lachten. Das hast du nun von deinem Hochmut, Mathilde von Waldshut, dachte sie. Aber geschmeckt hatte es den hohen Herren doch. Obwohl sie sonst sicherlich viel Besseres aufgetischt bekamen. Da fühlte sie, wie jemand von hinten grob nach ihrem Zopf griff.

Der Salmwirt zerrte seine Küchenmagd außer sich vor Wut an den Haaren zurück zum Tisch der hohen Herren. »Was fällt dir ein! Rennst weg wie eine Blöde. Mach einen ordentlichen Knicks und sag Danke für das Lob, wie es sich geziemt. Obwohl dir so viel Wertschätzung gar nicht zukommt. Müsst wissen, sie ist nichts als eine dumme Metze, die ich aus dem Dreck gezogen habe, weil sie niemanden mehr hatte. Hab sie mühsam angelernt. Und jetzt wird sie aufsässig. Verzeiht, hohe Herren, werd ihr nachher tüchtig das Fell gerben.«

Mathilde griff nach ihrem Zopf, um sich loszureißen. In ihren Augen stand das blanke Entsetzen. Sie wusste, Baldur würde seine Worte wahr machen. Doch der Salmwirt hatte die Kraft eines Ochsen. Sie kam nicht los, sosehr sie auch zerrte.

»Lasst das Mädchen los. Sofort!« Der lange Graf war aufgesprungen. Sein blasses Gesicht war nur leicht gerötet, doch jeder konnte den Zorn spüren, den er nur mühsam im Zaum hielt. »Ihr seid selbst nichts als ein ungehobelter Rüpel. Sie ist eine Künstlerin in ihrem Fach. Wie könnt Ihr ein schwaches Weib so niederträchtig behandeln. Egal, woher sie kommt.«

Baldur stand wie erstarrt. Dann ließ er langsam Mathildes Haare los.

Die hatte bisher keinen Ton von sich gegeben. Nun sank sie wimmernd auf den gestampften Lehmboden. Sie fühlte eine sanfte Hand an ihrer Schulter und eine zweite unter der Achsel, die sie hochzog und wieder auf die Beine stellte. Blaue Augen blickten in ihre grauen. »Hab keine Angst, Mädchen«, flüsterte der Mann, den sie Steinmar nannten. »Werd nicht erlauben, dass er dich prügelt.« Er strich ihr sanft über die Haare. Jede Pore von Mathildes Kopfhaut schmerzte vom groben Zerren an ihrem Zopf. Dieses Streicheln tat unendlich wohl.

Sie hob den Blick. Der mittelgroße Mann vor ihr war nicht mehr jung, aber auch noch nicht alt, nicht sonderlich muskulös, aber mit kräftigen Schultern. Sie sah blonde Haare, die sich an der Stirn schon etwas lichteten, schaute in das Gesicht mit der in kühnem Schwung zur vollen Oberlippe strebenden Spitze einer beachtlichen Hakennase. Es war ein Gesicht, in dem der lustige Lebenswandel vieler Jahre in Form von Fältchen um die Augen seine Spuren hinterlassen hatte. Ihr Blick wanderte über die roten Äderchen der Wangen und das energische Kinn. Sie bemerkte die fleischige Unterlippe, die sie unwillkürlich vermuten ließ, dass sie es hier mit einem sinnlichen Menschen zu tun hatte. Für wenige Sekunden fühlte sie einen Körper an dem ihren, der sich in so manchem Kampf bewährt hatte. Sie spürte den kleinen Bauch, aber auch die Muskeln seiner Schenkel. Vor ihr stand ein Mann, der das Leben genoss. Der spotten konnte, trinken, kräftig zulangen, wüten, töten. Und lieben.

In diesem Moment war sie verloren. Ihr Herz raste. Das war er. Der Mann, dem sie folgen würde bis ans Ende der Welt. Falls er es wollte. Doch was sollte ein Ritter wie er schon mit einer dummen Küchenmagd? Sie senkte die Lider. »Danke, Herr«, murmelte sie. Mehr brachte sie nicht heraus.

Seine Antwort kam ebenso leise. »Gern geschehen, kleine Wachtel.«

Auch Martin war inzwischen in den Schankraum gekommen. Er hatte das Toben des Salmwirtes bis in den Stall gehört und fasste Mathilde nun sanft bei den Schultern, um sie hinauszuführen.

»So gehört diese Maid wohl dir, schwarzer Mann?«, fragte Steinmar. »Behandle sie gut, sie ist ebenso viel wert wie pures Gold.«

Martin musterte ihn für einen kurzen Moment, erwiderte aber nichts.

Mathilde wusste später nicht mehr genau, warum, aber sie straffte die Schultern, rieb sich mit dem Ärmel die triefende Nase ab und wischte sich die Tränen aus dem Gesicht. Dann sagte sie stolz, mitten hinein in diese blauen Augen: »Ich bin kein liederliches Weibsbild. Ich bin frei geboren und gehöre keinem Herrn. Nur dem, der unser aller Herr ist.« Damit verließ sie zusammen mit Martin den Raum. Mit erhobenem Haupt, wie eine Königin.

»Das wirst du mir büßen. Warte nur, wenn ich heute Nacht zu dir komme«, raunte ihr der Salmwirt im Hinausgehen ins Ohr.

Noch bevor sie draußen war, krampfte ihr die Furcht den Magen zusammen. Sie wusste nicht, wie es nun mit ihr weitergehen würde. Vielleicht musste sie ja als Bettlerin durch das Land ziehen. Mathilde schauderte. Es gab so viel Gesindel, für das die Ehre eines Mädchens nicht mehr wert war als eine Handvoll Dreck. Eines allerdings wusste sie sicher: dass sie dieses Wirtshaus verlassen und niemals wieder hierher zurückkehren wollte.

Stumm schritt Mathilde an der Seite von Martin ins Küchenhaus. Sie trat an den Milchtopf, schöpfte mehrere Kellen daraus in den Kessel, der nun leer neben der Herdstelle stand, und hängte ihn wieder über die Glut. Dann holte sie zwei hölzerne Becher und tat jeweils einen großen Löffel Honig hinein. Darüber schüttete sie wenig später die Milch. Einen Becher reichte sie Martin, am anderen nippte sie selbst. Die Wärme tat gut. Heiß und süß floss die Milch ihre Kehle hinab, füllte den Magen, wärmte ihn und löste den Knoten der Furcht. Langsam hörte Mathilde auf zu zittern.

Martin hielt seinen Becher, trank einige Male und beobachtete sie stumm. Ebenso wie die streunende Katze, die auf ihren nächtlichen Jagdzügen einen Halt im Küchenhaus eingelegt hatte. Auch der Straßenköter war erschienen.

Da nahm Mathilde eine kleine Holzschale und füllte eine ganze Kelle von Baldurs Milch hinein. Die Katze kam vorsichtig näher. Dann leckte sie begeistert. Die winzige rosa Zunge tauchte blitzschnell in die Flüssigkeit und verschwand dann im Mäulchen unter den Schnurrbartspitzen.

Der Hund blickte mit seinen gelben Wolfsaugen begehrlich zum Napf der Katze hinüber, doch er machte ihr die Milch nicht streitig. Mathilde nahm den Rest der Hühnerbrühe, die sie für ihr eigenes Essen morgen in einem Steintopf zur Seite gestellt hatte, und füllte damit einen weiteren Napf. Sie brockte einige Stücke Fladenbrot hinein, sodass sie schön weich wurden und der alte Hund sie trotz seiner Zahnlücken gut fressen konnte. Das letzte Fladenbrot legte sie zusammen mit dem letzten Stück Pastete auf den Tisch und schaute hinüber zu Martin. »Vor der Hintertür des Salm wartet eine Geißlerin aus dem Zug. Ich habe versprochen, ihr etwas zu essen zu geben. Ich kann nicht bleiben. Ich muss gehen, bevor das Wirtshaus schließt und Baldur Zeit für mich hat. Kannst du es für mich tun?«

Martin nickte. »So, gehst also. Für immer.« Es war keine Frage. »Soll ich dich in dein Haus begleiten?«

Mathilde schüttelte den Kopf. »Das ist nicht nötig, es sind nur wenige Schritte. Ich bin nicht in Gefahr, solange Baldur mit den Gästen beschäftigt ist. Und später? Ich weiß es nicht. Ich muss erst mal nachdenken. Keine Sorge, ich werde schon einen Weg finden, wie ich da wieder herauskomme. Gehab dich wohl. Und alles Gute, lieber Freund. Sag Baldur, dass ich die Milch gestohlen habe. Damit du keine Scherereien bekommst.«

»Ich komm schon zurecht«, erklärte Martin bestimmt, ohne das Gesicht zu verziehen.

Mathilde nahm ihren Umhang und schlüpfte hinein. Dann ging sie. Sie empfand kein Bedauern, den Salm zu verlassen. Aber Martin, den Hund und die Katze würde sie vermissen.

Die Katze ließ den Rest der Milch stehen und folgte ihr auf leisen Pfoten. Der räudige Köter schien ebenfalls zu ahnen, dass Mathilde nicht wiederkehren würde. Mit einem letzten, bedauernden Blick verließ er seinen zu noch fast einem Viertel gefüllten Napf. Aber sein Verlangen, bei diesem Menschen zu sein, war stärker als die Gier. So tappte auch er hinter ihr her. Martin rührte sich nicht, er schaute ihr nur nach.

Draußen atmete Mathilde tief die Nachtluft ein. Es war ein leichter Wind aufgekommen. Er hatte Lücken in die Wolkendecke geblasen, durch die der Mond schien und die Sterne glitzerten. Mathilde fiel bei ihrem Anblick eine große Last von der Seele.

Sie hörte ein Scharren, dann wurde sie von hinten umfasst, und ein Gewicht so schwer wie ein Mühlstein hing an ihr. Sie konnte ihm nicht standhalten und fand sich unversehens auf ihrem Hintern im Matsch wieder. Der Griff löste sich. Fluchend rappelte sie sich hoch und wandte sich um. Das Gewicht war ein Mann gewesen. Der saß ebenfalls im Matsch und fand die Angelegenheit zum Schreien komisch. Er wälzte sich grölend im Dreck, bis er von oben bis unten voller Lehm war. Dann krabbelte er auf allen vieren zu Mathilde und hangelte sich an ihren

Kleidern hoch in eine mehr oder weniger aufrechte Stellung. Eher weniger. Der saure Geruch von Wein schlug ihr entgegen.

»Isch werde retten, schschschöne Maid«, versprach Steinmar voller Überzeugung und schwankte. Er war inzwischen vollends betrunken. Beinahe wäre er wieder zu Boden gestürzt.

Mathilde seufzte. »Wo sind Eure Kumpane?«, fragte sie.

»Ggggegangen«, erwiderte er und strahlte sie an, als wäre sein Benehmen das Natürlichste der Welt.

»Und wo geht Ihr jetzt hin, Herr?«, erkundigte sich Mathilde.

»Mit dir. Musch dich retten«, erklärte Steinmar mit schwerer Zunge.

Mathilde begriff, dass sie keine andere Wahl hatte. Wenn sie ihn hierließ, würde er in der Nacht vielleicht erfrieren, bezecht wie er war. Dabei hatte er vorhin in der Gaststube doch noch ganz vernünftig gewirkt. Männer! Sie hatte jedenfalls schon oft von unfreiwillig erfrorenen Trunkenbolden gehört. Außerdem klarte es auf. Sie konnte den Schnee und den Frost schon riechen. Also packte sie den völlig berauschten Ritter und schleppte ihn mehr schlecht als recht in ihr Haus. Dort setzte sie ihren Gast zunächst in einer Ecke ab, wo er sofort schnarchend einschlief, und betrachtete ihn eine Weile. Er wirkte irgendwie … zufrieden, wie er da so kauerte. Sie holte Kissen und Decken, legte sie auf den Boden und rollte ihn mühsam darauf. Er grunze nur kurz, schmatzte und schlief selig weiter. Mathilde fiel ein, dass dieser Mann nicht nur für seine Lieder berühmt war, sondern auch für sein außerordentlich aufbrausendes Temperament, das hervorbrach wie ein Gewitter. Das war kaum zu glauben, wenn man sah, wie er so dalag, friedlich wie ein Kind.

Sie stieg die knarrende, enge Holztreppe hinauf in ihre Kammer, um selbst ein wenig zu ruhen. Sie musste einen klaren Kopf bekommen, überlegen, was sie jetzt tun sollte.

Sie konnte nicht in Waldshut bleiben. Der Salmwirt würde darauf bestehen, dass sie ihren Teil des Vertrages erfüllte. Er hatte ihr erlaubt, Feuerholz in seinem Wald zu sammeln und sich einmal in der Woche einen Liter Milch von seiner Kuh zu holen. Alle zwei Jahre ein neues Gewand, alle drei ein neues Paar Schuhe und zu Weihnachten ein Viertel von einer Gans sowie ein kleines Fässchen Wein. Vom schlechteren natürlich. Dafür arbeitete Mathilde für ihn als Küchenmagd. Das war der Handel. Solche Verträge waren bindend. Wer sie brach, den trafen schwere Strafen. Doch Mathilde wusste, sie würde nicht wieder in den Salm gehen. Komme, was da wolle.

Aber wo sollte sie hin? Einfach alles im Stich lassen? Oder ihren Stolz hinunterschlucken, ein zweites Mal zu ihrem Onkel gehen und erneut um Hilfe bitten? Vielleicht konnte sie ihm ihr Verhalten erklären, und er beschützte sie wenigstens vor Baldurs Nachstellungen. Er hatte die Macht dazu, er war immerhin der Schultheiß von Waldshut. Doch als sie nach dem Tod der Mutter an seine Tür geklopft und um Hilfe angefragt hatte, war sie rundweg abgewiesen worden. Er verkehre nicht mit Lumpen und Schacherern und auch nicht mit deren missratenen Bälgern, hatte er erklärt. Sie war wie vor den Kopf geschlagen gewesen. Mathilde wusste, es hatte zwischen dem Vater und ihm vor langer Zeit einen bösen Streit gegeben. Aber sie gehörte doch zur Familie, wie konnte er sie da abweisen, jetzt, wo sie niemanden sonst mehr hatte? Vielleicht half er jetzt dennoch. Er musste einfach. Und sei es nur, damit die Verfehlungen der Nichte nicht auf ihn zurückfielen. Schließlich wäre es als Familienoberhaupt seine Pflicht gewesen, sich um sie zu kümmern. Trotz des Zwistes mit dem Bruder. Es musste ihr irgendwie gelingen, ihm das klarzumachen.

Von unten tönte Steinmars lautes Schnarchen in ihre Kammer. Nun, vor diesem Mann war sie jedenfalls sicher. Sein Schnarchen war eigentlich sogar ein schönes Geräusch. Sie fühlte sich nicht mehr ganz so einsam. Außerdem, gestand sie sich unwillig ein, fand sie es schon fast schade, dass sie von Steinmar nichts zu befürchten hatte. Mit diesem Gedanken und einem Lächeln auf dem Gesicht glitt sie hinüber in den Schlaf der Erschöpften.

## II

Steinmar blickte nachdenklich auf das schlafende Mädchen in den Kissen hinunter. Ihr Gesicht war rosig. Die dunklen Wimpern wirkten wie kleine Fächer. Er verstand nicht, wie sie in ihrer Lage lächeln konnte. Aber er fand die kleinen Grübchen hinreißend, die dieses Lächeln in ihre Wangen zauberte, ebenso verführerisch wie das Grübchen in ihrem Kinn. Wie übrigens das ganze Mädchen, das zudem eine begnadete Köchin war. Am liebsten hätte er sie ständig angeschaut. Die Flechten des dicken haselnussbraunen Zopfes hatten sich etwas gelockert, einige kürzere Locken umrahmten ihr ovales Gesicht. Sie sah so unschuldig aus. Gleichzeitig war sie die Verführung selbst. Sie hatte sich im Schlaf etwas freigestrampelt, die Zehen eines nackten Fußes schauten unter der Decke hervor. Unter dem Hemd zeichneten sich ihre jungen, runden Brüste ab, hoben und senkten sich bei jedem ihrer ruhigen Atemzüge. Steinmars Gesicht wurde weich und straffte sich sogleich wieder, als er eine wohlbekannte Regung verspürte.

Dann wurde sein Ausdruck nachdenklich. Er war sich noch immer unsicher, hatte sich nur widerwillig auf den Plan eingelassen. Was sollte ein Mädchen in ihrem Alter schon ausrichten können? Heinrich von Isny hatte als Erster vorgeschlagen, sich die neue Wunderköchin des Salm genauer anzuschauen, von der so viele schwärmten. Und dem Minoriten widersprach man nicht so leicht. »Sie ist Mathias' Tochter«, hatte er gesagt. »Und gutes Essen öffnet die Herzen und macht die Menschen gesprächig.«

Das Essen war wirklich vorzüglich gewesen. Und jetzt, wo er sie kennengelernt hatte, war er fast geneigt, dem von Isny recht zu geben. Womöglich war sie doch nützlich. Sie hatte einen wachen Verstand. Andererseits: Sie war zu jung. Eigentlich viel zu jung, um in die Fußstapfen des Vaters zu treten. Und die Nagelprobe kam erst noch. Nun, so würde er eben abwarten, wie das Urteil der Herrin von Klingnau ausfiel. Ihre Meinung würde den Ausschlag geben. Eine Frau konnte eine andere immer besser einschätzen als ein Mann.

Nach dem, was am Abend im Wirtshaus geschehen war, würde er sie nun auch nicht mehr überreden müssen, nach Klingnau zu gehen. Wenn er es richtig bedachte, war alles besser gelaufen als erwartet. Die Umstände spielten ihnen das Mädchen in die Hände. Sie würde froh sein, von hier fortzukommen. Natürlich durfte sie von dem Plan zunächst nichts wissen. Es war vorerst besser, wenn sie nicht erfuhr, dass sie einander nicht zufällig begegnet waren.

Sie war verteufelt anziehend. Es würde nicht einfach für ihn werden, sich zurückzuhalten. Er hatte ihren Blick gesehen. Sie war noch so unschuldig, hatte noch nicht gelernt, ihre Empfindungen zu verbergen. Doch er musste standhaft bleiben. Vielleicht gelang es besser, wenn er sich vor Augen führte, dass er selbst ihr Vater sein könnte. Zudem hatte er immer peinlich darauf geachtet, seine Buhlschaften und seine Pflichten getrennt zu halten. Das würde auch weiter so bleiben. Sein Herz gehörte ohnehin schon lange einer anderen.

Nein. Keine Gefühle. Auf keinen Fall. Gefühle machten die Zusammenarbeit zu einem Eiertanz. Frauen, deren Gefühle gekränkt wurden, taten manchmal die verrücktesten Dinge und waren für das unauffällige Auskundschaften unbrauchbar. Das würde alles verderben. Er verdrängte die leise Stimme, die ihn aufforderte, sie zu streicheln, ihre duftige, verschlafene Wärme an seiner Haut zu spüren, in diesen kleinen nackten Zeh zu beißen …

Er fasste nach ihrer Schulter und schüttelte sie unsanft.

Sie fuhr hoch. Zuerst war sie völlig schlaftrunken, nachgiebig und warm unter seiner Hand. Anfangs begriff sie nicht, wer der Mann war, der da an ihrem Bett stand. Dann sah er, wie die Erinnerung kam. Ihre grauen Augen mit den grünen Sprenkeln darin wurden klarer, sie funkelte ihn an. Gleich darauf wurde sie feuerrot und zog die Zudecke bis unters Kinn.

»Ich werde dir kein Leid zufügen, kleine Wachtel. Ich schwöre es bei meiner Ehre als Ritter.« Bei diesen Worten legte er die Hand auf sein Herz. »Ich warte unten auf dich.«

Mathilde spürte wieder dieses verwirrende Ziehen im Bauch. Er hat so kluge, warme Augen, dachte sie und wünschte sich für einen Moment, dass er sein Ehrenwort nicht halten möge.

Sie stand auf. Im Schlaf hatten sich die Haare aus ihrem Zopf gelöst. Sie flocht ihn hastig neu und holte ein Übergewand aus festem dunklen Leinenstoff mit einer hohen Taille und fein gearbeiteten Borten aus dem Kleiderkasten. Es hatte ihrer Mutter gehört und zeugte davon, dass die Familie einmal wohlhabend gewesen war. Sie hoffte, dass sie darin erwachsener wirkte. Über die Schultern legte sie ein braunes wollenes

Tuch, das ebenfalls noch von ihrer Mutter stammte, und schlüpfte in ihre Schuhe. Sie hatte sie selbst aus einem Stück Leder gefertigt und war sehr stolz darauf. Gut, sie wirkten nicht besonders elegant, waren vielleicht etwas schief genäht, aber sie waren eindeutig als Schuhe zu erkennen. Außerdem erinnerten sie sie bei jedem Schritt daran, dass es einen Mann gab, dem ihr Essen geschmeckt hatte. Ein Fahrender und der erste Gast, den sie im Salm bedient hatte. Das Leder war der Dank für ihr Lächeln und einige Schöpfkellen Brei zusätzlich hinter dem Rücken des Salmwirtes gewesen.

Das brachte Mathilde zurück zu dem Mann in ihrem Haus. Schon im Hinuntergehen schlug ihr wohlige Wärme entgegen. Steinmar hatte Feuer im Kamin gemacht. Über der Feuerstelle hing ein Kessel, in dem bereits das Wasser siedete. Für einen Augenblick stieg Ärger in Mathilde hoch. Wie kam er dazu, ihr letztes Holz zu verfeuern?

Ihre verzweifelte Lage wurde ihr wieder bewusst. Sie schluckte den Unmut hinunter und mit ihm die Angst vor der Zukunft, die sie zu überwältigen drohte. Sie beschloss, den Augenblick zu genießen. Außerdem hatte ihre Mutter ihr beigebracht, den Gast zu ehren. Tränen stiegen Mathilde in die Augen, in ihrer Kehle bildete sich ein Kloß. Sie schluckte. Letztes Jahr, kurz nach dem Fest des Gorgianus und Epimachus, war die Mutter krank geworden, hatte schlimmer und schlimmer gehustet und schließlich angefangen, Blut zu spucken. Dann war sie binnen weniger Tage gestorben. Trotz allen Flehens. Sie hatte nichts tun können. Sie erinnerte sich genau an den Morgen vor zwei Monaten, als sie neben der Mutter aufgewacht war – von der Stille. Das Rasseln in ihrer Brust hatte aufgehört. Das war der Tag gewesen, an dem es bei Altorf so gewaltig geregnet hatte, dass sich ein großer Felsen von zwölf Fuß Breite und dreizehn Fuß Länge aus dem Hang gelöst und sieben Kühe getötet sowie Bäume und zahlreiche Weinstöcke zerstört hatte. Die Leute sagten, es sei ein Wunder, dass nicht die Kirche eingestürzt und der Prediger unter den Trümmern begraben worden war.

Steinmar saß am großen Eichentisch. Darauf hatte er zwei Becher gestellt. Mathilde ging zu einer Truhe. Sie zögerte, doch dann holte sie ein Stück Stoff hervor, aus dem sie ein altes, hartes Fladenbrot wickelte. Ihr letztes. Sie ging zu einem von mehreren Tiegeln, die neben der Herdstelle auf dem Boden standen. Darin lagerte ein Rest geschrotetes Getreide, Roggen, Hafer und ein wenig Gerste. Sie schüttete eine Kelle kochendes Wasser auf die Körner, damit sie quellen konnten. Anschließend griff sie in ein Säckchen, das an der Wand hing, und gab getrocknete Kräuter in einen Krug. Diesen füllte sie mit kochendem Wasser aus dem Kessel, der nun bis auf vier Schöpfkellen leer war. In das restliche Wasser schüttete sie dann die gequollenen Körner, um sie weichzukochen.

Steinmar beobachtete sie. Diese Mathilde wusste, was sie tat. Sie bewegte sich ruhig und sicher, jeder Handgriff war in seiner Reihenfolge wohl bedacht. Gut. Eine solche Helferin ließ sich verwenden, ein Weib, das auch in schwierigen Situationen gelassen blieb.

Er sah, dass sie wieder zögerte. Sie blickte in einen kleinen Becher und schüttelte den Kopf. »Fast leer«, murmelte sie und drehte ihn über der Grütze im Kessel um, damit die letzten Salzkrümel in den Brei fielen. Steinmar begriff: Um der Gastfreundschaft Genüge zu tun, teilte diese junge Frau mit ihm das letzte kostbare Salz, das sie hatte. Ihm wurde warm ums Herz.

Ein Duft nach frischem Kräutertee und gutem Getreidebrei verbreitete sich im Raum. Steinmar kam es vor, als sei es das beste Aroma der Welt. Dabei war es ein einfaches Mahl. Unwillkürlich entspannte er sich. Dieser Geruch erinnerte ihn an daheim.

Mathilde hatte kein Wort gesprochen, seit sie hereingekommen war. Auch das gefiel ihm. Sie schwatzte nicht. Jetzt schüttete sie etwas von dem Tee durch ein sauberes Tuch in die Becher, sodass die aufgequollenen Blätter und Blüten von dem Gewebe aufgefangen wurden. Er sah, dass sie die rundlichen Schultern hochzog, als sei ihr kalt. Ihre kleinen, kräftigen Hände mit den fleischigen Daumenballen ergriffen eines der warmen Gefäße und hielten es für einen Augenblick umfasst. Dann reichte sie ihm den Becher.

»Trinkt, das wird Euch den Bauch wärmen und den schweren Schädel leichter machen. Diese Kräuter vertreiben die Dämonen des Weins aus dem Kopf und machen ihn klar«, sagte sie und lächelte ein wenig.

Steinmar fiel auf, dass sie keinen Schmuck trug außer einem kleinen Kreuz an einer Kette um ihren Hals. Ihr schönster Schmuck war ohnehin ihre Jugend und Frische. Sie hatte eine Haut wie ein Pfirsich.

Er wandte schnell den Blick ab. Dann stand er auf und verbeugte sich. »Gestatte, dass ich mich dir vorstelle. Ich fürchte, ich war gestern Nacht nicht so recht in der Lage dazu. Ritter Berthold Steinmar von Klingnau werde ich genannt. Und du hast mir das Leben gerettet. Ohne dich wäre ich heute Nacht elend erfroren.«

Mathilde sah zu ihm auf, die Augen groß und staunend. »So seid Ihr wirklich der Minnesänger, von dessen Kunst und Liedern alle Welt spricht? Der Sänger, den der edle Freiherr Walther von Klingen an seinen Hof holte, und der Mann, den unser Herr, der mächtige Graf Rudolf von Habsburg, so über alle Maßen für seine Kunst ehrt?«

Steinmar lachte. Es war ein Lachen, das tief und frei aus seinem Bauch kam, seinen ganzen Körper ergriff und bis in seine Augen stieg. Es lag nichts Gepresstes, Gewolltes darin. Daran erkennt man den geschulten Sänger, dachte Mathilde. Sie konnte sich nicht erinnern, woher sie diese Weisheit hatte. Es war jedenfalls ein schönes Lachen. Eines, das dazu einlud, einzustimmen. Keines, das sie verspottete.

»Wenn du damit sagen willst, dass ich mein Leben der Minne und dem Gesang geweiht habe, so magst du recht haben. Ob ich berühmt bin, das sollen andere beurteilen. Aber es stimmt wohl, dass ich mich zu den Freunden des edlen Walther von Klingen und seiner liebreizenden Herrin Sophie zählen darf, und auch, dass der Habsburger in seiner Güte immer wieder lobende Worte für meine Kunst findet.«

Als Steinmar von Sophie von Froburg sprach, zog ein ganz besonderer Ausdruck über sein Gesicht, verschwand aber sofort wieder. Mathilde spürte, dass er tiefe Gefühle für die Gemahlin des Walther von Klingen hegte. Ein Stich von Eifersucht durchfuhr sie. Sie schalt sich innerlich eine Närrin. Wie konnte sie es auch nur wagen, auf die Gunst eines Ritters und noch dazu eines so berühmten wie Berthold Steinmar von Klingnau zu hoffen?

Verwirrt stand sie auf und rührte die Grütze im Kessel. So wandte sie ihm den Rücken zu und hatte Zeit, sich wieder zu fassen.

»Der Brei ist gleich fertig«, erklärte sie schließlich. Sie nahm eine geschnitzte Holzschale und füllte die sämige, dampfende Masse hinein. Sie stellte die Schale mitten auf den Tisch, sodass sie von jedem der beiden Schemel am Kopfende aus gut zu erreichen war. Auch das trockene Brot legte sie mitten auf den Tisch. Über den Brei tat sie dann aus einem Tiegel noch einige Löffel eingedicktes Kompott. Der Kompotttiegel war nun ebenfalls leer. Aber sie bereute es nicht, als sie die Vorfreude im Gesicht ihres Gastes sah.

Steinmar schnüffelte. Sein Magen knurrte vernehmlich.

Sie betrachtete ihn erheitert. »Aus wilden Brombeeren, Quitten, Hagebutten, Trauben und Ahornsirup.«

Er löffelte schweigend, langte herzhaft zu und aß sichtlich mit Genuss. Sie hielt sich zurück, aus Furcht, der Brei könnte nicht reichen. Hin und wieder brach er sich ein Stück Fladenbrot ab, tunkte es in den Tee und biss hinein. Als der Holznapf leer war, zog er ihn zu sich und wischte ihn mit dem Rest seines Brotes aus.

»Das war der beste Brei, den ich seit Langem gegessen habe«, erklärte er sodann, reckte sich wohlig, rieb sich genüsslich den Bauch und rülpste laut zur Bestätigung. »So, und nun sag, wie ist dein Name?«

Wieder fühlte Mathilde Freude über sein Lob in sich hochsteigen. Das war es wert, auch wenn sie jetzt nichts mehr zu essen im Haus hatte. »Man nennt mich Mathilde, Herr. Ich bin die Tochter des Mathias von Waldshut.«

Steinmar setzte sich gerade hin und schaute sie erwartungsvoll an. Mathilde verstand nicht. »Erzähl!«, forderte er sie deshalb auf.

Sie war verwirrt. »Was soll ich erzählen?«

Der edle Ritter Berthold Steinmar von Klingnau wurde etwas ungeduldig. »Nun, das ist doch wohl klar. Wie bist du in diese dumme Lage geraten? Wieso verdingt sich eine frei Geborene, eine begnadete Köchin noch dazu, bei einem so ungehobelten und zudem dummen und kriecherischen Klotz wie dem Wirt vom Waldshuter Wirtshaus ›Zum Salm‹? Wo ist deine Familie? Und wo ist dein Liebster?«

»Ich habe mich verdingt, weil ich musste«, antwortete Mathilde knapp.

»Mädchen, auch wenn ich gestern wohl übel betrunken war, spotte nicht über mich. Hab Vertrauen.« Er grinste spitzbübisch. »Weißt du denn nicht, dass man sich nicht über einen Mann lustig machen darf, dem man das Leben gerettet hat?«

Mathilde sah Steinmar erschrocken an. »Es liegt mir fern, über Euch zu spotten, Herr. Doch es gibt nicht viel zu erzählen. Es ist eine Geschichte, wie man viele hört. Mein Vater ist ein reisender Händler. Er bringt hauptsächlich Eisen aus den Schmelzen von Laufenburg unter die Leute, verschifft Eisenbarren, Stabeisen, Eisenblätter und Radeisen, bringt aber auch Rohlinge für Pflugscharen und Werkzeuge aller Art bis über die Alpen. Bleche für Harnische, Hauen und Hellebarden verkaufen sich ebenfalls gut. Außerdem handelt er mit eingesalzenem Fisch. Besonders gefragt ist unser Rheinsalm. Natürlich auch das Salz selbst, das sie bei Rheinfelden aus der Erde holen. Meine Mutter hat früher den Fisch zusammen mit unserer Magd gesalzen, manchmal auch in Kräuter eingelegt und geräuchert oder die gesalzenen Stücke draußen getrocknet. Als ich größer wurde, half ich ihr dabei. Der Fisch ging sogar über den neuen Pass auf dem St. Gotthard bis ins Welsch-Land und ins ferne Rom. Wie ich hörte, früher sogar bis an den Hof des Kaisers, Friedrich II. von Staufen. Das hat mir zumindest mein Vater erzählt, wenn er mich als kleines Mädchen auf die Knie nahm. Als der Stauferkaiser starb, habe ich ja noch nicht gelebt.«

Steinmar nickte düster. »Ja, der Staufer ist schon lange tot. Er starb vor nun fast zwanzig Jahren. Und Konradin, Friedrichs fünfzehnjähriger Enkel und Erbe, der König von Jerusalem und Sizilien, endete letztes Jahr in Neapel am Galgen. Verdammte Italiener! Seit der große Friedrich starb, ist das Heilige Römische Reich ohne einen Kaiser, der es beschützt. Und niemand gebietet den Wegelagerern und Raubrittern oder den marodierenden Adligen Einhalt, denen jedes Mittel recht ist, um noch mehr Besitz zusammenzuraffen.« Er schaute Mathilde nachdenklich an. »So mancher Strauchdieb mag sehr wohl Waffen verwenden, die von deinem Vater gehandelt worden sind.«

Mathilde sagte nichts. Doch Steinmar merkte, dass sie sich zurückhalten musste, um ihm gegenüber nicht unhöflich zu sein, da er ihren Vater mit seiner Äußerung indirekt angegriffen hatte. Gut, sie verstand es, sich zu beherrschen.

Er ließ einige Augenblicke Stille zwischen sich und dem Mädchen hängen. Sie machte keine Anstalten, sie zu unterbrechen. Auch das schafften nicht viele.

»Aber genug davon. Das sind Männerangelegenheiten«, sagte er schließlich leichthin. »Zurück zu deiner Geschichte. So hast du also die Kunst des Zubereitens von Speisen wohl von deiner Mutter gelernt?«

Mathilde nickte, in ihren Augen erschienen jetzt doch Tränen. Sie wischte sie mit ihrem linken Ärmel ab. »Ich weiß auch nicht, warum, aber seit ich Euch kenne, Herr, muss ich dauernd heulen wie ein dummes kleines Mädchen.«

Steinmar griff nach ihrem rechten Unterarm, der auf der Tischplatte lag. »Du wirst einen Grund dafür haben. Was ist mit deiner Mutter?« Er fragte, obwohl er es wusste.

Ein trockenes Schluchzen kam aus Mathildes Kehle, sie rang sichtlich um Fassung. »Sie ist seit acht Wochen tot.«

Steinmar drückte tröstend ihren Arm. »So ist der Schmerz noch frisch. Und was geschah mit deinem Vater? Nun lass dir doch nicht jeden Wurm aus der Nase ziehen!«

Sein Ärger half ihr. Sie wurde ruhiger.

»Wir waren einst eine Familie von sieben Köpfen, meine Eltern, meine vier Brüder und ich. Ich bin die Jüngste, eine Nachzüglerin, und wurde von allen sehr verwöhnt. Dann kamen die Zeiten des Interdiktes, als sich der Stauferkaiser Friedrich und der Papst befehdeten und der Kaiser vom Papst gebannt wurde. Euer Graf von Habsburg, der unser aller weltlicher Herr ist, bekannte sich zum Kaiser. So läutete bei uns keine Kirchenglocke mehr, kein Pfarrer predigte, es war keine Beichte möglich, es gab kein heiliges Abendmahl. Kein Toter konnte anständig zu Grabe getragen werden, keine Ehe wurde gesegnet. Auch ich bekam die Taufe erst lange nach meiner Geburt. Aber was erzähle ich. Das wisst Ihr alles viel besser. Ihr seid den Mächtigen viel näher.«

Er bedeutete ihr weiterzusprechen.

Sie senkte den Kopf. »Diese Zustände belasteten meine fromme Mutter sehr. Sie fürchtete um das Heil unserer Seelen und wurde von Tag zu Tag verhärmter. Unterdessen folgte ein Schicksalsschlag auf den nächsten. Vor drei Jahren starben meine beiden ältesten Brüder am Antoniusfeuer.« Sie stockte und schluckte.

Steinmar sah sie mitleidig an. Viele starben daran. Es musste mit dem Korn zusammenhängen, hörte man. Andere sagten, die Erkrankten seien verhext worden. Bislang kannte jedenfalls niemand den genauen Grund für dieses tödliche Fieber.

Mathilde fasste sich wieder und fuhr fort. »Vor zwei Jahren stürzte der jüngste meiner Brüder bei der Burg Wieladingen im Murgtal von einem Felsen. Er ist an seinen Verletzungen elendiglich gestorben. Da beschlossen meine Eltern, dass mein Vater über das Meer ziehen sollte, ins Heilige Land. Denn sie glaubten, dass Gott sie wegen ihrer Sünden strafte, die sie wegen des Interdiktes so lange nicht hatten beichten können. Es bot sich erst keine Gelegenheit. Doch dann hörten wir, dass von Basel aus an die fünfhundert Menschen über das Meer zu den heiligen Stätten ziehen wollten. Mein Vater schloss sich ihnen an. Seitdem haben wir nichts mehr von ihm gehört. Mein Bruder Andreas machte sich daraufhin auf den Weg, um nach ihm zu suchen. Auch von ihm hörten wir nichts mehr. Das war zu viel für meine arme Mutter. Sie wurde schwindsüchtig, bekam einen schlimmen Husten und starb. Sie hat sich zu Tode gegrämt. Und nun verlangen die Deutschordensritter zu Beuggen das Haus zurück, das sie meinem Vater für seine Dienste überlassen haben. In drei Wochen muss ich fort. Zu meinem Oheim Arnold, dem Schultheiß von Waldshut, kann ich nicht. Mein Vater und er lagen im Zwist. Er hat mich nach dem Tod der Mutter schon einmal abgewiesen. Er nannte mich die Tochter eines Lumpen.«

Sie stockte erneut, und ihre grauen Augen sahen Steinmar flehend an. »Ich schwöre Euch, Herr, das ist mein Vater nicht. Er ist ein guter und aufrechter Mensch, voller Liebe und Herzenswärme. Ich bete jeden Tag zu Gott, dass der Allmächtige und seine Engel ein Wunder vollbringen und ihn und meinen Bruder wieder heimführen. Doch die Wunder sind selten geworden in diesen Tagen. Und weil ich nichts mehr zum Leben hatte, habe ich mich schließlich bei Baldur verdingt. Er war der Einzige, der mich als Magd nehmen wollte. Nun weiß ich nicht, wo ich hinsoll, wenn ich dieses Haus hier verlassen muss.«

»Ich verstehe.« Steinmar schaute sie vielsagend an. »Was ist mit dem Liebsten?«

Mathilde wurde feuerrot. »Ich weiß niemanden.«

Steinmar nickte, das kam ihm sehr gelegen. »Nun, ich denke, bezüglich des Hauses lässt sich etwas machen. Der jüngste Bruder meines edlen Herrn Walther von Klingen, Walther-Ulrich, ist Komptur der Deutschordensritter in Beuggen. Ich werde mit ihm sprechen, damit er dir das Haus lässt. Vielleicht kann er über seine Verbindungen ins Heilige Land auch etwas über den Verbleib deines Vaters und deines Bruders erfahren.«

Mathilde wirkte für einen Augenblick, als sei sie drauf und dran, ihm um den Hals zu fallen. Doch sie hielt sich zurück. »Das würdet Ihr für mich tun?«

Steinmar sah die Dankbarkeit in ihrem Blick, die grünen Sprenkel in ihren Augen, die verdächtig schillerten, und bedauerte es fast, dass sie ihrem Impuls nicht nachgegeben hatte. Er lächelte. »Nun, du hast mir schließlich das Leben gerettet, Mathilde von Waldshut. Da ist es das wenigste, dass ich jetzt etwas für dich tue. Kennst du den Grafen Rudolf von Habsburg?«

Sie schüttelte den Kopf. »Ich bin ihm bis gestern nie von Nahem begegnet, habe ihn immer nur vorbeireiten sehen. Mein Vater aber schon. Er erzählte manches Mal davon, wie er zu Rudolfs Vetter ging, dem Grafen Gottfried von Habsburg-Laufenburg, um mit ihm Verhandlungen über Warenlieferungen zu führen. Dort hat er den Grafen einmal getroffen. Er war sehr beeindruckt von ihm. ›Das ist ein Mann, der sich in einfaches Gewand kleidet, der mäßig ist in Speis und Trank, der nicht durch Prunk von sich reden machen muss‹, erklärte er mir. ›Merke dir, mein Kind, nicht der äußere Tand, nicht die Zerstörung der Waffen, sondern der Reichtum eines klugen Kopfes, ein ehrliches Herz und ungebrochenes Gottvertrauen sind die wichtigsten Dinge auf dieser Welt.‹ Das hat er damals zu mir gesagt.«

Mathildes Stimme war tiefer geworden und ihr Gebaren sehr würdevoll, während sie die Szene mit leuchtenden Augen schilderte. Wie jung sie doch noch war. Er konnte sich gut vorstellen, wie sie einst auf dem Schoß des Vaters gesessen und ihm aufmerksam zugehört hatte. Steinmar lächelte unwillkürlich. »Nun, du hast gestern in der Schenke den Grafen von Habsburg, Kyburg und Löwenstein und Landgrafen des Thurgau gesehen. Doch bald wirst du Rudolf, den Menschen, kennenlernen. Dein Vater, ich … er scheint ein kluger Mann zu sein.«

Beinahe hätte er sich verraten. Fast hätte er gesagt: »Ich habe ihn als klugen Mann kennengelernt.« Sie hatte es nicht bemerkt. Es war besser, wenn sie zunächst nicht erfuhr, dass er ihren Vater kannte. Und dass er befürchtete, Mathias von Waldshut könnte nicht mehr am Leben sein.

Mathilde schüttelte ungläubig den Kopf. »Wie sollte ein einfaches Mädchen wie ich wohl einen Hochwohlgeborenen wie Rudolf von Habsburg kennenlernen? Ein Herr wie er kümmert sich nicht um eine Küchenmagd.«

Dieses Mal musste Steinmar laut lachen. »Um diese Küchenmagd aber schon. Er selbst gab mir nach dem Vorfall im Salm den Auftrag, mich um dich zu kümmern, weil ihm dein Essen so gut gemundet hat. ›Passt auf sie auf, Herr Steinmar‹, sagte er, ›es wäre doch schade um solch eine Köchin. Für diese Pasteten lasse ich das Essen jedes anderen Küchenmeisters stehen.‹ Schau nicht so ungläubig. Genau das waren seine Worte. Du hast den guten Ruf, den du dir bereits erworben hast, mehr als bestätigt. Wenn Graf Rudolf so etwas sagt, dann kannst du dir ruhig etwas darauf einbilden. Er ist ein mäßiger Esser, wie dein Vater sagte. Doch er kennt sich aus. Er liebt die Speisen des Volkes am Rhein, der seine Heimat ist. ›Passt auf, dass dieser grobschlächtige Wirt dem Mädchen nichts Übles tut‹, hat er mich angewiesen. Das tue ich nun. Auf dich aufpassen.«

Mathilde verstand gar nichts mehr. »Welchen Ruf?«, fragte sie verwirrt.

»Nun, den einer Zauberin der Töpfe und Tiegel. Oder was glaubst du, warum Graf Rudolf überhaupt ins Wirtshaus ›Zum Salm‹ kam? Er hörte in Klingnau von dir. Was ist? Willst du mit mir dorthin gehen? Du kannst nicht hierbleiben. Du bist noch ein Kind und allein. Du brauchst Schutz. Und da dein pflichtvergessener Onkel ihn dir offenkundig nicht bieten will …«

Mathilde schickte ein Stoßgebet zum Himmel. Er hatte für sie ein Wunder gewirkt. Dieser Vorschlag war ihre Rettung. Sie musste nicht noch einmal an der Tür des Onkels klopfen und um Hilfe winseln. Wenn sie unter Graf Rudolfs Schutz stand, dann würde sich niemand an sie heranwagen. Egal, was sie verbrochen hatte. Aber eines musste sie vorher noch klären. Sie reckte sich. »Ich bin kein Kind mehr.«

Wenn er sie so ansah, fand Steinmar das auch.

Da musterte sie ihn mit plötzlichem Misstrauen. »So wart Ihr gestern Nacht gar nicht betrunken! Ihr habt nur so getan, damit ich Euch mit zu mir nehme.« Es war keine Frage.

»Sei nicht böse wegen dieser kleinen List«, bat Steinmar. »Hättest du mich sonst bei dir aufgenommen? Außerdem hatte ich dem Wein durchaus kräftig zugesprochen. Wirklich, ich weiß nicht, ob ich den Weg zurück über den Rhein nach Klingnau gefunden hätte. Und wie anders hätte ich dem Befehl meines Herrn folgen können, dem ich doch treulich zu dienen geschworen habe?« Er blickte Mathilde treuherzig an.

Sie zögerte, schüttelte aber dann den Kopf. »Wenn ich es recht bedenke: Wie kann ich nach Klingnau? Ich muss einen Ort in der Nähe finden. Vielleicht kommen mein Vater und mein Bruder heim, und dann finden sie das Haus hier leer und wissen nicht, wo ich bin. Nur wenn ich in der Nähe lebe, erfahre ich von ihrer Ankunft.«

Sie wird noch früh genug erfahren, dass womöglich keiner von beiden zurückkehren wird, dachte Steinmar. »Du kannst hier im Haus eine Nachricht hinterlegen, wo du zu finden bist«, erwiderte er deshalb.

Mathilde wurde rot. »Ich kann nicht sehr gut schreiben, Herr.«

»Aber ich. Und nun pack dein Bündel.«

»Wo bringt Ihr mich hin?«

»Zuerst einmal nach Klingnau, dort kannst du im Haus meines Freundes Nogger Faber und seiner Frau Hildegard wohnen. Sie kommt bald mit ihrem vierten Kind nieder und braucht Hilfe.«

Mathilde zog ein enttäuschtes Gesicht. Steinmar stutzte. Sie hatte doch nicht etwa gehofft, er würde sie bei sich aufnehmen? Nein, das hätte ihren Ruf ruiniert, das wusste sie sicher. Vermutlich lag es an den anzüglichen Bemerkungen, die Nogger bei ihrer ersten Begegnung gemacht hatte.

»Keine Angst, kleine Wachtel, bei Nogger bist du so sicher wie in Abrahams Schoß. Er hat nur manchmal ein großes Mundwerk. Doch er ist seiner Hildegard treu. Zumindest soweit ich weiß. Und wenn es dir da nicht gefällt, dann kannst du immer noch zu meinem älteren Bruder Konrad und seiner Frau Gertrud ziehen. Auch auf ihrem Gut wird jede Hand gebraucht. Ich selbst kann dich nicht aufnehmen. Ich lebe bei meinem Herrn Walther von Klingen oder ziehe mit Graf Rudolf von Habsburg in seine Kämpfe. Ich bin nicht immer da, um dich zu schützen. Außerdem habe ich kein Eheweib. Es würde sich also auch nicht geziemen, wenn du deine Schlafstatt neben meiner einrichtest.«

Mathilde nickte, doch sie wirkte wenig begeistert. Ohne ein weiteres Wort ging sie in ihre Kammer und packte einige Habseligkeiten zusammen.

Steinmar folgte ihr hinaus. Sie zog die schwere Eichentür ihres Elternhauses hinter sich zu, drehte den großen Schlüssel im Schloss und hängte ihn an die Kette zu ihrem kleinen Kreuz. Ihr Gesicht wirkte ruhig und gefasst. Wieder bewunderte er die Selbstbeherrschung dieses Mädchens. Und die Würde, mit der sie schließlich erklärte: »Ich bin bereit.«

Sie schulterte ihr kleines Bündel. Stumm gingen sie nebeneinander hinunter zum Rhein. Der Fährmann brachte sie mit seinem Weidling über den Fluss.

Sie sagte nichts, als Steinmar sie am anderen Ufer auf eines der beiden bereitstehenden Pferde hob und den Zügel des Tieres ergriff. Doch er konnte ihr Misstrauen erkennen. »Die hat der Graf für uns herbringen lassen. Er war es, der vorschlug, dich zu deiner Sicherheit mit nach Klingnau zu nehmen«, sagte er schnell. »Jetzt geht es noch ein Stück die Aare hinauf. Du kannst doch reiten?« Mathilde schaute ihn nur an.

Als sie Klingnau erreichten, war Mathilde froh, endlich seinen Lobeshymnen auf die Schlossherrin Sophie von Froburg zu entkommen. Während die Pferde über Stock und Stein stolperten, hatte Steinmar ihr unentwegt von der Ehefrau des Walther von Klingen vorgeschwärmt. Mathilde hing es nach kurzer Zeit zum Hals heraus zu hören, wie schön die Schlossherrin war, wie tugendsam, wie geistreich, wie leutselig und edel in allem, was sie tat und sagte. Dass ihr Lächeln dem Sonnenschein gleiche und auch den grauesten Tag erhelle. Er hatte sich offenbar zu ihrem ganz persönlichen Ritter aufgeschwungen und schwor ein ums andere Mal, er werde ihr bis zu seinem letzten Atemzug dienen.

Niemand ist so perfekt, wie Steinmar sie schildert. Wahrscheinlich versteht sie es nur besonders gut, die Männer um den Finger zu wickeln, dachte Mathilde boshaft.

Seinen anderen Geschichten lauschte sie jedoch gern. Wenn er nicht gerade Hymnen auf Sophie von Froburg sang, erzählte er mit leuchtenden Augen von den Fahrenden, den Spielleuten und Sängern, die sich zu Klingnau einfanden. »Außerdem kommen viele, die sich dafür halten«, fügte er trocken hinzu. »Sie alle werden von der Liebe zur Kunst und der Freigiebigkeit meines Herrn Walther angelockt.«

Und dieser Walther war offenbar ein bekannter und feinsinniger Mann, der den Minnesängern, die an seinem Hof kamen, in nichts nachstand, da er nicht nur mit dem Schwert und der Lanze, sondern auch mit der Feder und der Zupfleier gut umgehen konnte. Es war wohl ein lustiges Leben am Hof des Walther von Klingen.

Mathilde wurde bezüglich der Verhältnisse in Klingnau jedoch schnell eines Besseren belehrt. Wenn sie sich später an die ersten Tage dort zurückerinnerte, blieben ihre Gedanken regelmäßig beinahe in einem Wust von Bildern und Eindrücken stecken. Da war natürlich das Schloss. Es stand auf einem lang gestreckten Hügel und war nicht besonders groß, aber wohlproportioniert. Es hatte sogar einen eigenen Ziehbrunnen im Hof. Von den Schlossmauern aus sah man weit ins Land, im Süden über das verzweigte Delta der Aare mit den vielen Nebenarmen. Zum Schloss gehörte auch eine Kapelle. Auf der Kuppe des Hügels zogen sich links und rechts einer Straße zwischen den Toren zudem zwei Reihen Häuser hin. Dann waren da noch das neue Siechenhaus und das Gebäude der Johanniter-Kommende, alles umschlossen von einer Stadtmauer. Weiter unten im Tal lag die beeindruckende Residenz des Probstes der reichen Abtei St. Blasien. Auf einem Gelände nordöstlich des Stadthügels, gegen den Ausläufer des Achbergs hin, waren Maurer und Zimmerleute fleißig bei der Arbeit. Dort entstand das kleine Wilhelmitenkloster Sion. Die Mittel dafür hatte Walther von Klingen zur Verfügung gestellt.

Mathilde fand die Bewohner von Klingnau in heller Aufregung vor. Unter den Einwohnern kursierten die abenteuerlichsten Gerüchte, seit bekannt geworden war, dass Walther von Klingen das Schloss samt Land und Leuten am elften Mai veräußert hatte. Der neue Herr war Bischof Eberhard von Konstanz. Die Menschen flüsterten sich zu, er habe tausendeinhundert Mark Silber dafür gegeben. Mathilde traf niemanden, der den Herrn der Burg und seine Frau gerne fortziehen sah. Einige glaubten, dass ihr Gönner und Beschützer ganz fort wollte, nach Straßburg. Dass er nur noch blieb, bis auch das Letzte an Land und Leuten verkauft war, was er in dieser Gegend besaß. Andere verwiesen darauf, dass er ein Haus in Klingnau für sich behalten hatte. Dritte wiederum behaupteten, Walther von Klingen habe auf die Predigermönche gehört, die allenthalben von den Qualen der Hölle erzählten und die Sünder dringlich aufforderten, Einkehr zu halten, Buße zu tun und zum nächsten Kreuzzug aufzubrechen. Nur so könnten sie sicher sein, der ewigen Verdammnis zu entgehen. Und schließlich gab es diejenigen, die sagten, ihr edler und tugendhafter Herr sei schwer krank und niedergedrückt. Denn es gab noch eine weitere, eine sehr traurige Geschichte. Und diese erschien Mathilde am glaubwürdigsten. Als sie sie hörte, tat es ihr leid, dass sie Sophie von Froburg Steinmars Zuneigung geneidet hatte. Von den acht Kindern von Walther von Klingen und seiner Gemahlin lebten nur noch vier Mädchen, drei von ihnen bereits erwachsen. Die fünfte Tochter Agnes und alle drei Söhne waren ihnen weggestorben. Die erwachsenen Töchter waren längst verheiratet worden und mit ihren Männern fortgezogen. Verena mit dem Grafen Heinrich von Veringen. Herzelaude, die ihren Namen aus der Erzählung über die Geschicke des Ritters Parzival hatte, mit dem Freien Ludwig von Lichtenberg. Und Katharina hatte nach dem Tod ihres ersten Gatten Rudolf von Lichtenberg in zweiter Ehe den einflussreichen und wohlhabenden Grafen Diepold von Pfirdt im Sundgau geehelicht. Nur noch die gut vierjährige Klara, die Jüngste, war dem hohen Paar geblieben. In den Herzen von Walther und Sophie sei es still und traurig geworden, sagten die Klingnauer.

Was auch immer das hohe Paar zum Verkauf bewogen hatte, die Bauern im Umland, die Klingnauer Handwerker wie der Kürschner, der Tuchmacher und der Schmied hatten in diesen Novembertagen des Jahres 1269 guten Grund, sorgenvoll in die Zukunft zu schauen. Die Fahrenden kümmerte das nicht, noch immer tummelten sich viele Menschen im Schloss, und niemand, der um Einlass bat, wurde abgewiesen. Die Besucher hofften auf Geschenke und Lohn für ihre Lieder, auf Walthers Unterstützung oder nur auf Almosen. Doch was, wenn sich das unter dem neuen Burgherrn änderte? Das bunte Leben am Hof bedeutete Lohn und Arbeit für die Menschen. Außerdem gehörte Walther nicht zu jenen Edelleuten, die glaubten, sie müssten ihre Verbindlichkeiten gegenüber den einfachen Leuten nicht begleichen, weil sie von Stand waren.

Die Klingnauer fanden nur einen Trost: Bischof Eberhard war wenigstens ein Vetter ihres verehrten Herrn. Und immerhin herrschte er über ein reiches Land und eine mächtige Abtei. Nun konnten sie nur noch hoffen, dass er dem Jenseits nicht mehr verpflichtet war als dem Diesseits und darüber womöglich seine Untertanen vergaß. Vielleicht, dachte Mathilde, gehört er aber auch zu den lebensfrohen Kirchenfürsten, von denen der Vater der Mutter missbilligend erzählt hatte, wenn er glaubte, dass sie gerade nicht zuhörte.

Mathilde begegnete Sophie von Froburg und Walther von Klingen eine Woche nach ihrer Ankunft in Klingnau zum ersten Mal. Ein Diener aus dem Schloss kam zur Schuppose von Nogger und seiner Frau Hildegard, um sie zu holen. Sie wurde in der Schlossküche gebraucht. Der neue Herr von Klingnau, Bischof Eberhard von Konstanz, hatte sich angekündigt. Und Walther von Klingen richtete zu seinem Empfang ein Fest auf dem Schloss aus. Bald danach würde die Familie in das geräumige Haus hinter dem Turm oberhalb des Nordtores umziehen. Doch jetzt gab es noch einmal eine große Feier. Auch Graf Rudolf von Habsburg würde kommen, und mit ihm viele edle Herren. Und sie sollte mit ihren Pasteten zum Festmahl beitragen. Mathilde wurde es heiß und kalt vor Aufregung.

So packte sie ihr Bündel erneut, mit einem mulmigen Gefühl wegen der Erwartungen, die in sie gesetzt wurden. Sie hatte noch niemals zu einer so großen Tafel beigetragen. Aber mit einem weinenden und einem lachenden Auge. Denn sosehr sie sich auch darum bemüht hatte, sich in den Haushalt einzufügen, sie war mit der Faberin nicht warm geworden. Von der wurde sie ständig misstrauisch beobachtet. Auch wenn Mathilde nichts dergleichen im Sinn hatte, fürchtete die hochschwangere Hildegard, ihr Nogger könnte den Reizen dieser jungen und gut proportionierten Magd erliegen, die Steinmar ihr da ins Haus geschleppt hatte. Dieses Misstrauen schuf eine ungute Stimmung. Nicht nur zwischen Mathilde und Hildegard, sondern auch zwischen den Eheleuten. Nogger, sonst lustig und immer zu einem Scherz aufgelegt, wurde ernst und streng zu Mathilde, sobald sein Weib dazukam. Mathilde nahm es ihm nicht übel, obwohl sie sich nichts vorzuwerfen hatte. Dennoch fühlte sie sich irgendwie schuldig.

# III

Es stimmte, was Steinmar ihr vorgeschwärmt hatte. Sophie von Froburg war trotz ihrer acht Geburten noch immer eine schöne Frau. Im dunkelblonden hochgesteckten Haarkranz, der von einem Netz aus Gold- und Seidenfäden mit kleinen aufgefädelten Perlen gehalten wurde, entdeckte Mathilde keine graue Strähne. Sie hatte ein kleines, leicht fliehendes Kinn, einen kirschförmigen Mund und hellblaue, leicht schräg stehende, allerdings ein wenig blasse Augen. Doch das wurde mehr als aufgewogen durch das Leuchten darin, das alle Schicksalsschläge bisher nicht hatten auslöschen können. Sie hielt sich gerade und mit viel Würde. An ihrer schmalen Taille hing ein schwerer Bund mit Schlüsseln.

Mathilde machte einen tiefen Knicks. Sie hatte nicht viel Übung in der höfischen Art und wackelte bedenklich.

Sophie von Froburg lachte herzlich bei diesem Anblick. In ihrem Lachen lag Wärme, kein Spott. Dieses frische Mädchen mit dem offenen und klugen Blick gefiel ihr. Sie konnte langsam verstehen, warum Berthold Steinmar und Rudolf von Habsburg sie ihr so warm empfohlen hatten. Diese junge Köchin wird sicher noch so manchem Mann das Herz brechen, dachte sie beim Anblick des gebeugten Nackens und der kleinen lockigen Härchen, die sich aus Mathildes Zopfkranz gelöst hatten.

Sie legte ihren Mittel- und Zeigefinger unter Mathildes Kinn und hob ihren Kopf. Grün gesprenkelte graue Augen schauten zu ihr auf. Bewunderung, Naivität, Schüchternheit, aber auch Vorsicht lagen darin. Sophie erinnerte sich an das, was Steinmar über sie erzählt hatte. Das Mädchen hatte guten Grund, der Welt zu misstrauen.

»So, du bist also Mathilde, die Fee der Kochlöffel, die uns unser Vetter Rudolf so warm empfohlen hat. Ich wollte dich kennenlernen. Sei willkommen auf Schloss Klingnau, mein Kind. Du hast dir mit deiner Gabe für die Zubereitung guter Speisen schnell mächtige Freunde geschaffen. Du weißt, dass mein Gatte und ich hohen Besuch erwarten? Da müssen Speise und Trank dem Anlass entsprechen. Andererseits liebt es Rudolf von Habsburg eher einfach und mäßig, aber wohlgewürzt. Er hält nicht viel von schweren Speisen.« Sophie von Froburg seufzte. »Es ist nicht immer leicht, es den Männern recht zu machen.« Sie blinzelte verschwörerisch.

Mathilde musste unwillkürlich kichern. Verlegen schlug sie die Hand vor den Mund und errötete.

Jetzt musste die Herrin von Klingnau wirklich lachen. Das Mädchen hatte jedenfalls Humor. »Komm, Kind, setz dich hier auf die Bank neben mich. Ich kann nicht mehr so gut stehen. An feuchtkalten Tagen wie diesem plagt mich das Gliederreißen ganz besonders. Aber verrate niemandem etwas davon. Sonst laufen mir noch meine ganzen Verehrer davon.«

Sie zwinkerte Mathilde kaum merklich zu. Die konnte sich nach der ersten Überraschung über diese Geste gerade noch ein Kichern verkneifen. »Wir müssen außerdem beratschlagen, wie du dich in der Küche am besten einfügen kannst«, fuhr Sophie von Froburg fort. »Unser Küchenmeister ist nicht leicht zu behandeln.« Wieder dieses warmherzige Lächeln in den blassblauen Augen.

In diesem Moment stürmte ein kleines Mädchen mit roten Wangen, halb gelösten Haaren und fliegenden Röcken in den Rittersaal. »Frau Mutter, Frau Mutter, mein Herr Vater hat mir erlaubt, auf seinem Streitross zu sitzen. Ich bin nicht einmal heruntergefallen!«

Sophie nahm die Kleine liebevoll in die Arme und drückte einen Kuss auf die aufgelösten Locken. »Sie ist die Letzte, die mir blieb«, sagte sie wie zu sich selbst. Dann schob sie ihre Tochter ein wenig von sich. »Klara, Klara, du kleiner Heißsporn, es wird Zeit, dass du dich geziemender benimmst. Eine Dame stürmt nicht durch die Gegend wie ein unerzogener Wildfang.«

Die Kleine biss sich auf die Lippen. Da unterbrach ein Männerlachen das Gespräch zwischen Mutter und Tochter. »Nehmt es ihr nicht übel, liebste Sophie. Es ist meine Schuld. Ich hätte unser Küken nicht aufs Pferd setzen sollen.«

Der Edle Walther von Klingen war eingetreten. Er war nicht allzu groß, aber sichtlich ein Mann, der es gelernt hatte, zu streiten und zu kämpfen. Davon zeugten sein drahtiger Körper und die Narben im Gesicht sowie an seiner linken Hand.

Sophie von Froburg strahlte ihren Gatten an.

Walther von Klingen wandte sich Mathilde zu, die aufgesprungen und erneut in einem tiefen Knicks versunken war. »Verzeih, dass ich dich noch nicht begrüßt habe. Unser gnädigster Herr, unser Vetter Rudolf, hat wahre Wunderdinge von deiner Kochkunst erzählt. Und mein lieber Freund Berthold Steinmar geriet regelrecht ins Schwärmen, als er dich uns empfahl. Fast hatte ich das Gefühl, er hält dich für so etwas Seltenes wie ein Einhorn.«

»Das ist zu viel der Ehre«, hauchte Mathilde.

Sophie von Froburg drückte sie wieder auf die Bank. »Bringt mir dieses Mädchen nicht so durcheinander, Walther von Klingen«, meinte sie lachend. »Sie braucht ihre fünf Sinne noch. Wir müssen jetzt nämlich besprechen, welche Gerichte sie zum großen Festmahl beisteuern wird. Da stört ein Mann.«

Walther von Klingen lächelte seine Gemahlin liebevoll an, keineswegs beleidigt ob ihrer angedeuteten Kritik. »Oh ja, beinahe hätte ich vergessen, weshalb ich kam. Vorhin erreichte uns ein Bote von Heinrich von Neuenburg.«

Sophie blickte fragend zu ihm auf. »Vom Bischof von Basel? Was will er?«

Ein seltsames Glitzern lag in Walthers Augen, als er nickte. »Er hat sich und sein Gefolge gewissermaßen selbst zum Fest eingeladen, das wir anlässlich der Übergabe der Stadt an unseren lieben Verwandten, Bischof Eberhard von Konstanz, geben.«

Sophie sah ihn fassungslos an. »Und das nach allem, was zwischen ihm und Rudolf von Habsburg war und noch ist? Weiß er denn nicht, dass der Habsburger und sein Vetter Gottfried dabei sein werden, ebenso wie der Abt von St. Gallen? Was will er? Hat er einen Grund genannt? Da steckt doch bestimmt eine Absicht dahinter.«

Walther schüttelte den Kopf. »Der Bischof ist kein Feind mehr. Erinnert Euch, Heinrich von Neuenburg und der Habsburger haben auf Einladung meines geliebten Bruders Ulrich-Walther, des Kompturs, im Hause des Deutschen Ordens in Beuggen ihren Frieden miteinander gemacht. Der Markgraf zu Hachberg, der den Frieden vermittelte, kommt übrigens ebenfalls. Der Grund des Streites ist ausgeräumt, der Handel besiegelt. Graf Rudolf hat die umstrittene Feste Breisach an Heinrich von Neuenburg zurückverkauft. Nun hat der ehrgeizige neue Bischof von Basel, was er will. Und Graf Rudolfs Taschen sind gefüllt. Freut Euch darüber, liebste Sophie. Denn sonst, so glaube ich, müsste ich unserem verehrten Vetter Rudolf bald wieder aushelfen.«

Sophie biss sich auf die Lippen. Sie machte aber keine Bemerkung zur letzten Äußerung ihres Gatten, sondern nickte nur.

Walther lachte etwas gezwungen. »Wir werden Heinrich von Neuenburg begrüßen wie einen gern gesehenen Gast. So, wie es sich geziemt. Aber was sage ich! Ihr seid die beste Hausfrau und Gastgeberin, die sich ein Mann nur wünschen kann. So, und jetzt muss ich mich mit Steinmar und den anderen weiter um die Vorbereitung des Turniers kümmern. Es werden allerdings nicht viele zum Tjost kommen. Unsere Recken sind nicht mehr, was sie einmal waren. Zu dieser Jahreszeit bleiben sie lieber vor dem wärmenden Kaminfeuer. Wir werden wohl alt. Nur Ihr nicht, meine Liebe. Aber Ulrich von Wieladingen, Heinrich von Tettingen, die Brüder von Rötteln, unser Vetter und Vater des neuen Herrn von Klingnau, der Truchsess Eberhard von Waldenburg und einige andere haben ihre Teilnahme trotz des tristen Novemberwetters angekündigt. Sie freuen sich darauf, einen kleinen Strauß auszufechten und um die Gunst und ein Lächeln der schönsten Schlossherrin weit und breit zu wetteifern. Sogar Ulrich von Pfirdt, der Schwiegervater unserer Katharina, will antreten und unser Schwiegersohn natürlich ebenso. Die Äbtissin von Seckingen hingegen hat ihre Teilnahme abgesagt.«

Sophies Gesicht wurde grimmig. »Anna von Pfirdt kommt nicht? Nun, ich hatte nichts anderes erwartet, ich glaube, sie ist keine große Freundin des Habsburgers, obwohl er doch der Lehnsherr der Seckinger ist. Aber wir sehen wenigstens unsere Katharina wieder. Sie kommt doch mit, oder?«

Walther von Klingen strahlte. »Natürlich kommt sie.«

Sophie lächelte ihm liebevoll zu. »Gut, ich hatte schon Sorge. Ich bin mir nicht ganz sicher, ob sie sich auf Schloss Pfirdt wirklich wohlfühlt. Nun, ich werde ja bald alles mit ihr besprechen können.« Sie seufzte. »Als ob es nicht schon genug Sträuße auszufechten gäbe. Es vergeht doch kaum ein Tag oder eine Woche, in der Ihr im Gefolge Rudolfs von Habsburg nicht in irgendeinen Händel verwickelt seid und ich um Euer Leben bangen muss.«

Walther schlug sich an die Stirn. »Jetzt hätte ich beinahe vergessen, noch einen Gast anzukündigen. Mit Abt Berthold von St. Gallen kommt auch Graf Eberhard von Lupfen.«

»Ich freue mich sehr. Der von Lupfen ist ein besonnener Mann, besonnener als so mancher andere.« Sophie ließ offen, wen sie damit meinte. »Nun, glücklicherweise hat der Allmächtige mein Gebet erhört, die Vernunft von Euch Männern erhellt und Euch zum Friedensschluss in Beuggen bewogen. Aber wie habe ich um Euch gezittert, als Ihr mit den Colmarern im Gefolge Graf Rudolfs die Burg Reichenstein erobert und die beiden Herren der Burg samt Gesinde gefangen genommen habt. Nun liegen sie uns auf der Tasche.«

»Beruhigt Euch, meine Liebe«, sagte Walther rasch, als er seine sanfte Frau so erregt sah. »Es geht uns doch gut. Der Wein ist süß und reichlich in diesem Jahr, und auch die Jagd war erfolgreich. Keller und Kammern sind voll mit Wein, Bier, Wildbret aller Art, mit frischen Würsten, gesalzenem Fisch …«

Sophie musste unwillkürlich lachen. »Ihr kennt Euch gut aus in unserer Vorratshaltung, mein Gemahl. Und ich weiß sehr wohl, wo mein Platz ist, falls Ihr das damit andeuten wolltet.«

Walther strahlte sie erleichtert an. »Keineswegs«, behauptete er nicht ganz überzeugend. »So, jetzt bringe ich unsere Tochter zu ihrer Amme, überlasse Euch Euren Geschäften und erledige die meinen.«

Sophie sah ihm gedankenverloren nach, wie er, die kleine Klara an der Hand, aus dem Saal marschierte.

»Komm, lass uns in die Küche gehen, Kind«, beschied sie Mathilde dann. »Unser Küchenmeister stammt aus dem Land der Welschen. Er heißt Louis und behauptet, er habe sein Handwerk am Hofe des französischen Königs gelernt. Nun, jedenfalls hat er trotz seiner Leibesfülle ein höllisches Temperament. Davor fürchte sogar ich mich«, ergänzte sie mit einem vergnügten Augenzwinkern.

Zwischen Mathilde und Louis war es Feindschaft auf den ersten Blick. Seine fuchsbraunen Äuglein, die fast zwischen den Fettwülsten in seinem Gesicht verschwanden, musterten Mathilde ablehnend. Louis war so rund wie hoch, und seine ganze kugelförmige Gestalt strahlte bei ihrem Anblick eisige Kälte aus. Er stand da, die Arme vor dem gewaltigen Bauch verschränkt – und übersah sie. Egal, wie oft Sophie von Froburg auch versuchte, Mathilde in das Gespräch über die Zusammenstellung der Gänge mit einzubeziehen, Louis tat, als wäre sie nicht vorhanden.

Sophie wiederum gab vor, davon nichts zu bemerken. Mathilde vermutete, dass sie die gereizte Stimmung ihres Küchenmeisters nicht noch mehr anheizen wollte. Am Ende einigten sie sich darauf, dass Mathilde für die Quarktorte mit Safran und Knoblauch, Eierstäbchen und eine Nachspeise aus Mandelmilch und Sauerkirschen zuständig sein sollte. Außerdem würde sie gegrillte Wachteln mit Backpflaumen und würziger Fruchtsoße zubereiten.

Besonders die Wachteln fand Mathilde sehr passend. Sie freute sich schon auf das Gesicht von Steinmar, wenn er erfuhr, dass sie die Vögel zubereitet hatte, und hoffte inbrünstig, sie könnte es dann sehen. Sophie von Froburg bestand trotz des offenkundigen Missmuts ihres Küchenmeisters noch darauf, dass Mathilde ein Gehilfe zugeteilt wurde, und verließ die Küche. Sie hatte viel zu tun.

Louis warf Mathilde einen wütenden Blick zu. Dann wurde sein Gesicht verschlagen, und er zerrte einen Jungen in ihre Richtung. Der machte einen leicht schwachsinnigen Eindruck. Jedenfalls blickten seine Augen stumpf und verständnislos. Er war spindeldürr, schlaksig, von der Größe her vielleicht zwölf Jahre alt, hatte ein kürzeres Bein und war am Rücken etwas verwachsen.

»Hier, nimm den Krüppel, alle anderen brauche ich für meine Vorbereitungen«, zischte Louis mit zusammengebissenen Zähnen. »Ihr passt zusammen.«

Mathilde wusste, was das hieß. Der Verwachsene sollte ihr Unglück bringen. Ihr Gehilfe stand mit hängenden Schultern vor ihr. Sie betrachtete ihn einen Moment lang stumm, dann lächelte sie ihn an. »Wie heißt du?«

Der Junge musterte sie, anscheinend ohne zu verstehen. Mathilde wiederholte ihre Frage.

»Junge«, war die Antwort.

Mathilde schüttelte den Kopf und legte ihm die Hand auf die Schulter. Der Junge fuhr zurück. Er fürchtete wohl, dass sie über seinen Buckel streichen wollte. Manche taten das, um Unglück abzuwenden. »Schau, ich will dir nichts Böses«, sagte sie beruhigend. »Ich bin hier fremd, und Louis hasst mich offenbar. Ich brauche deine Hilfe, ohne dich finde ich keine von den Zutaten, die ich für meine Speisen brauche. Bitte, lass mich nicht im Stich. Ich heiße Mathilde. Und nun sag, wie ist dein Name?«

Bei Mathildes Worten war etwas Leben in die Augen des Jungen gekommen. Er scheint doch nicht so tumb zu sein, wie er wirkt, dachte sie. Doch seine Antwort enttäuschte sie. »Junge«, nuschelte er erneut und sah sie herausfordernd an. Dann begriff sie. Er hatte keinen Namen. Es gab in seinem Leben niemanden, dem er so viel bedeutete, dass er ihm einen Namen gegeben hätte. Spontan drückte sie ihm die Hand. »So werde ich dich eben Junge nennen.« Und dabei blieb es.

Ohne Junge wäre Mathilde wirklich verloren gewesen. Er war tatsächlich viel weniger dumm, als er sich gab. Die Dummheit war sein

Schutz, sein Harnisch gegen eine feindselige Welt. Nachdem er einmal begriffen hatte, dass Mathilde keineswegs vorhatte, ihn zu knuffen und zu kneifen wie die anderen Mägde in der Küche oder ihn einen Tölpel zu schimpfen, wenn er etwas nicht gleich begriff, erlaubte er ihr, ein kleines Stück weit in sein Herz zu blicken. Junge war dankbar, dass er wie ein Mensch behandelt wurde und nicht wie ein streunender Hund. Er zeigte ihr, wo und wie die Vorräte gelagert waren, führte sie ins Gewölbe mit den Bier- und Weinfässern, in das mit dem Sauerkraut und dem gesalzenen Fisch und dorthin, wo Wildschwein-, Reh- und Hirschhälften hingen, ausgenommene Schweine, erst kürzlich geschlachtete Kälber und Hühner, Rebhühner, Auerhähne, Wachteln und Singvögel noch im Federkleid sowie Würste an Schnüren aufgereiht. Geräucherte Schinken gab es da ebenfalls. Er zeigte ihr die Tiegel mit Getreide, mit Honig, mit Fruchtkompotten, die Säcke mit Walnüssen, Haselnüssen, Mandeln, getrockneten Linsen und Erbsen. Die Mieten, in denen die Rüben im Sand überwinterten, die Körbe mit den Äpfeln. Die getrockneten, wilden Zwetschgen, Birnen und Trauben. Mathilde hatte noch niemals so viele Vorräte auf einmal gesehen. Ihre Augen wurden immer größer.

Doch die schönste Überraschung sollte noch kommen. Als Louis endlich einmal kurz aus der Küche verschwunden war, weil er auf den Abtritt musste, führte Junge sie auch zur Lade mit den Gewürzen und Kräutern, die der Klingnauer Küchenmeister stets mit Argusaugen bewachte. Dort fand Mathilde alles, was gut und kostbar war: Säckchen mit Salz und Pfeffer, Muskat, Kardamom, Safranfäden. Es gab Kümmel, Galgant und die verschiedensten Kräuter, sorgsam getrocknet, zerstoßen und aufbewahrt. Sie kam sich vor wie im Paradies. Und sie musste zugeben, dass Louis etwas von seinem Handwerk verstand. Jedenfalls hortete er alles, was für eine schmackhafte Küche unabdingbar war. Also beschloss sie, ihre Feindseligkeit gegen ihn hinunterzuschlucken und von ihm zu lernen, was sie konnte.

Sie nutzte die Gelegenheit, die sich ihr bot, um schnell eine Gewürzmischung zum Einnehmen und getrocknete Brennnesselblätter für einen Würzwein zusammenzusuchen. Sie hatte nicht vergessen, dass Sophie von Froburg über Gliederreißen geklagt hatte.

Mathilde trichterte Junge genaue Anweisungen für die Zubereitung ein und fragte ihn so lange ab, bis sie sicher war, dass er alles genau wiedergeben konnte. Dann schickte sie ihn los, um Sophie die Kräutermischung zu bringen.

Als Junge zurückkam, strahlte er. »Herrin lässt danken«, nuschelte er zwischen seinen Zahnlücken hervor und grinste von einem Segelohr zum anderen. Er hatte nur noch einen Vorderzahn. Es sah komisch aus. Doch Mathilde beherrschte sich. Sie wollte ihn nicht verletzen. Langsam entstand ein Band zwischen ihnen.

Junge entpuppte sich als überraschend geschickter Helfer. Etwas langsam zwar, aber eifrig. Und so konnte Mathilde am Tag des großen Festes alle Gerichte vorweisen, die sie zu kochen versprochen hatte. Obwohl Louis alles getan hatte, was in seinen Kräften stand, um es ihr unmöglich zu machen. Das übrige Küchenpersonal hatte ihn mehr oder weniger willig dabei unterstützt. Die Leute waren von ihm abhängig und fürchteten seine Launen und seine Rache. Doch Mathilde hatte auch den einen oder anderen mitleidigen Blick bemerkt, als plötzlich wieder ein gerade zurechtgestellter Tiegel auf dem Boden zerschellte oder eben zusammengesuchte Zutaten verschwanden, sobald sie ihnen den Rücken zuwandte. Es war nicht jeder mit dem Vorgehen des Küchenmeisters einverstanden. Doch sie hatte es trotz aller Schwierigkeiten geschafft.

»Ich danke dir, Mathilde«, sagte Sophie von Froburg, als sie am Tag des großen Festbanketts in die Küche kam. Sie drückte ihr wie eine Verschwörerin heimlich die Hand. »Deine Medizin hat mir viel Erleichterung gebracht, ich trinke den Sud jetzt zweimal jeden Tag, wie du gesagt hast«, flüsterte sie, während sie ausgiebig die vorbereiteten Gerichte bewunderte, die Mathilde ihr zeigte. Das trug dieser den nächsten giftigen Blick des Küchenmeisters ein. Seit er bemerkt hatte, dass sie wirklich etwas vom Kochen verstand, war aus seiner unverhohlenen Ablehnung offener Hass geworden.

Schloss Klingnau wimmelte vor Leben. Wo Mathilde auch ging, stolperte sie über Knechte und Mägde aus dem Gefolge der hohen Herren, die zum Fest angereist waren. Es herrschte ein heilloses Durcheinander, das Sophie von Froburg im Hintergrund aber dennoch mit energischer Hand immer wieder in geordnete Bahnen lenkte. Allerorten war ihr Einfluss zu spüren, sie schien überall gleichzeitig zu sein.

Mathilde hatte nicht viel Zeit, aber sie tat, was sie konnte, um wenigstens einen Blick auf die Ritterspiele zu erhaschen.

Über dem Platz und dem Schloss wehte das Wappen derer von Klingen, der goldgekrönte silberne Löwe im geschindelten schwarzen Feld.

Es war neblig und kühl. Entlang des Kampfplatzes hatten die Knappen der teilnehmenden Ritter bereits in den frühen Morgenstunden die Wappenschilde ihrer Herren und deren Helme mit ihrer Zier aufgereiht. So konnte jeder daran entlanggehen und sich genau besehen, wer alles am Tjost teilnehmen würde. Schon liefen die ersten Wetten unter der Dienerschaft.

Sophie von Froburg thronte während des ganzen mehrstündigen Turniers im wunderbar gearbeiteten Zobel an der Seite ihres Gatten unter einem großen roten Baldachin, umgeben von ihren Kammerfrauen. Als tue sie auch sonst den ganzen Tag nichts anderes, als die Ehrerbietung tapferer Recken entgegenzunehmen. Sie strahlte, als spürte sie die klamme Kälte nicht, die allen in die Glieder kroch.

Zu ihrer Linken saß Abt Adalbert von den Johannitern, der es mehr mit den Gauklern und Spielleuten hielt als mit den Kämpfern. Immer wieder rief er einen der Dienstboten zu sich und schickte ihn mit einer Münze zu einem Feuerschlucker oder einem Bärendompteur, besonders oft aber zu der hübschen Seiltänzerin, die ihr Seil zwischen zwei Bäumen aufgespannt hatte und ihre nackten Arme zierlich schwenkte, wenn sie eines ihrer Beine hob. Auch ihr schien die Kälte nichts anhaben zu können.

Sophie von Froburg hatte wenig Zeit für Abt Adalbert. Sie war über Stunden hinweg vollauf damit beschäftigt, den Sieger eines jeden Waffenganges zu ehren. Manchmal lag der Verlierer noch zerschunden im bald vom Matsch verklumpten Sägemehl, von der stumpfen Lanze seines Gegners vom Pferd gerammt, während die Schlossherrin dem Sieger ein huldvolles Lächeln und ein Tuch in ihrer Lieblingsfarbe Blau überreichte. Für die Umstehenden war es aber meist interessanter, mit einer gehörigen Portion Schadenfreude zu beobachten, wie der Geschlagene, noch benommen vom Sturz, wie ein Käfer auf dem Boden lag und strampelte, um wieder auf die Beine zu kommen. Manche benötigten zum Hochkommen die Hilfe eines Dieners, an dessen Arm sie schließlich scheppernd, mit gesenktem Kopf und dem Helm unter dem Arm, den Ort der Niederlage verließen. Einige humpelten. Anderen wiederum schien es nichts auszumachen, dass sie vom Gegner besiegt worden waren. Vielleicht wollten sie den Umstehenden aber nicht auch noch ein solch unwürdiges Schauspiel bieten.

Als Mathilde eine weitere kurze Pause nutzte, um sich am Kampfplatz umzutun, gab es einen Verletzten: Der Ritter und Minnesänger

Heinrich von Tettingen hatte sich beim Tjost gegen Ulrich von Wieladingen die Hand verstaucht. Für einen Minnesänger war das ein Drama. Mathilde bemerkte ganz in der Nähe des Tettingers einen jungen, recht gut aussehenden Ritter. Der Ausstattung nach gehörte er nicht zu den Wohlhabenderen unter den Gästen. Er hatte offenbar keinen eigenen Diener, sondern hatte sich einen der Jungen gegriffen, die an Walther von Klingens Hof lebten, wahrscheinlich den Sohn eines Dienstboten. Als er überraschend zu ihr herüberschaute, begegneten sich ihre Blicke. Er sah dabei nachdenklich aus. Wieso? Sie entschied sich, lieber nicht zu fragen, denn sie hatte Angst, dass er das missverstehen könnte. Er machte selbst keinen Versuch, sich ihr zu nähern. Auf ihre Erkundigung hin erfuhr sie später, dass er Lütold von Tiefenstein hieß.

Auch Rudolf von Habsburg mischte beim Tjost kräftig mit. Das Banner mit dem roten Löwen auf der eisenbewehrten Brust und auf dem gelben Überwurf seines schwarzen schweren Streitrosses schien selbst im November-Nieselregen zu leuchten. Der hochgewachsene, hagere Streiter, der bereits an die fünfzig Lenze zählen musste, schickte einen Gegner nach dem anderen zu Boden. Gottfried, sein Vetter, Vogt auf der Burg zu Laufenburg und um einige Jahre jünger als Rudolf, nahm die Niederlage gegen seinen älteren Verwandten gelassen. Ebenfalls geschmückt mit dem Habsburger Wappen, saß er im Sägemehl, klappte das Visier des Helmes hoch, schnauzte seinen Knappen an, ihm aufzuhelfen, und marschierte anschließend scheppernd zu Sophie von Froburg. Dort verneigte er sich tief. »Schenkt mir auch ein Tuch«, bat er treuherzig. »Der Sieg bleibt ja in der Familie.«

Sophie reichte ihm lachend das Gewünschte. Gottfried von Habsburg-Laufenburg war bekannt für seine Scherze. Und für seinen Mut.

»Heiliger St. Georg, was für eine Frau«, hörte Mathilde einen Diener neben sich murmeln. Sie musste ihm recht geben.

Plötzlich brandete ein Raunen auf. Heinrich von Neuenburg, Bischof zu Basel und doch sehr viel mehr Kämpfer als Gottesmann, war auf seinem schwarzen Ross vor die Schlossherrin geritten und senkte dort die Lanze. Er forderte Rudolf von Habsburg heraus. Dieser hatte sich bereits zurückgezogen und war schon dabei, sich mit Hilfe seines Garzun aus der Rüstung zu schälen, wie es hieß. Er ließ ausrichten, er werde diese aber wieder anlegen und in wenigen Momenten erscheinen.

Die Fanfaren erschallten erneut. Ein wenig schwächer als zu Anfang des Tjosts, dachte Mathilde. Die Musiker waren wohl ebenfalls müde. Es war schon später Nachmittag, bald wurde es dunkel. Sie erschrak, sie hatte zu lange getrödelt. Sie musste zurück in die Küche. Es war noch viel zu tun.

Was danach auf dem Kampfplatz geschah, erfuhr sie deshalb erst später. Graf Rudolf von Habsburg habe einen guten Stoß in die Kehle seines Feindes Heinrich von Neuenburg gesetzt, erzählte sich die Dienerschaft. Der stolze Bischof sei vom Pferd gestürzt. Danach unterschieden sich die Berichte, je nachdem, wem das Wohlwollen des Erzählers galt.

»Ihr seid ein Mann mit Mumm«, sollte Heinrich, selbst in der Niederlage ein Ritter von Ehre, nach dem Kampf zu Rudolf gesagt haben. Das war die Darstellung der einen. Andere widersprachen und behaupteten, der Neuenburger habe rauchend vor Zorn gerufen: »Ich bringe Euch um.« Über Schloss Klingnau schien sich ein Schatten zu legen.

Am Abend, beim Bankett, war davon nichts mehr zu spüren. Der große Rittersaal war zu Ehren der Gäste festlich geschmückt mit Zweigen, Bändern und den Bannern der Edlen. Walther von Klingen und Sophie von Froburg saßen in der Mitte der Tafel, links und rechts von dem neuen Schlossherrn, dem Bischof von Konstanz. Eberhard schien sehr zufrieden mit seiner Erwerbung zu sein. Jedenfalls lachte er laut und häufig.

Heinrich von Neuenburg hatte den Platz zur Rechten Sophies bekommen. Neben ihm saß der Abt der Klingnauer Johanniter. Er tuschelte ständig mit dem Basler. Rudolf von Habsburgs Platz war ein gutes Stück entfernt, zur Linken Walthers. Rudolf und Heinrich würdigten sich keines Blickes, wie Mathilde bemerkte. Sie war inzwischen geneigt, den anderen zu glauben. Auch die Herren von Pfirdt saßen an der langen Tafel des Hochadels. Es schienen beide schweigsame Männer zu sein. Diepold sprach wenig mit der Frau an seiner Seite. Ansonsten betrachtete er die anderen Gäste. Mathilde hatte den Eindruck, dass sein Wesen eher von Schwermut denn von Lebensfreude geprägt wurde, so wie auch sein Vater Ulrich von Pfirdt. Ihre Mienen waren umwölkt, ihre Blicke wanderten düster und unstet durch den Raum. Ob sie sich nicht wohlfühlten? Oder ob sie immer so waren?

Mitleid mit Katharina von Klingen wallte in ihr auf. Sie hatte es wohl nicht leicht. Die Tochter von Sophie von Froburg und Walther von Klingen war wie die Mutter und die anderen Damen in Samt und Seide gewandet, trug ein goldenes Haarnetz, Perlen und allerlei anderes Geschmeide. Doch sie wirkte nicht glücklich.

Mathilde befiel ein schlechtes Gewissen. Was stand sie hier und hielt Maulaffen feil? Sie war dazu ausersehen, die niederen Edlen an den hinteren Tischen des Rittersaales zu bedienen, und nicht die Ehrengäste an der großen Tafel. Das oblag den angestammten Bediensteten, allen voran dem Mundschenk und dem Verwalter des Klingnauers. Es hieß, der Bischof von Konstanz wolle den Verwalter übernehmen, ebenso wie Jacob, den Schreiber.

Dennoch konnte sie sich vom Anblick der Feiernden nicht losreißen. Ihr Blick wanderte durch den Saal. Wo war Steinmar? Ah, dort hinten saß er ja, lachte und zechte seelenruhig mit einem Mann, den sie nicht kannte. So, als habe er nicht bald einen großen Auftritt. Endlich würde sie ihn singen hören. Denn heute sollte es auch Lieder geben. Aber nicht nur der Ritter und Spielmann Berthold Steinmar würde zur Harfe greifen, Heinrich von Tettingen wollte ebenfalls singen, wegen seiner Handverletzung begleitet von Steinmar. Und sogar Walther von Klingen selbst hatte angekündigt, er werde das eine oder andere seiner Lieder zum Besten geben, um die Gäste zu ehren und zu unterhalten.

Im Rittersaal wurde es still, als der Klingnauer endlich einen Spielmann zu sich winkte, der ihn mit der Fiedel begleiten sollte. Mathilde erinnerte sich, warum die Menschen ihn kurz den »Klinger« nannten. Ein Dichter aus dem Thurgau, der Herr von Wengen, hatte ein Lied auf Walther gedichtet, ihm diesen Namen gegeben und sich damit auf seine Weise vor Walther verbeugt. Es war wie ein zweiter Ritterschlag. Nur ein Mann von Walthers Ansehen, der allenthalben für seine Treue, Milde und Wohlerzogenheit, für Freigiebigkeit und Tugend gerühmt wurde, der über jeden Zweifel erhaben war, konnte kurzweg der »Klinger« genannt werden.

Der Schlossherr sang gut, man merkte ihm die Übung an. Doch es gelang Mathilde nicht, ihm ihre ungeteilte Aufmerksamkeit zu schenken, wie sie es eigentlich vorgehabt hatte. Immer wieder wanderte ihr Blick zu Steinmar. Der hatte das Geplänkel mit seinem Nachbarn unterbrochen und beobachtete Heinrich von Neuenburg aufmerksam. Sein Gesicht wirkte ernst und angespannt. Was befürchtete er?

Als Steinmar sich schließlich erhob und nach seiner Harfe griff, richteten sich aller Augen erwartungsvoll auf ihn. Er aber sah nur auf Sophie von Froburg, die Frau, der seine ganze Minne geweiht war und für die er schon so manches Lied gedichtet hatte, wie Mathilde wusste. Eines seiner berühmtesten galt ihr. Er stellte ein Bein auf einen Schemel, legte die Harfe darauf ab und griff in die Saiten. Den Menschen im zugigen Saal wurde warm ums Herz in dieser nasskalten Novembernacht, als nach einigen Tönen sein samtiger Bariton einsetzte.

*»Wenn ich kommen will von Schwere,*
*So gedenke ich an ein Weib,*
*Die ist schön und reich an Ehre,*
*Dass ihr tugendlicher Leib*
*All mein Sehnen höher ruft.*
*Wie ein edler Falken wilde*
*Schwingt es sich hoch in die Luft.*
*Süßer Wunsch ob allen Weiben,*
*Du bringst Ehre deutschem Land.*
*Du kannst Herzeleid vertreiben …«*

Wie sehr wünschte sich Mathilde da, nicht nur ein einfaches Mädchen zu sein, die Tochter eines Händlers aus Waldshut. Sie sah sich dort oben sitzen anstelle von Sophie von Froburg, reich, schön und geehrt, das Gesicht sanft beleuchtet vom Schein der Fackeln an den Wänden und der Lichter auf den Tischen, angetan mit einem reichen Samtgewand, in dem die Goldfäden blitzten, einer langen Schleppe, mit Perlen bestickt, und Perlen im Haar unter dem Gazeschleier.

Mathilde stand und träumte. Sie ließ sich vom Strom der Worte und der Melodie leiten. *»Ich wähnte, aus dem Himmelreiche mich ein Engel lachte an …«* Der warme, ein wenig kehlige und raue Bariton Steinmars hüllte sie ein wie ein Mantel. Es war keine gewaltige Stimme. Und dennoch wie gemacht für ein Liebeslied. Für Mathilde war es die schönste Stimme auf der ganzen Welt. Eine Stimme mit einem großen Zauber, mit so viel Zärtlichkeit, dass auch die hässlichste Hexe durch sie zur Schönheit wurde, durch die Magie seiner Kunst.

In diesem Moment fasste sie einen Entschluss. Eines Tages würde Ritter Berthold Steinmar zu Klingnau sie so anschauen wie jetzt Sophie von Froburg. Eines Tages würde er ein Lied für sie schreiben. Sie würde alles dafür tun. Diesem Traum gab sie sich hin, an eine Säule gelehnt, ein Lächeln auf den Lippen, die Augen in die Ferne gerichtet.

Plötzlich fühlte sie von hinten einen groben Stoß. Er war so stark, dass sie in den Raum geschleudert wurde, zu Boden stürzte und wie ein nasser Sack über den Steinboden rutschte, den Rock bis zu den Oberschenkeln hochgeschoben. Noch während sie versuchte, sich irgendwo festzuhalten, gleichzeitig ihren Rock wieder herunterzuziehen und auf die Beine zu kommen, hörte sie von hinten das kreischende Lachen von Louis, ihrem Feind.

Mathilde rappelte sich auf. Sie wusste vor Scham nicht, wohin sie schauen sollte. Noch nie im Leben hatte sie sich so blamiert. Sie wusste ja, wer sie gestoßen hatte, aber das nutzte nichts. Jeder auf Klingnau würde künftig über sie lachen.

»Mathilde, Kind, komm her. Deine Gerichte werden von allen gelobt. Dir gebührt große Ehre für deine Kunst …« Sophie von Froburg versuchte vergeblich, mit ihrer Stimme gegen das Gelächter anzukommen, das fast alle im Rittersaal erfasst hatte. Bischof Heinrich von Neuenburg schlug sich sogar vor Vergnügen auf die Schenkel.

»Bei Gott, was für ein Spaß«, japste er in Richtung von Gottfried von Habsburg-Laufenburg. »Das ist fast noch ein größerer Spaß als der Tag, an dem ich Euch für zweihundertsechzig Mark die Burg Biedertal abgekauft habe. Oder der Tag, an dem ich die Burg zu Rheinfelden in Besitz nahm«, fügte er mit einem boshaften Blick auf Rudolf von Habsburg hinzu.

Der Graf lachte nicht. Sein Gesicht war bleich. Er biss sich auf die Lippen. Jeder konnte sehen, dass er die schmerzliche Niederlage und den damit einhergehenden Verlust seiner Festung auf dem Stein im Rhein noch immer nicht verwunden hatte. Seine Kiefer mahlten, sein Blick war entschlossen. Auch wer den Grafen von Habsburg nicht gut kannte, sah, dass er vorhatte, eines Tages blutige Vergeltung zu üben. Doch er blieb stumm. Er wollte wohl das Fest seines Freundes Walther von Klingen, das letzte in diesem Schloss, nicht durch Hader stören und den Gastgeber dadurch entehren.

Mathilde nahm das alles nur am Rande wahr. Sie sah nicht mehr, wie sich die Herrin von Klingnau erhob, um die Aufmerksamkeit auf sich zu lenken, aber vom neuen Hausherrn wieder auf ihren Platz gezogen wurde. Sie sah nicht den mitleidigen und auch zornigen Blick Steinmars oder dass Junge Tränen in den Augen hatte. Sie hörte auch nicht mehr, wie Heinrich von Tettingen, nachdem sich der Aufruhr gelegt hatte, die berühmten Verse des Minnesängers Tannhäuser über die Venus im Berg vortrug. Oder wie Walther von Klingen mit der Ballade des edlen Ritters Parzival den berühmtesten Minnesänger von allen ehrte, Wolfram von Eschenbach, und gleichzeitig auch seiner fernen Tochter gedachte, die Herzelaude hieß wie die schmerzensreiche Mutter des großen Helden an König Artus' Hof. All das und mehr erlebte sie nicht mehr. Sie stürzte aus dem Rittersaal, dem Ort der Träume und des Triumphes ihrer Kochkunst. Und ihrer größten Schmach.

Und sie schwor sich, während sie schluchzend hinauslief, niemals wieder einen Fuß nach Klingnau zu setzen. Sie griff nach dem schweren Schlüssel um ihren Hals. Sie wollte heim. Nichts als heim. Sich in ihrer vertrauten Kammer verstecken und die Welt aussperren. Sie verdrängte in ihrer Verzweiflung den Gedanken, dass sie in Waldshut in Gefahr schwebte, hoffte wider besseres Wissen, dass sie vielleicht davonkommen, der Onkel sich doch noch ihrer annehmen und sie vor Baldurs Nachstellungen beschützen würde. Jetzt, wo sogar der Graf von Habsburg sich ihr gegenüber so freundlich gezeigt und ihr Essen gelobt hatte. Eine solche Gunstbezeigung würde ihn vielleicht davon überzeugen, dass er sich nicht für seine Nichte schämen musste. Und es ging ja auch um seine Ehre. Irgendwann, wenn der Vater zurückkam, würde er Rechenschaft ablegen müssen. Der Vater. Wo blieb er nur? Und Andreas ...

Hastig kramte sie ihre wenigen Sachen zusammen und verließ das Schloss. Der Küchenmeister Louis sah ihr schadenfroh nach, ein boshaftes Lächeln um die Lippen.

Mathilde merkte nicht, dass Junge ihr heimlich folgte. Sie stolperte wie von Sinnen durch die Nacht, über Wurzeln und Steine, auf dem kleinen Saumpfad am Unterlauf der Aare hin zum Rhein. Sie war so verwirrt, dass sie erst nach einer ganzen Weile das Knacken von Ästen hinter sich hörte. Doch so viel sie auch lauschte, so viel sie auch spähte, sie konnte niemanden entdecken. Da rannte sie weiter in blinder Angst. Äste wurden zu Räubern, die ihr im Unterholz auflauerten, sie peitschten ihr ins Gesicht. Schließlich hatte sie die Mündung der Aare in den Rhein erreicht. Hier war der Weg sumpfig, aber das Gelände etwas offener.

Sie blickte sich erneut um. Doch sie sah wieder niemanden. Da, da war ein Nachen. Der gehörte wohl einem Fischer. Mathilde atmete auf. So hatte sie doch noch etwas Glück. Sie würde am nächsten Tag jemanden bitten, ihn zurückzubringen. Hoffentlich war der Fischer nicht allzu ärgerlich. Aber sie hatte keine andere Wahl, wenn sie hinüberwollte. Sie warf ihr Bündel in den Weidling und kam glücklich über den Fluss. Es klang für sie wie die Harfen der Engel, als sich der schwere Schlüssel im Schloss des Elternhauses drehte und die Eichentür sich knarzend öffnete. Mathilde schloss sorgsam hinter sich ab. Kurz darauf war sie in ihrem Bett tief und fest eingeschlafen. Weder der modrige Geruch noch die feuchte Kälte im Haus störten sie. Manchmal stöhnte sie im Schlaf, von Träumen geplagt, in denen sie die Demütigung des Abends erneut erlebte.

Es war schon hell, als sie von Tritten und Hämmern gegen die Haustür geweckt wurde. Zuerst dachte Mathilde, der Lärm sei Teil eines Traumes. Dann folgten die Schläge eines Beils gegen das harte Holz, und sie schreckte hoch. Sie warf sich ein großes Wolltuch über das Hemd und eilte nach unten. Mit fliegenden Händen öffnete sie die Haustür. Da fühlte sie sich auch schon von kräftigen Männerhänden links und rechts an den Armen gepackt.

»Du bist verhaftet«, verkündete Mathildes Onkel, der Schultheiß von Waldshut. Er blickte grimmig und tat so, als kenne er seine eigene Nichte nicht.

In ihrer Verwirrung schickte Mathilde ein Stoßgebet gen Himmel. »Heilige Mutter Gottes, rette mich.«

»Bete lieber zum heiligen Bartholomäus, dem Schutzpatron der Gerber, dass dir der Henker nicht bei lebendigem Leib die Haut abzieht«, schnauzte ihr Onkel sie an.

Mathilde fiel auf die Knie. »Bei der Heiligen Jungfrau, Ihr seid doch mein Oheim. Habt Mitleid mit mir, was habe ich denn nur getan? Das ist sicher alles ein Missverständnis.«

Arnolds Blick wurde nicht weicher. »Nichte oder nicht. Ich schütze keine Mörderin.«

Mathilde schrie auf. »Mörderin? Herr im Himmel, was sagt Ihr da! Wer behauptet so etwas? Das ist eine Lüge!«

»So, und warum winden sich dann dreißig Leute auf Schloss Klingnau in ihrem Erbrochenen und scheißen sich die Gedärme aus dem Leib? Und zwar nur jene, die von deinen Fleischbällchen gegessen haben? Da ist Gift im Spiel. Und die Giftmischerin bist du!«

Mathilde war völlig fassungslos. »Herr Oheim, glaubt mir, das kann nur ein Irrtum sein. Warum sollte ich so etwas Furchtbares tun?«

»Das wirst du uns schon gestehen, wenn du der hochnotpeinlichen Befragung unterzogen wirst.«

Die Worte fielen in Mathildes Seele wie schwere Steine in einen tiefen Brunnen. Das hieß Folter, die schrecklichsten Qualen durch den spanischen Stiefel, die Daumenschrauben oder die Streckbank.

Nicht viel später schmiedeten sie ihr Eisenketten um die Fußgelenke. Und als die Tür ihres Kellerverlieses hinter ihren Wärtern zugefallen war, herrschte bis auf einen kleinen Streifen Licht, der durch eine Spalte unter der Tür hereinfiel, fast völlige Dunkelheit.

# IV

Das Geräusch der Schritte mehrerer Männer wurde lauter und verstummte. Es folgte das Klirren eines Schlüsselbundes, den jemand vom Gürtel nahm. Ein Riegel wurde beiseitegeschoben. Schließlich drehte sich der Schlüssel. Mathilde versuchte, ihre Benommenheit abzuschütteln. Kurz keimte Hoffnung in ihr auf. Diese Beschuldigung war der reine Irrsinn. Das mussten ihre Ankläger doch inzwischen gemerkt haben! Warum, um Himmels willen, sollte sie Walther von Klingen und seine Gäste umbringen wollen?

Das mürrische Gesicht ihres Onkels erschien im Türrahmen, dann schob sich der Rest des Mannes hinterher, offenbar etwas schneller als eigentlich beabsichtigt, denn er stolperte. Mathildes Hoffnung sank wieder. Das verhieß nichts Gutes.

Da wurde der Schultheiß von Waldshut mit einem kräftigen Stoß weiter in Mathildes Gefängniszelle befördert. Sein Gesicht wurde noch missmutiger. Sofern das überhaupt noch möglich war.

»Nun macht schon, ich habe nicht den ganzen Tag Zeit«, schimpfte eine Männerstimme, die Mathilde bekannt vorkam. Sie konnte sie aber nicht einordnen. Gleich darauf erschien auch der Sprecher in ihrer Zelle, war aber im Dämmerlicht zunächst nicht zu erkennen. Langsam erhob sie sich und klopfte das stinkende Stroh, das man ihr als Lager gegeben hatte, von ihrer Kleidung. Die Verwandtschaft mit Arnold von Waldshut hatte ihr keineswegs Erleichterungen verschafft. Im Gegenteil. Immer wieder hatte sie sich die Frage gestellt, warum ihr Onkel von so viel Hass auf Mathias, ihren Vater, und auch auf sie erfüllt war. Sie verstand einfach nicht, wie er glauben konnte, sie sei eine Giftmörderin. Sollte es daran liegen, dass er ein Guelfe war und sich im Streit zwischen dem Stauferkaiser Friedrich und dem Papst auf die Seite des Papstes geschlagen hatte, ihr Vater hingegen ein Ghibelline, der zu den Staufern gehalten hatte? Aber das war doch schon Ewigkeiten her! Die Staufer waren untergegangen, der große Kaiser Friedrich nur noch eine Legende, und ihr Vater war verschollen. Nein, sie konnte sich nicht vorstellen, dass dieser alte Hass zwischen den Brüdern noch immer schwelte und sich jetzt sogar auf sie übertrug. Oder doch? Was sonst sollte der Grund für Arnolds Bösartigkeiten sein? Sie hatte doch nichts, was er begehren könnte, sie war nichts.

Mathilde bereitete sich innerlich darauf vor, zum Henker geführt zu werden. Arnold hatte ihr gestern von dessen Ankunft berichtet – mit kaum verhohlener Häme in der Stimme. Oder war das vorgestern gewesen? Sie wusste es nicht mehr. Sie hoffte nur, dass sie stark sein würde. Stark genug, um die bevorstehende Folter ohne ein falsches Geständnis zu überstehen. Stark genug, um in Würde zu sterben. Unter diesen Umständen wollte sie wenigstens so gut wie möglich aussehen. Sie wusste, das war eigentlich unwichtig, doch sie begann, ihre Haare, so schnell es ging, zu einem ordentlichen Zopf zu flechten. Die vertraute Bewegung half ihr, die Fassung zu bewahren.

»Mach dir keine unnötige Mühe, meine Tochter. Bald wirst du ein warmes Bad bekommen, eine Suppe und ein gutes Bett. In welcher Reihenfolge auch immer.« Der Fremde war näher getreten, seine Stimme klang sanft.

Mathilde benötigte eine Weile, um den Sinn der Worte zu erfassen. Sie hatte sich auf Folter und Tod vorbereitet. Essen, Bett, warmes Bad – das waren Worte aus einer anderen Welt, mit der sie nichts mehr zu tun hatte.

Der Fremde lächelte sie an. Langsam dämmerte Mathilde, wer er war: der Mönch, der wie ein Bauer aussah. Sie hatte den Knoderer ja zusammen mit Rudolf von Habsburg, Steinmar und den anderen im Salm gesehen. Und sie begriff, dass sie leben würde.

Er lachte. »Kind, du kannst es ruhig glauben. Du bist frei. Rudolf von Habsburg hat angeordnet, dich aus der Haft zu entlassen. Ich bin Heinrich von Isny, sein Berater. Und ein wenig auch sein Freund, darf ich sagen. Erinnerst du dich nicht an mich?«

Sie schluchzte auf und sank vor ihrem Retter zu Boden. »Herr, ich danke Euch. Das werde ich Euch nie vergessen.« Doch ein Stachel blieb in ihrem Herzen. Dass Steinmar nicht gekommen war! Der Mann, den sie liebte, hatte sich nicht im Geringsten um ihr Schicksal gekümmert.

Der Minorit zog sie hoch. »Kind, Kind, ich bin nicht dein Retter. Ich bin nur der Bote der guten Nachricht. Komm, ich bringe dich heim.«

Mathilde sah ihn verwirrt an. »Heim? Ich habe kein Heim mehr. Der Deutsche Orden hat sein Haus zurückgefordert. Inzwischen lebt bestimmt jemand anderes darin. Ich gelte doch als Giftmörderin. Da haben sie es sicherlich schon jetzt jemand anderem überlassen und nicht erst zum neuen Jahr, wie mir mitgeteilt wurde. Doch ich war es nicht, sagt das bitte dem Grafen und den Leuten von Klingnau.«

Wieder lächelte Heinrich von Isny, während Mathildes Onkel weiter sein übellauniges Gesicht zog. »Nun mal langsam, meine Tochter. Niemand von uns hält dich für eine Giftmischerin. Ich soll dich übrigens von Frau Sophie von Froburg grüßen. Sie bedauert deinen plötzlichen Abschied sehr. Du bist nicht durch Rudolf oder den edlen Herrn von Klingen in diese missliche Lage geraten.« Er warf Arnold von Waldshut einen Blick zu, den Mathilde nicht deuten konnte. »Ich denke, da hat jemand die Gelegenheit genutzt, um schneller ans Ziel seiner Wünsche zu gelangen. Wusstest du, dass der Salmwirt und dein Onkel sich jeweils um eine Hälfte des Hauses beworben hatten? Bereits vor einiger Zeit, als sie hörten, dass der Deutsche Orden es zurückfordern würde. Ah, ich sehe schon, das haben sie dir verschwiegen. Doch ich habe eine gute Nachricht: Du kannst in deinem Heim bleiben. Die Haushälfte, in der dein Vater sein Kontor und das Warenlager untergebracht hatte, wurde allerdings anderweitig vergeben. Bevor du fragst: Nein, nicht an Baldur oder deinen Oheim. Du wirst deinen neuen Nachbarn bald kennenlernen.«

Mathilde starrte ihn mit offenem Mund an. Es hatte ihr die Sprache verschlagen. Deswegen also. Der Onkel hatte die Hälfte des Hauses haben wollen. Aber er hätte doch nur warten müssen, nur noch wenige Wochen, dann hätte sie es sowieso verlassen müssen! Hatte er vielleicht Angst gehabt, dass er das Haus jetzt, wo der Habsburger seine schützende Hand über sie hielt, nicht mehr bekam?

Das wird es gewesen sein, dachte sie und streckte den Rücken durch. Nur war sein Plan nicht aufgegangen. Es war immer noch ihr Heim. Der Gürtelknopf hatte gesagt, dass sie nach Hause durfte! Das war das Wichtigste. Alles andere würde sich schon noch klären. In ihr begann Hoffung zu keimen.

Der Mönch schmunzelte. »Ich sehe schon, die freudige Überraschung macht dich stumm. Es ist viel auf einmal, ich weiß. Du hast bestimmt große Furcht gehabt während der fünf Tage hier in diesem …«, er sah sich um und rümpfte die Nase. »Es tut mir leid, dass du das ertragen musstest. Wir haben uns alle Mühe gegeben, dich so schnell wie möglich hier herauszuholen und dafür zu sorgen, dass sich für dich alles zum Guten wendet. Aber manche Dinge benötigen einfach ihre Zeit. Dein Onkel Arnold und Baldur, der Salmwirt, haben sich zunächst gegen unsere … äh … Vorschläge gestemmt. Sie meinten, der Vorwurf der Giftmischerei sei noch nicht endgültig aus der Welt. Außerdem würdest du von einem

Fischer des Diebstahls bezichtigt, der gesehen hat, wie du seinen Weidling nahmst. Wir konnten das alles ausräumen. Die Gäste des Klingnauers sind inzwischen genesen, und der Fischer hat sein Boot zurück und ist zu seiner Zufriedenheit entschädigt worden. Durch ein wenig Überredung von höchster Stelle ist selbst dein Oheim zu der Einsicht gelangt, dass man eine arme Waise nicht auf die Straße setzen darf, ohne sich zu versündigen. Der Graf von Habsburg persönlich hat ihm das unmissverständlich klargemacht und ihn an die Pflichten erinnert, die er als derzeit alleiniges Oberhaupt der Familie dir gegenüber hat. Ich denke, dein Onkel hat das jetzt verstanden. Und er weiß nun auch, dass du nicht ohne Schutz bist. Er wird dich künftig in Ruhe lassen. Er will ja schließlich Schultheiß von Waldshut bleiben. Nicht wahr?«

Mathildes Oheim kniff die Lippen zusammen.

Mathilde war völlig überwältigt, wusste noch immer nicht, was sie sagen sollte.

»Kind, Kind. Schau nicht so ungläubig. Hier ist die Urkunde, mit der dir Komptur Ulrich-Walther von Klingen im Namen der Deutschordensritter-Kommende Beuggen die Hälfte des Hauses auf Lebenszeit überlässt. Unter gewissen Bedingungen. Aber darüber sprechen wir später. Dieser Handel ist sogar vom Landeskomptur der Ballei Elsass-Burgund bestätigt. Hier, siehst du, da ist sein Siegel: *Sigilium Conmendatoris de Alsacia et Burgundis* mit Maria und Johannes zu beiden Seiten des Gekreuzigten.« Heinrich von Isny hielt ihr das Pergament mit dem Siegel aus braunem Wachs an weiß-blauer Schnur unter die Nase. »Und zu Füßen des leidenden Christus ist der Komptur zu erkennen.«

Mathilde räusperte sich. Sie hatte einen Frosch im Hals, und ihre Stimme klang piepsig, als sie fragte: »Bitte sagt, wer ist dieser neue Nachbar?«

»Ritter Berthold Steinmar von Klingnau hat das Wohnrecht in der anderen Haushälfte bekommen. Er musste ein gehöriges Sümmchen dafür aufbringen. Aber er sagte, jemand müsse dich im Auge behalten, ehe dir noch mehr Unglück geschieht. Er denkt, du bist ein ziemlicher Pechvogel.«

Mathilde schluckte. »Edler Bruder Minorit, ich meine, Herr Heinrich, ich danke Euch von Herzen.« Diese Worte bekam sie gerade noch heraus, dann folgte ein Weinkrampf. »Dann bbbinn ich ja Weiheinachten daheim«, schluchzte sie.

Dieses Mädel war zum Herzerbarmen. Heinrich von Isny hatte wenig Erfahrung mit schluchzenden Frauen. Er wusste nicht so recht, wie er mit diesem Gefühlsausbruch umgehen sollte. Und so klopfte er Mathilde etwas unbeholfen auf den bebenden Rücken und fasste sie dann sanft am Arm. »Ich bin kein edler Herr, nur ein einfacher Diener des Herrn und, wie ich schon sagte, lediglich der Überbringer der guten Nachricht. Nun denn, lass uns gehen.«

Seine Worte hatten die beabsichtigte Wirkung. Mathilde bemühte sich um mehr Haltung. Hoch erhobenen Hauptes marschierte sie an ihrem Onkel vorbei.

»Baldur wird sich bei dir melden. Und ich auch«, zischte er ihr im Vorbeigehen ins Ohr. Sie schob die Furcht beiseite, die dieser Satz in ihr auslöste. Sie wollte einfach nur nach Hause. Für diesen Moment war sie wunschlos glücklich. Sie hatte wieder eine Zukunft. Ob »nur Bote« oder nicht, das würde sie Heinrich von Isny niemals vergessen. So lange sie lebte.

In ihrem Haus nahe des östlichen Stadttores wartete auf Mathilde ein ganz besonderer Empfang. Martin hockte strahlend am blank gewienerten Küchentisch. Der war beladen mit allerlei Speisen: Fladenbrot, eine stärkende Brühe, gegrilltes Schaffleisch, gedünsteter Spitzkohl mit Kümmel, Honigbrot. Zu seinen Füßen schnurrte die Katze. Selbst der räudige Hund war dabei. Im Kamin flackerte ein Feuer, Wasser brodelte im Kessel.

Neben Martin saß eine ältere Frau, deren Gesicht Mathilde vage bekannt vorkam. Sie erhob sich etwas schüchtern. »Willkommen daheim. Ich bin Gertrud. Erinnert Ihr Euch? Ich kam mit den Flagellanten. Ihr habt mir durch Martin etwas Essen bringen lassen. Das war meine Rettung. Martin sagte, ich könne bleiben, bis Ihr heimkehrt. Aber ich kann sofort aufbrechen, wenn …«

»Sie wusste nicht, wohin, und war kurz vor dem Verhungern«, ergänzte der Stallknecht. »Ich hatte sie im Wirtshaus versteckt, damit sie nicht auf der Straße leben musste. Als Herr Steinmar mir sagte, dass deine Freilassung nur eine Frage der Zeit ist, haben wir den Salm verlassen. Das war vor vier Tagen. Den Hund und die Katze haben wir mitgenommen. Sie haben dich vermisst. Ritter Steinmar hat gesagt, wir könnten hier auf dich warten und dich in seiner Abwesenheit beschützen. Ich meine, wenn wir dürfen.«

»Junge ist auch von Klingnau hierhergekommen, will auch bleiben«, fügte Junge hinzu, der völlig außer Atem zur Tür hereinstürzte. Sechs

Augenpaare musterten Mathilde erwartungsvoll. Sie war vollkommen verwirrt. Das war einfach alles zu viel.

Da wurde sie von hinten gepackt und herumgewirbelt. Sie fand sich in den Armen eines Mannes wieder, der sie fest an sich drückte. »Es ist schön, dich wieder bei uns zu haben, kleine Wachtel. Auch wenn du ziemlich stinkst.«

Mathilde blickte auf und sah wieder in diese blauen Augen. Die blauesten Augen auf der ganzen Welt. Eines davon zwinkerte ihr zu. So war er also doch gekommen. Er hatte sie nicht vergessen. Ein erneuter Heulkrampf erfasste sie.

Mit allen Anzeichen der Belustigung wandte sich Steinmar zu Heinrich von Isny um. »Könnt Ihr mir sagen, Freund, was ich mit solch einer Heulsuse machen soll? Wir freuen uns auf sie, und sie verströmt ganze Fluten. Ich frage mich, wo all das Wasser herkommt.«

Der Mönch hob die Hände. »Was fragt Ihr mich, Minnesänger? Die Gefühle sind Euer Bereich. Ich bin nur der ungehobelte Sohn eines Handwerkers. Die einzige Frau, mit der ich regelmäßigen Umgang pflege, ist die Jungfrau Maria. Verlangt also keinen Rat von mir.«

Steinmar schüttelte Mathilde sanft an der Schulter. »Nun, bekommen wir keine Antwort?«

Mathilde schaute ihn verblüfft an. »Antwort worauf?«

»Ob wir bleiben dürfen.«

»Wer?«

»Na, Martin, Junge, Gertrud, der Hund und die Katze. Sowie Heinrich von Isny und ich. Allerdings nur für eine Weile, bis du dich wieder eingelebt hast.«

»Ja, dürfen wir bleiben, Frau Mathilde?« In Martins Stimme schwangen Unsicherheit und etwas Angst. »Ich könnte helfen. Beim Holzhacken zum Beispiel, beim Hühnerausnehmen. Und vor allem Euch beschützen«, fügte er grimmig hinzu. Mathilde war noch zu überrumpelt, um den neuen Respekt in Martins Stimme wahrzunehmen.

»Und ich beim Pasteten kneten, auch sonst in der Küche oder als Schankmagd«, meinte Gertrud leise.

»Wieso solltet ihr das tun?«, erkundigte sich Mathilde, deren Denkvermögen langsam zurückkehrte. »Ich bin arm, ich kann euch nicht ernähren.«

Steinmar schüttelte den Kopf. »Dieser Jungfer haben sie im Kerker den Verstand gestohlen«, stellte er spöttisch fest. »Du wirst in meiner

Haushälfte natürlich dein eigenes Wirtshaus aufmachen. Selbstredend werde ich an den Einnahmen beteiligt. Nein, keine Bange, ich werd dich schon nicht schröpfen. Draußen im Hof haben wir eines dieser neuen Küchenhäuser für dich gebaut. Wir waren immer davon überzeugt, dass die Vorwürfe gegen dich jeder Grundlage entbehren und du bald freikommen würdest. Es gibt auch schon Aufträge. Die Wieladinger haben Wildbretpasteten geordert, der Komptur von Beuggen auch, außerdem die Tiefensteiner, die Tettinger, Walther von Klingen, Nogger von Klingnau, mein Bruder Konrad, Bischof Eberhard von Konstanz, natürlich Rudolf von Habsburg … Ich kann sie gar nicht alle aufzählen. Du wirst alle Hände voll zu tun haben.«

»Aber wieso das? Es denken doch alle, ich sei schuld daran, dass es nach dem Festbankett so vielen schlecht erging.«

»Wieso, wieso, immer wieso!« Steinmar hob in gespielter Verzweiflung die Hände. »Es hat sich schnell herausgestellt, dass wahrscheinlich ein Dienstmann des Basler Bischofs hinter der Giftgeschichte steckt. Doch dieser Hundsfott war schon geflüchtet, und der Neuenburger streitet alles ab. Wir können ihm nichts nachweisen. Graf Rudolf ist dennoch davon überzeugt, dass der Bischof ihm ans Leder wollte. Und weil er davon überzeugt ist, das auch immer wieder sagt und zudem deine Kochkunst unentwegt über den grünen Klee lobt, wollen jetzt alle deine Speisen kosten. Es gilt als besonders elegant, sich von der neuen Favoritin des Grafen beliefern zu lassen.«

»Ich? Rudolfs Favoritin? So ein Blödsinn!«

»Ach, meine Kleine, das weiß er, das weiß ich. Aber wir müssen es ja nicht herumposaunen, solange es dir hilft.«

»Und was ist mit meiner Ehre?«

»Davon kannst du nicht abbeißen«, erwiderte Steinmar trocken.

Das war jetzt wirklich zu viel. Genauer, es war genug. Sie musste irgendwie Zeit gewinnen. Nachdenken. Mathildes zupackende Seite gewann – allerdings ziemlich langsam – die Überhand über ihre Gefühle. Sie schaute zu Gertrud und Junge. »Ja, ihr könnt bleiben.« Sie zögerte. »Vorläufig. Das mit dem Wirtshaus überlege ich mir noch. Ihr hättet mich ja wenigstens vorher fragen können«, fügte sie dann etwas unwirsch hinzu.

»Tun wir doch«, erklärten die Mitglieder ihres Empfangskomitees fast einstimmig.

»Hm«, war die etwas ungenaue Antwort. »Ich nehme jetzt ein Bad.«

Martin machte eine Verbeugung. »Der Zuber in Eurer Kammer ist gerichtet, hohe Frau, das heiße Wasser kommt sofort.«

»Ach ihr«, erklärte Mathilde noch zwischen Lachen und Schluchzen. »Ihr seid so welche.« Dann war sie aus dem Zimmer.

»Sie hat Ja gesagt«, stellte Steinmar trocken fest. »Ich kenne die Frauen. Und so etwas nennt man Dankbarkeit«, ergänzte er mit einem Kopfschütteln.

Stunden später, als Mathilde warm, satt und sauber zwischen ihren Kissen lag, konnte sie lange nicht einschlafen. In ihrem Kopf jagte ein Gedanke den anderen. Es war alles geregelt. Sie hatte die Erlaubnis, ein Wirtshaus zu eröffnen, eine Schankwirtschaft zu betreiben und Speisen auszuliefern. Der Habsburger hatte es so angeordnet. Sie wusste nicht, warum sich so mächtige Männer ihres Schicksals annahmen und sie beschützten. Aber das war im Moment auch nicht wichtig. Nur wenige Stunden zuvor hatte sie geglaubt, dass ihr Leben vorbei sei. Und nun? Ja, sie hatte wahrhaftig wieder eine Zukunft. Wenn sie es recht überlegte, hatte sie auch eine Familie: Martin, Gertrud, Junge, den Hund und die Katze. Dann war da noch ein neuer Freund. Sie verdankte dem Knoderer viel, das spürte Mathilde instinktiv. Ja, und Steinmar, der Minnesänger. Er war gekommen! Er hatte sie nicht vergessen! Mathilde war glücklich. So schlief sie doch noch ein.

Sie erwachte vom köstlichen Duft nach gebratenem Speck. Draußen war es dunkel. Sie rappelte sich benommen auf, warf sich den großen Wollschal über die Schultern und tappte im Hemd mit nackten Füßen die knarrende Treppe hinunter, immer der Nase nach. Um den großen Holztisch saßen Junge, Gertrud und Steinmar. Ihre Gesichter wirkten friedlich im Schein der kleinen Öllampe. Sie blickten erwartungsvoll hoch, als Mathilde eintrat. Die wäre am liebsten sofort wieder umgekehrt. Sie schämte sich in Grund und Boden, dass Steinmar sie so leicht bekleidet sah.

Dann reckte sie sich. Sie war in ihrem eigenen Haus. Hier konnte sie herumlaufen, wie sie wollte. Und ihr guter Ruf war sowieso dahin, wie es schien. Auch wenn es wohl viele Damen gab, die ihr Bett gerne mit dem Grafen von Habsburg geteilt hätten. Mathildes Herz tat einen kleinen Hüpfer. Sie hatte ein Zuhause, ein Dach über dem Kopf. Und hungern musste sie im Moment auch nicht. Was wollte der Mensch mehr?

»Na, kleine Wachtel, gut geschlafen?«, fragte Steinmar neckend. Mathilde sah aus wie eine kleine verschlafene Nymphe: Das lockige, zerzauste Haar fiel ihr offen bis auf ihr niedliches rundes Hinterteil. Die grüngrauen Augen blickten verträumt, die Wangen waren noch leicht rosig vom Schlaf. Wenn sie doch nur nicht so jung wäre ...

»Wie lange habe ich geschlafen?«, erkundigte sich Mathilde.

»Eine Nacht und einen ganzen Tag.«

»Waas? So lange? Na, dann ziehe ich mich jetzt besser an«, befand sie nach einem ersten Moment der Überraschung.

»Erkläre mir einer die Gedanken einer Frau. Hier steht Speck, und sie will sich anziehen«, meinte Steinmar kopfschüttelnd, zückte sein Messer und schnitt sich ein dickes Stück Speck ab.

Dessen Duft verfehlte seine Wirkung auf Mathilde ebenfalls nicht. In Windeseile erklomm sie die Treppen zu ihrer Kammer, flocht ihren Zopf, steckte ihn hoch, schlüpfte in ihr altes grün-graues Überkleid aus Leinen, legte den Ledergürtel um die schmale Taille und das braune, wollene Tuch wieder um die Schultern. Der Vater hatte es der Mutter einst von einer Handelsreise mitgebracht. Mathilde wurde erneut wehmütig bei dem Gedanken an ihre Familie. Doch der Geruch des Essens war stärker als die traurigen Gedanken. Ihr Magen knurrte vernehmlich. Als sie wieder in die Küche kam, waren Martin, Gertrud und Junge verschwunden.

»Sie sind im neuen Küchenhaus und richten es vollends ein«, erklärte Steinmar auf ihren fragenden Blick hin.

Mathilde nickte. Ihr war jetzt nicht nach Reden zumute. Sie schöpfte die dampfende Gerstenschrotsuppe in einen Napf, griff sich eine Scheibe Speck und seufzte vor Behagen. Dann löffelte sie den sämigen Eintopf und biss in den Speck, immer schön abwechselnd. Sie aß nicht hastig, sondern voller Genuss, trotz ihres knurrenden Magens. Steinmar brachte einen Becher und schüttete etwas heißen mit Honig und Rosmarin gewürzten Wein hinein.

»Das ist wie im Paradies«, murmelte Mathilde mit vollem Mund und strahlte ihn an. Ihre Grübchen zeigten sich in ihrer ganzen Pracht. Wieder hätte Steinmar sie am liebsten in die Arme genommen.

»Wir müssen reden«, erklärte er barscher, als er es eigentlich wollte.

Mathilde nickte betrübt. Sie wirkte plötzlich ernüchtert. »Das dachte ich mir schon. Niemand kümmert sich heutzutage so um jemanden, ohne etwas dafür haben zu wollen. Was ist der Preis für all dies? Wie lauten die Bedingungen, von denen der Mönch sprach? Können wir handeln?«

Steinmar lachte schallend. »Ah, die Händlerstochter kommt zum Vorschein.«

Mathilde zog ein beleidigtes Gesicht. »Ihr nehmt mich nicht ernst, Ritter Berthold Steinmar von Klingnau«, beklagte sie sich. Doch in ihren Augen blitzte der Schalk. Gleichzeitig aber auch die Wachsamkeit.

»Es ist nicht so, wie du denkst, kleine Wachtel. Zumindest nicht ganz«, setzte er hinzu.

»Kann ich weiteressen, oder wird mir der Hunger gleich vergehen?«

Donnerlittchen, dieses Weib hat trotz allem einen kühlen Kopf bewahrt, sie ist sogar in dieser Lage noch imstande, einen Mann zu necken, dachte Steinmar. Laut sagte er: »Ich muss im Heiligen Land beginnen.«

Nun hatte er sie aber doch überrascht. Sie fragte jedoch nichts, schaute ihn nur an. Zuhören konnte sie also auch.

Er wand sich. Sie machte ihm die Sache nicht leicht. »Du wirst möglicherweise zornig auf mich«, baute er vor. »Aber glaube mir, ich durfte nicht vorher sprechen.«

Sie erwiderte noch immer nichts. Griff nur nach dem Becher mit dem Wein und trank einen kleinen Schluck.

»Ich fange vielleicht doch lieber hier an«, erklärte er seufzend. Diese Kleine schaffte es doch tatsächlich, ihn zu verunsichern. Dabei könnte er ihr Vater sein. Vater, ja, das war ein gutes Stichwort. »Dein Vater, kleine Wachtel, ist ein ganz besonderer Mann. Ich kenne und achte ihn. Wir verfolgen … gemeinsame Ziele. Ich habe es dir bisher nur nicht gesagt. Ich habe dir auch etwas anderes nicht erzählt. Dafür gibt es jedoch Gründe, wie du bald erfahren wirst.«

Mathildes Blick aus klaren grüngrauen Augen ging ihm durch und durch. Nein, er durfte sich nicht ablenken lassen. »Ich meine, er ist nicht nur ein Händler. Er ist … nun, wie soll ich es ausdrücken … er ist auch ein Sammler. Er sammelt Nachrichten für den Deutschen Orden und vor allem für Graf Rudolf. Für diese beiden ist er auch ins Heilige Land gereist.«

»So ist er also ein … Zuträger? Ein Spitzel? Ein heimlicher Lauscher?«, meinte Mathilde. Sie wirkte ruhig, doch Steinmar konnte erkennen, wie aufgewühlt sie innerlich war.

Er nickte. »Ja. Doch das sind hässliche Worte. Dein Vater ist ein Mann von Ehre. Er unterstützt Graf Rudolf als Kundschafter und Überbringer von Nachrichten. Viele stehen im Dienste Rudolfs. Aber es gibt nur wenige wie deinen Vater. Was ich dir nun sage, muss unter uns bleiben, komme, was da wolle. Versprichst du mir das?«

Mathilde nickte stumm.

»Gut. Rudolf von Habsburg strebt insgeheim nach der deutschen Königskrone.«

Mathilde runzelte die Stirn. »Aber haben wir nicht einen König? Ein Engländer soll das sein.«

Steinmar lachte. »Schau, schau, was du alles weißt. Ja, er heißt Richard von Cornwall und ist der Sohn des englischen Königs Johann Ohneland aus dem Hause Plantagenet. Die englische Fraktion der Kurfürsten, das sind die von Köln und Mainz und der Pfälzer, hat ihn vor etwa zwanzig Jahren gewählt. Aber der hat hier nichts zu sagen. Er konnte sich nie durchsetzen. Wenn es hochkommt, war er viermal in den deutschen Ländern. Wir haben übrigens noch einen zweiten König, Alfons von Kastilien, um den schert sich auch niemand. Und deshalb herrscht hier Rechtlosigkeit. Rudolf gedenkt, das zu ändern.«

Er sah Mathilde ernst an. »Du wirst aber einsehen, dass vorläufig niemand von seinen Absichten erfahren darf. Der Graf hat viele Neider, und es schielen auch noch andere nach der Krone. Aber Rudolf ist der geeignete Mann. Er ist einer von uns, er stammt von hier. Und er kann der starke Herrscher werden, den die deutschen Länder so dringend brauchen. Einer, der dafür sorgt, dass auch die einfachen Leute nachts in Ruhe schlafen und tagsüber in Frieden ihren Geschäften nachgehen können. Einer, der den Landfrieden wiederherstellt. Daran glauben Heinrich von Isny, Walther von Klingen und sein Bruder, der Komptur Ulrich-Walther. Und daran glaube ich. Daran glaubt auch dein Vater. Deshalb hat er in den vergangenen Jahren mit seinen Berichten geholfen, dieses große Ziel zu erreichen. Rudolfs Aussichten sind inzwischen nicht schlecht. Die geistlichen Kurfürsten, unter ihnen die Erzbischöfe von Mainz, Trier und Köln, sehen sein Bemühen um die Krone nicht ungern. Vermutlich glauben sie, dass er nach ihrer Pfeife tanzen wird und so alt ist, dass er nicht mehr lange genug regieren wird, um die Privilegien ernsthaft zu gefährden, die sie in den letzten Jahren zusammengerafft haben. Nur einen der Kurfürsten hat er gegen sich. Du hast von Ottokar von Böhmen gehört?«

Mathilde nickte. »Er soll ein großer Streiter sein«, meinte sie mit vollem Mund. Dann schluckte sie den Bissen Speck hinunter. »Und ein gut aussehender Mann obendrein. Oh, das hat mein Vater gesagt, nicht ich.«

Machte sich dieses Mädchen nun über ihn lustig oder nicht? Es war schwer zu sagen. Sie senkte züchtig die Lider und betrachtete angelegentlich den Rest des Breis in ihrer Schüssel. Er entschloss sich, fortzufahren. »Der Pøemysl ist inzwischen Herr über Österreich, die Steiermark, Kärnten und Krain. Er will die Krone ebenfalls. Um jeden Preis. Doch das muss mit allen Mitteln verhindert werden. Auch wenn er Rudolf im Augenblick noch schöntut, ist er kein Lamm, sondern der Wolf. Ottokar macht dem Grafen auch in anderer Hinsicht Einfluss streitig: Er gibt den großen Gönner des Deutschen Ordens, indem er die geplante Urbarmachung von Ländereien im Osten unterstützt. Doch dadurch will er sie nur in seinen Machtbereich eingliedern. Ulrich-Walther, der Bruder von Walther von Klingen und Komptur der Ordenskommende Beuggen, steht glücklicherweise fest zu unserem Herrn Rudolf. Er tut, was er kann, um Ottokars Stellung im Orden zu schwächen.«

Dieser Blick! Mathilde schaute ihn unverwandt an. Was für ein Weib! Er räusperte sich. »Dein Vater ist damals aus einem anderen Grund ins Heilige Land gereist, als er alle Welt glauben machen wollte. Du musst wissen, dass der Kampf um die Krone des Heiligen Römischen Reiches ebenso gut dort wie hier entschieden wird. Es kann nicht mehr lange dauern, bis die Christenheit wieder einen neuen Papst hat, der Heilige Stuhl ist schon viel zu lange unbesetzt. Wer ihn auf seiner Seite hat, der hat den deutschen Thron schon fast gewonnen. Und was wollte jeder Papst bisher? Ja, Jerusalem zurückgewinnen. Vielleicht kann der Habsburger dabei helfen. Denn die Zeichen für Verhandlungen und damit für den Gewinn von Einfluss im Heiligen Land stehen für Rudolf günstig. Du weißt vielleicht, dass der Franzosenkönig Ludwig, auch der Heilige geheißen, gerade den siebten Kreuzzug vorbereitet?«

Mathilde nickte.

Steinmar machte eine Pause. »Kleine Wachtel, was ich dir hier erzähle, muss um jeden Preis geheim gehalten werden. Wenn es bekannt wird, könnte es Rudolf die Krone kosten, vielleicht sogar das Leben. Schwörst du zu schweigen?«

Mathilde nickte erneut.

»Hast du von Sultan Baybars gehört?«

Jetzt schüttelte sie den Kopf. »Nein. Wer ist das?«

»Der Sultan heißt mit vollem Namen Rukn Al-Din Baybars Bunduqdari. Er ist ein ehemaliger Mamlukensklave, der zum Krieger ausgebildet wurde. Er war der Anführer der Leibwache des letzten Ayubiden-Sultans. Dieser Mamluk ist ein Christenhasser, er will unsere Leute mit aller Gewalt aus dem Heiligen Land vertreiben. Und er hat die Macht dazu. Vor etwa zehn Jahren, in der Schlacht von Ain Djalut, ist es ihm sogar gelungen, die mongolische Armee vernichtend zu schlagen, die jeder für unbesiegbar gehalten hat.«

Verdammt, konnte sie nicht mal woanders hinsehen? Wie sollte er ihr alles in Ruhe erklären, wenn sie ihn so anschaute? »Ja, also, Baybars, damals noch ein einfacher Anführer der Reserve, hat es geschafft, die Mongolen zu besiegen. Und dann hat er kurzerhand seinen eigenen Sultan, Qutuz, selbst auch ein Mamluk, umgebracht und sich in Ägypten auf dessen Thron gesetzt. Daran siehst du, dass dieser Mann keinerlei Skrupel kennt, selbst nicht gegen seinesgleichen.«

Steinmar stand auf und begann einen Marsch durch den Raum. Von der Tür zur Feuerstelle. Von der Feuerstelle zur Tür. »Musst du mich so anstarren?«

Mathilde errötete und senkte den Blick.

Er räusperte sich erneut. »Wo war ich? Ach ja. Auch Baybars kann nicht an allen Fronten kämpfen, braucht den Rücken frei, braucht Verbündete. Im Moment sind die Christen nicht sein größter Feind, er muss sich anderer drängender Bedrohungen erwehren.«

»Also sucht der Sultan Verbündete im feindlichen Lager, nämlich bei den Christen?«

»Hm. So in etwa. Gut erkannt. Dass der Franzosenkönig einen neuen Kreuzzug plant, dürfte Baybars schon genug beunruhigen. Doch nun regen sich auch die Mongolen wieder. Da kann Baybars niemanden brauchen, der ihm zusätzlich im Nacken hängt. Und schon gar nicht einen weiteren Kreuzzug. Der Mamluk muss also ...«

»... einflussreiche Verbündete unter den verhassten Christen finden, die vielleicht den Kreuzzug des Franzosenkönigs verhindern können. Warum also nicht einen Pakt mit Rudolf von Habsburg schließen?«, ergänzte Mathilde. »Rudolf seinerseits hätte auf diese Weise schon einen Fuß im Heiligen Land. Das würde beim Kampf um die Krone und um die Unterstützung des Papstes sicher nicht schaden. Im Gegenzug für die Stimme des Papstes könnte Rudolf diesem versprechen, dass er nach seiner Krönung höchstpersönlich auf Kreuzzug geht. Vielleicht schafft er es ja, dass dieser Sultan ihm vertraut und der künftige Papst ebenso. Zumindest ein wenig. Sagt, bezeichnet man ein solches Verhalten nicht …« Sie stockte. »Nein, es wäre wohl Hochverrat, es Verschlagenheit oder Hinterlist zu nennen, nicht wahr? Und es steht mir auch nicht zu, über unseren Herrn ein solches Urteil zu fällen. Aber wie ist es mit … Berechnung?«

»Ich würde es eher als einen klugen Plan bezeichnen.« Steinmar betrachtete sie mit wachsender Anerkennung. Dieses Mädchen hatte einen scharfen Verstand. Fast wie ein Mann. Dabei sah sie so hilflos und weiblich aus. Ja, sie war als Sammlerin von Nachrichten ebenso hervorragend geeignet wie ihr Vater. Vielleicht sogar noch besser. Eine Frau war weniger verdächtig. Sophie von Froburg war derselben Meinung. Auch der Minorit war von ihrer Eignung überzeugt. Doch es war noch zu früh, davon zu sprechen. Das letzte, das größte Geheimnis, würde er für sich behalten. Erst musste er ganz sicher sein, dass sie vollkommen vertrauenswürdig war. Nun, der Boden war bereitet. Sie stand bereits in der Schuld des Habsburgers. Und sie war mit Sicherheit ein Mensch, der seine Schulden beglich.

Mathilde unterbrach seine Gedanken. »Was ist mit meinem Vater? Und mit meinem Bruder Andreas? Wisst Ihr etwas über ihren Verbleib?«

Steinmar zögerte. »Baybars hat auf das erste Angebot des Grafen von Habsburg nicht ganz so gehandelt, wie wir es uns gewünscht haben. Er hat deinen Vater gefangen genommen, als dieser ihm den Vorschlag unterbreiten wollte. Dein Bruder Andreas, der nach deinem Vater suchte, fiel durch seine eigene Unvorsichtigkeit ebenfalls in die Hände des Sultans. Das glauben wir jedenfalls, falls es nicht …« Nein, es war noch zu früh, ihr zu sagen, dass es Verräter im Heiligen Land geben musste, Christen, die die Pläne von Glaubensbrüdern an Ungläubige verrieten.

Das war ein Schlag. Mathilde schluckte. »Falls was nicht?«

Er hätte sich ja denken können, dass sie sofort witterte, dass etwas nicht stimmte. Er musste sie ablenken. »Ach, es ist immer schwer zu sagen. Die Nachrichten, die uns erreichen, sind nicht immer vollständig. Meist werden sie mündlich überliefert. Es … kann nicht jeder Empfänger lesen.«

»Leben mein Vater und mein Bruder noch?«

Er atmete auf. Sie schien seine Ausrede geschluckt zu haben. »Soweit wir wissen, ja. Wir versuchen seit Wochen, eine Verbindung zu ihnen zu bekommen. Bisher ist uns das nicht gelungen. Doch wir geben nicht auf.«

»Das ist wohl das Wenigste. Mein Vater hat sich für Rudolf in große

Gefahr begeben. Und jetzt helft Ihr mir, weil Ihr ein schlechtes Gewissen meinem Vater gegenüber habt?«

Steinmar musste lachen. Sie wusste sich ihrer Haut zu wehren und ihre Vorteile zu nutzen. »Ein wenig, ja. Er hat viel für den Deutschen Orden und Rudolf von Habsburg getan. Wir sind ihm zu Dank verpflichtet. Deswegen helfen wir dir. Außerdem wissen wir inzwischen wenigstens, wo Baybars ihn gefangen hält: in Kairo oder *Al-Qâhira*, wie die ägyptische Hauptstadt auf Arabisch heißt.«

Mathilde schoss hoch und packte Steinmar am Arm, sodass er seinen Marsch unterbrechen musste. »Nun redet schon! Was wisst Ihr genau?«

Er hielt kurz inne. »Ich will dir nicht zu große Hoffnung machen, kleine Wachtel. Aber Abt Adalbert bekam vor einigen Tagen Besuch von einem Bruder aus Akkon. Der Orden hat dort eine große Niederlassung. Du weißt sicher, dass die Johanniter – oder die Hospitaliter, wie sie in der Hochburg der Kreuzfahrer genannt werden – ein wichtiger Ritterorden sind. Die Brüder besitzen außerdem eine gut befestigte Burg auf Zypern. Der Besucher hat Adalbert von einem besonders geehrten Gefangenen des Sultans berichtet. Er hat den Gefangenen zwar nicht gesehen, aber der Beschreibung nach könnte es dein Vater sein. Der Mamluk hat offenbar befohlen, ihn gut zu behandeln. Derzeit versucht Ulrich-Walther von Klingen über den Deutschen Orden in Akkon und dessen Verbindungen herauszufinden, ob diese Nachricht der Wahrheit entspricht. Wenn Mathias nicht in einem Verlies in der Zitadelle in Kairo steckt, gibt es vielleicht die Möglichkeit, ihn zu befreien oder auszulösen. Und wenn doch, können wir vielleicht die Wächter bestechen.«

»Akkon? Wo liegt das? Was kann ich tun? Ich habe nichts, was ich für die Befreiung meines Vaters geben könnte. Nichts, was einen Sultan interessiert.« Mathilde runzelte die Stirn.

Sie hatte durchaus einiges, was einen Mann interessieren könnte, fand Steinmar. Und auch Baybars war ein Mann, ein sehr potenter dazu, wie man hörte. Er sollte einen riesigen Harem der schönsten Frauen aus dem Morgen- und Abendland haben. Doch das sagte er besser nicht.

Er nahm seinen Marsch wieder auf. »Walther von Klingen ist bereit, die Summe aufzubringen. Und Akkon, das liegt im Königreich Jerusalem, in Outremer, dem Land Kanaan, das einst auch Judäa hieß, also in Palästina, dem ehemaligen Reich der Philister direkt am Mittelmeer, das wir das Heilige Land nennen. Seitdem Jerusalem in die Hände der Ungläubigen fiel, ist Akkon die Hauptstadt.«

Mathilde sagte das alles nicht viel. Das Meer war für sie nichts als ein Wort. Sie kannte nur den Rhein, wusste nur, es war weit, weit weg. Jenseits ihrer Welt. Sie schwieg eine Weile und dachte voller Sehnsucht an den Vater. Es zerriss ihr fast das Herz, ihn in Gefangenschaft bei einem Andersgläubigen zu wissen. Wenn sie doch nur etwas für ihn tun könnte! Sie war so hilflos. Und dann der Bruder. Vielleicht, wenn sie selbst hinreiste? Aber was konnte sie schon tun?

»Ich werde Walther von Klingen alles zurückerstatten«, erklärte sie bestimmt. »Selbst wenn ich mein Leben lang dafür arbeiten muss, bis meine Hände bluten. Ich gehe aber nicht zurück nach Klingnau.« Das klang endgültig.

»Das musst du auch nicht, kleine Wachtel«, antwortete Steinmar sanft. Er konnte es kaum fassen, wie beherrscht sie dies alles aufnahm. Keine Tränen, keine Ausbrüche. Stattdessen Kampfgeist. »Es ist, wie wir dir schon erklärt haben. Du kannst deine Hälfte des Hauses behalten und in meiner Hälfte die Wirtsstube eröffnen. Dafür bekomme ich jederzeit umsonst bei dir zu essen und zu trinken, so viel ich will, sowie ein Nachtlager in meiner Haushälfte. Das heißt, ich bedinge mir eine Kammer aus, die ständig für mich bereitgehalten wird. Heinrich von Isny hat ebenfalls Ansprüche angemeldet. Er und der Graf von Habsburg haben dir mit ihrer Fürsprache bei deinem Onkel den Weg für diese Pläne geebnet. Ulrich-Walther sorgte für die Urkunde der Balley Elsass-Lothringen.«

»Warum?«

Wieder lachte Steinmar. »Du bist sehr misstrauisch, kleine Wachtel. Beide schätzen deinen Vater und die Arbeit, die er für Rudolf tut. Du weißt, der Minorit ist der engste Vertraute des Grafen. Und der liebt deine Kochkunst.«

Mathilde nahm die Begründung hin, erwiderte nichts darauf. Doch so ganz vermochte sie nicht, dies alles für wirklich zu halten. Sie kam sich vor wie in einem Traum. Sie wusste allerdings noch nicht, ob es ein guter oder ein schlechter war. Nun, das würde sich zeigen. Sie streckte Steinmar die rechte Hand hin: »Der Handel gilt.«

Der schlug ein. Er war sich nicht ganz sicher, wer das bessere Geschäft gemacht hatte.

# V

Mathilde blickte zu Gertrud hinüber. Es gefiel ihr, wie diese den Teig für die Wildpastete walkte. Ihre neue Freundin war seit November überraschend schnell zu Kräften gekommen, da war kein Vergleich mehr zu der ausgemergelten Gestalt im Zug der Flagellanten. Das hohlwangige Gesicht hatte sich gerundet, die nachwachsenden Haare bedeckte sie sorgsam mit einer Haube. Dazu kleidete sie sich streng und schmucklos wie eine Begine. Gertrud musste einmal wunderschöne Haare gehabt haben, dick, dicht und dunkelbraun. Manchmal, wenn sie in Gedanken versunken war, meinte Mathilde, in der alternden Frau das junge Mädchen von einst durchschimmern zu sehen. Mehr als einmal erkannte sie an ihren geröteten Augen, dass Gertrud heimlich geweint hatte. Etwas lag dieser Frau schwer auf der Seele. Doch sie sprach nicht viel, schon gar nicht über ihre Vergangenheit, auch wenn sie ihre anfängliche Zurückhaltung inzwischen wenigstens etwas aufgegeben hatte. Die gemeinsame, wenn auch schlichte Weihnachtsfeier und das gemeinsame Arbeiten hatten nicht unwesentlich dazu beigetragen. Sie schien etwas zuversichtlicher in die Zukunft zu sehen. Vielleicht lag es aber auch daran, dass nun bald der Frühling in Waldshut Einzug halten würde.

Gertruds Züge waren ebenmäßig, der Mund vielleicht ein bisschen zu schmal, die braunen Augen unter den dichten dunklen Brauen standen etwas eng zusammen. Sie wirkte, als käme sie aus besseren Kreisen und sei bei der groben Hausarbeit fehl am Platz. Als gehörte sie in eine andere Umgebung, eine, in der sie die Befehle gab. Doch im Umgang gab sie sich gefügig. Mathilde war froh, sie im Haus zu haben. Zwischen ihnen hatte sich ein eigenartiges Verhältnis entwickelt. Einerseits war Gertrud die Ältere und Erfahrenere. Mathilde hatte gelernt, auf ihren Rat zu hören, besonders wenn es um die Einschätzung von Menschen ging. Andererseits war sie so etwas wie eine Schutzbefohlene und Bedienstete.

Gertrud und Junge, Mathildes scheuer, verwachsener Helfer, hatten sich eng zusammengeschlossen, zwischen ihnen herrschte ein fast wortloses Einverständnis. Mathilde vertraute beiden. Sie hatten bewiesen, dass sie sich auf sie verlassen konnte. Die Frau und der Junge hatten sich ein behelfsmäßiges Nachtlager neben dem Küchenfeuer eingerichtet.

Dort war es immer warm. Mathilde hatte ihnen immer wieder den kleinen Verschlag neben der Treppe angeboten, direkt neben der Tür zum neuen Stall, den Martin gebaut hatte. Der Raum war nicht groß, mit einem Bett, einem Tisch und einigen Kleiderhaken könnte es dort aber durchaus gemütlich sein, fand sie. Doch Gertrud hatte immer abgewinkt.

Ihre Beziehung zu Martin hatte jedoch gelitten. Er behandelte sie nicht mehr als Gleichgestellte, sondern als Herrin des Hauses und weigerte sich entschieden, sie weiter zu duzen. Mathilde hoffte darauf, dass sich das wieder ändern würde. Sie vermisste die alte Vertraulichkeit. Martins Aufgabe war es, sich um einen mausgrauen Kaltblüter und eine Kuh zu kümmern, ein Weihnachtsgeschenk von Walther von Klingen. Heinrich von Isny hatte eine Ziege beigesteuert. »Eine Ziege als Gabe zum Christfest, das passt zu einem einfachen Burschen wie mir«, war seine trockene Bemerkung gewesen. »Außerdem gehört ein guter Ziegenkäse zu meinen Leibgerichten.«

Beim Gedanken an den Knoderer wurde Mathilde warm ums Herz. Es stimmte, er war etwas grobschlächtig, kein schöner Mann, das Gesicht voller Narben. Seine Hände erinnerten an seine Vorfahren, an Generationen von hart arbeitenden Handwerkern und Landleuten. Er war ein wenig wie ihresgleichen, sie mochte seine zupackende, manchmal etwas trockene Art – und seinen Verstand. Er wusste viel, hatte sogar in Paris studiert. Heinrich war etwas jünger als sein Herr Rudolf. Sie ergänzten sich gut. Der schwarze Mönch war der Planer, der Habsburger der Kämpfer. Rudolf konnte nicht schreiben und kaum lesen. Auch das überließ er dem Gürtelknopf, wie sie inzwischen wusste.

Mathilde lächelte und schniefte. Die Dünste der Zwiebeln, die sie hacken musste, trieben ihr die Tränen in die Augen. Daneben lag noch ein Berg Winterkohl, der geschnitten werden musste. Ein Huhn verirrte sich zwischen ihre Beine. Sie scheuchte es weg. Es protestierte gackernd, machte sich aber davon und lief auf den Hof vor dem kleinen Küchenhaus.

Wieder schmunzelte Mathilde. Steinmar höchstselbst hatte sechs Hennen und einen Hahn gebracht. Das war sein Weihnachtsgeschenk gewesen. Nicht ganz uneigennützig natürlich. Doch die Eier reichten schon lange nicht mehr, wozu der Geber zu einem guten Teil beitrug. Also hatte Mathilde beschlossen, den Bauern die benötigten Eier abzukaufen und den Hennen die Brut zu lassen. Bald würden die ersten Küken schlüpfen. Die langsam versiegende Milch der Kuh wurde gerade zum Problem. Auch hier musste sie zukaufen. Doch nicht mehr lange, die Geburt des Kälbchens stand bevor. Und auch die Ziege erwartete Nachwuchs. Ihr Hausstand würde sich also bald kräftig erweitern. Martin hatte bereits den Bau eines zusätzlichen Stalls in Angriff genommen, in den auch ein Schweinekoben sollte. Sie wusste schon, wo sie die Ferkel kaufen würde.

Mathilde war nicht wenig stolz auf sich und das Erreichte. Denn sie war bei den Bauern im Umland inzwischen zur Großabnehmerin geworden. Nur mit der Bäuerin, die sie so abschätzig behandelt hatte, als sie noch Küchenmagd im Salm gewesen war, tätigte sie keine Geschäfte. Das Wildbret lieferten die hohen Herren selbst, die ihren Gasthof besuchten. Manche als Bezahlung für Mathildes Kochkünste.

Steinmar hatte nicht zu viel versprochen. Es gab im neuen Wirtshaus zu Waldshut alle Hände voll zu tun. Eine duftende Pastete nach der anderen wurde sorgsam in Tuch und Stroh eingebettet, in Kisten verpackt, auf den Karren geladen und wanderte auf die Tische und Tafeln der Herren in der Umgebung. Manchmal lieferte Martin sie aus, manchmal fuhr sie selbst mit. Sie liebte die Gespräche mit den Küchenmeistern und Mundschenken, den Küchenmägden und Stallburschen, den Austausch von Rezepten und Tipps. Nachdem ihr anfänglich vielerorts Misstrauen entgegengeschlagen war, hatte Mathilde durch ihre Offenheit und Unbefangenheit einige Freunde im Gesinde ihrer Abnehmer gefunden und hörte so manchen Klatsch. Rudolf von Habsburg war immer wieder ein beliebtes Thema.

Manchmal musste sie sogar Aufträge ablehnen. Sie kamen mit dem Fertigen von frischen Pasteten einfach nicht mehr nach. Wer etwas auf sich hielt, der tischte seinen Gästen die Backwerke der Wunderköchin aus Waldshut auf. Und wer keine Gäste hatte, der kam zu ihr in den Gasthof. Im Volksmund hieß ihr Wirtshaus inzwischen der »Waldshuter Hof«. Und Mathilde war an diesem Hof die ungekrönte Königin.

Es gab keine bessere Schankmagd als Gertrud. Mit ihrer strengen Zurückhaltung schüchterte sie auch den aufbrausendsten Zecher ein und verschaffte Mathilde hinten im Küchenhaus die Ruhe, die sie benötigte, um zusammen mit Junge ihre Eintöpfe zu kochen. Sie bot mehrere davon an, immer wieder wechselnde. Sie waren inzwischen fast so beliebt wie die Pasteten. Der Graf von Habsburg wurde nicht müde, sie zu preisen. Das zog immer weitere Kreise. Ein Wirtshaus, in dem es etwas so Gutes zu essen gab, fand man weit und breit nicht. Und wenn ein Zecher einmal partout krakeelen und Krawall machen oder der Wirtin unter die Röcke greifen wollte, schritt Martin ein, packte den Radaubruder am Schlafittchen und beförderte ihn samt nachdrücklicher Aufforderung in den Allerwertesten schwungvoll nach draußen.

Die Katze und der Hund hatten ein gutes Leben mit dem, was von den Tischen fiel. Sie gehörten dazu. Niemand wagte es mehr, sie mit einem Fußtritt zu vertreiben, nachdem Mathilde einmal persönlich eingeschritten war und der Übeltäter damals von Martin eine gehörige Tracht Prügel verpasst bekommen hatte.

Es waren nicht nur Mathildes Kochkünste, die die Gäste anlockten. Sie machte sich da nichts vor. Natürlich wollten die Leute auch die Frau sehen, die angeblich die neue Hübschlerin des Grafen war. Und die hohen Herren waren ebenso neugierig wie die einfachen Leute.

In Mathildes Gasthof waren darum immer wieder auch illustre Gäste zu finden. Und das wiederum lockte weitere Schaulustige.

Auch Rudolf von Habsburg schaute auf der Durchreise zu seinem Freund Walther von Klingen oder wenn er auf der Burg Hauenstein weilte persönlich vorbei. Mathildes Gasthof diente dem Grafen und seinen Männern außerdem oft als ein Ort der gemütlichen Einkehr auf dem Weg zu oder heimwärts von einem Kampf. Und das hieß: Er kam recht häufig. Der Habsburger und seine Gefolgsleute hatten ja unentwegt irgendeinen Strauß mit den Männern des Bischofs von Basel auszufechten. Trotz des Friedensschlusses konnte von Frieden keine Rede sein. Rudolf von Habsburg machte jedoch niemals den Versuch einer unziemlichen Vertraulichkeit. Das enttäuscht wohl so manchen, dachte Mathilde manchmal boshaft. Doch weder sie noch der Habsburger traten dem Gerücht entgegen, dass sie sich recht nahestanden. Mathilde gab sich den Anschein, als wisse sie nichts vom Gerede der Leute. Über das Geschäftliche hinaus hatte sie ohnehin keinen Sinn für Männer. Außer für einen. Doch was sie auch anstellte, welche Rezepte sie sich bei seinen Besuchen für ihn ausdachte, Steinmar biss nicht an.

Auch die Spielleute, die Trommelschläger, Gaukler und Gumpelleute schauten herein, manche nur auf eine Mahlzeit, andere blieben über Nacht. Es hatte sich unter den Fahrenden wie ein Lauffeuer herumgesprochen, dass berühmte Minnesänger wie Steinmar, der Tettinger und Walther von Klingen immer wieder bei Mathilde anzutreffen waren. Also kehrten auch andere Sänger im Waldshuter Hof ein, erkundigten sich nach der Gastfreundschaft der Herren in der Gegend und tauschten Neuigkeiten aus allen Teilen des Landes aus. Es konnte im Zweifel lohnend sein zu wissen, welcher Herr freigiebig war oder an wessen Tür ein Fahrender vergeblich klopfte. Hin und wieder griff einer zur Fiedel oder zur Harfe, um seine Zeche zu zahlen. Mancher machte der schönen Köchin auch den Hof. Vergeblich.

Und alle waren sich einig: Das musste sie wohl sein, die schlimme Zeit, von der in der Prophezeiung des Abtes Joachim von Fiore die Rede war. Der Leibhaftige ging um, seit Kaiser und Papst sich vor mehr als einer Generation entzweit hatten. Nun gab es noch nicht einmal mehr einen Kaiser. Und auch keinen Papst. Das musste die Strafe Gottes sein. Die Minderen Brüder im schwarzen Habit predigten allenthalben von der Hölle und zogen bettelnd durch Schwaben. Bei Mathilde gab es immer eine kräftige Mahlzeit für die Anhänger des Francesco Bernardone aus Assisi, der über Nacht allem Reichtum entsagt hatte, der die Tiere liebte und die Blumen und die Strahlen der Sonne.

Steinmar kam noch öfter als der Habsburger und übernachtete dann in seiner Haushälfte. So saßen sie zusammen, wenn Mathildes Arbeit beendet war, oder er kam zu ihr und guckte in die Töpfe. Einen Teil der gemeinsamen Zeit verbrachten sie auch damit, dass er sie Schreiben und Lesen lehrte. Mathilde war eine gelehrige Schülerin. Steinmar fand es rührend anzusehen, wie sie sich in kindlichem Eifer bemühte, ihre manchmal widerspenstige, weil ungeübte Hand dazu zu bringen, die Buchstaben genauso zu malen wie er. Nach einer Weile erschien meist eine kleine rosa Zungenspitze in ihrem Mundwinkel. Dann wirkte sie wie ein kleines Mädchen.

Ein kluges kleines Mädchen, das mit einer unglaublichen Beobachtungsgabe gesegnet war. Das dachte er immer wieder. Vielleicht gerade weil sie in manchen Dingen noch unbedarft war, bescherten ihm die Begegnungen mit ihr immer wieder neue Erkenntnisse. Und manchmal brachte sie ihm seine Jugend und längst vergessene Gefühle in Erinnerung. Ab und an beneidete er sie sogar fast. Im Gegensatz zu ihm glaubte sie noch an das Gute, ließ es zu, dass Geschehnisse sie berührten. Sie litt mit, wenn es anderen schlecht erging, und freute sich mit ihnen, wenn sie glücklich waren. Mehr als einmal wünschte er sich, das Leben wieder so unmittelbar erleben zu können wie sie. Doch er hatte mit den Jahren zu viele Mauern um sich herum gebaut.

Immer wieder führten sie nach den Schulstunden lange Gespräche.

Mathilde erzählte, was sie bei ihren Abnehmern oder in der Wirtsstube so alles an Klatsch erfahren hatte. Steinmar hatte deutlich zu erkennen gegeben, dass er das gerne hörte, während er genussvoll und mit Bedacht eine ihrer Pasteten verdrückte. Deshalb sammelte sie für ihn Geschichten, merkte sich gut, was sie erfuhr, beobachtete genau, was sie sah. Er wollte alles bis zur kleinsten Einzelheit wissen.

Manchmal, zu seltenen Gelegenheiten, brachte er seine Harfe mit und sang. Da wurde es dann ganz still in der Gaststube. Mathilde kannte niemanden, der der Macht dieser Stimme nicht erlegen wäre. Sie streichelte wie Samt, war glatt wie Seide, wärmte wie die Sonne, war kratzig wie eine Distel und stachelig wie eine Rose. Dazu seine Verse: frech, manchmal zotig, immer voller Leben und Lachen. Oft machte er sich über sich selbst lustig. Niemand konnte sich dieser prallen Kraft entziehen.

Mathilde begann zu summen. Sein Herbstlied kannte in Waldshut inzwischen jedes Kind. Ihr gefiel die letzte Strophe am besten.

*»Wirt, durch mich führt eine Straß',*
*Offen, breit und ohne Maß,*
*Stopfe sie mit Speisen.*
*Hinterdrein den Wein noch schieb,*
*Wein, der wohl ein Mühlrad trieb.*
*Will den Schlund noch preisen:*
*Mich würget nicht die dickste Gans, wenn ich sie denn schlinge.*
*Herbst, mein Trautgesell schlag ein, auf dass*
*Ich mich dir verdinge.*
*Meine Seel auf eine Rippe floh,*
*Ach, die Flut des Weins bedrängt sie so!«*

»Autsch!« Mathilde steckte ihren blutenden Zeigefinger in den Mund. Sie war zum Schneiden der getrockneten Pflaumen für eine Pastetensoße übergegangen und hatte die Kuppe erwischt. Es war ein gehöriger Schnitt. Das Blut von ihrem Zeigefinger schmeckte süß und salzig zugleich. Das kam davon, wenn man nicht darauf achtete, was man tat, sondern seinen Gedanken nachhing.

Sie schnüffelte. Von draußen wehte ein Lüftchen zu ihr herein. Es duftete nach Verheißung. So viel war geschehen in den letzten Monaten. Ja, bald würde der Frühling kommen. Er lag schon in der Luft.

»Ich wollte dich lieber nicht scheibchenweise in einer Pastete, kleine Wachtel. Hmm, es riecht herrlich hier. Was hast du heute für einen armen Spielmann?«

Da war er wieder. Armer Spielmann. Ha! Ihr Herz tat einen Hüpfer.

»Kohlsuppe«, antwortete Mathilde knapp und lutschte weiter an ihrem Zeigefinger. Sie würde sich lieber die Zunge abschneiden, als ihm zu erkennen zu geben, wie sehr sie sich nach ihm gesehnt hatte. Ja, nach ihm gesehnt hatte. Nach seinen Berührungen, nach seinem Lachen. In ihrem Bauch machte sich wieder dieses beunruhigende Gefühl breit. Als säße dort ein ganzer Bienenstock.

Steinmar war an ganz anderem interessiert. »Diese wunderbare Kohlsuppe mit Rüben, Fenchel, Anis und Beifuß?«

Mathilde nahm den Finger aus dem Mund. Sie lachte. »Ja, genau die. Etwas Schweinebauch habe ich auch mitgekocht.«

Steinmar strich sich über das runde Bäuchlein. »Welch Vergnügen für meinen leeren Ranzen. Und was ist das?« Er steckte den Finger in die Pastetenfüllung, die Mathilde gerade vorbereitete.

»Finger weg, das ist für die Pasteten. Die Grafen von Homberg haben sieben davon bestellt.«

Steinmar nickt beifällig. »So, so. Bis zu den Homburgern lieferst du schon. Bald bist du eine gute Partie, kleine Wachtel. Was ist nun, bekomme ich meine Suppe? Ich habe außerdem etwas mit dir zu besprechen«, fügte er mit einem Seitenblick auf Gertrud hinzu. Mathilde verstand, er wollte nicht, dass diese zuhörte. Gertrud begriff das auch.

»Geht nur in die Schankstube, dort ist gerade niemand«, erklärte sie, keineswegs verstimmt. »Und schickt mir Junge ins Küchenhaus. Wir werden hier schon fertig.«

Mathilde lächelte sie warm am. »Danke.« Sie griff nach einem Tiegel und füllte Kohlsuppe hinein, während Steinmar sich ein Stück Brot aus dem Tontopf holte.

»Hmm, heiße Kohlsuppe mit Brotbrocken, dafür lasse ich jedes Gericht einer königlichen Tafel stehen.«

Manchmal wünschte sich Mathilde, er würde einmal so über sie sprechen wie über diese Kohlsuppe. Doch seine Verse und seine Lieder gehörten nach wie vor Sophie von Froburg. Daraus machte er kein Hehl. Er war ihr Sänger.

Vorne, vom Haus her, ertönte plötzlich Lärm. Mathilde hörte die zornige Stimme von Martin. Andere Männerstimmen antworteten. Sie konnte die Worte nicht verstehen. Dann verstummte Martin auf einen Schlag. Eilig schürzte Mathilde ihren Rock und lief über den Hof ins Haus. Das konnte nur eines bedeuten. Und tatsächlich, sie fand ihren treuen Beschützer niedergeschlagen, bewusstlos und mit einer stark blutenden Stirnwunde im Eingang zur Wirtsstube liegen. Drei grobschlächtige Kerle waren gerade dabei, über ihn zu steigen. Der Hund griff sie mit einem gefährlichen Knurren an. Doch seine wenigen Zähne taugten nicht mehr zum Beißen. Einer der Männer trat nach ihm. Laut aufjaulend flog das Tier in die Ecke. Dort krümmte es sich zusammen. Mathilde stürzte zu Martin, hockte sich neben ihn und strich ihm über die Stirn.

»Gertrud, schnell, bring einen Lappen und einen Eimer mit Wasser. Tu etwas Kamille hinein. Und dann koche den getrockneten Salbei auf. Junge, komm her, kümmere dich um den Hund, diese Hurensöhne haben ihn getreten«, rief sie mit sich überschlagender Stimme in Richtung Küchenhaus. Fast schluchzend vor Wut, wandte sie sich zornig den Eindringlingen zu. »Was habt ihr mit ihm gemacht, was fällt euch ein, so in mein Haus einzudringen!«, fauchte sie.

»Ja, was soll das?«, fragte Steinmar, der ihr nachgekommen war. »Ich verlange Auskunft. Dafür werdet ihr vor unserem Herrn Rudolf von Habsburg Rechenschaft ablegen müssen.« Seine Stimme klang ruhig. Doch Mathilde erkannte, dass er seinen Zorn nur mühsam bändigte.

Der eine der Männer griente. »Dieses Mal wird auch Rudolf von Habsburg dieser Metze nicht helfen können. Salmwirt Baldur fordert sein Recht und seine Braut. Ein solches Versprechen ist bindend. Dagegen kann selbst ein Graf nichts ausrichten.«

Mathilde war vollkommen verblüfft. »Baldur hat kein Recht an mir«, protestierte sie.

»Er hat es geschworen. Und dein Onkel auch. Wir haben sogar den Vertrag gesehen, den die beiden unterzeichnet haben. Demnach bist du Baldur als sein Weib versprochen. Du und alles, was du besitzt, gehört ihm. Dein Onkel ist in Abwesenheit deines Vaters dein Vormund, er hat das Recht, deine Hand zu vergeben.«

»Nein! Das werde ich nicht tun! Ich werde ihn nicht heiraten.«

Der Mann feixte. »Du hast keine Wahl. Und damit du dich nicht aus dem Staub machst, hat dein Onkel angeordnet, dich festzusetzen. Du wirst bis zur Heirat eingeschlossen.«

Mathilde sah flehend zu Steinmar. »Helft mir! Das könnt Ihr doch nicht zulassen! Baldur will sich nur meine Arbeitskraft sichern und sich gleichzeitig das Wirtshaus vom Hals schaffen, das ihm die Gäste abspenstig macht. Kein ordentlicher Bürger geht mehr ins Wirtshaus ›Zum Salm‹, seit es den Waldshuter Hof gibt, nur noch übles Gesindel! Und mein Onkel will das Haus. Also haben sich die zwei Lumpen zusammengetan und diesen Plan ausgeheckt. Wenn ich Baldurs Weib bin, gehört diesem von Rechts wegen alles, was ich habe. Er überlässt dann meinem Onkel das Haus und bekommt im Gegenzug …« Sie wurde tiefrot und brach ab.

Steinmar schaute sie an. Sie war so schön in ihrer Verzweiflung und ihrem Zorn. So hilflos, aber gleichzeitig so stark, so voller Leben. So begehrenswert. Er wusste genau, was sie hatte sagen wollen. Baldur wollte mehr als nur ihren Besitz. Der Mann gierte nach ihrem unberührten Körper. Er wollte Mathilde für sein Bett.

Er musste unbedingt besonnen bleiben, wenn er ihr helfen wollte, musste Zeit gewinnen.

»Ich kann im Moment nichts tun. Es stimmt, dein Onkel hat jedes Recht, deine Hand einem Mann zu geben«, sagte er langsam. »Dagegen kann auch der Habsburger nichts ausrichten. Aber hab keine Angst, kleine Wachtel. Ich lasse dich nicht im Stich. Mir fällt etwas ein! Vertraue mir. Ich werde nicht zulassen, dass das geschieht.«

Mathildes Schluchzen verebbte. Sie wurde ruhig bei seinen Worten. Ja, sie vertraute ihm. Sie sah ihn an, die Tränen standen noch immer in ihren grüngrauen Augen, eine lief die Wange hinunter, und sagte: »Ich weiß, Ihr werdet mir helfen. Ich lege mein Leben in Eure Hand, Ritter Berthold Steinmar von Klingnau. Denn ein Leben mit Baldur wird es für mich nicht geben.«

Steinmar war klar, was das hieß. Sie würde eher sterben, als die Frau des Salmwirtes zu werden. Er kannte sie inzwischen gut genug, um zu wissen, dass es so war. Sie hatte Mut. Auch genug für diesen letzten Schritt.

Er beobachtete, wie die drei Männer sie fortführten. Sie schaute noch einmal über die Schulter zurück. Ihr Blick war so voller Vertrauen, dass es ihm fast das Herz zerriss. Er wusste noch nicht, was er tun konnte. Doch er wusste, er würde etwas tun. Er würde die Angelegenheit mit den Brüdern der Loge beratschlagen. Dafür musste er nach Brugg. Er konnte nur hoffen, dass er rechtzeitig zurückkam.

Die ständige Dunkelheit versetzte Mathilde in eine Art Dämmerzustand. Ihr Onkel hatte sie in einem fensterlosen Raum eingesperrt. Auch als ihre Augen sich an die Dunkelheit gewöhnt hatten, entdeckte sie keine Fluchtmöglichkeit. Um sie herum waren nur Mauern und die eine grob gezimmerte Tür. Durch die Ritzen zwischen den Brettern fiel zwar etwas Licht, Schloss und Holz widerstanden jedoch allen ihren Ausbruchsversuchen. Sie wusste nicht, wo sie war, die Männer hatten ihr auf dem Weg hierher die Augen verbunden. Wahrscheinlich wurde sie irgendwo gefangen gehalten, wo Steinmar sie nicht finden konnte. Arnold würde nicht noch einmal riskieren, dass sie ihm durch die Finger schlüpfte.

Sie hatte niemanden gesehen, seit sie eingesperrt worden war. Im Zimmer hatten ein Krug Wasser und ein Kanten Brot auf sie gewartet. Der Krug war fast leer. Sie hatte versucht, mit der Zahl der Schlucke, die sie trank, ihr Zeitgefühl zu bewahren, zwischen den Schlucken gezählt, Striche in den Lehmboden geritzt und einen Fluchtplan nach dem anderen geschmiedet und wieder verworfen. Ob es nun erst zwei oder schon drei Tage waren – ihre Zeit lief ab, das Gefühl der Dringlichkeit wurde immer stärker, ihre Hoffnung auf Rettung sank. Es stank, weil sie ihre Notdurft in diesem Raum verrichten musste.

Ihr angekündigter Freitod war keine leere Drohung gewesen. Doch noch gab sie die Hoffnung nicht auf, dazu war ihr Überlebenswille zu stark. Warum kam niemand? Warum öffnete niemand die Tür zu ihrem Gefängnis? Wäre es hilfreich, wenn sie sich dahinter versteckte? Irgendwann mussten sie ja kommen und sie holen. Schließlich sollte sie heiraten. Vielleicht konnte sie dann durchschlüpfen, fortlaufen.

Da hatte sie einen Einfall. Sie hockte sich auf den Boden, nahm den wollenen Schal der Mutter von der Schulter und pulte einen Faden heraus. Nun würde sie wohl frieren. Egal, das Grab war kälter. Sie trennte das Kleidungsstück vorsichtig auf, bis sie ein Wollknäuel in der Hand hielt. Nun musste sie noch einen Weg finden, die Wolle so vor den Eingang zu spannen, dass jeder, der hereinkam, unweigerlich stürzte. Ein Faden war dafür nicht genug, sie musste mehrere Fäden verflechten.

Mathilde durchmaß die Strecke von Wand zu Wand – etwa vierzehneinhalb Schritte. Sie stolperte in der Dunkelheit und hielt sich an der Mauer fest. Ihr Mittelfinger glitt in eine Fuge. Mörtel – ob sie einige ihrer Haarnadeln dort hineintreiben könnte, um die Wolle daran zu befestigen? Aber sie durfte nicht zu ungeduldig sein und am Ende vielleicht noch eine der kostbaren Nadeln abbrechen.

Der Krug, der tönerne Krug! Wenn sie ihn zerbrach, hatte sie kein Wasser mehr. Doch das war gleichgültig. Wenn ihr die Flucht nicht gelang, würde sie ohnehin ihrem Leben ein Ende bereiten. Eine Scherbe wäre ihr sicherlich auch dabei von Nutzen.

Sie zog ihr Überkleid aus und legte den Krug darunter. Wenn jetzt jemand hereinkäme, würde er eine nur halb bekleidete Frau vorfinden. Nun, sie hatte anderes zu tun, als auf Schicklichkeit zu achten. Mathilde trat mit voller Wucht auf den Krug. Es schepperte bedenklich laut, trotz des Stoffs, der das Geräusch dämpfte. Sie hielt inne. Nein, keine Regung, niemand kam. Ob sie hier wohl ganz allein war? Falls es vor der Tür einen Bewacher gab, hätte er das Zerbrechen des Kruges hören müssen.

Auf Händen und Füßen krabbelte sie nun auf dem Boden herum, tastete nach den Scherben und sammelte sie in ihrem Gewand. Mit der spitzesten versuchte sie, etwa in der Höhe von drei Handbreit über dem Boden auf beiden Seiten des Zimmers den Mörtel zwischen den Steinen zu lockern. Es dauerte eine Weile, doch es gelang.

Sie löste die Nadeln, mit denen sie die Haare hochgesteckt hatte, und bog jeweils zwei Klammern ineinander. Daraus wollte sie zwei Ösen formen. Es war schwer, sie stach sich immer wieder, und ihre Finger bluteten. Mathilde achtete nicht darauf. Endlich steckten die Ösen in den Mauerritzen, endlich hatte sie die geflochtene Wollschnur daran befestigt und gespannt.

Sie rüttelte vorsichtig an ihrem Werk. Die Klammern saßen nicht allzu fest. Nun konnte sie nur noch hoffen, dass ihr Plan aufging. Zur Sicherheit hatte sie zwei große, spitz zulaufende Scherben des Kruges unter ihrem Gewand verborgen. Mit denen könnte sie sich umbringen, wenn ihr Plan fehlschlug. Sich – oder Baldur.

Sie hockte sich ein Stück von der Tür entfernt auf den Boden und lehnte sich an die kalte Wand. Es zog. Doch so würde sie für Eintretende nicht gleich zu sehen sein und vielleicht die Möglichkeit bekommen, durch die Öffnung zu schlüpfen, bevor ihre überraschten Gefängniswärter sie aufhalten konnten.

Um sich die Zeit des Wartens zu verkürzen, malte sie sich alle möglichen Todesarten für den Salmwirt aus. Welche Stelle war wohl am besten, um mit einer Tonscherbe zuzustechen? Das Herz? Nein, da könnte sie an einer Rippe abprallen. Sie hatte nur einen Versuch. Wo war ein Mensch weich? Wie machten das die Ritter, wenn sie ihre Gegner töteten? Ein Stich ins Auge? Sie zweifelte, ob sie die Ruhe haben würde, so gut zu zielen. Der Hals. Ja, der Hals war gut. Am besten von der Seite. Und wenn sie es danach nicht schaffte, zu fliehen? Dann drohte das Todesurteil. Nun, sterben würde sie also auf jeden Fall, wenn sie scheiterte.

Mathilde nickte ein.

Sie hatte keine Ahnung, wie lange sie gedöst hatte, als sie vom Geräusch eines Schlüssels hochschreckte. Die Tür ging so schwungvoll auf, dass sie fast von ihr zerquetscht wurde, weil sie nicht weit genug entfernt saß. Sie traf sie am Arm, und Mathilde hatte Mühe, einen Schmerzenslaut zu unterdrücken. Sie hechtete zur Öffnung, als sie auch schon ein Rumpeln und ein Keuchen hörte. Ein Mann lag vor ihr auf dem Boden. Mit einem Satz sprang sie über ihn und die Schnüre, geradewegs in die Freiheit.

Sie wollte sich schon auf- und davonmachen, da hörte sie eine andere Männerstimme fluchen. Im selben Moment fühlte sie sich von hinten von starken Armen umschlossen.

Mathilde hatte nur noch einen Gedanken, darauf war all ihre Aufmerksamkeit gerichtet: fort. Sie schlug um sich.

»Gemach, gemach. Wer wird sich denn da so stürmisch davonmachen?«

»Nein!« Sie schrie auf und trat ihrem Angreifer gegen das Schienbein. Die Arme lösten sich von ihr. Sie wandte sich um und hatte schon das Knie gehoben, um dasselbe an einer anderen, noch viel empfindlicheren Stelle an seinem Unterleib zu tun, als sie unvermittelt innehielt.

Ihr Angreifer hüpfte auf einem Bein auf und ab, das andere hatte er angezogen und umklammerte mit beiden Händen das Schienbein. »Verflucht noch eins, kleine Wachtel, kannst du dich nicht einmal anständig retten lassen? Ich habe jedenfalls noch nie von einer Jungfrau gehört, die um sich getreten hat, nachdem der Ritter den bösen Drachen getötet hatte!«

Mathilde schaute in die blauesten Augen der Welt. Es fiel ihr nichts weiter zu sagen ein als: »Oh je.«

»Das kannst du laut sagen!«, vermeldete eine weitere Männerstimme. Heinrich von Isny trat humpelnd aus Mathildes Verlies. »Eure kleine Wachtel ist ein rechtes Satansweib, werter Ritter.«

»Ja, das ist wahr. Und sehr undankbar«, erwiderte Steinmar. »Ich fürchte, mein linkes Schienbein ist bald grün und blau.«

»Nur ein Schienbein? Da habt Ihr noch Glück gehabt, Minnesänger.

Bei mir sind es beide und ein paar andere Stellen noch dazu. Stellt Euch vor, sie hat doch tatsächlich einen Stolperstrick vor die Tür gespannt.«

»Hat sie?«

»Hat sie.«

»Donnerlittchen!«

Mathilde hatte sich inzwischen etwas gefasst und schaute die beiden Männer betreten an. »Oh, es tut mir leid, aber ich dachte doch …«

»Das ist auch das Wenigste«, erklärte Steinmar würdevoll. Er hatte jetzt wieder beide Füße auf dem Boden. Er stand auf Gras. Sie war in einer kleinen Schuppose mitten im Nirgendwo eingesperrt gewesen.

Mathilde wollte sich erneut und wortreich entschuldigen, als Heinrich von Isny mit einer ungeduldigen Handbewegung abwinkte. »Ihr könnt später weitersäuseln. Jetzt ist nicht die Zeit dazu. Wir haben noch einiges zu erledigen. Doch zuerst müssen wir diese derangierte Jungfer in einen etwas vorzeigbareren Zustand versetzen.«

»Hier, neben der Tür liegen Kleider. Gertrud hat sie mir herausgesucht.« Steinmar musterte Mathilde von oben bis unten. Was er sah, gefiel ihm sehr, ihre spärliche Bekleidung bot aufregende Ausblicke. Ihr Untergewand war im Gegenlicht durchsichtig. Er musste sich bemühen, dass sie nicht bemerkte, wie sehr sein Blut in Wallung geriet. »Hoppla, was hast du denn mit deinen Haaren gemacht? Und das Unterkleid ist völlig verdreckt. Risse hat es auch.«

Mathilde wurde puterrot. Dann sah sie das spöttische Funkeln in seinen Augen. »Jetzt hört auf, Euch über mich lustig zu machen. Überhaupt – was müssen wir noch erledigen? Und wie habt Ihr mich eigentlich gefunden?«

Heinrich von Isny schaute sie anerkennend an. »Also diese Maid lässt sich nicht so schnell unterkriegen. Nun, ich denke, wir sollten dafür sorgen, dass Baldur und dein Onkel dir keine Streiche mehr spielen können, meine Tochter. Martin hat uns geholfen, dich zu finden. Er konnte sich ins Gasthaus ›Zum Salm‹ schleichen, er kennt sich dort ja aus. Es gelang ihm, ein Gespräch zwischen deinem Onkel und Baldur zu belauschen. Außerdem …« Er brach ab.

»Was außerdem?« Mathilde hatte den warnenden Blick durchaus bemerkt, den Steinmar ihm zugeworfen hatte.

»Lass uns später weitersprechen. Jetzt zieh dich um«, sagte er anstelle einer Erklärung.

Mathilde erkannte, dass sie nicht mehr erfahren würde. Da lag tatsächlich ein Bündel neben der Tür. Sie bückte sich, hob es auf, drückte die Schultern durch und schaute die beiden Männer herausfordernd an. »Umdrehen.«

»Wieso? Du könntest dich doch da in diesem Zimmerchen umkleiden«, erwiderte Steinmar gespielt harmlos.

»Den Teufel werde ich tun. In diesen Raum bringen mich keine zehn Pferde mehr. Ihr braucht gar nicht so bedauernd schauen, Ritter Steinmar!«

»Iich schaue bedauernd?«

»Oh ja, das tut Ihr, mein Freund«, bestätigte Heinrich, packte den Minnesänger an der Schulter und drehte ihn so, dass er mit dem Rücken zu Mathilde stand. Dann tat er es ihm nach.

»Komm jetzt, kleine Wachtel, wir haben noch eine Weile zu gehen«, forderte Steinmar sie barsch auf, nachdem sie sich umgezogen hatte.

Mathilde schaute sich um und musterte die Gegend. Jetzt erkannte sie, wo sie waren. Im Westen von Waldshut, Dogern zu, in Richtung des Dorfes Singlen. Sie hatte die Schuppose schon früher gesehen. Sie hatte zur Burg der Herren von Blumpenbach gehört und war inzwischen halb verfallen.

Als Kind hatte sie hier oft gespielt. Manchmal hatten die Brüder sie mitgenommen, allerdings nicht immer ganz freiwillig. Sie war auf ihren kleinen Beinchen einfach so lange hinter den Größeren hergewackelt, bis diese sich ihrer erbarmten, weil sie Angst hatten, die kleine Schwester könnte sonst verloren gehen.

»Wohin jetzt?«, erkundigte sich Heinrich.

»Zum Onkel dieser Furie, er wohnt nicht weit vom Tiefenhäusener Hof entfernt«, erklärte Steinmar grimmig.

»Aber –«

»Du bist jetzt besser für eine Weile still, kleine Wachtel«, fuhr ihr der Minnesänger über den Mund.

Mathilde wollte widersprechen, besann sich dann aber eines Besseren. Steinmar hatte nicht wirklich böse geklungen, eher angespannt. Und sie hatte anderes zu tun, als zu reden. Sie hielt ihr Gesicht der Sonne entgegen. Dieses Licht und die Wärme waren einfach herrlich nach der Zeit in der Dunkelheit. Sie atmete tief ein. Die Luft roch wunderbar nach Frühling. Er war fast über Nacht eingezogen. Die Wiesen würden bald gelb leuchten von Löwenzahn, überall blühten schon die Gänseblümchen. Mathilde entdeckte Veilchen, Brennnesseln und Waldmeister, und am Waldrand wiegten sich Buschwindröschen im Wind.

Sie reckte sich. Jetzt war die Zeit der jungen Kräuter. Wenn sie wieder in ihrem Haus war, würde sie mit Junge und Gertrud durch die Wiesen streifen und die Frühlingsgewächse sammeln. Der Sauerampfer spross, das gab zusammen mit Gänseblümchen und Löwenzahnblättern einen guten Salat. Dazu die Blätter von jungem Scharbockskraut. Waldmeister und Holunderblüten – ach, der Frühling war nicht nur ein Fest für die Sinne, sondern auch für Gaumen und Magen. Aus dem frischen Grün ließen sich die wunderbarsten Gerichte zaubern.

# VI

Arnold von Waldshut bebte vor Empörung. »Das glaube ich Euch nicht! Das würde der Habsburger nie und nimmer bezeugen. Sie ist Baldur versprochen. Hier, ich kann Euch den Vertrag zeigen.«

Mathilde protestierte. »Das bin ich nicht, das ist alles …« Sie verstummte, als sie den Grimm in Steinmars Gesicht sah. Gleich würde einer seiner gefürchteten Wutausbrüche folgen. Doch der Minnesänger blieb die Ruhe selbst.

»Die Urkunde ist ungültig.«

»Das ist sie nicht!«, zeterte Mathildes Onkel.

Heinrich von Isny mischte sich ein. »Sie kann nicht gültig sein. Meine Leute bringen gerade den Salmwirt her. Dann werden wir sehen. Überlegt es Euch gut. Ihr wisst, mit dem Habsburger ist nicht zu spaßen.«

Es klopfte, dann wurde die Tür auch schon aufgestoßen. Zwei stämmige, baumlange Knechte hatten Baldur an je einem Arm gepackt und zerrten ihn ins Zimmer.

Hinter ihnen tauchte Mathildes Tante im Türrahmen auf, gefolgt vom Gesicht eines jungen Mädchens. »Was geschieht hier, Mann?«, keifte die Schultheißin. »Diese Leute sind einfach hier herein–«

»Halt den Mund Weib, nimm deine Tochter und verschwinde«, herrschte ihr Gatte sie an. Arnold schien zu begreifen, dass seine Lage brenzlig zu werden begann.

»Fragen wir doch Baldur«, erklärte Steinmar in aller Gemütsruhe. Seine Augen sprachen allerdings eine andere Sprache. »Ist Mathilde Euch nun versprochen oder nicht? Redet!«

Die Miene des Salmwirts wurde störrisch. »Das ist sie. Ich habe einen Vertrag mit ihrem Onkel.«

»Zeigt uns das Schriftstück.«

Arnold kramte in einer Truhe und reichte es Heinrich von Isny.

Der Minorit musterte das Pergament und nickte. »Dachte ich es mir doch, ungültig. Der Vertrag hätte gar nicht gemacht werden dürfen, da es zum Zeitpunkt des Abschlusses bereits eine andere Vereinbarung gab. Hier, der Bräutigam steht neben mir. Euer Bruder, Mathias von Waldshut, hat Mathilde bereits vor Jahren dem Ritter Berthold Steinmar zur

Frau versprochen, kurz bevor er ins Heilige Land aufbrach. Dieser Handel wurde vom Habsburger selbst angeregt und bezeugt. Und von mir natürlich. Hier sind unsere Unterschriften. Wie kann sie da also die Braut Baldurs sein!«

Mathilde stieß einen kleinen Schrei aus. Sie konnte nicht glauben, was sie da hörte. Davon hätte der Vater doch etwas gesagt!

»Das glaube ich niemals!« Baldur stampfte störrisch mit dem Fuß auf.

»Das solltet Ihr besser«, erklärte Heinrich von Isny scharf. »Oder wollt Ihr etwa mein Wort und das Eures Herrn anzweifeln? Rudolf ist unbotmäßigen Gefolgsleuten gegenüber sehr unduldsam. Das könnte übel für Euch ausgehen. Ich kann Euch nur raten, schön still über diese ganze Angelegenheit zu schweigen. Wenn Ihr ein Mauseloch findet, verkriecht Euch, bevor der Graf von Habsburg Euch nicht doch noch das Fell über die Ohren zieht. Und lasst künftig Eure üblen Machenschaften diesem Mädchen gegenüber. Sie ist nicht so allein auf der Welt, wie Ihr wohl dachtet. Sie hat hohe Gönner.«

»Dann holt sie sich der Graf von Habsburg also tatsächlich in sein Bett, wie die Leute sagen? Sie ist nichts als –«

»Vorsicht, Salmwirt. Haltet besser Eure Zuge im Zaum. Habt Ihr ihm das weisgemacht, Arnold von Waldshut? Ich kann Euch versichern, dass Graf Rudolf Eure Nichte niemals angefasst hat. Darauf kann ich einen heiligen Eid schwören, wenn es sein muss. Ihr solltet also besser aufhören, solch üble Verleumdungen über den Grafen zu verbreiten. Sonst beschließt Rudolf am Ende noch, Eure Bestätigung als Schultheiß zu widerrufen und Euch aus der Stadt zu jagen oder Euer Gasthaus, Baldur, einem anderen zu geben. Womöglich brennt es aus unerfindlichem Grund eines Nachts bis auf die Grundmauern nieder. Wäre doch sehr unangenehm für Euch, im Schlaf vom Feuer überrascht zu werden und vielleicht sogar in den Flammen zu sterben.«

»Wenn Ihr es sagt, ist es sicher richtig so, Herr. Von diesem Eheversprechen wusste ich wirklich nichts, das schwöre ich«, hob Mathildes Onkel kleinlaut an. »Es schien mir eine gute Sache zu sein, als Baldur bei mir um sie anhielt.«

»Dass sie bereits versprochen war, wusste ich auch nicht«, erklärte Baldur mürrisch.

»Nun, dann wisst Ihr es jetzt.«

Die beiden Männer standen da wie geprügelte Hunde. Mathilde genoss es, ihre Feinde so zu sehen. Sie maß einen nach dem anderen mit einem giftigen Blick. »In dieses Haus werde ich nie wieder einen Fuß setzen. Und glaubt ja nicht, dass ich Euch helfe, wenn sich nach der Rückkehr meines Vaters herausstellt, dass Ihr sehr wohl von seiner Verfügung wusstet, Onkel!« Damit rauschte sie aus dem Zimmer. Ihre Tante und die Cousine, die vor der Tür warteten, würdigte sie keines Blickes.

Steinmar und Heinrich von Isny hatten Mühe, sie einzuholen. Als sie sie erreichten, stand Mathilde bereits auf der Straße und starrte Löcher in die Luft. In ihrem Kopf überschlugen sich die Gedanken. Der Vater sollte sie Steinmar versprochen haben? Gut, der Minnesänger und der Händler hatten angeblich gemeinsame Ziele verfolgt. Der Vater stand wie Steinmar in Rudolfs Diensten. Trotzdem, hätte er das nicht erwähnt? Etwas stimmte nicht mit der Urkunde, die Heinrich von Isny ihrem Onkel vorgelegt hatte. Andererseits war der Vater recht überraschend ins Heilige Land aufgebrochen. Ob er einfach nicht mehr dazu gekommen war, ihr von dem Vertrag zu erzählen? Sicher hatte die Mutter Bescheid gewusst und hätte es ihr im rechten Moment sagen sollen. Mathilde wurde traurig bei dem Gedanken, schüttelte ihn aber sogleich wieder ab.

Dann würde sie also Steinmars Weib werden? Ihr Herz begann heftig zu klopfen. Und setzte gleich darauf einen Schlag aus. Oder auch nicht. Ein Eheversprechen war noch lange keine Eheschließung. Doch wenn der Vertrag echt war, hatte er das schon die ganze Zeit gewusst und sich sicher über ihre kläglich gescheiterten Versuche, ihn zu umgarnen, lustig gemacht. Er hatte einen Denkzettel verdient. Der edle Ritter sollte nicht glauben, dass sie ihm jetzt um den Hals fallen würde. Mathilde schob das Kinn vor. Sie würde sich jedenfalls keine Blöße geben.

»Und, kleine Wachtel, hast du etwas dazu zu sagen?«, erkundigte sich Steinmar.

»Nein, was sollte ich dazu sagen?«, antwortete Mathilde schnippisch.

Heinrich von Isny brach in schallendes Gelächter aus. »Na, da sind einmal zwei, die einander durchaus das Wasser reichen können. Was die Sturheit betrifft.«

Mathilde schob das Kinn noch ein wenig weiter vor, während Steinmar schluckte, sich aber einer scharfen Erwiderung enthielt. »Nun, wir müssen die Pferde holen, sie stehen noch hinter dem Haus deines Onkels«, sagte er stattdessen. »Dann lasst uns aufbrechen.«

»Die Pferde könnt Ihr allein holen«, murrte Mathilde. »Dahin gehe ich nicht mehr. Überhaupt wüsste ich gern, wohin ich dem mir zugedachten Gatten nun folgen soll.« Diese Frage hatte sie sich einfach nicht verkneifen können.

»Nach Brugg«, klärte Steinmar sie knapp auf.

Für einige Augenblicke herrschte Schweigen. Mathilde hätte gar zu gerne gewusst, was sie denn nun in Brugg sollte. Doch sie würde den Teufel tun und fragen.

»Ich will nicht nach Brugg. Ich will heim«, erklärte sie stattdessen bockig.

»In Brugg ist alles für die Eheschließung vorbereitet«, erklärte der Minorit.

Mathildes Herz tat einen weiteren Sprung. Es sollte also tatsächlich eine Eheschließung geben. Nicht mehr lange, und sie wäre Steinmars angetrautes Weib. Dann konnte niemand mehr die Echtheit des Vertrages in Zweifel ziehen. Ihr wurde heiß und kalt. Doch sie ließ sich nichts anmerken. »So? Na, die Angelegenheit kann ja sicher noch einen Tag warten. Ich werde jedenfalls nicht in diesen wild zusammengewürfelten Kleidern und stinkend von dannen ziehen. Ich will heim. Bevor ich irgendwohin gehe, gibt es noch einiges zu regeln und zu besprechen. Ich habe schließlich ein Gasthaus zu führen und einen Ruf als Köchin zu wahren. Es gibt Bestellungen. Ihr könnt ja nach Brugg reiten. Doch wenn ihr mich mit Gewalt fortschleppt, dann brülle ich Zeter und Mordio. Heute Nacht werde ich daheim schlafen, komme, was da wolle.«

»Ritter Berthold, da habt Ihr Euch aber einen störrischen Vogel eingefangen. Seid Ihr sicher, dass Ihr diese Frau noch wollt?«

Steinmar wiegte den Kopf. »Ich weiß auch nicht.«

»Ha. Dachte ich es mir doch, diese ganze Heiratsgeschichte ist erstunken und erlogen, ebenso der Vertrag!« Mathilde schaute die beiden Männer herausfordernd an.

»Vorsicht, kleine Wachtel. Selbst wenn es so sein sollte, kann es nicht sein. Das wäre Hochverrat. Denn der Graf von Habsburg und Heinrich von Isny lügen nicht. Aber vielleicht ist die Idee, noch eine Nacht in Waldshut zu bleiben, gar nicht so schlecht. Meine holde Braut ist bekanntlich eine hervorragende Köchin.« Steinmar rieb sich den Bauch und schmatzte vielsagend. »Schon aus diesem Grund muss ich sie ehelichen. Sonst schnappt mir noch jemand diese Fee der Kochlöffel vor der Nase weg. Und eine gute Geschäftsfrau ist sie außerdem. Was will ein armer Spielmann mehr als eine Frau, die ihn ernähren kann? Auch wenn sie so stachelig ist wie ein Brombeerbusch.«

Mathilde beschloss, ihm keinesfalls von dem Beutel mit Münzen zu erzählen, den sie in ihrer Kammer sicher versteckt wusste. Auch nach der Heirat nicht, wenn der Besitz mitsamt der Frau in das Eigentum des Mannes überging. Die Münzen waren ihre Sicherheit für schlechte Tage. Nie wieder wollte sie von der Gunst anderer abhängig werden. Schon gar nicht von der dieses überheblichen Mannes. Was bildete er sich ein, einfach über sie zu bestimmen? Und wenn sie sich weigerte, ihn zu ehelichen? Das wäre jedenfalls ein feiner Denkzettel. Andererseits schnitt sie sich damit ins eigene Fleisch. Sie musste aufhören, sich etwas vorzumachen. Sie wollte diesen Mann. Und sagten die Leute nicht, die Zuneigung käme schon, wenn zwei erst einmal verheiratet waren?

Heinrich von Isny zuckte die Schultern. »Ich sehe schon, gegen zwei komme ich nicht an. Dann werde ich eben einen Boten nach Brugg schicken, dass erst übermorgen Hochzeit ist. Ich muss ohnehin noch etwas besorgen. Wir sehen uns dann übermorgen.« Damit machte er sich auch schon auf den Weg zu seinem Ross.

Mathilde sah ihm gedankenverloren nach, dann wandte sie sich wieder Steinmar zu. »Das will ich sehen. Hochzeit! Ich glaube noch immer kein Wort!«, schnaubte sie.

»Ja, das werden wir sehen«, beschied Steinmar sie. »Jetzt gehe ich aber erst einmal unsere Pferde holen. Dann komme ich ins Wirtshaus. Du denkst doch daran, dass mir immer ein Nachtlager zusteht? Und eine anständige Mahlzeit?«

»Ich denke an nichts anderes.«

Der Jubel war groß, als Junge, Gertrud und Martin ihre Mathilde in den Waldshuter Hof kommen sahen. Die Katze stimmte ein Miau-Konzert an, der Hund, der sich von dem rüden Tritt erholt zu haben schien, wedelte mit dem Schwanz. Mathilde fiel dem Stallknecht um den Hals. »Ich danke dir, Martin. Ohne deine Hilfe hätten mich Ritter Steinmar und Herr Heinrich niemals gefunden.«

Der Hüne wand sich verlegen aus der Umarmung. »Das ist doch nichts.«

»Seid Ihr jetzt sicher?«, erkundigte sich Gertrud.

»Ja, jetzt bin ich sicher«, bestätigte Mathilde. Von der Hochzeit erwähnte sie nichts. »So, jetzt werde ich mich aber erst einmal waschen und dann schlafen. Bitte macht Ritter Steinmar von Klingnau ein Lager zurecht und bereitet ihm eine kräftigende Mahlzeit. Er wird bald hier eintreffen.« Sie wich den fragenden Blicken aus.

»Und Ihr, habt Ihr keinen Hunger?«, fragte Gertrud schließlich.

»Oh doch. Ich komme später herunter.«

»Ich bringe Euch etwas in die Kammer. Honigmilch vielleicht und einen kräftigenden Brei«, schlug Junge vor.

Mathilde nickte dankbar.

Sie hatte sich kaum gewaschen und ihren Zopf geflochten, da klopfte es auch schon. Junge kam mit der versprochenen Stärkung. Die honigsüße Milch floss köstlich und heiß ihre Kehle hinunter. Sie kaute das Fladenbrot, das es zur Grießsuppe gab, so bewusst wie niemals zuvor. Sie lebte! Und wollte jeden Moment dieses Lebens auskosten. Ihr war, als sei sie noch einmal geboren worden.

Das Essen machte sie müde, die Angst und Aufregung der vergangenen Tage forderten ihren Tribut. Sie setzte sich auf ihr Lager. Gertrud hatte es in ihrer Abwesenheit frisch aufgeschüttelt, den Bezug gewaschen und mit Rosenwasser besprengt. Alles duftete so wunderbar. Nur ein wenig hinlegen und ausruhen.

Steinmar schaute auf die schlafende Mathilde hinunter und erinnerte sich daran, wie er schon einmal so dagestanden und sie betrachtet hatte. Die jugendlich-rosigen Wangen, die weiße Haut, die kleinen Sommersprossen auf ihrer Nase, die runde Schulter, von der das Hemd ein wenig heruntergerutscht war. Diese göttlichen Grübchen, wenn sie ihn anstrahlte, das grün gesprenkelte Leuchten schierer Lebensfreude in ihren grauen Augen. Alles an ihr war sinnlich, alles. Selbst die Art, wie sie Zwiebeln schnitt. Und dazu noch ihr wacher Verstand. Bald würde sie sein Weib sein. Und doch nicht. Ob er sie schlafen lassen sollte? Nein, sie hatte ein Recht, alles zu erfahren, ehe sie in seine Hände gegeben wurde. Auch wenn die Hochzeit nur zum Schein war, um allen Schwierigkeiten vorzubeugen, denen sie als unverheiratete Jungfer in Zukunft noch begegnen könnte, er würde sie nicht anrühren. Er heiratete sie nur zu ihrer Sicherheit. So konnte er einschreiten und sie beschützen, ohne dass gleich bekannt wurde, wer und was hinter all dem stand. Und wenn sich die Lage beruhigt hatte, wenn Rudolf König war, hatte der die Macht, die Auflösung der Ehe anzuordnen. Da sie nicht vollzogen worden war, würde auch der Papst seinen Dispens geben.

Beim Gedanken daran, dass er ihr das alles noch beibringen musste, wurde ihm mulmig. Aber sie war nicht dumm. Sie sah die Gründe sicherlich ein, es war ja schließlich zu ihrem Besten. Und trotzdem würde sie toben, wenn sie alles erfuhr, sie ließ sich nicht herumstoßen. Da war er sich sicher. Er seufzte. Doch er musste ihr die Wahrheit sagen. Nur wenn er ehrlich war, konnte sie für Rudolf von Nutzen sein.

Steinmar strich ihr sanft eine verirrte Locke aus dem Gesicht. Dann küsste er sie auf diese so verführerische nackte Schulter. Sie lächelte, seufzte wohlig, schlief aber weiter. Also musste er wohl etwas grober werden. Er schüttelte sie. »Kleine Wachtel, wach auf!«

Mathilde schreckte hoch, sah ihn verwirrt an. »Was ist? Müssen wir aufbrechen? Oh je, ich bin einfach eingeschlafen.«

Er schüttelte den Kopf. »Nein, es ist noch lange hin, bis der Morgen graut. Zieh dir etwas über. Wir müssen reden. Ich warte unten in der Schankstube auf dich.«

Während sie sich mit fliegenden Händen ankleidete, versuchte Mathilde, einen klaren Kopf zu bekommen. Was sollte das? Ah, jetzt würde er ihr wohl beichten, dass er keineswegs vorhatte, sie zu ehelichen. Dass alles nur ein Irrtum war. Sie spürte einen Stich des Bedauerns, drängte dieses Gefühl aber sofort wieder zurück. Er sollte nur nicht glauben, dass er mit ihr seine Spiele treiben konnte. Wer hier besser zu spielen verstand, würde sich sowieso noch herausstellen. Noch war nicht aller Tage Abend. Sie musste nur Geduld beweisen. Auch eine Köchin hatte schließlich Mittel, einen Mann in sich verliebt zu machen. Nein, nicht auch, *besonders* eine Köchin, die sich mit Kräutern auskannte. Und wenn er ihr dann zu Füßen lag, würde sie ihn kalt lächelnd zurückstoßen. Mathilde schmunzelte bei der Vorstellung des schmachtenden Minnesängers. Allerdings hatte sie ziemliche Zweifel, dass sie ihn jemals zu ihren Füßen finden würde. Und daran, dass sie ihn dann überhaupt abweisen könnte.

»Also, was ist?«, fragte sie barsch, als sie in die Küche kam. Sie hatte nicht vor, ihm nur einen Schritt weiter als notwendig entgegenzukommen.

Steinmar saß an einem der Tische in der Gaststube. Außer ihm war niemand dort. Er hatte bereits das Feuer im Kamin entfacht. »Ah, kleine Wachtel, ein Augenschmaus wie immer. Das ging ja schnell.«

»Spart Euch Euer Gesülze, werter Ritter. Was gibt es so Dringendes, dass es nicht bis Sonnenaufgang warten kann?«

Er zog ein beleidigtes Gesicht. »Verstehe einer die Weiber! Da tut man ihnen schön, und was ist? Du verkennst mich. Aber Sülze ist ein gutes Wort. Ich könnte meine Gedanken viel besser ordnen, wenn du mir etwas zu essen und zu trinken zubereiten würdest und ich nicht mehr vom Knurren meines Magens abgelenkt wäre. Etwas Wärmendes, es ist doch noch kühl.«

»Ach, Ihr habt schon wieder Hunger? Habt Ihr von Gertrud keine Mahlzeit bekommen? Ist sie nicht im Küchenhaus?«, erkundigte Mathilde sich scheinheilig.

»Alle schlafen noch«, verkündete er düster. »Dabei ist mein Ranzen vor lauter Fasten eingefallen, hier, siehst du? Und wenn ich an deine ... Kochkünste denke, wird mein Leid noch größer. Sie sind einfach zu verführerisch. Schon allein der Gedanke daran macht mir Appetit«, erklärte er anzüglich.

»Ihr seid ja unersättlich. Und ich dachte immer, ein Ritter müsse Maß halten, bescheiden leben und allem entsagen, was ihn von seinen Pflichten ablenkt. Wie der Rettung von Jungfrauen oder dem Erschlagen von Drachen.«

»Aber nicht dieser Ritter«, erklärte Steinmar im Brustton der Überzeugung. »Insbesondere die Rettung von Jungfrauen verursacht bei mir furchtbaren Appetit.«

Mathildes Grübchen erschienen. »Ah, ich sehe schon, Ihr seid doch ein wenig anders als das Bild, das mir meine Mutter vom ritterlichen Ideal gezeichnet hat. Wie wäre es denn mit einem heißen Kräuterwein und dazu einer stärkenden Brühe? Wir haben immer einen Sud aus ausgekochten Knochen vorrätig. Ich denke mir, Gertrud wird das auch während meiner Abwesenheit so gehandhabt haben.«

Mathilde stand auf. Na wartet nur, Herr Ritter, dachte sie und ging in Gedanken all die Zutaten durch, die das Blut eines Mannes in Wallung brachten. Wurzelgemüse jeglicher Art war gut, Zwiebeln, vielleicht mit Kardamom und Pimpernelle, Galgant natürlich und Pfeffer, der zusätzlich die Gefühle anfeuerte. Dazu Bohnenkraut. Selbstredend, das musste sein. Und Zimt, Muskat und Rosmarin für den Rotwein, einen schweren, der einem Mann das Hirn vernebelte. Ja, genauso einen hatte sie da. Er kam aus dem Süden Italiens. Das Ganze abgeschmeckt mit Honig. Er würde schon sehen, was er von seinen Geschichten hatte.

Steinmar strahlte. »Ich sehe schon, da habe ich eine besonders verständnisvolle Jungfer aus der Gewalt der bösen Drachen befreit.«

»Wenn Ihr mir zuschauen wollt, dann müsst Ihr mit ins Küchenhaus, werter Herr. Oder wollt Ihr lieber in der Schankstube bleiben und warten, bis ich wiederkehre?«

»Um nichts auf der Welt würde ich es verpassen wollen, dir beim Kochen zuzuschauen.«

Sie machte sich sofort an die Arbeit. Steinmar beobachtete sie entzückt. Teufel noch eins – wie sanft sie die Karotten schrappte, wie feurig sie den Pfeffer im Mörser stößelte, wie sorgsam, fast zärtlich, sie immer wieder eine Prise Kräuter aus ihrer Lade nahm und wie verführerisch es aussah, wenn sie einen Finger in den Wein tunkte, um ihn dann abzuschlecken. »Genau richtig«, war ihr einziger Kommentar. Dann kredenzte sie ihm einen Becher voll duftendem gewürztem Wein, der heiß durch seine Adern floss. So rot wie Blut. Rot wie die Liebe.

Er leerte ihn in einem Zug. »Genau richtig«, bestätigte er und hielt ihn ihr zum Nachschenken hin. »Und du? Willst du nichts trinken?«

»Später, zur Suppe.«

Während Steinmar wartete, begann er zu summen und dann zu singen.

*»Was du uns gibst, das würze gut,*
*Besser als man sonst wohl tut,*
*Dass wir glühn vor Hitze.*
*Aus dem Trunk steig auf ein Dunst,*
*Wie der Rauch der Feuersbrunst,*
*Dass ein jeder schwitze.*
*Schweißgebadet glaub er, dass er lecke.*
*Schaffe, dass der Mund wie aus der Apotheke schmecke.*
*Erlieg ich doch des Weines Kraft,*
*Auf denn, so gieß als Freund, o Wirt,*
*Mich in den Saft!*

*Wirt, durch mich führt eine Straß',*
*Offen, breit und ohne Maß,*
*Stopfe sie mit Speisen.*
*Hinterdrein an Wein noch schieb,*
*Wein, der wohl ein Mühlrad trieb,*
*Will den Schlund noch preisen:*
*Mich würget nicht die dickste Gans, wenn ich sie denn schlinge.*

*Herbst, mein Trautgesell schlag ein, auf dass*
*Ich mich dir verdinge.*
*Meine Seel auf eine Rippe floh,*
*Ach, die Flut des Weins bedrängt sie so.«*

»Das Herbstlied!« Sie lachte. »Nun, dann wollen wir den armen Minnesänger nicht länger darben lassen. ›Weiß es wohl, es ist nicht zu bestreiten: Minnerlein, du bist ein armer Tropf zu allen Zeiten. Will kein armes Luder bleiben, auf denn, will es wie der alte Weinschwelg treiben‹«, trällerte sie und reichte ihm gleich einen ganzen Krug mit Wein. »Könnt Ihr den Wein tragen, werter Herr? Ich nehme den Suppentopf und die Becher. Kommt, lasst uns in den Schankraum gehen, da können wir uns an einen Tisch setzen. Im Sitzen isst und trinkt es sich angenehmer.«

Dieses Weib war doch immer für eine Überraschung gut. »Du kennst das Lied?«, fragte er, als sie in der Wirtsstube angekommen waren.

»Fragt lieber, wer es nicht kennt!« Mathilde platzierte die Suppenschüssel mitten auf dem Tisch und reichte ihm einen der beiden Löffel, die sie in die Rocktasche gesteckt hatte.

Er langte eifrig zu und löffelte mit Genuss, bis sein Ranzen gehörig spannte. Sie ebenfalls, denn der Duft hatte auch ihr Hunger gemacht. Schließlich rülpste er genüsslich und strich sich über den Bauch. »Es ist doch immer wieder ein Vergnügen mit dir, kleine Wachtel.«

Mathilde wischte sich die Finger am Gewand ab. »So, mir scheint, Euer Magen ist besänftigt. Also, was ist jetzt?«

Er zögerte, hatte er doch zu viel Wein getrunken. Das machte die Gedanken träge. »Ich habe dir neulich nicht alles erzählt.«

Sie sah ihn erwartungsvoll an.

Teufel, diese Augen! Wenn sie ihn so anschaute, wurde das Denken auch nicht einfacher.

Er nahm die Harfe, die neben ihm auf der Holzbank lag und griff in die Saiten.

*»Wie ein Schwein in einem Sacke*
*Fährt das Herz mir hin und her,*
*Wilder noch als wie ein Drache*
*Strebt es zu ihr voll Begehr,*
*Stürmt es durch die ganze Brust*
*Von mir zu der Freudenreichen,*

*Also stark ist sein Gelust.*
*Weh, wie lange soll das währen,*
*Ist mir Lohn der Süßen und Gewähren*
*Heuer ferner doch als fern.*«

Er sah sie anklagend an. »Dein Wein ist stark, kleine Wachtel.«

»Ach ja, nun bin ich wieder schuld. Spart Euch Eure Zoten. Die ziehen bei mir nicht. Glaubt ja nicht, dass Ihr mich in Euer Bett zerren könnt. Da sucht Euch besser eine andere, die dümmer ist als ich. Und lenkt nicht ab. Also, ich warte auf eine Antwort.«

Er seufzte. »Also gut. Dein Vater und ich, der Habsburger, Walther von Klingen, der Tettinger und Ulrich-Walther, der Komptur der Deutschherren ...«

Sie beugte sich etwas nach vorn und lenkte damit sein Augenmerk auf ihren Ausschnitt, der durch die Bewegung den Ansatz ihrer Brüste freigab. Dieses Teufelsweib! Sie sagte noch immer nichts, nahm nur einen kräftigen Schluck Wein. Ihre Wangen waren so rosig – nein, nicht erneut abschweifen. Er schluckte und kämpfte heroisch gegen die Gelüste an, die seinen Unterleib marterten. Sie hatte recht, dafür war jetzt nicht der Augenblick.

»Wir dachten, du könntest uns helfen. Ein Weib wie du, das sich in den Häusern der Adligen auskennt, eine Köchin, die gute Beziehungen zu den Bediensteten unterhält, hört doch so allerlei, was von Nutzen ist«, säuselte er. Verflucht noch eins, wieso war seine Zunge so schwer? »Doch zu diesem Zweck ist es wichtig, dass du unbehelligt leben kannst. Dafür sorgt dieser Ehevertrag. Wir sollten allerdings nur im Notfall bekannt geben, dass die Eheschließung tatsächlich stattgefunden hat. Ich denke, die Menschen reden unbefangener mit einem Mädchen, das sie für unerfahren halten, als mit einem Eheweib, vor allem, wenn der Gatte als Ritter und Gefolgsmann des Habsburgers bekannt ist. Mit so einer unterhalten sich die Dienstboten nicht wie mit ihresgleichen. Meinst du nicht auch?«

Ihre Miene wurde abweisend. »So dachtet Ihr Euch das also. Ihr braucht eine Dienstmagd. Von Nutzen? Für wen?«

»Nun, für Rudolf von Habsburg, also, ich meine –«

Jetzt war ihre Stimme eisig. »Darum geht es und ging es die ganze Zeit, in der Ihr mir flattiert habt, nicht wahr, Ritter Steinmar? Ihr wolltet mich weichkochen. Ihr seid auch nicht anders als die anderen Herren Ritter, die nach vorne so edel tun, aber nichts im Kopf haben als ihre Lust und ihren Eigennutz. Ich soll für Euch die Zuträgerin spielen. Aber bitte nur unter meinesgleichen.«

Er wand sich, versuchte, den Nebel der Trunkenheit aus seinen Gedanken zu vertreiben. »Nein, nicht für mich. Aber wir dachten tatsächlich, du könntest in die Fußstapfen deines Vaters treten. Wir vermissen seine Dienste schmerzlich.«

Ihre Augen blitzten. »Wie nun? Ich soll also Handel treiben?«

Verstand sie ihn mit Absicht falsch? »Nein, als Köchin, als jemand, der in die Gesindestuben kommt und hört, was die Dienstboten über ihre Herren sagen, bist du wertvoll für uns. Ich hingegen horche die edlen Herren aus, die Fürsten. Minnesänger kommen an viele Höfe. Meine Lieder haben schon manchen eingelullt und unvorsichtig gemacht. Besonders die Frauen. Und wenn der Sänger als unverheiratet gilt, sind sie noch gesprächiger. Zusammen ergeben wir doch ein feines Paar, findest du nicht? Du unten bei den Dienstboten, ich oben, bei den Herren. Wir fanden, das könnte eine erfolgversprechende Zusammenarbeit werden.«

»Schämt Ihr Euch meiner? Weil ich nicht von Stand bin? Wollt Ihr deshalb nicht, dass die Eheschließung bekannt wird?«

»Nein, kleine Wachtel, wirklich, so ist es nicht.«

»Und wer ist überhaupt ›wir‹? Ihr sprecht die ganze Zeit von ›uns‹ und ›wir‹.«

Er hätte sich denken können, dass ihr das nicht entgehen würde. Wieder machte er eine Pause. Er spürte, dass er langsam einen Rausch bekam. Schockschwerenot, da hatte sie ihm aber wirklich einen schweren Wein vorgesetzt. Dabei brauchte er einen klaren Kopf.

»Die geheime Loge der Brüder und Schwestern vom Herzen Mariens, oder einfacher, die Marianer. Wir sind eine geheime Vereinigung frei geborener Männer und Frauen aus allen Teilen der christlichen Welt. Ordensherren. Mönche, Edelleute, aber auch Edelfrauen. Alle eint dasselbe Ziel.«

»So, so, Brüder und Schwestern? Und da dachte ich immer, die Geheimbündelei sei von Männern erfunden worden, die der Fuchtel ihrer Ehefrauen entkommen wollten. Es soll bei solchen Versammlungen ja hoch hergehen. Nun, das würde zu Euch passen. Von Köchinnen habt Ihr aber nicht gesprochen.«

Wieso war sie noch so klar im Kopf? »Ich sprach von frei Geborenen. Und das bist du auch. Mach dich nicht lustig über mich.« Er zog ein beleidigtes Gesicht.

»Frei Geborene. Das kann viel heißen. Und um welches Ziel geht es?« Sie wirkte jetzt gespannt.

Er räusperte sich. »Das ist ein Geheimnis, kleine Wachtel. Nur sehr wenige wissen um die Existenz dieser Loge. Uns bindet ein Schwur. Wer unerlaubt mit Außenstehenden über die Loge spricht, ist des Todes. Doch dir gegenüber darf ich darüber reden, sie gaben mir die Erlaubnis. Die Loge ist nicht ganz unbeteiligt an deiner Rettung. An beiden, um genau zu sein. Wir beobachten dich schon eine ganze Weile.«

»So, nicht ganz unbeteiligt. Aha. Und ich werde beobachtet. Da wüsste ich aber schon gerne mehr darüber.«

Er seufzte. »Du ersparst einem Mann aber auch nichts. Also gut. Die Großloge der Marianer ist vom ersten Deutschmeister des Ordo Teutonicus gegründet worden, von Wolfger von Passau, dem Bischof von Auileia. An seinem Hof verkehrten viele berühmte Minnesänger wie Walther von der Vogelweide und der Dichter des Nibelungenliedes.« Steinmar warf sich in die Brust. »Du siehst, der Minnegesang hat bei den Marianern Tradition. Doch ich schweife ab. Fast jedenfalls. Denn das brachte die Gründer auf den Gedanken, die Neuigkeiten zu sammeln und auszuwerten, die die Fahrenden an den verschiedenen Höfen hörten, an denen sie zu Gast waren.«

»Und wer sind die heutigen Mitglieder?«

»Ich denke, so viel kann ich sagen: Viele dienen dem Deutschen Orden in den unterschiedlichsten Bereichen, manche sind Ritter, andere Kompture. Wieder andere gehören dem Hochadel an, sind Abkömmlinge großer Geschlechter. Das gilt besonders für die Frauen, von denen ebenfalls einige im Dienst der Kirche stehen.« Er hielt inne. »Wo war ich, was wolltest du noch wissen? Nun schau mich nicht so an, kleine Wachtel. Wie soll ein Mann da noch klar überlegen können? Ach ja. Sie alle eint das Bestreben, ihr Bestes zu geben, damit die Heilige Stadt Jerusalem wieder an die Christenheit fällt. Und natürlich mit allen Mitteln dafür einzutreten, dass im Heiligen Römischen Reich und in den deutschen Landen wieder der Landfriede einkehrt wie zur großen Zeit der Staufer.«

»Mit allen Mitteln. Ah, ich verstehe. Durch Graf Rudolf von Habsburg. Das steckt dahinter. Die Marianer wollen wie Ihr und mein Vater Rudolf helfen, als neuer König den Thron zu besteigen. Es geht also mehr um Politik und weniger um die Befreiung des Heiligen Landes.«

»Es geht um beides. Wir können die deutschen Lande nicht für sich betrachten, es bestehen ... Verflechtungen, von denen nur wenige etwas ahnen. Und ja, Graf Rudolf ist der rechte Mann, um die Krone zu tragen und diesem Christenhasser Baybars Einhalt zu gebieten. Doch bis er gekürt wird, hält er sich besser im Hintergrund, um nicht den Neid der anderen Fürsten zu erregen oder unnötig Widerstand zu schüren. Wenn es etwa um Verhandlungen im Heiligen Land geht. Aber über diesen Geheimpakt haben wir ja bereits gesprochen.«

»Verflechtungen. Sagt doch gleich, dass Ihr von der Mehrung von Macht und Einfluss sprecht. Ja, ja, ich weiß, es geht um ... nennen wir es vorausschauende Planung. Findet Ihr nicht, dass Ihr Gott ins Handwerk pfuscht? Sollte ein König nicht vor allem durch und in Gottes Namen herrschen? Aber mir scheint, das sind alles nur schöne Worte, mit denen die Herrschenden das gemeine Volk abspeisen, um insgeheim besser tun zu können, was ihrem eigenen Machterhalt dient. Der Allmächtige hat sich ihrer Ansicht da wohl besser herauszuhalten. Es sei denn, er ist auf ihrer Seite. Aber das ist er ja immer. Hat je ein Mächtiger einen Krieg geführt, den er nicht gerecht nennt und in dem er Gott nicht auf seiner Seite wähnt?« Mathilde verstummte, und ihre kleine rosa Zungenspitze erschien in ihrem rechten Mundwinkel. Wie immer, wenn sie angestrengt nachdachte.

Oh, sie wurde zornig. Nun, das hatte er erwartet. Es war wohl besser, er ging nicht auf die letzte Bemerkung ein. Er hatte das Gefühl, dass er ihr erst einmal Zeit lassen musste, diese Neuigkeiten zu verdauen.

»Ich sehe, du verstehst. Zurzeit ist es wirklich klüger, nicht offen für den Habsburger als neuen Herrscher einzutreten«, erklärte er nach einer längeren Pause. »Rudolf von Habsburg hat beileibe nicht nur Freunde. Selbst unter denen, die sich dafür ausgeben. Zudem sind widerstreitende Interessen im Spiel. Die Kurfürsten neiden einander ihre Erfolge.«

»Nicht wenige verfluchten den Habsburger für seine skrupellose Raffgier und seine brutalen Raubzüge. Was er will, nimmt er sich. Da ist er wohl auch nicht anders als dieser Baybars, der Sultan, von dem Ihr mir erzählt habt.«

»Kleine Wachtel! So ist der Krieg eben.«

»Das ist die pure Heuchelei. Ja, ja, schaut nicht so empört! Meint Ihr etwa, die kleinen Leute verstehen nicht, was die Großen so treiben? Sie bekommen es doch ständig am eigenen Leib zu spüren.«

»Die Marianer dienen aber einem höheren Zweck.«

»Ach ja? Kennen die Mitglieder der Loge tatsächlich einen höheren Zweck als ihren Eigennutz? Dann sind sie aber so selten wie fliegende Pferde.«

»Kleine Wachtel, wirklich, du hast ein schreckliches Schandmaul. Sieh nur zu, dass dir dein loses Mundwerk nicht noch zum Schaden gereicht. Lass das niemals jemanden anders hören als mich. Sonst könnte es dir noch schlecht ergehen. Überhaupt, du bringst mich völlig durcheinander. Wo war ich? Also gut, damit du überzeugt bist, verrate ich dir noch ein anderes, viel größeres Geheimnis. Die Marianer sind die Hüter des Tuchs, des *Eikon Acheiropoietos*«, erklärte Steinmar mit ernster Miene. Dann griff er sich an den Hals. »Meine Kehle ist von diesem ganzen Gerede ganz trocken. Hast du vielleicht noch etwas Wein?«

Nun jedoch hatte er Mathildes ungeteilte Aufmerksamkeit. »Später. Welches Tuch?«

»Das Grabtuch Christi. Die kostbarste Reliquie der Christenheit.«

Mathilde starrte ihn an. »Das sagt Ihr einfach so nebenbei, als wäre es … nichts? Wollt Ihr mir damit zu verstehen geben, dass es dieses Tuch wirklich gibt? Man hört immer wieder davon. Doch ich dachte bisher, das sei alles nur eine Lüge, Betrug. Ihr sprecht wirklich von dem Leinen, in dem der Sohn Gottes, unser Herr Jesus, nach der Kreuzigung zu Grabe getragen worden ist? Ihr macht Euch nicht lustig über mich, nicht wahr? Nein, ich sehe es an Euren Augen. Aber ich hörte, es sei verschollen, möglicherweise sogar in Händen der Ungläubigen!«

Er nickte bedeutungsvoll. »Ja, die Marianer sind die Hüter des Grabtuches Christi. Des *Mandil*, des *Tetradyplon*, des *Eikon Acheiropoietos*, des nicht von Menschenhand geschaffenen Bildes. Es trägt viele Namen. Vor mehr als sechzig Jahren verschwand es nach der Plünderung von Konstantinopel spurlos. Es heißt, es sei in die Hände französischer Kreuzritter gefallen. Das ist wahr und auch wieder nicht. Aber das würde jetzt zu weit führen, kleine Wachtel. Schau doch nicht so beleidigt. Irgendwann wirst du die wahre Geschichte des Tuches schon erfahren. Damals hat sich jedenfalls die Loge der Marianer gebildet. In ihr fanden sich Menschen zusammen, Männer und Frauen, die schworen, das dreifach gefaltete Leinen notfalls mit ihrem Leben zu schützen. Nur ein ganz kleiner Kreis von Menschen weiß, wo das Tuch in all diesen Jahren verborgen war. Jetzt klapp den Mund wieder zu. Du siehst aus wie ein Fisch, der nach Luft schnappt.«

Mathilde tat unwillkürlich, was er sagte, starrte ihn jedoch noch immer mit großen Augen an. »Und wo –«

»Frag nicht. Das musst du nicht wissen, es ist auch nicht mehr von Belang. Abgesehen davon, dass ich selbst nicht weiß, wo es in den letzten Jahrzehnten war.«

»Ich glaube Euch nicht!«

Er runzelte die Stirn, seine Stimme wurde scharf. »Glaube es oder lass es, das ist mir gleich. So viel kann ich jedoch sagen: Vor etwa hundert Jahren konnte es gerade rechtzeitig, bevor die Heilige Stadt in die Hände von Saladins Leuten fiel, nach Akkon gebracht werden. Seither wurde es an vielen Orten aufbewahrt. Doch wir werden Jerusalem zurückerobern. Bald, sehr bald wird die Grabeskirche nicht mehr von den Ungläubigen geschändet werden können. Und dann bringen wir das Tuch wieder zurück an seinen angestammten Platz. Dafür will Rudolf von Habsburg kämpfen, wenn er einmal König ist. Das hat er geschworen. Schau nicht so, ich weiß, ich habe gesagt, er wolle ein Bündnis mit Baybars schließen und ihm versprechen, er werde das Menschenmögliche tun, um den Kreuzzug des Franzosenkönigs zu verhindern.«

»Das ist demnach eine Lüge. Der Habsburger will das gar nicht. Und ich wüsste auch nicht, wie er das zuwege bringen sollte.«

Steinmar knirschte mit den Zähnen. »Was zählt schon eine Lüge gegenüber einem Ungläubigen? Sie ist nicht mehr als ein Mückenschiss, wenn es um die Zukunft der Christenheit und der deutschen Länder geht. Der Papst, so wir wieder einen Heiligen Vater bekommen, wird Rudolf gern die Absolution erteilen, wenn dieser das Königreich Jerusalem zurückerobert hat.«

Er musterte sie kurz. »Dieses Tuch, Mathilde, ist der wahre Grund, warum dein Vater vor zwei Jahren so schnell nach Outremer reisen musste. Den Templern ist es gelungen, das Tuch zu finden und es ein zweites Mal nach Akkon in Sicherheit zu bringen. Doch auch dort war es nicht mehr sicher. Es gibt schlechte Nachrichten aus Outremer. Baybars plant offenbar seit geraumer Zeit heimlich einen erneuten Feldzug gegen die Christen im Heiligen Land und damit auch gegen Akkon. Sollte es ihm tatsächlich gelingen, die Mongolen einigermaßen zu befrieden, so müssen wir davon ausgehen, dass er schon bald gegen die Stadt reiten wird. Er soll sogar damit gedroht haben, alle Christen, derer er habhaft wird, ans Kreuz zu nageln, damit sie ihrem Herrn nachfolgen können. Dieser Abkömmling von Sklaven ist nichts als eine wütende Bestie und absolut skrupellos. Er kennt keinerlei Ehr- oder Moralbegriffe.«

»Aber die Kreuzritter sind die Lauterkeit in Person?«

»Spar dir deinen Spott. Es geht um das Schicksal der Christenheit, da muss man sich der verschiedensten Mittel bedienen. Das sagte ich doch schon. Teufel noch eins, jetzt höre endlich auf, mich dauernd zu unterbrechen. Also, nur damit deutlich wird, mit welchem Feind wir es hier zu tun haben: Vor etwa zwei Jahren hat Baybars Antiochia belagert und eingenommen. Danach hat er die Stadt in Schutt und Asche gelegt, die Bewohner ließ er als Sklaven verkaufen. Kannst du dir auch nur annähernd vorstellen, was es für einen Christen heißt, Sklave in einem muslimischen Land zu sein? Nein, es ist besser, du denkst nicht darüber nach. Baybars würde jedenfalls alles tun, um das Leintuch in seine Hände zu bekommen und die verabscheuten Christen damit zu demütigen und zu reizen. Er will nur eines: uns vollends aus dem Heiligen Land vertreiben. Da sind ihm alle Mittel recht.«

»Wenn dieser Baybars das Tuch in seine Hände bekäme und damit drohte, es zu vernichten, würden sich die Christen dann aus dem Heiligen Land zurückziehen?«

»Vermutlich. Es ist die wertvollste Reliquie der Christenheit. Und der, der sie besitzt, beherrscht die gesamte christliche Welt.«

»Und Rudolf? Was will er? Am liebsten natürlich das Tuch, oder sehe ich das falsch? Aber sicher, er will der nächste König von Jerusalem werden.«

»Was weißt du vom König von Jerusalem?«

»Wir Frauen leben in derselben Welt wie ihr Männer. Mein Vater hat mir vieles erzählt. Ich wusste schon vor Eurem Vortrag, dass Sultan Saladin Jerusalem aus christlicher Herrschaft zurückerobert hat. Herrschte damals nicht der Staufer, den sie Rotbart nennen? Seit damals haben viele gläubige Ritter versucht, die Heilige Stadt für die Christen zurückzugewinnen. Dem, der die Ungläubigen bezwingt, winkt nicht nur der Ablass aller Sünden, sondern auch unsterblicher Ruhm und Macht. Wenn ich das also richtig verstehe, plant Rudolf, sich mit Hilfe der Marianer Zugang zum Tuch zu verschaffen. Es heißt, es mache den Besitzer unbesiegbar und unsterblich, nicht wahr? Eine größere Macht als Rudolf hätte dann niemand auf dieser Erde. Niemand im christlichen Abendland würde es wagen, sich dem in den Weg zu stellen, der über das heilige Leinen gebietet. Kein Papst, kein Kurfürst, kein Ottokar von Böhmen. Damit wären alle seine Widersacher auf einen Schlag mundtot gemacht. Und alles ohne einen einzigen Schwertstreich. Friedrich II.

hat ihm ja vorgemacht, wie man Kaiser wird. Nämlich indem man den Muslimen Jerusalem abhandelt. Ich zweifle jedoch, dass Sultan Baybars bei all dem mitspielt.«

»Potztausend, was du alles weißt! Oder über Rudolf zu wissen meinst. Ich rate dir gut, behalte diese Ansichten für dich, kleine Wachtel. Zumindest wenn dir dein Leben lieb ist. Warum Baybars das mitmachen sollte? Hast du mir nicht zugehört, als ich es dir erklärt habe? Ganz einfach. Er kann keine weiteren Kreuzfahrerheere brauchen. Im Gegenteil, er will ja die letzten Kreuzfahrer vertreiben. Nicht mehr lange, und dann ... Nein, das führt jetzt zu weit. Derzeit glaubt er offenbar nicht, dass er Rudolfs Hilfe braucht. Und er denkt, wir wüssten nichts von seinen geheimen Angriffsplänen. Noch.«

Steinmar warf ihr einen ernsten Blick zu. »Der Auftrag deines Vaters war übrigens nicht nur, Baybars den Vorschlag des Habsburgers zu unterbreiten. Ich sehe es am Ausdruck deiner Augen, auch du hast es schon geahnt. Er hatte die Aufgabe, das Tuch aus Akkon fort- und in Sicherheit zu bringen. Dabei ist er dem Sultan in die Hände gefallen.«

»Was wollt Ihr damit sagen? Hat Baybars das Tuch?«

»Ich weiß es nicht. Die Nachrichten sind widersprüchlich. Und wir können deinen Vater ja nicht fragen. Doch wir hoffen. Noch ist nicht alles verloren.«

»Was soll das heißen?«

»Einiges spricht dafür, dass sich der Mamluk wegen irgendetwas unsicher ist und es sich deshalb nicht ganz mit Rudolf verderben will. Zum Beispiel die gute Behandlung, die er deinem Vater angedeihen lässt. Wir vermuten, dass er in deinem Vater eine Art Geisel oder besser eine Hintertür sieht, die er im Ernstfall aufstoßen kann. Normalerweise werden Baybars' Gefangene nämlich verkauft oder leben nicht lange.«

Mathilde blieb eine Weile stumm. Sie musterte ihn aufmerksam. Dieses vermaledeite Weib war wesentlich weniger besäuselt als er. Er hätte wissen müssen, dass sie versuchen würde, ihn unvorsichtig zu machen. Was für ein anbetungswürdiger Satansbraten sie doch war!

Sie wischte sich eine Haarsträhne aus dem erhitzen Gesicht. »Also habt Ihr meinen Vater und meinen Bruder geopfert, damit Rudolf König wird. Ich bin wirklich zu vertrauensselig gewesen.« Das klang bitter.

»Unterschätze deinen Vater nicht. Er ist mutig, ein Mann von Ehre. Mathias von Waldshut ging aus Überzeugung ins Heilige Land. Egal, ob

Rudolf nun König wird oder nicht, das Grabtuch darf niemals in die Hände Ungläubiger fallen. Ganz so ist es also nicht.«

»Wie ist es dann?«

Er schwieg.

»Ah, Ihr traut mir also nicht, Ritter Steinmar. Und doch wollt Ihr mich als Zuträgerin haben, nicht wahr? Dafür seid Ihr bereit, einiges zu tun. Aber warum sollte ich den Marianern und Rudolf helfen? Was ist, wenn ich ebenfalls in Gefahr gerate? Ihr wart ja noch nicht einmal in der Lage, meinen Vater und meinen Bruder zu beschützen. Und ich bin nur eine Frau, die Ihr benutzt, wie es Euch gefällt.«

Steinmar richtete sich auf. Plötzlich war er nicht mehr der gemütliche, lebenslustige Spötter, der Minnesänger, der Wein, Weiber und Lieder liebte, plötzlich wirkte er gefährlich. »Haben wir dich etwa nicht vor Baldur gerettet? Haben wir dich im Stich gelassen? Wir haben bisher weit mehr gegeben, als wir nahmen. Oder bezahlt die Tochter des Mathias von Waldshut ihre Schulden nicht?« Er machte eine Pause, damit seine nächsten Worte noch wirkungsvoller wurden. »Du hast dich nicht gewehrt, als wir den Ehevertrag zu deinem Oheim brachten, nicht wahr? Im Gegenteil, du warst froh darüber. Jetzt musst du deinen Teil des Handels erfüllen. Wir beide müssen das. Wenn wir unsere Sache gut machen, könnten deine Hinweise und Beobachtungen am Ende vielleicht sogar zur Rettung deines Vaters und deines Bruders beitragen, kleine Wachtel.«

Mathilde erwiderte nichts darauf. Sie starrte ihn an, und ihr Blick ging ihm durch und durch. Diese Augen, diese wunderbar verwirrenden, grün gesprenkelten grauen Augen, manchmal verhangen wie der Himmel an einem wolkigen Tag, dann wieder wie dunkler Rauch, der zum Himmel aufsteigt. Und ein anderes Mal sonnendurchschienen wie der Nebel an einem Sommermorgen, der einen wunderbaren Tag versprach.

Sie erhörte nun doch seine Bitte und schenkte ihm nach. »Bald ist der Krug leer«, sagte sie mit einem prüfenden Blick und fügte nach einer Pause hinzu: »Gut. Ich werde tun, was Ihr wollt.«

Er trank einen großen Schluck. Aus Erleichterung. Was sollte er dazu sagen? Am besten nichts. Warum war sie nur so begehrenswert?

»Wollt Ihr nicht ein Lied für uns singen, edler Herr?«, fragte sie neckend.

Gab sie sich nur besänftigt, oder war sie es wirklich? Was führte sie im

Schilde? Ihm schwirrte der Kopf. Er konnte kaum noch klar denken. Nein, er sah schon Gespenster. Ihre Miene war nicht verstimmt. Er nickte, zufrieden, dass er die Angelegenheit so gut gelöst hatte. Trotz seines besäuselten Zustandes. Aber hatte er das wirklich? Vielleicht war es besser, wenn er sie noch ein wenig umschmeichelte. »Ich habe sogar ein Lied eigens für dich geschrieben, kleine Wachtel.«

Ihre Augen wurden groß und rund. »Für mich?«

»Ja, für dich. In einer schwachen Stunde. Als ich an das Grünen und Blühen dachte.« Er griff erneut zu seinem Instrument.

Da war sie wieder, diese samtene, streichelnde Stimme, bei der ihr die Knie weich wurden, das Herz pochte und es in ihrem Bauch zu ziehen begann. In ihrem Kopf sauste und brauste es, als sie die Worte hörte. Sie zitterte und jubelte zugleich, fürchtete sich vor diesen Gefühlen und sehnte sich nach mehr. Ihre Handflächen wurden feucht, die Kehle trocken. Sie trank einen Schluck Wein und noch einen. Vergessen war der Vorsatz, ihn betrunken zu machen, selbst aber nüchtern zu bleiben.

*»Grünen will ich mit der Saat,*
*Die da prangt im Festagsstaat.*
*Ich will mit den Blumen blühen*
*Und mit den Vöglein singen.*
*Lauben will ich wie der Wald,*
*Gleich der Heide an Gestalt,*
*Und ich lasse mich nicht müh'n,*
*Mit den Blumen aufzublühen,*
*Und zu Liebe meiner Fraue*
*Taun mit süßen Maies Taue.*
*'s ist mir alles nicht zu viel,*
*Wenn sie mich nur trösten will.*

*Sie ist so gar nach Wunsch ein Weib,*
*Wenn ich erblick den heren Leib,*
*Des Grales Herr wähn' ich zu sein.*
*Ich bin so voller Freude,*
*Dass ich in der Freude Tanz*
*Den Gral noch übertreff an Glanz.*
*Sie hat wunderbaren Schein,*
*Der Sonne gleicht sie dabei ganz.*

*Ich will zum Guten aller guten Weibe*
*Gedenken wohl, zulieb dem reinen Leibe.*
*'s ist mir alles nicht zu viel,*
*Wenn sie mich nur trösten will.*

*Tröste süße Trösterin,*
*Tröste wohl, denn ich bin dein.*
*Öffne deinen roten Mund,*
*Du heißt mich froh zu bleiben,*
*Sodass ich fröhlich fahr,*
*Noch höher fliege als der Aar.*
*Lieb, tu mir deine Hilfe kund,*
*Mein Trost ob allen Weiben.*
*Ich will in Treu vertraun dir jetzt,*
*Dass mich die Güte dein mit Freuden letzt.*
*'s ist mir alles nicht zu viel,*
*Wenn sie mich nur trösten will.«*

Sie lauschte dem Refrain nach, das letzte Vibrieren der Saiten verklang. Steinmar legte die Harfe zur Seite. Es war still im Raum. Er sah sie nur an.

Sie zitterte. Wie sie sich nach ihm sehnte! Sie hatte viel gelernt in den letzten Wochen, doch diese Gefühle waren zu stark. Und sie wusste: Sie war zu unerfahren in Liebesdingen, um sie verbergen zu können.

Da brach auch der mühsam aufrechterhaltene Wall seiner Selbstbeherrschung auf. Er griff über den Tisch und nahm ihre Hand.

Sie spürte es genau: Diese Berührung entfachte auch in ihm ein Feuer. Er brannte wie sie.

Als hätten sie sich abgesprochen, standen sie auf und stiegen Hand in Hand die Treppe zu Mathildes Kammer hoch. Rosenduft empfing sie.

Er half ihr, das Überkleid abzulegen, und streifte sein Wams ab, sein Hemd. Ihre Brüste berührten seine Haut, ihr Unterkleid fiel zu Boden, seine Hosenbeine daneben. Und so standen sie schließlich voreinander. Nackt. Er konnte den Blick nicht von ihr lösen. Er hatte noch niemals etwas so Vollkommenes gesehen wie dieses Mädchen. Sie bebte, wurde rot, doch sie senkte die Lider nicht, sondern trat einen zögernden, einen kleinen Schritt auf ihn zu. »Seid sanft«, bat sie.

Steinmar erwachte von einem Rumpeln. Er richtete sich auf. Er benötigte einen Moment, um zu begreifen, was geschehen war. Da lag sie und schlief. Neben sich spürte er ihre Wärme, ihr sanftes, ruhiges Atmen. Sie hatte ihm vertraut.

Sein Schädel pochte. Sein Gewissen auch. Er vermied es, sie ein weiteres Mal anzusehen, als er sie weckte.

»Auf, wir müssen uns auf den Weg machen. Das ist sicher Heinrich von Isny, der da gegen die Tür poltert.«

Sie räkelte sich.

Guter Gott, was hatte er nur getan! Sie war nicht irgendeine Kebse, eine Hübschlerin, die man einfach so zu sich in Bett holte, keine, mit der ein Mann spielen sollte. Selbst wenn die Umstände andere gewesen wären – er war kein Mann für eine einzige Frau, sein Körper verlangte nach immer neuen Genüssen. Und dafür wollte er frei sein. Ungebunden. Jede Frau schmeckte anders. Das liebte er, das genoss er. Und seine Minne gehörte der Gattin des Walther von Klingen. Das hatte er geschworen, als sie ihn zu ihrem Ritter machte. Und das würde niemals anders sein. Doch das würde Mathilde nicht genügen. Sie würde Kinder haben wollen, eine Familie gründen. Das war seine Sache nicht. Es musste ein Ende haben. Sofort. Ehe es kein Zurück mehr gab und sie sich am Ende noch in ihren Gefühlen verlor. Frauen hatten diese Eigenschaft.

Steinmar schwang die Beine aus dem Bett und griff sich an den Kopf. Teufel noch eins, warum hatte er nur so viel getrunken! Er hatte furchtbares Schädelweh. Doch der Schmerz in seinem Herzen war schlimmer.

Sie räkelte sich erneut, stöhnte wohlig im Halbschlaf, erwachte, tastete nach ihm, streichelte seinen Rücken. Fast hätte er sich wieder zu ihr gelegt.

Stattdessen wandte er sich zu ihr um und sagte kühl: »Die letzte Nacht – das hätte niemals geschehen dürfen. Wir haben einen Handel miteinander, mehr nicht. Ich bin kein Mann für eine Liebe oder ein Eheweib, das Anforderungen an mich stellt. Ich brauche meine Freiheit. Wenn es nach mir ginge, würde die Eheschließung nicht stattfinden. Sie ist eine Anordnung der Loge, für uns jedoch nichts als ein Papier. Und wirklich nur dazu gedacht, dich im Notfall beschützen zu können, ohne dass offenbar wird, für wen und weshalb du Augen und Ohren offen hältst. Es wird sich niemals eine wirkliche Ehe daraus ergeben.«

Sie schaute ihn ungläubig an, konnte nicht fassen, was sie da hörte. »Aber – Ihr liebtet mich doch!«

»Ich lag bei dir, das ist etwas anderes. Ich bin schon bei vielen gelegen.«

»Und das Lied?«

Er lachte rau, überlegte, wie er es ihr klarmachen konnte. Am besten auf die brutale Art, das würde zu einer schnellen Einsicht führen. »Ich habe mehr als ein solches Lied geschrieben, für mehr als eine Frau. Meine Minne gehört nur einer, und sie heißt Sophie von Froburg, das weißt du, ich habe nie ein Hehl daraus gemacht.«

Ihr Gesicht versteinerte. »Ich verstehe. Und ich schäme mich. Für wie einfältig müsst Ihr mich jetzt halten. Ich bin für Euch nichts als eine nützliche Handlangerin. So weit seid Ihr also bereit zu gehen, um Herrn Rudolf meine Dienste zu erhalten! Und wenn unsere Eheschließung nicht bekannt wird, könnt Ihr in Ruhe weiter die Frau eines anderen anschmachten. Oh, keine Angst, ich werde mich Euch gewisslich nicht andienen.«

»Gilt dein Wort noch, Mathilde?«

»Habe ich eine Wahl?«

»Nein. Die Loge erwartet, dass du deine Schulden begleichst. Wem sie nicht vertrauen kann, den beschützt sie nicht. Und du weißt, was das heißt. Baldur …«

»Ihr droht mir mit Baldur? Dann seid Ihr auch nicht besser als er. Aber nach der Eheschließung seid ja Ihr mein Vormund, dann könnt Ihr mich besser zum Gehorsam zwingen«, fügte sie ruhig hinzu. »Weil eine Frau einem Mann gehört und er mit ihr machen kann, was er will. Ihr könnt mich hinter Klostermauern verschwinden lassen, wenn ich mich unbotmäßg zeige. Mich töten. Es würde kein Hahn nach mir krähen. So habt Ihr mich sicher. Und die Loge auch. Mein Gott, wie gutgläubig ich doch war. Ich dachte immer, ein Ritter sei ein Mann, der die Frauen ehrt.«

Steinmar war aufgestanden und hatte sich angezogen. Nun hängte er sich eine Kette um, die er neben das Lager gelegt hatte, und verbarg sie unter seinem Rock. Daran hing ein rundes Medaillon, in das ein Kreuz eingraviert war. Sie schaute ihm zu, wie er sich ankleidete, machte keine Szene, weinte nicht. Sie lag einfach nur da und starrte ihn an.

Ihr Verhalten war ihm unheimlich, er konnte es nicht deuten und wurde immer unsicherer. Er konnte ihr nicht in die Augen sehen. »So, wie du es sagst, ist es nicht. Ich will dich nicht als Deckmantel für meine Minne. Sophie von Froburg ist ein tugendsames Weib. Sie würde niemals einen anderen in ihr Bett nehmen als ihren Gatten. Und ich will dich auch nicht verschwinden lassen. Aber jetzt beeil dich, der Knoderer wartet. Und der Priester.« Damit war er zur Tür hinaus.

Mathilde blickte sich ein letztes Mal um, innerlich noch immer wie betäubt. Es hatte sie abgelenkt, die notwendigen Anordnungen für die Zeit ihrer Abwesenheit zu treffen. Gertrud und Martin würden den Waldshuter Hof weiterführen. Junge half ihnen dabei. Und Brugg war ja nicht allzu weit weg. Doch sie wusste, der Schmerz über Steinmars Verrat würde sie bald überwältigen, wenn sie nicht einen anderen Weg fand, sich abzulenken. An etwas anderes denken, sich einbilden, dass die Welt in Ordnung war, dass sich nichts verändert hatte, dass sie dieselbe war wie davor. Dass sie sich nicht missbraucht und schmutzig fühlen musste. Nicht so elend. Zumindest so lange, bis sie allein war.

Sie führte das Pferd, das für sie bereitstand, zum Brunnentrog und kletterte auf dessen Rand. Mit zusammengepressten Lippen schwang sie sich auf das Ross. Sie wies Steinmars Hilfe barsch zurück. Noch einmal schaute sie sich um. Ihr war, als sähe ihre Heimatstadt jetzt anders aus. Nicht mehr wie der Ort ihrer unbeschwerten Kindheit.

Ihre Mutter hatte als Mädchen die Zeit der Stadtgründung miterlebt und ihr oft begeistert davon berichtet. Unter den Staufern hatte die Region zum alten Albgau gehört, später zur Herrschaft Hauenstein. Nun unterstand sie den Grafschaftsrechten der Habsburger. Rudolf, der Spross der älteren Linie und Landgraf im Elsass, hatte vor etwa dreißig Jahren an der Stelle des kleinen Dorfes Stuntzingen, das sich bis ins Seltenbachtal hineinzog, seine Stadt Waldshut gegründet. Nicht ganz uneigennützig. Der Platz auf der rechtsrheinischen Seite, nicht weit von der Mündung der Aare auf der anderen Flussseite entfernt, war von strategischer Bedeutung. Deshalb hatte er auch den Bau einer Brücke über den Rhein angeordnet, sie bildete eine wichtige Verbindung nach Klingnau und weiter nach Brugg.

Es gab in Waldshut noch einige Gebäude aus der Zeit vor der Stadtgründung. So den Hof Tuffhusseren und Rudolfs Jagdschloss, das dieser oft besuchte. Zur alten Dorfpfarrkirche hatten sich indessen längst zwei neue Gotteshäuser gesellt. Die obere Pfarrkirche, dem heiligen Bischof und Märtyrer Leodegar geweiht, und die untere, dem heiligen Johannes dem Täufer zugeordnet.

»Schon nach zwanzig Jahren mussten die Mauern der Stadt erweitert werden«, hatte die Mutter ihr einmal stolz erklärt. »Graf Rudolf hat den Waldshutern dazu sogar das Holz geschenkt. Es stammt aus seinem großen Freiwald.«

Und auf noch etwas war die Mutter stolz gewesen. »Wir sind hier in Waldshut nicht irgendwer«, hatte sie immer wieder betont. »In der Umgebung der Stadt leben viele adelige Geschlechter, und viele haben nun auch ein Haus in der Stadt.« Dann hatte sie aufgezählt: »Die von Allmuth, die von Strittberg, die von Klingen, die von Radegg, die von Bürglen, die von Gurtweil, die von Hauenstein, die von Tettingen, die von Waldkirch, die von Wessenbergs ...« Das war die Stelle, an der die kleine Mathilde meist angefangen hatte zu gähnen.

Inzwischen kannte sie die Herrschaften fast alle persönlich und noch andere mehr. Viele von ihnen lebten auch nicht angenehmer als ein Bauer, bildeten sich aber dennoch jede Menge ein. Und die hohen Herren und Damen kannten Mathilde, die Herrin des Waldshuter Hofs. Oder besser, ihre Kochkunst.

Doch all das war verloren. Vorbei. Als gehörte es zu einem anderen Leben. Sie sollte einen Mann ehelichen, der in ihr nichts als ein Werkzeug sah, damit Rudolf seine Ziele erreichte. Sie selbst, ihre Gefühle, waren ihm vollkommen gleich.

Sie hatten schon ein Stück des Weges hinter sich gelassen, als ihre beiden Begleiter miteinander ein Gespräch begannen. Und auch während des restlichen Rittes taten sie so, als sei Mathilde überhaupt nicht vorhanden. Diese ließ sie ihrerseits links liegen und gab vor, angelegentlich ihre Umgebung zu betrachten.

Einige Stunden später näherten sie sich dem Schwarzen Turm von Brugg, der Habsburgerstadt am Ufer der Aare. Das Bauwerk bewachte die Brücke über den Fluss und damit auch die alte Handelsstraße, die vom Elsass her weiter nach Zürich führte und dann über die Alpenpässe nach Italien. Mathilde erwartete schon halb, im Turm untergebracht zu werden, doch die Männer ritten weiter.

Fetzen des Gesprächs zwischen Heinrich von Isny und Steinmar erregten ihre Aufmerksamkeit.

»Das Stadthaus des Habsburgers in Brugg ist inzwischen fast wieder so stattlich wie vor dem Überfall von Vetter Gottfried. Der Laufenburger hat ja alles geplündert, was nicht niet- und nagelfest war, und die Stadtburg angezündet«, meinte Heinrich versonnen.

»Zurzeit scheint ja Frieden zwischen den Vettern zu herrschen.«

»Hoffentlich bleibt es so. Unser Herr Rudolf hat andere Aufgaben, als sich mit seinem ungestümen Verwandten wegen des Klosters Muri zu streiten.«

»Mich dünkt, die Sache ist beigelegt«, antwortete der Mönch.

»Nun, hoffen wir's«, seufzte Steinmar.

»Männer!« Das war die erste Bemerkung, die Mathilde machte, seit sie Waldshut verlassen hatten.

»Ach, unsere kleine Wachtel ist ja auch noch da. Ich hätte sie beinahe vergessen«, unkte Steinmar. Doch seine Augen blieben ernst.

»Da habt Ihr aber eine übellaunige Braut, werter Ritter«, bemerkte Heinrich lachend.

»Mal sehen, was ich dagegen unternehmen kann«, erwiderte Steinmar und zügelte sein Ross, bis es neben Mathildes Pferd zu stehen kam. »Ist es Euch denn so zuwider, mein Weib zu werden, edle Maid?«, erkundigte er sich in schmalzendem Ton.

»Hört auf zu balzen wie ein Jüngling. Ihr macht Euch ja doch nur über mich lustig«, war die schroffe Antwort. Sie hatte die Schauspielerei satt.

Steinmar schien sie Spaß zu machen. Er glitt vom Pferd, sank vor Mathildes Ross in die Knie, hob die Arme und rief theatralisch: »Heiratet mich, holdes Weib, oder ich sterbe!«

Sie musterte ihn. Und fasste einen Entschluss. Egal, was er sagte, gleichgültig, ob er behauptete, seine Minne gehörte Sophie von Froburg, sie würde diesen Mann dazu bringen, sie so verzweifelt zu lieben, wie sie ihn liebte. Oder besser, geliebt hatte. Bis zu seinem Verrat. Das wäre eine wunderbare Rache. Gut also. Er wollte spielen? Nun, das vermochte sie auch. Sie gab die verschüchterte Maid, errötete sanft und senkte die Lider. »Ihr seht mich verlegen und geehrt, Herr Ritter.«

»Nun, spätestens, wenn wir morgen getraut sind, wirst du mir wohl glauben müssen, kleine Wachtel«, antwortete Steinmar. »Außerdem hast du ja schon zugestimmt, nicht wahr?«

Ach, es gefiel ihm nicht, dass sie auf sein Spiel einging? Na gut. »Nicht, dass ich wüsste, edler Herr. Oder seht Ihr ein Verlobungsringlein an meiner Hand?«

»Doch, in deiner Küche, du hast ›gut‹ gesagt.«

»Ich kann mich nicht erinnern«, erwiderte Mathilde schmallippig.

»Und dann noch einmal, ziemlich eindeutig sogar.«

Sie wurde tiefrot. »Diese Bemerkung hättet Ihr Euch sparen können, Ritter Steinmar.«

Heinrich von Isny musterte seine beiden Begleiter aufmerksam, sagte aber nichts.

»Ich sehe schon, so kommen wir nicht weiter. Darf ich jetzt bitte wieder aufstehen? Du weißt, mein Schienbein …«

Steinmar tat, als merkte er nichts, doch sie wusste, er begriff sehr wohl, wie sehr er sie verletzt hatte. Und dass sie etwas im Schilde führte. Nun, sollte er ruhig grübeln. Mathilde achtete darauf, dass ihre Miene undurchdringlich blieb.

Ihr Zukünftiger klopfte sich übertrieben sorgsam die Hosenbeine ab. »Ah, meine Braut freut sich also doch. Seht, wie ich auf mich achte, damit Ihr nicht zu viel Arbeit mit mir habt«, verkündete er. Er warf ihr einen Seitenblick zu und stieg wieder auf sein Ross.

So, nun waren sie also in Brugg angekommen. Mathilde blieb auch fürderhin stumm und ließ ihn links liegen, während sie so tat, als betrachtete sie die Gassen, durch die sie ritten. Es ging über gepflasterte Wege hinauf auf ein kleines Plateau über dem Fluss, von dem aus sich allen, die Zeit hatten zu verweilen, eine gute Sicht auf das Umland bot. Unter ihnen bahnte sich das Wasser sprudelnd und gurgelnd den Weg durch eine enge Schlucht oberhalb der Stelle, an der Aare, Reuss und Limmat zusammenflossen. Von hier aus war es nicht mehr weit bis zur alten Stammburg der Grafen von Habsburg, das wusste sie.

Im Stadtschloss des Habsburgers wurde Mathilde von einer Magd in eine kleine Kammer geführt. Sie hielt den Atem an. Auf dem einfachen Lager aus Stroh lag ein wunderschönes Kleid. Blauer Samt, gepuffte Ärmel, versetzt mit Seide, das Oberteil eingefasst mit silbernen Litzen. Dazu ein sorgsam gearbeiteter Gürtel aus einem Geflecht von silbernem Draht sowie ein dazugehöriges Haarnetz, in das Flussperlen eingewirkt waren. Es war sehr kostbar. Ihr Brautkleid. Sie hatte noch niemals etwas so Schönes besessen, und nun würde sie es nicht anziehen können. Nicht, bevor Steinmar auch mit dem Herzen ihr Gatte war.

Sie sank zu Boden und begann unkontrolliert zu schluchzen. Das war alles einfach zu viel.

# VII

Das Hämmern an der Tür wollte kein Ende nehmen. Sollten sie ruhig hämmern. Mathilde drehte sich um und lag nun mit dem Gesicht zur Wand. Als könnte sie auf diese Weise alle Welt aussperren.

»Herrin, bitte lasst mich herein. Ich soll Euch helfen, Euch für die Eheschließung herzurichten.«

Sie antwortete nicht. Sie musste auf Zeit spielen. Nur so konnte sie ihren feinen Verlobten weichkochen und ihn dahin bringen, dass er tat, was sie wollte. Ihre Hoffnung, dass es gelingen würde, war dünn wie ein seidener Faden. Steinmar hatte ein schlechtes Gewissen. Das hatte er nicht vor ihr verbergen können. Diesen Umstand musste sie nutzen. Sie war nicht gewillt, sich herumstoßen zu lassen.

»Herrin, bitte, ich bekomme furchtbare Scherereien, wenn Ihr die Tür nicht öffnet. Der Geistliche, der Euch zusammengeben soll, wartet schon seit gestern.«

»Sag allen, ich habe es mir anders überlegt. Ich heirate nicht. Ich bin unpässlich.«

»Herrin!«

»Nein! Und ich bin keine Herrin. Ich bin eine Köchin.«

Das Hämmern hörte auf. Mathilde lauschte. Sie hörte Schritte, die sich entfernten. Vielleicht würden sie es ja aufgeben? Sie vermochte allerdings nicht so recht daran zu glauben.

Erneut näherten sich Schritte, sie klangen energischer. Dieses Mal waren es zwei Personen. »Komm heraus, kleine Wachtel. Stell dich nicht so an. Ich glaube nie und nimmer, dass du krank bist. Nun komm schon, du bist doch sonst vernünftig. Ich verspreche, ich tue dir nichts.«

Genau das war es ja! Sie wollte richtig heiraten. Oder überhaupt nicht. Sie wollte keine von diesen üblichen Zweckverbindungen. Und doch würde sie darauf eingehen müssen. Aber noch nicht. »Geht weg! Ich bin bettlägerig.«

»Gut, dann spiele ich dir ein Ständchen, vielleicht macht dich das ja wieder munter.«

»Untersteht Euch!« Heilige Barbara, wie peinlich. Aber das war gewollt. So weit kannte sie ihn.

Die ersten Töne seiner Harfe klangen zu ihr herein. Dann setzte diese Stimme ein, die jedes Mal denselben Gefühlswirrwarr in ihr auslöste. Doch nicht nur in ihr. Ein Mann wie Steinmar würde sich niemals nur mit der hohen Minne zufriedengeben, er liebte es deftig und handgreiflich, ganz im Gegensatz zu anderen – wirklich ritterlichen – Rittern. Oh, wie sie diese Sophie von Froburg hasste! Eine innere Stimme erklärte energisch, dass sie der Gattin des Walther von Klingen unrecht tat, dass Steinmar sie in dieser Sache nicht belog. Sie war keine Ehebrecherin. Sie brachte die Stimme zum Schweigen.

Als ihr bewusst wurde, was ihr künftiger Gatte da sang, musste sie kichern. Sie presste schnell die Hand vor den Mund, damit er es nicht hörte.

*»Felsen möchten sich erbarmen,*
*Hörten sie das Flehn des Armen,*
*Und ein harter Flint würd weich.*
*Wär ein Amboss selbst ihr Herz,*
*Meine Klage und mein Schmerz,*
*Sollten Gnade finden gleich.*
*Des Meeres Grund,*
*Dem würde kund*
*Ach, mein langes Klagen,*
*Wollt man an der Minne Tor schmählich mich verjagen.*
*Schöne, Schöne, Schöne, Schöne tröste mich,*
*Lass mich ein, erbarme dich.«*

»Spart Euch das Gesäusel«, rief sie.

»Gut, dann trete ich die Tür ein.«

»Ha!«

»Man bringe mir eine Axt«, hörte sie ihn brüllen.

Bei Gott, er machte wirklich Ernst! Schläge donnerten gegen die Tür, Holz splitterte.

»Haltet ein, ich öffne.«

»Na, endlich wirst du vernünftig.«

»Aber alle außer Euch sollen weggehen.«

»Gut, versprochen.«

Sie tappte zur Tür und drehte den Schlüssel.

Durch den sich langsam öffnenden Spalt sah er in ein verweintes Gesicht. Was hatte er da nur angerichtet! Er hätte niemals bei ihr liegen dürfen. Viele Mädchen aus den Dienstbotenquartieren waren willig, dachten sich nichts dabei. Doch Mathias' Tochter war eine junge Frau von Ehre, keine dahergelaufene Magd.

Und sie war ganz sicher auch kein Mädchen für eine dieser Kebsehen, von denen es noch immer unzählige gab, auch wenn die Kirche diese Art der Verbindung mit allen Mitteln bekämpfte. Aus diesem Grund waren die Kegel aus diesen Verbindungen auch nicht erbberechtigt. Bei dem Gedanken wurde Steinmar plötzlich ganz anders. Nicht auszudenken, falls sie sein Kind trug!

Es stimmte, was er ihr gesagt hatte. Er hatte nie vorgehabt, sich zu verehelichen, er liebte es, frei zu sein wie ein Vogel. Und er kannte mehr schlechte als gute Muntehen zwischen Eheleuten, die sich kaum noch sahen, sobald die Erbfolge gesichert war. Nun, es war gang und gäbe, die Ehe ein Geschäft. Nicht mehr, aber auch nicht weniger. Zwischen Mathilde und ihm war das nicht anders. Nur dass es bei ihnen keinen Nachwuchs geben durfte. Niemals. Sie war für das große Ziel von zu großem Nutzen. Sie musste die Köchin bleiben, die sie war, ohne Kinder am Rockzipfel. Vordergründig frei, ohne Bindungen oder Verpflichtungen, ohne Zugehörigkeit zu irgendeiner Seite. Ihr Teil des Vertrages bestand darin, den Marianern bei der Beschaffung von Neuigkeiten dienlich zu sein und Nachrichten zu überbringen. Sein Teil der Abmachung war es, sie zu beschützen und zu unterstützen, die Neuigkeiten, die sie brachte, an die richtigen Stellen weiterzuleiten. Mit der ganzen und nicht unerheblichen Macht der Brüder und Schwestern vom Herzen Mariens im Rücken.

Er musste sie um jeden Preis dazu bringen mitzuspielen. Doch sie hatte die Neigung, ihre eigenen Regeln aufzustellen. Er seufzte. Sie wirkte wie ein Häufchen Elend. Und daran war er nicht unschuldig. Sein schlechtes Gewissen rührte sich erneut mit Macht. Aber er musste hart bleiben. Wenn sie seine Schwäche spürte, wurde die Sache noch verfahrener. Gefühle zählten nicht. Nur das große Ziel.

»Was ist hier los?«

»Ich kann Euch doch so nicht ehelichen.« Mathilde hätte fast aufgeschluchzt, doch sie riss sich zusammen. Nie wieder würde sie sich in der Gegenwart dieses Mannes eine Blöße geben. »Schaut nur, wie ich aussehe!«

»Hm. Vielleicht sollten wir wirklich etwas unternehmen. Ich bin gleich wieder da. Zieh dich schon einmal um.«

»Das Kleid passt mir nicht, ich muss es erst ändern«, erklärte sie störrisch. »Ich kann es ein anderes Mal anziehen. Für schnelle Änderungen ist es zu kostbar.«

»Kleine Wachtel, es geht nicht anders. Bei dem, was du in der Zukunft auf dich nehmen wirst, müssen wir Mann und Frau werden, und zwar nach den Regeln der Muntehe. Ich verspreche, ich fordere nie wieder dieses … Etwas von dir. Bitte verzeih mir, das hätte niemals geschehen dürfen.« Er ließ den Kopf hängen.

»Ach ja? Das fällt Euch aber früh ein«, erklärte sie spitz und versuchte, ihre Genugtuung zu verbergen. Er hatte sich entschuldigt! Das war immerhin ein Anfang. Er sah so zerknirscht aus, dass sie kurz versucht war, ihn zu trösten. Doch sie besann sich schnell eines Besseren. Sollte er nur weiter ein schlechtes Gewissen haben. »Muss es denn wirklich sein?«

Er nickte ernst. Seine Stimme bekam etwas Drängendes. »Ja, es muss sein. Du bist sonst vollkommen ohne Schutz. Ich bin deine Sicherheit, auch wenn vorerst niemand davon wissen darf. Doch falls es hart auf hart kommt, kann ich mich einschalten, ohne dass offenbar wird, dass du für die Loge arbeitest. Also leg wenigstens den Brautgürtel an. Und danach wirst du den Eid leisten und eine Marianerin werden. Nein, schau nicht so. Du hast keine Wahl. Und ich ebenfalls nicht.«

Natürlich, so war das. Sie hatte es doch gewusst. Warum nur konnte der eine Teil von ihr, der nach Liebe dürstete, nicht endlich aufhören, sich etwas vorzumachen? Warum nur weigerten sich ihre Gefühle anzunehmen, was ihr Verstand längst wusste? Sie musste sich selbst schützen, denn für das große Ziel würde er sie ohne zu zögern opfern. Also musste sie mitspielen. Ihr blieb doch ohnehin nichts anderes übrig, sie konnte es drehen und wenden, wie sie wollte. Nur diese Verschwörer konnten sie zu ihrem Vater und ihrem Bruder bringen. Nur durch sie hatte sie die Möglichkeit, Nachrichten von ihnen zu bekommen. Und dafür hätte sie alles getan. Sie gab die Hoffnung nicht auf, dass beide noch lebten. Konnte es nicht.

Darum hatte sie sich in der letzten Nacht auch heimlich aus dem Zimmer geschlichen und nach Pergament, Gänsekiel und Rußtinte gesucht. Gut, sie hatte nur ein kleines Stück schlechtes Pergament aus Schweinehaut finden können, keines aus Kalbsleder, aber das war nicht von Bedeutung. Für ihre Zwecke reichte es. Sie brauchte eine Sicherheit. Mathilde wusste, sie spielte ein gefährliches Spiel. Sie hatte nicht vor, ohne Gegenleistung zu tun, was sie von ihr wollten. Da war es durchaus möglich, dass man ihren toten Körper demnächst aus der Aare zog. Es würde niemanden kümmern. Es war niemand da, der nach ihr suchen würde.

Und ja, es war so: Eine Frau zählte nur, wenn sie die Frau eines Mannes war. Kein anderer Mann von Stand würde sie jetzt noch zum Weib nehmen. Sie war ehrlos, eine Deflorata, eine Kebse – beschädigt. Manche Frauen sagten, es gäbe gewisse Mittel, um in der Hochzeitsnacht vorzutäuschen, noch eine Jungfrau zu sein. Doch sie kannte sie nicht. Die Mutter hatte niemals mit ihr über diese Dinge gesprochen.

Mathilde nickte. »Dann lasst es uns hinter uns bringen.«

Steinmars Gesicht hellte sich auf. »Endlich wirst du vernünftig. Es geht auch so. Du musst das Kleid nicht anziehen. Betrachte es einfach als meine Morgengabe. Warte nur ein Weilchen, ich komme gleich wieder, ich habe da eine Idee.« Er stapfte hinaus und sprach mit der jungen Frau, die ihn geholt und mit unglücklichem Gesichtsausdruck vor der Tür gewartet hatte.

Wenige Minuten später kehrte Steinmar mit einem luftigen Schleier zurück, die junge Frau brachte einen Kranz aus Wiesenblumen. Sie hatte noch immer ein ängstliches Gesicht. In der Zwischenzeit hatte Mathilde den Brautgürtel angelegt. Steinmar zog das Mädchen zu ihr hin. »Das ist Uta. Sie sollte dir beim Umkleiden helfen. Sie ist eine Verwandte des Tettingers. Wir dachten, mit ihr als Gesellschaft bist du nicht so einsam.«

Eine von Tettigen? Nun bekam Mathilde wirklich ein schlechtes Gewissen. »Entschuldigt, ich habe mich benommen wie eine tumbe Magd.«

Uta lächelte. »Manchmal zählt diese Rolle auch zu meinen Obliegenheiten.«

Mathilde begriff. Die junge Frau gehörte zur Loge. »Verzeiht meine Unhöflichkeit.«

»Macht Euch keine Sorgen, es ist alles in Ordnung«, erwiderte Uta. Mathilde meinte, Mitleid in ihren Augen zu sehen. Oder war es Missgunst? Lag da nicht eine besondere Zuneigung in dem Blick, mit dem Steinmar diese junge Frau ansah? Eifersucht wallte in ihr hoch. Mathilde straffte die Schultern. Schluss, sie musste diese Gefühle loswerden, sonst würde sie noch verrückt. Außerdem war es Zeit, dass sie sich wie die Geschäftsfrau benahm, die sie war. Die zu sein sie von ihr verlangten.

»Frau Uta, könntet Ihr meinen künftigen Gatten und mich für einen Moment allein lassen? Wir haben noch etwas zu besprechen.«

Die junge Frau zögerte zunächst, auf einen Wink Steinmars hin ging sie jedoch hinaus. Er schaute Mathilde fragend an. »Was ist nun schon wieder?«

»Ich fordere von Euch eine Sicherheit.«

»Was soll das? Was willst du damit sagen? Dass ich vorhabe, dir zu schaden?«

Mathilde schüttelte den Kopf. »Nein, zumindest hoffe ich das nicht. Aber ich will Sicherheit. Unsere Verbindung besteht nur der Form halber, wir werden keine Familie gründen, ich werde also niemals Kinder haben, die für mich sorgen, wenn ich alt bin. Das ist ein hoher Preis. Und ich zahle ihn nur, weil ich mit Hilfe der Loge vielleicht meinen Vater und meinen Bruder retten kann. Ich will jedoch verhindern, dass Ihr – oder irgendwer – mich in ein Kloster abschieben kann, wenn ich meinen Zweck erfüllt habe, wenn Ihr oder die ach so edlen Herren der Loge meine Dienste nicht mehr benötigt. Versprecht mir also, dass meine Habe mir gehört, dass Ihr nichts von dem anrühren werdet, was mein ist. Und dass ich für die Zeiten, in denen ich mich nicht um mein Wirtshaus kümmern kann, weil ich für die Loge unterwegs sein muss, eine Entschädigung bekomme, die der Höhe meiner Einbußen entspricht, sowie ein regelmäßiges Einkommen für die Dienste, die ich leiste. Gertrud, Junge und Martin sowie Haus und Hof wollen unterhalten sein. Außerdem verlange ich ein lebenslanges Wohnrecht in meinem Elternhaus und das Versprechen, dass ich den Waldshuter Hof samt allem, was dazugehört, zum jetzigen Wert erwerben kann, wann immer ich das wünsche.« Sie hielt ihm ein Pergament hin. »Hier, ich habe alles aufgeschrieben. Ihr müsst nur unterzeichnen. Ihr, Heinrich von Isny, der Komptur des Deutschen Ordens und natürlich der Graf von Habsburg als Lehnsherr. Besonders der Graf war ja schon in der Vergangenheit nicht zimperlich, wenn es um die Aneignung fremden Besitzes ging, nicht wahr? Oder glaubt Ihr, ich weiß das nicht? Wenn er nicht unterzeichnet, breche ich sofort auf und kehre nach Waldshut zurück. Oder bin ich hier etwa eine Gefangene?«

»Das geht nicht, das werden die Herren niemals tun.«

»Ich tue es aber nur unter dieser Bedingung. Ich weiß, die Loge kann mich jederzeit zerdrücken wie eine Laus im Pelz. Doch bis dahin kann ich sehr lästig werden. Ich kann unglaublich viel Wirbel veranstalten, wenn ich es darauf anlege. Und Ihr? Mich beschützen? Ich vertraue Euch nicht mehr. Mein Onkel wird es nicht mehr wagen, mir zu schaden. Außerdem kann ich mich auch selbst schützen. Jetzt bin ich vorgewarnt.«

Da erdreistete dieses Weib sich doch tatsächlich, ihre künftigen Verbündeten mit ihren eigenen Waffen zu schlagen! Sie ahnte nicht, wie gefährlich das war. Doch auf ihre Weise hatte sie recht. Langsam wurde ihm ihre Gewitztheit unheimlich. Er schaffte es noch nicht einmal, ungehalten mit ihr zu sein. Teufel noch eins, sie hatte ihn ganz schön in die Enge getrieben. Er würde sie niemals wieder unterschätzen. An ihrem Gesichtsausdruck erkannte er, dass sie es ernst meinte. Seine blauen Augen bohrten sich in ihre. Sie hielt dem Blick stand. Die grünen Sprenkel funkelten.

Er seufzte. »Also gut, ich werde es versuchen. Warte hier. Frau Uta? Ihr könnt wieder hereinkommen. Könnt Ihr noch Kleidung für dieses widerspenstige Weib auftreiben, die passt? Sie darf ruhig einfach sein. Das Brautkleid will sie nicht anlegen. Vielleicht könnt Ihr auch etwas mit ihren Haaren anstellen. Die sind offenbar ebenso widerspenstig wie die ganze Person.« Steinmar wandte sich noch einmal zu Mathilde um. »Und ich habe dir auch noch selbst das Schreiben beigebracht. Woher hattest du eigentlich Stift und Pergament? Ach, ist jetzt auch schon gleich. Gib her.« Er griff sich das Pergament und stapfte aus dem Raum.

Uta nahm ihre Hand und wirbelte Mathilde herum. Sie lächelte. »Dann lasst mal sehen. Ja, ich glaube, ich habe etwas. Außerdem werden wir dieses wunderbare Haar waschen, neu flechten und hochstecken. Ich brenne Euch mit dem heißen Stab an den Schläfen und im Nacken einige Locken hinein. Dazu noch den Gazeschleier und den Kranz aus Blumen darüber. Ihr werdet wunderschön aussehen.«

Mathilde lächelte zurück. »Ich danke Euch sehr, Frau Uta. Bitte verzeiht, dass ich Euch vorhin gebeten habe zu gehen, es war kein Misstrauen …«

Uta von Tettingen lächelte. »Doch, das war es. Und das ist klug von Euch. Wir leben in einer Schlangengrube. Ein Weib muss sich schützen, sonst ist es leichte Beute. Die Männer sind dumm. Sie glauben immer, wir Frauen wüssten das nicht.«

Die beiden wechselten einen Blick des Einverständnisses. Mathilde hatte den Eindruck, dass sie eine Freundin gefunden hatte.

Sie war bereits umgezogen, das Haar kunstvoll hochgesteckt, als Steinmar zurückkehrte. Sie trug ein Unterkleid aus Leinen und darüber ein einfach geschnittenes Oberkleid aus demselben Material. Es war Grün und entsprechend der Mode um die Taille eng und so geschnitten, dass Mathildes kleine, feste Brüste gut zur Geltung kamen.

Er musterte sie anerkennend, dann stutzte er. Grün? Ob sie ihm damit etwas zu verstehen geben wollte? Die Farbe hatte eine doppelte Bedeutung. Einerseits stand sie für den Anfang einer Liebe, wenn die Angebetete sie trug. Andere wiederum brachten Grün mit den Hexen in Verbindung. Nein, das war wohl Zufall. Uta hatte sicher nichts anderes gefunden.

Er reichte Mathilde das zusammengerollte Pergament. Sie steckte es in ihr Unterkleid, machte aber keine weitere Bemerkung dazu. Sie vergewisserte sich noch nicht einmal, ob er die gewünschten Unterschriften bekommen hatte. Sie ging offenbar davon aus, dass er alles wie verlangt in Ordnung gebracht hatte. Vielleicht bedeutete Grün dann ja wirklich eine Gemütsverfassung, die auf den Anfang einer Liebe hindeutete? Nun, das besser nicht. Aber so etwas wie Freundschaft vielleicht. Immerhin waren sie in den vergangenen Wochen und Monaten bereits auf dem besten Weg dorthin gewesen.

Auch Steinmar war einfach gewandet, nicht wie ein Ritter, sondern eher wie ein wohlhabender Bauer. Er trug ein Hemd, darüber einen dunklen Rock und Hosenbeine aus schwarzem und graublauem Tuch.

»Komm her, kleine Wachtel.« Er drapierte den durchsichtigen Schleier über ihrem Haar, und Uta befestigte ihn mit dem Blumenkranz. Das Tuch verhüllte fast Mathildes ganze Gestalt. »So, nun ist dein Gesicht nicht zu sehen«, stellte er zufrieden fest. Er schob sie ein Stück von sich weg. »Ja, so geht es.« Ihren empörten Gesichtsausdruck ignorierte er und zog sie lachend zur Tür hinaus. »Heinrich von Isny und der Pfaffe warten schon in der Kapelle auf uns.«

Eine halbe Stunde später waren sie Mann und Weib. In ihren Kleinmädchenträumen hatte sich Mathilde ihre Hochzeit völlig anders vorgestellt, eben so, wie es Brauch war: mit vielen Gästen, einem ansehnlichen und reichen Gatten, strahlenden Eltern. Brüder, die ihr gratulierten, und nach der Trauung ein großes Festmahl mit vielen Gästen.

Stattdessen hatte die Zeremonie nur aus einigen genuschelten Worten des Pfarrers bestanden. Mathilde hatte stumm genickt. Der feiste, gleichgültig wirkende Pfaffe hatte dies als Zustimmung gewertet. Sie hatten auch nicht im Kreis ihrer Lieben geheiratet. Kein Brautvater hatte sie ihrem künftigen Ehemann und Vormund übergeben, wie es der Brauch gebot. Auf ihr Nicken hin war nur der übliche Tritt des Bräutigams auf ihren Fuß als Zeichen dafür gefolgt, dass sie ihm nun untertan war. Dann hatte Steinmar ihr den Brautgürtel abgenommen. Damit wäre sie mit all ihrer Habe in seinen Besitz übergegangen, gäbe es nicht die Übereinkunft. Es folgte keine Feier und kein Festessen. Mathilde hatte all ihre Selbstbeherrschung aufbieten müssen, um nicht doch noch schluchzend davonzulaufen.

Zu ihrer Erleichterung machte jetzt aber auch niemand Anstalten, die einander frisch Angetrauten in das Brautgemach zu geleiten, um dem Vollzug der Ehe beizuwohnen. Denn erst wenn dieser bezeugt wurde, war die beurkundete Heirat wirklich gültig. Wie sie Steinmar kannte, würde er aber bei Bedarf einen Zeugen auftreiben, der den Vollzug beschwor.

Mathilde spürte das Vertragsdokument zwischen ihren Brüsten und beglückwünschte sich insgeheim zu ihrer Voraussicht. Wie hatte Uta gesagt? »Wir leben in einer Schlangengrube.« Sie würde es an einem sicheren Ort verstecken, damit es nicht abhandenkam.

»Ihr besorgt das Restliche?«, fragte Heinrich von Isny.

Steinmar nickte, und der Mönch verließ eilig den Raum. Mathilde wunderte sich etwas, doch Steinmar ließ ihr keine Zeit, weiter nachzugrübeln. Er steckte dem Pfaffen einen Beutel zu. Der verschwand wortlos. »Komm, Weib, die anderen warten auf uns.«

»Die anderen?«

»Du wirst schon sehen. Und vor allem: Widersprich nicht. Auf keinen Fall.«

Vor der Tür standen zwei Wachen. Die konspirative Runde dahinter wünschte wohl keine Störungen.

Steinmar ließ Mathilde den Vortritt. Alle Blicke ruhten auf ihr, als sie eintraten. Ihr war klar, dass sie nun abgeschätzt wurde. Es war dämmrig im Raum, und Mathildes Augen benötigten eine Zeit, um sich daran zu gewöhnen. Um einen geschnitzten, rechteckigen Eichentisch saßen Männer in byzantinisch geschnittenen Roben aus wertvollen Stoffen. Sie sah Atlas, Brokat, Seide, Samt und Purpur. Einige der Oberkleider waren mit Zobel, Hermelin oder Schwanenbalg verbrämt. Die Herren trugen lange Hängeärmel mit Schnürbändern, einige hatten mit Goldfäden Zöpfe in ihre Bärte geflochten, um die Pracht ihrer Erscheinung noch zu erhöhen. Alle trugen Ketten aus grob geschmiedeten Silbergliedern, an denen runde Medaillons hingen. Auch Steinmar holte seines bei ihrem Eintreten unter seinem Rock hervor. Der Einzige im großen Rittersaal, der einfach gewandet war und dazu bartlos, saß an der Stirnseite. Der hagere Graf von Habsburg hatte es nicht nötig, mit Pracht auf sich aufmerksam zu machen.

Jeder am Tisch trug eine Armbinde mit einer unterschiedlichen Anzahl von eingestickten Herzen in Form eines Blütenkelchs, in die weiße Perlen eingearbeitet waren. Mathilde fühlte sich an eine Lilie erinnert. Weiß, die Farbe der Reinheit, dachte Mathilde und spürte eine gewisse Boshaftigkeit in sich aufsteigen. Diese Herren waren vor dem Allmächtigen allesamt keine Lämmer. Bei Rudolf von Habsburg waren es fünf Blütenkelche, ebenso bei Heinrich von Isny. Sie schielte zu dem ihr gerade eben Angetrauten und stutzte. Steinmar trug jetzt eine Armbinde mit vier Herzen. Er musste sie auf dem Weg hierher aus der Tasche gezogen und angelegt haben. Sie war so mit sich selbst beschäftigt gewesen, dass sie es überhaupt nicht bemerkt hatte. Die Kette war also das Erkennungszeichen der Marianer, und die Zahl der herzförmigen Blütenkelche schien auf den Rang innerhalb der Loge hinzudeuten.

Mathilde schaute genauer auf Steinmars Medaillon. Es war aus Silber und fast so groß wie die Handfläche eines Kleinkindes. Eine außerordentliche Arbeit. Als Erstes entdeckte sie wieder das eingravierte Kreuz, ähnlich dem des Deutschen Ordens. Aber da war auch die Jungfrau Maria, die Schutzheilige des Deutschen Ordens. Sie stand auf der rechten Seite des Kreuzes, in ihren Mantel waren fünf Herzen eingeprägt. Also gab es bei der Loge fünf Grade, folgerte sie. Auf der anderen Seite des Kreuzes stand eine Figur, die wohl einen Mann darstellte. Er trug ein Tuch, das ihm über den Arm hing und auf dem fein angedeutet ein Gesicht zu sehen war. Sie erkannte Augen und etwas, was einem Bart ähnelte – die Figur hielt das dreifach gefaltete Leinen, das Grabtuch des Auferstandenen.

Sie blickte wieder auf die Männer am Tisch. Vor jedem stand eine brennende schwarze Kerze, dick wie der Arm eines Mannes. In der Mitte des Tisches lag ein Totenkopf, links und rechts flankiert von einem siebenarmigen Kandelaber aus Silber. Vor jedem Marianer war im Lichtkranz der jeweiligen Kerze außerdem ein Gegenstand platziert. Mathilde vermutete, dass dessen Beschaffenheit von ritueller Bedeutung war und ebenfalls mit der Rangordnung zu tun hatte. Vielleicht auch damit, inwieweit der jeweilige Besitzer in das Wissen und die Pläne der Geheimgesellschaft eingeweiht war.

Sie blinzelte. Ja, einige der Herren kannte sie schon, nicht nur den Habsburger. Da war auch Heinrich von Isny, der in der Alba der Geistlichen an der rechten Seite seines Herrn saß. Die nicht unerheblichen Hüften des Minoriten waren wie immer gegürtet, seine Kleidung ebenfalls von einfachem Schnitt. Um seinen Hals lag eine mit Kreuzen geschmückte Stola. Unter der Alba konnte Mathilde noch ein kunstvoll mit Goldfäden gewirktes Schultertuch ausmachen. Heinrich zwinkerte ihr ermutigend zu, als sich ihre Blicke trafen. So war zumindest er ihr also nicht böse, dass sie auf Sicherheiten gedrängt hatte. Mathilde hätte ihn küssen mögen.

Sie blickte ansonsten in unbewegte Mienen, die keine Gefühle preisgaben. Steinmar flüsterte ihr noch zu, er werde ihr später erklären, wer diese Männer waren.

Vor Rudolf von Habsburg an der Stirnseite, und deshalb trotz der gemeinsamen fünf Herzen noch vor Heinrich von Isny der Ranghöchste, lagen ein kostbar gearbeitetes Schwert und ein Rosenkranz. Zu seiner Linken saß ein junger Mann, der ihm auffallend ähnelte. Das war Graf Albrecht von Löwenstein, wie Mathilde später erfuhr, ein natürlicher Sohn des Habsburgers. Er war Träger von drei Herzen und hatte einen Kelch vor sich stehen. Ebenso sein Nachbar, der Johanniterabt Adalbert von Klingnau-Leuggern.

Ah, da war auch Heinrich von Tettingen. Den älteren Mann mit dem narbigen Gesicht und den klobigen Händen neben ihm kannte sie ebenfalls. Das war Ludwig von Hornberg, ein enger Gefolgsmann Rudolfs. Beide Männer trugen zwei Herzen. Vor ihm und dem Tettinger lag jeweils eine Kupferscheibe. An der Seite des Hornbergers thronte Heinrich von Fürstenberg, ebenfalls ein Bruder mit drei Herzen und einem Kelch. Dann kam der Froburger, ein Vetter von Sophie, soweit sie wusste. Komptur Ulrich-Walther und Walther von Klingen saßen ebenfalls dort, sie hatten wie der von Froburg jeweils drei Herzen am Arm und den Kelch vor sich. Neben dem Klingnauer hatte sich Konrad von Lichtenberg niedergelassen, einer der Schwiegersöhne Walthers, ein Herzträger des ersten Grades. Im Schein der Kerze vor seinem Platz lag ein Dolch.

Zwischen zwei Männern, die Mathilde nicht kannte, war ein Sessel frei, davor lag ein Stab. Das musste der Platz von Steinmar sein. Der Marianer-Bruder zur Rechten des leeren Stuhls war ebenfalls ein Sänger, wie ihr Steinmar später in einer ruhigen Stunde erklärte. Friedrich von Sunburg – ein Mann von hoher Gestalt, fast so groß wie der Habsburger. Er trug zwei Herzen.

Der andere Mann war eine seltsame Gestalt mit einem Herz. Gedrungen, soweit sie sehen konnte, ebenso breit wie hoch – und ein wenig weibisch, wie Mathilde fand. Das konnte nur Ulrich von Liechtenstein sein, er war selbst unter den Minnesängern eine Ausnahmeerscheinung.

Es kursierten allerlei Schwänke über ihn in den Dienstbotenquartieren. Der steirische Ritter galt als etwas verschroben und als Phantast, war einst in Frauenkleidern als Frau Venus durch die Lande gezogen, hatte seine eigenwillige Vorstellung von Minne und Frauendienst verkündet und betete eine Herrin an, die ihn niemals erhörte. Auch dann nicht, als er vor ihren Augen ihr Badewasser trank und sich sogar den Ringfinger abschnitt und ihr zusandte. Seine Venus-Verkleidung war ein Tribut an den berühmten Tannhäuser gewesen, munkelte man. Es hieß, er dichte innige Liebeslieder an die Spröde, während neben ihm auf Schloss Frauenburg sein treues Eheweib am Spinnrad saß oder die Kinder versorgte. Mathilde fühlte großes Mitgefühl mit der Gattin des Venusritters. Seine Anwesenheit zeigte jedenfalls, dass der Arm der Marianer bis ins Reich von Ottokar von Böhmen reichte, Rudolfs einflussreichem Rivalen um die Krone.

Ihr Blick wanderte weiter. Die Edlen von Krenckingen, von Stühlingen und von Toggenburg waren auch da und sahen vornehmer aus, als Mathilde sie in Erinnerung hatte. Außerhalb des Raumes hätten sie gut als Bauern durchgehen können. Nun, eigentlich waren sie das ja auch, sie hausten umgeben von Hühnern, Schweinen oder Ziegen und wurden geplagt von Flöhen und Läusen. Das wusste sie, weil sie ihnen mehr als einmal Pasteten geliefert hatte.

»Setz dich, kleine Wachtel«, flüsterte Steinmar und wies auf einen Schemel, der an der Längsseite des Raumes stand, gleich neben der Tür. »Und mach mir keine Schande.« Wie vermutet, begab er sich zum freien Sessel.

Was? Die hohen Herren saßen auf gepolsterten Sesseln, und für sie gab es nur ein Armesünderstühlchen? Mathilde kniff die Lippen zusammen, ging zum Schemel – und blieb daneben stehen.

Der Blick des Grafen glitt über ihren Körper. Andere Herren taten es ihm gleich, die meisten mit offensichtlichem Wohlgefallen. Mathilde wurde rot und wünschte sich, sie hätte sich folgsam gesetzt. Nun war es zu spät.

»Willkommen in unserem Kreis, Mathilde von Waldshut«, hob Rudolf von Habsburg an. Sein Gesicht zeigte keine Regung, weder Ablehnung noch Freundlichkeit. Ob er seine Unterschrift vielleicht doch nicht unter das Pergament gesetzt hatte? Sie hätte nachsehen sollen. Das kam davon, wenn man die Stolze spielte.

»Aber setz dich doch, Kind. Ist das Stehen nicht unbequem?« In der Stimme von Heinrich von Isny lag eine sanfte Zurechtweisung, er baute ihr aber auch eine goldene Brücke.

Sie knickste tief und tat wie geheißen, in der Hand noch immer das Tuch aus Gaze, das Steinmar ihr als Brautschleier geschenkt hatte. Normalerweise würde sie jetzt die Haube der verheirateten Frauen tragen. Doch selbst das musste sie sich versagen und damit leben, dass die Leute sie für eine alte Jungfer hielten, eine, die keiner wollte.

Rudolf nickte seinem Vertrauten zu, und der Minorit schmunzelte. »Nun, wie ich sehe, habt Ihr wirklich einen eigenen Willen, Frau Mathilde. Das vernahm ich schon vor einiger Zeit. Und Beweise dafür habt Ihr inzwischen zur Genüge geliefert. Ihr solltet nur das rechte Maß nicht verlieren. Es gibt Grenzen.«

Sie überhörte die Anspielung geflissentlich. Frau Mathilde! Wie das klang! Es hörte sich gut an. Sie errötete wieder.

»Ich weiß nicht, ob diese Person die Richtige ist, um der guten Sache zu dienen«, meinte der Edle von Stühlingen, ein bulliger Mann mit weit auseinanderstehenden Augen.

»Sie ist die rechte Person«, meldete sich Steinmar zu Wort. »Ich bürge für sie. Ihren Vater, Mathias von Waldshut, kennt Ihr alle. Er hat der gemeinsamen Sache treu gedient. Ebenso Mathildes Bruder. Sie ist vom gleichen Schlag. Und hat sie uns in der Vergangenheit nicht schon wertvolle und vor allem immer verlässliche Neuigkeiten geliefert, ohne dass sie überhaupt ahnte, dass sie dies tat? Umso mehr wird sie jetzt beobachten und hören, da sie weiß, um welch große Sache es geht. Sie wird von großem Nutzen für uns sein, Stühlinger. Auch aus Eurem Haus haben wir durch sie übrigens einiges erfahren. Aber das muss Euch nicht sorgen, es bleibt ja unter uns.«

Der Stühlinger zog ein verkniffenes Gesicht.

»Das ist also die Köchin, die so wunderbare Pasteten zubereitet«, sagte der Toggenburger. »Was sie aus meiner Küche an Nachrichten brachte, war selbst für mich neu. Ich wusste nicht, dass mein Verwalter mich betrügt. Dafür muss ich Euch danken, Frau Mathilde. Ich habe ihn sogleich zur Rede gestellt.«

»Ihr schuldet mir noch den Lohn für meine Pasteten«, rutschte es Mathilde heraus.

Alles lachte. Die eben noch so freundliche Miene des Toggenburgers jedoch wurde eisig. »Ich gebe mich nicht mit Gesinde ab«, erwiderte er kühl.

Wenn Ihr das tätet, würden sie Euch vielleicht nicht so schamlos betrügen, dachte Mathilde, die sich andererseits über ihre unbedachte Äußerung ärgerte.

Rudolf von Habsburg rettete die angespannte Situation mit einem Scherz. »Nun, diese junge Person sorgt offenbar nicht nur dafür, dass ihre Mitmenschen willig den Mund aufmachen, sei es nun, um zu essen oder um zu reden, sie ist auch selbst nicht auf den Mund gefallen. Da seht Ihr mal wieder, Toggenburger, was eine Frau vermag. Das müsste Euch eigentlich gefallen, die Eure gilt ja auch nicht gerade als besonders fügsam. Ja, Ritter Steinmar, ich bin von ihrer Eignung überzeugt. Lasst uns nun mit der Zeremonie beginnen.«

Erneutes Gelächter. Mathilde atmete auf. Das war noch einmal gut gegangen.

Und jetzt wusste jeder, dass der Habsburger seine Hand über sie hielt. Also hatte er wohl unterschrieben.

»Aber sie muss schwören!« Das war der von Löwenstein.

»Natürlich«, bestätigte Rudolf. »Ist sie im Bilde?«

Steinmar nickte. »Vollkommen. Ich habe ihr alles erklärt.«

Mathilde zuckte zusammen. Worüber im Bilde? Doch Steinmar warf ihr einen warnenden Blick zu, und sie blieb stumm.

Heinrich von Isny stand auf und kam zu ihr. Er nahm seine Kette ab und legte ihr das Medaillon in die linke Hand. »Steh auf, mein Kind.«

Mathilde erhob sich und mit ihr die ganze Runde. Die Männer bedeckten ihr Haupt. Mathilde tat es ihnen nach und legte die Gaze über ihre Haare. Einige in der Runde nickten zufrieden.

»Wer begleitet und bürgt für diese Adeptin nach ihrer Aufnahme in die Loge der Brüder und Schwestern vom Herzen Mariens? Der möge vortreten.«

Steinmar erhob sich und stellte sich neben sie.

»Wer seid Ihr?«, fragte Heinrich von Isny. »Weist Euch aus.«

Mathilde hielt das für eine ziemlich dumme Frage angesichts der Umstände. Die beiden kannten sich doch. Aber das gehörte wohl zur Zeremonie. Männer sind seltsam, dachte sie. Sie denken sich wirklich eigenartige Gepflogenheiten aus.

»Ich bin Ritter Berthold Steinmar von Klingnau, Herzträger des vierten Grades, und diene dem heiligen Feuer.« Er hob den Stab.

»Steinmar, Diener des heiligen Feuers, du hast diese Adeptin in unseren Kreis gebracht. Sag an, ist sie würdig?«

»Sie ist würdig.«

»Ist sie durch das Dunkel gegangen und hat dem Tod ins Auge geblickt, um als Schwester der Marianer wiedergeboren zu werden?«

»Das ist sie und das hat sie.«

»Übernimmst du die Verantwortung für die Taten und das Seelenheil dieser Adeptin? Bürgst du für ihre Verschwiegenheit und Treue, für ihren unbedingten Gehorsam mit deinem Leben?«

»Ja, ich übernehme die Verantwortung und bürge für sie mit meinem Leben.«

»Dann hebe die Hand zum Schwur des fünfeckigen Sterns. Und sprich mir nach: *Ateh*.«

Steinmar legte die Hand an die Stirn. »*Ateh*, dein ist.«

»Sprich *Malkuth*.«

Steinmar legte die Hand auf sein Herz und sagte: »*Malkuth*, das Reich.«

»Sprich *ve-Gebura*.«

Steinmar berührte mit seiner Hand die rechte Schulter. »*Ve-Gebura*, und die Kraft.«

»Sprich *ve-Gedulah*.«

Seine Hand ging zur linken Schulter. »*Ve-Gedulah*, und die Herrlichkeit.«

»Sprich *le-Olam*, amen.«

Steinmar legte die Hände vor der Brust zusammen und folgte auch dieser Anordnung von Heinrich von Isny: »*Le-Olam*, in Ewigkeit, amen.«

»Nun, da du geschworen hast, Bruder, können wir diese Adeptin in unseren Kreis aufnehmen.« Heinrich von Isny wandte sich Mathilde zu. »Gib mir das Medaillon und nimm stattdessen diesen Rosenkranz in deine linke Hand. Nun hebe die Rechte. Sprich mir nach: Ich schwöre bei Gott, dem Allmächtigen und Allwissenden reinen Herzens …«

»Ich schwöre bei Gott dem Allmächtigen und Allwissenden reinen Herzens …«

»… gehorsam und treu zu sein in Worten und Taten, zu schweigen, wo Schweigen geboten ist, die gemeinsamen Ziele zu schützen … zu verbergen, was im Verborgenen bleiben muss, und den Befehlen des Großmeisters der Loge der Brüder und Schwestern vom Herzen Mariens zu dienen, ohne zu zaudern und ohne zu fragen … Sonst soll mein Geist vertrocknen, meine Hände verdorren, mein Körper dahinsiechen und meine Seele die Höllenqualen der ewigen Verdammnis leiden in alle Ewigkeit. So wahr mir Gott helfe.«

Es war eine furchtbare Eidesformel. Mathilde geriet mehrfach ins Stocken. Wieder half ihr der Blick in die gütigen Augen von Heinrich von Isny. »So wahr mir Gott helfe«, sagte sie schließlich leise.

Heinrich nickte. »So soll es sein«, wiederholte er und wirkte zufrieden. Dann reichte er ihr ein anderes Medaillon mit den Symbolen der Loge. Es war nicht aus Silber, sondern aus dünnem Kupfer und kleiner als das der Männer. »Hüte es wohl, mein Kind, es ist dein Erkennungszeichen. Siehst du, hier ist ein kaum sichtbarer Falz. Du musst die Münze in der Mitte teilen und uns die rechte Hälfte zukommen lassen, wenn du in Not gerätst. Jeder von uns wird dir daraufhin zu Hilfe eilen. Dort rechts, zu Füßen der Jungfrau, ist ein Zeichen eingeprägt, das auf den Besitzer hinweist, ein Buchstabe in phönizischer Schrift. Dein Buchstabe ist das *Mem*, der Anfangsbuchstabe deines Namens. Und nun knie nieder.«

Sie gehorchte.

Heinrich legte ihr die Hand auf den Scheitel. »Hiermit segne ich dich, Schwester der Marianer. Doch solltest du deinen Eid jemals brechen, sollst du verdammt sein, und dein Geschlecht soll verlöschen bis ins letzte Glied. Wie diese Kerzen.«

Auf dieses Stichwort hin blies ein Mann nach dem anderen die Kerze vor sich aus. Am Ende brannten nur noch die in den beiden Kandelabern in der Mitte des Tisches und tauchten den Totenschädel in ein flackerndes Licht, sodass er lebendig wirkte. Mathilde bekam eine Gänsehaut.

»Erhebe dich, mein Kind.« Heinrichs Stimme war freundlich wie immer. Er griff unter seinen Mantel und holte eine Armbinde hervor, auf die ein herzförmiger Blütenkelch aufgestickt war. Und einen Dolch. »Diese Waffe steht für das Element Luft wie die Scheibe für die Erde, der Kelch für das Wasser, der Stab für das Feuer des Glaubens und das Schwert für den ewigen Kampf gegen die Ketzer und Heiden. Nun bist du eine von uns. Für immer.«

Sie nickte, steckte den Dolch ein und legte sich die Kette mit dem Medaillon um den Hals. Sorgsam verbarg sie den Anhänger unter ihrem Hemd. Dann hob sie den Kopf. Ob sie etwas fragen durfte?

Der Minorit erkannte, was ihr auf der Seele lag. »Sprich, Mathilde.«

»Wer ist der Hochmeister, dessen Befehlen ich bedingungslos gehorchen soll?«

Im Raum breitete sich eisiges Schweigen aus. Sie verstand nicht, warum. Nur Heinrich von Isny ließ sich nichts anmerken. »Das wirst du zu gegebener Zeit erfahren«, beschied er sie ruhig. »Vorerst wird dir Ritter Steinmar von Klingnau die Befehle der Loge übermitteln.«

»Und was soll ich jetzt tun?«

»Sie soll eine wunderbare Köchin sein«, meldete sich Ulrich von Liechtenstein zu Wort.

»Das kann ich nur bestätigen«, antwortete Rudolf von Habsburg. »Außerdem ist sie von Stund an meine Leibköchin. Sie wird dafür sorgen, dass es nicht wieder zu einem Giftanschlag auf mich kommt wie beim Fest meines lieben Verwandten Walther von Klingen. Unser erster Auftrag an Euch, Schwester der Marianer, ist es also, ein Mahl zuzubereiten. Damit wir den Karfreitag begehen können, wie es sich geziemt. So könnt Ihr Euch auch bei meinem Gesinde etwas umhören. Alles Weitere zu Eurer Zukunft ist bereits beschlossen, unser Bruder Steinmar wird es Euch erklären, wenn die Zeit reif ist.«

Wenn die Zeit reif war. Wurde sie denn nie gefragt? Immerhin, der Graf vertraute ihr. Trotz des Vorfalls beim Klingnauer Festbankett legte er die Zubereitung seiner Speisen und damit gewissermaßen sein Leben in ihre Hände! Zum ersten Mal begriff Mathilde, wieso so viele bereit waren, dafür zu kämpfen, dass dieser so streng und spröde wirkende Mann, dessen beste Jahre längst vorbei waren, der nächste König des Reiches wurde. Er konnte Menschen führen. Dennoch. »Aber ich weiß ja nicht, was –«

»Keine Fragen, Frau Mathilde.«

Mathilde senkte den Kopf. Es stimmte ja, fast hätte sie es vergessen. Und morgen war wirklich Karfreitag.

Nicht lange danach stand sie an Steinmars Seite im Küchenhaus des habsburgischen Stadthauses und sah sich um. Es stank zum Gotterbarmen, in den Ecken lagen faulende Essensreste, alles war dreckig, die Kakerlaken krochen über den Boden. Das war ja grauenvoll. Und hier sollte sie kochen? Nein, zuerst musste Ordnung gemacht werden. Ein ungewaschener Dreikäsehoch mit laufender Rotznase streckte neugierig den Kopf zur Tür herein. »Geh mir heißes Wasser holen. Viel heißes Wasser. Gibt es hier denn keine Bediensteten?«, befahl sie ihm.

»Holt Euch das Wasser doch selbst«, beschied sie der Bengel.

Steinmar packte den Lümmel am Ohr und zog ihn zu Mathilde. »Schau dir diese Frau gut an, Bursche. Das ist Mathilde von Waldshut. Sie gibt von Stund an in dieser Küche die Befehle. Und wenn sie sagt, dass du Wasser besorgen sollst, dann wirst du das tun. Wo sind die übrigen Leute des Gesindes?«

Der Junge quietschte. »Au, Herr, Ihr tut mir weh!«

»Es wird bald noch viel weher tun, nämlich, wenn ich dir eine gehörige Portion Prügel verpasse. Also, schau, dass du einige Mägde auftreibst. Zusammen werdet ihr dieses Küchenhaus so lange schrubben, bis unser Herr Rudolf vom Boden essen kann, falls es ihm belieben sollte. Ich werde mich persönlich davon überzeugen.«

»Jawohl, Herr.« Damit stob der Knirps eilfertig zur Tür hinaus.

Steinmar lächelte Mathilde zu. »Gut?«

Sie verzog keine Miene. »Ja, gut. Bringt mich jetzt bitte zu den Vorräten. Wenn ich das richtig sehe, wart Ihr als Rudolfs Gefolgsmann schon öfter hier und kennt Euch aus.«

Was sie fand, war mehr als dürftig. Sie lüftete einen Deckel. Altes Brot. Steinmar beobachtete, wie sie ihr neues Reich in Besitz nahm. Sie konnte seinen Blick zwischen den Schulterblättern spüren.

»Warum?«, fragte sie und schaute in einen Sack. Immerhin, Hirse.

»Warum was?«

»Warum hat mich der Graf zur Leibköchin bestimmt?«

»Du weißt, warum. Erinnere dich daran, wie viele nach dem Fest auf Klingnau krank geworden sind. Du wurdest von allen verdächtigt. Damit schafft er auch die letzten Gerüchte gegen dich aus der Welt.«

»Er vertraut mir also wirklich.« Immerhin, da waren frische Eier. Nun, es gackerten und kratzten ja auch genügend Hühner auf dem Hof herum. Und in dieser Küche. Sie scheuchte eins hinaus. Das protestierte kreischend.

»Natürlich, das tun wir alle. Haben wir dir in der Vergangenheit nicht schon genügend Beweise dafür gegeben?«

Sie öffnete einen weiteren Deckel. Essig. Der Apfelmost hatte offenbar genügend Zeit gehabt, sich ungestört zu entwickeln. »Wie kamen der Deutsche Orden und der Graf eigentlich zusammen? Und was hat die Loge davon, wenn sie den Habsburger unterstützt?« Sie drehte sich um, wollte sein Gesicht sehen, den Ausdruck dieser blauesten von allen blauen Augen.

»Die Freiherren auf Klingnau, der Komptur und Rudolf sind Verwandte, und zwar über Sophie von Froburg. Da hast du die Verbindung. Nicht nur Rudolf, sondern auch der Orden benötigt möglichst machtvolle Verbündete. Denn es muss schnell etwas geschehen. Die Niederlassungen der Deutschherren im Heiligen Land sind in Gefahr. Es ist nicht ausgeschlossen, dass sogar das stark befestigte Akkon erobert wird und Baybars' Männer dann auch die Ordensfestung Montfort schleifen. Wenn du mich fragst, sieht alles danach aus. Die Nachrichten aus Outremer sind wirklich besorgniserregend. Es würde die Lage entspannen und den Rittern im Heiligen Land vielleicht sogar eine Atempause verschaffen, wenn der Mamluk und der Graf endlich einen Waffenstillstand miteinander schlössen und Baybars damit Ruhe gäbe. Außerdem könnte Rudolf als König von Jerusalem dem Orden auch bei den Plänen für die Ausbreitung im Osten dienlich sein.«

»Baybars ist also tatsächlich kurz davor, die Christen aus dem Heiligen Land zu vertreiben?«

»Ich hatte es doch schon gesagt, du solltest mir besser zuhören, Weib.«

Mathilde hätte ihn am liebsten angefaucht. Warum mussten Männer immer so herablassend sein? »Ich hatte es doch schon gesagt …« Sie war doch nicht geistig minderbemittelt. Natürlich hatte sie das verstanden. Aber sie fand diesen Pakt schon sehr seltsam. Sie musste ihn einfach dazu bringen, mehr darüber zu erzählen.

Scheinbar ungerührt inspizierte sie weiter ihren neuen Arbeitsplatz. Sie hatte sich geschworen, sich keine Blöße mehr zu geben und stattdessen den Anschein zu erwecken, als seien solche Gespräche vollkommen normal für sie. Außerdem gefiel es ihr, ihn zu verunsichern. Und das gelang ihr mit solchem Verhalten, das spürte sie. Er sollte ruhig wissen, dass sie kein unbedarftes Mädchen mehr war, mit dem ein Mann umspringen konnte, wie es ihm beliebte.

»Es ist wie auf dem Markt. Jeder schachert, so gut er kann, und wuchert mit seinen Pfunden … Oh, wie wunderbar, da sind getrocknete Früchte.« Sie schnüffelte. »Die Zwetschgen, Birnen und Äpfel scheinen noch in Ordnung zu sein. Ich werde sie aber noch etwas säubern.« Sie wandte sich ihm zu. »Ich habe schon verstanden, dass der Graf von Habsburg diesem Sultan …«

»Baybars.«

»Ja, Baybars versprochen hat, er werde im Falle eines Paktes den nächsten Kreuzzug zu verhindern suchen. Ich glaube das nur nicht. Denn das würde heißen, dass sich der Graf von Habsburg großen Einfluss auf den französischen König anmaßt. Wie soll das gehen? Ein König folgt den Befehlen eines Grafen? So dumm kann dieser Muselman doch nicht sein, das für möglich zu halten.«

Steinmar spuckte auf den Boden. »Er ist ein Ungläubiger. Was versteht der schon.«

»Mein Herr, ich muss schon bitten! In meiner Küche spuckt niemand auf den Boden, und mag der auch noch so schmutzig sein. Sucht Euch einen Spucknapf für Euren Auswurf! Soweit ich das einschätzen kann, ist Rudolf von Habsburg jedenfalls nicht in der Lage, sein Versprechen einzuhalten. Baybars kann auch nicht so dumm sein, das zu glauben. Dieser Sultan von Ägypten ist ja nicht irgendwer, sondern der Bezwinger der Mongolen und offensichtlich gerade sogar dabei, die Herren Ritter, die so stolz tun und sich so überlegen dünken, aus dem Heiligen Land zu jagen.«

Steinmar grinste schief. »Verzeiht mein ungehöriges Benehmen, oh Königin der gräflichen Küche. Doch sag, wieso glaubst du, dass Rudolf das Versprechen nicht halten kann? Und selbst wenn nicht, ein Versprechen, das er einem Heiden gegeben hat, muss ein Christ nicht einhalten. Es ist zumindest den Versuch wert.«

»Ihr habt meinen Vater und meinen Bruder also für einen Versuch in den Tod geschickt.«

Steinmars Stimme wurde leise. »In den Tod? Wieso denkst du das, kleine Wachtel? Ah, du klopfst mal wieder auf den Busch. Glaube mir, der Habsburger kennt Mittel und Wege. Warten wir ab. Vielleicht wirst du überrascht, vielleicht löst Rudolf von Habsburg seinen Teil des Geheimpaktes ja doch noch ein.«

»Darauf bin ich dann aber gespannt. Eine Hand wäscht die andere, und mögen beide Hände noch so dreckig und blutverklebt sein, nicht wahr?«

»Ach, Weib! Es geht nicht nur darum, dass eine Hand die andere wäscht. Aber belassen wir es vorläufig dabei. Du solltest noch einiges mehr über die Lage in den deutschen Landen und Rudolf von Habsburgs Freunde und Feinde wissen, damit du weißt, auf welche Dinge es ankommt, wenn du dich umhörst und Neuigkeiten sammelst. Ich muss also etwas weiter ausholen. Jede Geschichte hat eine Vorgeschichte, und in diesem Tjost gibt es mehr als zwei Streiter. Vieles, was bis heute wirkt, geschah lange vor deiner Geburt.«

»Was habt Ihr mir denn noch alles verschwiegen? Gut, dann holt aus. Ich höre zu.«

»In den vergangenen zweihundert Jahren haben Kaiser und Papst wütend und gnadenlos miteinander um die Macht gerungen …«

Sie streifte mit dem Bein versehentlich einen Sack, und der kippte um. Fauliges Getreide rieselte stinkend auf den Boden. »Pfui Teufel.« Sie drehte sich zu ihm um. »Ja, ich weiß, wir kleinen Leute haben das auch zu spüren bekommen.«

»Musst du mich immer unterbrechen? Gregor IX. exkommunizierte den sizilianischen Friedrich, den König von Jerusalem, gleich zweimal, und nach Friedrichs Tod wütete der Mann regelrecht gegen das staufische Geschlecht. Die guten Basler Bürger hielten zu den Staufern, ebenso Rudolf. Der Graf ist übrigens in Basel zum Ritter geschlagen worden, wusstest du das? Wo war ich? Ach ja: Seit dieser Zeit hat sich zwischen den Kaiser- und den Papsttreuen ein Graben aufgetan, der immer breiter wird. Denn was machte der damalige Bischof von Basel, der zu dieser Zeit den Namen von Pfirdt trug? Er vertrieb Friedrichs Sohn Konrad aus Schloss Rheinfelden und nahm das Schloss der Habsburger samt dem Hochstift Basel in Besitz. Nicht ganz uneigennützig. Die beiden Sundgauer Geschlechter Habsburg und Pfirdt waren sich nicht immer grün, musst du wissen. Jeder strebte nach der Vorherrschaft im Sundgau. Wie du sehen kannst, hielten es die von Pfirdt dabei eher mit den Papsttreuen und dem Bischof von Basel. Da hast du auch den Beginn der Fehde zwischen den Habsburgern und dem Bistum Basel, die bis heute andauert. Sie wird vermutlich erst enden, wenn es keine Habsburger mehr gibt. Oder keine Bischöfe von Basel. Trotz des angeblichen Friedensschlusses. Oder wenn Rudolf die Krone trägt.«

Mathilde hob den Deckel von einem Fass. »Aber die Pfirdts sind doch durch Heirat mit den Klingnauern verwandt, und diese sind treue Gefolgsleute des Habsburgers. Sie waren auch auf dem großen Fest für den Konstanzer Bischof. Wie soll ein unbedarftes Mädchen wie ich da noch Freund und Feind erkennen? Knoblauch, schau an. Und hier ist

Galgant.« Sie schnüffelte. »Wahrscheinlich ist beides mindestens so alt wie die Geschichte, die Ihr mir da erzählt.«

Er bemühte sich nach Kräften, sich von ihr nicht aus der Ruhe bringen zu lassen. »Du und unbedarft? Nun gut. Freund und Feind sind auch für erfahrenere Köpfe nur schwer auseinanderzuhalten. Heute ist es so und morgen so. Je nachdem, welche Vorteile sich jemand verspricht. Das Sicherste ist, du traust niemandem. Aber bring mich nicht immer raus, wenn ich über alte Zeiten rede. Du springst mit deinen Gedanken hin und her wie ein Füllen, das über die Weide tollt und Bocksprünge vollführt. Das bringt mich durcheinander. Dabei wollte ich jetzt gerade darauf zu sprechen kommen, welche Rolle ich in dieser Geschichte spiele. Oder willst du nichts über die Herkunft deines Gatten wissen?«

Mathilde antwortete nicht.

»Du sagst nichts? Das ist ja ganz neu. Nicht lange nach dem Tod des großen Friedrich jedenfalls holte der Freiherr von Klingen mich und meinen Bruder Konrad nach Klingnau, und ich wurde ein Garzun. Er wollte uns zu Knappen erziehen lassen und zu seinen Rittern machen. Er hatte mich singen gehört, als er einmal auf dem Hof meiner Eltern Rast machte.«

»Zu seinen Rittern?«

»Ja, das Geschlecht derer von Klingen ist frei geboren. Im Gegensatz zu den Habsburgern, die Landgrafen im Elsass sind, also Dienstmannen des deutschen Königs. Die Klingnauer haben sich immer mit ihrem Freigut begnügt, sie wollten niemals zu Dienstleuten eines Fürsten absteigen.«

»Und Ihr, Ritter? Das seid Ihr ja dann wohl geworden, ein Ritter. Zumindest dem Namen nach. In welches Lager muss ich Euch stecken, Freund oder Feind?« Sie stemmte die Hände in die Hüfen und schaute sich um. »Dieses Küchenhaus ist so dreckig, das sollte man am besten abfackeln und neu bauen. Wie soll ich hier nur zurechtkommen?«

»Ja, ja, spotte nur. Vielleicht bin ich als Ritter nicht vollkommen. Du als Gattin aber auch nicht. Bist noch giftiger als eine Kreuzotter. Ob ich Freund oder Feind bin? Mal das und dann wieder dies. Ich diene Rudolf, der Loge, besonders aber dem Gesang, der Minne und dem guten Leben, das weißt du doch«, erklärte er leichthin. »Und was dieses Küchenhaus betrifft: Du schaffst das schon, kleine Wachtel. Denn du bist die Königin der Küchen und ich nur ein einfacher Ritter«, fügte er versöhnlicher hinzu.

Sie reagierte nicht auf seine Schmeichelei, sondern stocherte mit einem Bratspieß in den Ecken herum, gabelte mit angeekelter Miene Abfälle auf und schaffte sie in einen Eimer. »Der Augiasstall ist nichts dagegen.«

Dieses Weib brachte es tatsächlich fertig, ihn immer wieder zu verblüffen. Nun kannte sie sich auch noch in den griechischen Heldensagen aus.

»Was dieser griechische Herakles konnte, kannst du schon lange. Allerdings ist es vielleicht besser, du wartest noch etwas, bis du Troja belagerst.« So, wie sie ihn jetzt anfunkelte, hatte er fast den Eindruck, als wäre er die belagerte Stadt. Besser nicht darauf eingehen. »Dauernd unterbrichst du mich. Das sollte ein braves Weib nicht tun. Willst du nicht wissen, wie es mit deinem Gatten weiterging?«

Sie seufzte theatralisch. »Also gut. Wenn es sein muss!«

»Würde sich schlecht machen, wenn du nichts über mich zu erzählen wüsstest, meinst du nicht? Nur für den Fall, dass ich einmal als dein Ehemann auftreten und dich retten muss. Bei dir ist es besser, mit allem zu rechnen. Mein Bruder und ich wurden also am Hof des Klingnauers erzogen, unter der gar gestrengen Fuchtel von Jakob, dem Schreiber. Er lehrte uns die Buchstaben, sogar Latein. Herr Walther bestand darauf. Viel mehr Vergnügen machte es mir jedoch, auf die Jagd zu gehen, wie du dir denken kannst. Den Umgang mit dem Gabilot hab ich niemals richtig beherrscht. Die Vorbereitung zum Schildesamt, das Reiten und das Anrennen des Gegners waren ebenso meine Sache nicht. Du weißt schon, mit Sporn und Schenkeldruck das Pferd zum Galopp zu bringen, dass es nicht ausweicht, wenn es gegen den Angreifer anrennt, den Speer zu senken und den Schild gegen den Stoß des Gegners zu halten. Ich trug so manche Schrunde davon, hab mich wirklich redlich abgemüht, um edel, stark und tapfer zu werden. Doch ich bin einfach nicht für den Kampf und die Selbstgenügsamkeit geschaffen. Und ja, ehe du fragst – am schwersten fiel mir immer die *mâze*, das Maßhalten.«

»Davon bin ich überzeugt«, erklärte sie trocken.

»Teufel noch eins, kannst du dir nicht endlich deine Spitzen sparen? Wie es weiterging, wird dich interessieren. Ich entschied, mir an Herrn Walther auf andere Weise ein Beispiel zu nehmen. Mein Kopf ist nun einmal der wichtigere Teil an mir, wie man an der Größe unschwer erkennen kann. Mein Körper taugt nicht zum Kämpfen, nur zum Essen und Trinken und … ähem. Ich begann also, die Harfe zu schlagen und

Minnelieder zu dichten. Auf diese Weise kann ich meiner anderen Leidenschaft frönen: die Leute ein wenig zu necken. Und ich bin an den verschiedensten Höfen willkommen, erfahre so manches, was unserem künftigen König und der Loge nützen könnte. So, nun weißt du, woran du mit mir bist.«

»Ja, das weiß ich jetzt wohl.« Mathilde streifte ihn mit einem Seitenblick und erkundete weiter ihr neues Reich. »Fein, da ist wenigstens Honig. Brrr, schaut Euch diese Pfannen, Waffeleisen, Siebe und Reiben an! Und erst die Bratenroste! Widerwärtig. Ebenso wie dieser Bratenspieß, der eignet sich nur noch, um den Dreck am Boden aufzuklauben.« Das tat sie denn auch sogleich. »So haben wir nun eine Köchin, einen ritterlichen Minnesänger und die Freiherren von Klingnau, aber keinen Papst und keinen wirklichen König. Dafür aber die Loge der Marianer. Wir haben unzählige Gründe für Auseinandersetzungen. Und zu den Stärkeren, denen, die durch Faustrecht immer mächtiger werden, gehört wohl auch unser beider Herr Rudolf, nicht wahr?«

»Ja, zu den Stärkeren gehört auch Rudolf, seit seiner Jugend ist er ein wackerer Ghibelline. Doch der Riss geht bis heute selbst durch diese Familie. Sein Oheim, Rudolf der Schweigsame, hat sich zeitlebens zur welfisch-päpstlichen Partei bekannt. Das sorgte erst für Groll zwischen den Verwandten, dann für Krieg. Rudolf verwüstete die Ländereien der Laufenburger Linie und brandschatzte die Burg von Hugo von Tiefenstein, ihres Verbündeten. Die Habsburg-Laufenburger ihrerseits wüteten in Rudolfs Ländereien.«

»So wie in Brugg.«

»So wie in Brugg. Doch das ist schon eine Zeit her, lass mich überlegen, etwa vierzehn Jahre mögen das nun sein. Inzwischen fechten Graf Rudolf und sein stürmischer Vetter Gottfried von Habsburg-Laufenburg wieder gemeinsam. Zumindest zumeist. Schon damals, als er sein Stadthaus neu errichtete, befahl Rudolf übrigens, auch eins dieser neumodischen Küchenhäuser zu bauen. Das, in dem du jetzt herumfuhrwerkst.«

Mathilde drehte sich zu ihm um. »Tsss, in vierzehn Jahren kann so einiges herunterkommen, wenn es nicht gut verwaltet wird. Aber um zum Ausgangspunkt zurückzukommen: Sagt, ist es nicht, wie viele denken? Ist der Graf nicht zu alt für die Königskrone?«

»Rudolf zu alt? Gut, er ist kein ganz junger Mann mehr. Aber schau ihn dir doch an. Er ist noch voller Saft und Kraft. Er hält damit nur, wo immer möglich, hinterm Berg. Deshalb denken auch einige, dass er zu alt ist. Zum Glück, muss ich sagen. Niemand rechnet so recht mit ihm oder hält ihn für eine Bedrohung. Bisher ist Rudolfs Kalkül also auch in diesem Punkt aufgegangen. Ich muss schon sagen, ich bewundere seine Weitsicht.«

»So, so, Weitsicht. Hm, ich meine, ich hätte bei meiner Ankunft auch Ziegen und zwei Kühe gesehen«, erklärte Mathilde, statt weiter auf seine Worte einzugehen. »Die Frauen müssen nach der Putzaktion unbedingt Milch herschaffen. Was meint Ihr, gibt es in diesem Sack noch brauchbares Mehl? Ja, tatsächlich, welch ein Wunder.« Sie runzelte die Stirn. »Nein, bei genauerem Hinsehen: Es sieht schon ziemlich grau aus. Offenbar lebt es sich gut darin für allerlei Ungeziefer. Wir werden es kräftig durchsieben müssen. Und da! Ein noch größeres Wunder! Ein Topf mit Agrez. Offenbar hat sogar dieses Dreckloch schon bessere Zeiten gesehen. Ich frage mich, wer hier früher das Zepter geführt hat. Wisst Ihr das? Nein? Ah gut, von den Zwiebeln sind noch welche zu gebrauchen.«

Steinmar zuckte die Schultern.

Sie tunkte den Finger in die Agrez-Masse. »Nicht schlecht. Damit lässt sich etwas anfangen.«

Uta von Tettingen schaute zur Küchentür herein. »Der Habsburger schickt mich, Euch diesen Schlüssel für die Vorratskammer auszuhändigen, Frau Mathilde. Da findet Ihr Salz, Zimt und Muskat sowie allerlei Kräuter. Außerdem werden dort Schmalz und Butter aufbewahrt, es soll auch noch eingelegte Gurken geben. Zudem Wein und Most. Kann ich helfen? Braucht Ihr noch etwas?«

Mathilde lächelte ihr zu. »Wenn Ihr gutes Fladenbrot backen könntet, das wäre wunderbar. Und vielleicht goldene Schnitten – hier ist genügend altes Weißbrot. Es wäre schade darum. Die Mägde sollen die Ziegen und die Kühe melken. Meint Ihr, Ihr könntet noch Ziegenkäse auftreiben? Den könnten wir zum Brot reichen. Aber bevor wir backen können, brauchen wir Holz zum Anfeuern.« Sie hielt inne und errötete. »Entschuldigt, Ihr seid eine Frau von Stand und beschäftigt Euch sicherlich nicht mit Dienstbotenangelegenheiten.«

»Wir arbeiten beide für dasselbe Ziel. Zwischen uns gibt es keine Standesunterschiede. Ich werde es versuchen«, versprach Uta und griff sich einen Eimer. Sie schaute hinein. »Puh, der muss erst einmal ausgewaschen werden. Dann kümmere ich mich um die Ziegenmilch. Ich habe übrigens noch einige Mandeln, könnten wir die nicht auch gebrauchen? Der Graf von Habsburg ist sehr sparsam, da ist es immer besser, man bringt selbst etwas mit.« Sie blinzelte Mathilde zu.

Die Tettingerin hatte ein zupackendes Wesen, stellte Mathilde fest. Sie gefiel ihr immer besser. Ein Fastenmahl hatte der Habsburger verlangt. Das konnte er haben. Dann an die Arbeit. Sie hatte nicht mehr viel Zeit. »Ich schaue, wo wir Brennholz herbekommen. Und dann, Herr Ritter, werdet Ihr mir erklären, was das für Pläne sind, die es offenbar für meine Person gibt«, verkündete Mathilde und stapfte aus der Küche. Uta und Steinmar wechselten hinter ihrem Rücken einen Blick.

Nicht lange danach kehrte Mathilde mit einem Knecht zurück. Dieser trug eine Biege Holz. Als sie sich dem Küchenhaus näherten, hörte sie, dass dort offenbar inzwischen kräftig gewerkelt wurde. Da kam auch schon eine ältere Frau aus der Tür und schüttete ihr einen Eimer Dreckwasser fast direkt vor die Füße. Es gelang ihr gerade noch rechtzeitig, zur Seite zu springen.

»Oh, vergebt«, erklärte die Frau und tat zerknirscht. Doch Mathilde nahm ihr das nicht ab. Sie hatte das schadenfrohe Grinsen sehr wohl bemerkt, das sich bei ihrem Hüpfer kurz im Gesicht der Magd breitgemacht hatte. Die Dienstboten waren offenbar nicht allzu begeistert über ihre Anwesenheit. Vermutlich, weil der Schlendrian nun ein Ende haben würde. Sie schaute ins Küchenhaus. Drei Frauen hatten die Röcke hochgebunden, knieten inmitten von Seifenwasser auf dem Steinboden und schrubbten.

Mathilde befand, dass es besser war, erst einmal nicht zu stören, und befahl dem Knecht, das Holz vor der Tür des Küchenhauses abzuladen. Dann begab sie sich in Richtung Hoftor, um nach Stellen zu suchen, an denen gute Kräuter wuchsen. Sie ging an zwei anderen Mägden vorbei, die beim Ziehbrunnen die Tiegel und Töpfe auswuschen und gleichzeitig mit einem halbwüchsigen Bengel schäkerten, der mit baumelnden Beinen auf dem Brunnenrand saß. Steinmar stand daneben und hielt Maulaffen feil.

Sie nickte ihm zu. »So, auch hier draußen? Ihr habt wohl Angst vor Seifenwasser. Könnt Ihr angeln?«

»Ich?«

»Ja, Ihr. Ihr sagtet doch, dass das Waidwerk zu Euren Talenten gehört. Die Vorräte sind kärglich. Ich brauche Fisch.«

»Eigentlich jage ich lieber kleine Wachteln.«

Sie runzelte die Stirn.

»Welchen Fisch brauchst du denn?«, beeilte er sich zu fragen.

»Welchen auch immer Ihr erwischt. Nehmt am besten noch Leute mit. Es sollte einigermaßen schnell gehen. Sonst müsst Ihr am Abend hungern.«

»Drohe mir nicht mit solch schrecklichen Dingen. Und was machst du derweil?«

»Ich sammle Wiesenkräuter, Löwenzahn und Sauerampfer. Wenn ich damit fertig bin, ist dieses Küchenhaus vielleicht etwas sauberer und das Kochfeuer brennt.«

Er schaute sie scharf an. »Nimm den Bengel mit.«

»Warum? Habt Ihr Angst, dass ich Euch fortlaufe?«

»Nein, dass dir etwas geschieht. Musst du eigentlich immer so schnippisch sein, kleine Wachtel?«

Sie packte einen Korb und winkte dem Jungen, der auf dem Brunnenrand saß. »Halte hier niemanden von der Arbeit ab«, raunzte sie ihn an. »Wie heißt du?«

»Georg, Herrin.«

»Dann komm, du Drachentöter. Wir müssen die Vorräte auffüllen.«

Steinmar brachte Äschen, Nasen, Forellen, Egli und sogar einen kapitalen Hecht. So servierte Rudolfs neue Leibköchin am Karfreitag ein veritables Fastenmahl: Omelett mit Bärlauch, Hirsebratlinge mit Brennnesseln oder gekochten Trockenfrüchten für die Leckermäuler. Dazu gesottene Eier mit Kräutern und Bärlauch zu Eglifilet sowie Salat aus Sauerampfer, Löwenzahn und den jungen Blättern des Scharbockskrautes. Es gab duftende Fischsuppe und Fischrilette garniert mit Veilchen und Gänseblümchen, Forellen schauten mit weißen Augen aus ihrer Weinsahne, ebenfalls umkränzt von Wiesenblumen. Der Hecht prangte auf Äpfeln und Zwiebeln. Schüsseln mit Nonnenfürzen und silberne Platten mit goldenen Schnitten standen außerdem auf dem Tisch. Letztere mit Früchtemus und frischer Sahne garniert. Dazu Hollerblüten in Bierteig.

Natürlich konnte sie den Tafelnden wieder einmal nur heimlich zuschauen. Sie war zwar die gräfliche Leibköchin, hatte aber trotzdem im Festsaal nichts zu suchen. Doch die Mienen der Edlen wirkten zufrieden. So machte sich Mathilde mit Hilfe einiger Frauen daran, die Küche wieder aufzuräumen, damit sie am nächsten Morgen sauber war. Außerdem musste sie einen Weg finden, den Mäusen den Garaus zu machen. Gab es in diesem Stadtschloss denn keine Katzen? Mathilde ging auf die Suche und fand eine, noch jung, gestromt und mit einem blauen und einem grauen Auge. Sie war hochträchtig und sehr scheu. Sie ließ sich einfach nicht einfangen. Da änderte Mathilde ihre Taktik und lockte sie mit Fischresten ins Küchenhaus. Dort baute sie ihr aus leeren Säcken ein Nest. Davor stellte sie eine Schale Milch.

Die Katze schien zu begreifen. Sie kaute an einem Fischkopf, schlabberte etwas Milch und ließ sich dann auf den Säcken nieder. Mathilde nickte zufrieden. Die Jägerin und ihre Jungen würden bald dafür sorgen, dass sich die Mäuse fernhielten. Sie hätte sie gerne gestreichelt, ließ es aber lieber. Es war noch zu früh. Ihre neue Gefährtin musste sich erst eingewöhnen. »Lass uns beide gute Arbeit machen«, sagte sie stattdessen. Die Antwort war ein leises Miau.

»Redest du jetzt schon mit den Tieren wie der heilige Franziskus? Frau, du machst die eigenartigsten Dinge. Ich soll dir die Grüße des Habsburgers überbringen. ›Heiliger Morandus‹, hat er ausgerufen, ›dieses Weib versteht es wirklich, aus wenig viel zu machen‹«, erklärte Steinmar lachend. »Und das ist für den Habsburger ein großes Lob. Besonders wenn er sich dabei auch noch auf den Familienheiligen beruft.«

»Ist Morandus nicht eigentlich der Heilige des Weines und der Reben? Der Wein, den Graf Rudolf anzubieten hat, erscheint mir dafür recht sauer …«, erwiderte Mathilde anzüglich.

Steinmar schmunzelte. »Nun, ich denke, das darf man nicht so genau nehmen. Morandus ist ja auch der Schutzheilige des Sundgaus. Dieser Bischof starb vor nun gut einhundert Jahren im Elsass, und man sagt, er sei ein Vorfahr von Graf Rudolf gewesen.«

»Vorfahr, so, so. Was die Leute nicht alles reden.« Sie lachte.

»Es ist schön, dich wieder einmal lachen zu sehen, kleine Wachtel«, meinte Steinmar. Dann stapfte er davon.

Mathilde schaute ihm nach und fragte sich, wie lange sie wohl noch etwas zu lachen haben würde. Sie war mitten hinein in eine vermaledeite Gemengelage aus den verschiedensten widerstreitenden Interessen geraten und damit in einen Strudel, der sie sehr wohl mit in den Abgrund ziehen konnte. Auch wenn Steinmar und die anderen sich zuversichtlich gaben, so war es für Mathilde noch lange nicht ausgemacht, dass der Habsburger seine hochgesteckten Ziele erreichen würde. Im

Gegenteil, es hatte in den letzten Jahren immer wieder warnende Vorzeichen gegeben, selbst der Himmel schien ihm zu grollen.

Das Jahr, in dem Heinrich von Neuenburg Bischof von Basel geworden war, war jedenfalls kein gutes für Land und Leute des Hauses Habsburg gewesen. Nein, wenn sie es recht bedachte, hatte es mit den schlechten Vorzeichen sogar noch ein Jahr früher begonnen. Zum Fest des heiligen Dominikus hatte sich die Sonne verfinstert. Ein mächtiger Schatten hatte sich mitten am Tag über das Land gelegt, und es war fast so dunkel gewesen wie in der Nacht. Die Menschen hatten geschrien und geheult vor Entsetzen und sich in ihre Häuser verkrochen.

Und dann, im Jahr der Weihe des Neuenburgers zum Bischof, war im August, zwei Stunden vor Sonnenaufgang, im Osten ein riesiger Feuerball am Firmament erschienen und hatte die Menschen in Angst und Schrecken versetzt. Am Anfang war er groß und klar gewesen, mit einem mächtigen, langen Feuerschweif. Doch dann war er plötzlich immer kleiner geworden und schließlich in der Sonne verschwunden. Die Leute hatten sich nicht einigen können, wem diese üblen Vorzeichen galten und was sie zu bedeuten hatten.

Doch egal, ob jemand zum Grafen von Habsburg hielt und damit zu den Ghibellinen oder zum Bischof von Basel und damit zu den Guelfen, die Beklemmung war stetig gewachsen. Als dann noch die Wanderprediger wie die Heuschrecken eingefallen waren, geiferten und gifteten, die schrecklichsten Höllenqualen schilderten und alle Sünder zum Kreuzzug aufriefen, war es noch schlimmer geworden.

Und im Jahr darauf, im Jahr des großen Hochwassers, war wieder ein feuriger Ball am Himmel aufgetaucht, das dritte Zeichen für kommendes Übel. Es war dann ja auch eingetreten. Nicht viel später waren Rhein und Brisig über die Ufer getreten und hatten in Basel große Verwüstungen angerichtet. »Seht ihr?«, hatten da die Ghibellinen gesagt. »Der Herr ist mit unserem Grafen von Habsburg.« Doch es gab viele, die wollten sich darauf nicht verlassen. Sie dachten, das Jüngste Gericht sei nahe. Ja, und in der Fastenzeit zwei Jahre später waren dann aus dem Elsass mehr als fünfhundert Mannen über das Meer ins Heilige Land, nach Outremer, gepilgert. Unter ihnen ihr Vater.

Die Pilger und ihre Gebete hatten nichts bewirkt. Die Natur selbst schien sich gegen die Menschen zu stellen. Im Jahr des nächsten großen Regens, als der Himmel vom Februar bis in den Mai hinein seine Schleusen geöffnet hatte, kurz bevor die große Hitze gekommen war, da hatte ihr Bruder Andreas sein Bündel geschnürt, um den Vater im Land jenseits des Meeres zu suchen. Er war gerade rechtzeitig fortgekommen. Denn nicht lange danach war der Rhein erneut über die Ufer getreten, hatte gebraust und getobt, dass es zum Fürchten war, und war so stark gegen die gerade neu erbaute Brücke von Basel angestürmt, dass sie zusammenstürzte.

Später, im selben Jahr, war schließlich die Mutter gestorben. Dabei hatten sie gedacht, nun sei das Schlimmste vorbei. War die Mutter doch zu einer Zeit gestorben, als alles besser zu werden versprach, als die Äste der Bäume von der Überlast der Nüsse brachen.

Ja, es hatte in den letzten Jahren viele üble Vorzeichen gegeben. Hoffentlich hatte das bald ein Ende.

Mathildes Hoffnungen auf bessere Zeiten wurden schon bald nach Ostern zunichtegemacht. Der Himmel grollte ihnen noch immer: Am Montag der Palmwoche verfinsterte sich zur Zeit der Abenddämmerung der Mond. Die Menschen strömten in die Kirchen, weinten und beteten. Im Beichtstuhl war kaum noch ein Platz zu bekommen. Manche sagten, nun sei der Tag des Jüngsten Gerichtes endgültig gekommen, und in drei Tagen werde die Welt untergehen. Auch Mathilde konnte sich dem Entsetzen nicht verschließen und dachte mit Bangen an Vater und Bruder, die weit weg in einer anderen Welt im Gefängnis schmachteten. Sie klammerte sich mit jeder Faser ihres Herzens an die Hoffnung, dass sie noch am Leben waren. Ob der Allmächtige es ihnen wohl übel nahm, dass sie als Gefangene eines Heiden das Osterfest und die Palmwoche nicht hatten begehen können, wie es sich für einen guten Christen geziemte? Zur Sicherheit betete sie dreimal am Tag für sie und zündete dabei in der Kirche von Brugg jedes Mal eine Kerze an.

Und dann erfuhr sie endlich, was die weiteren Pläne der Marianer mit ihrer neu eingeschworenen Schwester Mathilde von Waldshut waren. Sie sollte versuchen, als Köchin an den Hof von Heinrich von Neuenburg zu kommen, und der Loge von dort möglichst viele Neuigkeiten zukommen lassen. Der Bischof von Basel war leiblichen Genüssen jedweder Art sehr zugetan. Die Loge baute zudem darauf, dass er versuchen würde, Mathilde abzuwerben, sobald er erfuhr, dass sie zur Leibköchin seines langjährigen Widersachers aufgestiegen war. Heinrich von Neuenburg liebte solche Nadelstiche.

Sie sollte also zum Schein die Fronten wechseln und zum Feind überlaufen. Nach außen hin im Streit mit dem Grafen von Habsburg. Und als treue Christin, die demütig in den Schoß der Kirche zurückkehren wollte.

# VIII

Die Einladung erreichte den Herrn von Klingnau und den Grafen von Habsburg kurz nach Ostern des Jahres 1270. Zu Pfingsten wollte der lebensfrohe Berthold von Falkenstein, Abt des reichen Klosters St. Gallen, ein großes Fest mit Spiel und Jagden veranstalten. Die Feste des Falkensteiners waren für ihre Üppigkeit bekannt. Sie nahmen dankend an. Und so reisten Steinmar und Mathilde mit vielen anderen im Gefolge ihrer Herren zur mächtigen Abtei.

Auch die anderen Edlen, die Lehnsherren und Grafen, die Freiherren und Ritter, waren mit großem Gefolge erschienen, sodass sich am Ende rund neunhundert Männer zusammenfanden. Dazu kamen noch die Frauen und Knechte. Zelte wurden aufgebaut, überall feierten alte Bekannte ihr Wiedersehen und neue Freunde die ungewohnte Eintracht. Doch hinter der Fassade aus Lachen, Saufen und Huren, hinter freundlichen Mienen und zur Schau getragener Herzlichkeit grummelte alter Groll, kochte die Missgunst.

Die Männer übten sich im Stechen, eine Lanze nach der anderen brach. Sie vernichteten dabei halbe Wälder, so viel Holz ging zu Bruch. Die Frauen trugen Sorge, dass ihre Recken nach dem Kräftemessen die rechte Stärkung erfuhren. Rudolfs Leibköchin arbeitete in der Klosterküche mit und kam kaum dazu, Atem zu holen.

Es war eine wahre Pracht, als dann die ganze Hofgesellschaft am Morgen des Pfingstsonntages zur Messe schritt. Viel Volk war außerdem erschienen, um die Messe mitzuerleben und sich das anschließende Spektakulum anzuschauen. Die Helmzier der Recken war schon vor dem Gottesdienst zur Betrachtung für die edlen Damen aufgebaut worden, damit sie sich ihre Ritter für diesen Tag aussuchen konnten. Denn nach der Messe folgte das große Turnier.

Mathilde erkannte im Vorübergehen einige Helme wieder. Nicht zu übersehen war der Topfhelm von Ritter Ulrich von Liechtenstein, auf dem eine überdimensionale Frauengestalt prangte. Sie hatte jedoch wenig Zeit für Müßiggang, denn es galt, das große abendliche Festmahl vorzubereiten. Für Getränke war gesorgt. Der Falkensteiner hatte allen Klostergütern, an deren Hängen guter Wein wuchs, befohlen, diesen mit Wagen herbeizuschaffen.

Und nicht nur Mathilde genoss die Zeit der überquellenden Vorratskammern und Keller in vollen Zügen. Alle Gäste langten herzhaft zu. Das galt sogar fürs Gesinde, für das einiges vom Tisch der Herren abfiel.

Das große Tafeln nach dem Tjost war auch die Stunde der Spielleute und Possenreißer, der Feuerschlucker und Gaukler. Als Tiegel und Töpfe leer waren, wurde die Forderung nach Sangeskunst laut. Alle wussten, die Klingnauer hatten nicht nur tapfere Streiter, sondern auch formidable Recken des Minnesangs in ihren Reihen. Walther von Klingen ließ sich nicht lange bitten und griff zur Leier.

Nach ihm trat Steinmar in die Mitte. Mathilde ließ die Töpfe und Tiegel sein und eilte zum großen Saal, als sie seine Stimme hörte.

*»Es hat sich schön erschlossen*
*Die liebe Sommerzeit;*
*Gen den süßen Maien*
*Steht auf der Freude Tor.*
*Die grünen Bäume sprossen,*
*Beendet ist der Streit*
*Durch Blüten mancherleien,*
*So schön wie nie zuvor.*
*Maien hat die Heide wohl geschönet*
*Und den Wald mit Sange ganz durchtönet.*
*Doch ich lebe sehnend, bang in Ungemach.*
*Vor der Minne, wie erschrecke ich,*
*Und wie eine Ente tauch ich mich,*
*Wenn sie schnelle Falken jagen in den Bach.*

*Da ich mich der Wohlgetanen*
*Mit Diensten unterwand,*
*Aller Lande Herre*
*Wähnte ich in Freud zu sein.*
*Sie braucht mich nicht zu mahnen,*
*Mich zwingt zu ihr ein Band;*
*Doch ist sie allzu ferne,*
*Die liebe Fraue mein.*
*Herr Gott! Wie gerne ich sie sähe.*
*Oh, dass es doch in kurzer Zeit geschähe.*
*Noch leb ich sehnend bang, in Ungemach.*

*Vor der Minne, wie erschrecke ich,*
*Und wie eine Ente tauch ich mich,*
*Wenn sie schnelle Falken jagen in den Bach.«*

»Er singt noch immer für seine Herrin Sophie von Froburg. Es wird wohl niemals einer anderen gelingen, ihr seine Minne streitig zu machen. Holde Jungfer, hättet Ihr für einen armen Ritter vielleicht das eine oder andere Kräutlein, um die Schrunden zu heilen?«

Mathilde fuhr herum. Sie war so in Steinmars Gesang versunken gewesen, dass sie den Ankömmling überhaupt nicht bemerkt hatte. Sie erkannte ihn sofort, es war der Ritter von Tiefenstein, der sie auf dem Fest in Klingnau so seltsam angestarrt hatte.

»Ritter Lütold, verzeiht, ich hatte Euch nicht gehört. Seid Ihr verletzt? Ich kann nachsehen, was ich an heilenden Kräutern für Eure Glieder in der Küche finde.« Wieso hatte er diese Bemerkung zu Sophie von Fronburg gemacht? Ahnte er von ihrer Verbindung zu Steinmar? Nein, es war wohl nur so dahergesagt gewesen.

»Oh, ich dachte eigentlich nicht an meine Glieder, eher an mein Herz«, neckte sie der Tiefensteiner. »Erinnert Ihr Euch? Wir trafen uns auf Klingnau, damals, als Herr Walther das große Fest für seinen Vetter, den Bischof von Konstanz gab. Seit diesen Tagen geht Ihr mir nicht mehr aus dem Sinn.«

Mathilde wurde verlegen. »Lasst die Schmeicheleien. Macht einer anderen Avancen. Was will ein Ritter wie Ihr schon mit einem einfachen Mädchen wie mir?«

»Avancen? Oh, Ihr versteht Euch sogar auf die höfische Sprache. Von wegen einfaches Mädchen. Was ich von einer Maid wie Euch will? Da fiele mir so einiges ein, zumal wenn sie eine hervorragende Köchin ist und die Tochter eines so weit gereisten und wohlhabenden Händlers wie Mathias von Waldshut.«

»Mein Vater ist verschwunden, sein Reichtum längst zerronnen.«

»Oh, es ist nicht äußerer Reichtum, der mich zu Euch zieht, sondern der des Herzens. Morgen, zum Abschied, wird es erneut einen Tjost geben. Erlaubt Ihr, dass ich mich mit Euren Farben schmücke und als Euer Ritter in den Wettstreit ziehe? Würdet Ihr mir die große Ehre erweisen, mir als Pfand für Eure Huld eines der blauen Bändel zu geben, die Euer Gewand zieren? Oder vielleicht sogar ein Strumpfband?«

Mathilde schaute ihn verblüfft an. Was sie sah, gefiel ihr durchaus.

Braune Augen, ein energisches Kinn, schmale Hüften und stramme Waden. Sie strich sich unwillkürlich die halb aufgelösten Haare zurück. Dann blickte sie an sich herunter. »Ein Strumpfband? Werter Herr, damit kann ich nicht dienen. Ich benötige diese Bänder selbst. Und ich werde ganz sicher nicht den Rock heben, damit Ihr sehen könnt, was ich darunter trage. Habt Ihr keine Augen im Kopf? Ich bin gekleidet wie eine Magd, meine Bändel sind nicht aus Seide, sondern aus Leinen. Auf meiner Schürze sind die Flecken von Fett und den Soßen, die ich zubereitet habe. Und von mir wollt Ihr ein Pfand?«

»Für mich seid Ihr die Schönste der Frauen, die ich hier sehe. Und Ihr könnt es an Ehre mit jeder aufnehmen.«

Mathilde wurde einer Antwort enthoben, denn in diesem Moment drang Geschrei aus dem großen Saal. Es war die Stimme des Habsburgers. »Dieser Fötzel«, brüllte er wutentbrannt. »Wie kann er es wagen!«

Mathilde stürzte zum Eingang, Lütold von Tiefenstein ebenfalls. Da stand er, der hagere Graf, bebend vor Zorn, die dunklen Augen unter den dicken Augenbrauen blitzten angriffslustig. Stunden später, als sie Zeit hatte, über die Geschehnisse nachzudenken, kam Mathilde der Gedanke, dass dieser Zornesausbruch aber auch Berechnung gewesen sein könnte.

»Wie kann es der Neuenburger wagen, unserem verehrten Gastgeber eine solche Schmach anzutun!«, donnerte Rudolf durch den Saal. »Es wird wohl keiner unter den Versammelten sein, der nicht bereit wäre, es dem Bischof von Basel entsprechend heimzuzahlen. Lasst uns gemeinsam gen Basel reiten. Meinethalben kann es gleich morgen losgehen, meine Reiter stehen bereit. Das wird den Übermut des Herrn schon kühlen, der nicht nur schlecht deutsch spricht, sondern offenbar auch nicht weiß, was deutsche Höflichkeit ist!«

Die hohen Herren sprangen auf, gestikulierten wild. Der Habsburger stand mit vorgeschobener Unterlippe dabei und betrachtete den Tumult, den er ausgelöst hatte.

Der Abt hob die Hand. »Ich danke Euch, werte Herren, dass Ihr mir helft, den Schimpf zu sühnen, den mir Heinrich angetan hat. Mir scheint, keiner kann einfach friedlich genießen, was die Welt an Schönem bereithält, denn der neidische Widersacher fährt sofort darein.«

»So lasst uns denn morgen in aller Frühe bei der Brücke zu Seckingen zusammenkommen und gen Basel ziehen, um den Neuenburger das Fürchten zu lehren«, rief Rudolf.

»Das gibt einen schönen Tanz!«, sagte da eine Männerstimme hinter Mathilde. »Ach, welche Überraschung, Ihr hier, Tiefensteiner?«

Lütold wandte sich um. »Herr Steinmar! Welch wunderbarer Gesang.«

»Ich fürchte, vorläufig hat es sich ausgesungen«, erwiderte Steinmar.

»Was ist geschehen?«, erkundigte sich Mathilde.

»Nun, wie es aussieht, hatte unser Gastgeber für sein Fest Wein aus dem Elsass bestellt, er wollte den Gästen das Beste vom Besten vorsetzen. Dazu Rebensaft von den Hängen der Vogesen. Als jedoch der Viererzug mit den dickbauchigen Fässern durch Basel fuhr, haben die Knechte des Bischofs die Pferde ausgespannt und den Wein einbehalten. Der Habsburger tobt, er will es dem Bischof heimzahlen. Wie ich schon sagte, jetzt hat es sich ausgesungen.« Er maß den Lütold von Tiefenstein mit einem forschenden Seitenblick.

»Das denke ich auch. Bitte verzeiht, wenn ich mich jetzt verabschiede.« Mit diesen Worten griff Lütold Mathildes Hand und hauchte einen Kuss darüber. »Gebt Ihr mir sodann ein Bändel mit in den Kampf, Jungfer Mathilde? Denn ich fürchte, bald wird es in Basel eine andere Art von Tjost geben. Es wäre mir eine Ehre, mit den Farben einer holden Jungfer zu kämpfen, wie Ihr es seid.«

»Das wird es wohl«, erwiderte Steinmar und sah grimmig zu, wie Mathilde ein Bändel abnestelte und es errötend dem jungen Ritter reichte.

Dieser verneigte sich vor ihr. »Ich werde Eure Farben in Ehren tragen, holde Maid.« Er befestigte das Bändel an seinem Wams und stapfte ohne ein weiteres Wort davon.

»Schockschwerenot, da hast du dir aber einen Verehrer ausgesucht«, schimpfte Steinmar. »Du arbeitest schnell, *holde Maid.*«

Mathilde kniff die Augen zusammen. War er etwa eifersüchtig? »Was wollt Ihr damit sagen?«

»Der Galan, dessen Herz du mit deinen Reizen erobert hast, gehört nicht gerade zu den besten Freunden des Habsburgers.«

»Nun, dann ist es sicher möglich, ihm wichtige Einzelheiten über die Feinde des Grafen zu entlocken.«

»Hm, ja. Aber es gefällt mir nicht. Nimm dich in Acht.«

Es gefiel Mathilde, dass er sich sorgte. Sie strahlte ihn an. »Der von Tiefenstein ist zumindest ein Ritter, der zu mir steht, auch wenn ich nur eine einfache Köchin bin«, säuselte sie. »Zudem besteht keine unmittelbare Gefahr. Wenn ich es recht verstehe, sind fürs Nächste alle Mannsbilder damit beschäftigt, sich gegenseitig umzubringen. Zieht Ihr auch mit nach Basel?«

»Was dachtest du denn? Sag, machst du dir wenigstens ein klein wenig Sorgen um mein Wohlergehen?«

»Natürlich, insgeheim. So, wie es sich für ein geheim gehaltenes Eheweib geziemt.«

»Deine Zunge ist spitzer als Rosendornen.«

»Aber ich dufte wie eine Rose?«

»Nein, derzeit rieche ich eher Küchendunst.«

Nach seiner Rückkehr hatte Ritter Steinmar einige leichtere Blessuren und eine ziemliche Schramme an der Schulter. Er erzählte Mathilde, was geschehen war, während sie seine Schrunden mit einem Aufguss aus Thymianblättern auswusch. Die große Wunde behandelte sie mit einer Paste aus Beinwellblättern und Schafgarbe. Darüber band sie einige kurz überbrühte Kohlblätter, um den Schmerz zu lindern und die Wunde zu verschließen. Diesen Mann zu versorgen war ein schwieriges Unterfangen, denn Steinmar gestikulierte ständig, während er bei ihr in der Küche saß und berichtete.

Rund dreihundert Ritter und ihre Gefolgsleute hatten sich am Morgen nach dem wegen des Weinmangels nicht ganz so feuchten Gelages an der Seckinger Rheinbrücke versammelt. Doch auf der anderen Rheinseite wartete schon der Neuenburger mit seinen Verbündeten, deren Vasallen und zahlreichen Reisigen auf sie. »Zunächst einmal haben sich die hohen Herren über den Fluss hinweg angebrüllt. ›Herr von St. Gallen!‹, schrie der Neuenburger, ›wie verdient Unsere liebe Frau den Unfug, den Ihr und St. Gallus ihr antut?‹ Und der Abt antwortete: ›Herr von Basel, womit hat St. Gallus es verdient, dass Ihr ihm seinen Wein wegnehmt?‹«

Mathilde musste bei dieser eindringlichen Schilderung lachen.

»Doch es blieb glücklicherweise bei diesem Wortgefecht. Heinrichs Bannerträger, Eberhard von Lupfen, ist ein Mann mit kühlem Kopf«, fuhr Steinmar fort. »Er scheint dem Bischof von Basel geraten zu haben, den Kampf zu vermeiden. Ich sah sie konferieren. Jedenfalls wurden die Deutschherren von Beuggen, als sie in ihren weißen Mänteln mit den schwarzen Kreuzen und ihrem Komptur Ulrich-Walther von Klingen über die Brücke ins andere Lager ritten, um im Streit zu vermitteln, gar freundlich empfangen. Und so wurde beschlossen, sich friedlich zur Kommende der Deutschordensritter nach Beuggen zu begeben, um sich dort zu vergleichen. Nicht zum ersten Mal, wie du sicher weißt. Beuggen als Ort für Friedensverhandlungen scheint allen Parteien sehr genehm zu sein. Der Konventssaal bietet übrigens einen wunderbaren Ausblick über den Rhein. Vielleicht hat das einen besänftigenden Einfluss auf die erhitzten Gemüter. Warst du schon mal dort, kleine Wachtel?« Er machte eine ausholende Bewegung und zuckte zusammen. »Autsch!«

»Haltet endlich still! Woher habt Ihr überhaupt diese Wunden, wenn es gar nicht zum Kampf kam?«

»Ist ja gut. Musst du immer so ungeduldig sein? In Beuggen entbrannte erneut ein heftiges Wortgefecht. Doch auch dort ging es glimpflich ab, schließlich fand sich eine Einigung. Der strittige Wein und dazu noch eine weitere Fuhre aus Basel wurden gemeinsam getrunken. Der Habsburger blieb jedoch nicht lange. Die Sache gefiel ihm wohl nicht. Der Graf mag keine Gelage.«

»Aber Ihr, mein edler Gatte. Offenbar habt Ihr so eifrig Weinhumpen gestemmt, dass Ihr dabei üble Verletzungen davongetragen habt.«

Steinmars Gesicht wurde verschlossen. »Ich hatte einen kleinen Händel.«

»So? Und mit wem?«

»Das ist Männersache und geht dich nichts an. In Beuggen gab es zum Wein auch einen wunderbaren Lammbraten. Kannst du so einen auch zubereiten?«

»Mein Lammbraten ist der beste weit und breit. Ich glaube aber nicht, dass ich ihn für so händelsüchtige Männer wie Euch zubereite«, erwiderte Mathilde schnippisch.

»Auch nicht einen kleinen Lammbraten? Wenn wir wieder in Brugg sind?«

»Das geht nicht.«

»Wieso, willst du deinen schwer verletzten Gatten auch noch darben lassen, dahinsiechen und verhungern?«

»Vielleicht. Verdient hättet Ihr es.«

»Und um so ein Weib schlage ich mich!«

»Um mich? Mit wem?«

»Um wen denn sonst? Du fragst, mit wem? Kannst du dir das nicht denken? Ich musste dafür sorgen, dass sich die Gefühle eines gewissen jungen Heißsporns etwas abkühlen. Ein kleiner Tjost, in allen Ehren natürlich.«

Sie war versöhnt und geschmeichelt, dass er sich sogar um sie geschlagen hatte. Auch wenn er das als einen der üblichen Tjosts abtat, die die Herren Ritter alle naslang ausfochten. Aber Steinmar kämpfte nicht gerne, das hatte er ihr selbst erzählt. Also musste sie ihm doch etwas bedeuten. Oder nicht? »Der Tiefensteiner? Gut, dann will ich Euch nicht darben lassen. Doch ich denke, ich sollte Euch den Braten im Waldshuter Hof kredenzen, und nicht in Brugg.«

»Wieso das?«

»Ich habe nachgedacht. Vielleicht fällt es dem Bischof von Basel leichter, mich anzuwerben, wenn ich nicht direkt am Hof des Habsburgers lebe, sondern wieder in meinem eigenen Haus. Außerdem, sagtet Ihr nicht, der Graf sei sehr sparsam? Das würde die Summe vermindern, die er mir vertraglich zu zahlen hat, weil ich ja dann selbst wieder höhere Einnahmen hätte.«

Steinmar wiegte seinen Schädel hin und her. »Vielleicht hast du recht, kleine Wachtel. Darüber hinaus denke ich, dass ich mich erholen sollte. Und zwar in meiner Kammer über einer Schankwirtschaft von gutem Ruf. Kennst du sie? Au! Du warst auch schon sanfter.«

»Wir sind nur Verbündete, mehr nicht. Und ich habe keine Neigung zu unnützen Tändeleien. Spart Euch die für andere Techtelmechtel auf.«

Er schaute sie seltsam an, erwiderte aber nichts.

Die Anwerbungsversuche des Bischofs von Basel ließen auf sich warten. Dafür fanden sich andere vornehme Gäste ein. Sobald bekannt wurde, dass Mathilde wieder kochte, war die Wirtsstube jeden Tag gut besucht. Graf Rudolf tauchte mit seiner Entourage regelmäßig bei ihr auf, in seinem Gefolge der Knoderer, der von Tettingen, Walther und Ulrich-Walther von Klingen und mit ihnen auch andere Brüder der Loge, die sie bereits kennengelernt hatte. Dazu weitere Adelige, Junker und Knappen. Sogar Konrad, Steinmars Bruder, war einmal dabei. Er machte keinerlei Bemerkung, dass er von der Verehelichung seines Bruders mit Mathilde wusste. Und so sagte auch sie nichts.

Rudolf langte für seine Verhältnisse jedes Mal kräftig zu und bedauerte es mehrfach und lauthals, dass seine Leib- und Magenköchin es vorziehe, wieder in ihrem Gasthaus in Waldshut zu wirken, statt ihm all ihre Köstlichkeiten aufzutischen. Mathilde begriff natürlich, welchen Sinn diese Bekundungen hatten. Der Bischof von Basel sollte von einem seiner Kundschafter erfahren, dass Rudolfs Lieblingsköchin »zu haben« war.

Einer schien das schnell verstanden zu haben, aber anders, als es Rudolf meinte: Der junge Lütold von Tiefenstein ließ sich trotz des Händels mit Steinmar nicht davon abhalten, Mathilde den Hof zu machen. Steinmars Miene wurde finster, wenn der Tiefensteiner wieder einmal zur Tür hereinkam.

Mathilde hingegen genoss die Avancen und ergriff die Gelegenheit beim Schopf, den ihr heimlich Angetrauten eifersüchtig zu machen. Dennoch erklärte sie ihrem temperamentvollen Verehrer unmissverständlich, dass er sich keine Hoffnungen zu machen brauchte. Sie sei nur eine einfache Bürgerstochter, frei geboren zwar, aber weder die Person für ein Techtelmechtel noch eine Partie für einen Herrn von Tiefenstein. Lütold warf sich daraufhin gewöhnlich vor ihr auf die Knie und erklärte, im Zweifel werde er gegen alle Hindernisse anrennen, bis sie ihm ihre Hand zum Ehebund gewährte. Außerdem adele auch eine gute Mitgift. Mathilde wusste, er glaubte ihr nicht, dass sie nichts mit in die Ehe bringen konnte.

Zu Recht. Denn die Geldkatze im Versteck wurde immer praller. Einmal vom Lohn, den die Loge für ihre Dienste zahlte, und dann von den Einnahmen aus dem Gasthof. Mathilde konnte sich sogar ein feines Sonntagsgewand und ordentliche Schuhe anfertigen lassen. Martin, Junge und Gertrud bekamen ebenfalls neue Kleider. Selbst der räudige Hund sah nicht mehr ganz so räudig aus, und die Katze freute sich täglich über einen Topf frischer Milch. Es war ein gutes Leben, zumal Baldur und ihr Onkel Arnold sie in Ruhe ließen. Wenn da nicht die Sorge um Vater und Bruder gewesen wäre.

Sie war gerade damit beschäftigt, den Stand des Gärprozesses beim frischen Hollerwein zu kontrollieren, als Martin aufgeregt zur Tür hereinstürmte. »Wir bekommen hohen Besuch.«

Mathilde konnte das schon längst nicht mehr aus der Ruhe bringen. »So, wer beehrt uns denn, dass du so aufgeregt bist?«

»Im Gastraum steht ein Bote mit dem Wappen des Neuenburgers auf der Brust und fordert, die Schenke für alle anderen Gäste zu schließen. Er sagt, der Bischof wolle mit seinem Tross hier einkehren.«

Nun wurde ihr doch unwohl. Immer wieder war es durch die Fehde zwischen dem Bischof von Basel und Rudolf von Habsburg zu Überfällen in der Umgebung gekommen. Ein hässlicher Kleinkrieg überzog das Land. Jeder der Streiter versuchte, den Gegner zu schädigen, indem er dessen Untertanen heimsuchte. Wenn man einem armen Bauern den Hof niederbrannte, die Ernte vernichtete und das Vieh wegnahm, dann waren bei ihm keine Steuern und Abgaben für den Landesherrn mehr zu holen. Der Bauer konnte froh sein, wenn er mit seiner Familie am Leben blieb. Der Neuenburger war dafür bekannt, dass er bei der Wahl seiner Mittel keineswegs zimperlich vorging. Heinrich kannte die verletzlichen Stellen seines Feindes. Er hatte sogar das Kloster Ottmarsheim im Elsass niederbrennen lassen, das dem Habsburger besonders am Herzen lag. Ottmarsheim war von Rudolf von Altenburg, einem Ahnen des Grafen, gegründet worden. Der Zorn Rudolfs war entsprechend groß gewesen. Zur Befriedigung des Bischofs, der immer wieder damit prahlte, obwohl der Überfall schon lange zurücklag.

Auch Waldshut lag Rudolf am Herzen.

Sie stürmte in die Gaststube. Der Dienstmann des Bischofs war gerade dabei, den Raum zu inspizieren, als sie eintrat.

»Schickt den Wirt, Dirne, ich habe mit ihm zu sprechen«, fuhr er sie an. Aufgeplustert wie ein Pfau, fand sie.

Mathilde blies sich eine Haarsträhne aus dem Gesicht. »Ich bin der Wirt, das ist mein Gasthaus«, beschied sie ihn knapp.

Die Verblüffung war ihm anzusehen. Er deutete auf das Neuenburger Wappen auf seiner Brust, ein breiter vertikaler Balken mit schmaleren weißen und roten, die wie Pfeilspitzen nach oben wiesen. Das Ganze auf gelbem Grund. Sehr passend, fand Mathilde, sowohl die Pfeile als auch das Gelb. Die Farbe stand nicht nur für Gold, sondern ebenso gut für Gier.

»Nun, sauber isses. Musst das Gasthaus schließen, Befehl des edlen Herrn Heinrich von Neuenburg, hochwohllöblicher Bischof von Basel. Er wünscht, hier mit einigen Jagdgästen zu speisen, ohne Störungen befürchten zu müssen.«

Mathilde spürte, wie Verärgerung in ihr aufstieg. »In diesem Haus erteilt niemand Befehle außer mir selbst«, erklärte sie. »Wenn der Bischof Hunger und Durst hat, ist er willkommen, ebenso sein Gefolge. Doch ich werde meine anderen Gäste ganz sicher nicht draußen stehen lassen.«

Dem Boten wurde langsam klar, dass er hier keine gefügige Bauerndirne vor sich hatte. Er wand sich – und aus dem aufgeblasenen Mann wurde plötzlich ein ängstlicher Diener. »Wenn Ihr nicht tut, was der Bischof verlangt, wird er mich bestrafen«, sagte er unglücklich.

»Das wird er nicht, ich erkläre ihm schon alles, wenn er kommt«, tröstete ihn Mathilde. »Hier haben sich schon die Übellaunigsten eingefunden. Wenn sie sich dann bei mir die Wampe vollgeschlagen hatten, waren sie ganz vergnügt. Das wird auch beim Bischof nicht anders sein.«

Die Tür zur Gaststätte wurde so heftig aufgestoßen, dass sie gegen die Wand knallte. Wieder einmal rauschte Lütold von Tiefenstein herein. Mathilde seufzte innerlich. Das war seine Art, Räume zu betreten.

»Ohne Euch, hehre Dame, sind meine Tage dunkel wie ein Höllenschlund. Und ohne die Köstlichkeiten, die Ihr serviert, ist mein Leben inhaltsleer«, schmetterte er durch den Raum, die Hand am Herzen.

Mathilde lachte. Aber sie musste ihren Freier unbedingt davon abhalten, mit seinem wortreichen Liebeswerben fortzufahren. »Ich denke, inhaltsleer ist eher Euer Bauch, Ritter von Tiefenstein. Ihr könnt Euch ja schon mal setzen. Ich fürchte jedoch, dass die Wirtsstube ordentlich voll werden könnte. Dieser Mann hier hat eben den Besuch des Bischofs von Basel samt Gefolge angekündigt.« Sie wandte sich wieder an den Dienstboten. »Übrigens, werter Herr, bevor Eurer Bischof eintrifft: Vielleicht geht Ihr einfach mal in die Küche und lasst Euch etwas zu trinken geben. Dann seid Ihr aus dem Weg, und ich bekomme seinen Ärger ab.«

Der Mann trabte dankbar in Richtung Hof.

»Der Bischof von Basel samt Entourage?«, fragte Lütold gedehnt.

Mathilde nickte. »Was meint Ihr, plant er einen Überfall auf Waldshut?«

Lütold schüttelte den Kopf. »Nein, ich denke nicht. Wahrscheinlich will er sich nur selbst überzeugen, ob der Ruf, den Ihr Euch als wunderbare Köchin erworben habt, auch gerechtfertigt ist. Der Bischof ist den Genüssen des Lebens sehr zugeneigt, müsst Ihr wissen.«

Mathilde schmunzelte. Sie war erleichtert. »Das habe ich gehört, der Neuenburger ist auch mit seinen Säften nicht geizig, wie es scheint, es soll schon einige kleine Bischöfe in der Region geben. Ihr meint also nicht, dass wir mit Gewalt rechnen müssen?«

»Nein, das denke ich nicht. Außerdem bin ich ja hier, um Euch zu verteidigen. Und dieser Martin, der Euch als Knecht dient, sieht mir so aus, als könne er im Zweifel auch eine Harke sehr schwungvoll führen. Aber vielleicht ist es sicherer, ich alarmiere die Stadtwehr. Haltet den Neuenburger hin.«

Mathilde strahlte ihn an. »Ich danke Euch. Was täte ich nur ohne Euch, Ritter Lütold. Übrigens, Martin ist kein Knecht. Er ist ein Freund.«

Lütold lächelte etwas verkrampft zurück. »Leider kann ich nicht singen wie dieser Steinmar, der immer um Euch herumscharwenzelt. Aber die Meinen schützen, das kann ich sehr wohl.« Die letzten Worte klangen ernst, keineswegs einfach so dahingesagt.

Er war kaum zur Hintertür draußen, als die Vordertür auch schon aufgerissen wurde. Eine Horde lachender Männer stürmte in den Schankraum, vorneweg der von Lupfen, gleich hinter ihm Bischof Heinrich. Sie wirkten nicht, als planten sie einen Überfall. Vermutlich hatten sie in Rudolfs liebsten Jagdgründen um die Burg Hauenstein ihr Unwesen getrieben. Der Graf von Habsburg und die anderen Adeligen werden in der nächsten Zeit wohl nicht viel jagdbares Wild in der Gegend finden, dachte Mathilde – und damit bleiben auch meine Vorratskammern leer.

»Ihr müsst diese wunderbare Köchin sein«, dröhnte der Bischof. »Deckt die Tische, fahrt an Wein auf, was Ihr habt. Könnt Ihr als Bezahlung einige Hasen brauchen? Wir haben nicht für alle Verwendung, die wir erlegt haben. Ihr könntet ihnen den Rock abziehen und sie für uns zubereiten.«

Mathilde machte einen Knicks. »Willkommen in meinem Haus, Eminenz. Ich werde sofort anordnen, dass Ihr das Beste bekommt, was Küche und Keller hergeben. Mit den Hasen wird es allerdings nichts, zumindest nicht mit diesen. Wild muss eine Weile abhängen, bevor es in den Topf kommt, sonst ist es zäh. Gertrud in der Küche wird Eure Beute dennoch gern entgegennehmen. Ich habe noch Hasen- und Lammpastete vorrätig. Ich wollte sie gerade ausliefern, doch der Empfänger muss sich nun noch etwas gedulden. Außerdem könnte ich eine stärkende Suppe anbieten und – das wäre meine besondere Empfehlung – eingelegtes Kalbfleisch. Dazu Fladenbrot sowie eine Beilage aus Getreideschnitten mit frischen Wiesenkräutern. Und wie wäre es mit frischen süßen Hollerpfannkuchen? Begleitet von selbst gebrautem Wein aus Beeren oder einem besonders guten Elsässer Weißen. Ich habe außerdem noch einen fruchtigen Roten aus dem Welschland anzubieten.«

Heinrich von Neuenburg rieb sich die Hände: »Bringt her, bringt her …« Er setzte sich und mit ihm alle anderen. Es blieb nur noch ein freier Tisch übrig, ganz in der Ecke. An diesem nahm nach einer Weile Lütold von Tiefenstein Platz. Auf Mathildes fragenden Blick hin nickte er. Er hatte also die Soldaten der Stadt alarmiert. Sie standen bereit, falls die Herren plötzlich ihre Waffen zücken sollten.

Doch die lachten, tranken und langten herzhaft zu. Scherze machten die Runde. Sie handelten von der Jagd, von der Menge und Größe des erlegten Wildes und von Menschen, die Mathilde nicht kannte. Von der ständig schwelenden Fehde zwischen den Psittichern und den Sternern war die Rede, denn die Psitticher hielten nach wie vor zum Bischof und die Sterner zu seinen Widersachern, unter denen Rudolf von Habsburg noch eine Sonderstellung hatte. Begeistert schilderten sie ihre Siege bei blutigen Straßenschlachten in Basel zwischen den zugezogenen Landadligen und den Stadtadligen, die sich offenbar wie die Platzhirsche benahmen. Alle schienen dies für einen wunderbaren Spaß zu halten. Denn ein guter Ritter mied keinen Kampf. Dazwischen pries der Basler Bischof ein ums andere Mal voller Überschwang Mathildes Essen.

Drei Stunden später brachen die Zecher gut gelaunt auf. Der von Lupfen blieb noch zurück und übergab Mathilde ein Pergament. »Wie man hört, könnt Ihr sogar lesen. Das soll ich Euch vom Bischof geben.«

Als endlich alle vom Hof geritten waren, öffnete Mathilde das Siegel. Da war sie, die lang erwartete Aufforderung des Bischofs, doch künftig als seine Köchin in Basel zu wirken. Die Bedingungen waren großzügig.

Später hörte Mathilde, dass der Neuenburger und seine Männer auf dem Heimweg gewissermaßen im Vorbeireiten noch das eine oder andere Gehöft abgebrannt hatten. Und so war sie nicht besonders geneigt, dem Anwerbungsversuch nachzukommen. Sie griff zur Feder und sagte ab. Junge musste die Botschaft überbringen.

Sie erzählte es Steinmar am nächsten Abend, als wieder einmal die bekannte Runde um Rudolf von Habsburg im Waldshuter Hof tafelte. Der Minnesänger tobte, als er von der Absage erfuhr. »Wie konntest du nur! Bist du völlig von Sinnen? Das war die Gelegenheit, unsere Pläne in die Tat umzusetzen!«

»Ich gehe nicht zu einem Mann, der die Ländereien meines Herrn Rudolf von Habsburg verwüstet. Was sollen denn die Leute denken! Dass ich eine Verräterin bin?«

Er schaute sie nachdenklich an. »Nun, vielleicht hast du sogar recht. Außerdem kenne ich den Neuenburger. Die Abfuhr wird ihn nur noch neugieriger auf dich machen. Trotzdem, die Loge wird sehr ärgerlich mit dir sein. Mach so etwas nicht noch einmal. Die Herren mögen es nicht, wenn man ihre Pläne durchkreuzt. Ich hoffe, du bekommst das nicht zu spüren, kleine Wachtel.«

Tags darauf machten schreckliche Nachrichten die Runde. Es hatte erneut einen Giftanschlag auf Rudolf von Habsburg gegeben. Er lag schwer krank danieder. Und hatte er nicht erst am Abend zuvor fröhlich im Waldshuter Hof getafelt? Mathilde spürte das Misstrauen, wann immer sie auf die Straße ging. Niemand sprach mehr mit ihr, selbst Stammgäste wichen ihrem Blick aus. Die Bestellungen blieben aus. Ebenso die Gäste.

Nur Lütold von Tiefenstein kam, er ließ sich auch vom bösartigsten Klatsch nicht davon abhalten. »Ich weiß, dass Ihr keine Giftmischerin seid. So etwas könnte meine künftige Gattin niemals tun. Heiratet Ihr mich jetzt?«

Zunächst ignorierte Mathilde die Zeichen, verdrängte die Angst. Doch dann, eines Nachts, verwüsteten Unbekannte den Gastraum. Mathilde hörte die Axthiebe in ihrer Kammer und stürmte nach unten. Sie konnte die Horde draußen lärmen hören, Schreie, Beschimpfungen, Flüche. Immer weiter krachten die Hiebe gegen die Tür. Fensterläden knirschten, eine Messerschneide bohrte sich durch das Holz, drehte sich. Bretter splitterten. Mathilde wich zurück, sie zitterte. Der Hund begann zu heulen, die Katze strich um ihre Beine, machte einen Buckel und fauchte. Sie fasste sich ein Herz und ging über den Hof hinüber in die Haushälfte, in der sich die Schankstube befand, und schlich sich leise durch die Hintertür hinein.

Jetzt konnte Mathilde einzelne Stimmen ausmachen.

»Steinigt die Hexe«, brüllte ein Mann.

»Die Giftmischerin gehört auf den Scheiterhaufen«, geiferte eine Frau. War das nicht ihre Tante?

»Die werden hier niemandem auch nur ein Haar krümmen«, presste Martin zwischen den Zähnen hindurch. »Heiliger Georg, so wahr ich hier stehe.«

Mathilde schaute sich um. Sie hatte nicht bemerkt, dass auch Junge, Gertrud und Martin nach ihr in die Schankstube gekommen waren. Der schwang mit finsterem Gesicht einen Dreschflegel. Junge richtete seinen verwachsenen Rücken so gerade wie möglich und hielt mit verkniffener Miene einen Dolch vor sich, Gertrud hatte sich ein Rollholz geschnappt. Mathilde griff sich einige Becher und stapelte sie vor sich auf. Sie gedachte, sie als Wurfgeschosse zu verwenden.

Ein letztes Splittern, die Tür ächzte wie ein sterbendes Tier. Dann zwängte sich der erste Angreifer durch das Loch. Die Bresche war zu klein für mehr als einen Mann. Das machte sich Martin zunutze. Einer nach dem anderen heulte auf und sank, von Martins Dreschflegel bewusstlos geschlagen, zu Boden.

Nach dem sechsten wurde es still. Sie hörten tuschelnde Stimmen. Gertrud machte sich daran, den Bewusstlosen die Hände zu fesseln. Da krachte es plötzlich von allen Seiten, die Angreifer kamen jetzt durch die Fensteröffnungen. Einer drosch Martin von hinten einen Schemel auf den Schädel. Er sank zu Boden.

Junge stieß einen Strom der unflätigsten Verwünschungen aus, rief alle Höllenfeuer und Dämonen auf die Häupter der Feinde nieder. Ein bärenhafter Mann schlug ihn hinter Mathildes Rücken zu Boden. Die war gerade damit beschäftigt, weiteren Eindringlingen ihre kostbaren Trinkbecher an den Schädel zu schleudern.

»Dich will ich nicht.« Mathilde fuhr herum, als sie die Stimme hörte. Der Salmwirt. Jetzt wusste sie, woher der Wind wehte.

Martin hatte sich wieder hochgerappelt, drehte sich, noch halb benommen, um die eigene Achse wie ein Kreisel und versuchte so, sich gleich mehrere Angreifer vom Leib zu halten und zu Mathilde zu kommen. Doch er schaffte es nicht. Inzwischen hatten einige der Schreihälse nämlich damit begonnen, sich auch gegenseitig die Schädel einzuschlagen. Martin kam durch das Knäuel um sich schlagender und brüllender Menschen einfach nicht hindurch. In der Schankstube herrschte ein heilloses Durcheinander. Gertrud lag wimmernd auf dem Boden, aus einer Platzwunde am Kopf lief ihr Blut übers Gesicht. Junge war noch immer bewusstlos.

Zwei Männer griffen sich Mathilde.

»Jetzt haben wir die Giftmischerin«, keifte eine Frauenstimme. »Hängt sie auf, hängt sie auf! Weg mit ihr an die Dorflinde!«

»Wer hat den Kälberstrick?«

Mathilde zerrte und wehrte sich, trat gegen unzählige Schienbeine. Martin verdoppelte seine Anstrengungen. Vergeblich. Er warf ihr einen verzweifelten Blick zu, doch die Streithähne versperrten ihm den Weg. Sie zerrten Mathilde zur Tür.

»Halt! Lasst diese Frau los!« Einige Angreifer erstarrten. Männer mit dem Wappen des Habsburgers auf der Brust stürmten zur Tür herein und bildeten zwei Reihen. Die hintere pflanzte ihre Hellebarden auf, die vordere begann, mit den ihren auf die sich noch immer prügelnden Menschen einzustechen. Quieken und Schmerzensschreie ertönten, dann nahm der Kampfeslärm langsam ab.

Die Leute standen auf, klopften sich die Kleidung ab, als wäre nichts weiter geschehen, und gaben den Blick auf die noch immer um sich tretende Mathilde und ihre beiden Angreifer frei. Die Männer versuchten verzweifelt, mit der einen Hand ihre besten Teile vor dieser Furie zu schützen, während sie sie mit der anderen festhielten. Sie hatten keinen Blick für die veränderte Lage. Nach und nach verstummten auch die letzten Stimmen. Am Ende war nur noch die von Mathilde zu hören.

»Ihr widerwärtigen Arschgesichter, ihr elenden Würmer, ihr verdammten Hurensöhne, ihr bekommt mich nicht!« Ein weiterer Schmerzensschrei. »Geschieht dir recht, du dämlicher Hundsfott, du Sohn eines Schwachsinnigen und einer Hure. Lass mich sofort los!« Auch der nächste Tritt traf sein Ziel, ein neuer Schrei ertönte. »Du dreckiger Bauerntölpel, du stinkendes Schwein ...«

»Ich sehe schon, kleine Wachtel, damenhaftes Benehmen muss ich dir noch beibringen.«

Mathilde hielt inne und fühlte, wie die Hände von ihr abließen. Erhitzt und außer Atem blies sie sich eine Haarsträhne aus dem geröteten Gesicht. Steinmar! Steinmar war gekommen, um sie zu retten. Ihre Augen hingen groß und glänzend an ihrem Retter. Neben ihm stand der Ritter Lütold, doch sie nahm ihn erst wahr, als er vor ihr auf die Knie sank.

»Heiratet Ihr mich jetzt?«, beschwor er sie. »Ich kann Euch vor diesem Pöbel beschützen, Euch von hier fortbringen. Ich flehe Euch an.«

»Vielleicht solltest du diesen Vorschlag in Erwägung ziehen«, erklärte Steinmar seelenruhig.

Mathilde starrte ihn fassungslos an. Wollte er wirklich, das Lütold sie mit sich nahm? In ihr keimte der Verdacht, dass die Marianer hinter all dem stecken könnten. Hatte der Graf von Habsburg den erneuten Giftanschlag vielleicht nur vorgetäuscht, um die Waldshuter gegen sie aufzuwiegeln und sie damit nach Basel zu zwingen? Ihr Gesicht wurde hart. »Ja, vielleicht sollte ich das.«

# IX

Mathilde beobachtete vom Basler Münsterhügel aus die zahlreichen Menschen, die sich wie ein Strom durch eine Schlucht über die Rheinbrücke zwängten. Was war da denn los, wo kamen plötzlich alle diese Leute her? Die Sonne blendete, und sie hob die Hand vor die Augen, doch sie konnte noch immer nichts Genaues erkennen. Sie bekam ein schlechtes Gewissen. Eigentlich hatte sie hier oben nicht müßig herumzustehen, sondern ihre Arbeit im Küchenbereich des Baptisteriums zu verrichten, der Residenz des Bischofs. Als neue Lieblingsköchin des Neuenburgers, die es sogar fertigbrachte, dass der Bischof sich nicht scheute, hin und wieder in der Küche aufzutauchen, um ihr in die Töpfe zu gucken, galten für sie dennoch dieselben Regeln wie für alle anderen. Manchmal kam der Bischof in Begleitung seiner derzeitigen Hübschlerin, Hildegard, einem rotwangigen, blauäugigen und drallen Bauernmädchen. Unter anderen Umständen hätten Mathilde und sie sich wahrscheinlich gut verstanden. Doch nun warf Heinrichs Kebse ihr giftige Blicke zu, wann immer sie sich begegneten. Mathilde wusste, das unpassende Verhalten des Bischofs sorgte bereits für Gerede. Viele hielten sie für Heinrichs neue Geliebte. Nun, mit solchen Gerüchten hatte sie zu leben gelernt.

Niemand wusste, wie viele Bastarde der Kirchenmann schon gezeugt hatte. Mit ihr würde es jedenfalls keinen weiteren kleinen Heinrich geben. Dabei schien der Bischof nicht abgeneigt. Er war aber bisher nicht zudringlich geworden. Wozu auch? Er hatte genügend Auswahl unter willfährigen Mädchen, egal, welchen Stands, die bei seinem Anblick Kuhaugen machten. Außerdem begegnete Mathilde seinen Schmeicheleien mit vorsichtiger Zurückhaltung. Dahinter vermutete sie ohnehin eher den Versuch, sie einzulullen, um sie besser aushorchen zu können, denn brennende Sehnsucht. Das hatte sie der Loge auch bereits mitgeteilt.

Sie wandte ihre Aufmerksamkeit wieder der Brücke zu. Seltsam, es gab doch kein Fest. Hatte sie etwas verpasst? Immer mehr Volk strömte aus Niederbasel herüber. Inzwischen konnte sie sogar schon die ersten Krämer ausmachen, die sich auf der Brücke postiert hatten und den Vorübergehenden lauthals ihre Waren anpriesen. Das Rufen war bis auf den Münsterberg zu hören: »Reliquien, Knochen von Heiligen!« Mathilde hielt nichts von diesen Waren. Wahrscheinlich waren inzwischen schon ganze Wälder abgeholzt worden, so viele Splitter vom Kreuz Jesu wurden allerorten angeboten.

Und klangen von dort nicht Schalmeien und die Schläge von Trommeln herüber? Also waren auch schon Spielleute und Gaukler dabei. Sie hörte das Kreischen von Kindern, konnte sie aber nicht sehen. Wahrscheinlich badeten sie im Rhein oder sprangen wieder einmal verbotenerweise von der Brücke in den Fluss. Am liebsten wäre Mathilde ebenfalls dorthin gelaufen, hätte sich irgendwo im Schatten eines Baumes an den Strom gesetzt und dem Fließen des Wassers nachgelauscht. Es hatte viel geregnet in den letzten Tagen, die Strömung war stark. Hoffentlich geschah den Kindern nichts. Es war schon mehr als eines ertrunken. Aber sie ließen sich nicht davon abhalten, sich in die Strudel zu stürzen. Das galt als eine Art Mutprobe.

Die Händler und Handwerker, die Bauern und Gaukler, die dort unten eifrig ihren Geschäften nachgingen, waren Leute von ihrem Schlag. Sie wäre jetzt lieber bei ihnen gewesen. Mathilde fühlte sich unwohl im Dunstkreis der Menschen, die hier oben zugange waren, mochte die Aussicht auch noch so schön sein. Auf diesem Hügel, von dem aus das Münster mit seinen fünf Türmen von der Macht und dem Reichtum des stolzen Basel kündete, hielt Heinrich von Neuenburg Hof, hier befand sich auch die königliche Pfalz, hier residierten die Kleriker und protzten die Stadtadeligen.

Mathilde hatte inzwischen einige Vertreter der alten Basler Familien kennengelernt. Die liebten ihre Pasteten ebenfalls, hofften aber auch auf Klatschgeschichten vom Hof. Manchmal gestattete es der Bischof, dass sie für sie buk, brutzelte und kochte. Für die Münch, die Schaler, die zu Rhein, die Marschalk. Besonders viele Bestellungen kamen von den Herren von Eptingen, einem jener Geschlechter von zugezogenen Landadeligen, die vom alteingesessenen Basler Adel scheel angesehen wurden. Doch das hinderte die von Eptingen nicht daran, im Gefolge der Bischöfe immer höher zu steigen. Mathilde fragte sich, wie sie das anstellten. Vielleicht halfen da Handsalbe und ein gehöriges Maß an Schleimerei. Ein Götzmann von Eptingen war sogar Vogt geworden.

Mathilde schaute über das Land am Strom. Hinter der Stadtmauer erstreckte sich der noch immer gewaltige Forst, der Elsässer Hard, den Hirsche, Wildschweine, Bären, Dachse und Wölfe bevölkerten. Inzwischen hatte Basel drei Mauerringe. Die innere Stadtmauer war die jüngste. Basel hatte sich rundum eingemauert. Das ist wohl auch gut so, dachte Mathilde grimmig. Der Bischof hatte einige Feinde, die ihm gar zu gerne eins auswischen würden. Nicht zuletzt den Habsburger. Und sie steckte zwischen den Fronten fest.

Die kleinen Leute, die Handwerker, lebten im unteren Birsigtal im Bereich Schiffslände, Fischmarkt, Petersberg, einige nach wie vor in Holzhäusern. Doch immer mehr von ihnen konnten sich Steinhäuser leisten, besonders die Krämer und Händler, die meist an der Freien Straße residierten, an der der Bischof keine Zölle erheben durfte. Hie und da erhob sich sogar ein Turm inmitten der dicht an dicht gedrängten Gebäude. Die Steinhäuser verminderten die Gefahr von Bränden erheblich. Zudem gab es längst eigene Viertel für die besonders feuergefährdeten Gewerbe, zum Beispiel die Töpfer, Bäcker, Schmiede, Wagner. Sie waren in die neuen Vorstädte verbannt worden, die immer weiter wucherten. Das bedeutete für die Bediensteten der Höhergestellten weite Wege und zahllose Stunden Schlepperei.

Hinter Mathilde erhob sich plötzlich ein fürchterliches Geschrei, unflätige Beschimpfungen wurden ausgetauscht. Sie drehte sich um. Oh nein, nicht schon wieder Raufbolde, die sich die Köpfe einschlugen! Ah, natürlich, die Sterner und die Psitticher. Sie konnte die Zeichen trotz der Entfernung gut erkennen. Da war einmal der rote Stern der Fraktion, die zu den erklärten Widersachern des Bischofs von Basel gehörte. Und dann die Liga des grünen Papageis, die Psitticher, die zu Heinrich von Neuenburg hielten.

Am besten gab sie Fersengeld, sonst geriet sie noch mitten hinein. Die Herren scherten sich im Rausch des Kampfes um nichts und niemanden. Sie schienen es förmlich zu genießen, wenn Blut floss. Die größten Heißsporne beider Seiten hatten keine Skrupel, sich mit gezückter Klinge inmitten von Menschen, ja, sogar Kindern, in Basels Straßen öffentlich zu traktieren, egal, wie viele Unbeteiligte sie damit auch gefährdeten. Erst gestern hatte eine Horde Sterner den Eingang des Stammhauses der Psitticher umlagert. In der Trinkstube im Haus »Zur Mücke« trafen diese sich zu gesellschaftlichen Anlässen oder auch schlicht zum Saufen und Raufen. Es hieß, die Viztum, die Pfaff, die Reich, die Kraft, die Neuenstein, die von Ramstein, die Marcerel und die Frick seien dabei gewesen. Glücklicherweise hatte es nur Stiche und Hiebe gesetzt, aber keine Toten gegeben.

Aha, jetzt hatten auch die Streithähne entdeckt, dass sich bei der Brücke etwas tat, und ließen voneinander ab, zögernd zwar, aber die Neugier siegte. Dann trollten sie sich, jede Partei in eine andere Richtung. Sie würden sich spätestens auf der Brücke wiedertreffen, und dann ging der Händel von Neuem los.

Mathilde seufzte. Bekamen die Menschen denn nie genug davon, einander auf alle möglichen Arten zu malträtieren? Sie warf einen bedauernden Blick ins Tal. Schade, dass sie nicht dort unten sein konnte. Aber sie hatte keine Zeit. Sie musste zur Beichte in die Barfüßerkirche der Franziskaner. Sie ging oft zur Beichte. Auch darin sahen die Leute ein Anzeichen dafür, dass sie der Werbung des Bischofs nachgegeben hatte. »Hast dem Priester wohl viel zu berichten«, hatte einer der Köche einmal unwirsch gesagt.

Oh ja, das hatte sie. Aber gänzlich anderes als dieser tumbe Hammel glaubte, der alles tat, um sie zu verleumden. Lütold von Tiefenstein wurde jedes Mal rasend, wenn sie ihm von seinen Spitzen erzählte, also erwähnte sie sie schon nicht mehr. Sie wollte ihre Lage nicht noch schwieriger machen, als sie schon war. Glücklicherweise war es unter der Würde eines Adligen, sich mit einem Küchenknecht zu schlagen. Aber es war nicht auszuschließen, dass der Tiefensteiner nicht doch noch ausrastete.

Lütold. Der war ohnehin ein Fall für sich. Seit sie nach Basel gegangen war, klebte er an ihr. Tauchte ständig in ihrer Nähe auf. Die Herren von Tiefenstein besaßen ein Haus in der Stadt, ziemlich heruntergekommen zwar, aber dort hatte er sich mit einem Diener eingenistet. Sie verstand sein Verhalten manchmal nicht und konnte nicht erkennen, zu welcher Seite er gehörte. Zu den Unterstützern des Habsburgers aber sicher nicht.

»Ich gehöre nur an Eure Seite, Frau Mathilde«, hatte er auf ihre diesbezügliche Frage erklärt. Dass der Bischof um sie herumscharwenzelte, schien ihn nicht sonderlich zu stören. »Müsst ihn verstehen«, hatte er gesagt. »Er will sichergehen, dass Ihr ihn nicht an den Habsburger verratet und …«

»Und dass ich ihn nicht vergifte, wollt Ihr sagen?«

Da hatte er an seiner Unterlippe gekaut und den Kopf geschüttelt. Aber widersprochen hatte er nicht.

Mathilde war noch nie im Basler Stadthaus der Herren von Tiefenstein gewesen. Aber es wurde langsam lästig, ständig mit Lütolds Auftauchen rechnen zu müssen. Mehr als einmal war sie große Umwege gegangen, um ihn abzuschütteln, ehe sie an den Mittler weitergeben konnte, was sie in der Zwischenzeit in Erfahrung gebracht hatte. Seltsam war allerdings, dass er trotz seiner ständigen Anwesenheit kaum Anstalten gemacht hatte, seinen Heiratswünschen Nachdruck zu verleihen, seitdem sie in Basel waren. Vornehme Zurückhaltung, um sie weichzukochen? Mathilde glaubte nicht daran. Aber weshalb war er dann in der Stadt? Etwa nicht ihretwegen? Mathilde wusste einfach nicht, was sie denken sollte. Für ihren Geschmack jedenfalls steckte Lütold zu viel mit den Bischofstreuen zusammen. Zufall?

Sie hatte sich in den vergangenen Wochen ansonsten einigermaßen eingelebt. Es war nicht leicht gewesen. Die Menschen hatten Angst, waren misstrauisch allem Unbekannten gegenüber. Denn die schlechten Nachrichten rissen nicht ab. Die Raupen hatten alles Grün vertilgt und die Weinstöcke abgefressen, manche Bäume waren kahl wie im Winter. Wenn das so weiterging, würde es bald eine neue Hungersnot geben. Dazu die ständigen Scharmützel in der Stadt und die gespannte Lage wegen des Krieges zwischen dem Habsburger und dem Bischof von Basel. Da hatten Fremde keinen leichten Stand. Zudem vermisste Mathilde ihre Familie schmerzlich – Gertrud, Junge und Martin. Steinmar hatte sie ebenfalls schon lange nicht mehr gesehen. Ein Austausch von Nachrichten mit ihm war kaum möglich. Sie durfte um keinen Preis auffallen und ihre Aufgabe als Kundschafterin der Marianer aufs Spiel setzen. Doch Mathilde hatte Heimweh. Ja, selbst nach diesem Mann, der sie immer wieder verletzte. Der sie für ein seelenloses Werkzeug zu halten schien. Der Teufel sollte ihn holen. Warum bekam sie ihn nur nicht aus ihrem Kopf! Und die Erinnerungen an ihre gemeinsamen Stunden, dieses Ziehen nicht aus ihrem Bauch?

Aber was tat sie da! Hielt Maulaffen feil, dabei wurde sie erwartet. Im Beichtstuhl würde sie einen der kleinen Brüder der Franziskaner finden, einen Mitbruder von Heinrich von Isny. Er wartete nicht nur darauf, ihr die Beichte abzunehmen, was recht schnell ging, seit sie in dieser Stadt war, sondern vor allem auf das kleine, eng zusammengerollte Pergamentstück, das sie unauffällig in einem eigens dafür angefertigten Stoffbeutel trug. Sie hatte ihn mit einer Nadel an einer der Nesteln an ihrem Gürtel befestigt, die auch die Beinkleider hielten. Mathilde verfluchte sich, dass sie diese angezogen hatte. Es war viel zu heiß dafür. Aber sie musste einen guten und sittsamen Eindruck hinterlassen. Außerdem war sie nun eine Frau mit einer gewissen Stellung. Wie konnte sie da mit nackten Beinen durch die Stadt streifen! Das hatte sie in der Morgenkühle des Tages jedenfalls noch gefunden. Doch inzwischen stand die Sonne höher am Himmel und brütete. Das hatte sie nun von ihrer Hoffärtigkeit.

Besser, sie machte sich jetzt auf den Weg. Mathilde holte tief Luft und rümpfte dann die Nase. An heißen Tagen, wenn der Dunst sich übers Rheintal legte, war der Gestank aus den Kloaken manchmal unerträglich. Auf dem Münsterhügel ging es noch, unten im Tal bei den kleinen Leuten war es schlimmer.

»Frau Mathilde, Frau Mathilde, halt, wartet, der Bischof ...«

Sie drehte sich um. »Was ist?«, herrschte sie den Jungen an, der zu ihr gerannt kam. Sein Gesicht war hochrot. Er schnaufte. »Der Bischof sagt, Ihr sollt sofort ins Schöne Haus kommen! Der Herr Konradin nähert sich der Stadt.«

»Konradin?«

Der Junge nickte eifrig, seine Augen glänzten. »Ja, sie sagen, er ist der Enkel des großen Staufers. Alle Leute strömen zusammen, um ihn zu sehen! Hei, das gibt ein Fest.«

»Aber Konradin ist doch tot! Hingerichtet auf dem Marktplatz von Neapel vor den Augen vieler Leute!«

Der Junge zuckte die Schultern. »Was weiß ich? Vielleicht war das ja der Falsche. Und jetzt kommt der Richtige, und wir bekommen wieder einen Staufer als Herrscher! Jedenfalls erwartet der Bischof ihn im Schönen Haus. Er will ein Festmahl für ihn geben. Kann ich jetzt gehen?«

Der Junge brannte offenbar darauf, sich der Menge anzuschließen und sich den Vorbeiziehenden anzusehen, der behauptete, der Enkelsohn von Friedrich II. zu sein.

»Gut, danke.« Sie nickte, und er stob davon. Da fiel ihr etwas ein. »Halt, warte!«, rief sie ihm hinterher.

Er drehte sich unwillig um.

»Sag in der Küche Bescheid. Sie sollen meine Gewürze, mein Agrez und einige von den geräucherten Bärenschinken ins Schöne Haus schaffen. Auch den gepökelten Lachs und drei von den großen Lammpasteten. Und die eingelegten Kapaune! Und die Strohkörbe, du weißt schon.«

Wahrscheinlich würde sie wieder viel zu wenig Zeit haben, um ein Festmahl herzurichten. Die hohen Herren scherte es nicht, dass die Zubereitung eines guten Gerichtes seine Zeit benötigte. Da war es vorteilhaft, schon etwas zur Hand zu haben. Zumal der Herr der Küche im Schönen Haus sich als nicht allzu zugänglich erwiesen hatte.

»Herr habe gesagt, müsse mit diese Frau zusammenarbeiten«, hatte er sie bei anderer Gelegenheit unwillig beschieden. Danach war Sergio stumm geblieben, nickte höchstens oder schüttelte den Kopf. Mathilde fragte sich langsam, ob es an ihr lag, dass sie diese Wirkung auf andere Meister des Kochlöffels hatte. Sie bedauerte, dass der Italiener so verschlossen war, denn er verstand sein Handwerk. Sie hätte gerne von ihm gelernt. Aber vielleicht war genau das sein Problem. Er wollte seine Rezepte nicht preisgeben.

Der Junge nickte und stob davon.

So, im Schönen Haus sollte der überraschend aufgetauchte Konradin also empfangen werden. Und nicht in der Residenz. Das deutete darauf hin, dass auch Heinrich von Neuenburg seine Zweifel hatte, dass es wirklich der Staufer-Abkömmling war, der ihn da besuchte. Das Schöne Haus war die zweitbeste Möglichkeit. Außerdem schien der Bau Heinrichs neuestes Spielzeug zu werden.

Mathilde machte sich auf den Weg, den Münsterhügel hinunter zum Marktplatz und dann wieder den Nadelberg hoch bis fast zur Hangkante und der parallel dazu verlaufenden Stadtmauer. Sie ließ sich Zeit, die bestellten Lebensmittel mussten ja erst gebracht werden, ehe sie mit der Arbeit beginnen konnte. Eigentlich hätte sie ja noch schnell zur Beichte gehen müssen. Nein, dafür war einfach zu wenig Zeit gewesen.

Zwischen Stadtmauer und Nadelberg reihten sich in Nord-Süd-Richtung weiträumige Parzellen aneinander. Hier siedelte unmittelbar an der Befestigung und hoch über dem sich hangabwärts ziehenden Handwerkerviertel der ritterliche Stadtadel. Und hier stand seit Kurzem auch das Schöne Haus. Conrad Ludewici, der Sohn Ludwigs des Krämers, hatte es gebaut. Er gehörte dem Geldadel an, galt als außergewöhnlich reich und tat alles, um sich beim Bischof beliebt zu machen. Ihm öffnete er sein Haus nur zu gern. Es hieß, er würde dem Neuenburger auch immer wieder Geld leihen. Seit Neuestem nannte er sich stolz »Herr Conrad von dem Schönen Hause«. Er war Basler Ratsherr und bekleidete zugleich beim Basler Bischof das Amt des Brotmeisters, führte damit Aufsicht über die Gilde der Müller und Bäcker. Es gingen Gerüchte, dass er auf eine Heirat mit der wohlhabenden Helena von Kienberg spekulierte.

Das Schöne Haus verdiente seinen Namen. Besonders eindrucksvoll waren die beiden Rittersäle mit ihren mit farbenfrohen Figuren und Ornamenten bemalten Deckenbalken. An den Langwänden hingen kunstvoll bestickte Gobelins. Zwischen ihnen und der Deckenbemalung waren die Wände mit Wappenfolgen in Bortenform verziert.

Die neun Deckenbalken des Saales im Erdgeschoss hatte der Erbauer in der östlichen Hälfte durch eine Mauer abteilen lassen und damit eine offene Halle geschaffen. Die seitlichen Sichtflächen der Balken waren in abwechselnd roten und schwarzen, breiten, rechteckigen Feldern mit unzähligen Motiven und Ornamenten bemalt.

Mathilde hätte ewig dort stehen und nur schauen können, zeigte die Decke doch die ganze geheimnisvolle Welt fremder Völker. Da prangten Zwitterwesen wie die Kynokephalen, eine monströse Menschenrasse mit Hundeköpfen, die am Rand der christlichen Welt vor allem in Indien oder Afrika leben sollte. Sie sah Onokentauren, tierische Leiber mit Menschenköpfen, dann wieder Skiapoden, Kreaturen von menschlicher Gestalt, aber mit nur einem Bein. Es hieß, sie könnten blitzschnell laufen und nutzten ihren riesigen Fuß beim Liegen als Sonnenschutz. Auch Akephalen, kopflose Missgeburten, waren zu sehen. Als ob das nicht genug wäre, gab es noch mehr der seltsamsten Wesen – Chimären, Sirenen, Drachen und Einhörner. Dann wieder hatten die Künstler bekannte Tiere wie Fische, Stier, Krebs und Steinbock gemalt. Eine Szene liebte Mathilde besonders. Sie stellte Samsons Kampf mit dem Löwen dar. Nun, heute würde sie wohl keine Zeit haben, sich im Betrachten der Bilder, im Träumen von fremden Ländern oder in wohligem Grusel zu verlieren.

Sergio gab sich gewohnt wortkarg, als sie ins Küchenhaus kam, begrüßte sie nur mit einem kurzen Blick. Konnte es sein, dass dieses Mal etwas wie Freundlichkeit darin lag? Nein, sie hatte sich sicherlich getäuscht. Nach der kurzen Unterbrechung dirigierte er seine Küchenmannschaft umso wortreicher und überschüttete die Mägde und Buben mit einem Schwall aus italienischen, französischen und deutschen Ausdrücken. Das Ergebnis waren oft verständnislose Blicke. Die schienen ihn aber nicht dazu zu bewegen, seinen deutschen Wortschatz zu erweitern. Stattdessen wuselte er durch seine Küche, war mal hier, dann wieder dort, ruderte mit den Armen und erhob die Stimme, die im Laufe seiner Tiraden und dem Fortschreiten der Zeit immer höher kletterte und schließlich in einem Kreischen endete. Der Maestro der Töpfe und

Tiegel im Schönen Haus dirigierte seine Mannschaft, als gelte es, ein Kirchenkonzert zu leiten. Nur sehr viel weniger melodisch.

Mathilde betrachtete ihre Arbeitsstätte auf Zeit mit Wohlgefallen. Diese Küche hatte alles, was das Herz einer guten Köchin höherschlagen ließ – aber einen entscheidenden Nachteil. Die meisten Speisen waren kalt, wenn sie endlich auf der Tafel im Rittersaal standen. Deswegen hatte sich Mathilde die Strohkörbe ausgedacht, einfache Behältnisse aus Weidengeflecht, gepolstert mit Lagen von Stroh und Heu. Da hinein versenkte sie die Tiegel mit den Speisen. Das hielt sie nicht nur länger warm, sondern machte es auch einfacher, sie zu tragen. Außerdem gaben die Körbe ein hübsches Bild ab, wenn man sie mit Blumen füllte, sobald die Speisen auf der langen Tafel standen. Und auch für die Tafel gab es Blüten – kandierte Ringelblumen oder Blüten von der Kapuzinerkresse. Es fand sich immer etwas.

Sie schaute sich um. Ah, die bestellten Lebensmittel waren bereits eingetroffen. Sehr gut. Sergio hatte Wild mariniert. Die Bratspieße dafür lagen schon bereit. Dazu sollte es wohl Schwein geben, er rührte gerade den Würzwein an. Einer der Küchenjungen bereitete die Pfeffersoße zu.

Mathilde stürzte sich auf die Zubereitung des Lachses. Ihre eingelegten Kapaune waren ja schon fertig, ebenso ihre Pasteten, die dieser Tage auf keiner hochherrschaftlichen Tafel fehlen durften. Die Nachricht, dass Rudolf von Habsburg wieder wohlauf war und völlig genesen, hatte die eine Hälfte der Basler und den Bischof zwar betrübt, aber Mathildes guten Ruf wiederhergestellt. Der Habsburger hatte Untersuchungen angeordnet, ließ aber alle Welt wissen, dass seine ehemalige Leibköchin keineswegs zum Kreis der Verdächtigen gehöre. Allerdings zürne er ihr sehr, weil sie nun seinem Erzfeind diene.

Mathilde lenkte ihre Gedanken zurück auf die anstehende Arbeit. Sie wies zwei Mägde an, Brot zu backen, und machte sich dann daran, verschiedene süße Speisen zuzubereiten. Rosenpudding war immer beliebt, besonders bei den Damen. Dazu würde sie gestockte Goldmilch servieren, die ließ sich herzhaft, aber auch mit Früchtemus und süß auf den Tisch bringen. Und Mandeltörtchen. Hm, das war auch ihr Lieblingsnachtisch.

Sie wischte sich mit dem Unterarm die schweißnasse Stirn ab und begann, die Eier zu trennen. Die Schwüle, verbunden mit der Hitze durch die Kochfeuer war kaum auszuhalten. Wahrscheinlich würde es bald ein Gewitter geben. Wenn sie sich beeilte, würde sie es vielleicht sogar noch schaffen, einen Blick auf diesen Konradin zu werfen. Ob es wirklich der Enkel des großen Staufers war? Die Meinungen gingen da weit auseinander, wie sie inzwischen wusste. Manche sagten, der letzte Staufer Konradin sei gar nicht tot, die Hinrichtung nur eine Finte gewesen. Eines Tages, wenn die Not am größten war, würde er zusammen mit seinem Vorfahr, dem großen Kaiser Rotbart, kommen und alle Feinde vertreiben. Barbarossa sollte in seinem Berg liegen und warten, bis die Stunde kam, in der er auferstehen und seine Untertanen retten sollte. Mathilde hielt solches Gerede für Kinderglauben, Ammenmärchen. Wäre Konradin tatsächlich noch am Leben, dann hätte er längst heimkommen müssen. Wie alt war er damals gewesen, dieser letzte männliche Erbe des großen Staufergeschlechts, als sie ihn hingerichtet hatten? Fünfzehn Jahre, jünger als sie jetzt. Ein unbedarfter Junge. Es wäre ein Wunder, würde er noch leben. Nein, sie glaubte nicht daran. Aber sie konnte gut verstehen, dass sich viele in Zeiten wie diesen ein solches Wunder wünschten. Warum empfing der Basler Bischof diesen angeblichen Konradin wohl? Vielleicht war er einfach nur neugierig oder unsicher. Jedenfalls bekamen die Leute ein herrliches Spektakel vorgesetzt.

Mathilde hatte gerade ihre Gerichte auf der Tafel platziert, als sie das Stimmengewirr des nahenden Zuges hörte. Vorneweg stürmte viel fahrendes Volk in den großen Rittersaal und machte sich sogleich daran, zur Belustigung des Bischofs, des Hausherrn und seiner Gäste beizutragen. Artisten bildeten einen Turm, unter dem die hohen Herren hindurchgehen mussten, um zu ihren Plätzen zu gelangen.

Sie versteckte sich in der Türöffnung. Der da drüben musste der sein, der sich für Konradin ausgab.

»Schau, nickte sehe auss wie Könige«, zischte Sergio hinter ihrem Rücken. Da konnte sie ihm nur recht geben. Schreiend bunte Pluderhosen, die von einem breiten roten Seidengürtel um einen nicht unerheblichen Bauch gehalten wurden, ein ungepflegter Bart und eine rote Nase, die davon zeugte, dass ihr Träger Wein und Bier recht zugetan war. Mehr konnte sie nicht von ihm sehen. Er wandte ihr bereits wieder den Rücken zu, um sich zur Tafel zu begeben. An seiner einen Seite schritt der Bischof, an der anderen der Hausherr.

Alle langten kräftig zu. Für eine Weile war es bis auf das Rülpsen, Schmatzen und kraftvolle Furzen der Gäste, die damit ihr Behagen kundtaten, still im Rittersaal. Doch dann tat der Wein seine Wirkung, und die

Gespräche setzten wieder ein. Der Turm der Akrobaten hatte sich längst aufgelöst. Ein Feuerschlucker begann mit seiner Vorführung, während einige der Akrobaten um ihn herum einen Salto nach dem anderen schlugen. Ein Raunen ging durch die Zuschauer, als sich ein Mann mit Augen, die glühten wie Kohlen, einer dunklen Haut und einem gewundenen Tuch um den Kopf im Schneidersitz vor die Tafel setzte. Die Artisten zogen sich etwas in den Schatten der Nischen zurück. Vor sich hatte der dunkle Mann einen geflochtenen Korb abgestellt. Mathilde überlief ein wohliges Gruseln. Das musste einer dieser Schlangenbeschwörer sein, von denen allenthalben die Rede war. Sie schafften es sogar, den Tanzbären das Publikum abspenstig zu machen. Der Dunkelhäutige zog eine kleine silberne Flöte aus der Tasche und griff nach dem Korbdeckel. Ein kleiner züngelnder Kopf wand sich nach oben, gefolgt von einem weiteren Raunen des Erstaunens.

Der Bischof von Basel kam gerade vom Abtritt zurück und war dabei, sich wieder zu setzen, da entdeckte Mathilde, dass sich einer der Artisten aus dem Schatten löste und etwas aus dem Gürtel zog. Er stand ganz in ihrer Nähe, deswegen erkannte sie sofort, was es war: ein Dolch. Seine Augen funkelten wild, als er zu Heinrich von Neuenburg schaute. Mathilde schrie auf.

»Achtung, Mörder!«, rief sie laut und trat in den Saal.

Aller Blicke wandten sich ihr zu. Der Mann erkannte, dass sein Plan vereitelt war, und stürzte sich anstatt auf den Basler Bischof nun mit erhobener Waffe auf Mathilde. Sie riss den Arm hoch, um ihr Gesicht zu schützen. Er erwischte sie noch am Ärmel und hechtete dann zur Tür hinaus. Die Frauen kreischten. Die Männer waren aufgesprungen und zückten ihre Schwerter. Mathilde spürte eine warme Feuchtigkeit ihren Arm herunterrinnen und sah nach unten. Auf den Boden tropfte Blut.

»So habt Ihr also einem von uns das Leben gerettet, Mathilde von Waldshut«, sagte der Bischof mit sonorer Stimme. »Mich dünkt, ich sollte Euch aus der Küche holen und zum Befehlshaber meiner Leibwache ernennen!«

Der Kommandant der Schutztruppe des Bischofs bedachte sie mit einem giftigen Blick. Sie hatte keine Muße, darauf zu achten. Sie schwankte.

»Komme mitte, Frau. Mache stoppe Blut.« Sergio stützte sie und führte sie hinaus. Sie warf ihm einen dankbaren Blick zu. So war er also doch kein Feind.

Und das bewies er auch sogleich. Denn er kannte sich nicht nur mit der Würzkraft der Kräuter aus, sondern auch mit deren heilender Wirkung. Ein Umschlag aus dem Blätterbrei des Ackerschachtelhalms, aus Bärlapp, Arnika und Salbei, den er mit Weinblättern abdeckte und mit einem Tuch fest um den Stich band, hatte die erwünschte Wirkung. Schon am nächsten Tag begann die Wunde sich zu schließen. Sie war glücklicherweise nicht sehr tief gewesen. Mathilde war bald wieder auf den Beinen. Doch da war Konradin zu ihrem Bedauern bereits wieder fort. Sie hätte ihn zu gerne noch einmal von Näherem betrachtet. Als sie beim Gesinde des Bischofs nachfragte, erfuhr sie, dass er den Wirbel um den Anschlag auf den Bischof genutzt hatte, um sich davonzuschleichen wie ein Dieb. Er hatte gut daran getan. Wie Mathilde waren inzwischen auch andere davon überzeugt, dass dieser gewöhnliche Mensch nicht der letzte Staufer sein konnte. Irgendwann würde er mit dieser Lügengeschichte nicht mehr ungeschoren davonkommen, sondern mit dem Henker Bekanntschaft machen.

Sie wollte sich sofort wieder in die Arbeit stürzen, aber der Bischof von Basel bestand darauf, dass sie sich für einige Tage ausruhte. Zur besseren Erholung sandte er ihr von seinem besten Wein.

Auch Lütold von Tiefenstein zeigte sich besorgt um die Angebetete. Seine Liebe, die Mathilde schon abgekühlt geglaubt hatte, schien regelrecht aufzuflammen. Täglich machte er ihr mindestens drei Heiratsanträge, bis sie ihn entnervt hinauswarf und erklärte, sie sei noch schwach und benötige ihre Ruhe.

Eines Nachts kratzte es an ihrer Kammertür. Im Gegensatz zu den anderen Dienstboten, die zumeist zu mehreren in einem Raum der Dienstbotenquartiere oder gleich irgendwo in der Küche oder dem großen Saal nächtigten, hatte die Leibköchin des Bischofs einen Raum für sich allein, wie es ihrer Bedeutung am Hofe entsprach. Das Kratzen wurde energischer, während sie schlaftrunken versuchte, seinen Ursprung zu lokalisieren. Sie benötigte einige Zeit, bis sie begriff, dass jemand Einlass begehrte, und hatte sofort den Tiefensteiner in Verdacht. »Geht weg«, rief sie. »Ich werde Euch niemals heiraten, wenn Ihr es weiter so treibt.«

»Ich bin's, kleine Wachtel«, raunte eine Stimme auf der anderen Seite der Tür. »Schnell, lass mich herein, ehe mich noch jemand entdeckt!«

Steinmar! Was machte er hier? Mitten in der Stadt des Feindes! Das konnte tödlich für ihn enden. Sie sprang aus dem Bett und öffnete ihm.

»Das war aber höchste Zeit, ich dachte schon, ich muss vor deiner Tür Wurzeln schlagen, bis mich jemand findet. Zeitweise hatte ich Angst, dass ich die ganze Dienerschaft aus dem Tiefschlaf wecke. Hast du denn Fladenbrot in den Ohren?«

»Ich habe geschlafen«, erklärte Mathilde, hin- und hergerissen zwischen dem Glück, ihn zu sehen, und der Empörung über seine Grobheit. Konnte dieser Mann denn niemals einfach etwas Nettes tun oder sagen, ohne sich gleichzeitig flegelhaft zu benehmen? »Außerdem bin ich verletzt.«

Er betrachtete sie anzüglich von oben bis unten. Nein, er würde ihr nicht sagen, wie sehr er sich um sie gesorgt hatte, nachdem ihm die Minoriten die Nachricht geschickt hatten, es habe einen Mordanschlag auf den Bischof gegeben, bei dem Mathilde verletzt worden sei. »Siehst aber ganz gesund aus. Unkraut vergeht nicht!«

Ihr schossen die Tränen in die Augen. »Könnt Ihr nicht einmal einfach nett sein?«, beschwerte sie sich schluchzend. »Was macht Ihr überhaupt hier? Das ist viel zu gefährlich.«

Ach, dieses Mädchen. Sie war zu naiv, um zu begreifen, dass ihm seine Rüpelhaftigkeit als Schutz diente, als Mauer, um Gefühle zu verdrängen, die es zwischen ihnen beiden niemals mehr geben durfte. Seine Stimme wurde weicher. »Hab mir Sorgen um dich gemacht, dummes Weib. Kannst du dir das nicht denken?«

»Sorgen um mich?«

Warum schaute sie ihn plötzlich wieder so an? »Aber nur etwas. Ich wollte mich eigentlich von dir verabschieden!«

Ihre Augen weiteten sich. »Nein! Ihr dürft nicht gehen, Euch verdrücken und mich in diesem Schlamassel sitzen lassen. Wohin wollt Ihr überhaupt?«

»Hast du schon vergessen, was meine und deine Aufgabe ist? Es gehört dazu, dass wir uns für die Sache in Gefahr begeben. Also hör auf zu jammern.«

Wieder stiegen ihr die Tränen in die Augen. Sie schluckte und versuchte, sie zurückzudrängen. Er würde ihr nicht noch einmal Jammerei vorwerfen. »Und, wohin geht Ihr nun?«

»Nach Outremer, ins Heilige Land. Ich habe dir doch erzählt, dass der Franzosenkönig Ludwig einen Kreuzzug plant. Es ist nun so weit. Ich werde mich den Kreuzfahrern des Franzosenkönigs anschließen. Da bin ich in guter Gesellschaft. Selbst der englische Prinz Edward, der

Schottenhammer, stößt dazu, mit zweihundert Rittern, wie die Loge erfahren hat. Ludwig will seine Leute über Sizilien nach Tunis führen. Allerdings werde ich mich in Tunis verabschieden und meiner Wege gehen.«

»Geht es um das Tuch?«

»Ja, das auch. Dein Vater und dein Bruder sind noch in Outremer, schon vergessen? Und Baybars hat sich angesichts des nun stattfindenden Kreuzzuges tatsächlich wieder an das Angebot des Habsburgers erinnert. Hat wohl den Eindruck, es könnte eng werden. Andererseits: Wer sich einschifft oder in Tunis sitzt, ist noch lange nicht im Heiligen Land. Wenn auch gefährlich nahe. Werden sehen, was sich daraus ergibt. Aber mehr musst du nicht wissen. Nun heul' doch nicht schon wieder, kleine Wachtel. Ach, dass Ihr Weiber aber immer gleich ganze Tränenströme vergießen müsst! Mir geschieht schon nichts.«

»Das wäre mir dann auch egal, Ihr … Ihr Grobian. Mich einfach hier so allein zu lassen. Wozu hab ich Euch überhaupt geheiratet? Was, wenn mir etwas geschieht? Aber das ist Euch gleichgültig! Ihr denkt nur an anderes, und wohl auch daran, dass Ihr eine Menge Sünden abzubüßen habt. Die würden Euch als Kreuzfahrer ja erlassen. Mein Vater und Andreas … wir wissen ja noch nicht einmal, ob sie noch leben. Wahrscheinlich …«

»Potz Blitz, Mathilde von Waldshut. Bist ganz schön selbstsüchtig. Immerhin geht es um deine Familie. Kannst du dich nicht ein Mal benehmen, wie es ein vernünftiges Weib tun würde?«

»So, vernünftiges Weib! Jetzt plötzlich ist Euch das wichtig. Ihr Männer handhabt die Dinge immer, wie es Euch in den Kram passt. Und ich? Wo bleibe ich? Wir Frauen kommen doch immer an zweiter Stelle und haben das Nachsehen!«

»Jetzt ist es aber genug. Du bist doch sonst nicht so verzagt. Es gibt noch andere außer mir, die auf dich achten. Du weißt, dass du in Heinrich von Isny einen Freund hast. Oder meinst du, die Marianer würden dich im Stich lassen, wenn du Hilfe benötigst? Schicke nur weiter brav deine Nachrichten. Und weil wir gerade bei Nachrichten und bei deiner Familie sind, hier, ich habe etwas für dich.«

»Wie die großen Herren ihre Handlanger schützen, das weiß man ja«, erklärte Mathilde bitter.

»Bei der Loge ist das anders. Du bist eine von uns. Nun schau dir schon dieses Schreiben an.«

»Ein Schreiben? Für mich? Von wem?«

»Schockschwerenot, ist dieses Weib begriffsstutzig! Aus dem Heiligen Land natürlich, von jemandem, den du kennst.«

Da dämmerte das Begreifen in ihren Augen. »Mein Vater? Mein Vater lebt also wirklich noch?«

Er strahlte. »Ja, und er wartet in Akkon auf mich. Warum hörst du mir eigentlich nie zu? Offenbar will der Mamluk nun doch mit dem Habsburger verhandeln. Der Franzose plant nämlich, zuerst in Ägypten anzugreifen. Er glaubt, dass es unabdingbar ist, zunächst das Kernland der Muslime zu erobern. Und damit hat er wohl recht. Er will Karthago einnehmen und dann Tripolis schleifen, ehe es weiter nach Jerusalem geht. Er macht kein Hehl daraus. Deswegen hat Baybars nun endlich auf Rudolfs Angebot geantwortet und als Zeichen des guten Willens deinen Vater freigelassen. Vermutlich hofft er, dass es Rudolf gelingt, diesen Kreuzzug im letzten Augenblick zu verhindern.«

»Verhindern? Wie denn? Den Franzosenkönig vergiften und den Engländer gleich mit? Und mein Bruder? Was ist mit Andreas?«

Steinmar runzelte die Stirn. »Wer redet denn hier von einem Giftanschlag? Schweig schön still über ein solches Thema, kleine Wachtel. Dein Bruder? Der sitzt noch immer in den Kerkern dieses Berserkers, doch niemand weiß, wo der Sultan ihn hat hinbringen lassen. Wir gehen aber davon aus, dass er in Andreas ein Faustpfand sieht und dieser deshalb noch am Leben ist. Das ist auch der Grund, warum dein Vater mit Baybars' Nachricht nicht selbst zu Rudolf gereist ist. Er gibt nur den Vermittler. Außerdem wird in Outremer jede Hand gebraucht. Weiß der Teufel, auf welche Ideen dieser Sultan in Anbetracht der angespannten Lage noch kommt. Das Hauptquartier der Deutschherren wird zur Sicherheit von der Burg Montfort in die gut befestigte Stadt Akkon verlegt. Diese Mauern schleift so schnell niemand.«

Mathilde fiel Steinmar ohne große Umstände um den Hals. »Oh, das ist wunderbar, so wunderbar. Ich könnte Euch küssen …« Sie brach verlegen ab.

»Der Allmächtige bewahre mich vor den Gefühlsausbrüchen der Weiber«, spottete Steinmar.

Mathilde wurde glühend rot.

»Hier, nun nimm schon. Eigentlich ist die Botschaft an deine Mutter gerichtet. Dein Vater weiß noch nichts von ihrem Tod. Ich werde ihm persönlich davon berichten, wenn wir uns sehen. So, und nun muss ich wieder fort. Ich muss über die Brücke, ehe der Morgen graut.« Er warf ihr einen bedauernden Blick zu und war kurz darauf verschwunden.

Mathilde setzte sich auf ihr Lager. Wäre da nicht das Schreiben in ihrer Hand gewesen, sie hätte geglaubt, dass dies alles ein Traum war.

Mit zitternden Händen löste sie das Siegel und las.

*»Liebstes Weib,*
*nicht mehr lange, und wir werden wieder vereint sein. Nach vielen trostlosen Stunden im Kerker der Ungläubigen habe ich endlich wieder Hoffnung geschöpft. Es geht mir gut. Ich warte nur noch, bis auch unser Sohn Andreas freigelassen wird, womit ich in Bälde rechne.*
*Grüße unsere kleine Tochter. Bald werden wir einander wieder in die Arme schließen können.*
*Mathias von Waldshut«*

Der Vater sprach nicht davon, dass die Freilassung des Bruders davon abhing, ob die geheime Vereinbarung zwischen Baybars und Rudolf zustande kam, erzählte nichts vom Heiligen Land, machte nicht einmal Andeutungen. Die Mutter war also auch nicht eingeweiht gewesen und hatte nichts von der Loge und ihren geheimen Plänen gewusst. Erst jetzt begriff Mathilde ganz, in welche Lage sie geraten war.

Während der nächsten Tage ging sie ins Basler Münster, wann immer es ihre Zeit erlaubte, und betete, dass Steinmars Mission ein Erfolg werden würde. Und dass er gesund zurückkäme. Wie der Vater. Wie der Bruder.

Im September erreichte eine Schreckensnachricht die Christenheit: Der Franzosenkönig und sein Sohn waren im August kurz nacheinander in Tunis an einer Seuche gestorben und mit ihnen viele der Kreuzfahrer. Die einen sagten, es sei die Beulenpest gewesen. Die anderen vermuteten Typhus. Wieder andere sprachen von Gift. Das Heer, das mit so großen Plänen aufgebrochen war, löste sich auf. Nur der englische Prinz Edward ließ verkünden, er werde das Kreuz nicht ablegen, sondern weiterkämpfen und die Heilige Stadt Jerusalem zurückerobern.

Mathilde begriff sofort, was das bedeutete. Es konnte kein Giftanschlag gewesen sein. Andererseits: Wieso hatte die Seuche dann das Lager der Engländer nicht erreicht? Doch was auch immer der Grund für das plötzliche Dahinscheiden der Franzosen gewesen sein mochte, der

Mamluk brauchte den Pakt mit dem Habsburger nun nicht mehr. Oder doch? Konnte er mit dem Engländer allein fertig werden oder nicht? Falls ja, war auch ihr Vater entbehrlich geworden. Ebenso der Bruder. Und Steinmar, was war mit ihm? War er ebenfalls an der Seuche gestorben? Hatte Baybars auch ihn aufgegriffen? Oder hatte er sich noch nach Akkon durchschlagen können? Wo lag dieses Akkon überhaupt genau?

Die Tage vergingen, der Winter kehrte ein, und das Weihnachtsfest bescherte ihr viel Arbeit für die Tafel der hohen Herren. Am Ende beging sie die Geburt des Sohnes des Allmächtigen erschöpft vom vielen Backen und Brutzeln mit einem Gebet in ihrer Kammer. Sie hatte es noch nicht einmal geschafft, zur Messe ins Münster zu gehen. Mit der Zeit wurde Mathilde fast verrückt vor Sorge um Vater und Bruder. Und um Steinmar. Es gab keine Nachrichten. Der kleine Minorit, der auf Befehl der Loge ihren Beichtvater spielte, zuckte bei jeder Begegnung nur die Achseln. Seine Antwort auf ihr Drängen und Bohren war immer dieselbe: »Nichts Neues aus Outremer.« Sie hätte ihn am liebsten geschüttelt, um die eigene innere Anspannung irgendwie loszuwerden. Mehr als einmal überlegte sie, ob sie nicht einfach selbst nach Outremer aufbrechen sollte. Doch sie hatte in Basel eine Aufgabe. Von der würden die Marianer nicht absehen. Und sie fürchtete sich vor einer solchen Reise. Man hörte, dass den Pilgern schreckliche Dinge angetan wurden. Sie wusste noch nicht, dass Mut oft eine Sache des Augenblicks ist.

# X

Und dann, endlich, wurde es Frühling. Doch die Hoffnungen auf ein gutes Jahr zerstoben schnell. Wieder fraßen die Raupen die Weinstöcke kahl. Die Stimmung der Bürger von Basel wurde mit jedem Tag angespannter. Nach der Ungezieferplage im letzten Jahr waren die Vorräte früher aufgebraucht als gewöhnlich. Und nun würde es wieder ein Jahr mit einer schlechten Ernte werden, das zeichnete sich bereits ab. Auch des Habsburgers wegen. Er war dabei, die Stadt seines Feindes Heinrich von Neuenburg in arge Bedrängnis zu bringen. Der Graf plünderte hier ein Dorf, ließ dort einen bischöflichen Meierhof in Flammen aufgehen. Stets waren seine Leute wieder verschwunden, wenn der Bischof von Basel mit seinen Männern auftauchte. Von mehr als einem Feld war keine Ernte mehr zu erwarten. Das Gemüse und Obst, das in den Stadtgärten wuchs, würde jedoch bei Weitem nicht reichen, um die Menschen zu ernähren. Bald, hieß es, werde der Graf seine Soldaten vor den Mauern Basels in Stellung bringen und die Stadt belagern.

Die Schwarzseher vermehrten sich wie die Fliegen. Hatten sie es nicht längst gesagt? Hatte der Himmel es nicht mit den beiden Finsternissen angekündigt? Es war hohe Zeit, Einkehr zu üben und sich selbst zu geißeln! Die dunklen Tage waren angebrochen, und bald würde das Jüngste Gericht über die Gläubigen kommen. Wenn nicht heute, dann morgen oder übermorgen. Die Beginen und Begarden geiferten womöglich noch mehr als bisher und warnten die guten Leute davor, sich weiter diesem Sündenpfuhl zu ergeben, zu dem Basel geworden war. Der Allmächtige werde diese Welt vernichten und mit ihr alle, die nicht endlich ihre Sünden bereuten, der Hurerei entsagten und sich zur Einkehr entschlössen. Hatte er nicht mit dem Tod des Franzosenkönigs ein weiteres Zeichen gesetzt und selbst diesen Mann zu sich geholt, der als außerordentlich fromm galt? So zornig war der Herr mit den Umtrieben der Menschen, dass er nicht einmal mehr jene verschonte, die zum Ablass der Sünden ins Heilige Land gezogen waren.

Der Bischof von Basel war jedoch weit davon entfernt, sich solcherlei Einsichten zu eigen zu machen, auch wenn er heilig tat und dazu nickte. Er schäumte, denn er konnte es sich anfangs nicht erklären, wie der Graf es schaffte, mit seinen Rittern immer wieder ungesehen über den Rhein zu gelangen. Der Fluss hatte bisher als unüberwindliches Hindernis für gepanzerte Reiter gegolten. Dann berichteten ihm seine Kundschafter von leicht gebauten Kähnen, die zu Lande auf Wagen zum Strom transportiert wurden. Es hieß, die Herren Ritter hätten sich zunächst geweigert, in diese ihnen sehr unsicher erscheinenden Boote einzusteigen. Doch dann sei der Graf als Erster in einen der schwankenden Nachen gestiegen, und jeder seiner Ritter habe es ihm daraufhin nachgetan.

Die Ängste der Basler legten sich zwar ein wenig, als die Bürger von Neuenburg sich gegen die Willkür des Grafen von Freiburg auflehnten, der Basler Bischof der Stadt zu Hilfe eilte und mit großem Pomp als Sieger zurückkehrte. Fortan gehörten die Neuenburger nicht nur dem Namen nach zu Heinrichs Gefolgsleuten. Doch auch die weniger Ängstlichen konnten es nicht übersehen: Trotz der Stärke, die der Bischof von Basel zur Schau stellte, war der listenreiche Habsburger ein gefährlicher Herausforderer. Und die Schlacht gegen ihn noch lange nicht gewonnen. Die Scharmützel rückten immer näher an Basel heran. Es wurde erbittert gefochten. Besonders nachdem Heinrich von Neuenburg eine ganze Reihe von Dörfern im Sundgau abgefackelt hatte. Jeder wusste, dass der Habsburger sich für den Einfall in sein Gebiet blutig rächen würde. Es war nur eine Frage der Zeit.

Die Erfolge des streitbaren Grafen beflügelten indes seine Unterstützer in den Reihen der Königstreuen der Stadt. Sie polierten ihre Waffen und stürzten sich mit neuer Kraft auf die Päpstlichen. Die Feindseligkeiten zwischen Psittichern und Sternern flammten erneut auf, und die von den Schergen des Bischofs nur mühsam eingedämmte Wut der Heißsporne brach sich Bahn. Es gab Tote. Auch Unbeteiligte wurden verwundet. Im Münster und den anderen Kirchen der Stadt wurde eine Messe nach der anderen gestiftet. Die Menschen beteten inbrünstig, der Allmächtige möge sich gnädig zeigen und sein Strafgericht noch etwas verschieben.

Der heilige Pantalus brachte den schon recht erschöpften und teilweise heiseren Wanderpredigern aller Couleur eine Atempause, den Städtern, ob hoch oder niedrig geboren, eine Ablenkung. Das Haupt des legendären ersten Bischofs der Stadt sollte als ein Geschenk der Stadt Köln nach Basel zurückkehren. Jedermann schöpfte Hoffnung. Pantalus, der Löwe, der nicht nur die heilige Ursula, sondern mindestens elftausend weitere Nonnen und fromme Jungfrauen auf dem Rückweg von

Rom in die Heimat bis nach Köln geführt hatte, würde auch die Stadt Basel retten. Da war es von nur untergeordneter Bedeutung, dass die Überlieferung besagte, Attila und seine Hunnen hätten den Heiligen, die britische Königstochter Ursula und alle Nonnen grausam niedergemetzelt. Natürlich nicht, ohne die weiblichen Mitglieder des Pilgerzuges vorher ausgiebig geschändet zu haben. Pantalus war dem Wüten der hunnischen Horden unter größten Torturen zum Opfer gefallen, weil er dem Christentum nicht hatte abschwören wollen. Das war es, was zählte. Der Heilige war standhaft geblieben. Gerade weil er solche Qualen erlebt hatte, würde der große Märtyrer die Stadt Basel schützen und sicher durch alle Fährnisse führen. Davon waren bald selbst die notorischen Schwarzseher überzeugt. Jedenfalls fast.

Heinrich packte die Gelegenheit zur Ablenkung durch das unterwartete Geschenk beim Schopf, ließ ein wertvolles Reliquiar für das Haupt des Pantalus fertigen und im Münster ausstellen. Jedermann wollte es sehen. Schon dem Reliquiar selbst wurde bald eine wundertätige Kraft zugeschrieben. Es hieß, es habe Blinde sehend gemacht, und auch einige Lahme konnten angeblich wieder gehen. Eine Küchenmagd, die Mathilde unterstellt war, schwor Stein und Bein, der Blick der Augen des vergoldeten Kopfes sei so durchdringend, dass er ihren kleinen Neffen sogar von der Schwelle des Todes zurückgeholt habe.

Auch Mathilde konnte sich dem Sog des Reliquiars nicht entziehen. Sie wollte ihre Lieben, ihren Vater und den Bruder, der Gnade des Hauptes anempfehlen. Sie waren doch im Dienste der Christenheit in Bedrängnis geraten. Sobald sie etwas freie Zeit erübrigen konnte, machte sie sich auf den Weg.

Als sie die lange Schlange von Menschen vor dem Münster sah, stöhnte sie auf. Das konnte dauern! So viel Zeit hatte sie nicht. Was sollte sie nur tun? Unverrichteter Dinge wieder abziehen? Nein, jetzt war sie schon einmal hier. Sie betrachtete den Rücken eines Bauern, der ein ganzes Stück weiter vorne in der Schlange stand. Die hagere Gestalt kam ihr bekannt vor. Doch sosehr sie sich auch mühte, sie kam nicht darauf, wer das sein mochte. Ganz in der Nähe dieses Mannes erkannte sie den Basler Schultheiß Marschalk. Hatte sogar dieser selbstbewusste Mann Grund, den Heiligen um Hilfe zu bitten?

Die Sonne stand schon im Zenit, als sie endlich vor dem goldenen Kopf stand. Doch sie konnte nicht lange verweilen, sie wurde von der Menge der Menschen hinter ihr weitergeschoben. Sie hatte kaum Zeit, ihr Gebet und ihre Bitte vorzubringen und ihre Spende in den Klingelbeutel zu werfen. Als sie sich den Anblick des Reliquiars später vergegenwärtigte, musste sie der Magd recht geben. Das Beeindruckendste an diesem bärtigen Gesicht waren nicht die edlen Züge und nicht das Gold, mit dem man sie überzogen hatte. Auch nicht die Edelsteine in der Krone, die auf der hohen Stirn saß. Das Beeindruckendste waren die Augen. Groß und durchdringend blickten sie dem Betrachter bis in die Seele. Sie gaben jedem Pilger die Gewissheit, dass der Heilige sein Flehen verstanden hatte.

Mathilde war schon auf dem Weg aus dem Münster hinaus, als des Schultheißen Stimme über den Vorplatz schallte, auf dem es vor Menschen nur so wimmelte. »Der Habsburger! Mitbürger und Mitstreiter, der Feind ist in unserer Mitte, dieses Natterngezücht, schlagt Rudolf von Habsburg den Kopf ab!«

Sie drängte sich rücksichtslos durch die Menge. Als sie es schließlich zum Münsterportal hinausgeschafft hatte, sah sie den Hageren von vorhin. Er saß auf seinem Braunen. Das Ross hatte die Augen weit aufgerissen, stieg, keilte und trat in alle Richtungen. Sie traute ihren Augen kaum. Immer mehr Männer mit grimmigen Gesichtern versammelten sich um ihn. Deshalb also war ihr die Gestalt des Mannes bekannt vorgekommen. War Rudolf von Habsburg denn wahnsinnig geworden, in die Stadt seines Todfeindes zu kommen? Wieso war er in Basel? Was sollte sie nur tun? Der Kreis um Mann und Pferd schloss sich noch enger.

Sie fühlte ein Zupfen an ihrem Ärmel. »Es ist besser, Ihr bringt Euch in Sicherheit.« Der kleine Minorit, bei dem sie immer zur »Beichte« ging, hastete an ihr vorbei. Im Gefolge hatte er weitere Streiter im Habit der Minderen Brüder mit grimmigen Gesichtern und einige, auf deren Brust der Stern prunkte. Natürlich, wie hatte sie auch glauben können, die einzige Zuträgerin des Habsburgers in der Stadt zu sein! Wahrscheinlich hatte der kampfeslustige Graf das Durcheinander infolge der wütenden Konflikte zwischen den Papsttreuen und den Unterstützern des Königs für sich genutzt und höchstpersönlich gehörig Handsalbe verteilt, um den Streit noch ein wenig mehr anzuheizen.

Was sollte sie tun? Sie konnte doch jetzt nicht einfach weglaufen und sich selbst in Sicherheit bringen. Sie musste wenigstens versuchen, ihm zu helfen. Auch wenn es dumm war, denn dann wusste womöglich jeder, auf wessen Seite sie wirklich stand. Doch jetzt war nicht die Zeit, darüber nachzudenken. Ah, die Mönche hatten es geschafft, einige der

Angreifer abzulenken. Das musste sie nutzen. Mathilde rannte den Mönchen hinterher und schaffte es, sich durch die aufeinander einhauenden Männer zu der hageren Gestalt auf dem auskeilenden Ross durchzukämpfen.

»Kommt, Herr, schnell! Folgt mir«, schrie sie zu ihm empor. Er reagierte nicht. Sie brüllte erneut aus voller Kehle und hatte schon Bedenken, dass der Graf sie wieder nicht gehört haben könnte. Doch dann trafen sich ihre Blicke, und er nickte. Rudolf bellte einige Befehle, und einige der Minoriten und Sterner bildeten jetzt mit ihren Leibern einen Wall gegen die weiter anstürmenden Leute des Bischofs.

Dahinter stieg der Habsburger von seinem Pferd. »So ist es wohl besser. Jetzt bin ich nicht mehr so gut auszumachen.« Er gab dem Tier einen kraftvollen Hieb auf die Hinterbacken. Das verängstigte Ross bäumte sich erneut auf und verfiel dann in einen rasenden Galopp. Die Leute spritzten zur Seite, um nicht von den wirbelnden Hufen getroffen zu werden. »So, Königin der Pasteten. Ihr auch hier? Befindet Ihr Euch eigentlich immer im Zentrum des Sturms? Und nun? Wohin wollt Ihr mich in Sicherheit bringen?«, fragte er dann in aller Seelenruhe. Er schien sich nicht im Mindesten zu sorgen.

In Mathildes Kopf überschlugen sich die Gedanken. Ihre Kammer im Gesindetrakt der bischöflichen Residenz fiel ihr ein. In der Höhle des Löwen würde man den Grafen wohl am wenigsten vermuten. »Kommt, bei mir seid Ihr sicher«, beschied sie ihn.

Rudolf verneigte sich vor ihr. »Welch Ehre, holde Frau. Ihr wollt mich mit in Euer Bett nehmen?«

Mathilde war nicht geneigt, auf solche Spielchen einzugehen. Sie war kaum noch eines klaren Gedankens fähig. »Nicht hinein, darunter!«

»Oh, meint Ihr, ich passe in die Lücke?« Er schien nun doch besorgt.

»Das werden wir sehen.«

Und so geschah es. Sie schaffte es, den Grafen von Habsburg ohne weiteren Aufruhr in ihre Kammer zu bringen. Auf dem Weg dorthin begegneten sie einigen Menschen, die Mathilde kannte. Doch die schienen sich nicht weiter für die Leibköchin des Bischofs und ihren hageren Begleiter in der Kleidung eines Bauern zu interessieren. Seitdem sie den Mordanschlag vereitelt hatte, wusste jeder in Basel, wie hoch diese junge Frau in der Gunst des Bischofs stand.

Aufatmend zog Mathilde die Tür hinter ihnen zu. »Falls jemand kommt, solltet Ihr Euch wirklich unter der Bettstatt verstecken«, mahnte sie. »Sie müsste hoch genug sein.« Dann schüttelte sie den Kopf. »Das ist ein Wahnsinn.«

Er lachte.

Mathilde überlegte sich kurz, ob es sich geziemte, den eigenen Lehnsherrn einen Dummkopf zu schimpfen. »Ich muss jetzt wieder an meine Arbeit. Es könnte sonst auffallen. Ich werde Euch später etwas zu essen bringen. Und sobald die Leute schlafen, werde ich versuchen, Euch aus der Stadt zu schaffen.« Sie ließ ihm keine Zeit für eine Antwort.

Als sie zurückkehrte, war sie erschöpft und am Ende mit ihrer Nervenkraft. Sie hatte jeden Moment damit gerechnet, dass jemand mit dem Finger auf sie zeigen und »Verräterin« schreien würde. Ihre unter der Haube hochgesteckten Haare hatten sich teilweise gelöst und hingen ihr in fettigen Strähnen ins erhitzte Gesicht. Sie dünstete jeden denkbaren Küchengeruch aus. Der stärkste war jedoch eindeutig der nach einem Wildgericht mit einer deftigen Pfeffersoße nach Mathildes Rezept, das sich zur Leibspeise des Bischofs entwickelt hatte. Er verlangte es bald jeden zweiten Tag. Sie hatte Rudolf einen Napf davon mitgebracht.

Der Graf hingegen sah erfrischt aus und löffelte die Gabe seiner Retterin mit Behagen, leerte den Becher mit Wein in einem Zug, rülpste, ließ einen Darmwind fahren, rieb sich den Bauch und erklärte dann: »Es wird Zeit, dass Ihr in meine Küche zurückkehrt. So, jetzt bringt mich aber erst einmal hier heraus.« Seine Augen funkelten. Spottete er über sie?

»Was tut Ihr hier, Herr? Wieso seid Ihr in Basel?«

Er zuckte die Schultern und lachte. »Ich dachte, ich schaue mir das Haupt des Pantalus auch einmal an, von dem alle reden.«

Es geziemte sich wohl nicht, ihm zu sagen, dass sie das für ziemlich unklug hielt. Männer. »Was ist mit meinem Vater? Meinem Bruder?« Sie hatte lange genug gewartet, um ihm diese Frage stellen zu können, sich sogar aus Höflichkeit zurückgehalten, bis er gegessen hatte. Nun würde sie sich nicht von der Stelle rühren, bis sie Genaueres wusste.

Rudolf schüttelte den Kopf, auf seiner Stirn bildeten sich Falten. »Wir wissen es nicht. Von Steinmar kam keine Nachricht. Was wir erfahren, deutet auf ein heilloses Durcheinander bei den Kreuzfahrern hin. Ihr wisst, dass der Franzosenkönig und sein Sohn bei Tunis sehr plötzlich das Zeitliche gesegnet haben?«

Mathilde nickte.

»Der englische Prinz Edward plant zu unser aller Überraschung, den Kreuzzug allein weiterzuführen. Ob er es schafft oder nicht, wie viele ihm folgen und ob Steinmar dabei ist, vermag ich nicht zu sagen.« Er schaute sie kurz an. Das spöttische Funkeln war aus seinen Augen gewichen. Er zog das Medaillon der Marianer aus seinem Hemd. »Ich weiß nicht, Schwester, ob unser Bruder noch lebt«, sagte er leise. »Doch ich hoffe es sehr.« Dann schob er das Erkennungszeichen zurück.

Mathilde war gerührt von der Geste, mit der dieser Hochwohlgeborene sich bemühte, einem einfachen Mädchen wie ihr Mut zu machen. »Verzweifle nicht, du bist nicht allein«, sollte das heißen.

Sie richtete sich auf. »Dann lasst uns gehen, Herr.«

»Es reicht, wenn du mich den Münsterberg hinunterführst. Unten haben sich meine Leute versteckt und warten. Den restlichen Weg finde ich schon allein.«

Sie tat, wie er ihr geheißen.

Als Mathilde in ihre Kammer zurückkehrte, sank sie erschöpft auf ihr Lager und fiel in einen traumlosen Schlaf. So erfuhr sie erst am nächsten Morgen, dass der Graf noch einmal vom Schultheiß entdeckt worden war. Viele Suchtrupps hatten es längst aufgegeben, nach dem Habsburger zu fahnden. Nicht jedoch Marschalk und seine Männer.

Das hatte den Basler Bürgermeister das Leben gekostet. Als er den Habsburger und seine Leute entdeckt hatte, waren sie bereits außerhalb der Stadtmauern gewesen. »Folgt mir«, soll er gerufen haben. Doch die Basler Bürger leisteten dem Befehl ihres Schultes nur unwillig und ausgesprochen zögerlich Folge, und Marschalk bemerkte nicht, dass er dem Widersacher des Bischofs nach kurzer Zeit nur mehr allein hinterpreschte. Rudolf bekam er nicht zu fassen. Dafür erwischten die Dienstleute des Grafen ihn. Sie schlugen ihn nieder. Es hieß, die guten Basler hätten aus der Ferne tatenlos zugesehen.

Mathilde hoffte, dass diese Ereignisse von ihr ablenken würden. Damit sich niemand daran erinnerte, dass sie in Begleitung eines hageren Fremden durch die Stadt gegangen war.

Doch die junge Frau, die aus dem Nichts gekommen und so schnell in der Gunst des Neuenburgers aufgestiegen war, hatte viele Neider. Sie bemerkte zunächst nichts davon, dass sie unter Beobachtung stand. Sie hatte andere Sorgen. Der kleine Minorit hatte ihr eine weitere Schreckensnachricht weitergeleitet: Die Burg Montfort bei Akkon wurde von den Männern Baybars' belagert und drohte zu fallen. Das hieß, dass der Mamluk sich wieder an seine Christenhatz gemacht hatte, dass aus der geheimen Verabredung mit großer Wahrscheinlichkeit wieder nichts geworden war.

Erneut überlegte sie, auf eigene Faust ins Heilige Land zu reisen. Erneut verwarf sie den Plan. Es ging um höhere Ziele, um Landfrieden für die Menschen und darum, dass bald wieder ein König sie beschützte, darum, dass die Kirchenglocken wieder läuteten. Ein Menschenleben war nicht von Bedeutung, wenn es um das Seelenheil aller ging. Nicht ihres, nicht das von Steinmar. Nicht das ihres Vaters und ihres Bruders.

Immerhin erfuhr sie dieser Tage mehr über das Vorrücken des englischen Prinzen, den man offenbar nicht grundlos den Schottenhammer nannte. Er sollte sehr groß sein und galt als gewaltiger Streiter vor dem Herrn. Nach dem Tod der Verbündeten war Prinz Edward mit seinen Rittern nach Sizilien zurückgekehrt und hatte dort überwintert. Unter dem Schutz von Ludwigs Bruder Karl von Anjou, der sich zum König von Sizilien gemacht hatte. Jenem Karl, der den letzten Staufer Konradin hatte hinrichten lassen. Es hieß, Edward sei bereits im April mit seiner Flotte, seinen Rittern und mehr als sechshundert weiteren Streitern über Zypern nach Akkon gesegelt, um die Stadt zu unterstützen, die in ständiger Furcht vor einem Angriff des ägyptischen Sultans Baybars lebte. Der König von Jerusalem, Hugo von Zypern, wollte sich ebenfalls bald dort einfinden, und gemeinsam wollten sie die Heilige Stadt Jerusalem befreien. Mathilde hörte auch, dass der Schottenhammer seine Frau zum Kreuzzug mitgenommen hatte. Eleonore von Kastilien musste entweder sehr tapfer sein, oder sie hatte allen Grund, daran zu glauben, dass ihr Gemahl über die Heiden siegen würde. Gut, in jedem Kriegszug zogen Frauen, ja, ganze Familien mit. Doch viele der feinen Damen blieben nach so vielen Kreuzzugsniederlagen lieber in ihren Schlössern oder verwalteten die Burgen, bis der kriegerische Gemahl zurückkehrte. Mathilde gab auch diese Nachrichten getreulich an die Loge weiter.

Die Entscheidung darüber, ob sie nach Outremer gehen oder in Basel bleiben sollte, wurde ihr nicht lange danach aus der Hand genommen. Eine Küchenmagd, jene, die ihr auch von der Wunderwirkung des Reliquiars berichtet hatte, machte Mathilde, ohne es zu wissen, den Ernst der Lage deutlich. Sie war noch ein junges Mädchen, kaum zwölf Jahre alt, eine Bauerstochter aus der Umgebung. Mathilde, die wusste, was Heimweh hieß, hatte sich der Kleinen angenommen, die ihr immer wieder durch ihre verweinten Augen aufgefallen war, und sie auch vor den Handgreiflichkeiten mancher Männer geschützt. Sie hatte sich inzwischen den Ruf erworben, in dieser Hinsicht sehr streitbar zu sein. Und weil einige dachten, Mathilde teile das Lager des Bischofs, wagten sie es immer weniger, ihrem Schützling nachzustellen.

»Es wird erzählt, Ihr wärt eine Verräterin, Frau Mathilde«, flüsterte das Mädchen, das in der Nacht in ihre Kammer gekommen war. »Das stimmt doch nicht, oder?« Mathilde sah die Angst in den Augen der Kleinen.

Sie strich ihr beruhigend über die Haare. »Nein, natürlich nicht, Kind. Aber sag, was erzählen sich die Leute denn?«

»Einige wollen Euch zusammen mit dem Habsburger gesehen haben. So etwas würdet Ihr nicht tun, nicht wahr? Das wäre ja Verrat an unserem gnädigen Herrn!«

Mathilde schüttelte den Kopf. »Hab keine Angst, meine Kleine. Wie könnte ich? Der wilde Graf ist doch Basels Feind. Du musst dich nicht sorgen.«

»Es wird Euch also nichts geschehen?«, fragte die Kleine glücklich.

Mathilde bemühte sich um ein Lächeln. »Nein, es wird mir nichts geschehen. Geh jetzt, schlaf. Morgen ist wieder ein harter Tag.«

Noch in derselben Nacht packte Mathilde ihre Habseligkeiten und verschwand aus der Bischofsstadt. Gerade eben rechtzeitig. Denn im Morgengrauen traten die Schergen des Bischofs die Tür ihrer Kammer ein, um sie festzunehmen.

»Ich komme mit.« Martin ließ sich nicht davon abbringen, egal, wie oft Mathilde ihn auch beschwor und ihm erklärte, dass der Waldshuter Hof seinen Schutz benötigte. Denn sicherlich würde der Bischof von Basel seine Häscher hinter ihr herschicken. Sie seufzte innerlich. Wahrscheinlich würde sie mit ihrem Handeln auch die Loge verärgern. Die Marianer hielten bestimmt nichts davon, dass sie gedachte, ohne ihre Einwilligung ins Heilige Land zu reisen. Sollten sie doch! Sie war schließlich keine Leibeigene. Erst einmal mussten sie ihrer überhaupt habhaft werden. Sie hielt diese Warterei auf Nachrichten von ihrem Vater, ihrem Bruder … und Steinmar einfach nicht mehr aus. Das Auffliegen ihrer Tarnung war ein Wink des Schicksals gewesen. Jetzt würde sie selbst herausfinden, was aus ihnen geworden war.

Eigentlich hatte sie nur kurz in Waldshut haltmachen wollen, um heimlich ihre Habseligkeiten für die lange Reise zu ergänzen und ihre Geldkatze zu holen. Doch der Hund hatte in seiner Freude das ganze Haus wach gebellt.

Gertrud und Junge zogen lange Gesichter, als Mathilde ihnen von ihren Reiseplänen erzählte. Sie würde bis Sizilien ziehen und sich dem Heer des englischen Prinzen anschließen. Was diese Kastilierin konnte, das konnte sie auch. Die Folge war ein Sturm des Protestes, der noch immer anhielt. Alle wollten mit.

Mathilde hatte mit Engelszungen auf sie eingeredet. Gertrud und Junge hatten schließlich – widerstrebend – zugestimmt, im Waldshuter Hof die Stellung zu halten. Nur Martin war stur geblieben.

»Jetzt sei doch nicht so starrköpfig, bitte! Gertrud und Junge brauchen dich hier. Wer soll mir schon etwas tun!«

Da schlug auch Gertrud in Martins Kerbe. »Mir wäre es aber auch lieber, Martin reiste mit über die Alpen«, wandte sie ein. »Was soll denn aus uns werden, wenn Ihr unter die Heiden fallt? Ich mag gar nicht daran denken, was sie mit Euch anstellen könnten. Man hört fürchterliche Dinge aus Outremer.«

»Sie hat recht«, fand auch Junge, und der Hund wedelte mit dem Schwanz dazu. Verräter, dachte Mathilde und schickte dem Tier einen strafenden Blick. Ohne seine Bellerei wäre sie längst auf und davon. Der Zahnlose sperrte seinen Rachen auf, es sah aus, als lache er, und wedelte erneut mit dem Schwanz.

Junge bekräftigte: »Ich passe schon auf alles auf. Ich kann schon gut kämpfen, ich habe mit Herrn Steinmar geübt. Und dieser Lütold, der immer um Euch herumscharwenzelt ist, hilft uns sicher auch. Schließlich will er Euch ehelichen und hat damit ein Interesse daran, den Besitz zu schützen, der mit der Eheschließung einmal ihm gehören wird«, fuhr er eifrig fort.

Mathilde hatte da so ihre Zweifel. Nach allem, was sie in Basel beobachtet hatte, war Lütold ein treuer Gefolgsmann des Bischofs geworden. Wenn er es nicht schon immer gewesen war. Der Neuenburger hatte ihm sogar die abgebrannte Stammburg der Tiefensteiner abgekauft. Er gedachte, sie wieder aufzubauen und den Habsburger damit zu ärgern, der sie schließlich zerstört hatte. Lütold spielte gerne mit. Er hätte ohnehin niemals die Summen aufbringen können, die notwendig waren, um das vor sich hin rottende Gemäuer zu retten.

Mathilde betrachtete ihre Familie mit prüfendem Blick, dann gab sie auf. Sie wusste ja, was es hieß, Angst um diejenigen zu haben, die man liebte. »Also gut, Martin. Dann komm mit. Ich habe nur keine Ahnung, woher ich für dich ein passendes Gewand bekommen soll, so lang und breit, wie du bist.«

Martin machte große Augen. »Passendes Gewand?«

»Ja, dachtest du wirklich, ich reise als Mathilde von Waldshut? Ein Freund in Basel hat mir das Habit eines Minoriten geliehen. Was meint ihr, ich mache mich doch bestimmt gut als Mönch? Ich werde mir aus Tüchern ein kleines Ränzlein basteln und die Haare abschneiden. Gertrud, weißt du, wie man den Schädel so rasiert, dass es eine ansehnliche Tonsur gibt?«

»Nein! Nicht diese wunderschönen Haare!«, rief Gertrud entsetzt.

Mathilde schürzte die Lippen. »Was ist dir lieber? Dass ich als Frau gelte, wenn ich unter die Heiden falle, oder als Mönch?«

»Na schön, ich werde Euch die Haare schneiden. Aber es ist eine Schande und geziemt sich nicht. Außerdem …« Gertrud errötete. »Ich habe gehört, die Heiden, also … Sie entmannen Mönche, wenn ihnen welche in die Hände fallen.«

»Ammenmärchen«, erklärte Martin, indes er nicht so aussah, als würde sein Protest ihn überzeugen. »Jedermann, auch ein Ungläubiger, begegnet einem Pilger mit Achtung. Und ich habe sogar bereits ein Mönchskleid. Von einem Benediktiner. Neulich war einer hier. Weil er nicht bezahlen konnte, hat er seine Sachen dagelassen.«

»Ihr habt einen Kirchenmann nackt weiterreisen lassen?«, fragte Mathilde entsetzt.

Gertrud lachte. »Nein, du liebe Güte! Wir haben ihm abgetragene Kleidung von Martin mitgegeben. Wir hätten ihn auch ohne Bezahlung ziehen lassen. Aber er bestand darauf.«

Das klang eher, als habe der Mann die Sachen loswerden wollen, um nicht erkannt zu werden, überlegte Mathilde. Ob dieser unbekannte Prediger einer der vielen Kundschafter war, die heutzutage die Gegend durchstreiften? Jede Partei hatte welche, der Graf, der Neuenburger, die verschiedenen Adelsfamilien im Umkreis. Die Zeiten waren unsicher, jeder musste möglichst viel über die Umtriebe des jeweils anderen wissen, um rechtzeitig Vorsorge treffen zu können.

»Gut, dann ziehe das Habit an. Es wird wohl niemandem auffallen, wenn ein Benediktiner und ein Minorit auf einem Esel ins Heilige Land ziehen«, antwortete sie, insgeheim froh, Martin bei sich zu haben.

»Das habt Ihr Euch fein ausgedacht«, meinte Gertrud anerkennend. »Aber das mit den Haaren –«

»Los jetzt, keine langen Reden. Ich muss aufbrechen. Die Männer des Bischofs werden bald merken, dass ich verschwunden bin. Und falls es stimmt, was die Kleine sagte, falls ich wirklich verdächtigt werde, eine Verräterin zu sein, wird der Neuenburger wüten. Seine Leute kommen bestimmt als Erstes hierher. Ihr müsst unbedingt Vorsorge treffen.«

»Sorgt Euch nicht, Frau Mathilde, wir schaffen das schon. Müsst nicht glauben, dass wir Euch verraten würden«, erklärte Junge und warf sich in die Brust.

Gertrud und Junge schauten den beiden hinterher. Sie sahen einen großen, muskulösen Benediktiner, der einen eher bewegungsunwilligen und deshalb immer wieder bockenden Esel hinter sich herzerrte, auf dessen Rücken ein kleiner, dicker Minorit saß und sich am Hals des Tieres festklammerte. Hinter dem kleinen Dicken hüpften auf den Pobacken des Grauen zwei schmale Bündel auf und ab. Die beiden wirkten in ihren fadenscheinigen Gewändern, als wären sie schon lange unterwegs. Gertrud schüttelte den Kopf. Dieses Unterfangen war der reine Wahnsinn. Doch mit dem Mädchen war nicht zu reden. Stur wie der Esel, auf dem sie ritt. Sie hoffte, dass die Strauchdiebe und Mörder, die bekanntlich die Wege ins Heilige Land unsicher machten, ihre beiden Freunde nicht für eine lohnende Beute hielten.

Das hofften Martin und Mathilde ebenfalls. Mathilde hatte ihre Geldkatze vorsorglich in dem Polster untergebracht, das sich als »Bäuchlein« unter der Kukulle abzeichnete.

Und noch jemand beobachtete den hastigen Aufbruch der beiden falschen Mönche, allerdings heimlich und verborgen hinter einem Gebüsch an der östlichen Hauswand des Waldshuter Hofs: Lütold von Tiefenstein.

# XI

Mathilde genoss die frische Brise. Sie reckte sich und streckte ihre Glieder. Seit einigen Tagen herrschte strahlender Sonnenschein, trocknete die Kleider und wärmte die Knochen. Wolken zogen wie Schäfchen über den Himmel, das Mittelmeer lag tiefblau und ruhig vor ihnen, während der Bug der »Victoria« sich mit einer Spur aus weißem Schaum den Weg durchs Wasser pflügte. Nach den Stunden im Sturm, die sie unter Deck hatten verbringen müssen, war es herrlich, die saubere Seeluft zu atmen. Im Bauch der Galeere des Johanniterordens, dort, wo die Männer an den Ruderbänken schufteten, stank es bestialisch. Männer aus aller Herren Länder, weißhäutig, braun, aber auch schwarz von Angesicht, waren dort Tag und Nacht angekettet und beugten und streckten die Rücken im Rhythmus der Trommel. Sie kamen nur an Deck, wenn sie mit den Füßen voraus ins Meer gekippt wurden.

Die Galeere verfügte an jeder Seite über zwei Ruderreihen von je zwölf Riemen übereinander. An jedem Riemen saßen fünf Mann. Selbst sie, die niemals wieder die Sonne sehen würden, schienen nun, da sie schien, wieder leichter zu atmen. Drum vor, drum, drumdrum zurück. Drum vor, drum, drumdrum zurück. Der Takt der großen Trommel war langsamer geworden, die Plackerei an den Riemen nicht mehr ganz so schwer, nachdem der Sturm sein Wüten gegen die Planken, die Taue und die Masten eingestellt hatte und die Gischt der Wellen nicht mehr über das Deck peitschte.

Mathilde beruhigte sich damit, dass die Männer zumeist Sträflinge waren. Oder Ungläubige, die man gefangen genommen hatte. Früher hatten Freiwillige an der Stelle dieser Sklaven gesessen. Doch inzwischen waren schon lange nicht mehr genügend Männer zu finden, die diese Schinderei auf sich nehmen wollten.

Der Sturm war grauenvoll gewesen. Mathilde hatte jeden Moment damit gerechnet, dass die Wellen das Schiff überschwemmen und der Sog es mit sich in die Tiefe reißen würde. Das Auf und Ab, das nicht zu enden schien, hatte sie fast zu Tode geängstigt. Außerdem konnte sie sich nicht daran erinnern, dass ihr schon jemals so schlecht gewesen war. Sie hatte sich die Seele aus dem Leib gekotzt. Martin war noch immer krank. Er hatte sich an Deck gequält und sich auf einem Berg aufgerollter Tampen halbwegs bequem eingerichtet. Der Arme. Doch wenn das Wetter sich hielt, wenn die Sonne weiter die Glieder wärmte und das Meer sich weiter den Anschein gab, als sei es nichts als ein besonders großer, aber harmloser See, dann würde er sich ebenfalls bald erholt haben.

Sie kniff die Augen zusammen und starrte zum Horizont. Die Sonnenstrahlen glitzerten auf den Wellen und tanzten mit ihnen. Aber von der Insel Zypern war noch nichts zu sehen. Der Wind kam von achtern. Die beiden Dreieckssegel der Galeere waren gebläht. Das Kreuz auf dem Tuch kündete jedem schon von Weitem, wer die Schiffsherren waren, und auch die Wimpel in den Farben der Johanniter wehten fröhlich im Wind.

Wenn sie es sich recht überlegte, hatten Martin und sie Glück im Unglück gehabt. Erst hatte der Weg zur neuen Pass-Straße über den Gotthard sie durch das Tal der oberen Reuß geführt, teilweise eng am Fels und ihm abgerungen, manchmal waren sie über Saumpfade gestolpert oder über Geröll geklettert, wo der Berg wieder einmal abgestürzt war. Viele Stunden ging es entlang schroffer Felsabgründe und durch Schluchten, dann mussten sie bei Schöllenen einen reißenden Fluss queren. Doch alle in der Pilgergruppe hatten den Fußmarsch mehr oder weniger, das hieß bis auf einige Abschürfungen und einen Beinbruch, heil überstanden. Der Pilger mit dem gebrochenen Knöchel hatte zurückbleiben müssen. Anschließend war es unter der Führung eines Einheimischen in vielen Kehren hinauf zum Pass des Sankt Gotthard gegangen.

Die weitere Reise war zwar ebenfalls anstrengend gewesen, jedoch ohne große Schwierigkeiten verlaufen. Sie hatten es eilig, konnten nicht warten, bis die Pilger einer bestimmten Gruppe alle ihre Gebete verrichtet hatten und die Blasen an den Füßen abgeheilt waren. So hatten sie immer wieder andere dieser wilden Haufen von manchmal zehn, aber auch fünfzig und mehr Pilgern gesucht und auch gefunden, denen sie sich auf ihrem Weg über die Alpen nach Italien hatten anschließen können. Wenn Adelige oder reiche Leute dabei waren, sogar unter dem Schutz von Soldaten.

Es gab viele reuige Sünder, die sich durch nichts von der gefahrvollen Reise, von Banditenüberfällen oder Unfällen auf unwegsamen Pfaden, abschrecken ließen und sich durch diese Pilgerfahrt in die Heilige Stadt die Vergebung ihrer Sünden erhofften. Einige, selbst wohlhabende, schienen besonders viel abzubüßen zu haben. Sie schritten barfuß über Stock und Stein. Sogar bei der Überquerung der Alpen, als der Weg sie durch Schluchten und über Schneefelder führte, hatten diese besonders hartnäckigen Büßer ihre Sandalen am Gürtel angebunden gelassen.

Die, die sich keine Bewaffneten als Schutz leisten konnten, setzten dabei ihr Leben aufs Spiel. Noch stand Jerusalem unter der Herrschaft der Ungläubigen. Aber das würde bald anders sein! Es wurde viel über die richtige Kriegstaktik gestritten, aber jeder, ob Frau oder Mann, baute darauf, im Gefolge des englischen Prinzen in die Heilige Stadt einziehen zu können. Einmal im Leben im Felsentempel zu beten, das war, gleich nach der Teilnahme an diesem Kreuzzug, das Wunderbarste, was einem Christen widerfahren konnte.

Und die Gastwirte am Wegesrand, die Hospize und Schenken, freute dieser Glaubenseifer ebenfalls. Die Pilger brachten guten Verdienst.

Wäre die ständige Anspannung nicht gewesen, das Gefühl, immer auf der Hut sein zu müssen, Mathilde hätte den Weg über die steilen Felspfade und Gletscher sogar genossen. Der Schnee war unter der strahlenden Frühlingssonne schnell weggetaut, die Tage waren wie ein Geschenk des Allmächtigen gewesen und der Ausblick über die weißen Gipfel herrlich.

Den ersten Rückschlag hatten Martin und sie erlebt, als sie endlich, müde und verschmutzt, Sizilien erreicht hatten. Der englische Prinz Edward war mit seinem Heer bereits weitergezogen. Die Leute sagten, er kämpfe gerade bei Tripolis gegen die Ungläubigen und wolle dann weiter nach Akkon. Er plane, die Kreuzfahrerhochburg zusammen mit Karl von Anjou, dem Bruder des glücklosen Ludwig IX., sowie seinen über zweihundert Edlen und weiteren tausend Mann unter Waffen zu befreien.

Martin und Mathilde hatten kurz entschlossen entschieden, dem englischen Prinzen nachzureisen. In Akkon, so hoffte Mathilde, könnte sie vielleicht etwas über den Verbleib ihres Vaters, ihres Bruders und von Steinmar erfahren. In der Stadt hatten alle großen Ritterorden ein Quartier – die Johanniter, die Templer und natürlich auch die Deutschherren. Und dort hatte der Vater auf Steinmar warten wollen.

Sie hatten recht schnell ein geeignetes Schiff gefunden, das sie ihrem Ziel näher bringen konnte: die Galeere der Johanniter, die bereits am nächsten Tag in Richtung Zypern in See stechen sollte. Der Orden hatte auf der Insel bei Limassol die mächtige Burg Kolossi in seinem Besitz.

Von dort aus sei das Heilige Land schon fast zu sehen, sagten die Leute. Auf Zypern würden sie sicher ein weiteres Schiff finden, das sie nach Galiläa brachte.

Der Kapitän der Galeere war zunächst nicht sonderlich davon angetan gewesen, zwei abgerissene Mönche zu befördern, von denen kein Gewinn für die Passage zu erwarten war. Er hatte eine horrende Summe in Gold gefordert. Mathilde musste schmunzeln, als sie sich daran erinnerte, wie groß seine Augen geworden waren, als der kleine dicke Mönch kurz hinter dem großen kräftigen verschwunden war, wo er an seiner Kleidung herumhantierte, und ihm nach dem Wiederauftauchen die geforderte Summe in die Hand gezählt hatte. Nun war Mathildes Geldkatze vollends schwindsüchtig. Und der forschende Blick des Mannes auf ihre Leibesmitte ging ihr nicht mehr aus dem Kopf. Sie hatte den Gürtel in der Eile nicht sonderlich ordentlich gebunden, und ihr Bauch war verrutscht. Sie verfluchte sich innerlich erneut, dass sie so nachlässig gewesen war. Ob er begriffen hatte, dass der Bauch unter dem Habit aus nichts als zusammengenähten Lumpen bestand? Der Kapitän hatte keine Bemerkung dazu gemacht. Sie misstraute ihm dennoch.

Der Ruf des Schiffsjungen im Ausguck holte sie aus ihren Gedanken. »Vögel, das sind Vögel.« Alle an Bord hielten bei ihren jeweiligen Verrichtungen inne und schauten in die Richtung, in die der Arm zeigte. Tatsächlich, Möwen. Das verhieß Land. Nicht mehr lange, und sie würden im Hafen von Limassol ankern. Fast bedauerte Mathilde, dass dies der Fall war. In den letzten beiden Tagen war es so friedlich an Bord gewesen, und der gleichmäßige Rhythmus der Trommel, der den Takt für die Rudersklaven vorgab, war an einem Tag wie diesem eher beruhigend.

Da ertönte erneut ein Schrei, diesmal kam er aus Richtung Heck. Zunächst verstand Mathilde nicht, was der Mann rief. Unruhe vertrieb sogleich die friedvoll-schläfrige Stimmung an Bord, die Männer rannten hin und her, Befehle schallten über das Deck, Seesoldaten griffen zu ihren Waffen. Die Johanniter legten ihre Brustpanzer an. Ihre Gesichter waren grimmig. Mathilde beobachtete, wie das große Pfeilgeschütz auf der Plattform über dem Vorderdeck bereit gemacht wurde, ebenso mittschiffs die Wurfgeschütze und die Einrichtungen für das griechische Feuer, das Piraten vom Entern abhalten sollte. Plötzlich ächzten die Planken unter Mathildes Füßen, und das hintere der beiden dreieckigen Lateinersegel fegte über ihren Kopf hinweg, der Wind hatte überraschend gedreht. Männer fluchten, richteten die Takelage neu aus, befestigten Taue. Der Takt der Trommelschläge erhöhte sich. Die »Victoria« schwang herum und streckte dem Gegner den Bug mit dem eisenbeschlagenen Rammsporn entgegen. Er war imstande, auch das größte Schiff zu versenken. Doch dann erkannte Mathilde, dass es nicht nur ein Schiff war, das sie da von hinten angriff, sondern eine ganze Meute: drei Galeeren, etwas graziler als die »Victoria«, und fünf kleine Schiffe.

»Diese verdammten Piraten mit ihren Fustas und Galeoten! Sind überall und schlimmer als die Pest. Feige Hunde auch noch. Kommen immer zu mehreren, fürchten wohl die Kampfkraft eines aufrechten Christenmenschen«, hörte sie einen der Johanniter fluchen. Er hatte bereits sein Kettenhemd unter dem roten Waffenrock mit dem durchgehenden weißen Tatzenkreuz angelegt, den die Streiter der Johanniter im Kampf trugen, und überprüfte den Sitz seines Brustpanzers. Sein Normannenschild lehnte neben ihm an der Reling. Er schien ein Ritter zu sein und keiner der einfachen Fußsoldaten, die für den Orden kämpften. »Sie stürzen sich auf ihre Beute wie ein Rudel ausgehungerter Wölfe«, knurrte er und griff nach dem Visier seines Helmes.

Er betrachtete Mathilde abschätzig. Was er sah, war ein kleiner, dicker Mönch mit mädchenhaften Zügen. »Keine Angst, unser Kapitän ist erfahren. Trotzdem solltet Ihr Euch besser eine Waffe besorgen, Minorit. Und Euer Begleiter auch. Der scheint mir kräftiger zu sein als Ihr. Falls Ihr daran denkt, Euch unter Deck zu flüchten, vergesst nicht: Wenn Ihr Eure Eier behalten wollt, dann ist es besser, Ihr kämpft. Die Piraten verkaufen ihre Gefangenen als Eunuchen für den Harem der Emire. Mönche mit Milchgesichtern wie das Eure kastrieren sie besonders gerne. Oder sie hängen sie am Gemächte auf, bis die Hoden abreißen. Da heißt es kämpfen und siegen. Oder sterben.« Mit diesen Worten klappte er das Visier herunter und griff nach Schwert und Schild.

»Falls Ihr denkt, ich habe Angst – ich habe keine!« Mathilde versuchte, ihrer Stimme einen männlich festen Ton zu geben.

»Dann ist ja gut. Schnell, genug geredet! Bald beginnt der Kampf Mann gegen Mann. Der Herr möge uns gnädig sein, es sind zu viele …« Seine Stimme brach ab, er gurgelte. Ein Wurfmesser hatte ihn in den Hals getroffen. Mathilde ging in Deckung.

Heißes Pech wurde über das Meer geschleudert, ein Segel explodierte und wurde zur Fackel. Der Rammsporn der »Victoria« hatte den ersten Freibeuter erwischt. Holzsplitter schossen durch die Luft, eine

Fusta der Piraten ächzte. Planken barsten, das Schiff des Gegners neigte sich und tat einen letzten Seufzer. Mathilde hörte Schmerzensschreie, Gebrüll, Männer der verschiedensten Hautfarben stürzten sich ins Meer. Einige gingen gurgelnd unter, ihre Hände griffen ins Leere. Andere erreichten die Schiffe der Piraten und hangelten sich an Tauen an Bord, um die dortigen Mannschaften zu ergänzen. Es waren immer noch zwei Fustas und fünf Galeoten übrig. Diese hatten sich erneut hinter der Galeere der Johanniter in Position gebracht.

Wieder schwang die »Victoria« herum. Die angreifenden Piraten waren ebenfalls gute Seeleute, die übrigen Fustas vollzogen die Wende nach, eine Galeote tanzte vor dem Bug der Galeere der Johanniter herum und wich dem Rammsporn immer wieder geschickt aus. Mathilde hatte den Eindruck, dass dieses kleinere und deshalb wendigere Schiff der Korsaren der Galeere, auf der sie sich befand, an Beweglichkeit weit überlegen war. Dasselbe galt für die Fustas. Sie waren schmaler und wohl auch leichter. Das machte sie schnell, auch wenn sie nur über eines dieser Lateinersegel verfügten und nur über eine Reihe Ruderer. Wie sollte das gehen? Der Rammsporn konnte nur ein Schiff nach dem anderen angreifen! Sie begriff: Genauso war es geplant. Ein Schiff wurde geopfert, damit die anderen die Beute von hinten anfallen und entern konnten.

Martin tauchte hinter seiner Taurolle auf. Er war noch immer bleich. »Was ist hier los?« Er wartete die Antwort nicht erst ab, sondern stürzte unter Deck, um sich beim Waffenmeister ein Schwert zu holen. »Verdammte Piratenbande!«, knurrte er.

Mathilde, noch immer erschüttert vom Tod des Johanniters, stand da mit zitternden Knien. Ein Blick übers Deck zeigte ihr, dass die Männer die kleineren Wurfmaschinen bereit machten. Schiffsjungen und Leichtmatrosen schleppten Eimer mit dampfenden Flüssigkeiten herbei. Die Rudersklaven im Bauch des Schiffes brüllten, und das Rasseln von Ketten war zu hören. Wo blieb der Takt der Trommelschläge?

»Feuer!« Noch während die »Victoria« ein weiteres Mal herumschwang, hörte sie das Fauchen des Feuers am Heck. Die halbe Mannschaft stürzte nach hinten, um den Brand zu löschen.

Die Freibeuter nutzten die Gelegenheit. An Tauen befestigte Enterhaken flogen über die Reling und krallten sich fest. Männer mit verzerrten Gesichtern, Messer zwischen den Zähnen, hangelten sich an Bord. Martin tauchte brüllend aus dem Niedergang auf. Er stieß Mathilde zur Seite und schlug einen Freibeuter zu Boden, der gerade nach ihr greifen wollte. »Bleibt in Deckung! Diesen Teufeln werde ich's zeigen!« Mit einem lauten Schrei warf er sich in ein Knäuel kämpfender Gestalten. Körper flogen zur Seite.

Mathilde missachtete Martins Warnung und stürzte ihm nach. Überall an Deck herrschte ein heilloses Durcheinander. Ineinander verkeilte Körper, schreiende Verwundete. Verwilderte Gestalten tauchten aus dem Niedergang auf. Jemand hatte die Rudersklaven befreit. Sie fasste sich ein Herz. Nun musste sie zeigen, was Martins Lehrstunden im Umgang mit einem Dolch während der Reise gebracht hatten.

Die Angreifer schienen von allen Seiten zu kommen. Sie wehrte sich verzweifelt und nahm kaum wahr, dass einer der Piraten getroffen vor ihr auf den Boden stürzte, denn schon hatte sich der nächste Feind vor ihr aufgebaut. Ein wütender bärtiger Riese spie ihr Worte in einer unbekannten Sprache entgegen und hob ein riesiges Schwert. Wie ein Rasender stürzte er sich auf sie. »Bringt mir den kleinen dicken Mönch lebendig!«, brüllte eine Männerstimme. Der Angreifer hielt inne.

»Achtung! Hinter dir!« Martin hatte sich des Bärtigen angenommen und sank mit ihm zu Boden, Mathilde fuhr herum. Ein kleinerer Pirat mit einer Augenklappe funkelte sie mit seinem einzigen Auge zornig an. Mathilde wartete gar nicht erst, bis er auf sie einstach, sondern reagierte blitzschnell. Wieder sank ein Mann mit einem Schmerzensschrei zu Boden.

»Gut gemacht M… Mönch«, knurrte Martin neben ihr. Er war von oben bis unten blutig, aus dem linken Ärmel seines Habits tropfte es.

»Bringt mir diesen Mönch, lebendig! Ein Goldstück für den, der mir den kleinen Minoriten bringt!«

Erst jetzt begriff Mathilde, dass sie gemeint war. Im selben Moment krachte Martin neben ihr zu Boden wie ein gefällter Baum, und Mathilde war abgelenkt. »Martin! Martin, was ist mit dir?«

Ein dunkelhäutiger Hüne zog ihr ohne Umstände eine Keule über den Schädel. Um Mathilde wurde es dunkel.

Als sie wieder zu sich kam, lag sie in einer Blutlache. Ihr Kopf hämmerte und surrte, als habe sich darin ein Bienenstock niedergelassen. Sie hörte Männerstimmen. Vorsichtig versuchte sie, ein Augenlid zu öffnen, dann das andere. Es ging schwer, die Wimpern waren verklebt. Sie wusste nicht, ob von Blut oder von Tränen. Langsam kam die Erinnerung zurück. Piratenangriff, Martin, der regungslos am Boden lag. Und dann meldete sich ihr Körper. Es gab keine Stelle, an der er nicht schmerzte. Gerade noch rechtzeitig unterdrückte sie ein Stöhnen. Es war besser, sich tot zu stellen. War der Kampf noch im Gange? Nein, es hörte sich nicht so an. Und es fühlte sich auch anders an. Der Boden unter ihr schaukelte … schneller. Nicht so schwerfällig wie die Galeere der Johanniter. Das war nicht das Schiff, das sie kannte. Wo war sie? Wo war Martin? Wieso war ihr kühl? Wieso hatte sie das Gefühl, dass ihr die Meeresbrise über den nackten Körper strich? Entsetzten drohte sie zu überwältigen. Diese Stimme. Nein, ganz ruhig. Ganz ruhig. Sie spürte, wie sich ein Schatten über ihr aufbaute.

Erneut blinzelte sie vorsichtig zwischen ihren Wimpern hindurch.

»Ah, Madame sind aufgewacht. Ich dachte schon, meine Leute hätten dir den Kopf eingeschlagen. Ist ja nicht viel dran an dir.«

Mathilde richtete sich mit einem Ruck auf. Ihr malträtierter Schädel antwortete mit einem Stich. Nun stöhnte sie wirklich und hielt sich den Kopf. Danach schaute sie an sich hinunter und erstarrte. Ihr Minoritenhabit war vorne aufgeschlitzt, ihr falscher Bauch verschwunden. So schnell sie konnte, versuchte sie, ihre Blöße mit den Fetzen ihres Gewandes zu überdecken.

Schallendes Gelächter war die Antwort. Mathilde krümmte sich zusammen. Die Piraten hatten gesiegt. Gleich würde der Schlag kommen, der sie ins Jenseits beförderte. »Nun macht schon! Worauf wartet Ihr noch?«

Doch nichts dergleichen geschah. Im Gegenteil, der Schatten über ihr lachte noch lauter. »*Non, non,* hast es zu eilig, vom Leben zum Tod befördert zu werden, Mädchen. *Quel dommage,* ich muss dich enttäuschen. Werde für dich eine gehörige Summe Gold bekommen.«

In Mathilde keimte ein schrecklicher Gedanke. »Habt Ihr …«

»Nein, Mademoiselle, du bist noch … wie sagt man? *Intacte.*«

Da wagte sie es zum ersten Mal, ihren Blick zu erheben. Die Gestalt stand im Gegenlicht, die Sonne blendete, und sie musste die Augen zusammenkneifen. Ihr Blick wanderte langsam nach oben, angefangen bei den ziemlich dicken Waden in ledernen Beinkleidern. Die Oberschenkel waren von einer Art Pufhose bedeckt. Darüber wölbte sich ein Bauch, über dem der Fremde einen grünen samtenen Rock trug, der mit wertvollen Nesteln geschlossen war, die aus Bergkristallen zu bestehen schienen. An jeder Hand trug er mindestens zehn Ringe. Aus dem

Kragen des Rocks erhob sich ein ziemlich dünner Hals, auf dem ein großer Kopf mit einem von Wind und Wetter gegerbten und von vielen Narben gezeichneten Gesicht saß. Darauf thronte ein breitkrempiger Filzhut von der Form, wie ihn die Pilger trugen, die zum Heiligen Jakob nach Santiago de Compostela wanderten. Nur dass er nicht dunkel, sondern leuchtend rot und nicht mit einer Muschel, sondern von Pfauenfedern geziert war, die bei jedem Wort des Piratenkapitäns wippten. Er sah aus … wie die Leute in ihrer Heimat. Allerdings viel dunkelhäutiger. Seine Worte klangen guttural. Und er sprach ihre Sprache.

»So, du hast jetzt genug gesehen? Bist selbst ein netter Happen, meine Liebe. Tzzzzz. Hat dir niemand geziemendes Benehmen deinem Herrn gegenüber beigebracht?«

Mathilde sog die Luft ein. Womit spielte der Freibeuter da? Er drehte eine kleine Scheibe zwischen den Fingern seiner rechten Hand hin und her. War das nicht …

Sein Blick war dem ihren gefolgt. »Ja, Madame, dein Medaillon. Es ist nicht viel wert, aber als kleine Anzahlung deiner Schulden bei mir geht es. Hast zwei meiner Männer kampfunfähig gestochen. Einer quiekt noch immer *comme un pourceau*, wie ein Schwein. Der andere ist hinüber.«

Mathilde errötete unter dem anzüglichen Blick des Freibeuters, raffte den Stoff des Habits noch enger um ihren Körper und wollte aufstehen. »Wie könnt Ihr es wagen, Ihr … Ihr Pirat!« Ihr Körper antwortete auf die schnelle Bewegung erneut mit stechenden Schmerzen.

Er lachte wieder. »Ich? Es wagen? *Tu es amusante.* Ganz einfach, ich bin der Stärkere. Edmond de Coucy, zu Diensten, Kapitän der ›Esperanza‹. Und ja, ein Pirat. Hab leider versprochen, dich am Stück abzuliefern. Und … *intacte.* Doch wenn du Schwierigkeiten machst, könnte ich es mir vielleicht anders überlegen. Meine Männer warten nur darauf. Aber erst danach. Du hast sicher gehört vom Recht des Herrn an der ersten Nacht? Ah ja, sehe es an deinem Blick.«

Mathilde hörte zustimmendes Gebrummel hinter ihrem Rücken. Mühsam rappelte sie sich ein Stück hoch und wandte sich um. Sie schaute in die Gesichter von mindestens zehn abgerissenen, wilden Kerlen. Zwei oder drei davon glaubte sie an Bord der »Victoria« an den Rudern gesehen zu haben. Alle grinsten. Sie schienen mit den Plänen des Dicken sehr einverstanden zu sein. Ruhig, Mathilde, ruhig, ermahnte sie sich. Vielleicht sollte sie es nicht übertreiben und sich erst einmal zahm geben. »Wo ist mein Gefährte? Und wem habt Ihr versprochen, mich am Stück abzuliefern?«

De Coucy betrachtete sie neugierig. Mathilde kam sich vor wie ein seltenes Tier. »Scheinst vernünftig werden zu wollen. Musst nicht denken, nur, weil Edmond de Coucy eine dunkle Hautfarbe hat, sei er kein Edelmann. Mein Vater war der berühmte Baron de Coucy aus der Picardie, und meine erste Mutter eine maurische Prinzessin. Ah, du fragst dich sicher, warum ich deine Sprache spreche?« Er runzelte die Stirn. »Das ist eine sehr traurige Geschichte. Mein Vater hat verkauft meine Mutter und mich an einen deutschen Kreuzfahrer. Der ließ meine Mutter zu Tode peitschen, als sie ihm nicht gehorchen wollte. Immerhin, jetzt spreche ich die französische und auch deine Sprache.« Er drehte seine rechte Hand hin und her, besah sich angelegentlich die Ringe, hauchte auf einen funkelnden Rubin und rieb ihn an seinem Gewand. »Nun, er hat den Tod meiner Mutter nicht lange überlebt.«

Von einem Baron de Coucy aus der Picardie hatte Mathilde noch niemals gehört. Allerdings schien es, als lege dieser … Bastardkapitän auf seine Herkunft großen Wert.

Gut. Auch sie konnte sich wie eine noble Dame benehmen. Sie hielt ihm ihre rechte Hand hin, während sie mit der linken noch immer versuchte, ihr Habit zusammenzuhalten. »Ich sehe, Monsieur, Ihr seid ein Mann von Stand und Bildung. Mathilde, Dame vom Waldshuter Hof. Seid so gütig und helft mir hoch.«

Edmond de Coucy war so überrumpelt, dass er wirklich nach ihrer Hand griff.

»Ich danke Euch«, erklärte Mathilde hoheitsvoll. »Und nun sagt mir, was aus meinem Diener geworden ist. Und wohin Ihr mich zu bringen gedenkt.«

Dem Piraten stand die Verblüffung noch immer ins Gesicht geschrieben. »Ah, also doch … Diener? Der ist da drüben. Du wirst auf ihn verzichten müssen.«

Mathilde drehte sich in die Richtung, in die der Zeigefinger mit dem dreckigen, langen Nagel wies. Es kostete sie alle Kraft, sich zu beherrschen. Am liebsten hätte sie geschrien. Dort drüben, schon ein ganzes Stück entfernt, dümpelte die lichterloh brennende »Victoria«. Das Schiff hatte starke Schlagseite. Bald würde die Johannitergaleere untergehen. Martin, mein lieber Martin … Nein, sie musste sich beherrschen, durfte diesem Unhold nicht zeigen, wie sehr sie der Tod ihres Freundes traf.

Nun war sie allein. Sie drückte die Schultern durch und hob den Kopf, ehe sie sich wieder umwandte.

Der Kapitän der »Esperanza« sah in eine unbewegte Miene. Mathilde legte alle Überheblichkeit, derer sie fähig war, in ihren Blick. Sie konnte erkennen, dass ihn das verunsicherte. »Gebt mir etwas zum Anziehen«, forderte sie mit wütend funkelnden Augen.

»Mir ist verboten, dir zu sagen, wer dich hat gekauft«, erwiderte Edmond de Coucy irritiert. Dann fasste er sich. »Bringt sie nach unten. Und gebt ihr Kleidung«, befahl er. »Und wehe dem, der sie anrührt.« Die Männer schauten verständnislos. Da wiederholte er die Befehle in einer Sprache, die Mathilde nicht verstand, und einige der Männer nickten.

Einer der Männer, die als Rudersklaven auf der »Victoria« Dienst getan hatten, trat vor und griff nach ihrem Arm.

Edmond de Coucy behandelte sie nun doch merklich respektvoller, als zunächst zu erwarten gewesen war. Mathilde beschloss, die Situation zu ihren Gunsten zu nutzen. De Coucy wollte sie verkaufen, und zwar an einem Stück, unversehrt. Nun gut. Mit allen Anzeichen der Empörung sagte sie: »Sire de Coucy, wie könnt Ihr es wagen, mir diesen Mann als Begleitung anzubieten? Ich gehe nicht mit einem Verräter. Egal, was Ihr mit mir anzustellen gedenkt. Außerdem verlange ich einen Ort, an dem ich mich ungestört waschen und zurechtmachen kann.«

»So, Mademoiselle verlangt ... Du da, geh mit ihr!«

Der falsche Sklave wich zurück und machte einem seiner Kumpane Platz, der um kein Stück vertrauenswürdiger aussah. Mathilde nickte ihm zu, als befände sie sich an einem königlichen Hof. Der Abgewiesene warf ihr einen giftigen Blick zu, und Mathilde begriff, dass sie sich einen Feind geschaffen hatte. Doch in ihrer derzeitigen Lage hatte sie nicht den Nerv, sich mit diesem Umstand auseinanderzusetzen. Sie benötigte ihre ganze Selbstbeherrschung, um nicht in Schluchzen auszubrechen.

Erst später, als der Pirat ihr einen Zuber mit Meerwasser hingestellt und einen Teil der Bilge für sie mit einem löchrigen Fetzen Tuch abgetrennt hatte, wagte sie es, ihren Tränen freien Lauf zu lassen. Sie stand nackt im Zuber, versuchte, sich mit dem salzigen Wasser so gut wie möglich das Blut vom Körper zu waschen, und weinte stumm. Niemand durfte ihr Schluchzen hören. Eine feine Dame weinte nicht um einen Diener. Und sie konnte die Männer hören, die hinter dem Tuch tuschelten und versuchten, durch eines der Löcher einen Blick auf sie zu erhaschen.

Der Baron de Coucy, oder wer immer dieser Piratenkapitän auch sein mochte, trieb die Leute mit einem scharfen Befehl zurück auf ihre Posten. Danach schob er den Vorhang mit der Hand ein Stück zur Seite. Mathilde bedeckte ihre Blöße mit den Händen.

De Coucy betrachtete sie ungeniert. »Wahrhaft, ein Sahnestück. Jetzt, wo ich dich so sehe!« Er kam näher, beugte sich vor und fuhr ihr mit der Rechten zwischen die Schenkel.

Mathilde schlug ihm empört auf die Hand. »Wagt es!«

De Coucy lachte. »Ah, schön feucht.« Er kratzte sich mit der anderen Hand am Gemächt und begann, am Oberteil seiner Hose zu nesteln. »Ein klein wenig rein, ein klein wenig raus und wieder rein, ein wenig Zerstreuung für meinen Schwengel … Oh, er platzt gleich. Der Gedanke gefällt ihm. Kann ja nicht schaden, bleibst ja trotzdem am Stück. Der Herr wird es nicht merken.« Er beugte sich vor, schob die Hand erneut zwischen ihre Schenkel und beschnüffelte ihren Schoß.

Mathilde schrie auf. Dann wusste sie sich nicht anders zu helfen, sie ließ Blöße Blöße sein, packte den Mann bei den Haaren, zerrte ihn von sich weg, bückte sich … und biss ihm in Ermangelung anderer hervorstechender und vor allem erreichbarer Körperteile in die Nase, dass das Blut spritzte. Sie spürte einen metallischen Geschmack im Mund.

De Coucy brüllte auf und zog die Hand, die er zwischen Mathildes Beine gezwungen hatte, zurück, um sich an die Nase zu greifen.

Sie nutzte den Moment und vervollständigte ihre Abwehraktion mit einem kräftigen Tritt an die Stelle, an der der angebliche Baron sich einen Moment zuvor so genießerisch gekratzt hatte. Das Brüllen verstärkte sich, doch nun tanzte der Freibeuter auf einem Bein, während er sich mit der einen Hand die Nase, mit der anderen das Gemächte hielt. Mathilde, noch immer nicht zufrieden in ihrem Zorn und ihrer Verletztheit, stieg aus dem Zuber, stemmte ihn unter Aufbietung all ihrer Kräfte hoch und stülpte ihn ihm über den Kopf. Ein Schwall von Meerwasser ergoss sich über den überraschten Freier.

Mathilde stand da, in nackter Schönheit, schwer atmend. Sie suchte nach einer Waffe, mit der sie sich verteidigen konnte. Ehe de Coucy sich versah, hatte sie ihm den Dolch von der Hüfte gerissen. Das hatte zur Folge, dass sich sein Gürtel löste und die Pumphose, von der Schwerkraft gezwungen, nach unten fiel, bis sich der Stoff um seine Knöchel ringelte. Da er noch immer mit schmerzverzerrtem Gesicht auf und ab hüpfte, verwickelte er sich darin und stürzte. Sofort war sie mit dem Dolch über ihm und hielt ihm die Waffe an die Kehle. »Wagt es nicht! Wagt es nie wieder, Sire de Coucy, mich anzufassen. Eher bringe ich mich um. Befehlt Euren Männern, mir vom Leibe zu bleiben. Schwört es! Bei Eurem Ehrenwort als Edelmann. Oder ich schneide Euch mit Eurem eigenen Dolch die Eier ab.« Noch während sie diesen letzten Satz aussprach, hatte sie die Waffe an anderer Stelle angesetzt. Und der völlig überrumpelte de Coucy, der noch immer versuchte, sich aus seiner Hose zu wickeln und wieder Herr über seinen Körper zu werden, sah mit vor Entsetzen geweiteten Augen auf den Dolch an seinem Unterleib. Dann nickte er. Doch in seinen Augen stand die schiere Mordlust.

»Sagt es. Sagt: ›Weder ich noch einer meiner Männer wird Euch zu nahetreten, Dame von Waldshut.‹ Los, sagt es! Sonst seid Ihr bald nicht mehr Kapitän eines Piratenschiffes, sondern Eunuch in einem Harem. Sagt es, sprecht mir die Worte nach.«

Er tat es. Mathilde zog den Dolch zurück. Ihr war klar, dass sie das Wagnis eingehen musste. Sie waren auf hoher See. Es wäre ihm ein Leichtes, seine Männer herbeizurufen. Am Ende würde sie unterliegen, wenn sie es zu weit trieb. Äußerlich ruhig, als sei es für sie nichts Besonderes, sich gegen die Übergriffe eines lüsternen Piratenkapitäns zur Wehr zu setzen, griff sie sich – ohne ihn aus den Augen zu lassen – das Bündel Kleider, das neben dem Zuber gelegen hatte, und streifte sich hastig das Hemd über.

Währenddessen zog de Coucy seine Hose hoch. »Gebt mir meinen Dolch zurück.«

Mathilde fühlte sich unendlich viel sicherer, nachdem sie wieder bekleidet war. Es machte einen ungeheuren Unterschied, ob man wehrlos und nackt vor einem Angreifer stand oder die Möglichkeit hatte, Würde zu bewahren. Erneut richtete sie sich auf. »Ihr gabt mir Euer Ehrenwort. Den Dolch behalte ich. Und jetzt ist es vielleicht besser, Ihr richtet Eure Kleidung und lasst mich dasselbe tun. Wir wollen doch nicht, dass jemand erfährt, was hier geschah? Dass Ihr Euch von einer Frau habt überrumpeln lassen. Falls es jemals jemand wagen sollte, mich anzufassen, bringe ich mich um. Dafür habt Ihr *mein* Ehrenwort. Das Ehrenwort der Dame Mathilde von Waldshut.«

Sie meinte, was sie sagte. De Coucy musterte sie eine Weile. Sie konnte sehen, wie wütend er war. Doch da gab es noch eine andere Empfindung. Gier. Wer immer der Käufer war, von dem er gesprochen hatte, er musste einen hohen Preis für sie geboten haben.

»Wer ist dieser Käufer, von dem Ihr spracht? Ihr wusstet von Anfang an, dass ich kein Mönch, sondern eine Frau bin, nicht wahr? Woher?«, fragte Mathilde erneut. Das dämpfte offenbar seine Mordlust, die Gier gewann die Oberhand, das erkannte sie an seinem Blick.

»Das werdet Ihr schon sehen. Er ist ein bedeutender Mann, ein wirklich bedeutender, und hörte durch seine Zuträger unter den Pilgern, die ins Heilige Land streben, wer Ihr seid und dass Ihr unterwegs nach Akkon wärt. Ihr wart unvorsichtig. Oder jemand aus Eurer Umgebung hat geredet. Und da der Besagte reich ist und alles bekommt, was er haben will, beauftragte er mich, das Vögelchen für ihn zu fangen. Er hat gut gezahlt. Nun, da ich mir Euch so anschaue, verstehe ich, warum. Zieht Euch an, *Dame* von Waldshut«, befahl er rau. »Und dann kommt. Versprecht Ihr mir, Euch jetzt damenhaft aufzuführen?«

»Zuträger unter den Pilgern«, hatte er gesagt. Wer konnte das gewesen sein? Mathilde war niemand aufgefallen. Hieß das, die Piraten waren nur aufgetaucht, um ihrer habhaft zu werden? Und am Ende gar, dass dieser wichtige, reiche Mann ein Muslim war? Aber was wollte er von ihr? Da fiel ihr nur eines ein. Wollte da irgendein muslimischer Potentat seinen Harem mit einer Christin schmücken? Das sollte es geben. Ihr wurde übel.

»Ihr, ein Christ, verkauft also eine christliche Jungfrau an einen Ungläubigen. Ihr seid ein Sklavenhändler, kein Adeliger. Ich habe schon von solchen Verbrechern gehört, die tugendsame christliche Frauen entführen und reichen Muslimen verkaufen.« Sie legte alle Verachtung in ihre Stimme, derer sie fähig war.

Sein Blick wurde kalt. »*Oui*, ich bin ein Sklavenhändler. Was ist dabei? Christ? Pah, davon kann ich meine Männer nicht entlohnen. Ich glaube nur an das Gold, mit dem man mich bezahlt oder das ich erbeute. Versprecht Ihr nun, dass Ihr Ruhe gebt?«

»Ich verspreche nichts. Ich bleibe hier. Hier in der … Bilge. So heißt diese Stelle im Schiff doch, oder?« Sie schaute um sich. Wo sie stand, schwappte das Wasser über den Planken. »Lasst mir Kisten bringen, Fässer gehen auch. Und Bretter, die ich darüberlegen kann. Dazu Nägel und einen Hammer. Und Decken. Ich werde mir ein Lager bauen. Damit ich trocken liegen kann.«

Als Mathilde die rostigen Nägel ins Holz hämmerte, um sich ein kleines Podest für ihre Schlafstatt zusammenzuzimmern, gestattete sie es sich schließlich, laut um Martin zu weinen. Und um sich. Und um die Heimat, die sie wohl niemals mehr wiedersehen würde. Um den Vater, um den Bruder. Und um Steinmar, den Mann, den sie liebte.

Dieses Mal würde er nicht kommen, um sie zu retten. Niemand wusste, wo sie war. Das Medaillon der Marianer hatte der Korsar gestohlen. Sie hätte es ohnehin nicht verwenden können, um Hilfe herbeizurufen. Wem hätte sie es geben sollen? Es brauchte nicht viel Phantasie, um sich vorzustellen, wie die noblen Herren der Loge vor Wut schäumten über dieses unbotmäßige Weib, das es gewagt hatte, ohne Erlaubnis nach Outremer aufzubrechen. Sie bereute ihre Entscheidung zwar nicht, verfluchte sich aber dafür, dass sie vorher noch einmal nach Waldshut zurückgekehrt war. Nicht nur, dass sie ihre Leute damit unnötig in Gefahr gebracht hatte. Martin würde noch leben, wenn sie nicht so … schwach gewesen wäre.

De Coucy ließ sich nicht mehr in der Bilge blicken. Hin und wieder stellte ihr einer der Männer mit schiefem Blick etwas Schiffszwieback hin, aus dem schon die Maden quollen, dazu einen Becher brackiges Wasser. Am zweiten Tag wurde Mathildes Hunger, vor allem aber der Durst übermächtig, und sie zwang das ekelerregende Essen in sich hinein.

# XII

Sie waren in der Nacht an Land gegangen. Mathilde hatte keine Ahnung gehabt, wo sie sich befand. Wie ein Sack Rüben war sie mit verbundenen Augen von zwei Männern auf einen Karren verfrachtet worden. Sie hatte sich der rohen Gewalt gefügt, so würdevoll wie möglich. Ihre Stimmung hatte sich sogar etwas aufgehellt – sie war zwar noch traurig gewesen, begann aber wieder zu hoffen. Aufgeben lag einfach nicht in ihrer Natur. Sie würde an Land schon noch eine Gelegenheit finden, diesen Verbrechern zu entkommen. Glücklicherweise hatte niemand versucht, ihr den Dolch des Freibeuterkapitäns abzunehmen.

Mathilde hatte schon das Schlimmste befürchtet. Doch ihre momentane Lage hätte schlimmer sein können. Sie hatte sich einige Zeit nach Sonnenaufgang umgeben von vier Frauen wiedergefunden, mehr oder weniger gut gerundete Dienerinnen in vier verschiedenen Hautschattierungen von dunkelbraun über zimtfarben bis hin zu einer Farbe wie Alabaster, die, zusätzlich zum Klirren ihrer zahllosen Fußreifen und dem leisen Klingeln der Ohrringe, schnatterten wie aufgeschreckte Gänse. Sie trugen weit gearbeitete Beinkleider, die über dem Knöchel gebunden wurden, und darüber ein langes, loses Gewand mit weiten Ärmeln.

Das Quartett hatte sie in Windeseile und gegen ihren entschiedenen Widerstand splitternackt ausgezogen. Mathilde hatte um sich geschlagen und sich gewehrt, so gut es ging. Dabei war es ihr gelungen, den Dolch unter einem der vielen überall herumliegenden Kissen zu verstecken. Und nun standen die vier Frauen da, begutachteten ihren mit blauen Flecken bedeckten Körper und ihre geschorenen Haare, schüttelten immer wieder missbilligend den Kopf und diskutierten heftig. Sie verstand kein Wort.

Sanft, aber nachdrücklich bugsierten die jungen Frauen, von denen wohl keine älter war als sie selbst, Mathilde in einen Zuber mit warmem Wasser. Es duftete wunderbar. Drei der Dienerinnen wuschen sie von Kopf bis Fuß, eine oben, eine in der Mitte und die dritte unten. Am liebsten hätte Mathilde sich ausgestreckt und wäre ewig dort liegen geblieben. Dann trockneten sie sie ab und bestäubten sie anschließend mit allen Wohlgerüchen des Orients. Mathilde hatte das Gefühl, wie ein Blumenbeet zu riechen. Rosenwasser war darunter, auch Zimtduft und Vanille. Ihr wurde der Kopf schwindlig von all den Düften.

Die Zimtfarbene mit den Samtaugen nötigte Mathilde, von den verschiedenen unglaublich süßen Pralinen und Kuchen zu kosten, die sie ihr auf einem wunderbar gehämmerten Silbertablett mit fein ziseliertem Rand unter die Nase hielt. Eine Weigerung akzeptierte sie nicht. Nach einer Weile fühlte sich Mathilde gestopft wie eine Mastgans. Dazu hatte ihr das Mädchen stark gesüßten Tee aus frischer Minze serviert. Mathilde, die sich schließlich mit einem Seufzer in die Kissen zurücklehnte, hatte das Gefühl, dieses Getränk könnte sich durchaus zu ihrem Lieblingstee entwickeln. Sie wollte versuchen, einige Pflanzen dieser besonders kräftigen Minzart mit in ihre Heimat zu nehmen. Vielleicht wuchsen sie ja auch dort. Heimat. Wie wunderbar dieses Wort klang. Und wie fern doch alles war, wie unerreichbar alles, was damit zusammenhing.

Sie kam nicht dazu, sich weiter ihren trüben Gedanken hinzugeben. Sie lag, noch immer splitterfasernackt, in dem Berg der wunderbar ornamentierten Brokat- und Seidenkissen gegenüber einem geöffneten Fenster und war völlig erschöpft von all der Zuwendung. Ein seidener Vorhang verhinderte den Blick nach draußen und dimmte das Sonnenlicht ab. In einiger Entfernung konnte sie die Stimmen weiterer Frauen hören und das Plätschern von Wasser. Ob es wohl eine Möglichkeit gab, durch dieses Fenster zu flüchten? Aber wie sollte sie das anstellen? Sie war noch immer unbekleidet. Ob der Stoffstapel auf dem Schemel neben dieser riesigen Kissenlandschaft, die offenbar ein Ruhelager darstellte, möglicherweise Kleider waren? Mathilde richtete sich auf und wies darauf. »Bitte, ich … könnte ich bitte etwas zum Anziehen bekommen?«

Die Mädchen kicherten, plapperten etwas und schüttelten erneut den Kopf. Nicht. Aha. Mathilde sank in ihre Kissen zurück. Eine Brise wehte den Vorhang vor dem Fenster etwas zur Seite. Das Fenster war vergittert. Doch irgendwo gab es einen Weg hier heraus. Und sie würde ihn finden! Bis dahin blieb ihr nichts anderes übrig, als sich mit der Lage abzufinden. Zumindest, bis sie Kleider hatte. Außerdem hatte sie schon schlechter gelegen.

Was sollte das jetzt? Nein! Mathilde wehrte sich mit Händen und Füßen, als eines der Mädchen begann, ihr die Haare an den Schienbeinen auszurupfen. Die anderen drei schnatterten aufgeregt, versuchten offensichtlich, sie zu beruhigen. Als Mathilde weiter mit den Beinen strampelte, rief die Samtäugige etwas, und zwei dicke Männer in weiten Gewändern stürmten in den Raum. Sie wechselten einige Worte mit den Mädchen. Die Männer waren bartlos, milchgesichtig und redeten mit Jungenstimmen! Obwohl sie die Blüte der Jugend schon lange hinter sich gelassen hatten. Waren das Eunuchen? Männer ohne … Himmel, Herrgott!

Sie hatte schon von solchen Männern gehört. Sie wurden als Wächter in den Harems eingesetzt. Also war das hier ein Harem. Ihr Mut sank. Was würde als Nächstes geschehen? Sie musste hier heraus! Der eine der beiden nutzte Mathildes Verblüffung und setzte sich kurzerhand auf sie, um sie ruhig zu stellen. Der andere band ihre Arme und Beine fest.

Mathilde zappelte, so gut sie konnte, und brüllte, was das Zeug hielt. Zumindest, soweit sie unter dem dicken Hintern, der sie da in die Kissen drückte, überhaupt noch Luft bekam. Da griff der Eunuch, der auf ihr saß, zu einem Tuch. Mathilde verstand, dass er sie gleich knebeln würde, wenn sie nicht Ruhe gab. Also signalisierte sie ihm mit den Augen, dass sie ihren Widerstand beenden würde. Die Samtäugige befahl den Männern etwas. Ihre Stimme klang dabei zart wie die eines Vögelchens. Die Eunuchen schauten zweifelnd. Wieder erklang dieses Zwitschern, aber nun um einiges schärfer. Da banden ihr die dicken Männer Arme und Beine wieder los. Mathilde lächelte dankbar.

Die Prozedur des Haarentfernens war sehr schmerzhaft. Teilweise mit Wachs, teilweise mit merkwürdigen Kneifern rissen sie ihr jedes Körperhaar aus. Jedes! Von ihren Augenbrauen war nur noch eine schmale Linie übrig, wie sie feststellte, als ihr eines der Mädchen eine in oval geklopftem Silber eingelegte spiegelnde Fläche vors Gesicht hielt. Mathilde hatte sich noch niemals in einem Spiegel betrachtet. Solch ein Gegenstand war zu kostbar für eine Händlerstochter. Und außerdem hatte die Mutter nichts davon gehalten. »Eitler Tand für feine Dämchen, aber nichts für uns. Schau in einen Teich oder die Waschschüssel, was du da siehst, ist genug«, hatte sie gesagt. Sie erkannte sich selbst kaum in der Frau, die ihr da mit traurigen Augen entgegenblickte.

Nur das inzwischen schon etwas nachgewachsene Kopfhaar ließen ihr die Dienerinnen. Es wurde sorgsam mit duftendem Öl eingerieben. Darüber kam ein Tuch. Danach walkten sie ihr den Körper durch. Jeden einzelnen Muskel. Und Mathilde musste sich eingestehen, dass das Leben im Harem durchaus seine Sonnenseiten hatte. Sie seufzte wohlig und entspannte sich. Das Mädchen mit den Samtaugen, das offenkundig die Befehle erteilte, lächelte und nickte ihr vergnügt zu.

Nach zwei Stunden unter den Händen der Dienerinnen war Mathildes Haut am ganzen Körper weich wie der Hintern eines Neugeborenen. Als sie ihr schließlich tatsächlich die Kleidung überstreiften, die neben dem Lager aus Kissen gelegen hatte, war sie bereits halb eingeschlafen. Die Anstrengung der letzten Tage forderte ihren Tribut.

Nachdem man sie allein gelassen hatte, glitt Mathilde vollends in Morpheus' Arme. Sie träumte von einem Zimmer voll der unglaublichsten Süßspeisen, ging von einer zur anderen, kostete und nahm sich selbst im Traum vor, sich zu erkundigen, wie sie zubereitet wurden. Als sie aufwachte, war sie noch immer allein. Und es war Nacht. Es dauerte einige Momente, bis sie sich erinnerte, wo sie sich befand.

Sie hob vorsichtig den Kopf. Im Raum war es dämmrig. Das Fenster schien noch immer geöffnet zu sein, denn der Wind blähte den leichten Vorhang auf. Sie arbeitete sich aus den weichen Kissen hoch und stand auf. Ihr ganzer Körper schmerzte. Nicht nur die blauen Flecken taten weh, sondern … nun, einfach alles. Jede Bewegung. Was hatten die Mädchen mit ihren Massagen nur gemacht! War das die Art dieses Landes, Frauen daran zu hindern, sich zu bewegen? Offensichtlich waren hier die fülligen Gestalten beliebt. Zumindest schloss sie das aus dem Körperumfang der Dienerinnen und der Eunuchen. Und aus der Menge der Süßigkeiten, die in sie hineingestopft worden waren. Ihr Bauch rebellierte noch immer.

Mathilde missachtete den Protest ihrer Glieder, marschierte zum Fenster und spähte durch die Gitterstäbe. Draußen beleuchtete der Vollmond einen vor sich hin träumenden weitläufigen Garten. Ob so wohl das Paradies aussah? Sie entdeckte einen kleinen Wasserlauf, der einen Wasserfall bildete und schließlich in einem Teich mündete, der wiederum von einer Mauer und kunstvoll behauenen Steinfiguren eingerahmt war. Mitten im Teich erkannte sie eine Figurengruppe mit allerlei exotischen Tieren und Wesen, aus deren Körperöffnungen Wasser plätscherte. Sie fühlte sich an die Decke im Schönen Haus in Basel erinnert. Als Mathilde die Werke des unbekannten Steinmetzen genauer betrachtete, bekam sie heiße Wangen. Männer und Frauen mit Tierköpfen waren in ziemlich unzüchtigen Haltungen dargestellt.

Schnell ließ sie ihren Blick weiterwandern. Der Teich und die ihn umgebende Fläche bildeten die Mitte eines weitläufigen Karrees, das von sorgsam angelegten Wegen durchschnitten wurde. Sie sah romantische Blumenrabatten, denen wunderbare Düfte entströmten. Sie schnüffelte begeistert. Sofort erwachte wieder die Köchin ihn ihr. Eine gute Nase zu haben war ein nicht unwesentlicher Vorteil bei dieser Kunst. Und sie hatte eine sehr feine Nase. Sie musste unbedingt mehr über diese Pflanzen erfahren. Die eine oder andere ließ sich sicherlich für ein Gericht verwenden.

Doch jetzt sollte sie wohl besser mit dem Gaffen aufhören, die Gelegenheit nutzen und versuchen, hier herauszukommen. Mathilde wandte sich vom Fenster ab und ließ ihre Blicke schweifen. Dieser Raum lud wirklich zum Bleiben ein. Ein Paravent deckte die Ecke des Zimmers ab, in der sich der Badezuber befand. Er war mit Seide bespannt, in die mit goldenen, silbernen und grünen Fäden allerlei Ornamente eingewebt waren. Im Licht des Mondes entdeckte sie Blüten und ineinander verschlungene Bögen. Diese Motive fanden sich im gesamten Raum wieder. Im Holz der kunstvoll geschnitzten Tischchen, auf einer Truhe und auf den Kissen. Sie durchmaß das gesamte Zimmer immer wieder, schob Wandteppiche zur Seite, um nachzuschauen, ob es vielleicht geheime Türen gab. Nichts. Und auch die Gitter vor dem Fenster waren gut eingemauert. Sie rührten sich nicht, sosehr sie auch daran zerrte und ruckelte.

Schließlich gab sie schweren Herzens auf und kehrte zu ihren Kissen zurück. Sie musste nachdenken, was sie als Nächstes tun sollte. Da spürte sie etwas Hartes. Sie wühlte sich durch den weichen Berg und atmete erleichtert auf. Da war ihr Dolch! Sie hatten ihn nicht gefunden.

Sie sah an sich hinab. Wo sollte sie ihn verstecken? Sie war ein wandelnder Schleierständer, die Frauen hatten sie einfach in allerlei Tücher gewickelt, die so leicht und zart gewebt waren, dass sie den Stoff kaum spürte. Darunter … war sie nackt. Wie furchtbar! So konnte sie keinesfalls fliehen. Durch diesen durchscheinenden Stoff konnte ja jeder im Gegenlicht ihren Körper sehen! Sie riss die Tücher herunter, faltete sie mehrmals und bastelte sich daraus einen halbwegs undurchsichtigen Wickelrock, den sie über der Hüfte zu einem Wulst drehte und festknotete, damit er nicht herunterrutschte. Und oben? Sie betrachtete den Vorhang vor dem vergitterten Fenster und riss ihn kurzerhand herunter. Mondlicht strömte in den Raum, der dadurch noch romantischer und geheimnisvoller wirkte. Nein, nur nicht ablenken lassen! Sie bastelte sich aus dem Vorhang einen Umhang. Den Dolch steckte sie in den Wust an ihrer Taille. Als sie erneut an sich hinabblickte, musste sie grinsen. Sie sah ziemlich abenteuerlich aus. Selbst für einen fremdländischen Ort wie diesen. Ihr Blick fiel auf die Tür. Sie ging davon aus, dass sie abgeschlossen war. Aber sie musste es wenigstens versuchen. Vielleicht gab es ja Wunder.

Auf Zehenspitzen schlich sie zur geschnitzten zweiflügeligen Tür und drückte das Ohr an das Zedernholz. Nichts, sie konnte kein Geräusch hören. Sie hantierte vorsichtig am Griff, denn sie kannte sich mit diesen fremdartigen Schlössern nicht aus. Ein leichtes Scharren ertönte. Sofort hielt sie inne und lauschte. Nein. Nichts. Sie atmete auf. Hoffnung keimte in ihr. Konnte es sein, dass sie doch keine Gefangene war? Wenn sie es recht bedachte, dann wurden Gefangene normalerweise nicht so behandelt.

Vorsichtig öffnete sie den rechten Türflügel einen Spaltbreit. Und sah sich zwei bärtigen, grimmig dreinblickenden Männern in Turbanen und Pumphosen gegenüber, die beide jeweils ein gekrümmtes Schwert auf sie richteten. Sie sagten kein Wort. Das war auch nicht notwendig. Mathilde wusste, wann sie geschlagen war. Sie zog ein möglichst harmloses Gesicht, versuchte sich den Anschein zu geben, als habe sie einfach mal neugierig ihre Umgebung erkunden wollen, und übte sich in einem schüchternen Lächeln. Das beeindruckte ihre Bewacher nicht. Sie verzogen keine Miene. Schnell schloss sie die Tür und lehnte sich schwer atmend und zutiefst enttäuscht dagegen. Von wegen keine Gefangene. Also gut. Momentan gab es wohl keinen Weg hier heraus. Das Vernünftigste, was sie tun konnte, war wohl weiterzuschlafen. Neuer Tag, neues Glück. Es dauerte eine Weile, bis sie es geschafft hatte, ihre Angst vor der Zukunft zu verdrängen. Und die Erinnerungen an die Vergangenheit.

Eine ärgerliche Männerstimme und die aufgeregt durcheinanderplappernden Stimmen mehrerer Frauen holten Mathilde aus einem wunderbaren Traum, der irgendetwas mit Daunenfedern und Essen zu tun hatte. Sie schrak hoch. Als sie um sich blickte, sah sie die ihr schon bekannten jungen Frauen vor ihrem Lager stehen. Außerdem zwei Männer. Der eine hatte dunkelblonde, etwas schüttere Haare. Er war klein, drahtig und mochte um die vierzig Jahre alt sein. Seine Stirn war gefurcht, auch um die blauen Augen hatte er Falten. Dem Aussehen nach hätte er wie Mathilde aus dem Abendland kommen können. Sie konnte seine Angst spüren.

Der andere hingegen sah aus wie ein Araber. Zumindest so, wie sich Mathilde bisher einen Araber vorgestellt hatte. Sein Körperbau war nicht gerade von Schwindsucht geprägt, im Vergleich zu den beiden weichlich wirkenden Eunuchen mit den bartlosen Gesichtern, die sie am Vortag kennengelernt hatte, wirkte er jedoch muskulös. Er überragte den Kleinen um mindestens anderthalb Köpfe. Seine Muskeln erinnerten Mathilde an Martin. Die Erinnerung schmerzte. Auf dem Kopf trug der Araber ein zu einer Wulst gewundenes Tuch, das mit Perlen bestickt war. Der Turban glich dem, den der Schlangenbeschwörer auf dem Fest in Basel getragen hatte.

Mathilde bekam keine Gelegenheit, weiter über die Bekleidung der Männer nachzudenken. Der Mann sah äußerst ungehalten auf sie herab. Dann sagt er mit tiefer Stimme etwas zu dem Weißhäutigen. Die Mädchen kreischten auf und sanken mit allen Anzeichen des Entsetzens zu Boden. Dort knieten sie und hoben abwehrend die Hände, als erwarteten sie, jeden Moment geschlagen zu werden. Der Araber beachtete sie überhaupt nicht.

»Pamuk Pascha, der Ehrenwerte und Großmütige, der Hochgeborene, der Weise und Gerechte, geruht zu meinen, er habe noch niemals eine so seltsam gekleidete Fränkin gesehen«, erklärte der Dunkelblonde, der offenbar als Übersetzer mitgekommen war, unter ständigem Dienern.

Erneut sagte der Araber einige ärgerliche Worte. Der Übersetzer zögerte, bis sein Herr eine ungeduldige Handbewegung machte. »Außerdem findet er, dass Ihr ziemlich dünn seid. In etwa so wie eine Bohne. *Bir deri bir kemik*, nur Haut und Knochen. Der Vielgeliebte zitiert hierbei ein türkisches Sprichwort. Er versteht nicht, was an Euch so Besonderes sein soll.«

Pamuk Pascha also. Mathilde schluckte. Dann riss sie sich zusammen. Sie stand auf und baute sich herausfordernd vor dem Mann auf, der sie vermutlich von dem schmierigen Freibeuter de Coucy gekauft hatte. »Dort, wo ich herkomme, betritt ein Mann nicht einfach das Schlafzimmer einer Dame!« Sie schob das Kinn vor. Der Übersetzer schwieg.

Pamuk Pascha betrachtete sie eine Weile. Sie konnte sehen, wie die verschiedensten Gefühle in ihm miteinander im Widerstreit lagen. Empörung, Zorn und … ja, er amüsierte sich. Letzteres gewann die Überhand. Ein vergnügtes Funkeln blitzte in den zusammengekniffenen Augen unter den dunklen Brauen auf, dann lachte er schallend. »*Fesuphanallah!* Bei uns es ist nicht geziemlich für Dame sich zu benehmen …

wie heißt … ungehörsam gegenüber Mann. Warum du dich nicht verneigst vor mir, Frau?«

So, er verstand also ihre Sprache. Mathilde war nicht bereit, sich einschüchtern zu lassen. »Eine Dame von Stand verneigt sich nur vor ihrem Lehnsherrn und König«, behauptete sie forsch. »Ihr seht nicht aus wie ein König.« Sie kniff störrisch den Mund zusammen, bereit, sofort ihren Dolch zu zücken, falls dieser Mann auch nur Anstalten machte, sie zu berühren. Doch er dachte nicht daran.

»Ungläubige! Sklavin, Tochter einer Sklavin! Ich lasse dich auspeitschen!«

War der Zorn echt oder gespielt? Mathilde gab sich ungerührt. Sie drückte den Rücken durch und richtete sich so hoch auf, wie sie konnte. »Ich bin keine Sklavin! Ich bin frei geboren. Selbst Könige peitschen bei uns keine Frauen aus. Nur Feiglinge vergreifen sich an Schwächeren.«

Die Frauen, die sie am Vortag gewaschen und gewalkt hatten, knieten noch immer am Boden, hatten sich jedoch inzwischen aufgerichtet und starrten Mathilde mit großen Augen und offenen Mündern an. Sie verstanden zwar nicht, was gesprochen wurde, aber am Tonfall konnten sie offenbar erkennen, dass hier nicht gerade Freundlichkeiten ausgetauscht wurden.

Nun war sie zu weit gegangen. Pamuk Pascha war nun wirklich kurz davor, sie zu schlagen. In seinen gelben Augen blitzte es gefährlich. Doch er hielt sich zurück. Mit Mühe. »Nie wieder, nie wieder sagen Feigling zu Pamuk Pascha«, presste er zwischen den Zähnen hervor. »Werde dir müssen bringen bei noch Benehmen«, erklärte er dann überraschend ruhig. »Was du bist in deinem Land? Kaiser?«

Seltsam. Erst hatte er sich fast auf sie gestürzt, nun war er wieder so ruhig. Warum? Dieser Mensch nahm sie nicht ernst!

Mathilde schüttelte den Kopf. »Ich bin etwas viel Wichtigeres. Ich bin die Köchin eines Kaisers. Ich sorge dafür, dass es meinem Herrn gut geht, und koche die köstlichsten Gerichte. Ohne mich könnte er nicht so kraftvoll herrschen.« Ob er das schlucken würde? Gut, sie hatte ziemlich übertrieben. Aber immerhin war sie die offizielle Leibköchin eines wahrhaftigen Grafen.

Er betrachtete sie mit neu erwachtem Interesse. »Frau darf kochen für Kaiser? Komisches Land. Hier nur kochen Männer für andere, wichtige Männer. Frauen … pah.« Er spuckte aus.

Mathilde schaute ihn nur an und schob erneut das Kinn vor.

Pamuk Pascha griff in seinen Gürtel und zog ein kleines Messingmedaillon an einer Kette hervor. Das ließ er vor ihrer Nase baumeln. »Frau das gehören?«

Ihr Medaillon mit dem Zeichen der Loge! Woher hatte dieser … Pascha das? Mathilde wollte danach greifen. Er zog es fort und schüttelte den Kopf.

»Gebt es mir zurück! Es gehört mir. Ein Erbstück meiner Mutter!«, erklärte Mathilde mit allen Anzeichen der Empörung.

Erneut zuckte es verräterisch um die Mundwinkel des Mannes. »So, Erbstück.« Es war klar, er glaubte ihr nicht ein Wort. Er ging aber nicht darauf ein. »Jetzt Erbstück gehört anderen.«

»Das ist feiger Diebstahl …« Ehe sie sich versah, hatte er ihr eine schallende Ohrfeige versetzt.

»Niemals mehr, Weib, bezeichne Pamuk Pascha als elenden Feigling und Dieb, sonst ich dich lasse tunken in siedendes Öl und häuten.« Damit wandte er sich um und stapfte aus dem Zimmer. Der Übersetzer warf Mathilde einen warnenden Blick zu und wieselte hinterher. Die vier Dienerinnen huschten den beiden Männern nach.

»Halt! Wo bin ich hier? Habt Ihr mich gekauft? Ihr müsst mich sofort freilassen«, rief Mathilde dem Pascha wütend hinterher. Dann hatte sie eine Eingebung. Sie war doch hier im Orient, oder? »Ich muss zu Sultan Baybars! Er erwartet mich.«

Pamuk Pascha blieb stehen. Er drehte sich langsam um. »*Al-Zahir Rukn Al-Din Baybars Al-Bunduqdari erwartet* dich?« Er begann loszuprusten. Schließlich lachte er schallend und klopfte sich vor Vergnügen auf die Schenkel. »Der Große Sultan *erwartet* sie! *Sie*!« Er musste so sehr lachen, dass ihm die Tränen übers Gesicht liefen. Erneut wandte er sich zum Gehen. Der Übersetzer riss eilfertig die Tür auf. »*Al-Zahir Rukn Al-Din Baybars Al-Bunduqdari erwartet sie!* Dieses Weib … völlig verdreht im Kopf.« Die Tür schloss sich hinter dem Pascha, seinem Übersetzer und den vier Mädchen.

»Halt! Pamuk Pascha! Gebt mir wenigstens meine Kleider wieder!« Sie bekam keine Antwort. Doch sie konnte ihn noch lachen hören, während sich die Schritte der Männer entfernten.

Was sollte das? Sie war fassungslos.

Nach einer Weile erschien die Zimtfarbene mit den Samtaugen, warf ihr einen vorwurfsvollen Blick zu, legte ein Bündel Kleider auf den Schemel neben der Kissenlandschaft und verließ den Raum. Das Mädchen hatte offenbar geweint. Da hatte sie ja was angerichtet. Ob sie stellvertretend für ihr Verhalten gegenüber Pamuk Pascha bestraft worden war? Zuzutrauen wäre es diesem … diesem Muselmanen. Mathilde bekam ein schlechtes Gewissen. Das war ungerecht. Andererseits – das hier waren ihre eigenen Kleider, oder besser diejenigen, die ihr Edmond de Coucy gegeben hatte. Sie waren gereinigt worden und dufteten herrlich. Endlich würde sie sich wieder anständig angezogen fühlen.

Sie schlüpfte in das leinene Unterkleid und das Überkleid aus grünem Samt mit den gelben und hellgrünen Borten, dessen Ärmel sich so wunderbar am Unterarm weiteten und Platz für den Dolch boten. Sie riss einen der Schleier entzwei, um die Waffe zu befestigen. Den Rest betrachtete sie zweifelnd. Es war schade um dieses so wunderbar zart gewebte Tuch. Von den Farben her passte es herrlich zu ihrem Kleid. Kurz entschlossen riss sie einen weiteren Streifen ab, zwirbelte einen Teil davon und bastelte sich daraus eine ähnliche Kopfbedeckung, wie sie der Pascha getragen hatte. Aus dem Rest faltete sie sich ein Hüfttuch, das sie wie einen Gürtel um ihre Taille band. So. Nun fühlte sie sich schon besser. Ah, da waren auch Schuhe. Aus Seide und mit Blumenornamenten bestickt. Sie schlüpfte hinein und wunderte sich, wie leicht und bequem sie waren.

Durch das geöffnete Fenster drangen Frauenstimmen zu ihr herein. Dann hörte sie ein Kichern und gewisperte Worte. Mathilde schaute hinüber. Sie wurde beobachtet. Drei Kinder hatten ihre Gesichter an das Gitter gepresst. Eine weibliche Stimme sprach einen scharfen Befehl aus, und die Kindergesichter verschwanden. Mathilde konnte ihre heimlichen Beobachter giggeln hören.

Sie ging zum Fenster und schaute hinaus. Der wunderbare Park vor ihrem Fenster war nicht mehr leer. Frauen gingen spazieren und unterhielten sich, Kinder spielten. Sie trugen so etwas wie aufgepumpte Beinkleider und dazu ebensolche Schühchen wie sie selbst, viele waren jedoch weit wertvoller bestickt als die, die Mathilde trug. Sie konnte Perlen und Steine in der Sonne glitzern sehen. Über den Beinkleidern trugen einige Frauen eine Art Leibchen, das den Bauch freigab. Andere wandelten in knöchellangen, weit geschnittenen Kleidern aus wertvollen, ebenfalls reich bestickten Stoffen durch den Park. Später sollte sie lernen, dass man diese Gewänder Kaftan nannte.

Der Park sah am Tage womöglich noch einladender aus als im Mondlicht. Er war so wunderbar angelegt. Es wuchsen Pinien und Palmen neben Magnolien, Glyzinien und Judasbäumen. Ein Spaziergang unter dem schattenspendenden Grün musste ein wahres Vergnügen sein. Mathilde sehnte sich mit jeder Faser danach, aus dem Raum herauszukommen, in dem sie gefangen gehalten wurde.

Wo die Frauen wohl alle herkamen? Es war eine bunt gemischte Schar in allen möglichen Hautschattierungen. Einige waren offensichtlich Dienerinnen, denn sie wurden hin- und hergescheucht.

Mathilde wurde abgelenkt, jemand kam ins Zimmer. Sie drehte sich um und erhaschte einen kurzen Blick auf die Wachen, dann schob sich die Gestalt des Übersetzers dazwischen. Sie lief ihm strahlend entgegen. »Wie schön. Bitte, sagt mir, wo ich hier bin! Ihr seid doch ein Landsmann, das konnte ich hören. Wie komme ich hier heraus?«

Er betrachtete sie missbilligend. »Hier heraus? *Insch'allah.* Wenn Allah es will.«

»Ihr seid ...«

»Ja, ich bin Muslim. Aber ich bin nicht hier, um über mich zu sprechen. Pamuk Pascha hat mir befohlen, Euch zu erziehen, Frau.«

Mathilde blieb der Mund offen stehen. »Mich zu erziehen?«

»Ja, er fand, dass Ihr es am geziemenden Benehmen doch sehr fehlen lasst, und übertrug mir die Aufgabe, Euch beizubringen, wie sich Frauen gegenüber einem Mann zu verhalten haben. Außerdem soll ich Euch Sprachunterricht geben.«

»Aber könnt Ihr nicht ... Ich meine, Ihr seid offensichtlich auch ein Franke. So nennen sie hier doch Leute wie uns, oder?«

»Leute wie *uns*? Nein, ich werde Euch ganz sicher nicht zur Flucht verhelfen.« Bei diesen Worten flackerte die Angst in seinen Augen auf.

»Bitte, so sagt mir wenigstens, wo ich hier bin.«

»Im Harem von Pamuk Pascha. Ist das nicht offensichtlich?«

»Ich dachte immer, im Harem seien nur Frauen.«

»Und Eunuchen«, erklärte er ruhig.

»Ihr seid ...« Sie sprach den Satz nicht zu Ende, als sie seinen Blick sah. »Aber Ihr sprecht wie ein Mann«, fügte sie nach einer Pause hinzu.

»Ich war zwanzig Jahre alt, als ich als Sklave an den Hof von Pamuk Pascha kam. Und ich kann sagen, er war immer gut und gerecht zu mir, machte mich sogar zum Lehrer seiner Frauen und Kinder.«

»Gut und gerecht! Wie könnt Ihr so etwas sagen?« Mathilde schaute ihn empört an.

»Nun, seit damals musste ich keinen Tag mehr Hunger leiden. Und ich wurde auch nicht zur Arbeit als Galeerensklave herangezogen. Ihr solltet mit Euren Urteilen nicht so schnell bei der Hand sein. Es gibt viele Arten von Freiheit. Selbst für einen Sklaven. Und viele Arten, gefangen zu sein. Selbst für einen Freien. Aber kommt jetzt.«

Die Haltung dieses … Mannes beeindruckte Mathilde unwillkürlich. Ja, sie hatte noch viel zu lernen. Vielleicht sollte sie ihm künftig besser zuhören, als selbst zu reden. Sie senkte den Kopf. »Verzeiht. Ich wollte Euch nicht verletzen.«

»Mich verletzen?« Er sah sie mit einem seltsamen Ausdruck in den Augen an. »Kommt jetzt. Ich habe Befehl, Euch etwas zu zeigen. Und danach beginnen wir mit dem Unterricht. Hier, ich habe Euch einen Tschador mitgebracht.« Er zog ein zusammengefaltetes dunkles Tuch aus dem Gürtel. »Das müsst Ihr über Eure … abenteuerliche Kleidung ziehen.«

Sie faltete den Tschador auseinander und sah ihn hilflos an. Es war ein großes, halbrund geschnittenes Tuch. Er lächelte verkrampft und half ihr, es sich um Kopf und Körper zu winden.

Er ging zur Tür, ohne darauf zu warten, dass sie ihm folgte. Die Bewacher waren verschwunden. Mathilde schaute sich erstaunt um. Ob sie die Gelegenheit nutzen und fortlaufen sollte?

Ihr Begleiter ahnte ihre Gedanken. »Wenn Ihr flieht, während Ihr in meiner Obhut seid, werde ich hingerichtet.«

Sie begriff, was er ihr über Freiheit hatte sagen wollen. Sie war unbewacht und hätte versuchen können zu fliehen. Und doch war sie gefangen.

Sie gingen stumm durch mehrere Gänge und Zimmer. Schließlich kamen sie zu einem Hof, den Mathilde von ihrem Fenster aus nicht hatte sehen können. Mehrere Frauen standen dort. Darunter auch drei der Mädchen, die sie ausgezogen und gewaschen hatten. Sie bedachten Mathilde mit hasserfüllten Blicken. In ihrem Hals bildete sich ein Kloß.

Am entgegengesetzten Ende des Platzes sah sie einen Steinblock, etwa hüfthoch und so dick, dass ihn die Arme einer zierlichen Frau gerade zu umspannen vermochten. Die anderen Frauen murmelten etwas und zogen die Schleier vor ihren Gesichtern noch weiter unter die Augen. Eine von Kopf bis Fuß verschleierte Frauengestalt mit gefesselten Händen wurde von einem der Eunuchen, die Mathilde schon kannte, zu dem Block geführt und zu Boden gedrückt. Dann zwang er die Kniende, die Arme um den Block zu legen, und riss ihr den Schleier vom Rücken. Ihr nackter Oberkörper war den Blicken aller Anwesenden ausgesetzt. In Verbindung mit ihrem verschleierten Gesicht wirkte das auf Mathilde … unanständig.

Die Frau wandte den Kopf und sah sie an. Mathilde hielt den Atem an. Das war doch die Samtäugige, die vorhin mit total verweintem Gesicht bei ihr gewesen war, um ihr die Kleider zu bringen! Hatte sie da schon geahnt, was ihr bevorstand?

Inzwischen hatte sich auch der andere Eunuch genähert. Er trug eine Peitsche. Sie hatte mehrere verknotete Schnüre. Mathilde stockte der Atem. Das war eine Auspeitschung! Ihr Blick traf erneut auf den der Frau, die sie noch immer unverwandt anstarrte. Blanker Hass lag darin. Darum also war sie hier. Die Samtäugige wurde ihretwegen ausgepeitscht. Weil sie sich nicht benommen hatte, wie es sich geziemte. Übelkeit stieg in ihr hoch. Deshalb hatten sie ihr auch den Dolch gelassen. Diese Leute hatten ihre eigene Art, den Widerstand von Menschen zu brechen.

Die verknoteten Schnüre gaben ein schmatzendes Geräusch von sich, als sie auf den Rücken des Mädchens klatschten. Sie schrie jedes Mal herzzerreißend.

»Schaut hin!«

Folgsam tat Mathilde, was ihr Begleiter verlangte. Sonst würde die andere dafür büßen müssen. Ein bitterer Geschmack füllte ihren Mund. Sie war kurz davor, sich zu übergeben.

Endlich, nach einer halben Ewigkeit, hörte das Klatschen auf, das Schreien verstummte, und das Mädchen wurde halb ohnmächtig von den beiden Eunuchen fortgeschleppt.

Der Übersetzer legte Mathilde die Hand auf den Arm. »Kommt jetzt. Das ist nur eine der leichteren Strafen. Nehemia lebt und wird sich erholen. Sie wurde nicht in siedendes Öl getaucht, gepfählt oder gevierteilt. Pamuk Pascha, Allah sei mit ihm, war gnädig mit dieser unwürdigen Sklavin, die seine Anordnungen nicht genau so ausgeführt hat, wie es ihr aufgetragen wurde.«

»Aber warum …« Warum bestraft er nicht mich?, hatte sie fragen wollen. Sie war es doch, die nicht getan hatte, was verlangt wurde. Sie wagte es jedoch nicht, etwas zu sagen.

# XIII

Der Übersetzer nannte sich Massud. Sobald die Rede auf seine Familie und seine Herkunft kam, blockte er alle Fragen ab. Mathilde bemerkte den Schmerz in seinen Augen. Also drang sie nicht weiter in ihn. Massud war in den verschiedensten Wissenschaften bewandert, hatte sich mit Geologie, Mathematik, Astronomie und Astrologie auseinandergesetzt. Anfangs gab er sich förmlich. Beschränkte sich darauf, ihr Sprachunterricht zu erteilen. Die Grundlage dafür war der Koran. Er begann mit der vierten Sure, jener, in der von der Beziehung der Geschlechter die Rede war: *»Ihr Menschen! Fürchtet euren Herrn, der euch aus einem einzigen Wesen geschaffen hat und aus ihm das ihm entsprechende andere Wesen und der aus ihnen beiden viele Männer und Frauen hat hervorgehen und sich ausbreiten lassen! Fürchtet Allah, in dessen Namen ihr einander zu bitten pflegt, und die Blutsverwandtschaft! Allah passt auf euch auf.«*

Der Prophet hatte in dieser Sure viel geregelt. Bis hin zur Frage, wer erbte. Mathilde fand das erstaunlich. Sie konnte sich an so grundlegende Anweisungen für den christlichen Glauben nicht erinnern, obwohl ihr manches vom Sinn her im Kern ähnlich erschien.

Anders als die christliche Kirche hatte der Prophet nichts dagegen einzuwenden, dass ein Mann mehrere Frauen hatte. Sofern er sich an bestimmte Regeln hielt. Es war einem Mann verboten, eine ehrbare Frau, eine *al-muhsanaat mina n-nisaa*, in sein Bett zu holen, es sei denn, sie war seine Ehefrau oder seine Sklavin. Ein Muslim durfte sich seine Bettgenossin also kaufen. Die christliche Kirche verbot die Hurerei vollkommen. Sie fand natürlich trotzdem statt. Da waren sich die christliche und die muslimische Welt wieder ähnlich, selbst die christlichen Pfarrer hielten sich Frauen. Die Regeln des Islam waren wenigstens für alle einsichtig und auch eindeutig: *»Wenn ihr dann welche von ihnen genossen habt, dann gebt ihnen ihren Lohn als Pflichtteil! Es liegt aber für euch keine Sünde darin, wenn ihr, nachdem der Pflichtteil festgelegt ist, ein gegenseitiges Übereinkommen trefft. Allah weiß Bescheid und ist weise.«* Eine Beichte hatten Muslime also nicht nötig.

Massud ließ sich auf Mathildes weitergehende Fragen nicht ein. »Pamuk Pascha ist ein trefflicher Diener Allahs, ein Muslim spricht nicht über Frauen, und er beredet seine Absichten schon gar nicht mit einem Sklaven«, sagte er nur auf ihre bange Frage, was Pamuk Pascha denn mit ihr vorhabe. Ob er daran denke, sie in seinen Harem zu holen.

Andere Bücher als den Koran schien es in diesem Haus nicht zu geben. Und so lernte sie Sure um Sure auswendig. Mathilde machte schnell Fortschritte. Und Massud taute etwas auf, nachdem er begriffen hatte, dass sie nichts tun würde, was ihm schaden könnte. Sie hatte ihre Lektion gelernt. Mit der Zeit freute sie sich auf die täglichen Stunden mit ihm.

Und wieder einmal musste sie eins ihrer Urteile zurechtrücken. Mathilde hatte seine Zurückhaltung anfangs mit Feigheit gleichgesetzt. War dieser entmannte Diener eines Paschas nicht verachtenswert? Hatte er nicht den christlichen Überzeugungen abgeschworen, war er nicht einer dieser verabscheuungswürdigen Muselmanen geworden, um ein leichteres Leben zu haben?

Doch je mehr sie von ihm lernte, je mehr sie über ihn erfuhr, durch kleine Gesten, durch Momente, in denen er sich unbeobachtet wähnte, desto sicherer wurde sie, dass Massud gute Gründe für seinen Glaubenswechsel gehabt haben musste. Sie erkannte den Schmerz, die Wundmale in seinem Wesen. Einmal, als er die Ärmel seines Kaftans zurückstreifte, sah sie schwulstige Narben, die nur von Verbrennungen herrühren konnten. Er war gefoltert worden. Nicht nur, dass sie ihm die Männlichkeit genommen hatten, sie hatten auch seine Seele in Stücke zerhackt.

Mit der Zeit sprachen sie mehr miteinander, unterhielten sich über die Gestirne, über die Erde – und über das Kochen. Sie gingen sogar zum vertrauteren Du über. Es rutschte ihnen eines Tages einfach heraus. Weder er noch sie machten eine Bemerkung dazu. Und so blieb es dabei.

Sie waren jeden Tag mehrere Stunden zusammen. Massud fragte Mathilde nicht ein einziges Mal nach seiner alten Heimat. Oder danach, woher sie kam und weshalb sie sich auf die lange Fahrt begeben hatte. Sie erklärte es ihm trotzdem. Und er stimmte schließlich nach langem Drängen und ziemlich sicher mit der Zustimmung des Paschas Mathildes immer wieder vorgebrachter Bitte zu: Sie brannte darauf, vom Leibkoch des Paschas etwas über die Zubereitung dieser wunderbaren Süßigkeiten und der Speisen zu erfahren, die ihr täglich aufs Zimmer gebracht wurden. Sie hatte zum Beispiel eine Art Gries kennengelernt, den Massud je nach Konsistenz Bulgur oder Couscous nannte. Oft war er mit

Früchten zubereitet, die Datteln oder Feigen hießen, mit Rosinen, Pistazien, Zitronen und Orangen, aber auch mit Oliven. Dazu gab es viel Gemüse und Fisch, aber auch Fleisch. Besonders das geminzte Fleisch und die Lammfleischeintöpfe hatten es ihr angetan. Und die Pasteten, die man am Hof des Paschas ebenso kannte wie Teigwaren.

Vielleicht konnte sie die eine oder andere abgewandelte Rezeptur ja verwenden, wenn sie in die Heimat zurückgekehrt war. Zum Beispiel dieses so wunderbar erfrischende Getränk aus gesäuerter Milch, das sie bald ebenso schätzen gelernt hatte wie den Pfefferminztee. Sie erlaubte es sich nicht einen Moment lang, daran zu zweifeln. Und dann waren da noch die geeisten Süßspeisen. Massud erklärte ihr, dass dafür eigens Schnee von den Bergen des Libanon geholt wurde. Sie machten selbst die brütend heißen Tage zu einem Vergnügen. Und wenn sie mit ihm über die Regionen sprach, aus denen die jeweiligen Zutaten kamen, dann erfuhr sie vielleicht etwas genauer, wo sie sich befand.

Die Rezepte wurden für Mathilde zum Inbegriff der Hoffnung. Der Austausch mit dem Leibkoch lenkte von ihrer eigenen Lage und ihrer Zukunftsangst ab. Natürlich kam ein direkter Kontakt zwischen dem Koch und Mathilde nicht in Frage, also fungierte Massud als Bote.

Er musste unwillkürlich lachen, als Mathilde vor Begeisterung in die Hände klatschte, als er mit dem ersten Rezept zu ihr kam und ihr erklärte, wie Knafa zubereitet wurde, ein süßer Auflauf aus fadendünn geschnittenen Teigstreifen. Er kannte alle Zutaten auswendig, der Koch hatte sie ihm eingebläut. Als Gegenleistung verlangte der Küchenmeister des Paschas von Mathilde, die verdammenswerterweise zu den *kuffar*, den Gegnern des Propheten gehörte, Anweisungen für Rezepte aus ihrem eigenen Land. Mathilde gab sie ihm gern. So kam mit der Zeit ein reger Austausch zustande, der noch intensiver wurde, nachdem der Koch des Paschas festgestellt hatte, dass die Gerichte der Ungläubigen seinem Herrn durchaus mundeten.

Massud bekam bei manchem Rezept sehnsuchtsvolle Augen. Mal machte er eine Anmerkung zu einer Zutat, wechselte dann aber sofort wieder das Thema. Doch seine Selbstbeherrschung bekam Risse. Und Stück für Stück reimte Mathilde sich schließlich seine Geschichte zusammen. In seinem früheren Leben hatte er Georg geheißen, wie der Drachentöter. Auch das war ihm herausgerutscht. Sofort bestand er aber darauf, dass sie ihn weiter Massud nannte. Sie versprach es. Er war der mittlere Sohn eines burgundischen Barons, dessen Namen sie nie erfuhr.

Aber er hatte eine Schwester gehabt, die ebenfalls Mathilde hieß und die er sehr geliebt haben musste. Als abenteuerlustiger, neugieriger Spund hatte er sich als Garzun bei einem Ritter verdingt und war vor rund zwanzig Jahren mit diesem im Gefolge von Herzog Hugo IV. von Burgund zum ersten Kreuzzug des französischen Königs Ludwig nach Ägypten aufgebrochen. Ungestüm, wie er war, hatte er sich einem Vorstoß von Robert von Artois angeschlossen, der entgegen den Befehlen des Königs die Festungsstadt al-Mansura angegriffen hatte.

Dabei waren die Kreuzritter in eine Falle der ayyubidischen Mamlukenkrieger unter Führung von Rukn Al-Din Baybars geraten. Jenem Baybars, mit dem der Habsburger eine geheime Verabredung zu schließen gedachte. In den engen Gassen der Stadt hatten sich die gepanzerten Reiter kaum formieren können und waren in Windeseile umzingelt worden. Die leichter bewaffneten Feinde fanden immer wieder hinter Hauswänden Schutz oder beschossen die Männer von den Dächern aus. Nur wenige der Kreuzritter, darunter der schwer verwundete Großmeister der Templer, Guillaume de Sonnac, konnten lebend entkommen.

Und Georg, der abenteuerlustige Jungspund aus Burgund, war gefangen genommen und als Sklave verkauft worden. Er war nicht der Einzige, der als Kreuzfahrer aufgebrochen war und nun als Eunuch in den Serails des Vorderen Orients Dienst tat. Und der dort Fränkinnen begegnete, die neben den maurischen Frauen und den Tscherkessinnen zu den beliebtesten Handelsobjekten der Sklavenhändler gehörten. Für Jungfrauen mit besonders weißer Haut wurden horrende Summen geboten.

Mathilde konnte auch nach Wochen nicht herausfinden, was der Pascha eigentlich mit ihr vorhatte. *Dass* er Pläne mit ihr hatte, dafür sprachen die gute Behandlung, die er ihr angedeihen ließ, und die Art, wie sie verpflegt wurde. Offensichtlich wollte er ihren Wert steigern. Ihre knochige Figur sollte sich runden, um dem Schönheitsideal des Orients zu entsprechen. Die Kur hatte Erfolg. Mehr als Mathilde lieb war.

Eines Tages kehrte das Mädchen mit den Samtaugen zu ihr zurück. Nehemia hielt die Lider gesenkt, als sie ins Zimmer trat. »Ich soll dieser Frau dienen«, sagte sie leise. So viel verstand Mathilde inzwischen von der arabischen Sprache.

»*Aasef*, es tut mir leid«, flüsterte sie.

Als die Samtäugige sie daraufhin ansah, war ihr Blick ausdruckslos. Ohne ein weiteres Wort richtete sie sich ein Lager in der hinteren Ecke des Raumes ein. Offenbar hatte man sie geheißen, künftig ebenfalls hier zu schlafen. Mathilde ging zu ihrem Diwan, nahm einige Kissen und legte sie auf Nehemias Bettstatt. Hoffentlich verstand die junge Frau, was sie ihr damit sagen wollte. Sie schämte sich zutiefst.

Künftig war Nehemia Teil der Schulstunden, die Mathilde täglich erhielt, eine stumme Zuhörerin, ein Schatten. Anscheinend traute der Pascha noch nicht einmal dem Lehrer seiner Kinder und hatte sie zur Lauscherin bestimmt. Mathilde fragte sie jedoch nicht danach.

Mit Nehemias Ankunft verschwand die Ungezwungenheit, die sich zwischen Massud und ihr eingestellt hatte. Massud wurde wieder förmlich. Und immer wieder beobachtete Mathilde, wie die Samtäugige und Massud verstohlene Blicke wechselten.

Anfangs wehrte sich Mathilde dagegen, die Dienste des Mädchens anzunehmen. Es war ihr peinlich, dass ihr ausgerechnet die Frau dienen sollte, die durch sie so gelitten hatte. Wenn sie doch nur etwas sagen würde, sie beschimpfen, ihr Vorwürfe machen! Doch Nehemia sprach kaum ein Wort.

Massud machte Mathilde klar, dass es wieder die Maurin sein würde, die litt, wenn sie nicht tat, was man von ihr verlangte. Und das war in diesem Fall zu lernen, sich so zu pflegen, zu waschen und zu kleiden, wie es sich für die Bewohnerin eines Serails geziemte.

Also trug schließlich auch Mathilde die weit gearbeiteten Hosen mit dem locker fallenden Hemd. Und stellte fest, dass diese Kleidung sehr bequem war. Das galt besonders für die heißen Tage, an denen jeder kleine Luftzug, der durch das vergitterte Fensterchen strömte, sehnsüchtig erwartet wurde. Auch an Mathildes Fesseln klirrten jetzt Fußreifen, an ihren Ohren hingen kunstvoll gebogene Gehänge aus Silber- und Golddraht. Dafür hatte Nehemia ihr allerdings zunächst die Ohrläppchen durchstechen müssen.

Außerdem erklärte die Maurin ihr jeden Abend, nachdem Massud gegangen war, einige Handgriffe und Verhaltensweisen, die einen Mann glücklich machen konnten. Da es keine Männer gab, mussten die Frauen mit ihren eigenen Körpern vorlieb nehmen. Duftöle, die einen anregenden Geruch verbreiteten, Massagen mit Hanföl an besonders empfindlichen Stellen … durch Nehemias Hände lernte Mathilde ihren eigenen Körper kennen und hatte Empfindungen, von denen sie noch nicht einmal gewusst hatte, dass es sie gab. Nehemia führte sie in einen bunten Garten der Lüste, blieb dabei jedoch völlig unpersönlich, als gehe sie dies alles nichts an. Sie entkleidete sich niemals. Sie öffnete sich nicht. Ließ sich nicht gehen.

Sobald Mathilde sie bat, von sich zu berichten, verschloss sich Nehemias Gesicht vollends. Mathilde verstand nicht, wie dieses Mädchen sie derart aufwühlen, ihr derartige Lust bereiten konnte, ohne selbst auch nur die geringste Regung zu zeigen. Fühlten sich Männer, die sich eine Frau kauften, auch so? Streichelnde Hände, die sie an ihren intimsten Stellen berührten, leicht wie Schmetterlingsflügel, Bäder in wohlriechenden Essenzen, danach Massagen mit allerlei anregenden Ölen ... Mathilde versuchte jedes Mal, ihr wohliges Stöhnen zu unterdrücken. Doch sie schaffte es nicht immer.

Auch das änderte nichts an Nehemias versteinerter Miene. Wider Willen begann Mathilde, die Zeit mit ihr zu genießen und ihren Verführungskünsten immer weniger entgegenzusetzen. Noch nie hatte sich ihr Körper so wohlig und entspannt angefühlt.

Zu ihrer Ausbildung im Fach weibliche Tugenden gehörte auch der Unterricht an einem Instrument, das nach Mathildes Eindruck einer Harfe ähnelte. Nehemia nannte es »çenk«. Auch hier fügte Mathilde sich brav. Und schließlich brachte sie ihre Lehrerin mit ihren musikalischen Übungen doch noch zum Lachen. Nehemia hatte sich redlich bemüht, ihr nicht nur das Spiel, sondern auch die Lieder beizubringen, die orientalische Männer offenbar mochten. Doch abgesehen davon, dass Mathilde mit den verschnörkelten Melodienbögen wenig anzufangen wusste und sie sich deshalb nur schwer merken konnte, hatte sie ein weiteres Problem. Sobald es sich nicht um Steinmars Lieder handelte, war sie völlig unmusikalisch. Sie konnte keinen Ton halten.

Nehemia lachte zwar, aber nur sehr verkrampft. Und dann machte sie einfach weiter, mit der gleichen ausdruckslosen Miene wie zuvor. Sie hatte ohne Zweifel große Mühe, ihren Hass auf Mathilde zu unterdrücken. Und sie reagierte auf kein *afwan*, Entschuldigung, oder *aasef*, es tut mir leid, gab mit keiner Geste, keinem Blick zu erkennen, ob sie Mathildes Worte überhaupt verstanden hatte.

Wenn Massud kam, saß sie still in ihrer Ecke, sofern sie dem Lehrer und seiner Schülerin nicht gerade Pfefferminztee, Früchte oder diese wunderbar süßen Pralinen servierte. Am meisten liebte Mathilde die gefüllten Walnüsse und die Pistazienplätzchen mit der Mandelmasse. Sie war auch in den besten Zeiten niemals beleibt gewesen. Doch jetzt bewegte sie sich in diese Richtung. Wenn es im Serail still war, wenn die plappernden Frauenstimmen im Park und das Kinderlachen verstummt waren, machte sie deshalb auf ihrem Diwan Turnübungen. Sie fühlte sich inzwischen unbeweglich und faul. Das durfte keinesfalls so bleiben. Sie wusste, sie würde ihre ganze Kraft benötigen, wenn sie irgendwann die Gelegenheit bekäme, zu fliehen.

Ach, wenn sie doch nur einmal aus diesem Zimmer herausdürfte! Sie sehnte sich so sehr danach, wenigstens einmal durch den Park zu gehen. Doch das war wohl eine vergebliche Hoffnung. Seit Wochen befand sie sich nun hier. Flucht. Sie klammerte sich an dieses Wort. Und wusste doch, dass es schwer werden würde. Sie durfte Massud und Nehemia nicht gefährden. Sie hätte es sich niemals verziehen, wenn diese an ihrer Stelle bestraft würden.

Nehemia kam mit einem Tablett voll frischer Süßigkeiten und Obst ins Zimmer, so wie jeden Tag, wenn die Schulstunde begonnen hatte.

Mathilde bemerkte zum wiederholten Mal, dass Massuds Blick über ihre Schulter hinweg zu dem Mädchen schweifte. Sie war inzwischen davon überzeugt, dass Nehemia recht gut verstand, was sie miteinander sprachen, und auch einige Brocken ihrer Sprache beherrschte. Das musste Massud ihr beigebracht haben. Vielleicht kam es aber auch vom täglichen Zuhören. In einem war sie sich jedoch sicher: Ihn verband mehr mit der Maurin als der Umstand, dass sie zusammen zu Mathildes Wärtern und Lehrern erkoren worden waren. Aber Massud war doch … Nun, Nehemia hatte ihr genügend Möglichkeiten genannt, wie eine Frau einen Mann glücklich machen konnte, ohne die Vereinigung zu vollziehen.

»Du hörst mir nicht zu.« Massuds vorwurfsvolle Worte holten sie aus ihren Gedanken. Mathilde errötete und lächelte dem Mädchen zu, froh über diese Ablenkung.

Sie klopfte mit der Hand auf den Teppich neben sich. »Bitte, stellen Tablett doch an diese Seite«, bat sie in ihrem noch holprigen Arabisch. Der mit einer überbordenden Fülle orientalischer Motive geknüpfte Seidenteppich, der auf einer dicken Schicht weiterer Teppiche lag, war ihr »Schulzimmer«. Jedes Mal, wenn sie ihn ansah und mit den Händen über die Muster strich, musste sie daran denken, dass Massud ihr erklärt hatte, jeder Orientteppich weise irgendwo einen kleinen Fehler auf. Das müsse so sein, denn nichts war vollkommen. Außer Allah. Seitdem hatte sie sich damit beschäftigt, den Fehler zu finden. Doch bisher war ihr in der perfekten Zusammenstellung der Muster und Farben nichts aufgefallen.

Massud lachte, als er bemerkte, dass ihre Blicke wieder über den Teppich streiften. »Suchst du noch immer den Fehler?«

Mathilde lächelte ihm zu. »Möchtest du Früchte oder ein wenig von diesem Gebäck? Du musst unbedingt diese Plätzchen versuchen, sie schmecken herrlich.«

Er strich sich über den Bauch. »Du weißt, dass ich nichts Süßes esse. Sonst werde ich am Ende so wabblig wie die anderen … wie die anderen Haremswärter hier.«

»Aber diese Plätzchen musst du unbedingt versuchen. Nur eines. Das kann doch nicht schaden«, drängte sie ihn.

»Gib her, du Versucherin. Ich werde eines nehmen.« Massud langte nach einem der Plätzchen.

Hinter sich hörte Mathilde einen unterdrückten Aufschrei. Nehemia kam zu ihnen und nahm Massud das Gebäckstück aus der Hand. »Nur für Frauen, nicht gut für Mann«, erklärte sie in Mathildes Sprache.

»Ist wieder dieses Rauschmittel darin? Dieses … wie heißt es noch? Ich mag das nicht. Ich werde wirbelig in meinem Kopf, alles verschwimmt, und ich sehe seltsame Bilder«, sagte Mathilde mit gerunzelter Stirn.

»*Hašiš* meinst du? Viele der Frauen von Pamuk Pascha lieben die Plätzchen, die damit gebacken wurden. Es ist ein gutes Zeichen, dass er erlaubt, dass du sie auch bekommst«, erklärte Massud.

»Ich verzichte auf solche Zeichen«, erwiderte Mathilde. Dieses *hašiš* machte sie zu entspannt. Das wollte sie nicht. Sie schnüffelte an einem der Plätzchen. Seltsam, es roch nur nach Mandeln. Ganz normal.

Nehemia redete jetzt in schnellen Worten in Arabisch auf Massud ein. Mathilde verstand nicht alles. Die beiden sprachen zu schnell. Er machte ihr Vorhaltungen, das begriff sie. Das Gesicht der Maurin bekam einen störrischen Ausdruck. Sie deutete auf Mathilde. Aus ihren Augen sprühte blanker Hass. Was sagte sie da? So etwas wie: »Sie muss sterben«? Sie beobachtete, wie Massuds Augen sich daraufhin weiteten. Er fragte etwas, und Nehemia senkte den Kopf. Plötzlich fing Massud an, die Maurin anzubrüllen. Nehemia starrte noch immer zu Boden.

»Tu das weg!«, befahl er Mathilde.

»Was soll ich wegtun?«

»Das Plätzchen. Sofort!« Da schlug er es ihr auch schon aus der Hand.

Mathilde war fassungslos. So hatte sie ihn noch niemals erlebt. Dann begriff sie. Das war kein *Hašīš*-Plätzchen, in diesem Gebäck war Gift. Nehemia hatte versucht, sie zu vergiften!

Zunächst fand sie keine Worte. Sie starrte nur von einem zum anderen, von Massud zu Nehemia und zurück. In der Art, wie sie einander ansahen, lag eine verschwörerische Einigkeit. Sie räusperte sich. In ihrem Inneren war es eiskalt geworden. »War das euer gemeinsamer Plan? Hast du kalte Füße bekommen?«, fragte sie Massud.

Der wandte seinen Blick zögernd von Nehemia ab. »Was meinst du?«

Ah. Sie hatte richtig beobachtet. Der ehemalige Kreuzritter und die Maurin liebten sich. Und nun wollten sie sie gemeinsam umbringen.

Mathilde holte ihren Dolch hervor. »Wenn ihr versucht, mich zu töten, nehme ich wenigstens einen von euch mit«, erklärte sie und wunderte sich, woher sie die Ruhe nahm. Sie fühlte keine Angst.

Massud seufzte. »Es … es ist ein Irrtum.«

Ein Irrtum? »Es ist kein Irrtum, wenn Nehemia mir vergiftetes Gebäck bringt. Und du hast es gewusst, nicht wahr?«

Er schüttelte den Kopf. Stumm.

»Für wie dumm haltet ihr mich? Ich bin keine von diesen halb verblödeten, fülligen Liebessklavinnen. Ich erkenne es, wenn ein Mann und eine Frau einander lieben. Und du, Massud, liebst die Frau, die versucht hat, mich zu vergiften.«

»Massud es nicht weiß. Du bist schuld. Nur du. Deinetwegen sie mich haben geschlagen. Ich habe gewollt Rache. Ist mir gleich, was jetzt geschieht mit mir.« Nehemia wollte weitersprechen, doch Massud hob die Hand, und sie verstummte.

»Du bist eine gute Beobachterin«, sagte er leise. »Noch nicht einmal Nehemia weiß, dass ich sie liebe.«

Die starrte ihn mit großen Augen an. »Du nie hast gesagt. Ich aber schon gespürt. Dann ich habe gesehen euch zusammen. Leute von einem Stamm. Ich dachte, diese da mir hat genommen deine Liebe weg.«

»Nehemia, niemand auf der Welt kann dir meine Liebe wegnehmen.«

Da schluchzte die Maurin auf und sank zu Boden, ihre Schultern bebten. Massud streichelte ihr sanft über das krause, in viele kleine Zöpfchen geflochtene Haar und zog sie wieder hoch. »Ist schon gut, ist schon gut …«, murmelte er. »Ich werde nicht zulassen, dass dir etwas geschieht.« Dann wandte er sich wieder Mathilde zu. »Bitte verzeih ihr. Sie wusste nicht, was sie tat. Nehemia und ich – wir sind Entwurzelte, die sich aneinanderklammern, die niemals mehr in ihre Heimat zurückkönnen. Bitte. Du musst doch verstehen, dass sie dich hasste, nachdem …«

»Nachdem sie an meiner Stelle ausgepeitscht wurde«, beendete Mathilde leise den Satz. Ihre Wut war verpufft. Doch, das verstand sie. Sie hätte sich an der Stelle des Mädchens ebenfalls gehasst. »Und du? Wusstest du wirklich nichts davon? Ist es, wie Nehemia sagt?«

»Nein. Ich wusste es nicht«, erklärte er fest. »Aber ich werde nicht zulassen, dass ihr etwas geschieht.« Er griff nach einem der Plätzchen und betrachtete es nachdenklich. Dann reichte er Nehemia ebenfalls eines. »Komm, *Habibaty*, sei nicht verzweifelt. Was immer auch geschieht, wir werden zusammen sein«, sagte er auf Arabisch.

Nehemia sah ihn an. Dann schmiegte sie sich ohne ein weiteres Wort in seine Arme.

So also konnte die Liebe auch sein. Mathilde spürte ein Ziehen in ihrem Herzen, dachte an Steinmar. Nein, mit ihm würde es niemals so sein. Denn er liebte sie nicht. Er wäre niemals bereit, mit ihr in den Tod zu gehen, um sie vor Schmerzen zu schützen.

»Ich werde euch nicht verraten«, erklärte Mathilde.

Nehemia hob den Kopf. »Du mich nicht verraten?« In ihrem Blick lag ein Ausdruck ungläubigen Erstaunens.

»Nein. Dir ist genug angetan worden«, erklärte Mathilde entschieden. »Durch meine Schuld«, fügte sie hinzu. Sie steckte den Dolch wieder an seinen Platz im Gürtelwulst der Hose zurück. »Meinst du, ich könnte jetzt werden *sadikik*, deine Freundin? Sagt man so? Ich bin so … einsam, *salene*, ich …«

Nehemia kam zu ihr. Ihre Fußringe klirrten leise. Sie kniete sich vor Mathilde. »Verzeih, Frau. Dachte, Massud dich liebt, nicht mich. Dachte, du böse. Ich wollte töten. Jetzt nicht mehr. Ich schwöre, bei Allah und Mohammed, dem Propheten«, flüsterte sie.

Mathilde atmete tief durch und streckte Nehemia beide Arme entgegen. »Bitte, ich brauche eine Freundin in diesem fremden Land, wenn der Pascha –«

»Der Pascha wird dich nicht in sein Bett holen lassen«, erklärte Massud zu ihrer Überraschung. »Du bist für einen anderen Zweck bestimmt. Aber mehr darf ich dir nicht sagen. Und danke. Das werden Nehemia und ich dir nie vergessen.« Sein liebevoller Blick streifte die Maurin. »Wenn sie kommen und dich holen …« Er machte eine Pause. »Der Dolch wird dir nicht helfen. Sie wissen, dass du ihn hast. Wenn sie also eines Tages kommen und dich holen, dann ist es das Beste, du hast zwei oder drei von diesen Plätzchen bei dir.«

»Du meinst, es könnte der Tag kommen, an dem ich mich besser selbst umbrächte?«, fragte Mathilde entgeistert.

Massud sah sie nur an.

»Aber warum? Was haben sie mit mir vor? Wann?«

»Ich weiß es nicht. Und was sie mit dir vorhaben, darf ich nicht sagen. Aber es könnte … schmerzhaft sein. Bitte versteh, ich darf mit dir nicht darüber sprechen.«

»Ich werde dich nicht verraten, ich schwöre es bei deinem Allah.«

»Oh doch, das wirst du. Wenn sie sich entschließen, dich zu verhören«, erklärte er ruhig.

In dieser Nacht kletterte Nehemia zu Mathilde ins Bett. »Darf ich kommen zu dir?«

Mathilde hob die Decke.

Sie hielten sich aneinander fest, ein weißer Körper und ein dunkler. Nehemia war wunderschön. Mathilde genoss die Wärme des Mädchens neben sich. Ein menschliches Wesen, Trost in dieser Welt des Unbegreiflichen. Zärtlichkeit erfüllte sie. Sie begann, die Maurin sanft zu streicheln. Die festen Brüste, den Bauch, den Rücken. Da glitten ihre Fingerspitzen über Narben. Die Peitsche hatte ihre Spuren in der samtig-zarten Haut hinterlassen. »Verzeih mir, meine Freundin«, murmelte Mathilde. Sie versuchte sanft, Nehemias Erinnerung an die Schmerzen fortzustreicheln, erneut fast überwältigt vom Gefühl der Schuld, die sie gegenüber dieser jungen Frau empfand.

So lagen sie lange. Schließlich brach der Damm, den die Maurin um sich gebaut hatte, und Nehemia raunte ihre Geschichte in Mathildes Ohr. Sie war die Tochter eines Nomaden und frei geboren. Doch dann waren die Sklavenhändler gekommen. Sie hatten im Morgengrauen, in der Zeit, in der die Welt am verwundbarsten ist, die Zelte ihres Stamms überfallen. Keine Ahnung, keine Botschaft, kein aufgeschrecktes Tier hatte die Männer gewarnt. Vater, Mutter, Brüder – alle waren entweder tot oder in die Sklaverei verkauft. Ihre Geschichten ähnelten einander. Beide waren allein auf der Welt. Beide waren sie Sklavinnen. Aneinandergeklammert wie Ertrinkende schliefen sie ein.

Am nächsten Morgen wurden sie früh aus dem Schlaf gerissen. Einer der Eunuchen rüttelte die Mädchen wach. »Komm mit, Frau. Nehemia soll dich ankleiden. Da sind Sachen!«

Mathilde zog das schon gewohnte Beinkleid und das Hemd an. Dann streifte ihr Nehemia noch einen blauen Überwurf über, *Burqu* nannte sie ihn. Ein großes Stück Tuch, weit geschnitten, das bis zu den Füßen reichte und ihre Gestalt vollkommen verbarg. Für den Kopf war eine flache Kappe darin vernäht, im Bereich der Augen befand sich ein Sichtfenster, in das eine Art Gitter aus Stoff eingesetzt worden war. Mathilde wollte sich gegen diese Verschleierung wehren. Doch Nehemias warnender Blick sagte genug. »Nichts tun. Immer gehorchen, bitte, sonst …«, flüsterte sie noch. Dann wurde Mathilde weggeführt.

Sie bekam keine Gelegenheit mehr, nach den Plätzchen zu greifen.

# XIV

Zum ersten Mal, seit sie in dieses Haus gekommen war, verließ Mathilde den Bereich der Frauen. Der Eunuch schien sich keine Sorgen darüber zu machen, dass sie sich wehren könnte oder gar versuchen zu fliehen. Er ging einfach voraus. Und Mathilde, die gelernt hatte, wie Ungehorsam in diesem Land vergolten wurde, stolperte brav hinterher. Sie hatte anfangs Schwierigkeiten, sich in der ungewohnten Bekleidung zu bewegen. Außerdem sah sie fast nichts. Trotzdem versuchte sie, so viel wie möglich zu erkennen. Vielleicht entdeckte sie ja auf dem Weg eine Fluchtmöglichkeit!

Sie wurde in einen großen Raum gebracht. Der Eunuch ging, und Mathilde blieb allein. Sie sah sich um. Immerhin gab es hier kein Bett. Das hielt sie für ein gutes Zeichen. Die Wände waren vom Boden bis zur Decke mit reich geschnitzten Regalen aus einem dunklen Holz bedeckt. Rücken an Rücken standen hier die herrlichsten Folianten, Handschriften und Manuskripte. Sie sah arabische Schriftzeichen, aber auch lateinische. Mathilde ging näher heran. Das Geräusch ihrer Schritte war auf den über mehrere Lagen ausgebreiteten Teppichen kaum zu hören.

Das Herz klopfte ihr bis zum Hals. Sie hatte Angst. Gleichzeitig aber war sie fasziniert von den Schätzen, die sich ihr hier darboten. Da, waren das nicht griechische Buchstaben? Und dort – die Bücher Moses. Sie entdeckte einen weiteren Band, in dem es offenbar um den Weg der Gestirne ging. Alle waren sie herrlich gestaltet, mit Gold ausgelegt. Sie konnte sich nicht beherrschen, streckte die Hand aus und zog das Buch halb heraus.

In diesem Moment öffnete sich die Tür erneut. Mathilde erstarrte, schob das Buch wieder ins Regal zurück und drehte sich um. Sie sah sich Pamuk Pascha gegenüber. Mit ihm waren die beiden Eunuchen in den Raum gekommen. In den Augen der beiden flackerte etwas. Bosheit, Genugtuung? Was hatte sie diesen wabbeligen Fettwänsten getan?

Pamuk Pascha schnippte mit den Fingern. Die Haremswächter packten sie und stießen sie zu Boden, bis sie mit dem Gesicht auf den Teppichen lag. Mathilde bekam fast keine Luft mehr. Schließlich löste sich der Druck, und sie konnte sich ein wenig aufrichten und durchatmen.

Wieder schnippte der Pascha mit den Fingern. Da begannen seine beiden Diener, Mathilde in Windeseile zu entkleiden. Sie schrie auf, als sie begriff, was die beiden vorhatten, und bekam die Burqu gerade noch zu packen. Sie drückte den Stoff gegen die Brust. Mathilde wusste selbst, dass das unvernünftig war. Sie tastete nach dem Dolch.

Die Eunuchen waren von ihrem Ausbruch überrascht und hatten alle Mühe, sie zu bändigen. Doch der eine Fettwanst lachte nur. Ehe sie ihn abwehren konnte, hatte er ihr die Waffe entwunden. Mathilde dachte an Nehemias Worte. »Gehorchen« sollte sie. Doch wie konnte sie das? Diese Männer waren dabei, sie nackt auszuziehen! Das durfte sie nicht zulassen.

Sie trat und spuckte, versuchte, auf die Beine zu kommen. Ah, da auf dem Tisch war eine Vase, ein wunderschönes Stück. Doch darauf konnte sie jetzt keine Rücksicht nehmen. Wenn sie nur näher an sie herankommen könnte! Die Männer versuchten, ihr die Burqu wegzunehmen, sie hielt den Stoff verzweifelt fest. So gelang es ihr, sich aufzurichten und ihren verzweifelten Abwehrkampf immer näher an das Tischchen mit der Vase zu verlegen. Natürlich wusste sie im Grunde ihres Herzens, dass sie am Ende unterliegen würde. Doch sie war nicht bereit, sich kampflos auszuliefern. Wenn Pamuk Pascha sie in seinem Bett haben wollte, dann würde das nur gegen ihren entschiedenen Widerstand geschehen.

Pamuk Pascha stand dabei und beobachtete das Durcheinander. Er wirkte interessiert. Das verunsicherte Mathilde. Eigentlich vermutete sie, dass er gleich weitere Eunuchen herbeirufen würde. Doch nichts dergleichen geschah.

Schließlich hatte sie es bis zu dem Tischchen geschafft und stand mit dem Rücken zur Vase, während sie nach vorne Tritte austeilte. Sie ließ die Burqu los und angelte nach dem Gefäß, bekam den Hals zu fassen. Die Vase zu ergreifen und sie dem einen Eunuchen über den Schädel zu ziehen, war eins. Er schrie auf und sackte zu Boden. Der andere kreischte. Doch wie weiter? In diesem Moment zog Pamuk Pascha einen Vorhang zur Seite. Dahinter kam die verschleierte Nehemia zum Vorschein. Ein dritter Eunuch stand neben ihr und spielte mit einem Krummdolch. Dann hob er ihn und wies drohend mit der Spitze der Waffe auf Nehemias Kehle.

Schwer atmend ließ Mathilde die Arme sinken.

Der niedergeschlagene Eunuch hatte sich inzwischen erhoben. Über sein Gesicht floss Blut. Pamuk Pascha gab erneut ein Zeichen. Mathilde wehrte sich nicht mehr. Schließlich stand sie da, nackt, wie Gott sie geschaffen hatte, doch stolz wie eine Königin, und blickte Pamuk Pascha herausfordernd in die Augen. Sie konnte allerdings nicht verhindern, dass ihr die Röte ins Gesicht stieg, als er sie von oben bis unten begutachtete. Auf ein weiteres Fingerschnippen hin riss ihr einer der Eunuchen den Mund auf. Pamuk Pascha kam näher und schaute hinein. Dann grunzte er etwas, das Mathilde nicht verstand. Anschließend wurde sie gezwungen, die Arme zu heben und sich vor diesem widerlichen Lüstling im Kreis zu drehen. Mathilde kochte. Doch da war noch Nehemia, die Samtäugige, mit dem Dolch an der Kehle. Und so tat sie, was man von ihr verlangte. Sie kam sich vor wie eine Kuh, die auf dem Viehmarkt verkauft werden sollte.

Schließlich nickte Pamuk Pascha. »Gut, Frau. Du bist nicht mehr wie eine Stange. Das wird *Al-Zahir* gefallen. *Al-Malik*, der Erhabene, mag Frauen mit Mut. Er liebt die Eroberung. Kleidet diese Sklavin an und bringt sie zurück. Und diese schafft in mein Bett.« Er leckte sich die Lippen und wies mit dem Kopf auf Nehemia.

Der dritte Eunuch nahm den Dolch herunter. Nehemia schälte sich aus der Burqu, sah dabei zu Mathilde und nickte ihr unmerklich zu. Als wollte sie sagen: Was dir geschehen ist, ist nichts. Es gibt Schlimmeres. Trag es mit Würde. So, wie ich es mit Würde tragen werde, dass der Pascha mich in sein Bett holt. Mathilde wusste, sie hätte es nicht einfach so hinnehmen können, wäre sie an Nehemias Stelle gewesen. Die Maurin ließ es über sich ergehen. Da war sie vielen Frauen ähnlich, die Mathilde in Waldshut kennengelernt hatte. Egal, ob hoch oder niedrig geboren. Doch es lag auch noch etwas anderes in Nehemias Blick als bloße Fügsamkeit: Die Gewissheit, dass es tief im Wesen einer jeden Frau einen Ort gab, den kein Mann uneingeladen erreichen konnte. Diesen Ort öffnete eine Frau nur freiwillig. Oder niemals.

An diesem Abend war Mathilde viel zu aufgewühlt, um einzuschlafen. Zu ihrer Überraschung hatten sie ihr sogar den Dolch zurückgegeben. Sie wälzte sich in den Kissen hin und her. Immer wieder dachte sie an Nehemia. Sie hoffte, dass der Pascha sie gut behandelte. Und sie fragte sich, warum er nicht auch sie zu sich auf das Lager gezwungen hatte. Diese ganze Untersuchung, diese Viehschau … das hatte etwas zu bedeuten.

Nach einer Weile verfiel Mathilde doch noch in einen unruhigen Schlummer. Irgendwann kam Nehemia zurück. Wie in der vergangenen Nacht kroch sie zu Mathilde. Die beiden Frauen schmiegten sich wortlos aneinander.

Tags darauf verwandelte sich Mathilde erneut in ein blaues Gespenst, ebenso Nehemia. Nur an den Augen hinter dem Stoffgitter der Burqu war zu erkennen, dass sich unter den Tuchbahnen menschliche Wesen verbargen. Dieses Mal nahm Mathilde ihre Giftplätzchen mit.

Draußen wurde ihnen bedeutet, sich auf bereitstehende Pferde zu setzen. Mathilde hatte keine Ahnung, ob sie sich mit diesem Stoffzelt, in dem sie steckte, überhaupt rittlings auf ihrem Zelter halten konnte, zumal sie fast nichts sah.

Doch mit Hilfe eines Bewachers schaffte sie es, den Pferderücken zu erklimmen. Zum ersten Mal in ihrem Leben saß sie auf einem dieser wunderbaren arabischen Rösser, von denen die Männer in der Runde des Habsburgers oft erzählt hatten. Es war eine Schimmelstute. Und sie reagierte auf den leisesten Druck ihrer Fersen, auf die kleinste Gewichtsverschiebung. Doch, es ging ganz gut. Da wurden ihr die Zügel aus der Hand genommen.

Sie befanden sich als die einzigen beiden Frauen in einem ganzen Tross von Männern. Einige waren bewaffnet und sollten den Zug also offensichtlich schützen. Wieder andere schleppten Truhen, Teppiche oder Stoffballen. Mathilde hatte den Eindruck, Teil einer Handelskarawane zu sein.

Ihr wurde siedend heiß. Wohin sollte sie verfrachtet werden? Kam sie jetzt zu *Al-Malik* oder *Al-Zahir*, wie er auch genannt wurde? Sie verstand inzwischen, was das hieß. Der Eroberer, der König. Sie erinnerte sich, wie Steinmar einst den Mamluken-Herrscher beschrieben hatte: »Dieser Baybars ist gerissener als Cäsar und gemeiner als Nero.« Waren sie zu ihm unterwegs?

Mathilde und Nehemia ritten nebeneinander. Nach einer Weile passierten sie einen mächtigen Pallas, der hoch über ihnen lag und über dem die Fahne mit dem Johanniterkreuz wehte. »Kolossi«, flüsterte Nehemia.

Kolossi? So hieß doch die Burg der Johanniter auf Zypern. Fast hätte Mathilde über diese Unverfrorenheit lachen müssen. Erst hatten Piraten sie den Johannitern weggeschnappt, und dann war sie auch noch direkt unter deren Nase, im Hinterland der Insel, gefangen gehalten worden. Nun, offenbar hatten die Johanniter nicht damit gerechnet. Jedenfalls hatte es ihres Wissens keinen Befreiungsversuch gegeben. Wozu auch? Sie konnten schließlich nicht jeden Mönch, jeden Christen retten, der den Muslimen in die Hände fiel. Selbst Massud, den Mann, der als Kreuzritter in den Orient gekommen war, hatte niemand befreit oder losgekauft. Mathilde vermisste ihn jetzt schon. Wie mochte es da erst Nehemia gehen? Sie konnte durch das Stoffgitter den Ausdruck der dunklen Augen nicht entschlüsseln.

Je näher sie dem Meer kamen, desto unübersehbarer wurden die Anzeichen, dass hier vor nicht allzu langer Zeit eine kriegerische Auseinandersetzung stattgefunden haben musste.

»Was ist hier geschehen?«

»Baybars«, flüsterte Nehemia. »Der Mamluk hat angegriffen Limassol. Mit siebzehn Schiffen. Das war, ehe du bist gekommen. König von Zypern, Hugo, war fort. Aber Inselleute haben Glück. Gab Vertrag von Frieden.«

»Wo war der König?«

»Du kennst Stadt, die heißt Akkon?«

Mathilde war wie elektrisiert. »Ja, ich habe davon gehört.«

»König von Zypern auch ist König von Jerusalem. Ist Christ. Wollte helfen andere Christen dort gegen Baybars. König der Mamluken dort will machen alles kaputt. Verbrennen, Leute ermorden. Frauen nehmen ... zu Sklaven machen. Wenn Baybars ist wieder fort, dann ist nichts mehr. Nur Tote und Asche.«

»*Will* machen«, hatte Nehemia gesagt. Dann war Akkon in Gefahr, aber vielleicht noch nicht verloren. »Hat Baybars die Stadt schon eingenommen?«

Nehemia antwortete mit einem Schulterzucken.

Das klang nicht gut. Ob das der heimlich vorbereitete Angriff war, von dem Steinmar gesprochen hatte? Wenn sie nur mehr wüsste! Doch Nehemia konnte ihr offensichtlich nicht mehr sagen.

»Steht Limassol nun also unter Baybars' Herrschaft?«

»Kam Sturm. Schiffe von Sultan sind gelaufen auf ... wie sagt man ... Felsen. Sind untergegangen. Viele Mamluk gefangen. Aber Massud sagt, bald *Al-Malik* nicht nur herrscht über Ägypten und Syrien, sondern auch über Christen. Dann es wird schlimm für die Fremden.«

»Du weißt das alles von Massud?«

»Ja, Massud viel erfährt. Wir Frauen nicht. Sind immer eingeschlossen. Aber Massud – Pamuk Pascha ihm vertraut. Er unterrichtet Kinder von Pamuk Pascha. Da ich habe ihn gesehen zum ersten Mal. So stolz, so klug …« Nehemia brach ab.

Dieser Baybars war also doch nicht unbesiegbar. Falls Akkon tatsächlich bereits belagert wurde, was sollte sie dann tun? Wohin gehen? Falls es ihr gelang, zu entkommen?

»Weißt du, wohin sie uns bringen? Nehemia! Bitte, sag es mir.«

»Nehemia Angst. Viel Angst.«

»Bitte!«

»Massud sagt, Baybars will sehen Frau aus dem fremden Land.«

»Baybars? Er weiß von mir?« Mathilde stutzte. Was sollte das? Pamuk Pascha hatte sie ausgelacht, als sie verlangte hatte, er solle sie zum Sultan bringen. Und jetzt sollte sie ihm plötzlich vorgeführt werden. War es möglich, dass nicht Pamuk Pascha sie hatte entführen lassen, sondern der Mamluk? Das ergäbe durchaus Sinn. Ja, er hatte sie entführen und von Pamuk Pascha aufpäppeln lassen, der weiter nichts als Baybars' Handlanger war. Erst hatte er den Vater, dann den Bruder in seine Gewalt gebracht. Und nun wollte er auch noch sie. Ihr wurde eiskalt.

»Ich nicht weiß, *Mata*. Aber ich mich fürchte. Sehr fürchte. Baybars grausamer Mann, man sagt …«

»Was sagt man?«

»Er töten alle Christen. Vergewaltigt alle Frauen und lässt sie schlitzen auf. Holt Kinder aus dem Bauch.«

»Das ist abscheulich. Was macht er mit ihnen?«

»Ich nicht weiß. Leute sagen, Mamluk isst Kinder.«

Die Gedanken in Mathildes Kopf überschlugen sich. Dieser Baybars musste ein Ungeheuer sein! Wenn Nehemia derartige Furcht vor ihm hatte, sprach das Bände. Sie mussten fliehen, schnellstens. Doch wo sollte sie hin? Akkon. Egal, was Nehemia sagte. Sie musste nach Akkon. Vielleicht fand sie ja einen Weg, in die Stadt zu kommen. Dort residierte noch immer der Deutsche Orden. Und damit ein Stück Heimat. Auf eine gewisse Weise jedenfalls. Vielleicht, wenn sie von der Kompturei Beuggen erzählte … Bei den Deutschherren wäre sie sicher.

Aber vielleicht gab es noch eine andere Möglichkeit. Hatte Steinmar nicht erzählt, dass die Deutschherren im Heiligen Land eine mächtige Burg besaßen, eine unbezwingbare Festung auf einem Berg, nicht weit von Akkon entfernt? Montfort, ja, die Starkenburg, so hieß sie. Dorthin würde sie gehen. Auch wenn sie das Medaillon der Marianer nicht mehr hatte. Vielleicht konnte sie es trotzdem schaffen, hineinzugelangen und dort aufgenommen zu werden. Oder doch besser Akkon? Nun, das konnte sie sich immer noch überlegen. Zunächst einmal musste sie fliehen. Aber ohne Nehemia zu gefährden.

Sie sah sich um. Sollte sie einfach ihrem Zelter die Hacken in die Flanken schlagen und davonpreschen? Nein. Zunächst musste sie von dieser Insel herunter. Mit Nehemia. Sonst würde sie erneut ihretwegen leiden.

Der Ritt dauerte nicht lange und führte zum Hafen. Dort wurden die Frauen samt Truhen, Teppichen und Bewachung auf eine Fusta verladen, die mit wild dreinblickenden, turbantragenden Seeleuten bemannt war. Dieses Mal schien es jedoch kein Piratenschiff zu sein. Eine Böe zerrte an ihrem Umhang. Mathilde fröstelte. Es war kühl geworden, der Sommer ging zu Ende.

Mathilde und Nehemia wurden sofort unter Deck gebracht und eingesperrt. Mathilde hätte zu gerne noch eine Weile an Deck verbracht, sich gedehnt, die frische Seeluft eingeatmet. Wie damals, als Martin noch gelebt hatte. So viel Zeit war vergangen seitdem. Sie hatte längst aufgehört, die Tage zu zählen. Heimweh überkam sie. Schmerz. Und Sehnsucht.

Als sie allein waren, erzählte ihr Nehemia, was sie über Pamuk Pascha wusste. Er war ein Türke, ein Händler, der alles kaufte und verkaufte, das sich zu Geld machen ließ. Und er war bekannt dafür, dass er die besten Lustsklavinnen hatte, die es weit und breit zu erstehen gab: willige und kunstfertige Asiatinnen, wilde Tscherkessinnen, Löwinnen gleichende dunkle Maurinnen und Frauen mit weißer Haut, verschämte Jungfrauen, Töchter und Gattinnen von Kreuzfahrern. Und Pamuk Pascha hatte die besten Verbindungen bis in die höchsten Kreise, galt als der Mann, der alles besorgen konnte, der selbst die ausgefallensten Wünsche Wirklichkeit werden ließ. Das nährte Mathildes Verdacht, dass Pamuk Pascha bei ihrer Entführung Baybars' Handlanger gewesen war, eine Art Mittler mit guten Verbindungen zu den Freibeutern. Und de Coucy, dieser selbst ernannte Adelige, hatte die Drecksarbeit erledigt.

Die Fahrt auf See dauerte nicht lange. Wieder stiegen sie um. Dieses Mal auf ein behäbiges breites Schiff mit einem Segel und Ruderern. Nehemia nannte es eine *Dhaw*. Sie bahnte sich ihren Weg durch ein mächtiges Flusstal mit unzähligen Seitenarmen. Sie reisten nun auf dem Nil. Der Schiffsführer musste sich gut auskennen, um in dieser unübersichtlichen Flusslandschaft mit den vielen kleinen und größeren Inseln nicht auf Grund zu laufen.

Die Frauen und ihre Bewacher samt Truhen und Teppichen stellten nur einen kleinen Teil der Ladung dar. Inklusive einer Ziege, mehreren Hühnern, drei weiteren verschleierten weiblichen Wesen in Begleitung zahlreicher Männer, allesamt bis unter die Zähne bewaffnet, sowie Weinfässern und allerlei anderen Packen und Kisten bot sich dem Auge das bunte Bild eines offenbar irgendwie geordneten Durcheinanders. Mathilde konnte nicht erkennen, worin diese Ordnung bestand, aber auf eine sich ihr nicht zu erschließende Weise schafften es die Menschen an Bord, sich einzurichten und aneinander vorbeizukommen.

Mathilde und Nehemia hatten es sich zwischen den Kisten und Kästen auf einigen Teppichen bequem gemacht. Mathilde fühlte sich verzweifelt und mutlos. Doch sie weigerte sich, diesen Gefühlen nachzugeben. Sie durfte nicht aufhören zu kämpfen. Noch lebte sie. Und solange noch ein Funken Leben in ihr war, würde sie weitermachen. Versuchen, zu entkommen. Versuchen, den Vater und den Bruder zu finden. Und Steinmar. Nein! Aufgeben kam nicht in Frage! Doch unter den derzeitigen Umständen konnte sie nicht viel tun. Also: fort mit den trüben Gedanken.

Es gab keinen Grund, warum sie nicht das Beste aus ihrer derzeitigen Lage machen sollte. Warum nicht nach Wochen in einem Raum mit nur einem vergitterten Fenster die frische Brise genießen, die über die Dhaw strich, und all die neuen Eindrücke in sich aufsaugen? Endlich war sie heraus aus ihrem Gefängnis, so luxuriös es auch gewesen sein mochte. Nun war ihr Blick nicht mehr von Wänden begrenzt. Trotz des Stoffgitters in der Burqu konnte sie weit sehen, über das Schiff hinaus, zumindest geradeaus. Sie hörte das Geräusch der Ruder, das Rauschen des Flusses, das Wispern der Wellen, während der Bug der Dhaw das Wasser teilte.

Ob es auf diesem Fluss auch Piraten gab? Fast hoffte sie auf einen erneuten Überfall. War nicht alles besser, als zu diesem Mamluken-Ungeheuer gebracht zu werden? Nein, Mathilde! Nicht aufgeben! Sie hatte schon so viele Schwierigkeiten gemeistert, sie war nicht zum ersten Mal in einer üblen Lage. Sie schickte ein Gebet zur Jungfrau. Die Mutter Gottes würde es nicht zulassen, dass sie unterging! Sie war viel zu jung, um so zu enden.

Am späten Nachmittag passierten sie einige Bauwerke von einer solchen Monumentalität und Schönheit, dass ihr der Anblick den Atem nahm.

Wieder war es Nehemia, die ihr erläuterte, wo sie waren. »Massud das mir hat genau beschrieben«, erklärte sie. »Hat diesen Ort gesehen, bevor er zu Pamuk Pascha kam. Ist Gizeh, Stadt der Pyramiden.«

So. Massud. Immer wieder Massud. Mathilde wusste nicht so recht, was sie von dieser ständig wiederkehrenden Erklärung halten sollte. Es konnte natürlich sein, dass Massud während des Kreuzzuges ebenfalls hierhergekommen war. Er hatte nie etwas davon gesagt. Andererseits musste das nichts heißen, er war nie sehr gesprächig gewesen bezüglich seiner Vergangenheit und der Gefangennahme durch Pamuk Pascha.

Die Szenerie lenkte sie von ihrem aufkeimenden Misstrauen ab. Mathilde konnte es kaum fassen, als sie hörte, dass diese gewaltigen Bauten Gräber für die Herrscher des alten Ägyptens sein sollten, geschaffen vor undenklichen Zeiten. Nehemia wusste nicht, wann die Pyramiden gebaut worden waren, sie konnte nur sagen, dass diese Zeit unbeschreiblich lange zurücklag. Was würden Junge und Gertrud sagen, wenn sie ihnen davon erzählte! Wieder wurde ihr schwer ums Herz. Sie würde ihnen auch noch von anderem berichten müssen. Davon, dass Martin tot war, ihr herzensguter, verlässlicher Freund und Beschützer. Sie spürte, wie ihr wieder einmal die Tränen in die Augen stiegen. Nein, nicht jetzt. Jetzt war eine Zeit, in der sie all ihre Kräfte darauf richten musste, zu überleben. Die Zeit der Trauer kam später.

Nicht lange nachdem sie Gizeh hinter sich gelassen hatten, strebte die Dhaw dem gegenüberliegenden Ufer zu. Sie passierte dabei unzählige andere Schiffe, alle voll beladen wie das ihre. Kleinere Boote näherten sich, auf denen Händler in den höchsten Tönen Waren und Früchte anpriesen. Einige handelten mit Affen, andere mit Schlangen. Wieder andere hatten lebendige Hühner und tote Ratten im Angebot. Auch am Ufer wimmelte es von Leben. Da waren Stände und Handwerker, die Boote in Ordnung brachten, Fischer, die an ihren Netzen stickten. Tiere mit langen Beinen und einem oder zwei Höckern, jedes schwer beladen, trabten schwankend ins Landesinnere.

»*Al-Qâhira*, die große, die erhabene Stadt«, flüsterte Nehemia.

Als sie von Bord gingen, stieg Mathilde aus Versehen in einen dunklen Haufen. Sie hob ihren kostbaren Seidenpantoffel. Er stank und war ruiniert. »Scheiße«, fluchte sie. Sofort kam ein kleiner Junge und kratzte ihr die Hinterlassenschaften eilfertig vom Schuh. Kameldung sei wertvoll, erklärte Nehemia. Getrocknet sei er völlig geruchlos und ein wunderbares Brennmaterial. Niemand versuchte, den Knirps von seinem Tun abzuhalten, die Bewacher nahmen es gleichmütig hin.

Al-Qâhira, die Hauptstadt des Mamlukenreiches, pulsierte vor Leben. Überall Hämmern, Klopfen, Träger, die Steine und Erde schleppten. Mathilde sah neu gebaute Kanäle und Befestigungen, allerorts wurde fieberhaft gearbeitet, um das letzte Licht der untergehenden Sonne zu nutzen, das Mauern und Steine, die Gesichter der Menschen und den Fluss rot färbte. Über allem thronte die Kuppel der mächtigen Moschee. An Bord der Dhaw hatte man sich erzählt, Baybars habe die Baumaterialien dafür, das Holz und den Marmor, von der Kreuzfahrerfestung in Jaffa heranschaffen lassen, die er erobert hatte.

Im Schein der untergehenden Sonne erreichten sie schließlich die mächtige Zitadelle von Al-Qâhira. Sie lag etwas abseits des Flusses und war hoch über dem Land auf einem Felssporn errichtet worden, den Nehemia den Berg *Muqattam* nannte. Hier hatten einst die Götter Horus und Seth einander bekämpft. Alte Götter, ägyptische Götter. Götter, die womöglich noch immer in den Pyramiden wohnten. Und die Zitadelle, die Residenz des großen Mamluken, war aus Steinen von den Pyramiden gebaut. Es hieß, die Götter der Alten gingen darin um. Die Leute sagten, wer dort lebte, lief Gefahr, dem Fluch der Pharaonen zum Opfer zu fallen, berichtete Nehemia.

Mathilde hielt das für sehr wahrscheinlich. Sie näherten sich der Burg. Die kolossale Festung mit ihren Türmen und Zinnen wirkte im rötlichen Licht es scheidenden Tages, als brenne sie. Die Menschen, die zu sehen waren, liefen gebückter, verhaltener, und lachten weniger als jene unten am Hafen. Über der Festung flatterte das Banner des Herrschers. Mathilde konnte zunächst nicht erkennen, was es zeigte, doch dann wurde die Fahne von einem Windstoß auseinandergefaltet, und sie sah den jagenden Löwen. Nein, das war zu viel der Zufälle! Das Wappen der Habsburger zeigte den springenden Löwen, den König der Tiere, der sich zur vollen Größe aufgerichtet hatte, bereit, seine Krallen auszufahren und zuzupacken. Baybars kämpfte im Zeichen des jagenden Löwen, des Raubtieres, das kurz davor war, seine Beute zu erlegen.

»Warst du schon einmal in *Al-Qâhira*?«, flüsterte Mathilde Nehemia zu und bemerkte, dass diese zusammenzuckte. Warum? Gab es für sie andere Gründe, sich zu fürchten, als die Gerüchte über Baybars? *Kannte* sie ihn? Warum wusste sie so viel über all diese Dinge? Von Massud, hatte Nehemia jedes Mal auf ihre Nachfrage gesagt. Konnte sie das wirklich glauben? Sie hätte ihr so gerne vertraut, wünschte sich so sehr eine Freundin an ihrer Seite. Mathilde nahm sich vor, die Maurin gut zu beobachten. Vielleicht würde sie dann herausfinden, ob sie etwas vor ihr verbarg.

Sie hatte bisher nicht darüber nachgedacht, aber plötzlich fragte sie sich, warum Pamuk Pascha Nehemia überhaupt mit ihr mitgeschickt hatte? Weil eine Frau nicht allein unterwegs sein durfte? Wohl kaum. Für Pamuk Pascha war sie nichts als eine Sklavin. Warum also dann? Ihr fiel nur eine Erklärung ein: Nehemia sollte sie aushorchen. Vielleicht über sie Bericht erstatten. Aber wem? Und warum? Sollte sie sie darauf ansprechen?

Und wenn Nehemia das gar nicht freiwillig tat? Sondern weil ihr sonst schlimme Strafen drohten? Was hätte sie an ihrer Stelle getan? Sie hätte wohl gehorcht. Zumindest nach außen hin. Und versucht, der anderen so wenig wie möglich zu schaden. Vielleicht versuchte Nehemia ja auch, diesen Weg zu gehen.

Sie warf der Maurin einen Seitenblick zu. Nein, sie würde sie nicht darauf ansprechen. Das brächte sie nur in Not. Dann wäre sie vielleicht gezwungen zu lügen. Es war besser, sie behielt ihre Überlegungen erst einmal für sich.

Mathilde schaute zum Ufer, und ihre Neugierde wurde aufs Neue geweckt. »Kannst du mir sagen, was das für Gebäude sind, aus denen die Leute so bedrückt herauskommen?«

»Dort drüben, am Fuß der Zitadelle, meinst du?« Nehemia schüttelte sich. »Baybars der Große, er ist sehr streng. Der Löwe von *Al-Qâhira* hat geschlossen alle Tavernen, alle Häuser, wo Frauen … du weißt schon. Und wer nicht tut, was ist sein Gesetz, der … wird bestraft fürchterlich. Haus ist Haus der Gerechtigkeit. Jeden Sonntag und Freitag er kommt mit seinem ganzen Hof. Dann er spricht Urteile wie der große *Salah ad-Din*, der hat erobert *asch-Scharif*, heilige Stadt der Muslime, zurück von den Franken. Bei den Juden sie heißt *Jeruschalajim*. Gelobt seit Allah! Oh, verzeih, vergaß, du auch bist … auch …«

»Mach dir darüber keine Sorgen. Erzähl weiter.«

»Er auch empfängt Leute, die kommen von überall, um zu bringen kostbare Geschenke und zu huldigen Baybars.«

»Kennst du den Mamluk?«

Nehemia sah sich ängstlich um. »Niemals sprich respektlos über ihn. Niemals! Hier die Wände haben Ohren. Viele ihn wollten ermorden, erstechen, vergiften. Alle tot. *Al-Malik* ist unverwundbar. Und überall er kann sein zur gleichen Zeit. Leute sagen, er fliegt durch die Luft. Mal hier, gleich neben dir, dann viele Tagesreisen entfernt er ist.«

Nehemia hatte ihre Frage nicht beantwortet. Mathilde beschloss, so zu tun, als habe sie es nicht bemerkt. Das ungute Gefühl verwandelte sich in einen Klumpen in ihrem Magen. »Meinst du, *Al-Malik*, den Allah schützen möge, verwirrt seine Freunde durch mehrere Doppelgänger?« Den Allah schützen möge. Ha, sie wünschte ihm das Gegenteil. Aber sicher war sicher, sie hatte diese Wendung bewusst laut gesagt, falls sie wirklich belauscht wurden.

Es schien jedoch niemand Notiz von ihrem Gespräch zu nehmen. Sie dachte an die vergifteten Plätzchen. Diese widerlichen Umhänge boten wenigstens viel Platz, um etwas so Kleines verbergen zu können. Sie fühlte sich sicherer, im Bewusstsein, ihrem Leben jederzeit ein Ende bereiten zu können. Aber vielleicht musste sie das ja nicht, vielleicht bekam sie nun sogar Gelegenheit, die Christenheit von diesem bösartigen Widersacher zu befreien? Vielleicht hatte der Allmächtige sie ja wirklich deshalb mitten hinein in die sprichwörtliche Höhle des Löwen geführt? War das alles ihre Bestimmung? Die Rolle der Giftmischerin hatte sie ja schon einmal gespielt. Dieses Mal würde sie sie vielleicht wirklich ausfüllen.

»Nein. *Al-Zahir Rukn Al-Din Baybars Al-Bunduqdari* ist großer Magier. Ist nah bei Allah. Selbst alte Götter fürchten ihn.« Mathilde konnte Nehemia kaum verstehen, so leise flüsterte sie.

»Sag mir, Nehemia, warum bin ich hier? Wird er mich töten? Weißt du, was er von mir will?«

Die Maurin zuckte die Schultern. *»In scha'Allah.«*

So Gott will. Mathilde hatte diesen Satz schon oft gehört. Massud hatte sie die 8:24 Sure Al-Kahf gelehrt: *»Sage niemals ›Ich werde morgen etwas tun‹ ohne den Zusatz ›so Gott will!‹ Du wirst dich an Gott erinnern, solltest du es vergessen.«* Alles lag hier in Allahs Hand.

Sie beschloss, alles daranzusetzen, um ihre eigenen Hände ins Spiel zu bringen. Doch konnte sie mit Nehemia darüber reden? Konnte sie ihr vertrauen? Würde diese im Zweifel schweigen? Eines war klar: Die Maurin hatte verständlicherweise große Angst. Und die lag nicht nur darin begründet, dass sie eine Ungläubige, eine Fränkin, für die sie schon einmal ausgepeitscht worden war, in den Bau des größten Christenhassers seiner Zeit begleiten musste.

Mathilde und Nehemia wurden in einem dunklen Raum im Bauch der Zitadelle untergebracht, nicht weit oberhalb der Verliese. So konnten sie die Schreie der Gefolterten, das Stöhnen der Verzweifelten hören. Das war nicht dazu angetan, ihren Mut zu stärken, sondern brachte Mathildes wilde Entschlossenheit, den Feind der Christenheit zu vernichten, gehörig ins Wanken. Nach drei Tagen in diesem Loch war ihr Kampfeswille zur Größe eines Staubkorns zusammengeschrumpft.

Nehemia erwies sich auch nicht als große Hilfe. Sie erzählte ständig irgendwelche Gruselgeschichten. Eine prägte sich Mathilde besonders ein: Jahrelang waren in der Stadt immer wieder Menschen spurlos verschwunden, meistens Männer. Einige von ihnen hatten die Kanäle als Leichname wieder ausgespuckt. Alle Anzeichen wiesen darauf hin, dass sie ermordet worden waren.

Schließlich hatten die Schergen des Sultans die Verbrecherbande gefunden, die hinter diesen Todesfällen steckte. Mittelpunkt der Mordbuben war die schöne Gaziya. Ah, wer kannte sie nicht? Wer hatte nicht schon gesehen, wie sie, gekleidet nach der neuesten Mode und immer in Begleitung ihrer Anstandsdame, einer alten Vettel, durch die Straßen wandelte? Es kam heraus, dass sie ein Lockvogel gewesen war. Die reichen alten Männer, aber auch Frauen, die ihr auf den Leim gingen, waren dann von einem Ring von männlichen Helfershelfern ausgeraubt und erwürgt worden. Einer der Verbrecher stellte Ziegel her. Er hatte viele der Opfer in seinem Ofen verbrannt. In seinem Keller waren die Leichen stapelweise gefunden worden. Er hatte sie noch einäschern wollen.

Gaziya war überführt worden, als die Vettel die berühmteste Friseurin der Stadt gerufen hatte, angeblich, um die Gäste einer Hochzeit zu frisieren. Als diese samt ihrer berühmten Juwelen vor der Bande erschienen war, hatten die Männer sie ebenfalls ausgeraubt und ermordet. Doch die Friseurin hatte einen treuen Sklaven gehabt, einen jungen Mann. Der suchte nach ihr und ging zu dem Haus, in dem Gaziya und ihre Anstandsdame lebten. Die Alte behauptete, sie habe die Friseurin nicht gesehen, noch nicht einmal ein Haar von ihr. Ja, ja, genauso sollte sie sich ausgedrückt haben. War das nicht der Gipfel der Verderbtheit? Aber das rächte sich. Der Sklave ging zum *Aali*, zum Statthalter von Sultan Baybars, und erzählte ihm alles. Der Mann handelte sofort. Die schöne Gaziya und ihre Helfer wurden festgenommen und gefoltert. Sie gestanden alles. Dann wurden alle Mitglieder der Bande auf dem *Bab Zuweila* ans Kreuz genagelt. Ein unsterblich in sie verliebter Verehrer hatte die schöne Gaziya nach zwei Tagen heruntergeholt. Aber sie war dennoch gestorben.

Nehemia kannte auch viele Geschichten über den Löwen von Kairo. Eine besonders romantische wurde wahrscheinlich vor allem von seinen Getreuen verbreitet. Ihr zufolge war Baybars wahrhaft fürstlichen Geblütes, der Sohn eines ebenso großen und weisen wie reichen Königs, und keineswegs ein Abkömmling der Kampfsklaven der ägyptischen Herrscher. Dieser König war dazu überaus freigiebig. Er habe alle Feinde, alle Hinterlist und Fallen vermieden, hieß es, und habe als gefürchteter und hoch geachteter Emir in *Al-Qâhira* residiert. Seinen Stallmeister, den Mundschenk, den Vorkoster, den Sandalenträger, seinen Kammerdiener – alles Männer aus den Reihen der Mamluken – habe er gut behandelt und fürstlich entlohnt.

In vielen anderen Geschichten war Baybars der Feldherr, der große Kämpfer, vor dem die Feinde zitterten, wenn sie nur seinen Namen hörten. Der Löwe, der auf seinem feurigen Ross über die Körper geschlagener Kreuzfahrer ritt, ihre Paläste und Festungen plünderte, ihre Frauen verkaufte. Der christliche Kirchen niederbrannte und die Reliquien in alle Winde zerstreute, der die Gräber seiner Widersacher dem Erdboden gleichmachte. Ein Feldherr, so mächtig und kriegerisch, dass seine Feinde, die Christenhunde, das Jammern und Zähneklappern überfiel, sobald von ihm die Rede war, und selbst die tapfersten unter ihnen stöhnten: »Wollte Gott, auch ich wäre Staub.«

Der Baybars, der Mathilde zu sich bringen ließ, hatte helle stahlblaue Augen. Oder besser: ein stahlblaues Auge. Die Linse des anderen war getrübt. Er saß auf einer Art Thron und schaute kurz auf, als sie vor Sonnenuntergang am Abend des dritten Tages in einen reich ausgestatteten Raum geführt wurde. Dann wandte sich der große König wieder den Pergamenten und einem Mann zu, der ein Sekretär zu sein schien. Zu seiner Linken stand ein Sklave mit einem Turban, dessen Gesicht nach Art der Nomaden verhüllt war.

Mathilde bekam von ihrem Wächter einen derben Tritt in den Allerwertesten, sodass sie zu Boden flog und ein Stück weit über die kostbaren spanischen Fliesen schlidderte, mit denen der Raum ausgelegt war. »Erweise dem großen König die Ehre, die ihm gebührt«, zischte der

Wächter. Mathilde lag am Boden und versuchte vorsichtig, herauszufinden, wo sie sich befand.

Der Raum war prachtvoll ausgestattet. Entlang der Wände berichteten kunstvoll gestaltete Mosaike von den großen Taten des Sultans. Sie waren von Kacheln mit arabischen Schriftzeichen eingefasst. Mathilde konnte sie schlecht entziffern, sie wagte es nur hin und wieder, den Kopf leicht zu heben. Doch sie erkannte dank der Stunden mit Massud, dass es sich um Koransuren handeln musste, in die Lobgesänge auf den Löwen von *Al-Qâhira* eingestreut waren.

Noch immer kümmerte sich niemand um sie, also schielte sie wieder nach dem Sultan und seinem Sekretär. Der Sklave zu seiner Linken machte eine leichte Handbewegung, die ihre Aufmerksamkeit erregte. Sie hielt es nicht aus, sie musste einfach den Kopf noch ein wenig höher heben, um einen Blick auf das Gesicht des Mannes zu erhaschen. Mathilde stockte das Blut. Hinter sich hörte sie ein wütendes Gemurmel, jemand drückte ihr derb den Fuß auf den Rücken und zwang sie wieder zu Boden. Das Gesicht unter dem Turban war zwar mit einem Tuch verhüllt, doch die Augen des Sklaven waren grau. So grau wie die Augen ihrer Mutter. So grau, wie die Augen des Bruders. Andreas? Nein, das konnte nicht sein. Das wäre ein zu großer Zufall.

Sie kam nicht dazu, weiter über graue Augen und Zufälle nachzugrübeln. Sie hörte, wie jemand fast lautlos den Raum verließ. Später sah sie, dass es der Schreiber gewesen war. Der Druck des Fußes, der Mathilde niedergehalten hatte, ließ nach, und sie wurde so weit hochgezerrt, dass sie kniete.

Das stahlblaue Auge des Sultans schien sie durchbohren zu wollen. Mathilde lief es eiskalt den Rücken hinunter. Sie tat, was sie konnte, um ihre Angst nicht offenbar werden zu lassen, doch sie wusste auch, was sie zu tun hatte, und senkte sofort züchtig die Lider. Eine Frau starrte einem Mann niemals in die Augen. Niemals.

»Wie heißt du?«, fragte der Sklave. Er war offenbar hier, um zu übersetzen. Mathilde meinte, die Stimme zu kennen, war sich aber wegen des Tuches vor seinem Gesicht keineswegs sicher. Dadurch klang die Stimme dumpf.

»Man nennt mich Mathilde von Waldshut, Euer …« Wie redete man einen Mamlukenfürsten an? »Oh Erhabener, oh großer und weiser *Al-Malik, Al-Zahir*«, antwortete sie. Sie schielte zu dem Mann auf dem Thron.

Dessen herrische Miene verzog sich zu einem kleinen Lächeln. Er sagte einige schnelle Worte, von denen sie durchaus einige verstand. Sollte sie ihm zeigen, dass sie etwas Arabisch konnte? Nun, vermutlich wusste er das längst, zog es aber vor, sich mit Hilfe des Übersetzers mit ihr zu unterhalten.

»Man sagte uns, dass du eine brauchbare Sklavin bist, die zu kochen versteht.«

Was sollte das jetzt? Und was hielt Baybars da in der Hand? Barmherziger. Ihr Marianer-Medaillon. Was war hier los? In Mathilde verdichtete sich der Eindruck, dass er mit ihr spielte. Aber was? Und warum? Wie sollte sie sich verhalten? Leugnen, dass sie es kannte? Er wusste sicher, dass der Pirat es bei ihr gefunden hatte.

»Ich sehe dein Interesse. Kennst du dieses Schmuckstück?«, übersetzte der Mann an Baybars' Seite.

Sie richtete sich auf, soweit sie das in ihrer knienden Stellung vermochte. Täuschte sie sich, oder wirkte der Sultan angespannt? »Ich hatte einmal ein ähnliches Medaillon, habe es aber verloren.« Hieß es nicht, Angriff sei die beste Verteidigung? »Ich erinnere mich nicht an jedes Schmuckstück, das ich besitze. Ich bin die geehrte Königin der Küchen des edlen und tapferen Grafen Rudolf von Habsburg«, erklärte sie mit so viel Aplomb wie möglich.

Da brach der Löwe von *Al-Qâhira* in schallendes Lachen aus. »Du lustig, sehr, sehr lustig. Schon lange nicht mehr so gelacht. Werde dich erst einmal nicht foltern lassen.« Dann wurde seine Stimme drohend. Sie konnte sehen, wie sich die Gestalt des Sklaven zu seiner Linken versteifte. »Ist aber besser, du merkst dir, wer du bist. Bist nichts weiter als eine Sklavin, die ich kann zertreten wie eine Laus.« Also sprach er doch ihre Sprache, sehr gut sogar!

»Das bin ich nicht! Ich bin keine Sklavin, sondern frei geboren, meine Treue gehört nur meinem … dem großen Schöpfer und dem mächtigen und weisen Grafen Rudolf von Habsburg, Kyburg und Löwenstein. Dem künftigen …« Sie brach ab. Dem künftigen deutschen König und Kaiser des Heiligen Römischen Reiches, hatte sie sagen wollen.

Die dunklen Augenbrauen zogen sich zusammen. »Man sagte mir, du seiest im Koran unterrichtet worden?«

Ihr wurde ganz anders. Wollte er etwa von ihr verlangen, dass sie Muslimin wurde? Wenn sie sich weigerte, wäre sie der Folter gewachsen? Vorsichtig, Mathilde, sei vorsichtig. Vielleicht konnte sie sich ein wenig … missverständlich ausdrücken. »Man hat mir gestattet, ein wenig über den Großen, den Bezwinger, den Gnädigen und Barmherzigen, den Retter und Verleiher des Friedens, den Demütiger der Unterdrücker der Mitmenschen und Mohammed, seinen Propheten, zu lernen, oh Erhabener und weiser Sultan, der du auch der Gerechte genannt wirst.«

Wieder lachte er schallend. »So, Frau kennt einige der neunundneunzig Namen Allahs!«, stieß er zwischen zwei Lachsalven hervor. Sein Lachen schien aus der Tiefe seines breitschultrigen, mächtigen Körpers hervorzubrechen. Es war das Lachen eines grimmigen Mannes, eines Kriegers, eines Menschen, der es nicht gewohnt war, viel zu lachen. Ein Lachen, in dem Grausamkeit mitschwang, eine Drohung, die Möglichkeit, dass es in jedem Moment in ungebändigte Wut umschlagen konnte. Dann brach es abrupt ab.

Der Mamluk zupfte an seinem braunen Bart. »Werden sehen. Habe gehört, dass du es verstehst, besondere Gerichte zuzubereiten. Vielleicht, wenn du machst deine Sache gut, wenn ich mag, was du kochst, Baybars lässt dich leben. Wenn nicht gut, ich dich lasse zermahlen zu Staub. Wenn gut … wir werden sehen. Geh jetzt. Bringt sie in den Kochraum … Sag, wenn du noch etwas brauchst.«

Mathilde hatte den Eindruck, dass sich die vermummte Gestalt neben dem Löwenthron etwas entspannte. Doch sie zweifelte nicht einen Moment lang daran, dass dieses Ungeheuer genau das tun würde, was es gesagt hatte, wenn es ihr nicht gelang, mit ihren Mahlzeiten sein Wohlwollen zu erringen. War er denn wirklich so ein Ungeheuer? Ihre größte Befürchtung schien jedenfalls nicht einzutreten. Er holte sie nicht in sein Bett. Sie durfte sogar tun, was sie am liebsten tat. Kochen. Doch Baybars hatte sich sicher nicht wegen ihrer schönen grüngrauen Augen so entschieden. Dafür gab es einen Grund. Bei diesem Gedanken wurde Mathilde mehr als unwohl.

Sie bekam Baybars in der folgenden Woche nicht zu Gesicht, stattdessen lernte sie alle Wunder einer opulent ausgestatteten orientalischen Küche kennen.

Der Küchenmeister hieß Yassin und stammte aus dem Libanon. Er schien kein Sklave zu sein und war nach allem, was Mathilde feststellen konnte, seinem Herrn treu ergeben. Was ihr als Erstes an ihm auffiel, war seine mächtige Nase, ein Organ, in dem ganze Dynastien schlummerten.

Jedes Kind, das ihm ein Weib gebar, würde schon allein an dieser Nase unschwer als die Frucht seiner Lenden auszumachen sein. Oben war sie schmal und weit aus dem Gesicht ragend wie der Kamm eines Berges. Die Spitze war rund, gebogen und strebte einem Mund zu, der inmitten der Barthaare kaum auszumachen war und einer Kirsche ähnelte. Die Nasenlöcher blähten sich prall wie Segel. Sie bebten zart, wenn Yassin sich unbehaglich fühlte, und heftig, wenn ihn der Zorn überkam.

Bei Mathildes Anblick zitterten die Nasensegel anfangs fast beständig. Wieso schickte ihm der Erhabene eine *Frau* in die Küche? Wie konnte eine Frau ein Küchenmeister sein? Nur Männer verstanden etwas von der Kunst des Essenzubereitens. Und mit ihr kam auch noch eine andere Sklavin, die stets in der Ecke saß und alles beobachtete. Sie sagte selten etwas, und wenn, dann nur leise in das Ohr der Frau, die sich Mathilde nannte. Wer hatte je von solch einem hässlichen Namen gehört? Was steckte dahinter? Sollten die Frauen seine Küchengeheimnisse ausforschen? Vertraute der große Erhabene jetzt Sklavinnen mehr als ihm? War sie am Ende eine Zauberin?

Mathilde erkannte seine Verunsicherung. Sie hätte allzu gern zu ihm gesagt: »Macht Euch keine Sorgen meinetwegen. Ich weiß genauso wenig wie Ihr, warum das Schicksal uns zusammengewürfelt hat.« Es würde eben eine Weile dauern, bis er ihr etwas entspannter begegnete. Durch das Tuchgitter der Burqu konnte er ja noch nicht einmal ihre Augen erkennen. Mathilde hätte dieses lästige Gewand, das sie von einem Menschen in ein Etwas, ein Ding ohne Gesicht verwandelte, mehr als einmal gerne abgestreift. Außerdem lief ihr unter dem Tuch in der Hitze der Küchenfeuer der Schweiß in Strömen am Körper herunter. Und sie konnte kaum sehen, was sie tat.

Immer wieder war sie anfangs versucht, die vergifteten Plätzchen mitzubringen und heimlich in ein Gericht zu bröckeln. Doch konnte sie sicher sein, dass der Löwe von *Al-Qâhira* dieses Gericht auch aß? Er hatte Vorkoster. Nein, sie musste warten.

Und so legte sie Kalbfleisch ein, buk ihre Ochsen- und Huhnpasteten, zog einem Schwan und einigen Singvögeln so kunstvoll den Balg ab, dass die Haut der Vögel später wieder mit dem eigenen zerstoßenen und scharf gewürzten Fleisch gefüllt und angerichtet werden konnte, als würden sie noch leben. Am Ende standen alle Köche des Mamluken samt ihrer Helfer um sie herum und beobachteten, wie Mathilde den Schwan vorsichtig auf einem Nest aus Blumen platzierte und um den weißen Vogel herum einen kleinen Pirol, einen Kiebitz, eine Singdrossel und eine Nachtigall anrichtete.

Sie servierte Baybars Eiersuppe mit Safran, Pfefferkörnern und Honig. Dazu gab es Hirsegemüse, Schaffleisch mit Zwiebeln darüber und gebratenes Huhn mit Zwetschgen. Auch in der Küche des Mamluken kannte man Stockfisch. Mathilde bereitete ihn mit Öl und Rosinen zu. Dazu marinierte sie die Haxe eines jungen Lamms und fabrizierte Eierkuchen mit Honig und Weinbeeren.

Am besten schienen dem Herrscher jedoch ihre Pasteten zu schmecken, denn er verlangte sie in allen möglichen Formen. Ebenso die Pfefferkuchen, die sie als Gruß an die Küche des Orients – und weil sie diese Früchte lieben gelernt hatte – mit Datteln füllte. Darauf hatte sie gehofft. Denn in diesem würzigen Gebäck ließen sich Krümel der vergifteten Plätzchen gut verbergen.

Aber Mathilde saugte auch begeistert alles über die Finessen der orientalischen Küche auf, was Yassin zusehends besänftigte. Dass Schweinefleisch als unrein galt, wusste sie längst aus ihrem Austausch mit dem Koch von Pamuk Pascha, dem sie in Gedanken immer wieder aufs Neue dankte. Sie hatte diesen Mann niemals persönlich getroffen, doch seine Ratschläge halfen ihr jetzt, jeden Tag mehr die Achtung des Küchenmeisters der Zitadelle zu erringen. Der trotz seiner vergleichsweise beachtlichen Körperlänge von mindestens drei Ellen wieselflinke Herr der Tiegel und Töpfe schien wie sein Gebieter überall und nirgends zu sein, trotz des Bauches, der den Stoff seines Kaftans unübersehbar spannte. Manchmal stöhnte und ächzte das Tuch derart, dass Mathilde schon befürchtete, gleich würde es reißen. Doch Yassin wirkte trotz seiner Körpermasse nicht einschüchternd, eher wie ein tapsiger Bär.

Und egal, was auch immer er versuchte, seine wilden Locken waren von keinem Turban zu bändigen, geschweige denn, dass er es schaffte, seinen Bart von den Genüssen des Orients fernzuhalten. Obwohl er so hochgewachsen war, gerieten die Barthaare beim Schnüffeln an den Gerichten immer wieder ins Essen. Wo andere zum Abschmecken den Mund benutzten, setzte er seine Nase ein. Dass er dabei mit schöner Regelmäßigkeit seinen Bart beschmutzte, schien ihn nicht im Mindesten zu stören. Und seine unzähligen Gehilfen auch nicht.

Außerdem hatte Yassin die Eigenart, bei jeder Gelegenheit zu prusten. Mathilde begriff bald, dass er die verschiedensten Formen des Prustens entwickelt hatte. Ohuuuph bedeutete: So, das ist aber interessant.

Das Phiiiiii, verbunden mit dem Rümpfen der Nase, dem Beben der Segel und einem anschließenden Schnäuzen in den Ärmel, dass er etwas aufs Äußerste missbilligte. Und dann gab es noch dieses Phschauphau, begleitet von einem leisen Brummen. Das bedeutete Anerkennung.

Anfangs lachten Mathilde und Nehemia abends in ihrem Zimmer oft über diese Eigenschaft. Und besprachen die Frage, warum sie getrennt von den anderen Frauen untergebracht waren. Ihre Kammer lag zwar nicht im Verlies, aber auch nicht im Harem. Mathilde beobachtete die Maurin dabei jedes Mal scharf. Wusste sie etwas? Würde sie sich verraten? Doch Nehemia schien ebenso ratlos zu sein wie sie selbst. Davon, dass sie ständig nach Möglichkeiten zur Flucht Ausschau hielt, sagte Mathilde nichts. Sie würde mit Nehemia darüber reden, wenn sie einen Plan hatte. Denn ohne sie, so viel war klar, konnte sie nicht fliehen. Egal, ob die Maurin sie nun aushorchen sollte oder nicht, sie würde niemals wieder zulassen, dass sie ihretwegen litt.

Mathilde sprach nicht viel während des Kochens. Yassin redete dafür umso mehr. Nicht mit ihr oder Nehemia, aber mit den anderen Bediensteten in der Küche. Mathilde war es recht. Sie pflegte wieder die alte Tugend des Zuhörens, die ihr so manche brauchbare Nachricht für den Grafen und seine Marianer eingebracht hatte. Sie wusste, selbst eine Kleinigkeit, achtlos dahergesagt, konnte wichtig sein, war vielleicht einmal das fehlende Steinchen in einem Mosaik. Für einen so großen Mann hatte Yassin eine bemerkenswert hohe Stimme. Abends, wenn Mathilde in ihre Kammer zurückgebracht wurde, klang die Fistelstimme noch lange in ihr nach, verfolgte sie sogar bis in ihre Träume.

Yassin war wirklich nicht das Abbild eines idealen Mannes, er wirkte eher gemütlich und nicht wie ein strenger Gebieter. Doch Mathilde stellte mehr als einmal fest, dass seine Leute ihn achteten und seine Befehle willig befolgten. Wenn etwas missriet, drohte er ihnen damit, dass sie sich bald in der Feuergrube des *dschahannam* wiederfinden und auf ewig in der Hölle schmoren würden, er schimpfte, zeterte, keifte manchmal wie ein altes Weib und drohte seinen Leuten wechselweise die Auspeitschung oder die Vierteilung an. Doch weit davon entfernt, sich zu fürchten, dienerten sie nur und machten sich wieder an ihre Arbeit. Man musste nur in die Augen des Mannes schauen, um zu wissen, dass er ein gütiges Herz hatte.

Immer wenn es Zeit war, wenn die Stimme des Muezzin von der neu gebauten, prachtvollen Moschee erschallte, bevor sich die Männer nach der rituellen Reinigung niederknieten, beteten und sich gen Mekka verneigten, wurden die Frauen aus dem Raum geführt. Doch Mathilde kannte die Worte: *Subhanaka Allahumma wa bihamdika, wa tabaarakasmuka, wa ta'aala dschadduka, wa la ilaha ghairuka.* Preis sei Dir, oh Allah, und Lob sei Dir, und gesegnet ist Dein Name, und hoch erhaben ist Deine Herrschaft, und es gibt keinen Gott außer Dir.

Mathilde lernte Yassins Prustlaute zu schätzen, ebenso wie seine wunderbaren Joghurtgetränke. Oder das *Babaganoush*, eine orientalische Vorspeise aus einer Frucht mit gelber Schale, so groß wie ein Hühnerei. Sie liebte *Hummus bi Thaina*, die Paste aus Sesam und Kichererbsen, und die gefüllten Hackfleischbällchen auf libanesische Art ebenso wie *Khoresht-e-ghormeh sabzi*, Lammfleisch mit Bohnen und Kräutern. Und all die wunderbaren Walnussgerichte, die sie auch würde zubereiten können, wenn sie in die Heimat zurückkam: Granatapfelhühnchen mit Walnuss zum Beispiel, dazu diverse Süßigkeiten. Sie bereitete unter Yassins Anleitung *Taboulé* zu, einen Salat aus *Couscous* und Gemüse, und andere Gerichte aus diesen Weizenkörnern, kochte eine grüne Gemüsesuppe mit Zitronensaft, eine Rote-Linsen-Suppe und vieles mehr. Wenn sie nicht in Gefangenschaft gewesen wäre, geplagt von Zukunftsängsten, Mathilde hätte glücklich sein können. Denn sie war in ihrem Element, umgeben von wunderbaren Gerüchen, neuen Eindrücken, den herrlichsten, bisher ungekannten Ingredienzen.

Eines Tages nahm Yassin Mathilde mit verschwörerischer Miene beiseite. Sie war erstaunt. Er wirkte aufgeregt, seine Nasenflügel bebten heftig. Sein Kopf war hochrot. Doch er schien nicht zornig zu sein. Kam das von der Hitze der Öfen? Es sah fast aus, als sei er verlegen. Weshalb? Was wollte er von ihr?

»Was ist, Yassin, Gebieter der Tiegel und der Genüsse? Was kann ich tun?«

»Vielleicht Frau wissen … ich denke … habe gehört, dass … Fränkinnen, es heißt, sind sehr bewandert … können zubereiten Tränke.«

»Tränke?«

Yassin wurde womöglich noch röter, das Beben der Segel stärker. »Zur Erhöhung der Freuden.«

Hatte sie ihn richtig verstanden? Nein, das konnte nicht sein. Das wäre ein zu unerhörter Vorgang. Ein Muslim sprach nicht mit einer Frau über Freuden dieser Art. Und dennoch. Vielleicht dachte er, bei einer Ungläubigen wiege das weniger schwer. Sie musste sich vergewissern.

Das war heikles Terrain, hier gab es für eine Fremde, die mit den Sitten und Gebräuchen der Gegend nicht ganz vertraut war, jede Menge Möglichkeiten, in ein Fettnäpfchen zu treten.

»Du meinst Freuden, die Mann nicht allein …«

Yassin strahlte. »Ja, ja, solche Freuden. Du Koch. Hexe. Kennen alle Mittel.«

»Hexe? Nein, Yassin. Bin keine Hexe. Das wäre bei uns eine schlimme Sünde. Sehr schlimm. Hexen sind böse. Schaden den Menschen und den Tieren.«

Yassins Miene verdüsterte sich. »Aber alle Frauen aus deinem Land, die Männer hier sagen … Gibt Frauen bei euch, die können … also, wenn es keine Kinder gibt … kennen Zauber.«

Mathilde hatte alle Mühe, ihre Belustigung nicht durch eine unbedachte Geste zu verraten und Haltung zu bewahren. Der Mann suchte ein Potenzmittel. Es hatte ihn sicherlich einige Überwindung gekostet, sie danach zu fragen. Sie musste unbedingt ernst bleiben. Sie wiegte bedächtig den Kopf hin und her. »Weise Frauen. Künstler der Haschees, Ihr meint die weisen Frauen. Weiße Zauberinnen. Sie können bewirken, dass das Schwert eines Mannes immer stark ist und die rechte Pforte trifft. Ist es das? Ah. Verstehe. Ja, König der Cremes, Ihr habt recht gehört. Solche Frauen gibt es bei uns. Das Wissen um die richtigen Zutaten – und was noch viel wichtiger ist, die richtigen Rituale und Gebete – wird vererbt von Mutter zu Tochter.«

»Und, ist Frau …« Er wand sich.

Am liebsten hätte sie laut herausgeprustet. Egal, ob Muselman oder Christ, die Männer waren doch alle gleich. Alles kreiste in ihrem Leben nur um die Frage, wie sie sich mit ihrem Schwengel Frauen gefügig machen, Lust erleben und gleichzeitig möglichst viele Nachkommen zeugen konnten. Das Gemächt, dessen Größe und Leistungsfähigkeit, war ihnen das Wichtigste überhaupt. Wichtiger als Glaube, wichtiger als Ehre. Ständig hatten sie das Gefühl, sich beweisen zu müssen. In diesem Moment war Mathilde froh, als Frau geboren worden zu sein. Auch wenn es viele Einschränkungen mit sich brachte. Frauen waren niemals frei und konnten nur halbwegs unbehelligt leben, wenn sie einen Mann an ihrer Seite hatten. Egal, ob er sie schlug. Egal, ob er sie verletzte.

Die Ehre der Frau war die Ehre des Mannes. So bauten sie die Gefängnisse für die eigenen Frauen. Gleichzeitig brüsteten sich die Herren Ritter damit, wenn es ihnen gelungen war, die Frau eines anderen in ihr

Bett zu holen. Denn das bedeutete, dass ihre Männlichkeit der des anderen überlegen war.

Nun, sie würde es nicht ändern und konnte nur versuchen, das Beste für sich daraus zu machen. »Ja, mein Lehrer in der Kunst des Zubereitens der wohlschmeckendsten Speisen, auch ich bin eine der weisen Frauen. Doch ich flehe Euch an. Das muss ein Geheimnis bleiben. Für immer.«

»Frau haben gesagt, Gebete …«

»Oh, Ihr meint, ob christliche Gebete einem muslimischen Mann helfen können? Beruhigt Euch, Kaiser der Baisers. Es sind alte Gebete. Sehr alte Gebete, entstanden lange vor der Geburt des Propheten. Und waren nicht Mohammed und Jesus beide Männer? Ist nicht Gott ein Mann?«

Heilige Jungfrau verzeih mir, hilf mir und mach, dass ich nicht kichere, flehte sie innerlich. Zur Sicherheit kniff sie sich kräftig in den Arm. Das dämmte ihren unbändigen Lachreiz etwas ein. Zum ersten Mal war sie froh, dass sie verschleiert war. So konnte Yassin ihr Gesicht nicht sehen.

Dieser nickte eifrig, und seine Nasensegel beruhigten sich etwas. Er schien erleichtert. Vielleicht war er aber auch nur verzweifelt genug, einer Ungläubigen so weit zu vertrauen. Das musste eine schwierige Lage sein, in der er sich da gerade befand. Der Koch war nicht mehr der Jüngste. Er mochte um die sechzig sein und hatte die besten Jahre eines Mannes damit längst hinter sich.

Mathilde zog die Stirn in nachdenkliche Falten. »Wo sind wir ungestört?«

Yassin wies auf zwei Schemel in einer Ecke, die er offensichtlich zu diesem Zweck schon vorbereitet hatte. Mathilde setzte sich, bemühte sich um Haltung und legte mit einer weit ausholenden Geste den Mittelfinger der rechten Hand zwischen ihre Augenbrauen, direkt über die Nasenwurzel. Das sah weise aus, fand sie. Dann blickte sie ihn an. »Erzähle. Um helfen zu können, muss ich genau wissen, worum es geht.«

Yassin hatte Probleme mit seiner neuen Lieblingsfrau. Er konnte die Vierzehnjährige offenbar nicht in den Garten der Lüste führen, das Mädchen verweigerte ihm die Gefolgschaft. Mathilde konnte das verstehen. Die Küchendünste, die ihm aus jeder Pore drangen, waren der Liebe nicht sehr förderlich. Und vielleicht hatte die Kleine auch einfach Angst vor dem massigen Körper ihres ergrauten Liebhabers.

»Du mir helfen? Du schweigen?«

Sie versprach es ihm. Und er versprach, alle Zutaten heranzuschaffen, die sie benötigte. Die Lust anregende Wirkung von Stechapfel, Moschus und Honig, vermischt mit Haschisch, kannte sie bereits durch Nehemia. Überhaupt wirkten sich die Lehrstunden im Palast von Pamuk Pascha nun auch in dieser Hinsicht hilfreich aus.

Denn nun durfte Mathilde – natürlich komplett verschleiert – mit Yassin und ihrer Begleiterin Nehemia sogar auf den Markt, um einzukaufen. Mathilde hatte erklärt, sie müsse einige Ingredienzen für Yassins Liebestrank selbst zusammenstellen. Sonst wirke er nicht. Schließlich gab er nach und schaffte es irgendwie, die Erlaubnis für diesen Ausflug zu erhalten.

Endlich, endlich kam sie nach draußen, sah etwas von der Stadt, in der sie sich befand. Sie hätte jubeln können. Jetzt verstand sie, warum die Kreuzfahrer so begeistert von den Genüssen des Orients schwärmten. Bisher hatte sie ja immer den Verdacht gehabt, dass die Herren Ritter, die so tugendhaft taten, aber allesamt die schlimmsten Frauenverführer waren, damit die glutäugigen Frauen gemeint haben könnten. Doch nun: überall die herrlichsten Gerüche, Süßigkeiten, unbekannte Früchte. Sie kam aus dem Staunen nicht heraus. So musste es im Schlaraffenland aussehen. Und die Gewürze, wie sie schmeckten! Der Pfeffer war viel schärfer, der Zimt viel aromatischer als zu Hause, ebenso Muskat, Kardamom, Kümmel und Ingwer. Sie verströmten einen betörenden Duft.

Die Wohlgerüche auf dem Basar der tausend Gewürze wurden jedoch gleichzeitig von bestialischem Gestank überlagert. Kadaver von Ratten, Hunden oder Katzen verwesten zwischen den Auslagen. Nun, das kannte sie ja von daheim. Ebenso, dass jedermann seine direkte Umgebung als Müllablageplatz oder Abtritt zu verstehen schien. Kinder pissten in die Ecken, die Hunde schnüffelten daran und taten es ihnen nach. Außerdem herrschte ein Heidenlärm. Jeder Händler pries lauthals seine Waren an, sodass sie die Worte kaum auseinanderhalten konnte.

Dazu gesellten sich die Ausrufer, die offenbar die Aufgabe hatten, wichtige Nachrichten unters Volk zu bringen. Und ihre wichtigste Botschaft, in endlosen Litaneien wiederholt, war selbstredend die von der Güte, der Größe, der Tapferkeit des großen Sultans. Ein Geschichtenerzähler berichtete einem Pulk von Menschen, die sich um ihn versammelt hatten und gebannt zuhörten, wie er die Körper seiner Feinde unter den Hufen seiner Pferde zerquetscht, wie er immer wieder große Siege errungen hatte. *In scha'Allah.* Hatte der große König, der Bewahrer des Friedens es nicht geschafft, den König von Zypern zu einem Vertrag zu zwingen? Hatte er nicht in seiner Gnade darauf verzichtet, Tripolis dem Erdboden gleichzumachen, und hatte er nicht selbst dem Engländer, den sie Langbein nannten, die Hand zum Frieden gereicht, obwohl dieser versucht hatte, sich mit den verfluchten Mongolen zu verbünden? Hatte er nicht sogar Tripolis aufgegeben, um mit dem Engländer zu einem Frieden zu kommen?

Mathilde verstand nicht alle Wortfetzen, die sie im Vorübergehen erreichten. Doch eines wurde ihr wieder einmal unmissverständlich vor Augen geführt: Der jagende Löwe war darauf versessen, die Christen zu vertreiben. Und das war durchaus im Sinne seiner Untertanen. Um die Sache der Kreuzfahrer im Heiligen Land stand es nicht zum Besten. Ihr Herz sank. Was war nun mit Tripolis? War es dem englischen Prinzen gelungen, die Stadt zu befreien? War er von Akkon aus dorthin gezogen, um die Verteidiger zu unterstützen? Wo war nur der Vater, wo der Bruder? Wo Steinmar? Und wo war Baybars? Hatte sie ihn seit ihrer ersten Begegnung nicht mehr zu Gesicht bekommen, weil er Krieg führte? Wenn ja, gegen wen? Gegen die Mongolen oder gegen die Christen?

Sie schüttelte die trüben Gedanken ab und wandte ihre Aufmerksamkeit wieder den naheliegenden Aufgaben zu. Pfeffer, Zimt, ja, es gab hier alles, was sie für einen Liebestrank benötigte. Sellerie, Knoblauch, Anis, Rosmarin, Hanfblätter. Sie erstand Datteln, Fenchel, Ingwer, Kardamom, Koriander, Muskatnuss und Nelke und freute sich. Das ergab ein höllisches Liebesgebräu. Insbesondere mit der gehörigen Portion Pfeffer. Davon konnte Yassin auch seiner widerspenstigen Angetrauten zu trinken geben. Danach wäre sie sicher empfänglicher für sein Liebeswerben. Und sei es auch nur, um so etwas niemals wieder schlucken zu müssen.

Ah, da wurde für eine horrende Summe eine Prise zerstoßene Spanische Fliege angeboten, das Mittel aller Mittel, wenn es darum ging, die Manneskraft zu stärken. Aber auch ein tödliches Pulver, wenn man zu viel davon verwendete. Und kostbar wie Gold. Yassin murrte, aber er gab dem Händler, was er verlangte.

An einem anderen Stand fand Mathilde Mehl aus den zerstoßenen Hörnern eines Rhinozeros. Es kostete ebenfalls ein Vermögen. Yassin zückte seine Börse erneut nur widerwillig. Doch sie machte ihm klar, dass es sein musste. Wenn Mathilde eines gelernt hatte, dann dieses: Die Menschen glaubten nur, dass etwas half, wenn es sie viel kostete. Deshalb erstand sie auch noch etwas Blattgold, getrocknete und gemahlene Natter, zerstoßene Regenwürmer und ein Fläschchen Urin von Jungbullen.

Nach dem Marktbesuch begann Mathilde ihre geheimnisvolle Tätigkeit in einer streng abgeschirmten Ecke der Küche. Aus den Kräutern, den Pulvern und den Gewürzen braute sie einen Trank, den der arme Yassin jeden Tag morgens und abends zu sich nehmen musste. Allerdings sorgte er dafür, dass er dabei immer allein mit Mathilde war. Sie hatte es ihm dringend empfohlen. Und auch der Leibkoch des Sultans hielt das für eine erstrebenswerte Lösung. Denn ehe er trinken durfte, ließ sie ihn die verschiedensten Übungen durchführen. Er musste Liegestütze und Kniebeugen machen, dreimal um den Kessel laufen, in dem das Gebräu brodelte, während Mathilde einen Rosenzweig darüberhielt und immer wieder hineintunkte. Dazu murmelte sie Unverständliches. Was ihr gerade einfiel. »*Muahkangantil verdung schlaorztus. Fraingan trasul rastan forz* …« Anschließend befahl sie dem massigen Mann, sich zu Boden zu werfen und zu Allah zu beten, um die bösen Geister zu bannen und den Fluch zu lösen, den offenbar ein böswilliger Feind über den Ärmsten verhängt hatte. Yassin folgte ihren Anweisungen willig. Es leuchtete ihm ein und erleichterte ihn ungemein. Nicht er war schuld am Verlust seiner Manneskraft, sondern ein anderer. Ein Feind, einer, der ihm seine Kräfte neidete.

Sechs Tage lang, ab der Zeit des Neumonds, würgte er morgens und abends tapfer Mathildes Gebräu hinunter. Eine weitere Schale jeden Tag brachte er zu seiner jungen Frau. Zudem empfahl Mathilde ihm eindringlich, sich den Vollbart abrasieren zu lassen. Er murrte. Aber tags darauf erschien Yassin mit den Anfängen eines Schnurrbarts, der sein prominentes Riechorgan regelrecht unterstrich und den er von Stund an liebevoll mit Zuckerwasser in eine ebenso schwungvolle Form brachte, wie sie seine Nasensegel schon hatten.

Mit dem zweiten Teil der Kur kam Yassin noch besser zurecht. Er besorgte die Hoden eines Schafbocks, eines Esels und schließlich eines Stieres, die Mathilde an drei aufeinanderfolgenden Tagen jeweils mit allerlei kräftigendem Gewürz zu einem wohlschmeckenden Haschee verarbeitete, das sie mit den zerstoßenen Goldblättchen anreicherte. Er aß es mit Genuss.

Der dritte Teil der Behandlung hingegen bereitete ihm wohl die größten Schwierigkeiten. Weitere sechs Tage lang musste seine schöne junge Frau nackt vor ihm tanzen. Er durfte sie jedoch keinesfalls berühren. Nur anschauen. Das schärfte sie ihm immer wieder ein. Denn sonst verlöre die gesamte Kur ihre Wirkung.

Für den siebten Tag gab sie ihm einen Sud aus Kräutern mit einer winzigen Dosis der Schwarzen Fliege mit. Er sollte es trinken, bevor er sich zu seiner jungen Frau legte. Dann sollte sie sein erstarkendes Schwert sanft mit Hanföl massieren, bis es sich aufrichtete und der Kopf in ihre Pforte drängte.

Es wirkte. Yassin kam tags darauf strahlend in die Küche und versicherte, er werde Mathilde ewig dankbar sein. Denn dank des Hanföls hatte auch seine junge Frau den Geschlechtsakt genossen und kam ihrem potenten Gatten mit neuer Bewunderung, Demut und Ehrfurcht nun willig entgegen. Einige Wochen später zeitigte die wiedererstarkte Männlichkeit des Kochs ein weiteres gewünschtes Ergebnis. Die junge Ehefrau war schwanger, wie Yassin mit allen Anzeichen des Entzückens versicherte. Mathilde war von sich selbst beeindruckt.

Kurze Zeit danach hörte sie in der Küche eine Neuigkeit, die sie in die Verzweiflung zu treiben drohte. Doch nicht nur dort, überall in der Zitadelle sprachen die Leute darüber, dass der große Sultan demnächst das Grabtuch in seinen Besitz bringen würde, in das die Juden den gekreuzigten Propheten, jenen *Isa ibn Maryam*, nach seinem Tod eingeschlagen hatten. *Al-Malik, Al-Zahir* bekam alles, wonach er strebte, wie konnte es auch anders sein, erklärte ihr Yassin eifrig. Ah, das Tuch, es sollte sogar das Abbild des Gesalbten zeigen. Und es hatte große Macht. Auch wenn der Mann aus Nazareth nur ein *nabî*, ein Prophet, ein *rasulu 'llah*, ein Gesandter Allahs und nicht der Sohn des Christengottes war, konnte das Leichentuch Wunder vollbringen, konnte es Tote zum Leben erwecken, konnte es bewirken, dass Lahme wieder gingen und Blinde wieder sahen. Man musste es nur berühren und wurde selbst zum *nabî*, zum großen Seher. Ein einziger Faden davon schenkte die ewige Jugend, verwandelte Dreck in Gold und Steine in Juwelen, machte seinen Besitzer unsterblich.

Denn der Sohn Marias war *wa rûh min-hu*, geboren aus Allahs Wort und von seinem Geist. Daraus folgte sehr große Zauberkraft. War es nicht wunderbar? War es nicht ein Zeichen, dass Allah, der Retter, Al-Mu°awwir, der allem seine Form gibt, *Al-Wahhâb*, der Geber und Verleiher, *Al-Qahhâr*, der Alles-Bezwinger, mit seinen Kindern war? Bewies es nicht, wie tief diese Heiden, diese Hunde, diese *kuffâr*, diese Ungläubigen unter einem rechtgläubigen Muslim standen? Ah, der große König würde sie mit ihrer eigenen Macht, ihrem eigenen Zauber von den heiligen Stätten vertreiben. *In scha' Allâh.*

Yassin kannte in seiner vaterländischen Begeisterung und seinem Glaubenseifer keinerlei Rücksicht darauf, dass Mathilde eine Christin war. Sie fragte sich, ob sie ihm nicht doch mehr von der Schwarzen Fliege zur Potenzsteigerung hätte verabreichen sollen. Dann wäre er jetzt tot. Aber sie konnte schließlich nicht alle Muslime vergiften.

Sie zweifelte keinen Moment daran, dass das Tuch vermochte, was ihm zugeschrieben wurde. Ihre Gedanken kreisten Tag und Nacht um die eine Frage: Was konnte sie tun, was konnte sie tun? Gegen diese Bedrohung der gesamten Christenheit wirkte ihre eigene Angst um Vater, Bruder und Steinmar jämmerlich und klein. Sie schmiedete Fluchtpläne und verwarf sie wieder. Baybars vergiften? Erst musste sie sicher sein, dass er auch von dem für ihn bestimmten Gericht aß, sonst wäre nichts gewonnen.

Unausdenkbar, ein größeres Grauen gab es nicht als den Gedanken, dass Muslime das heilige Leichentuch anfassen, beschmutzen, seine Macht pervertieren könnten.

Oh ja, die Christen würden aufgeben, würden gedemütigt und mit gesenkten Häuptern alle ihre Niederlassungen im Heiligen Land verlassen, Baybars musste nur damit drohen, dass er das Tuch sonst vernichten würde. Und die gesamte Christenheit würde jede geforderte Summe aufbringen, jedes Opfer auf sich nehmen, jeder, ob Bauer oder König, damit das dreifach gefaltete Leinen wieder in den Besitz der Christenheit kam. Konnte es wirklich sein, dass der Allmächtige mit diesen Heiden war, den Leuten, die Jesus nicht als einen Sohn Gottes anerkannten, mit diesen Unholden?

Als Mathilde das dachte, sah sie, wie Yassin in der Küche herumwieselte und seine Prustlaute ausstieß, und sie erinnerte sich daran, wie glücklich er gewesen war, als er ihr von seiner Vaterschaft berichtet hatte. Er war doch auch nur ein Mensch. Obwohl er die wahre Religion verleugnete. Und trotzdem hätte sie ihn ohne Zögern getötet, wenn sie das Grabtuch damit hätte retten können.

Von da an verfolgte sie Gespräche unter den Dienstboten mit doppelter Aufmerksamkeit. Doch nach einer Weile sprach in der Küche niemand mehr über das Tuch. Mathilde registrierte es verwundert. Was war geschehen, hatten sie es nicht gefunden? Sie wagte nicht, danach zu fragen. Sie wagte auch nicht, Nehemia in ihre Überlegungen einzubeziehen. Sie war schließlich ebenfalls eine Muslimin und würde sich im Zweifel sicher für ihre eigenen Leute entscheiden.

Durch das Misstrauen gegen Nehemia, das ständig in Mathilde wühlte, zog sie sich weiter und weiter von ihr zurück, und die ursprüngliche Vertrautheit wich immer größerer Kälte. Mathilde versuchte, sich zu verstellen, freundlich zu tun. Doch Nehemia durchschaute das und sah sie meist nur traurig an. Wann immer sie von Mathilde wissen wollte, was sie entzweite, antwortete diese nur: »Nichts.«

Im Dezember entdeckte Mathilde in einem Topf mit Bulgur ein kleines Stück gerolltes und zusammengebundenes Kalbsleder. Sie wunderte sich. Was sollte das? Aß man hier sogar Leder? Nehemias warnender Blick bewahrte sie davor, sich zu verraten. Sie tat so, als habe sie etwas fallen lassen, schimpfte und steckte ihren Fund hastig in ihren linken Pantoffel. Der verschwand völlig unter dem Stoff des Tschadors. Später, in der Kammer, die sie mit Nehemia teilte, entrollte sie das Leder. Es waren nur wenige Worte darin eingebrannt: *»Nicht verzweifeln. Werde dich retten. M. v. W.«*

Mathilde benötigte eine Weile, bis sie begriff und ihr Verstand die ganze Bedeutung dieser beiden Sätze erfasst hatte. Sie war nicht allein! Jemand schmiedete Pläne für ihre Rettung. Oh, sie kannte diese Schrift, sie kannte diese drei Buchstaben. Dieses *M. v. W.* hatte sie in ihrer Kindheit oft auf Pergament geschrieben gesehen. Guter Gott, wenn das stimmte! Ihre Gefühle schwankten zwischen Hoffnung, Unglauben, der Frage, ob das eine besonders perfide Art war, Gefangene zu foltern, und der Angst, das alles könnte sich als Irrtum erweisen, diese drei Buchstaben und ihre Bedeutung könnten sich wieder verflüchtigen wie ein wunderbarer Traum. Sie starrte auf die Buchstaben. Ihre Augen füllten sich mit Tränen. *M. v. W.* Mathias von Waldshut. Ihr Vater lebte! Und er hatte sie gefunden.

Und was war mit Andreas geschehen? Lebte der Bruder noch? War er in den Wochen, in denen sie jetzt in der Zitadelle lebte, vielleicht auch freigekommen? Sie musste einen Weg finden, um herauszubekommen, ob dieser grauäugige Übersetzer an Baybars Seite wirklich der Bruder gewesen war.

Mathildes Schultern bebten, sie brach zusammen. Nehemia nahm sie sanft in den Arm.

Schließlich wurde Mathildes Schluchzen weniger, und sie richtete sich wieder auf. »Ich habe deinen Blick gesehen, als ich den Topf öffnete. Du hast die Nachricht hineingelegt, nicht wahr? Woher hast du …«

Nehemia legte den Finger auf ihre Lippen. »Schscht, sei leise.«

»Woher?«, flüsterte Mathilde.

»Heute, als Frau gewesen ist in Kammer von Vorräte zu holen Gewürze, Sklave mir hat heimlich gegeben. Er hat gebracht Sachen von Händler für Yassin.«

Mathilde runzelte die Stirn. »Was für Sachen? Wenn es Vorräte gewesen wären, hätte der Sklave damit in die Vorratskammer kommen müssen, und dann hätte ich ihn gesehen.«

»Weiß nicht, was für Sachen. Kein Essen. War eingeschlagen in Tuch.«

Nun, ganz unmöglich war es ja nicht, dass der Vater einen Händler oder diesen Sklaven bestochen hatte. Trotzdem, es war eine seltsame Geschichte.

# XV

Das Schlimmste war das Warten. Mathilde, die noch niemals in ihrem Leben ein Ausbund an Geduld gewesen war, wurde fast verrückt dabei. Dazu kam, trotz der Weitergabe der Botschaft, das weiter wachsende Misstrauen gegenüber Nehemia. Ihre Gedanken kreisten ständig um dieselben Fragen. Kam die Botschaft wirklich vom Vater? Wann würde er endlich versuchen, sie zu befreien?

Sie erinnerte sich wieder an die Gespräche der Bediensteten darüber, dass der Sultan bald das Grabtuch Christi in Händen halten würde. Die Mutmaßungen hatten so plötzlich aufgehört. War das nur eine Finte gewesen? Damit die Bewahrer das Tuch aus seinem Versteck holten, um es in Sicherheit zu bringen? Hatte Baybars ihren Vater womöglich deshalb freigelassen? Damit er ihn direkt dorthin führte? Der Sultan hatte das Medaillon. Also wusste er wohl auch von den Marianern. Doch von wem? Hatte er tatsächlich Spione ins Lager der Kreuzfahrer eingeschleust? Oder gab es einen Verräter unter den Hütern des Tuches? Baybars hatte ja auch gewusst, wer da als Mönch verkleidet ins Heilige Land reisen wollte, und sie entführen lassen. Dabei war sie doch nur eine Frau. Ohne das Wissen um ihre Zugehörigkeit zu den Marianern hätte sie kaum sein Interesse geweckt, das war Mathilde inzwischen klar. Doch was erwartete er von ihr? Wollte Baybars mit Nehemias Hilfe von ihr erfahren, wo sich das Tuch befand? Nein, glaubte er etwa wirklich, sie wüsste es? Oder war *sie* nun anstelle des Vaters Baybars' Geisel, seine Hintertür? Doch wen konnte er mit ihr schon unter Druck setzen? Den Vater? Den Bruder? Die Marianer?

Sosehr sie auch hin- und herüberlegte, sie kam zu keinem Schluss, außer dem einen: Das war alles sehr verwirrend. Wenn es so weiterging, wurde sie noch wahnsinnig. Sollte sie wirklich darauf warten, dass der Vater endlich etwas unternahm? *Konnte* er überhaupt etwas unternehmen, solange sie die Zitadelle nicht verlassen durfte? Sollte sie also fliehen? Fliehen. Nicht fliehen. Fliehen. Nicht fliehen. Fliehen. Aber wie?

Mathilde fand kaum noch Schlaf. Sie musste hier heraus. Immer wieder war sie kurz davor, mit Nehemia über ihr Vorhaben zu sprechen, doch jedes Mal wurde sie durch eine warnende innere Stimme zurückgehalten. Stattdessen begann sie vorsichtig, die anderen Bediensteten in der Küche auszufragen. Gab es noch andere christliche Gefangene im Palast? Wo wurden sie festgehalten? Das Gelände der Zitadelle war groß. Zudem konnten sie irgendwo in den Häusern am Fuße des Berges eingesperrt sein. In dieser lebendigen Stadt, in der das Leben weiterging, während sie hier festsaß. Und wo waren die anderen Frauen? Baybars hatte bestimmt viele. Vielleicht waren Christinnen darunter wie sie, mit denen sie sich austauschen konnte.

Sie durfte natürlich nicht direkt nach dem Harem fragen. Also versuchte sie es auf alle möglichen Arten, erkundigte sich zum Beispiel, was ihre orientalischen Geschlechtsgenossinnen am liebsten aßen. Mandeltropfen, erfuhr sie. Die Zubereitung ähnelte der des Marzipans, nur dass noch Pistazien daruntergemischt wurden.

Oder *Baklava*, ein sehr süßes Gebäck in einem Teig, der unendlich dünn ausgerollt wurde. Yassin zeigte dabei große Geduld, und Mathilde begriff, dass genau darin das Geheimnis dieses Gebäcks lag. Baybars' Küchenmeister nannte den Teig dafür *Filo*. Er zeigte ihr auch, wie man *Sellou* herstellte, eine Sesam-Mandel-Nachspeise, die sehr sättigend war. Doch mehr erfuhr sie nicht. Wann immer ihre Nachfragen über die Art der Zubereitung von Speisen hinausging, schienen die Leute sie von einem Moment auf den anderen nicht mehr zu verstehen.

An einem warmen Wintertag, zumindest war er wärmer als die Tage, die sie zu dieser Jahreszeit in der Heimat gewohnt war, durften Mathilde und Nehemia ein weiteres Mal mit auf den Markt. Sie genoss den Ausflug wieder in vollen Zügen, sehnte sie sich doch mit allen Fasern ihres Wesens danach, sich endlich frei zwischen all den wunderbaren Auslagen bewegen zu können, sich vielleicht sogar diesen wunderbaren Jadeschmuck genauer anzusehen, den sie durch das blöde Stoffgitter vor ihrem Gesicht nicht richtig erkennen konnte. Andererseits – womit hätte sie ihn bezahlen sollen? Sie besaß nichts mehr.

Noch ehe sie Zeit hatte, sich bei den Auslagen des Goldschmieds weiter umzutun, wurde sie schon weitergezerrt, immer Yassin hinterher. Der hatte sein lautstarkes Feilschen um ein kleines Schmuckstück für seine junge Ehefrau beendet und war bereits an einem Stand mit Zwiebeln und Knoblauch vorbei in Richtung des Fischmarktes geeilt. Seinem zielstrebigen Gang nach zu urteilen, hatte der Koch des Sultans dort einen Lieblingshändler.

Und tatsächlich, er schien schon auf Yassin gewartet zu haben. Denn er schickte alle anderen Käufer fort, als er die massige Gestalt des Kochs kommen sah, und begrüßte ihn mit einem Schwall von Komplimenten und tausend Verneigungen. Yassin war unverkennbar eine wichtige Persönlichkeit in Kairo. Es galt offensichtlich als eine Ehre, mit ihm Geschäfte zu machen.

Und die begannen auch bei diesem Fischhändler mit dem Kredenzen von frischem Pfefferminztee, begleitet von einem Palaver über dies und das, während der Rest des Trosses, nämlich Nehemia und Mathilde, die bewaffneten Bewacher und die Lastsklaven, die alle Einkäufe in die Zitadelle schleppen mussten, sich die Beine in den Bauch standen. Deshalb dauerten Yassins Marktgänge meist den ganzen Vormittag, wobei sich seine Lockenpracht immer mehr aus dem Turban löste, und sein inzwischen mächtiger, mit Zuckerwasser in Form gehaltener Schnurrbart vor lauter Zwirbeln schließlich wild nach allen Seiten abstand.

Mathilde hörte bei den Palavern mit den Händlern immer gespannt zu, denn sie versprachen Neuigkeiten. Auch dieses Mal versuchte sie wieder, so viel wie möglich zu verstehen, und schlich sich vorsichtig ein wenig näher an die Männer heran. War da nicht das Wort Montfort gefallen? Sie tat noch einige weitere Schritte zu den Männern hin. Als ein Bewacher ein wütendes Brummen ausstieß, blieb sie stehen. Sie wollte keinesfalls Aufsehen erregen.

Wie immer drehte sich das Gespräch anfangs um die Tapferkeit, die Weitsicht, die Frömmigkeit, eben all die Tugenden des großen Königs. *Hamdulillâh*, gepriesen sei Allah! Trieb der Löwe die Franken nicht vor sich her wie Lämmer, die auf die Schlachtbank kamen? Schließlich begriff sie, und Mathilde stockte der Atem. Die Burg Montfort war gefallen! Vor Wochen schon! Und sie hatte nichts davon mitbekommen. Dabei hatte sie gedacht, sie könnte dorthin fliehen! Und Steinmar? Er war zum Vater gereist. Eigentlich nach Akkon, doch dort hielt er sich womöglich schon längst nicht mehr auf.

Steinmar. Hatten sie ihn bei der Eroberung von Montfort gefangen genommen? Ihre Phantasie malte sich die schrecklichsten Dinge aus, die mit ihm geschehen sein könnten. In der Küche hatten sie von gefangenen Christen erzählt, die sie in heißem Öl gesotten, denen sie die Nägel und die Zunge herausgerissen, die Augen ausgestochen hatten, denen die Haut Stück für Stück bei lebendigem Leib abgezogen worden war, um Tabaksbeutel für den Sultan und seine Gefolgsleute herzustellen. Oh, in der Küche liebten sie die Schilderungen solcher Ereignisse. Steinmar. War seine wunderbare Stimme womöglich für immer verstummt?

Da riss etwas in ihr. Sie handelte einfach, dachte nicht mehr nach. Sie zerrte dem Bewacher, der neben ihr stand, den Dolch aus dem Gürtel und trat nach ihm. Dann raffte sie ihre Burqu mit beiden Händen, sodass sie etwas Beinfreiheit bekam, und rannte. Mathilde hatte keine Ahnung, wohin, keine Ahnung, wie sie entkommen sollte. Sie hatte keinen Plan, wie sie ihren Vater, ihren Bruder finden konnte. Oder Steinmar. Sie wollte fort, einfach fort. Ehe ihre Bewacher begriffen, was passierte, hatte sie schon zwanzig Fuß Vorsprung.

Doch die Überraschung währte nicht lange. Männerstimmen brüllten, Fäuste erhoben sich in die Luft, in Windeseile entwickelte sich ein heftiges Getümmel. Yassin kreischte. Sie hörte Nehemia schreien. Hände griffen nach ihr. Mathilde versuchte, trotz der hinderlichen Stoffbahnen loszukommen, nicht zu stolpern, und trat um sich, so gut es ging. Körbe kippten um, eine Amphore mit Öl ergoss ihren Inhalt auf den Boden. Der Inhaber zeterte.

Plötzlich versperrte ihr ein Mann auf einem Esel den Weg. »Weg, geh weg«, brüllte Mathilde auf Arabisch. Weder Mann noch Esel rührten sich. Sie schlug mit beiden Fäusten auf den Hintern des Tieres. Der Graue keilte aus, i-ahte, keilte, i-ahte, keilte.

Mathilde suchte verzweifelt nach einem Ausweg, während ihr Verstand langsam begriff, dass jeder hier auf dem Markt dafür sorgen würde, dass Baybars' Sklavin nicht entkam. Jeder wollte sich seine Gunst sichern und vielleicht sogar mit Gold belohnt werden.

Neugierige Gesichter erschienen in den Fensteröffnungen, Mathilde sah sie nur undeutlich. Türen fielen zu. Sie peilte durch das Gitter vor ihren Augen. Dort hinten, tat sich da nicht eine Lücke zwischen zwei Gebäuden auf? Winkte da nicht eine Frau?

Da wurde es dunkel um sie.

Mathilde erwachte mit dem Gefühl, sich nicht bewegen zu können. Als sie die Augen aufschlug, fand sie sich in einem unterirdischen fensterlosen Raum wieder. In ihrem Rücken spürte sie kalten Stein. Sie wollte sich umdrehen. Eisen klirrte. Sie schaute an sich herunter und sah, dass sie ihr Eisen um die Fußgelenke geschmiedet und sie damit an die Wand gekettet hatten.

In einem großen Kohlebecken glomm Glut. Im Schein der Fackeln entdeckte sie drei Männer, die in einer Ecke saßen und würfelten. Mathilde sog die Luft ein, als sie begriff. Sie hatten nur gewartet, bis sie aufwachte. Um sie zu foltern. Das hier war ihr Ende. Und es würde qualvoll sein. Baybars' Geduld mit ihr war zu Ende. Alles in ihr bäumte sich auf. Sie wollte nicht auf diese Weise enden. Unwillkürlich zerrte sie an ihren Fußfesseln, dann begann sie leise zu beten. Um Kraft. Um ein schnelles Ende. »Jungfrau Maria, gebenedeit bist du unter den Weibern …«

Einer der Männer hob den Kopf. »Sie ist aufgewacht«, erklärte er. Seine Stimme klang gleichgültig. Wie konnte der Mann nur so gefühllos sein! Hier ging es doch um ihren Tod.

Tod. Der Sensenmann war in ihrem Leben immer allgegenwärtig gewesen, wie im Leben aller Menschen. Doch irgendetwas in ihr hatte immer geglaubt, dass es schon gut gehen würde. Sie hatte wie ein Kind mit ihren Tagen gespielt und gedacht, sie habe noch unendlich viele davon vor sich.

Aber jetzt, hier in diesem Keller, neben diesem Kohlebecken, begann die Zeit schneller abzulaufen. Angesichts der glühenden Zangen im Becken wurde ihr endgültig bewusst, dass auch sie nur einen sterblichen Körper hatte, einen, der Schmerzen spüren konnte. Ihr ganzes Bewusstsein verdichtete sich auf dieses Kohlebecken. Sie spürte die Glut bereits auf ihrem Gesicht. Wider besseres Wissen hoffte sie, dass es schnell gehen würde.

Da entdeckte sie Nehemia. Auch sie trug Eisenketten an ihren Füßen. Doch im Gegensatz zu Mathilde hatte sie auch welche an den Handgelenken. Sie waren über einen Holzbalken gelegt worden, sodass Nehemia auf Zehenspitzen stehen musste. Sie hing mehr, als dass sie stand. Mathilde konnte ihre Angst körperlich spüren. »Lasst sie laufen«, sagte sie rau auf Arabisch. Sie sammelte den Speichel in ihrer Mundhöhle und schluckte. Ihre Kehle war dennoch trocken, sie konnte kaum sprechen. »Sie weiß von nichts. Sie ahnte nichts von meinen Fluchtplänen … Bitte, sie –«

Statt einer Antwort bekam sie eine heftige Ohrfeige. »Schweig, Frau.«

»Bitte, sie –«

Wieder trafen sie heftige Schläge. Mathilde wurde bewusstlos. Als sie wieder zu sich kam, konnte sie kaum atmen. In ihrem Mund schmeckte sie Blut.

Die drei Schergen machten sich inzwischen am Kohlebecken zu schaffen. Im Halbdunkel konnte sie ihre Gesichter nicht erkennen. Einer, der Größte, hob eine glühende Zange empor, betrachtete sie eine

Weile und nickte dann zufrieden. Mathilde sog die Luft ein, sammelte all ihre Kraft und versuchte, ihre Gedanken auf andere Welten auszurichten. Schöne Welten, warme Welten, voller Blumen und Frühlingssonnenschein. Sie hatte einmal gehört, dass es half, sich abzulenken.

Doch der Mann mit der glühenden Zange kam nicht zu ihr. Er ging zu Nehemia. Sie hörte sie schreien.

»Gib es zu, du hast der Frau geholfen!« Die Stimme des Folterknechtes klang völlig unbeteiligt. Er hatte so etwas schon unzählige Male gemacht.

»Nein!«, protestierte Mathilde. »Lasst sie in Ruhe, sie ist nicht –«

»Schweig, Frau«, sagte die Stimme von vorhin. »Schweig und schau hin. Sie wird sprechen. Sie wird sterben. Weil sie dir half. Und dann bist du dran.«

Sie zwangen sie zuzuschauen, wie Nehemia litt, zwangen sie, ihren Schreien und Bitten zuzuhören, ihren Geständnissen. Nehemia gab alles zu, was sie von ihr hören wollten. Sie bettelte darum, dass sie aufhörten, sie weinte, sie flehte. Am Ende konnte sie nur noch wimmern. Und um ihren Tod bitten. Immer wieder wurde sie ohnmächtig. Immer wieder holten die Folterknechte sie, ohne irgendeine Regung der Anteilnahme zu zeigen, ins Leben zurück.

»Schau hin«, befahl der Große. »Der Sultan hat es befohlen.«

Sie hörten und hörten nicht auf, sie zu quälen. Bis Nehemia nicht mehr aussah wie ein Mensch, bis nur noch ein zitternder Klumpen blutiges Fleisch in den Ketten hing. Sie hatten sie geröstet, hatten ihr alle Knochen im Leib gebrochen, hatten ihr die Hände und Beine abgehackt. Ihr wunderschönes Gesicht war zerfetzt, anstelle ihrer Augen waren da blutige Höhlen.

Mathilde betete schon längst nicht mehr um ihr eigenes Leben. Sie betete zur Jungfrau um Hilfe, darum, ihrer Freundin endlich einen gnädigen Tod zu gewähren. Auch wenn sie keine Christin war. Dann wieder flehte sie die Männer an, ein Ende zu machen, versprach, alles zu tun, was sie wollten. Doch noch immer lebte Nehemia. Der junge, starke Körper hielt stand.

Dann, endlich, war es vorbei. Sie zuckte nicht einmal mehr. Da hob der eine der Henkersknechte den Krummdolch, zerrte mit der anderen an den Haaren Nehemias Kopf nach hinten, um ihren Hals zu entblößen, und schnitt ihr die Kehle durch.

Mathilde starrte fassungslos auf dieses Etwas, das bis vor Kurzem ein lebendiges Wesen gewesen war. Warum nur hatte sie ihr nicht vertraut! Warum nur nicht mit ihr gesprochen! Dann wäre all das vielleicht verhindert worden, dann hätten sie vielleicht gemeinsam einen Weg zur Flucht finden können. All das nur, weil sie so dumm gewesen war, so unbedacht gehandelt hatte. Sie war schuld an Nehemias Tod. So, wie sie schuld war am Tod von Martin. Schuld, Schuld, Schuld.

Sie schloss die Augen. Gleich würden sie mit der glühenden Zange zu ihr kommen. Mathilde spürte einen bitter-metallischen Geschmack im Mund. Sie hatte sich auf die Zunge gebissen.

Doch der Große fesselte ihr nur die Hände. Dann löste er die eisernen Ringe um ihre Knöchel und beugte sich zu ihr nieder. Fauliger Atem schlug ihr ins Gesicht. »Du bist nichts als ein Stück Dreck. Sie haben giftige Kekse bei dir gefunden. *Al-Malik Al-Zahir Rukn Al-Din Baybars Al-Bunduqdari* hat uns in seiner Barmherzigkeit dennoch befohlen, dich leben zu lassen«, flüsterte er ihr ins Ohr.

Der andere, ein kleinerer, drückte ihr die Beine auseinander, der Dritte ließ seine Hose herunter. Mathilde schrie, strampelte. Da banden sie Lederriemen um ihre Fesseln, zogen die Beine damit auseinander und spannten die Riemen mit Hilfe von Pflöcken. Zuletzt stecken sie ihr einen Knebel in den Mund. Einen Fetzen von Nehemias blutdurchtränkten Kleidern.

Danach machten sie sich über sie her. Immer und immer wieder. Nach einer Weile spürte Mathilde nichts mehr von den Händen, die ihren Körper betasteten, oder von den Männern, die sie mit ihrem Geifer vollsabberten. Sie empfand keinen Schmerz mehr, als sie sie auseinanderrissen.

Es war Yassin zu verdanken, dass Mathildes Körper am Leben blieb. Sie fragte sich später oft, wie er es geschafft hatte, die Wachen zu bestechen. Nun, sie würde es wohl nie erfahren. Wichtig war nur, dass er ihr immer wieder Speisen in ihr dunkles Gefängnis hatte bringen lassen.

Die frühere Mathilde hätte ihm dafür gedankt. Doch die Frau, die sie gewesen war, lebte nicht mehr. Ihre Seele war taub, in tausend Stücke zerhackt und zu Eis erstarrt. Anders hätte sie den Schmerz nicht ertragen, die Trauer, die Scham.

Ja, natürlich, sie hatte gewusst, dass Frauen Gewalt angetan wurde. Das geschah bei jedem Banditenüberfall, bei jedem Scharmützel. Da machten weder die Leute des Bischofs von Basel noch die des Habsburgers einen Unterschied. Sie unterschieden noch nicht einmal zwischen Freund und Feind. Auch Mathildes Mutter war das widerfahren. Nur einmal hatte ihre Mutter darüber gesprochen, mit Bitterkeit in der Stimme. Zumindest hatte sie es so empfunden.

Aber erst jetzt, erst nachdem es ihr selbst geschehen war, konnte sie erkennen, dass es nur mühsam zurückgehaltener Schmerz gewesen war, der Versuch, der Tochter das Leben nicht allzu schwer zu machen durch die Narben, die sie davongetragen hatte und die keine Zeit der Welt verschwinden lassen konnte. Nein, geschändete Frauen jammerten nicht, sie machten einfach weiter. Sie sprachen nicht darüber. Schon gar nicht mit ihren Männern. Sie wussten, dass viele selbst zu den Vergewaltigern gehörten, zu den Peinigern, die sich die Frauen ihrer Feinde nahmen, sie als ihre Beute ansahen. Auch die Herren Ritter. Besonders die Herren Ritter.

»Wenn dir so etwas geschieht, dann musst du dich nicht schämen, Kind. Es ist nicht deine Schuld. Männer sind wie die Hunde«, hatte ihre Mutter gesagt. »Sie verrichten ihre Notdurft in uns, sie erniedrigen uns, weil sie glauben, damit auch unsere Männer demütigen zu können. Und meistens haben sie damit recht. Es interessiert sie nicht, dass viele von uns danach sterben, wenn sie versuchen, die ungewollte Frucht im Leib wieder loszuwerden, die sie hinterlassen haben.«

Die Mutter. Sie hatte einfach die Zähne zusammengebissen und weitergemacht. Irgendwie. Ach, hätte sie damals doch weiter nachgefragt. Wieso hatte sie nicht mit ihr gesprochen? Nein, sie hatte es nicht wissen wollen. So etwas geschah nur anderen. Ebenso wie die Folter und der Tod.

Das dachte sie – und sie dachte es nicht. Die Gedanken blieben irgendwo an der Oberfläche ihres Verstandes hängen wie Wassertropfen, die über ein Blatt gleiten. Die eigentliche Mathilde, die Stelle, an der ihr Wesen verborgen war, blieb taub. Nur eine einzige Botschaft aus der Tiefe erreichte die Blattoberfläche mit quälender Regelmäßigkeit. »Schuld, Schuld, Schuld«, hämmerte es mit jedem Herzschlag.

Mathilde atmete, aber sie nahm es nicht wahr. Sie trank das brackige Wasser, das man ihr gab, aber sie merkte es nicht. Sie aß von den Speisen, die Yassin ihr schickte, aber sie schmeckte nichts. Ratten, Kakerlaken und allerlei anderes Ungeziefer krochen in der Nacht über sie, aber sie spürte sie nicht. Um die Mittagsstunde, wenn die Sonne hoch stand, fielen einige Strahlen in ihr Verlies. Aber sie sah sie nicht. Wenn sie sich auf den Boden setzte oder dort lag, kroch die Kälte in ihren Körper, die Feuchtigkeit, die die Steinquader der Wände ausschwitzten. Aber sie fühlte sie nicht. Ihre Haare verfilzten, sie stank. Es störte sie nicht.

Sie existierte. Aber sie lebte nicht mehr. Sie saß meist nur da, die Beine angewinkelt, die Arme darumgeschlungen, und wippte vor und zurück. Vor und zurück. Vor und zurück. Ihre Augen stierten auf einen Punkt jenseits der Mauern, die sie gefangen hielten. Sie betete auch nicht mehr. Die Tage vergingen. Mathilde bemerkte es nicht.

# XVI

»Komm mit, Frau!«

Mathilde starrte den Beschließer an. Etwas in ihr zuckte vor Angst. Sie drängte das Entsetzen zurück. Sie wollte nicht aus dem Meer der Taubheit auftauchen.

Der Mann zerrte sie ungeduldig hoch. Sie ließ es widerstandslos geschehen, sackte aber sofort wieder in sich zusammen wie eine Stoffpuppe. Da warf er sie sich einfach über die Schulter. Er war groß. Einer der Henkersknechte.

Sie hing einfach da, ihre Arme und Beine baumelten. Wieso bekam sie keine Luft mehr? Es war schwer, über der Schulter eines Mannes Atem zu holen, wenn einen die Knochen in den Magen drückten. Und wenn es wieder einer der Männer war, der bösen Männer? Sie sog verzweifelt Luft ein. Die Kruste aus Verdrängen, die sie um sich gelegt hatte, bekam Risse. Sie begann zu strampeln.

»Sei ruhig, Frau!«

Der Mann flüsterte. Wieso flüsterte er? Sollte sie sich leise in die Folterkammer tragen lassen? Galle stieg in ihr auf, würgte sie, füllte bitter den Mund. Und mit der Galle kam der Hass. Nein! Sie würde sich nicht wie ein Schaf erneut diesen Männern aussetzen! Nicht noch einmal. Ihr Körper versteifte sich. Wieder holte sie Luft. Der Große schien zu ahnen, was sie vorhatte. Er warf sie zu Boden und verpasste ihr einen Faustschlag ins Gesicht.

Wer schlug sie? Ihr Kopf rollte hin und her. Es atmete sich anders.

»Mathilde, Frau Mathilde!«

Wo war sie? Diese Stimme kannte sie. War sie tot?

»Wieso wacht sie nicht auf?«, fragte eine andere Stimme. »Allmächtiger, was haben sie bloß mit ihr gemacht?«

Männerstimmen. Das waren Männerstimmen. Begann nun alles wieder von vorne? Sie schlug um sich. Mächtige Pranken fassten ihre Hände. »Ruhig, Frau Mathilde. Ruhig. Ihr seid unter Freunden. Niemand tut Euch etwas. Ihr seid frei, hört Ihr! Frei!«

»Schlagt endlich die Augen auf«, forderte die andere Stimme. »Wir müssen fort! Könnt Ihr gehen?«

Mathilde tat, wie ihr geheißen. Mehr unwillkürlich denn aus einem bewusst gefassten Beschluss. Mit einem Ruck setzte sie sich auf. Ihre Augen wurden groß. Dann noch größer. »Martin!«, flüsterte sie. Dann noch einmal: »Martin!«

»Und was ist mit mir?«

Sie versuchte, den anderen Mann zu erkennen. Der Tränenschleier, der sich in ihren Augen gebildet hatte, machte es schwer, sie sah ihn nur verschwommen. Sie blinzelte. »Lütold, Ritter Lütold!«

Er schlug sich auf die Brust. »Ha, endlich. Ihr seht schlimm aus, Frau Mathilde. Was haben sie nur mit Euch gemacht?«

»Später, wir können später miteinander reden. Jetzt müssen wir schnellstens fort von hier, sonst findet uns noch jemand«, wandte Martin ein. »Habt Ihr dem Beschließer die geforderte Handsalbe gegeben?«

»Ja, und nun ist meine Börse leer. Diese Muselmanen sind mit das Gierigste, was mir jemals untergekommen ist.«

»Martin, Lütold!« Mathilde flüsterte die Worte immer wieder. Ihr Gesicht war tränenüberströmt.

»Ist gut, ist ja gut. Könnt Ihr gehen?«, fragte Martin.

Mathilde nickte und rappelte sich hoch. Sofort sackten die Beine wieder unter ihr weg. Martin packte sie ohne viel Federlesens und hob sie hoch. »Los jetzt. Das Schiff wartet nicht.«

Sie legten sie sanft auf die Planken. Mathilde bekam nicht mit, wie die Fusta ablegte. Sie schlief. Tief und fest, wie sie seit Wochen nicht mehr geschlafen hatte.

Als sie wieder aufwachte, fühlte sie eine sanfte Brise über ihr Gesicht streifen. Sie fuhr hoch, seltsam erfrischt, wie … ja, wie neu geboren.

»Ah, sie ist wach! Ihr habt geschlafen wie eine Tote. Ihr seht schon viel besser aus. Und? Heiratet Ihr mich jetzt?«, fragte Lütold halb im Spaß, halb im Ernst.

Sie beachtete ihn zunächst nicht. Ihre Augen hingen an der Gestalt des Hünen, von der sie geglaubt hatte, sie würde sie nie wiedersehen. »Martin! Ich dachte, du bist tot!«

»Das dachten wir zunächst auch von Euch, Frau Mathilde«, antwortete er mit einem schiefen Grinsen. »Es braucht mehr als ein paar Schwertstreiche von einem Piraten, um mich umzubringen. Sie haben mir einige heftige Hiebe verpasst, und mein Gesicht ist nicht mehr das schönste. Doch ich lebe. Am meisten ärgert mich, dass sie mir die Nase verunstaltet und ein Ohr abgesäbelt haben. Den Schmiss im Gesicht trage ich jedoch mit Stolz.«

Mathilde strich sanft über die wulstige rot leuchtende Narbe, die sich über Martins rechte Gesichtshälfte zog. Seine Nase ähnelte einer schrundigen Knolle.

»Martin, es tut so gut, dich zu sehen.« Sie schluchzte. »Mit diesem Schmiss kannst du jede haben. Die Mädchen werden sich um dich reißen«, versuchte sie, zwischen zwei Schluchzern zu scherzen.

»Ist ja gut, Frau Mathilde, ist ja gut. Ich brauche wohl weniger Trost als Ihr. Mir scheint, Ihr habt ebenfalls einige Wunden davongetragen, auch wenn man sie auf den ersten Blick nicht sieht.«

»Und was ist mit mir? Da verkaufe ich meine Burg dem Basler Bischof, um die Mittel zu haben, Euch etwas bieten zu können, doch dann verschwindet Ihr, und ich reise Euch hinterher, um Euch vor den Angriffen der Muselmanen zu retten, päpple Euren Diener auf ... und was ist der Dank? Ihr schaut mich kaum an.«

Mathilde versuchte sich zu fassen. »Es tut mir leid, Herr Lütold. Es ... es ist einfach alles zu viel. Erst meine Gefangenschaft und ... und nun bin ich plötzlich frei! Martin, den ich tot glaubte ... und Ihr, den ich nicht erwartet habe ... Ich werde Euch das niemals vergelten können. Habt ein Einsehen, ich –«

»Oh doch, ich wüsste einen Dank. Heiratet mich. Jetzt gleich!«

Mathilde senkte den Blick. »Ich werde niemals heiraten«, erwiderte sie leise. »Bitte, ich kann nicht. Niemals mehr. Verzeiht, ich ... Ich bin so schmutzig. Gibt es hier eine Möglichkeit, mich zu waschen?«

Eine tiefe Falte grub sich in die Stirn des Tiefensteiners. »Diese Bestien haben ...« Er sprach den Satz nicht zu Ende, sondern starrte sie an. Seine Miene versteinerte. Dann wandte er sich ab.

»Denkt Euch nichts dabei, Frau Mathilde. Er kann nichts dafür«, bat Martin. »Hätte er mich nicht gefunden, ich wäre wirklich tot. Und hätte er nicht seine Börse weit geöffnet, um Euren Bewachern Handsalbe zukommen zu lassen, ich weiß nicht ...«

Erneut streichelte sie seine Wange. »Deine Nase sieht aus wie eine getrocknete Pflaume, nur viel, viel größer«, erklärte sie mit einem halbherzigen Zwinkern. »Ich nehme es ihm nicht übel. Er ist ein Mann. Er kann viele Frauen haben. Warum sollte er eine nehmen, die ... Und weißt du, ich bin froh, dass es so ist. Ich wollte ihn nie heiraten. Aber verrate es ihm nicht. Im Gegenteil, ich muss einen Weg finden, ihm zu danken. Aber nun erzähle, wie kommt dies alles zustande, wie hast du überlebt? Wie habt ihr mich gefunden? Wohin fahren wir?«

Martin lachte. »Ich bin so froh, dass Ihr dabei seid, wieder die Alte zu werden. Wie ich überlebt habe? Diese verfluchten Piratenhunde hielten mich für tot und haben mich einfach über Bord gekippt wie ein Stück Dreck. Im Wasser kam ich zu mir. Irgendwie gelang es mir, mich an einige Planken zu klammern. Hinterher sah ich, dass sie wohl von der ›Victoria‹ stammten. Dann verlor ich das Bewusstsein. Als ich wieder zu mir kam, brannte das Johanniterschiff bereits lichterloh. Das müssen auch die Strandpiraten gesehen haben. Sie kamen, kurz nachdem die Freibeuter abgesegelt waren, um das Wrack zu plündern. Dabei fischten sie mich aus dem Wasser. Sie hofften wahrscheinlich, mich gut verkaufen zu können, an die Johanniter oder auf dem Sklavenmarkt. Außer mir machten sie jedoch nicht viel Beute, sie konnten wegen des Feuers nicht an Bord. Die ›Victoria‹ ging bald darauf unter.«

Martin schüttelte den Kopf. »Sie brachten mich nach Zypern. Und nicht lange danach tauchte der Ritter von Tiefenstein auf, um mich freizukaufen. Er hatte sich bei den Johannitern umgehört und von meinem Schicksal erfahren. Er schaffte mich zu einem Medicus, der mich wieder zusammenflickte.«

»Das werde ich Lütold niemals vergessen, ich schwöre es«, sagte Mathilde glücklich. »Wie kommt er überhaupt hierher?«

Martin wiegte den Kopf und runzelte die Stirn. »Genau weiß ich das nicht. Muss wohl gesehen haben, wie wir fortgeritten sind, und ist uns hinterher.« Er brach ab.

»Was ist, ich sehe dir doch an, dass da mehr dahintersteckt. Du kneifst deine Augen auf diese bestimmte Art zusammen.«

Er lachte gequält. »Ich weiß nicht, etwas ist komisch. Aber er hat mich gerettet, und da will ich nicht …«

»Nun rede schon. Ich werde es Lütold bestimmt nicht weitererzählen.«

»Also gut. Er war ziemlich zurückhaltend. Hat nur erzählt, er habe uns davonreiten sehen. Ich glaube aber, Junge oder Gertrud müssen ihm mehr über unsere Pläne verraten haben. Wie hätte er sonst wissen sollen, dass wir uns dem englischen Prinzen, diesem Langbein, anschließen wollten.«

»Meinst du?« Mathilde lachte. »Wenn ich es mir recht überlege, ist das gut möglich. Wie ich Gertrud einschätze, hat sie es gut gemeint und wahrscheinlich gedacht, zwei Beschützer sind besser als einer.«

Martin schaute sie unsicher an. »Meint Ihr?«

Sie verzog den Mund zu einem kleinen Lächeln. »Ja, ich denke, so muss es zusammenhängen.«

Martins Blick blieb zweifelnd. »Jedenfalls, als Lütold endlich in Sizilien angekommen war, machte gerade die Nachricht vom Piratenüberfall auf das Johanniterschiff die Runde, und der Ritter von Tiefenstein reiste nach Zypern, in der Hoffnung, etwas über Euer Schicksal zu erfahren. Aber vielleicht fragt Ihr ihn besser selbst. Ich finde die ganze Angelegenheit immer noch recht verworren. Auch bezüglich der Lage der Christen in diesem Land. Mal ist Frieden, dann wieder nicht. Es ist ein ständiges Hin und Her. Früher habe ich mir immer ausgemalt, dass die Kreuzfahrer einfach nach Jerusalem ziehen, die Ungläubigen vertreiben, und das war's. Ich habe nie begriffen, warum es nicht gelungen ist, die Heilige Stadt zurückzuerobern. Ich verstehe wohl zu wenig von den Feinheiten der Kriegsführung. Doch ich habe gewiss keinen Grund, mich zu beklagen. Hat einem wie mir das Leben gerettet, der Ritter von Tiefenstein. Ohne ihn hätten mich die Fischer wohl verrecken lassen. Die Johanniter wollten nicht für mich zahlen. Das hat Lütold jedenfalls gesagt.« Er brach ab. »Und was ist mit Euch geschehen?«, fügte er schließlich zögernd hinzu.

Mathilde benötigte eine Weile, um diese Nachrichten zu verdauen. Sie biss sich auf die Lippen. Dann runzelte sie die Stirn. »Ich kann ... ich kann nicht. Bitte versteh. Ich will nur ... vergessen.«

Martin nickte bedächtig. Er streckte die Hand aus, um ihr übers Haar zu streicheln, zog sie aber sofort wieder zurück. Mathilde war zurückgezuckt, als sei er eine giftige Schlange. Martin errötete und wusste kaum, wohin er in seiner Verlegenheit schauen sollte.

»Verzeih«, flüsterte sie. »Es ist nicht deinetwegen. Ich bin so glücklich, dass ich dich wiederhabe, so glücklich.« Wieder drohten die Tränen sie zu überwältigen. Sie kämpfte sie zurück. Verdammt, sie konnte doch nicht dauernd heulen. Das machte die Sache auch nicht besser. Sie schluckte. »Sag, wohin segeln wir?«

Martin grinste schief. »Sind auf dem Weg nach Akkon. Dort wartet jemand auf Euch.«

»Steinmar?« Mathildes Herz blieb fast stehen.

Martin sah sie verdutzt an, dann schüttelte er den Kopf. »Nein, Euer Vater. Und Euer Bruder Andreas. Von ihm wussten wir, wo Ihr seid.«

Also war es wirklich Andreas gewesen, damals, als sie Baybars gegenübergestanden hatte!

»Habt Ihr denn nicht die Nachricht Eures Vaters bekommen? Ein Bote hat sie der Sklavin zugesteckt, die Euch immer begleitete.«

»Nehemia. Also hat sie mich doch nicht verraten«, flüsterte Mathilde.

Martin schaute zunächst etwas verwirrt, dann enttäuscht. »Freut Ihr Euch denn gar nicht, Frau Mathilde?«

Da erst begriff sie wirklich.

»Sie leben? Und du hast mit meinem Vater gesprochen?« Mathilde schlug die Hand vor den Mund, um nicht loszuschreien.

»Was schaut Ihr so? Glaubt Ihr mir nicht, dass ich Euren Vater kenne?«, fragte Martin lächelnd. »Der Händler Mathias ist in Waldshut ein bekannter Mann, auch wenn er sich an mich nicht erinnern konnte. Aber ich bin ja auch nur ein Stallknecht. Dieser Baybars ließ sie frei. Als Zeichen des guten Willens gegenüber dem englischen Prinzen. Sie hatten schon ihren Frieden miteinander gemacht. Doch das hat sich wieder geändert. Edward hat sich mit seinen Rittern in Akkon verschanzt und verteidigt die Stadt gegen die Belagerung des Sultans. Wäre er mit seinen Kreuzrittern nicht rechtzeitig einmarschiert, der Sultan hätte die Mauern von Akkon wohl schon längst geschleift.«

Mathilde war viel zu bewegt, unfähig, auch nur ein Wort zu sagen, ihm etwa zu erklären, dass ihr Vater Stallknechte keineswegs für mindere Leute hielt.

Er zögerte. »Ich glaube, ich sollte Euch noch sagen, dass Euer Vater mir erklärt hat, warum er damals ins Heilige Land gereist ist.« Er sah sich um, ob auch niemand ihr Gespräch belauschte.

»Du weißt von dem Tuch?«

Martin nickte. »Ja, Euer Vater hat gesagt, wem meine Tochter vertraut, dem vertraue ich auch. Und nein, ehe Ihr weiterfragt, Lütold von Tiefenstein weiß von nichts. Euer Vater hielt es für besser, ihm nichts zu sagen. Er fürchtet seine Nähe zu Bischof Heinrich von Basel.«

Und damit hat er wahrscheinlich recht, dachte Mathilde. Hatte sie nicht selbst mehr als einmal den Verdacht gehabt, Lütold könnte sich im Auftrag des Bischofs an ihre Fersen geheftet haben, um sie auszuhorchen?

Sie hatte seinen Liebesschwüren niemals so recht Glauben schenken können. Immer war da diese warnende Stimme gewesen. Gleich darauf schämte sie sich für solche Gedanken. Immerhin war er ihr Retter. Doch auch wenn sie nicht schon verheiratet wäre, nachdem all … dies geschehen war … nein, sie würde es niemals wieder ertragen können, dass sie ein Mann berührte. Auch Steinmar nicht. Aber wo war er? Von Steinmar hatte Martin nichts gesagt.

»Wo kann ich mich waschen?«, fragte sie noch einmal.

»Ihr müsst noch ein wenig warten, Frau Mathilde. Bald sind wir da. Das hoffe ich jedenfalls. Als wir losgesegelt sind, war der Seeweg noch offen. Baybars hat vor Limassol fast seine gesamte Flotte verloren, er muss erst neue Schiffe bauen, ehe er Akkon vollends umzingeln kann. Oh, bitte verzeiht. Ich wollte Euch keine Furcht einjagen«, fügte er schnell hinzu, als er Mathildes erschrockenes Gesicht sah.

Alles ging gut. Keine Fusta der Ungläubigen versuchte, ihr Schiff aufzubringen. Kein Piratenüberfall. Martin hatte nicht zu viel versprochen. Kurz nach Einbruch der Dunkelheit konnte sie das Licht eines Leuchtturms vor einer dunklen Linie aufblitzen sehen. »Akkon«, sagte er nur.

Mit der Zeit wurde aus dem Strich am Horizont eine gezackte Silhouette von mehr oder weniger hohen Häusern, dazwischen Lücken. Bald konnte sie auch die Hafeneinfahrt erkennen.

Da näherte sich ihnen ein Ruderboot. Der Kapitän befahl das Einziehen der Ruder und das Raffen der Segel. Mathilde hörte das Klirren der Ankerkette. Eine Strickleiter wurde herabgelassen, dann kletterten drei Männer an Bord. Soweit Mathilde das an dem schwarzen Mantel über dem roten Waffenrock erkennen konnte, der mit einem weißen Tatzenkreuz auf der linken Schulter verziert war, gehörten sie zu den Rittern des Ordens vom Spital des heiligen Johannes zu Jerusalem. Alle trugen Normannenschilder, die ebenfalls das weiße Tatzenkreuz zeigten, gehörten also zum kämpfenden Teil des Ordens. Die Seeleute an Bord hatten die Johanniter auch die Hospitaliter genannt, da sich der Orden aus dem ursprünglich von Kaufleuten in Jerusalem gestifteten Hospital zum heiligen Johannes entwickelt hatte. Doch für Mathilde würden sie immer die Johanniter bleiben.

Zwischen den Männern und dem Kapitän des Schiffes entspann sich eine hitzige Diskussion. Schließlich mussten sich Mannschaft und Passagiere an Deck einfinden. Einer der Ritter, er schien der Anführer zu sein, schritt die Reihen der Seeleute und der Mitreisenden ab. Vor Mathilde blieb er stehen. Dann rümpfte er die Nase. *»Allez-y«*, erklärte er schließlich mit einer ungeduldigen Handbewegung.

Nach einer Weile, die ihr wie eine Ewigkeit vorkam, wandte er sich ab und kletterte mit seinen beiden Begleitern über die Reling zurück in das Ruderboot. Im Schein des Mondes konnte sie die Rüstung unter dem Überwurf aufblitzen sehen.

Dann ließ der Kapitän den Anker lichten. Die Fusta folgte dem kleineren Boot. Mathilde konnte hören, wie der Kommandant der Johanniter einen Befehl bellte. Daraufhin ertönte das Rasseln einer schweren Kette, und die Fusta passierte die Hafeneinfahrt.

»Sie sperren hier den Hafen jede Nacht mit einer schweren Kette ab«, erklärte Martin.

Mathilde nickte ungeduldig. Sie hielt es fast nicht mehr aus, trat von einem Bein auf das andere. Bald würde sie den Vater sehen. Und den Bruder. Wenn es stimmte, was Martin sagte. Sie wagte es noch immer nicht, daran zu glauben. Andererseits – er würde sie niemals anlügen. Zur Sicherheit begann sie, den Rosenkranz zu beten.

Erst als Mathilde wieder festen Boden unter den Füßen hatte, merkte sie, wie sehr ihr die erlittenen Misshandlungen und die Zeit im Kerker zugesetzt hatten. Sie schwankte und wäre gestürzt, hätte der Tiefensteiner sie nicht aufgefangen. »Hoppla, Frau Mathilde, ich hätte nicht gedacht, dass Ihr mir so willig in die Arme fallt«, scherzte er mehr aus Verlegenheit.

Mathildes Körper versteifte sich sofort, und sie schlug die Hände weg, die sie aufgefangen hatten. »Lasst nur. Ich komme allein zurecht.«

Er nickte, sagte aber nichts dazu.

Sie wurden am Hafen schon erwartet. Zwei Männer standen bereit, als sie der kleinen Schaluppe entstiegen, die sie ans Ufer gebracht hatte. Der eine war an seinem weißen Waffenrock mit dem roten Kreuz unschwer als Tempelritter zu erkennen, der andere mit dem weißen Mantel und dem schwarzen Kreuz als Mitglied des Deutschen Ordens. »Kommt«, sagte der Templer.

Mathilde schickte sich an, ihm zusammen mit den anderen zu folgen. Der Deutschherr schüttelte den Kopf. »Nein, Ihr nicht«, erklärte er knapp.

Bevor Mathilde protestieren konnte, griff er in den Halsausschnitt des Waffenrocks unter seinem Umhang und zog ein Medaillon hervor, das Mathilde sofort erkannte. Die Loge schien allgegenwärtig zu sein. Martin wollte sich ihnen anschließen. Doch der Ritter schüttelte erneut den Kopf. »Nur sie.«

»Sie geht nirgendwohin ohne mich.« Martins Stimme klang gefährlich. Es war klar, er würde nicht zulassen, dass man sie einfach so mitnahm. Ritter hin oder her.

»Ist schon in Ordnung, mein Freund«, sagte Mathilde besänftigend.

Martin schaute sie unschlüssig an und nickte schließlich. »Und wohin gehen wir?«, fragte er den Tempelherrn.

»Ihr werdet erwartet«, erklärte dieser geheimnisvoll.

Mathilde wurde immer mulmiger, während sie dem Ordensritter durch das Wirrwarr von Akkons Gassen folgte. Sie hatte den Eindruck, dass die Häuser hier neueren Datums waren. Soweit sie das feststellen konnte, ging es in nordwestliche Richtung. Das Geräusch der Brandung wurde leiser, als sie und ihr Führer sich im Schutz der Nacht ihren Weg bahnten.

»Das Ordenshospital des deutschen Viertels«, flüsterte der Ritter schließlich und deutete auf ein imposantes Gebäude, das über eine Mauer hinausragte. Sie passierten ein Tor. Zwei Hauseingänge weiter bedeutete er ihr anzuhalten. »Hier hinein.«

»Und Ihr? Kommt Ihr nicht mit?«

Er schüttelte den Kopf. »Ihr werdet erwartet«, hieß es auch jetzt. Dann hatte ihn die Dunkelheit verschluckt.

Mathilde klopfte das Herz bis zum Hals. Was, wenn dies wieder eine Falle war? Warum war der Deutschordensritter so plötzlich verschwunden? Sie zögerte. Was hatte sie für eine Wahl? Mit beiden Fäusten klopfte sie gegen die Tür. Die flog auf, und sie spürte, wie sich Arme um sie legten und sie ins Innere zogen.

Sie wollte sich wehren und holte aus.

»Ich habe schon gehört, dass du recht ruppig werden kannst, Tochter!«

»Vater! Oh Vater! Ich habe Euch so vermisst! Es ist so gut, dass …« Ein Weinkrampf schüttelte sie. Sie konnte nicht weitersprechen.

»Komm, Kleines. Ist ja gut.« Er streichelte ihr unbeholfen übers Haar. »Jetzt bin ich ja da. Aber komm erst einmal herein und lass mich die Tür schließen. Sonst wecken wir noch die gesamte Nachbarschaft auf. Und das wäre in diesem besonderen Fall nicht gut.«

»Die Marianer, Vater. Ich bin … Und Mutter, oh Herr Vater, sie ist tot. Wo ist Andreas? Ist er auch da? Ich glaube, ich habe ihn in der Zitadelle gesehen. Er hat für den Mamlukensultan Baybars übersetzt. Und Steinmar? Was ist mit Ritter Berthold?«

»Kind, Kind, eines nach dem anderen. Du sprudelst ja wie der Rhein bei den Stromschnellen bei Laufenburg.«

»Der Rhein …« Mathilde schluchzte auf. »Herr Vater, was ist geschehen? Wo wart Ihr? Mutter!«

»Ich weiß, meine Kleine, sie ist tot. Ihr Tod ist auch sehr schmerzlich für mich. Sie war mir immer eine gute Frau. Wir werden sie niemals vergessen, nicht wahr? Ritter Steinmar hat mir alles erzählt. Auch, wie tapfer du dich geschlagen hast, wie wichtig die Hinweise waren, die du für die Loge sammeln konntest. Vieles weiß ich zudem von Martin. In ihm hast du einen guten und treuen Freund, mein Kind. Dennoch, du hättest nicht ohne Order und auf eigene Faust ins Heilige Land reisen dürfen. Die Marianer sind sehr ungehalten, weil du einfach fortgelaufen bist. Und du weißt, dass sie Ungehorsam hart ahnden. Aber ich konnte sie davon überzeugen, zunächst von einer Bestrafung abzusehen, zumindest, bis ich mit dir gesprochen habe. Du musst alles genau berichten. Wie ist es dir ergangen?«

Mathilde ahnte, was »hart ahnden« hieß, aber eine andere Erklärung war ihr erst einmal wichtiger. Wusste der Vater, dass Steinmar und sie miteinander … »Ritter Steinmar hat Euch *alles* erzählt?«

Er musterte sie scharf. »Was soll das heißen? Hat er … Ich meine … hat er auf seinen ehelichen Rechten bestanden? Ich sähe es zwar nicht gerne, weil es sicher einen besseren Gatten für dich gäbe, aber wenn er dir recht ist, soll er es mir auch sein.«

Erneut begann Mathilde zu schluchzen. »Nein! Das hat er nicht!« Sie schob das Kinn nach vorne. »Diese Eheschließung war eine Zwangsheirat, die Umstände haben es erfordert.«

Das Gesicht von Mathias von Waldshut wurde grimmig. »Ich weiß, warum. Mein Bruder wird sich dafür vor mir zu verantworten haben. Aber komm jetzt in die Stube. Warte, hier steht eine Kerze. Da, nimm auch eine.«

In der Kammer angekommen, entzündete der Vater noch eine Öllampe. Erst jetzt, im flackernden Schein des Lichtes, wurde Mathilde auf die Kleidung aufmerksam, die er trug. Ihre Augen wurden groß. »Ihr seid ein Streiter des Deutschen Ordens?«

Er lächelte schmallippig. Nun entdeckte Mathilde auch die tiefen Linien, die die vergangenen beiden Jahre ins Gesicht des Vaters gegraben hatten. Er war stark gealtert. »Ja, ich gehöre zum Orden. Und zu den Marianern, wie du inzwischen weißt. Aber wir halten es für besser, dass beides nicht bekannt wird. Ich trage die Ordenstracht nur selten, unter Freunden. Heute hatte ich einen Gang für den Orden zu tun, ich bin gerade erst zurück, ach, es ist gleich, was es war. Normalerweise ziehe ich es vor, als der Händler Mathias aufzutreten. Einer unter vielen Kaufleuten in dieser Stadt, es gibt sie überall in den Vierteln der Genueser, der Pisaner oder im Quartier der Venezier.« Er stockte.

Mathilde schaute ihn erstaunt an. »Warum sagt Ihr das so seltsam?«

Er lachte bitter. »Nun, auch zwischen den Ritterorden im Heiligen Land und nicht weniger zwischen den Handelstreibenden gibt es allerlei Hader. Du hast doch hoffentlich niemandem von den Marianern erzählt?«

»Nein. Und auch nicht vom Tuch.«

Das Gesicht des Vaters bekam einen gehetzten Ausdruck. »Gut. Du musst selbst hier sehr vorsichtig sein. In Akkon haben die Wände manchmal Ohren. Unter der Stadt gibt es ein System von geheimen Gängen. Wir wissen, dass Baybars auch hier in Akkon seine Spitzel hat. Es kann also immer sein, dass unter deinen Füßen ein ungebetener Lauscher sitzt. Doch ich denke, dieses Haus ist sicher.«

»Verstehe«, flüsterte sie.

Wieder schaute der Vater sie forschend an. »Kind, du siehst furchtbar aus. Was haben sie mit dir gemacht? Mein Gott, was haben sie dir angetan!«

»Fragt nicht, Vater. Ich bin eine Frau. Reicht das nicht als Erklärung? Lasst uns von anderen Dingen sprechen. Sagt, wo ist mein Bruder? Wo ist Andreas? Und wo ist … mein Gatte?«

Sie konnte sehen, wie sehr er sich beherrschen musste. »Eine Frau? Ja, meine kleine Tochter ist wohl erwachsen geworden. Es tut mir leid, dass es auf diese Weise geschehen musste. Doch du wirst sehen, die Zeit heilt die Wunden.«

Sie wusste, dass das nicht stimmte, erwiderte aber nichts.

»Setz dich, Kind. Hier, iss«, sagte er. »Und berichte mir alles.«

»Bitte, erlasst es mir für jetzt. Gebt mir etwas Zeit, Herr Vater. Ich … es war so viel. Und ich habe so viele Fragen an Euch.«

Er schaute sie nachdenklich an und nickte. »Ich denke, du hast ein Anrecht auf Antworten. Doch ich muss dich warnen, es wird eine lange Geschichte.«

Stunden später lag Mathilde in einer Kammer auf ihrem Nachtlager, wälzte sich schlaflos hin und her und versuchte zu begreifen. Der Vater hatte recht gehabt. Es war eine lange Geschichte geworden. Und eine sehr verwirrende. Dabei hatte er ihr noch nicht einmal alles erzählt, da war sie sich sicher.

»Ich weiß von einem Auftrag, Herr Vater. Steinmar hat mir erzählt, dass Ihr den Mamluk für einen Geheimpakt mit dem Grafen von Habsburg gewinnen solltet. Ist das geglückt?«, hatte sie gefragt.

Die Antwort war rätselhaft gewesen. »Ja und nein.«

Nach seiner Ergreifung hatte der Vater es tatsächlich geschafft, Baybars den Vorschlag des Habsburgers zu unterbreiten. Der Mamluk hatte zunächst mit Interesse zugehört, dann aber abgewinkt und ihn gefangen gesetzt.

Kurz danach war auch Andreas in die Hände des Sultans gefallen. In diesem Punkt konnte Mathias von Waldshut die Geschichte ergänzen, deren Anfang Steinmar ihr vor langer Zeit erzählt hatte. Damals am Rhein. In einem anderen Leben. Andreas hatte sich bei seinen Nachforschungen nach dem Verbleib des Vaters unvorsichtig verhalten, war mit seinen Fragen an den Falschen geraten und in eine Falle gelockt worden. Von wem? Wer hatte den Bruder verraten? Der Vater hatte nur den Kopf geschüttelt und geantwortet: »Ein Verräter. Wir wissen nicht, wer.«

»Habt Ihr auch Leute im Lager der Ungläubigen?«, hatte Mathilde den Vater an dieser Stelle gefragt.

»Allerdings. Du kennst sogar einen davon, den Sklaven Massud«, war seine Antwort gewesen. »Er hat uns auch immer auf dem Laufenden gehalten, wie es dir geht, mein Kind.«

Sie hätte es sich denken können. Massud. Und das trotz der Gefahr, in der er schwebte. Sie hatten ihm seine Männlichkeit nehmen können, aber nicht seine Ehre. Massud und Nehemia. Ihr Magen zog sich zusammen, als sie an das furchtbare Sterben der Freundin dachte. Denn das war sie gewesen. Ihre Freundin. Egal, ob sie nun dem Zwang nachgegeben hatte, sie auszuhorchen oder nicht.

Mathilde zwang ihre Gedanken zurück zur Erzählung des Vaters. Die Stunde von Andreas und Mathias von Waldshut hatte geschlagen, als die Mongolen erneut in die Gebiete des Sultans eingefallen waren und eine Spur der Verwüstung hinterlassen hatten. Fast zur selben Zeit hatte der französische König Ludwig ein großes Aufgebot an Fürsten, Adeligen und Reisigen zusammengezogen, um auf Kreuzzug zu gehen. Das war Baybars' Kundschaftern nicht entgangen. Er wusste, die Christen wollten zunächst einmal Tripolis erobern, um einen Stützpunkt zu haben. Das konnte er nicht zulassen. Auch er brauchte die strategisch gut gelegene Stadt für seine Pläne.

Baybars hatte sich daraufhin tatsächlich an das Angebot des Habsburgers erinnert, so wie Steinmar es schon vermutet hatte. Der Vater war freigekommen, damit er Rudolf die Botschaft überbringen konnte. Andreas hatte als Geisel bleiben müssen. Baybars ging mit diesem Abkommen kein Wagnis ein. Der ehrgeizige Graf von Habsburg konnte ihm nichts anhaben, solange er brav blieb, wo er war, und nicht gedachte, sich einem Kreuzzug anzuschließen. Das hatte der Mamluk zur Bedingung für einen Pakt gemacht.

Und dann, noch bevor der Vater hatte aufbrechen können, waren der Franzosenkönig Ludwig und sein Sohn ganz plötzlich gestorben. Man hatte gemunkelt, jemand habe das Wasser vergiftet. Doch der Vater behauptete, das sei nur ein Gerücht gewesen.

Mit Ludwig war einer der wichtigsten Verfechter der Kreuzzugsidee gestorben. Alle Welt hatte damit gerechnet, dass nun auch der Engländer unverrichteter Dinge wieder heimkehren würde. Und jeder wusste, wenn dieser Kreuzzug scheiterte, würde es so schnell keinen weiteren geben.

Für Andreas, die Geisel, bedeutete diese Entwicklung eine große Gefahr. Der Sultan brauchte die Verbindung zu Rudolf nun nicht mehr. Der Vater hatte befürchtet, Andreas könnte auf dem Sklavenmarkt landen. Oder dass ihm gar noch Schlimmeres bevorstand. Also war er in Outremer geblieben, um eine Möglichkeit zu finden, den Sohn zu befreien. Ein anderer hatte die Nachricht von den Geschehnissen zur Loge gebracht.

Mathias von Waldshut hatte stattdessen die Unterstützung des englischen Prinzen Edward gesucht und gefunden. Auch für Edward ging es um viel. Er wollte sein Ansehen als großer Feldherr mit der Rückeroberung Jerusalems stärken und damit seinen Anspruch auf den Thron Englands untermauern. Und damit endlich das Gelübde einlösen, das sein inzwischen schwer kranker Vater abgegeben und nie eingelöst hatte.

Aufgrund des wachsenden Drucks durch die mongolischen Horden hatte sich Baybars schließlich zähneknirschend gezwungen gesehen, mit dem Engländer bei Tripolis einen Friedensvertrag zu schließen. Natürlich ebenfalls verbunden mit einigen geheimen und anderen öffentlich bekannt gemachten Bedingungen. Eine der geheimen Bedingungen war die Freilassung der gefangenen Christen, und damit auch die von Andreas. Als der Bruder schließlich nach Akkon gekommen war, hatte er zudem ein Schreiben des Sultans an den Habsburger dabei, in dem Baybars sich bereiterklärte, über ein Abkommen mit Rudolf nachzudenken. »Und das erweist sich jetzt als Segen«, hatte der Vater erklärt.

Auf ihre erstaunte Nachfrage hin hatte Mathilde erfahren, dass der deutsche König Richard von Cornwall im April gestorben war und der Kastilier über Rücktritt nachdachte. Damit war der deutsche Thron vakant. Wenn der Graf von Habsburg nun eine Einigung mit Baybars, zum Beispiel über Jerusalem, vorweisen könnte, wäre das für seine Bestrebungen sicher förderlich.

»Ich bin nur froh, das Andreas und Euch nichts geschehen ist«, hatte Mathilde glücklich erwidert. Die Ränke der Mächtigen sollten ruhig weiter deren Angelegenheit bleiben.

»Ich habe mich damals gewundert, dass Baybars im Vertrag mit Edward der Freilassung von Andreas so bereitwillig zugestimmt hat«, hatte der Vater daraufhin gesagt. »Als ich Andreas dann wiedertraf, war mir schnell klar, warum. Der Mamluk hatte ja jetzt dich. Damit hat er sich noch nicht einmal des Vertragsbruchs schuldig gemacht. Denn in der Vereinbarung war nur von Christen die Rede, nie von christlichen Frauen. Dieser Mamluk ist ein hinterhältiger Hund.«

»Stand Andreas bei ihm, weil Baybars wissen wollte, ob wir Bruder und Schwester sind?«

»Ja, und um mit eigenen Augen zu sehen, dass du dich in Baybars' Gewalt befindest. Bevor du jetzt fragst: Nein, er hat dem Mamluk nicht gesagt, wie ihr zueinander steht. Das musste er auch nicht. Die Ähnlichkeit zwischen euch ist groß. Außerdem warst du für den Sultan wichtiger als dein Bruder, vielleicht ließ er ihn auch deswegen ziehen.«

»Warum? Was habe ich, was er nicht hat?«

»Bei dir wurde das Medaillon der Marianer gefunden. Der Mamluk hat das Symbol nicht zum ersten Mal gesehen. Andreas hatte seines einem heimreisenden Pilger geben können, bevor er in Baybars' Hände fiel, der es Heinrich von Isny überbringen sollte. Doch Baybars wusste, dass ich ein Ähnliches trage, und muss zumindest geahnt haben, dass es die Loge gibt. Und er wollte mehr darüber wissen. Darum hat er dir jemanden zur Seite gestellt. Eine Frau, die dein Vertrauen erringen sollte.«

»Nehemia. Ich habe niemals über die Marianer gesprochen. Ich schwöre es. Und sie ist tot.« Nein, sie konnte ihm einfach nicht von der Nacht erzählen, in der sie gestorben war.

»Ich weiß. Nach dem, was unsere Kundschafter berichten, versucht

Baybars noch immer herauszufinden, was es mit der Loge genau auf sich hat und wer dazugehört.«

»Aber wieso der Aufwand mit Nehemia? Wieso hat er mich nicht einfach foltern lassen? Stattdessen hat er gesagt, dass ich ihn belustige, und wollte, dass ich für ihn koche.«

»Diese Muslime sind schwer zu durchschauen. Ich vermute, weil er geglaubt hat, dass du ebenso geschwätzig bist, wie es normalerweise alle Frauen sind. Er fand es wohl der Mühe nicht wert. Vielleicht dachte er aber auch, dass er dich noch braucht und du ihm halb tot nicht von Nutzen bist. Denn schließlich gehörst du zur Loge, hinter deren Geheimnis er kommen will. Der Mamluk ist mit allen Wassern gewaschen. Er hält sich immer so viele Hintertüren wie möglich offen.«

»Und wo ist Andreas jetzt?«

»Er ging auf Befehl der Loge zu den Templern von Akkon. Doch ich glaube, inzwischen ist er auch in seinem Herzen zu einem Mitglied der *pauperes commilitones Christi templique Salomonici Hierosalemitanis* geworden.«

Gut. Das war gut. Andreas war in Sicherheit. An dieser Stelle hatte sie sich endlich ein Stück vom geräucherten Fisch und ein Stück Brot genommen und gegessen.

Wieder einmal wälzte sie sich auf die andere Seite. Der Mond beleuchtete ihr Lager, doch das war nicht der Grund, warum sie keinen Schlaf fand.

»Das Tuch, wo ist es?«, hatte sie den Vater gefragt.

»Ich weiß es nicht, Kind. Nicht genau«, hatte dieser erwidert.

Sie erinnerte sich, dass sie ihn ungläubig angestarrt hatte. Alles, was mit ihrer Familie geschehen war, all das Leid – das Tuch war ein Grund dafür gewesen. Und nun? Nun wusste er nicht, wo es war?

Sie versuchte, sich jedes Wort des Vaters ins Gedächtnis zu rufen. So viel hatte sie begriffen: Es war seine Aufgabe gewesen, das Grabtuch noch vor dem derzeitigen Kreuzzug in Sicherheit zu bringen. Vorangegangene Niederlagen im Heiligen Land hatten die Siegesgewissheit bei den Besonnenen unter den Kreuzfahrern sehr gedämpft. Zu ihnen gehörte auch der Großmeister der Tempelherren, die das Grabtuch hüteten. Er war ebenfalls ein Marianer. Er hatte sich mit der Loge beraten, als sich der Beginn des Kreuzzuges abgezeichnet hatte. Wenn die Kreuzfahrerheere anrückten, würde Baybars versuchen, Akkon zu erobern und den Christen so die Basis zu nehmen, fürchtete er. Das Tuch musste also aus der Stadt. Montfort, die Festung des Deutschen Ordens, galt als uneinnehmbar. Sie schien wie geschaffen als Versteck. Doch die wertvolle Last konnte nicht einem x-Beliebigen anvertraut werden. Es gab Verräter in Akkon. Und so hatten die Marianer einen Mann ihres Vertrauens ins Heilige Land geschickt, um die kostbare Reliquie in Sicherheit zu bringen: Mathias von Waldshut.

Mathildes Vater hatte seine wertvolle Last jedoch nicht sofort in Montfort versteckt, sondern war in Richtung Tyros weitergezogen. Der Grund dafür war ein Versprechen, das er dem Grafen von Habsburg gegeben hatte. Er sollte das Heilige Tuch zum Grab von Rudolfs Vater Albrecht bringen. Der war einst als treuer Freund und Gefolgsmann mit dem Staufer Friedrich II. auf einen Kreuzzug ins Heilige Land gezogen und niemals zurückgekehrt. Mathias hatte Rudolf geschworen, Albrecht von Habsburg das Tuch aufs Grab zu legen und eine Nacht lang für ihn zu beten. Der Graf glaubte, das werde den Vater noch nach dem Tod von allen Sünden reinigen, die er als Lebender begangen haben mochte, und ihm die ewigen Qualen des Fegefeuers ersparen. Bevor er Albrechts Grab erreicht hatte, war Mathias von Waldshut jedoch den Männern von Sultan Baybars in die Hände gefallen. Und mit ihm das Tuch.

»Mein Auftrag war Teil einer Finte oder, wenn du so willst, sogar von mehreren Täuschungsmanövern. Ich war einer von zwei Boten nach Montfort, das habe ich nach meiner Freilassung erfahren. Wir hatten beide ein Paket bei uns. Der andere hat die Festung ohne Schwierigkeiten erreicht. Und da ist noch etwas, was du wissen solltest, Kind. Ich sollte heimlich einen kleinen Austausch vornehmen, das Tuch, das die Templer mir gegeben hatten, an einem geheimen Ort vergraben und danach einen Logenbruder treffen, der mir ein Paket aushändigen würde, das dem meinen täuschend ähnlich sah. Danach sollte ich das falsche Tuch nach Montfort bringen, das Tuch der Templer wieder ausgraben, das Heilige Land schleunigst verlassen, an den Rhein zurückkehren und mein Tuch der Loge übergeben.«

Mathilde erinnerte sich gut, wie fassungslos sie gewesen war. »Herr Vater! Das heißt doch, dass es Euer Auftrag war, den Templern das Tuch zu stehlen?«

»So kann man das nicht sagen. Baybars hat in Outremer überall seine Spitzel. Und in der Heimat wäre das Leinen deshalb sicherer gewesen als hier. Seit bekannt ist, dass das dreifach gefaltete Leinen nach der Auferstehung Christi von den Frauen um Maria Magdalena geborgen und sorgsam bewahrt wurde, versuchen nicht nur die Ungläubigen, sondern auch allerlei Gesindel und Glücksritter seiner habhaft zu werden. Deswegen wurde ja einst auch die Loge der Marianer gegründet: um das Tuch zu schützen. Damit es nicht zum Spielball irgendwelcher Gier oder feindlichen Vormachtstrebens werden kann. Lange war es bei den Templern in Jerusalem sicher. Die Probleme begannen erst, als Jerusalem wieder in die Hände der Ungläubigen fiel. Niemand darf das Leinen besudeln. Niemand es für eigene Zwecke missbrauchen.«

»Außer wenn es um die Pläne des Habsburgers geht?«

Der Vater war nicht darauf eingegangen.

»So hat der Mamluk also das echte Grabtuch? Eures war doch das echte, oder?«

Ihre Frage war vom Vater mit einer weiteren Ungeheuerlichkeit beantwortet worden. Obwohl er seinen ursprünglichen Plan nicht in die Tat hatte umsetzen können, war das, was die Leute des Sultans in seinem Gepäck gefunden hatten, dennoch womöglich eine Fälschung.

»Wie kann das sein, noch eine Fälschung? Gibt es denn in allen Orden und Bündnissen Leute, die Reliquien fälschen?«, hatte sie ungläubig gefragt.

Der Vater hatte bitter gelacht. »Ganze Heerscharen davon. Es kommen hierzulande immer wieder Tücher zum Vorschein, in die einmal ein Toter eingewickelt war. Ich weiß nicht, wie oft mir bereits ein Leintuch angeboten wurde, in dem angeblich *Isa ibn Maryam* nach seinem Tod am Kreuz zur letzten Ruhe gebettet worden sein soll. Die Muselmanen kennen die Leidenschaft der Christen für Reliquien und verstehen es hervorragend, daraus ein gutes Geschäft zu machen. Sie verlangen Unsummen für einen angeblichen Splitter aus dem Kreuz, an das der Messias genagelt worden ist, oder für ein halb zerrissenes Tuch aus irgendeinem alten Grab, mit dem man dem Heiland beim Auszug aus Jerusalem angeblich den Schweiß von der Stirn gewischt hat. Auch Flakons mit einigen Tropfen der Muttermilch Marias finden reißenden Absatz. Die heilige Lanze kam übrigens auf ähnlich verschlungenen Wegen ins Reich Karls des Großen. Und heute gehört sie zu den Throninsignien.«

»Aber das sind ja Grabräuber, Leichenschänder! Und die heilige Lanze? Ist sie denn nicht echt?«

»Wer weiß das schon. Aber das ist nicht wichtig. Wichtig ist der Glaube, mein Kind. Das wirst du auch noch lernen. Denn nicht die Wahrheit versetzt Berge, sondern allein der Glaube.«

»Und warum glaubt Ihr, dass das Tuch möglicherweise nicht echt war, das Euch die Templer anvertrauten? Konntet Ihr es Euch nicht genauer anschauen, nachdem man es Euch übergeben hatte?«

»Ich bin anfangs überhaupt nicht auf den Gedanken gekommen, dass die Templer mir eine Fälschung übergegeben haben könnten. Und das Tuch anschauen? Wie stellst du dir das vor? Ich konnte doch nicht einfach hingehen und das Leintuch heimlich auswickeln. Das darf nur unter genau festgelegten Bedingungen und im Beisein der dazu Befugten geschehen. Außerdem würde jeder Eingeweihte das sofort bemerken. Das Leintuch ist in eine Kalbshaut eingenäht. Nach dem Einnähen ist das Paket mit Schnüren einer ganz bestimmten Art umwunden worden, und diese sind mit geheimen Knoten ineinander verschlungen. Jeder Knoten wurde mit einem Siegel versehen. Es ist einem Unkundigen unmöglich, die geheimen Knoten wieder genauso zu knüpfen, wie sie waren, ganz zu schweigen davon, die Siegel zu fälschen.« Er hatte sich hastig bekreuzigt, als sei allein schon der Gedanke, den Mathilde geäußert hatte, ein Sakrileg. »Ich bekam die endgültige Bestätigung erst, als ich aus der Gefangenschaft entlassen worden war und wieder Kontakt zum Deutschherrenorden aufnehmen konnte. Der Deutsche Orden vermutet inzwischen, dass die Templer das echte Tuch überhaupt nicht herausgegeben haben, sondern noch einen dritten Boten entsandten. Womöglich nach Frankreich, in die Heimat ihres Begründers. Es ist anzunehmen, dass dieser das echte Grabtuch bei sich hatte. Doch wir wissen es nicht sicher.«

Das wurde ja immer abenteuerlicher. »Das alles war also nur ein Winkelzug der Templer? Eines Betrugs wegen kamt Ihr und Andreas in Gefangenschaft, eines Betrugs wegen musste ich –«

»Kind, versündige dich nicht in deinen Gedanken. Kein Menschenleben, kein König, nichts ist so wichtig wie dieses Tuch. Es ist jedes Leid tausendfach wert.«

Sie hatten beide einen Moment geschwiegen.

Und nun lag sie hier und versuchte, all diese Neuigkeiten zu verdauen. Doch sie kam nicht zur Ruhe, während die Gedanken in ihrem Kopf kreisten. Sie setzte sich in ihrem Bett auf. Es hatte keinen Zweck. Sie schaffte es nicht einzuschlafen. Die Dämmerung drang bereits durch das Fenster der Kammer. Sie konnte es noch immer nicht so recht fassen, wie groß die Auswirkungen der Beschlüsse der Mächtigen auf das Leben der nichts ahnenden, einfachen Leute sein konnten. Der Vater, der Bruder, sie – waren sie denn wirklich nur Spielbälle in diesem Auf und Ab, in diesem Ozean aus Ränken und Eigennutz? In der Flut aus Machthunger und Gier, die noch nicht einmal vor so etwas Heiligem wie dem Grabtuch des Erlösers haltmachte?

Schließlich hatte der Vater ihr noch den Rest seiner Geschichte erzählt. »Jedenfalls bin ich nach meiner Freilassung durch Baybars zunächst nach Montfort gereist und erst danach weiter zu Edward von England. Ich wollte den Deutschherren mitteilen, was mit dem Leintuch geschehen war. Als ich in der Festung ankam, erfuhr ich, dass meine Mission nur eine Finte gewesen war und dass der andere Bote, der mit dem angeblich echten Tuch, die Festung sicher erreicht hatte.«

»Doch das war auch nicht das echte Leinen?«

»Ich weiß es nicht, Kind, wer kann bei all diesem Blendwerk noch Lüge und Wahrheit auseinanderhalten?«

»Aber Montfort ist doch gefallen! Es hieß, die Männer des Mamluken hätten keinen Stein auf dem anderen gelassen.«

Da hatte der Vater die Achseln gezuckt. »Ich glaube nicht, dass Baybars neben dem, das ich dabeihatte, nun auch das andere Leintuch besitzt. Das hätten wir erfahren. Aber sicher bin ich mir nicht. Deswegen ist Steinmar zur Festung aufgebrochen. Es gibt in Montfort ein geheimes Versteck, von dem niemand etwas weiß außer den Mitgliedern der Marianer. Falls der Sultan es nicht entdeckt hat, liegt das Tuch, das der andere Bote brachte, vielleicht dort.«

Mathilde legte sich wieder zurück. Doch noch immer wollte der Schlaf nicht kommen. Es war erneut ein Stück heller geworden.

»Wisst Ihr denn wenigstens, wie das echte Tuch aussieht, und weiß Baybars das auch? Woran kann man es erkennen? Irgendeinen Anhaltspunkt muss es doch geben!«, hatte sie wissen wollen.

»Ja, es gibt ein Erkennungszeichen. Du bist ein kluges Mädchen«, hatte der Vater mit einem schmalen Lächeln erwidert. »Aber dafür muss man die Siegel erbrechen und das Leintuch entfalten. Das echte Leinen hat ein unverkennbares Merkmal, von dem einzig Eingeweihte wissen und das kein Fälscher nachzuahmen vermag. Aber es ist besser, du hast keine Kenntnis davon. Ich bin inzwischen einer der letzten lebenden Menschen, die das Geheimnis um das einzig wahre *Eikon Acheiropoietos* kennen. Selbst der neue Papst ist nicht eingeweiht.«

Sie hatte den Vater angestarrt. Noch eine überraschende Neuigkeit. »Papst? Die Christenheit hat wieder einen gewählten Papst?«

»Ja, Tebaldo Visconti, bisher der Archidiakon von Lüttich. Als Papst will er sich Gregor X. nennen. Die Papstwahl war letztes Jahr im September und fand in seiner Abwesenheit statt, die Nachricht erreichte ihn hier in Akkon. Er war im Gefolge des englischen Prinzen in die Stadt gekommen. Als er von seiner Wahl hörte, ist er sofort nach Rom aufgebrochen. Da er kein Priester war, musste er zunächst geweiht werden. Doch das ist inzwischen geschehen, und in diesem März noch soll er als Papst eingesetzt werden. Dann ist der Stuhl Petri nicht mehr vakant. Dass ihn die Nachricht ausgerechnet in Outremer erreichte, ist ein gutes Zeichen. Es wird uns gelingen, die Heilige Stadt zurückzuerobern. Nicht mit diesem Kreuzzug, aber mit dem nächsten. Denn es wird einen geben, das schwöre ich dir. Und dann holen wir das heilige Leintuch heim und legen es zu den Throninsignien neben die heilige Lanze. Dieser Tebaldo Visconti ist ein weitsichtiger Mann. Auch wenn viele Vorbehalte haben, weil er Italiener ist, besonders natürlich die Franzosen. Ich glaube, er ist der Richtige auf dem Apostolischen Stuhl.«

Mathilde hatte erschüttert geschwiegen. Ihr war bewusst geworden, wie viel Zeit vergangen war, seit sie die Heimat verlassen hatte. Sie hatte Weihnachten nicht begehen können, weil sie Ungläubigen in die Hände gefallen war. Hatte schließlich völlig vergessen, welcher Monat gerade war, welches Jahr. Hatte nur irgendwie weitergemacht. Hatte vom Fall Montforts erst viel später erfahren. Hatte aufgrund ihrer Gefangenschaft überhaupt von vielem erst lange, nachdem es geschehen war, gehört. Wie jetzt von dem neuen Papst. Doch es war sinnlos, darüber nachzugrübeln. Die Gegenwart war wichtiger. »Wieso meint Ihr, dass er der Richtige ist, Herr Vater?«

Er hatte sie zweifelnd angeschaut.

»Vater, bitte! Habe ich nicht genug durchgestanden? Habe ich nicht bewiesen, dass auch eine Frau Wichtiges beizutragen hat?«

Sie hatte sein Lachen noch immer im Ohr, es hatte bitter geklungen. »Womöglich. Wobei ich glaube, es wäre für dich besser gewesen, wenn du nicht ganz so tief in all diese Geschehnisse hineingezogen worden wärst. Aber wir können es uns nicht aussuchen, nicht wahr? Der Mensch denkt und Gott lenkt. Ich bin davon überzeugt, sobald er gekrönt ist, wird Gregor X. den nächsten Kreuzzug zur Rückeroberung Jerusalems ausrufen. Auch er hält diesen für gescheitert, egal, was der englische Edward noch anstellt. Das weiß ich von ihm selbst. Doch das nächste Mal muss es uns gelingen. Dafür sucht er Verbündete, und da kommt ihm ein so streitbarer Recke wie Rudolf von Habsburg bestimmt gelegen. Doch Rudolf wird nicht ohne Gegenleistung für Jerusalem streiten. Nicht, ehe er seine eigenen Angelegenheiten zu seiner … Zufriedenheit geregelt hat. Tebaldo Visconti will nach seiner Einsetzung als Papst zudem die venezianischen Kaufleute Niccolò, Maffeo und Marco Polo empfangen. Soweit ich weiß, sollen sie versuchen, den Großkhan der Mongolen zum Christentum zu bekehren und als Bündnispartner gegen den Islam zu gewinnen. Dann säße der Mamluk in der Falle. Aber das muss natürlich ebenfalls unter uns bleiben.«

»Und was wird nun aus mir?«

»Ach, Kind. Die Loge war lange Zeit mit deinen Diensten zufrieden. Jedenfalls, bis du ohne Erlaubnis einfach nach Outremer abgereist bist. Aber du kannst gutmachen, was du angerichtet hast. Vielleicht wird dir dann die Strafe für deinen Ungehorsam erlassen.«

Die Strafe erlassen. Die Worte echoten noch immer in ihrem Kopf. Die Strafe erlassen. Es wunderte sie, wie unwichtig ihr das war. »Und was muss ich dafür tun?«

»Du wirst dich erst einmal vielen Fragen stellen müssen, Kind. Aber du musst vorsichtig sein mit dem, was du sagst.«

»Ich bin kein Plappermaul!«

Sie konnte noch den besorgten Blick spüren, mit dem der Vater sie gemustert hatte. »Ich bete zu Gott, dass es so ist. Denn bereits jetzt weißt du zu viel.«

Zu viel, um mich am Leben zu lassen, wenn die Marianer zu der Überzeugung kommen, dass ich eine Verräterin bin, dachte Mathilde. Sie spürte in sich hinein. Noch immer keine Regung der Furcht. Sie hatte zu viel erlebt, war dem Grauen zu nahe gekommen, um noch Angst zu empfinden.

»Genug berichtet, lass uns jetzt schlafen gehen. Nicht mehr lange, und der Morgen graut«, hatte der Vater schließlich gesagt, sie in ihre Kammer gebracht und nach einer Umarmung allein gelassen.

Jetzt war es so weit, der Morgen graute. Draußen ging die Sonne auf.

Baybars. Er hatte also womöglich tatsächlich das echte Grabtuch. Warum tat denn niemand etwas dagegen? Jemand musste es ihm abnehmen!

Sie hatte noch niemals einen Menschen so sehr gehasst wie ihn. Was auch immer mit dem Leinen geschehen war, eines wusste sie sicher: Sie würde versuchen, diesen Mamluken zu töten. Was konnte sie Besseres tun, um ihre Unbesonnenheit wiedergutzumachen, als die Christenheit von ihrem größten Feind zu befreien? Doch vorher wollte sie herausfinden, wo er das Tuch aufbewahrte. Und es stehlen. Sie brauchten alle Pakete, die inzwischen im Umlauf waren. Denn wie sonst konnten sie herausfinden, in welchem das echte Leintuch steckte?

Sie war gerade dabei, nun doch noch einzuschlafen, da klopfte es an die Tür. Sie schreckte hoch. Es war der Vater. Er brachte ihr die Nachricht, dass sie sich am Nachmittag bereithalten sollte, dann würde ihre Befragung stattfinden. Auch er wirkte übermüdet. Er musste das Haus nach ihrem Gespräch noch verlassen haben. Außerdem sagte er ihr, sie solle sich nicht beunruhigen, wenn sie in der nächsten Zeit nichts von ihm hörte. Er müsse fort. Andreas werde ihr alles erklären.

# XVII

Dass das Verhör auf den Nachmittag gelegt worden war, verschaffte Mathilde eine Galgenfrist. Dafür war sie dankbar, denn sie war völlig gerädert. Sie beschloss, sich Akkon anzuschauen, um sich Ablenkung zu verschaffen.

Die Stadt war an drei Seiten vom Meer umschlossen. Sie lag auf einer Halbinsel, die von einem doppelten Mauerring und einem tiefen Graben in Richtung Hinterland abgeschirmt wurde. Dort riegelte das Heer des Mamluken den Landzugang nach Akkon ab. Momentan herrschte Feuerpause. Die Parteien debattierten darüber, wo das geplante Treffen der Unterhändler stattfinden sollte. Trotz der Belagerung gingen die Menschen gelassen ihren Geschäften nach. Solange der Hafen sicher war, kamen Nahrungsmittel und Waren in die Stadt. So lange war Akkon nicht auszuhungern. Die Verteidigungslinien waren noch einmal verstärkt worden, die Stadt galt als unbezwingbar.

Kein Wunder. Es gab ja nicht nur den doppelten Wall und den Graben ins Landesinnere sowie massive Mauern zur Seeseite, jedes Viertel hatte zudem einen eigenen Wall um sich gezogen, eigene Wachtürme, eigene Tore, die im Zweifel gut gegen eindringende Feinde zu halten waren.

Mathilde wählte den Weg zum Hafen und passierte dabei das Arsenal. Der Anzahl der Schiffe nach zu urteilen, die hier vor Anker lagen, musste der Hafen von Akkon einer der bedeutendsten in der Region sein. Überall herrschte reges Treiben. Schiffszimmerleute kalfaterten Boote, Fässer wurden von Bord der zahlreichen Transportschiffe gerollt, Ballen mit Stoff abgeladen, Tiere auf festen Boden getrieben. Aber auch Sklaven wurden von Bord geführt, Menschen der unterschiedlichsten Hautfarben, aneinandergekettet, mit leeren Augen und verzweifelten Gesichtern. Sie sah Mütter, denen nach einem Handel die Kinder entrissen, und Familien, die getrennt werden würden, je nachdem, wer sie kaufte.

Mathilde konnte den Anblick kaum ertragen. Sie wusste, dass auch ihr dieses Schicksal hätte blühen können. Sie war dem nur um Haaresbreite entgangen. Der Sklaverei oder dem Tod. Sie musste erneut an die Befragung denken, die ihr heute bevorstand. Dann verdrängte sie den

Gedanken und versenkte sich in den Anblick des Tanzes der Sonnenstrahlen auf dem Wasser. Nur das Jetzt zählte. Das Morgen war unplanbar.

Sie wandte sich ab und richtete ihre Aufmerksamkeit auf die Stände, an denen fliegende Händler ihre Waren feilboten. Alle Düfte des Orients erfüllten die Luft, vermengten sich mit dem Geruch der See und bildeten eine Mischung, die sie begeistert in sich aufsog, denn sie roch nach Freiheit.

Die Düfte und Eindrücke machten ihr bewusst, dass sie sich zum ersten Mal seit langer Zeit wieder unbeaufsichtigt bewegen konnte. Niemand überwachte sie, niemand hinderte sie daran zu gehen, wohin sie wollte. Zumindest innerhalb der Mauern und Grenzen dieser Stadt. Das war ein wunderbares Gefühl, und sie beschloss, es weidlich auszunutzen. Sie hatte einen guten Orientierungssinn, sie würde schon zurückfinden.

Mathilde passierte größere Hallen, in denen Schiffe gebaut wurden. Gleich daneben pumpte ein magerer Junge auf Teufel komm raus Luft in das Feuer einer Schmiede, während sein Herr den schweren Hammer auf ein glühendes Stück Eisen schmetterte. Sie beobachtete Sargtischler bei der Arbeit und andere Zimmerleute, die an Kisten und Kästen für den Transport sägten und hämmerten, Fischer, die ihre Netze stopften oder neue knüpften. Da wurden Taue gespleißt, Segel genäht, Teppiche angepriesen, Tuch gewebt, Fische abgewogen und flatternde Hühner geköpft. Sie sah Geldwechsler, die lauthals um Kunden warben, und Pfandleiher, die ihr eher verschwiegenes Geschäft mit Paravents abschirmten. Sie ging an Läden vorbei, in denen es wunderbar kolorierte handgeschriebene Manuskripte zu kaufen gab – zu Preisen, die weit außerhalb ihrer Möglichkeiten lagen. Mathilde riss sich schweren Herzens los.

Sie beobachtete Pilger, die hofften, sie könnten im Gefolge der Kreuzfahrer die heiligen Stätten in Jerusalem besuchen, und sich bis dahin irgendwie in einem der dicht aneinandergedrängt errichteten, meist zwei- bis dreistöckigen Gebäude ein Stück Boden gesichert hatten, um sich dort einzurichten. Die Häuser der Händler und Handwerker, viele mit kleinen Läden im Untergeschoss, gebaut aus dem Sandstein der Gegend, wirkten wie die Mitglieder einer Familie. Sie stützten einander. Wenn eines eingerissen wurde, dann würden wahrscheinlich alle anderen auch einstürzen, dachte Mathilde. Diese ganze Stadt mit ihrem Geflecht von Beziehungen, Mentalitäten, Glaubensrichtungen wirkte auf sie wie ein vom Einsturz gefährdetes Kartenhaus. Doch es musste halten. Die Mauern von Akkon waren die letzten Verteidigungswälle der Christenheit in diesem Teil der Welt.

Die Menschen, die ihr begegneten, schienen sich dessen bewusst zu sein. Zumindest kam es Mathilde so vor. Sie gingen ... bedachtsamer als anderswo. Sei es in den Gassen oder auf den breiteren Straßen, von denen jede irgendwann in die Trutzburg eines der Orden oder einer der mächtigen Handelsnationen mündete, der Venezianer, der Pisaner.

In den Quartieren der Handelsnationen eilten junge Männer von Kontor zu Kontor. Die Händler, oft ältere Männer mit weißen Strähnen im Bart, saßen mit Kunden oder Besuchern vor ihren Läden beim Tee zusammen, gestikulierten und feilschten. In den Händlervierteln wurde nichts hergestellt. Nur umgeladen, umsortiert und ausgetauscht. Es gab riesige Karawansereien wie den *Khan el-Umdan*, den Khan der Säulen, mit den verschiedensten Läden unter geschwungenen Arkaden. Dort machten in Zeiten des Friedens Nomaden und Wüstenkarawanen halt und trafen sich auf dem großen Innenhof, um Nachrichten und Güter weiterzugeben. Alle Karawansereien lagen in der Nähe des großen Hafens und hatten einen Zugang zu einer der großen Straßen.

Mathilde konnte nur wenige Frauen entdecken. Es gab auch nicht viele Kinder in den Straßen. Die Frauen, denen sie begegnete, waren meist Sklavinnen oder Dienstbotinnen. Manche sahen aus wie Hübschlerinnen, die sich das Warten auf die Freier mit einem Spaziergang versüßten.

Sie ließ sich treiben und kam schließlich unversehens in die Viertel der arabischen Bevölkerung. Nach einer Weile fiel ihr auf, dass es selbst hier kaum Bettler gab. Dafür sah sie Steinmetze, Dachdecker, Bauarbeiter. Sie schaute sich ängstlich um. Doch sie konnte keine Feindseligkeit in den Blicken erkennen, nur Erstaunen über die Fränkin, die ohne männliche Begleitung unterwegs war. Offenbar lebten in Akkon Araber und Christen friedlich zusammen. Diese Stadt war eine eigene kleine Welt in der Welt, ein brodelnder Schmelztiegel der Kulturen.

Das war erstaunlich, wenn man bedachte, dass außerhalb von Akkons Mauern seit Generationen ein wütender Krieg zwischen Muslimen und Christen tobte. Den Bewohnern und Besuchern der Stadt waren ihre Geschäfte aber wohl wichtiger als religiöse Auseinandersetzungen. Vielleicht hing es auch damit zusammen, dass die Menschen zusammenrücken mussten, insbesondere jetzt, wo Akkon auch noch die Ritter und Söldner des englischen Prinzen zu beherbergen hatte.

In Gedanken versunken ging Mathilde zurück zum Meer. Die Brandung hatte eine beruhigende Wirkung auf sie. Vielleicht konnte sie mit Hilfe des steten Geräusches der Wellen, die gegen die Uferbefestigungen schlugen, darüber nachdenken, was sie beim kommenden Verhör für Antworten geben sollte, um ihre Alleingänge zu rechtfertigen. Im Hafen gab es zu viele Ablenkungen.

Mathilde fand ein ruhiges Plätzchen in der Nähe einer kleinen Landungsstelle, von der aus eine gut gesicherte Eisenpforte ins Viertel der Templer führte. Sie hielt die Hand vor die Augen und spähte aufs Meer hinaus. Nein, sie konnte keine feindlichen Schiffe entdecken.

Sie ließ sich auf einem der Quader der Uferbefestigung nieder. Was konnte sie zu ihrer Verteidigung anführen? Nun, zumindest für ihren überstürzten Aufbruch gab es ja einen guten Grund. Die bohrende Sorge einer liebenden Tochter und Schwester um Vater und Bruder, die Intrigen und Verleumdungen des bösen Onkels …

»Ah, Schwesterchen, hier bist du! Ich suche dich seit geraumer Zeit. Nun ja, man sagte mir schon, dass du Alleingänge liebst.«

Mathilde blickte auf und sah in die rauchgrauen Augen ihres Bruders. »Andreas! Bruder! Wie schön! Lass dich anschauen!«

Sie sprang auf und fiel dem lang Vermissten ohne große Umstände um den Hals. Andreas drückte sie an sich. Ihr Kopf lag an seiner Brust. Sie konnte den Harnisch unter seinem Übergewand spüren. Doch da, an der Halsbeuge, da stieg er ihr noch immer in die Nase, der »Brudergeruch«.

Andreas schob sie ein Stück von sich weg. »Na, na, wer wird denn! Du bist noch immer dieselbe geblieben, Schwester. Deine Gefühlsausbrüche sind nicht weniger geworden, wie ich sehe.«

Sie schaute ihn forschend an. War er verärgert? Nein, seine Augen blitzten, er machte sich über sie lustig. Aber Andreas durfte das. Hauptsache, er lebte. Sie musterte ihn aufmerksam. Die letzten Monate und die Gefangenschaft hatten auch bei ihm ihre Spuren hinterlassen. Sie sah die Fältchen um die Augen, den grimmigen Zug um den Mund. Seine Lippen wirkten nicht mehr so voll wie zu der Zeit, als er losgezogen war, sondern schmaler. Er war überhaupt sehr dünn geworden. Sie schniefte und wischte sich das Gesicht mit dem Ärmel ab. »Und du solltest mehr essen«, erklärte sie mit einem Augenzwinkern.

»Ah, da spricht die Köchin. Ja, ich habe schon alles erfahren. Und doch bist du immer noch dieselbe alte Aufmüpfige. Oh Schwester, wann lernst du endlich, auf einen wohlgemeinten Rat zu hören? Ich vernahm, der Tiefensteiner Ritter begehrt dich zum Weib und ist dir sogar hinterhergereist, um dich zu beschützen. Also solltest du dir schon langsam ein etwas damenhafteres Benehmen zulegen.«

Mathilde lachte. »Der arme Lütold! Ich werde ihn niemals heiraten. Und ich glaube auch nicht, dass er mich überhaupt noch will, nachdem …«

Andreas senkte den Kopf. Er konnte ihr nicht in die Augen schauen? Also wusste er Bescheid. Wer wusste eigentlich nicht Bescheid? War es ihr anzusehen, stand es ihr ins Gesicht geschrieben, in großen Lettern, die jeder lesen konnte? Aber auch er war ja in Gefangenschaft gewesen. Er wusste, was die Mamluken mit den Frauen in ihren Kerkern machten. Und mit den Männern. Hatten sie etwa … Nein, der Bruder wirkte noch immer sehr männlich und auch sonst körperlich unversehrt. Doch das Gesicht des Jungen, die Unbeschwertheit, die naive Lust am Abenteuer, sie waren aus seinen Zügen verschwunden. Vor ihr stand ein Mann, der wusste, was Leiden heißt. Das Leben hatte auch ihn zurechtgestutzt. Sie schüttelte sich, hätte sich am liebsten in die See gestürzt, um all das Ekelhafte abzuwaschen. Ihr Hass wuchs mit jedem Tag, der gallebittere Geschmack in ihrem Mund ging gar nicht mehr fort. Sie knirschte mit den Zähnen. Das würde er büßen, dieser Sultan.

»Ich habe dich gesucht, Schwester«, erklärte Andreas nach einer Weile.

Mathildes Herzschlag setzte einmal kurz aus. »So ist es also so weit. Ich soll zur Befragung. Meinst du, sie werden …« Sie biss sich auf die Lippen. »Meinst du, sie werden mich foltern?«

Andreas schüttelte den Kopf. »Die hochnotpeinliche Befragung? Nein. Und es geht auch nicht um ein Verhör. Vater hat es geschafft, sie zu überzeugen, dir die Gelegenheit zur Wiedergutmachung zu geben. Hier, das habe ich dir zu überbringen.« Er hielt ihr eine Nachfertigung ihres Marianer-Medaillons hin.

Sie schaute ihn fassungslos an. »Mir wurde vergeben? Wie hat Vater das nur erreicht? Heißt das, ich muss überhaupt nicht zur Befragung? Warum sagt er es mir nicht selbst? Was muss ich tun?«

»Sie sind noch immer sehr zornig auf dich«, erwiderte Andreas ernst. »Aber sie haben bereits eine neue Aufgabe für dich. Vater musste fort, er ist in aller Frühe aufgebrochen. Wir haben lange nichts mehr von Ritter Steinmar gehört. So ist er ihm hinterhergeritten.«

Steinmar, was war mit ihm? War er am Ende in Gefangenschaft geraten? Am liebsten wäre auch sie ihm sofort hinterhergeritten. »Ist es weit bis zur –«

»Psst. Keine Orte. Nein, nur einige Meilen außerhalb der Stadt.«

Wie war der Vater nur aus der Stadt gekommen? Sie erinnerte sich an seine Bemerkung zu den Tunneln unter der Stadt. Natürlich. Wie hätte er sonst durch den Ring der Belagerer kommen sollen! Wenn sie nur den richtigen Geheimgang finden könnte, ob sie dann auf diese Weise auch ungesehen in das Lager des Sultans gelangte? Vielleicht könnte sie dem Mamluk nahe genug kommen, um herauszufinden, wo er das Leinen versteckt hatte, es stehlen und ihn dann umbringen. Und danach weiter zur Burg Montfort, zu Steinmar und dem Vater reiten. Ob sie mit Andreas darüber reden sollte? Nein, wohl besser nicht. Er würde einen erneuten Alleingang missbilligen. Männer waren so verbohrt, wenn es darum ging, wie Frauen sich zu verhalten hatten.

Mathilde wusste nicht, sollte sie über die Entwicklung der Dinge erleichtert sein oder sich besser fürchten? Sie hatte längst gelernt, dass die Loge nichts umsonst tat. »Ah, sie brauchen mich also. Darum lassen sie mich am Leben. Und du gehörst nun auch zu den Marianern?«

Andreas nickte. »Ja, auf Geheiß der Loge bin ich nach meiner Freilassung den Templern beigetreten. Jeder von uns hat eine Aufgabe, um das Tuch zu schützen. Und ich –«

»Du hast beschlossen, bei ihnen zu bleiben. Du willst mit ihnen streiten und die Ungläubigen bekämpfen.«

Er nickte und schob das Kinn nach vorne, so, wie sie es auch immer zu tun pflegte. Fast hätte sie gelacht. Seine Kiefer mahlten. »Wir werden sie töten bis auf den letzten Mann. Wir werden sie für immer aus der Heiligen Stadt vertreiben. Sie werden nicht mehr die Möglichkeit haben, Jerusalem zu schänden.«

Also das war die Möglichkeit zur Rache, die der Bruder gefunden hatte. Sie konnte dieselbe Bitterkeit in ihm spüren, die ihr das Leben vergällte. »Was soll ich tun? Sag schon. Auch ich kann kämpfen.«

Andreas zögerte. Es war deutlich, dass er nicht mit dem einverstanden war, was er ihr ausrichten musste. »Ich kann mich mit meinem Schwert verteidigen. Aber du? Du bist nur eine Frau.«

»Auch Frauen können kämpfen. Wenn ich das nicht könnte, stünde ich heute nicht hier.«

Andreas verzog das Gesicht. »Ich weiß, Martin hat mir von dem Piratenüberfall erzählt und dass du dich gewehrt hast wie eine Furie. Wärst du ein Mann, du könntest in einen Ritterorden eintreten oder dich anwerben lassen«, sagte er. Doch Frauen war so etwas verwehrt. Als ob sie kein Recht hätten, sich zu verteidigen. Als ob sie keine eigene Ehre besäßen.

»Auch Frauen liegen die heiligen Stätten am Herzen. Auch Frauen können hassen«, erwiderte sie knapp. »Und nun sprich endlich. Was wollen sie von mir?«

»Es ist nicht ehrenhaft!«

»Ehrenhaft?« Sie lachte laut auf. »Sag mir, was ist in diesem Kampf schon ehrenhaft?«

»Du sollst nicht solche lästerlichen Reden führen. Mit uns ist der Allmächtige, die anderen sind die Diener des Teufels, Bestien, die sogar ihre eigenen Kinder essen. Jeder weiß das.«

»So, sind sie das? Auch bei ihnen gibt es Menschen, die Schmerz empfinden können, auch sie bluten.« Mathilde dachte an Nehemia. Und an Massud.

»Sprich nicht so, das ist nicht recht.«

»Bruder, nun sag schon. Was soll ich tun?«

»Da ist ein großes Treffen geplant. Prinz Edward will Verhandlungen mit dem ägyptischen Sultan führen. Er hofft auf einen Waffenstillstand und darauf, dass er die Stadt doch noch für die Christenheit retten kann, denn er will heim nach England. Es steht schlecht um seinen Vater, den englischen König, es heißt, er liege im Sterben. Da will er wohl zugegen sein, wenn es mit ihm zu Ende geht, und sich die Krone sichern. Außerdem steht die Geburt seines Kindes bald bevor. Falls es ein Sohn wird, soll er auf englischem Boden auf die Welt kommen. Auch Hugo von Zypern macht Druck, er weigert sich weiterzukämpfen. Sein Titel als König von Jerusalem ist ihm offenbar nicht viel wert. Und Baybars dürfte ein Waffenstillstand ebenfalls gut zupasskommen. Seine Männer sind müde von den jahrelangen Auseinandersetzungen. Sie brauchen eine Verschnaufpause, denn er muss früher oder später mit weiteren Angriffen der Mongolen rechnen, die von ihren Verbündeten, den Armeniern, immer wieder Unterstützung bekommen. Wir haben gehört, dass kleinere Reiterverbände bereits wieder in sein Kernland Ägypten eingefallen sind. Diese Steppenreiter sind schwer zu fassen. Sie tauchen auf wie aus dem Nichts, überfallen Baybars' Männer hinterrücks und verschwinden auf ihren kleinen Pferden ebenso schnell, wie sie gekommen sind.«

In Andreas' Tonfall schwang nun deutlich erkennbar Verärgerung mit. »Sie wollen also über den Frieden verhandeln. Frieden! Ich bin gegen diesen Vertrag. Und andere auch. Wir müssen kämpfen, kämpfen bis zum letzten Blutstropfen. Es darf kein Abkommen mit den Ungläubigen geben. Wir müssen der Schlange den Kopf abhacken. Und jetzt könnte sich eine gute Gelegenheit dazu ergeben. Baybars ist endlich hier, bei seinen Männern.« Er zögerte. »Wenn die Unterhändler sich einig geworden sind – falls sie sich denn einig werden –, soll es ein erstes persönliches Treffen zwischen Edward und Baybars geben, um den Erfolg zu feiern, auch wenn die eigentliche Unterzeichnung des Abkommens erst später in Caesarea stattfinden wird. Zu diesem Anlass ist ein Festbankett geplant. Und du bist Köchin …«

Langsam begann ihr zu dämmern, was sie von ihr wollten. Sie hätte jubeln können.

Nun halfen sie ihr sogar, auszuführen, was sie sich ohnehin vorgenommen hatte!

»Vermutlich willst du mir sagen, dass zu dieser Feier auch der Mamluk an der großen Tafel Platz nehmen wird.« Sie machte eine Pause, um die Wirkung ihrer Worte noch zu erhöhen. »Und ich soll für ihn das Festmahl kochen, nicht wahr? Ich soll ihn vergiften.«

Andreas nickte unglücklich. »Ich sagte doch, es ist unehrenhaft. Ich weiß nicht …«

»Aber ich weiß«, erwiderte sie ruhig. »Ich werde tun, was sie mir sagen.«

»Du … ich meine, du weigerst dich nicht, das zu tun? Du wirst einen Menschen töten müssen.«

»Ich bin nicht mehr die, die du früher kanntest. Und soll ich dir etwas sagen? Es gibt nichts auf dieser Welt, was ich mehr wünsche, als dieses Ungeheuer zu vernichten.«

Andreas zog sie noch einmal in die Arme. »Oh Schwester, Schwester, was hat das Leben nur aus uns gemacht.«

»Es hat uns unsere Träume gestohlen. Zum Beispiel den vom Guten im Menschen. Jeder kann dazu gebracht werden, zu töten. Jeder.« Dieses Mal löste sie sich von ihm. »Mach dir keine Sorgen um mich, Bruder. Ich schaffe das schon.«

»Aber wenn sie dich wieder gefangen nehmen? Es kann durchaus sein, dass das Treffen und das Bankett vor der Stadt stattfinden. Wir können dich also vielleicht nicht beschützen. Ich glaube nicht, dass Baybars sich in die Stadt wagt, solange Edward und seine Ritter die Verteidiger zusätzlich verstärken. Aber draußen musst du selbst für dein Entkommen sorgen. Denn natürlich ist dein Auftrag geheim, eine Sache der Loge. Keiner aus dem Führungskreis der Ritterorden weiß etwas, außer den wenigen, die zur Loge gehören. Und die Loge wird leugnen, den Anschlag angeordnet zu haben, wenn etwas schiefgeht. Das ist dir doch klar?«

Sie nickte. »Gift, ich benötige Gift. Und ich brauche genug davon, um mich im Zweifel selbst umbringen zu können. Bevor sie mich foltern. Denn ich muss in seine Nähe, muss sicherstellen, dass er das Gift auch zu sich nimmt. Wo finde ich hier Drogen?«

»Die Apotheker bieten ihre Waren ausschließlich in den Quartieren der Ritterorden an. Komm. Im Viertel der Templer gibt es einen Apotheker, der besonders gut sortiert ist. Du kannst ihm vertrauen, er ist auf unserer Seite. Sprich mit ihm. Sag ihm, was du brauchst. Was ist, was starrst du mich so an? Schwester! Ich kann sehen, dass du wieder etwas ausheckst.«

»Ich muss vorher zu Vater.«

»Nein, das geht nicht. Er ist nicht in der Stadt, wie du weißt. Ich habe strenge Anweisung, darauf zu achten, dass du nicht wieder irgendwelche Alleingänge unternimmst.«

»Ah, sie haben also meinen Bruder zu meinem Gefängniswärter erkoren.«

»Das klingt bitter.«

Jetzt wurde sie wütend. »Ich soll für sie töten, soll mein Leben in Gefahr bringen, und das alles ohne Schutz. Aber selbst denken, das soll ich bitte nicht! So seid ihr Männer. Jetzt will ich dir etwas sagen: Die Angelegenheit läuft, wie ich es will, oder überhaupt nicht. Das kannst du diesen … Ränkeschmieden sagen. Ich muss mich selbst um mich kümmern, denn es gibt niemanden sonst, der das tut. Darauf läuft es doch hinaus, oder? Also gebt mir freie Hand oder sucht euch eine andere!« Sie schaute ihn herausfordernd an. »Außerdem muss ich schnellstmöglich wissen, wo die Unterhandlungen und das Bankett stattfinden sollen. Damit ich meine Flucht sichern kann, nachdem ich den Sultan umgebracht habe.«

Andreas lachte wider Willen. »Du bist und bleibst ein widerborstiger Sturkopf.«

»Genau deshalb bin ich noch am Leben. Sie werden zustimmen. Sie brauchen mich. Und falls sie nicht zustimmen, lass dir etwas einfallen, Bruder. Vielleicht ist es ohnehin besser, wenn du gar nicht erst fragst, sondern dir gleich etwas einfallen lässt. Ich könnte doch leidend sein nach all den Anfechtungen und Anstrengungen der vergangenen Wochen. Ich bin schließlich nichts als ein schwaches Weib.« Sie grinste.

Andreas seufzte. Mathilde erkannte, dass er schwankte. »Du bist unmöglich, Schwester. Spar dir deinen Spott. Du bringst mich in Teufels Küche.«

»Ein guter Vergleich. Da bist du schon, Bruder. Und ich sowieso. Ich muss jedenfalls heute noch aus der Stadt. Zu Vater. Mir ist da ein Einfall gekommen. Ich muss ihn unbedingt sprechen. Und ich wette, es gibt eine Möglichkeit. Mach mir eine Zeichnung, wo dieses Montfort liegt. Ich werde sie mir anschauen und dann verbrennen. Außerdem brauche ich Martin. Sorge dafür, dass ich mit ihm sprechen kann.«

»Dein Stallknecht ist in Atlit.«

»Wo ist das denn?«

»Eine Festung außerhalb von Akkon. Dort leben die Soldaten, das Fußvolk. Die Unterkünfte wurden errichtet, damit die Truppen beweglicher sind. In Akkon sind die Straßen inzwischen so zugebaut und damit eng, dass ein starkes Heer nicht mehr mit der gebotenen Eile hindurchmarschieren kann.«

»Steht Atlit auch unter Belagerung?«

»Nein, derzeit nicht.«

»Dann ist es möglich, Martin eine Nachricht von mir zu übermitteln, oder? Er ist übrigens viel mehr als mein Stallknecht. Martin ist mein Freund. Und besser als viele von diesen selbst ernannten Rittern. Martin hat wirklich Ehre im Leib.«

»Mathilde, was sagst du da!«

»Ich sage, was stimmt. So, und nun lass uns zu dem Apotheker gehen, von dem du sprachst. Auf dem Weg dorthin erklärst du mir, wie ich aus der Stadt komme. Ich könnte wetten, dass es im Untergrund geheime Gänge gibt, durch die ich unbemerkt hinausgelangen kann. Ihr Templer kennt doch welche? Jedenfalls muss ich vor meinem … Besuch bei Baybars erst mit Martin und mit Vater reden. Komme, was da wolle. Ich habe nämlich eine Idee.«

»Was für eine Idee?«

»Es ist besser, du weißt von nichts, Bruder! Sorge nur dafür, dass Martin so schnell wie möglich eine Botschaft von mir erhält, die ich dir noch zukommen lasse.« Irgendwie tat es gut, auch einmal solch einen Satz zu sagen.

Sie hatte sich aus der Truhe des Vaters Kleidung genommen. Mathilde wirkte darin wie ein Junge. Ein anderer Junge, braunhäutig mit schwarzem Lockenkopf, der einmal ein braunhäutiger Mann mit wettergegerbter Haut zu werden versprach, führte sie aus der Stadt. Es war, wie sie vermutet hatte: Vom Viertel des Deutschen Ordens aus führte ein unterirdischer Gang unter den Mauern hindurch. Mathilde schlüpfte ungesehen nach draußen.

Es war eine spärlich erhellte Neumondnacht. Nicht weit entfernt konnte sie das Prunkzelt des Sultans erkennen und die Feuer, an denen dunkle Gestalten mit Turbanen Wache hielten. Sie trat auf einen Stein, der ein kleines Stück fortkollerte. Sie erstarrte. Doch die Wache, die ihr am nächsten saß, rührte sich nicht.

So leise wie möglich huschte sie hinter einen Busch. Sie riss sich an den stacheligen Zweigen mit den kleinen harten Blättern die Hand auf und schaffte es gerade noch, einen Schmerzensschrei zu unterdrücken. Sie beleckte die Wunde, ihr Blut schmeckte metallisch und nach Staub. Dann rannte sie geduckt zum nächsten Busch. Und weiter zum nächsten. Schließlich hatte sie das Gefühl, weit genug vom Lager der Feinde entfernt zu sein, und richtete sich auf, um weiterzugehen. Sie hatte noch einen gehörigen Weg vor sich und kein Reittier. Andreas hatte angekündigt, dass sie etwa einen Tag unterwegs sein würde, bis sie die Festung Montfort erreichte. Mathilde hatte sich seine Zeichnung genau eingeprägt. Bald, wenn die Sonne über den Horizont stieg, würde sie sich leichter zurechtfinden können. Bis dahin musste sie sich auf ihren Orientierungssinn verlassen. Doch es war nicht mehr lange hin bis Sonnenaufgang.

Als sich die Sonne langsam über den Horizont schob, beschien sie eine weite Ebene aus Steinen und karger Erde, bewachsen von stacheligen Büschen und knorrigen Bäumen. Ölbäume und Steineichen, vermutete Mathilde. Doch sie kannte sich mit den Pflanzen in dieser Gegend nicht so aus. Es hatte einige Tage zuvor geregnet, und überall zwischen den Steinen spross es grün. Mathilde bückte sich trotz ihrer Eile nach einer kleinen Pflanze. Pfefferminze. Ja, tatsächlich. Überall entdeckte sie beim genaueren Hinschauen weiteres Grün. Fenchel und Salbei, Sternchenblumen und Storchenschnabel sprossen hier, dazu allerlei Disteln. Gekrönt wurde die Komposition in Grün von einem weiten Blick über karstiges Land.

Es war bereits später Nachmittag, als sie sich endlich der Festung auf Sichtweite näherte. Erst auf den zweiten Blick war die Zerstörung zu erkennen, die die Mamluken angerichtet hatten. Mathilde sank der Mut. Wenn es Baybars' Krieger geschafft hatten, diese so uneinnehmbar wirkende Burg zu erobern, dann war auch Akkon nicht sicher.

Zur Festung Montfort führte ein steiniger, staubiger Weg, der sich später zu einem noch steinigeren, gewundenen Trampelpfad verengte. Zunächst einmal ging der Weg steil bergab, um sich wenig später wieder steil aufwärts zu schlängeln. Er war von mannshohem Gestrüpp umwuchert. Dann, nach einer Biegung, gab der Pfad erneut den Blick auf die Ruine frei. Sie sah ein verrottendes Gemäuer, aus den Steinritzen sprossen bereits die ersten kleinen Pflanzen. Mauerreste stachen ihr entgegen, geschwärzte Steine, verkohltes Holz. Sie passierte noch einige Felsformationen, die über dem Weg so eng zusammenrückten, dass sie schon fast einen Tunnel bildeten. Das Gestein war teilweise rot. Erneut fragte sich Mathilde, wie es der Mamluk geschafft hatte, diese Burg zu erobern. Ihr fiel nur eine Erklärung ein: Verrat.

Von Steinmar und dem Vater war weit und breit nichts zu sehen. Sie war enttäuscht. Doch hier war eine Feuerstelle, direkt im Schatten einer Mauer. Sie stocherte mit einem Stock darin herum. Da war noch Glut. Es waren also vor Kurzem Menschen hier gewesen. Und wenn es nun nicht Steinmar und der Vater gewesen waren? Sondern andere? Feinde? Dann waren sie jedenfalls wieder fort. Die zerstörte Burg war kein schlechter Ort, um die Nacht zu verbringen und zu überlegen, was sie tun sollte, wenn sie Steinmar und den Vater nicht fand. Sollte sie selbst auf die Suche nach dem Tuch gehen? Sie hatte nicht die leiseste Ahnung, wo der Bote der Marianer es versteckt haben könnte. Ob es hier auch unterirdische Gänge gab? Sicherlich. Sie sah sich um und beschloss, den Ort zu erkunden.

Die Bergfestung des Deutschen Ordens musste beeindruckend gewesen sein. Sie lag hoch über dem Land auf einem steilen, nach oben konisch zulaufenden Felsen. Der Name Montfort oder Starkenburg war mehr als passend. Die Aussicht über das Land war einfach atemberaubend, für einen Moment vergaß Mathilde ihre missliche Lage und schaute und schaute. Der Festungsfelsen ragte wie ein Finger in ein Tal hinein, das von rundbuckeligen, bewaldeten Hügeln umgeben war. Im

Nordwesten konnte sie einen Pfad erkennen, der sich in einem Tal zwischen zwei Hügeln hindurchwand. Im Westen sah sie zwei Gestalten über einen noch engeren Pfad den einen Hügel hinunterlaufen, beschienen vom orangefarbenen Licht der untergehenden Sonne. Mathilde hielt die Hand vor die Augen. Das mussten sie sein! Wo wollten sie hin? Sie stellte sich auf einen Stein und rief. Doch die beiden hörten sie nicht. Wieder und wieder versuchte sie es. Schließlich wandte sich einer von ihnen um und wies mit dem Finger auf sie. Mathilde winkte und führte einen Veitstanz auf. Ob die beiden überhaupt in der Lage waren, sie zu erkennen? Für die Männer war sie wahrscheinlich nichts als eine Figur, die sich in wilden Zuckungen erging. Sie konnte sehen, wie die beiden miteinander debattierten. Schließlich drehten sie um und kamen zurück. Mathilde sank, erschöpft von den ganzen Verrenkungen, auf ihren Steinhaufen und wischte sich den Schweiß von der Stirn.

Schließlich hatten die beiden sie erreicht.

»Das hätte ich mir ja denken können. Es gibt nur einen Menschen auf der Welt, der sich derartig aufführen kann«, murrte Steinmar.

Was, das war alles? Kein Willkommensgruß, bloß eine beleidigende Bemerkung? Nun, wenigstens bekam er keinen seiner gefürchteten Wutanfälle. Mathilde schaute forschend in sein Gesicht und verlor sich wieder einmal in den blauesten Augen, die sie kannte. Es war fast wie ein Schock. Dann entdeckte sie das vergnügte Blitzen darin. Er konnte es selbst in einem solchen Moment nicht lassen, sie aufzuziehen.

Im Gesicht ihres Vaters hingegen war Verärgerung zu lesen. »Was willst du hier? Warum bist du gekommen? Hat Andreas nicht mit dir geredet? Bei dem Aufstand, den du gemacht hast, weiß jetzt die gesamte Umgebung, dass wir hier sind.«

Sie senkte betreten den Kopf. »Tut mir leid. Aber ich muss unbedingt etwas mit Euch besprechen, Herr Vater. Und hier ist niemand. Ich habe mich umgesehen.«

»Lass dich nicht täuschen. Auch wenn das Land menschenleer erscheinen mag. Na ja, jetzt bist du hier.« Steinmar lächelte ihr zu. »Also dann: Willkommen, kleine Wachtel. Es ist schön, dich wiederzusehen.«

Mathilde wurde warm ums Herz. So hatte sie also doch noch einen Willkommensgruß von ihm bekommen. Kleine Wachtel. Sie hätte nie gedacht, dass sie es einmal derartig schön finden würde, wenn Steinmar sie so nannte. Jetzt kam er auf sie zu, wollte sie umarmen.

Mathildes Körper versteifte sich und drückte unwillkürlich eisige Abwehr aus. Selbst wenn sie es gewollt hätte, sie hätte es nicht verhindern können. Steinmar stockte mitten im Schritt. In seinen Augen stand zuerst Unglauben, dann Schmerz und schließlich unendliches Mitleid. Mitleid, das sie nicht wollte. Sie brauchte kein Mitleid von einem Mann. »Oh, kleine Wachtel«, sagte er nur.

»Erspart Euch das«, erwiderte sie knapp. »Ich bin hier, weil ich eine Aufgabe habe. Ich muss etwas wissen.«

»Du hast erneut nicht gehorcht«, donnerte der Vater. Mathilde zuckte zusammen. Als kleines Mädchen hatte sie diesen Gesichtsausdruck gefürchtet. Doch über solche kindischen Ängste war sie längst hinausgewachsen. Sie richtete sich auf und schob kampfeslustig das Kinn vor.

»Vorsicht, mein Freund, wenn sie ein solches Gesicht macht, dann hat sie die Neigung, um sich zu treten.«

»Lasst Eure Scherze, Herr Ritter«, fuhr ihm Mathilde über den Mund.

Der Gescholtene tat so, als verstünde er die Abfuhr als einen Spaß.

»Also, was willst du?«, fragte Mathildes Vater ungeduldig. »Ich hoffe nur, dieser erneute Ungehorsam hat kein Nachspiel.«

»Ihr meint, dass die Marianer mich nun doch bestrafen wollen könnten? Das ist mir gleichgültig. Beantwortet mir eine Frage. Wenn ich es richtig verstanden habe, dann gibt es mehrere Leintücher, nicht wahr?«

»Ja, und?«

»Ich weiß, dass Ihr es mir nicht sagen wollt, Herr Vater. Aber ich muss einfach wissen, ob Ihr das Leinen gefunden habt. Und woran man erkennen kann, ob es das echte ist.«

»Wir haben ein Paket gefunden. Aber du weißt, dass wir es nicht öffnen können. Warum fragst du?«

»Ihr wisst sicher, dass ich den Auftrag habe, Baybars zu töten. Andreas hat es mir gesagt. Dafür muss ich nah an ihn heran. Ich will versuchen, dabei auch das Paket zu finden, das er Euch abgenommen hat, und es ihm stehlen. Ich halte es nämlich für wahrscheinlich, dass er es dabeihat, um die Kreuzfahrer damit im Zweifelsfall bei den Verhandlungen unter Druck setzen zu können. Für das Tuch würden die Kreuzfahrer selbst das Königreich Jerusalem aufgeben. Oder täusche ich mich? Wir müssen also das Paket in die Hand bekommen. Denn wenn dieser Plan des Mamluken aufgeht, wäre das Heilige Land verloren. Auf Jahre hinaus, wenn nicht für immer. Dabei wissen wir nach derzeitigem Stand noch nicht einmal, ob wir all unsere Hoffnungen auf ein christliches Jerusalem womöglich für eine Fälschung aufs Spiel setzen.«

»Sagte ich es nicht, Mathias von Waldshut? Eure Tochter hat den Verstand eines Mannes.«

Der Vater musterte sie eindringlich. »Falls er das echte Tuch hat!«

»Ich denke, es gibt einen Hinweis, wie man es erkennen kann? Solange wir nicht nachsehen, ist jedes Tuch das echte. Und es gibt ja vermutlich noch andere außer den beiden, deren Verbleib wir kennen.«

Der Vater schaute sie noch immer unverwandt an. Schließlich nickte er: »Ich begreife, worauf du hinauswillst, Tochter.« Trauer lag in seinem Blick.

»Sagt es ihr, Mathias. Sie kämpft wie wir. Sie gehört zu uns. Sie hat ein Recht, es zu erfahren«, mischte sich Steinmar ein.

Mathias von Waldshut schaute ihn eine Weile stumm an. Dann senkte er den Kopf. »Vermutlich habt Ihr recht, Berthold Steinmar von Klingnau. Aber es ist so schwer. Einst war ich ein glücklicher Mann mit vielen Söhnen. Mein letzter überlebender Sohn Andreas hat beschlossen, sein Leben dem Dienst der Tempelherren zu weihen. Und meiner Tochter droht der Tod, wenn sie ins Lager von Baybars geht. Wie soll ein Vater das aushalten, ohne dass ihm das Herz zerbricht?«

»Denkt an Abraham, der bereit war, seinen Sohn Isaak zu opfern, als der Herr es befahl.«

»Ich bin nicht so stark.«

Mathilde konnte kaum fassen, was sie sah. Der Vater hatte Tränen in den Augen. »Vater, lieber Herr Vater! Seid nicht traurig, bitte. Ich habe keine Furcht vor dem Tod. Nicht mehr. Und wenn es meine Aufgabe ist, dabei zu helfen, Baybars ein Druckmittel aus der Hand zu nehmen und vielleicht sogar diese kostbare Reliquie für die Christenheit zu retten, dann tue ich es frohen Herzens. Vielleicht kann ich meine toten Brüder auf diese Weise wenigstens ein wenig ersetzen. Auch wenn ich nur eine Frau bin.«

»Ach Kind, Kind. Was weißt du vom Tod?« Er nahm sie in den Arm und streichelte ihr über das Haar.

»Ich bin viele Tode gestorben, Vater«, antwortete sie leise.

»Kommt, setzen wir uns. Lasst uns die Glut erneut anfachen«, schlug Steinmar vor.

Mathias von Waldshut nickte und wischte sich das Gesicht ab. Er schämte sich offensichtlich für seine Tränen. Keiner der beiden anderen machte eine Bemerkung dazu. Im Schein des aufflackernden Feuers musterte er seine Tochter ernst. »Was ich dir nun berichte, ist nur dem engsten Kreis der Marianer bekannt, nur den Eingeweihten. Ja, es gibt eine sichere Möglichkeit, das echte Tuch zu erkennen. Und ja, es ist, wie du vermutest.«

»Erzählt es ihr, mein Freund. Sie wird schweigen. Ein Soldat Gottes hat das Recht zu wissen, wofür er stirbt. Auch wenn dieser Krieger eine Frau ist.«

Mathilde warf Steinmar einen dankbaren Blick zu.

»Die Geschichte des Tuchs und die von Jerusalem sind eng miteinander verknüpft. Vielleicht weißt du, dass es dem großen Staufer Friedrich II. während seines Kreuzzuges vor etwas mehr als vierzig Jahren gelungen ist, in fünfmonatigen Verhandlungen einen Vertrag mit dem Ayyubiden-Sultan Al-Kamil zu schließen und ihm fast ganz Jerusalem abzukaufen. Der Sultan stand unter Druck, da er gerade einen Feldzug gegen seinen Bruder Al-Muazzam von Damaskus vorbereitete, er konnte seine Kräfte nicht verzetteln. Ähnlich wie Baybars heute. Nach der Plünderung von Byzanz war das Grabtuch des Erlösers nach einigen Zwischenstationen an den Templerorden gekommen, der es lange in Jerusalem verborgen hielt. Dort überstand es sogar Jahrzehnte der muslimischen Herrschaft unentdeckt. Und bereits unter Friedrich, durch seine Ehefrau Isabella II. von Brienne der legitime Erbe des Königreichs Jerusalem, kursierten Fälschungen, manche sahen täuschend echt aus und waren vom Original kaum noch zu unterscheiden. Um das echte Leinen kenntlich zu machen, wurde ein schmaler Streifen vom unteren linken Rand des Tuches entfernt, und zwar so, dass nicht irgendein Stück Stoff, sondern ausschließlich dieser Streifen genau dazu passt. So kann nur der, der den Streifen hat, das echte Tuch erkennen. Der Staufer war es auch, der schließlich die wichtigsten Noblen seines Vertrauens zusammenrief. Sie gründeten die geheime Loge der Marianer und wählten zwei der Ihren zu den Hütern jenes wertvollen Streifens, der zum echten Grabtuch Christi gehört. Und nur diese beiden Männer und das jeweilige Oberhaupt der Loge, also jetzt der Graf von Habsburg, wissen, wo er versteckt ist. Wenn einer von ihnen stirbt, sucht der andere einen Nachfolger, an den er sein Wissen weitergibt. Etwa fünfzehn Jahre nach diesen Ereignissen eroberten die Ayyubiden Jerusalem zurück. Vorher ist es noch gelungen, das Grabtuch nach Akkon in Sicherheit zu bringen. Wieder kam es in die Obhut der Tempelritter. So viel wissen wir.«

Mathilde nickte. »Ich verstehe. Und wo sind die Hüter des Streifens jetzt?«

Der Vater schwieg.

Da begriff sie. »Ihr selbst seid einer dieser beiden Männer, nicht wahr? Deswegen haben sie Euch geschickt. Deswegen musstet Ihr ins Heilige Land reisen. Ihr solltet sicherstellen, dass das echte Tuch an den Hochrhein gelangt. Also ist der Streifen hier?«

Der Vater runzelte die Stirn. »Nein.«

»Was heißt das? Wo ist er dann?«

Wieder blieb Mathias von Waldshut stumm.

»Sie wird schweigen. Sie ist eine von uns. Seht Ihr nicht, dass sie ihr das Medaillon ein zweites Mal gegeben haben? Sie hat ihre Aufgabe zu erfüllen, ebenso wie Ihr die Eure«, meldete sich Steinmar erneut zu Wort.

Mathias von Waldshut seufzte tief. »Ja, Kind, du hast recht. Ich bin einer der beiden Hüter des Streifens. Du kannst dir aber denken, dass ich dir den Namen des anderen nicht nennen werde.«

»Und wo ist der Streifen? Du weißt doch sicher, wo er ist, nicht wahr?«

Der Vater nickte. »Ja, natürlich. Ich weiß, wo er ist. Aber ich habe ihn nicht.«

»Habe ich das richtig verstanden? Wenn Ihr herausfinden wollt, ob Baybars das echte Tuch hat, müsst Ihr es zu dem Streifen bringen. Also muss es jemand beschaffen. Ist es so? Ah, ich kann es an Euren Augen sehen. Vater, ich werde diejenige sein, die es beschafft. Ich muss ohnehin nah an ihn herankommen, um seine Vorkoster zu umgehen, wenn ich ihn vergiften will. Die Gelegenheit dazu bekomme ich vermutlich nur einmal, und ich will sie doppelt nutzen. Aber bitte, sagt es mir doch. Ist der Streifen am Hochrhein? Solltet Ihr das Tuch deshalb dorthin bringen?«

»Jedenfalls jenseits des Meeres.«

»Aber wie kam dieser Streifen denn aus dem Heiligen Land übers Meer?«

Steinmar seufzte vernehmlich. »Dieses Weib und ihre ständigen Fragen. Ihr hattet recht, wir hätten schweigen sollen. Falls Ihr jemals wieder Töchter haben solltet, könntet Ihr ihnen beibringen, weniger zu fragen, mein Freund? Wir reden uns hier um Kopf und Kragen.«

Der Vater lachte. »Ihr wolltet es so. Darauf kommt es wohl auch nicht mehr an, oder? So viel kann ich dir vielleicht sagen, Kind: Friedrich der Staufer nahm ihn mit sich und begrub ihn dort, wo das Herz seines Großvaters liegt.«

»Ich dachte, Kaiser Rotbarts Gebeine seien in Tyros begraben?«

Der Vater schüttelte den Kopf. »Weißt du, was sich damals abgespielt hat, vor über siebzig Jahren?«

»Ja, Ihr habt es mir selbst oft genug erzählt. Wisst Ihr es nicht mehr, Vater? Ich kann mich an jedes Eurer Worte erinnern, als wäre es heute.« Sie verlieh ihrer Stimme einen tieferen Klang. »Der große Kaiser ertrank im Juni 1190 in Sichtweite der Stadt Seleucia im Fluss Saleph.«

Die Männer lachten. Doch es klang freudlos. »Damals zog sein Sohn Friedrich, der Herzog von Schwaben, mit einer kleinen Schar weiter, um Friedrich Barbarossa in Jerusalem zu beerdigen«, fuhr Mathias von Waldshut fort. »Sie wollten seinen Leichnam in Essig konservieren. Doch das misslang. So wurden das Herz und die Eingeweide des Kaisers in Tarsos begraben, das Fleisch in der Peterskirche in Antiochia und seine Gebeine in der Kathedrale von Tyros. So heißt es jedenfalls.«

»Was meint Ihr damit?«

»Dass Friedrich von Schwaben das Herz des Vaters heimbrachte. Doch niemand sollte es wissen. Er ließ es dort begraben, wo des Vaters Herzensland war. Im Elsass. Er rollte einen großen Stein darüber. Das Geheimnis wurde von Staufer zu Staufer weitergegeben. Und nach dem Tod des letzten Staufers Konradin nur noch von Wächter zu Wächter.«

Sie schwiegen.

»So werde ich also versuchen, von Baybars das Tuch zu stehlen, das er Euch abgenommen hat«, erklärte Mathilde schließlich. »Und dafür benötige ich Eure Hilfe, Herr Vater, deswegen wollte ich so schnell wie möglich mit Euch sprechen und kam hierher. Könnt Ihr mir eine zusätzliche Nachbildung des Leinens besorgen? Ich meine, ist es Euch möglich, die Verschnürung und die Siegel zumindest so nachzuahmen, dass die Fälschung nicht auf den ersten Blick zu erkennen ist und die Pakete einander ähneln? Ihr habt es doch bei Euch gehabt und konntet es genauer studieren.«

Er verstand sofort, was sie plante. »Bist du dir wirklich sicher, dass du das tun willst?«

»Ja, Herr Vater. Ich bin mir sicher.«

»Donnerlittchen, du bist ein Teufelsweib«, stellte Steinmar fest. In seiner Stimme lag Hochachtung.

Dann kehrte Stille ein, derweil sie in die Glut des Feuers starrten. Es war alles gesagt.

Nach einer Weile griff Steinmar zum Futteral, in dem seine Harfe steckte, und holte sie heraus. Bereits während des Gesprächs hatte er die Hülle mit dem Instrument, das er immer auf dem Rücken trug, neben sich gelegt.

Anfangs schien es, als wäre er ganz versunken und beschäftigt damit, die Saiten zu stimmen. Mathias und Mathilde sahen ihm schweigend zu. Schließlich blickte er auf, warf Mathias von Waldshut einen unsicheren Blick zu, schien aber gleich darauf einen Beschluss zu fassen. Er schaute zu Mathilde. »Ich hätte da ein kleines Lied für dich, kleine Wachtel.«

Mathilde bekam keine Gelegenheit zu antworten. Da war sie wieder, die Stimme, der es gelang, ihr Herz zu erreichen. Egal, wie sehr sie sich auch dagegen wehrte.

*»Sommerzeit, ich freu mich dein,*
*Denn ich kann nun schauen*
*Mein süßes ländlich Mägdelein,*
*Meines Herzens Fraue.*
*Die Dirne, die's Kraut holen geht,*
*Die meinem Herzen nahe steht,*
*Hab ich mir erkorn.*
*Bin zu dienen ihr geborn.*
*Schau nur um dich,*
*Wer heimlich liebt, der hüte sich.*

*Den ganzen Winter lang*
*Musst eingesperrt sie bleiben.*
*Nun führt zur Heide sie ihr Gang*
*In ihren luft'gen Kleidern.*
*Sie pflückt Blumen für den Kranz,*
*Den sie windet und zum Tanz*
*Dann tragen will.*
*Dort kann ich mit ihr plaudern viel.*
*Schau nur um dich,*
*Wer heimlich liebt, der hüte sich.*

*Ich sehn mich nach der Liebe Stund,*
*Hoff im Garten sie zu sehn.*
*Denn ihr rosenroter Mund*
*Will später den Kuss mir zugestehn.*

*Da wird ganz selig mir zumut,*
*Entkommen der Mutter Hut*
*Ist sie dann wohl,*
*Vor der ich mich hüten soll.*
*Schau nur um dich,*
*Wer heimlich liebt, der hüte sich.*

*Obwohl ich mich nun hüten soll*
*Vor ihrer Mutter Blicken,*
*Mein Herzelieb, so wag ich wohl,*
*In Lieb dich schnell zu schicken.*
*Gib auf deinen Widerstand,*
*Brich aus aus all der Hut.*
*Ach, wie wohl würd mir zumut,*
*Ich gäb dir mein Leben,*
*Meine Lieb*
*Und all mein Gut.*
*Schau nur um dich,*
*Wer heimlich liebt, der hüte sich.*

*Steinmar, komm und fasse Mut,*
*Gereicht's dir doch zur Ehre,*
*Wenn diese Maid so stolz und gut*
*Erst die Deine wäre.*
*Denn dann hast du den besten Teil,*
*Hast Glück und aller Freuden Heil.*
*Was dann wohl*
*Die Welt vollkommen machen soll.*
*Schau nur um dich,*
*Wer heimlich liebt, der hüte sich.«*

Mathildes Augen waren groß geworden, während er gesungen hatte. In ihr tobte ein Sturm der Gefühle. Konnte er tatsächlich meinen, was er da sang? Sie kannte dieses Lied nicht. Hatte er es am Ende dieses Mal wirklich für sie geschrieben? Sie hatte bemerkt, dass die Blicke des Vaters zwischen ihm und ihr hin- und hergewandert waren. Würde er etwas dazu sagen? Sie schielte zu ihm hinüber. In seinem Gesicht las sie keine Ablehnung.

Im nächsten Moment zog sich ihr Magen unter einer anderen Überzeugung zusammen. Nein, das war wieder Steinmar, der Spötter gewesen. Keine Liebeserklärung, sondern nichts als Spott. Sie hatte es schon einmal erfahren. Solche Lieder sang er für jede. Und seine Minne gehörte einer anderen, gehörte der fernen Sophie von Froburg, das hatte er ihr mehr als einmal deutlich zu verstehen gegeben. Doch selbst wenn nicht, selbst wenn er sich eines anderen besonnen hätte, es war zu spät. Und es war vielleicht schon bald nicht mehr von Bedeutung. Denn möglicherweise war sie ohnehin bald tot, erschlagen von Baybars' Schergen.

Steine kollerten. Die drei fuhren hoch. Mathias legte den Finger auf die Lippen und schaute Steinmar und Mathilde warnend an. Die beiden verstanden. Möglichst unauffällig zogen die Männer ihre Waffen näher zu sich heran. Steinmar schob Mathilde sein Messer zu. Wieder kollerten Steine. Schließlich hörten sie Schritte. Eine männliche Gestalt tauchte im Schein des Feuers auf. »Hallo, da seid ihr!«

Mathilde schoss hoch. »Lütold von Tiefenstein! Wie kommt Ihr hierher?«

»Es war nicht schwer, Euch zu folgen, Jungfer Mathilde. Ich dachte mir, es ist vielleicht besser, ich passe weiter auf die mir versprochene Braut auf. Und was tut Ihr hier, wenn ich fragen darf?«

»Meine Tochter hat sich gewünscht, die Festung der Deutschherren zu sehen«, erklärte Mathias von Waldshut, als halte er es durchaus nicht für ein ungewöhnliches Ansinnen, sich deswegen heimlich aus dem belagerten Akkon zu schleichen.

Mathilde wusste nicht, was sie zuerst tun sollte, wohin schauen. Sie hatte den Tiefensteiner hierher geführt. Welche Schande! Wie lange belauschte er sie schon? Hatte er etwas hören können? Und was wollte er wirklich hier?

Der Vater warf ihr einen strafenden Blick zu. Sie senkte schuldbewusst den Kopf. Sie wusste selbst, was sie angerichtet hatte. Nur langsam drang die Bedeutung von Lütolds Worten in ihr Bewusstsein vor. »Ich habe mich Euch nicht versprochen, Herr Ritter«, sagte sie.

»Ich habe Euren Vater um Eure Hand gebeten, Jungfer Mathilde. Und er schien nicht abgeneigt. Außerdem habt Ihr mir sehr wohl eine Eheschließung in Aussicht gestellt.«

»Vater! Habt Ihr –«

Mathias von Waldshut hob abwehrend die Hand. »Ich gab Euch keine endgültige Antwort, Tiefensteiner! Ihr wisst, ich habe Euch gesagt, dass meine Tochter in dieser Sache das letzte Wort hat.«

»Ich hingegen gebe Euch hier und heute gern eine Antwort. Ich werde niemals, niemals in meinem Leben bei einem Mann liegen. Niemals. Weder freiwillig noch mit Zwang. So wahr ich hier stehe.«

Lütold von Tiefenstein sah sie an. Sie konnte den Blick in seinen Augen nicht deuten. War es Begierde? War es Hass? Liebe ganz sicher nicht.

Er erwiderte nichts darauf. Später jedoch, als sie sich, ein wenig entfernt von den anderen, an der Westwand des ehemaligen Pallas ein Lager gerichtet hatte, kam er zu ihr. »Oh doch, Mathilde von Waldshut, Ihr werdet mich ehelichen. Glaubt Ihr, ich sehe nicht, wie Steinmar Euch ansieht, wenn Ihr gerade nicht hinschaut? Oder wie Ihr ihn mit Euren Blicken verschlingt, wenn er es nicht bemerkt? Ich habe das Lied gehört, das er für Euch gesungen hat, und die Botschaft verstanden. Ich nehme Euch Eure viel beschworene Enthaltsamkeit nicht ab. Aber das ist mir gleich. Ihr werdet Euch einem Gatten geben. Das werdet Ihr. Und dieser Mann bin ich. So wahr ich hier stehe«, raunte er ihr zu.

# XVIII

Fra Hugues de Revel, oder Hugh Revel, wie ihn die Engländer nannten, ein Mann aus dem englischen Adel, zwanzigster Großmeister der Johanniter und Vertrauter des Prinzen Edward, lehnte sich in seinem Sessel zurück und verlagerte das Gewicht ein wenig auf die linke Seite. Er sah aus, als schmerzte ihn eine alte Wunde. Er hatte Mathias von Waldshut befohlen, seine Tochter Mathilde zu ihm zu schicken. Deren Ankunft in Akkon hatte für Unruhe gesorgt, es gab allerlei Gerüchte. Zum Beispiel den Verdacht, dass sie eine Zuträgerin des Sultans sein könnte. Noch niemandem war es bisher gelungen, Baybars zu entkommen. Und zur angesetzten Anhörung war sie auch nicht erschienen, sondern hatte sogar erst am nächsten Tag ausrichten lassen, sie sei noch zu schwach gewesen, um sich zu erheben.

Mathilde gab sich alle Mühe, das Bild einer sittsamen und vor allem fügsamen Jungfer zu vermitteln. De Revel empfing sie allein, der Sessel neben seinem war leer. Er musterte sie streng. Sie stand einige Stufen tiefer auf dem gefliesten Boden.

Sie schielte mit leicht gesenktem Kopf zu ihm hoch. Der Vater hatte ihre Ängste beruhigt. Er hielt Fra Hugues de Revel für einen bedächtigen Mann, einen guten Führer des Ordens. Allerdings galt er auch als unerbittlich, wenn seine Befehle missachtet wurden. Der Großmeister wirkte vor der Zeit gealtert. Er mochte um die vierzig Jahre alt sein, sah aber aus wie sechzig. Viel älter jedenfalls als Rudolf von Habsburg, der in einem ähnlichen Alter stand. Mit seinem weißen Bart ähnelte er dem Gott ihrer Kindertage. Er konnte doch nicht böse mit ihr sein, sie fälschlich verdächtigen, gemeinsame Sache mit den Feinden zu machen, sie womöglich töten? Aber man wusste ja nie. Der Vater hatte ihr eingeschärft, immer brav zu nicken und alles zu tun, was der Großmeister forderte.

De Revel war nicht sonderlich prunkvoll gekleidet, er trug das übliche Habit seines Ordens. Dabei verfügte er über große Macht. Es hieß, der neue Papst gewährte dem Orden, der die Verwaltungshoheit über Akkon innehatte, immer weitere Privilegien. Diese Bevorzugung trug zu den ständigen Eifersüchteleien und dem Unfrieden unter den Ritterorden bei und feuerte die Reibereien zusätzlich an, wie Mathilde inzwischen wusste.

Noch immer sprach de Revel nicht. Mathilde entschied, sie würde sittsam warten, bis er das Wort an sie richtete. Die Musterung war ihr unangenehm, sie suchte nach Ablenkung. Ihre Gedanken schweiften zurück zu dem Tag, unmittelbar nach der Rückkehr aus Montfort, an dem sie das erste Mal ins Viertel des Ordens gekommen war. Die Johanniter hatten darauf bestanden, sie in ihre Küche zu holen. Mathilde war sich nicht sicher, warum. Weil sie ihr misstrauten und sie im Auge behalten wollten? Oder weil sie von ihren Kochkünsten gehört hatten?

Der umfangreiche Gebäudekomplex, den sich der Orden in Akkon gebaut hatte, umfasste einige Säle und etliche Räume, die sich um einen weiten, offenen Innenhof gruppierten. Neben dem der Templer war das Areal der Johanniter das größte in der Stadt. Wie bei vielen Anlagen waren die dicken Mauern aus behauenem Kurkar-Stein errichtet worden. So hieß der Sandstein der Gegend. Wie bei den anderen Quartieren auch, hatten die Johanniter Ecktürme errichtet, die das Gelände überragten und auf denen ständig Wachen standen.

Der Hof war riesig. Weite Öffnungen in den Mauern führten in die umliegenden Säle und Räume. Zur Abstützung des oberen Stockwerks waren Spitzbögen auf gewaltigen, aus dem Mauerwerk herausragenden Stützpfeilern errichtet worden. Ein breites, von Bögen getragenes Treppenhaus gewährte von der Ostseite des Hofes aus Zugang in das obere Stockwerk.

Selbst wenn sie belagert wurden, konnten die Johanniter sich in ihrer Festung innerhalb der Stadtmauern lange halten. Mathilde hatte vom Vater gehört, dass ein umfangreiches Netz von Rinnen das Regenwasser vom Hof in ein großes Rohr führte. In der südwestlichen Ecke des Hofes versorgte ein aus Stein gehauener Brunnen die Bewohner mit Wasser. Überhaupt verfügte die Anlage über Unerhörtes. Im Nordteil war ein öffentlicher Abtritt mit jeweils dreißig Zellen auf zwei Stockwerke verteilt eingerichtet worden. Ein Netz aus Rohren verband die Anlage mit dem Hauptabwasserkanal der Stadt.

Im großen Innenhof wurden Rüstungen poliert, Kettenhemden geflickt, Sklaven eilten hin und her und besorgten die Befehle ihrer Herren. Die Kasernen lagen im Norden des Hofes, ebenso eine Reihe langer Gewölbe, die Ritterhallen. Sie waren vom Innenhof aus über Tore zu erreichen. Auf der anderen Seite hatten sie Fensteröffnungen und ein Tor, das zur großen Straße von Akkon führte. Seitdem Prinz Edward sich mit seinem Tross von zweihundert Rittern, deren Bediensteten, seinen eigenen Dienstboten, einigen französischen Rittern und einer großen Zahl von Abenteurern, die sich von den Eroberungszügen ins Heilige Land Reichtümer versprachen, in Akkon einquartiert hatte, herrschte dort ein elendes Gedränge. Selbst auf dem Innenhof lagerten die Leute, meist niederes Dienstpersonal, Männer mit wilden Gesichtern und Frauen, von denen manche den Hübschlerinnen von Akkon den Rang abliefen. Das hatte schon größere Streitigkeiten gegeben. Erst neulich hatte Mathilde beobachtet, wie eine Maurin mit einer Fränkin, wohl das Weib eines Kreuzritters aus der Normandie, in die Haare geraten war.

Dazu führten die Adligen, nicht zuletzt Edward Langbein, eine ganze Menagerie exotischer Tiere mit sich. Die kleinen Äffchen waren bei den Damen besonders in Mode. Dazu gab es allerlei Schlangen, giftige und ungiftige, ein Löwenpärchen und zwei Tiger, sogar einen Elefanten hatten sie mitgebracht. Das Nashorn war erst unlängst gestorben. Es war aus seinem hölzernen Käfig im Innenhof ausgebrochen und hatte alles zertrampelt, was ihm in den Weg geriet. Mit geröteten Augen und schnaubend vor Wut und Angst, war es herumgestampft und hatte mehrere besonders Wagemutige aufgespießt, dazu noch drei Schlachtrösser, die gerade im Hof gestriegelt worden waren. Einigen Rittern, die sich eilends in ihre Rüstungen geworfen hatten, war es schließlich gelungen, das Tier mit ihren Lanzen zu erledigen. Es hatte noch einige Male geschnaubt, dann hatte der mächtige Körper gezittert, und schließlich waren die Augen gebrochen. Mathilde würde den letzten Blick dieser geschundenen Kreatur niemals vergessen. Er war so voller Trauer gewesen. So voller Sehnsucht. Ja, sie kannte diese bestimmte Form der Wut, diese Tochter der Ohnmacht.

Sie schüttelte sich bei der Erinnerung daran. Ihre Gedanken kehrten zurück zum Viertel der Johanniter. Südlich des Hofes befanden sich die Küche und das Refektorium. Sie wurden von einem Kreuzgewölbe überspannt, das so hoch war, dass fünf Männer übereinander es nicht erreichen konnten. Drei Pfeiler hielten dieses Wunderwerk. Es gab sogar Schornsteine, damit der Rauch abziehen konnte. Das war Mathildes neuer Wirkungsort geworden.

Mathilde wischte sich mit dem Ärmel den Schweiß aus dem Gesicht. Sie wünschte, sie hätte Zeit gehabt, sich ein wenig herzurichten. Es gab nichts, was in der Kreuzfahrerstadt nicht angelandet wurde. Sie besaß inzwischen einige Flakons mit Duftölen und zum ersten Mal sogar allerlei Schönheitsmittelchen. Zu ihrem Erstaunen hatte Mathilde festgestellt, dass sie die duftenden Salben und Öle, die sie im Serail von Pamuk Pascha schätzen gelernt hatte, sehr vermisste.

Ihr Vater war wohlhabend. Und so hatte sie direkt nach der Rückkehr von Montfort auch neue Kleider für sich erstanden. Nicht zu prunkvoll, das geziemte sich nicht für die Tochter eines Händlers, aber auch nicht zu einfach. Auf die Kleidervorschriften am Rhein, die schlichte und dunkle Stoffe für die einfacheren Leute forderten, musste sie in Akkon jedenfalls nicht achten. Sie liebte die neuen Kleider aus gut gewebtem Stoff, aus Leinen und Baumwolle, abgepaspelt mit Samt oder Einsätzen aus Seide in ihren Lieblingsfarben Grün, Braun und Gelb, aber immer gedeckt, nicht zu auffällig leuchtend. Ihre neuen Gewänder hatten unten weite, mit Borten gesäumte Ärmel. Nach getaner Arbeit trug sie auch die zierlichen Schuhe aus weichem Ziegenleder, die die Schuhmacher Akkons so hervorragend anzufertigen verstanden. Ein wenig Schmuck hatte sie ebenfalls erworben, darunter eine silberne Kette, an der nun das Medaillon der Marianer hing.

Für die Arbeit in der Küche zog sie jedoch immer ihre alten Kleider an. Wenn sie sich zu vornehm gebärdete, würde es ihr nicht gelingen, die anderen Dienstboten auszuhorchen. Eine Pastete, ein Gericht nach dem anderen, das durch Mathildes Hände gegangen war, verließ die Küche und wanderte in den Speisesaal, der viel über die adeligen Gönner der Johanniter erzählte: Die Fleurs-de-lis, das Symbol der königlichen Familie Frankreichs, war an zwei Ecken des Saals in den Stein gemeißelt.

Mathilde hatte dem Vater bald einiges zu berichten gehabt. Eine Reihe von kleinen und größeren Nachrichten, die sie in Erfahrung hatte bringen können, ging über ihn an den jeweils geeigneten Empfänger. Die Dienstboten in der Küche wussten anhand der Speisen, die geordert wurden, zum Beispiel, dass der englische Edward sich eine neue Geliebte zugelegt hatte, eine schwarzhäutige Nubierin, hieß es. Grazil wie eine Katze sollte sie sein.

De Revel räusperte sich. Mathilde schaute auf. Der Großmeister hatte sie in den großen Saal befohlen, der südlich an Küche und Refektorium anschloss. Auch hier hatten die Baumeister ein Kreuzgewölbe geschaffen, das von Pfeilern getragen wurde – die St.-Johannes-Krypta. Darüber thronte die eigentliche Kirche. Sie schlug wieder sittsam die Lider nieder. De Revel hüllte sich weiter in Schweigen.

Es sollte ihr recht sein. Die Kühle dieses Ortes tat wohl. Und gleichzeitig strömte er etwas Geheimnisvolles, ja Einschüchterndes aus. Weshalb war sie hierher bestellt worden und nicht in den vierstöckigen, prachtvollen Palast im Osten, in dem der Audienzsaal lag? Natürlich, sie war ja nur eine Köchin. Vielleicht lag es auch einfach daran, dass im Palast drangvolle Enge herrschte, weil sich der Prinz aus dem Geschlecht der Plantagenet mit seiner Frau samt Gefolge dort eingerichtet hatte. Edwards Prinzessin Eleonore war Spanierin und leicht aufbrausend. Ihr Gatte hatte den Ruf, lange ruhig zu bleiben. Doch wenn sich sein Zorn entlud, sollte er dem Donnergott selbst gleichen. Seine Wutanfälle boten jedenfalls viel Gesprächsstoff.

Eleonore von Kastilien hielt den ganzen Palast mit ihren ständigen Sonderwünschen in Atem. Sie sollte sehr hochmütig sein, aber auch sehr schön. Mathilde hatte sie noch niemals zu Gesicht bekommen. Es hieß, sie meide die Sonne, um ihre weiße Haut nicht zu gefährden. Außerdem war sie gesegneten Leibes.

Das Schweigen wurde Mathilde langsam unheimlich. Warum sagte der Großmeister nichts, sondern betrachtete sie nur? Wartete er noch auf jemanden? Wieder rutschte de Revel auf seinem Sessel hin und her. Nun, sie würde das Gespräch keinesfalls als Erste beginnen.

»So, du warst also auf der Starkenburg. Und besonders redselig scheinst du auch nicht zu sein, mein Kind.«

Mathilde schreckte aus ihren Gedanken hoch. »Mein Kind«, hatte er gesagt. Das klang jedenfalls nicht verärgert, eher freundlich. Er hatte eine angenehme Stimme, irgendwie väterlich. Wieder fand sie, dass dieser Großmeister tatsächlich eine Art hatte, die in vielem dem »lieben Gott« ihrer Kindheit ähnelte. Inzwischen hatte sie allerdings feststellen müssen, dass Gott ein rachsüchtiges, ungerechtes und völlig verwirrendes Wesen war. Gerecht war er gewiss nicht, dafür aber strafend. Und zornig. Sie beschloss, lieber noch ein wenig den Mund zu halten. Also nickte sie nur.

Sie hörte ein leises Lachen. »Diese sittsame, schweigsame Jungfer entspricht in nichts dem Bild, das mir andere von ihr schilderten.«

Wer hatte das gesagt? Sie sah sich um, konnte aber niemanden entdecken. Also gab es hier einen Lauscher, der unerkannt bleiben wollte. Mathilde wandte sich wieder de Revel zu. Sie hätte zu gerne gewusst, auf wessen Schilderung hier angespielt worden war. Wer wohl der heimliche Lauscher sein mochte? Sie wusste, der Vater war hoch angesehen, auch wenn er es niemals herauskehrte. Er hatte Zugang zu den Mächtigen von Akkon, gleich, ob Templer, Johanniter oder Deutscher Orden. Die Macht der Marianer begleitete ihn, bildete einen unsichtbaren Schutz. Sie hoffte, dass dies auch ihr zugutekam. Das Netzwerk der Loge, das hatte sie inzwischen begriffen, zog sich wie ein unsichtbares Gespinst durch alle Quartiere der Stadt, durch die Viertel der Orden und die der Händler und Krämer. Und überall hatte die Loge Unterstützer und Zuträger. Einmal, als sie sich gebückt hatte, war ihr das Medaillon aus dem Ausschnitt gerutscht. Und der Küchenmeister der Johanniter, der über ihr Eindringen in sein Reich bisher nur mäßige Begeisterung gezeigt hatte, gab sich plötzlich bemüht.

Mathilde hörte Schritte. Ein schwarzhaariger hochgewachsener Mann, angetan in Samt und Seide, betrat den Saal. Er trug eine Tunika aus blauem, mit Goldfäden durchwirktem und allerlei Litzen verziertem Samt und ging wie ein Mensch, der es gewohnt war, Aufmerksamkeit zu erregen. Der Großmeister der Johanniter erhob sich von seinem Sessel.

Der Schwarzhaarige machte eine ungeduldige Handbewegung. »Ist sie das?« Er sprach französisch wie alle Adeligen. Und er lispelte. Ja, eindeutig, er lispelte. Das konnte nur einer sein: Edward Langbein, der englische Prinz. Mathilde hätte ihn spätestens an dem Wappen auf seinem Wams erkannt: der Löwe auch hier, in Gold auf rotem Grund. Dieses Mal mit ausgefahrenen Krallen.

Der Löwe. Dieses Tier verband drei mächtige Männer, in deren Sog ihr Schicksal geraten war. Alle wurden sie von einem unbedingten Willen zur Macht angetrieben. Dafür würden sie sich eines jeden Werkzeugs sowie aller Mittel bedienen, die ihnen zur Verfügung standen. Dafür gingen sie über Leichen. Das hatten sie bewiesen.

Der Tod einer Köchin würde ihnen höchstens ein gleichgültiges Achselzucken abnötigen.

Mathilde versank in einem tiefen Hofknicks. Meine Güte, dieser Prinz war tatsächlich ein Riese, er überragte einen normal gewachsenen Mann um mehr als Haupteslänge. Kein Wunder, dass ihn alle Welt Langbein nannte. Die schwarzen Haare und den dunklen Teint hatte er wohl von seiner provenzalischen Mutter Eleonore.

»Steh auf.« Er lief um Mathilde herum, die sich wieder erhob. Sie hielt die Augen noch immer sittsam gesenkt. »Ist sie das?«

De Revel hatte sich zu ihnen gesellt. Er verneigte sich leicht. »In der Tat, Sire.«

»Und? Wird sie ausführen, wofür wir sie gerufen haben?«

»Ihr Vater versichert, dass sie sehr geschickt ist.«

»*Certainement*, natürlich, sonst hättet Ihr sie nicht ausgesucht. Eigentlich schade um solch ein hübsches Kind, *n'est-ce pas*? Hätte mir gefallen können, sie in mein Bett zu holen. Nun, was soll's, sie wird anderweitig gebraucht.«

De Revel hüstelte. Mathilde rang um Fassung. Diese Männer sprachen über sie, als wäre sie überhaupt nicht da. Oder besser, als sei sie eine Sache. Was bildete sich dieser Engländer ein?

Ging es denn hier überhaupt nicht darum, den Verdacht auszuräumen, sie könnte eine Zuträgerin in Baybars' Diensten sein?

Mathilde behielt sich eisern im Griff, zuckte mit keiner Wimper und beglückwünschte sich innerlich für ihre Haltung. Nein, noch einmal würde sie sich nicht durch ihr Temperament in eine üble Lage bringen. Wenn sie inzwischen eines gelernt hatte, dann das. Das Leben schlug die seltsamsten Kapriolen. Und vielleicht kam eines Tages die Stunde, in der sie diesem englischen Langbein seinen Hochmut heimzahlen konnte.

Der Plantagenet hatte offenbar seine Besichtigung ihrer Person beendet. Denn er nickte dem Großmeister huldvoll zu und stapfte ohne ein weiteres Wort aus dem Saal.

»Nimm es ihm nicht übel, Kind«, sagte Fra Hugues de Revel sanft. Mathilde hob zum ersten Mal den Kopf und schaute ihn fragend an. Sie konnte es wegen des weißen Bartes nicht recht erkennen, doch sie hatte das Gefühl, dass der Großmeister lächelte. Er nickte. »Bei diesen Augen kann ich verstehen, dass der Tiefensteiner Euch unbedingt ehelichen will.«

Jetzt war es vorbei mit ihrer Haltung. Sie wurde tiefrot. »Er … er war sogar bei Euch?«

De Revel nickte, in seinen Augen blitzte es verdächtig. »Er dachte wohl, ich verfüge über eine größere Überredungsgabe als dein Vater.«

Mathilde schob störrisch das Kinn vor. »Ich schwöre, und ich meine, was ich sage: Ich werde ihn nicht ehelichen. Wenn Ihr mich deshalb habt rufen lassen, dann kann ich sogleich wieder gehen. Außerdem bin ich keine Verräterin, nur dass Ihr's wisst. Wenn Ihr mir nicht glaubt, dann ist es auch egal. Es ist mir gleich, wenn ich sterbe.«

Jetzt lachte der Großmeister tatsächlich. »Wahrlich, man hat mir also nichts Falsches über deine Heißblütigkeit berichtet, Mathilde von Waldshut. Ich dachte schon, ich hätte eine völlig andere Person vor mir, als du so sittsam hier standest.« Dann wurde er wieder ernst. »Du bist recht aufbrausend, meine Kleine. Ich rate dir gut, sorge dafür, dass du dich zu beherrschen lernst. Und um auf deine Frage zurückzukommen: Nein, ich habe dich aus keinem der beiden Gründe rufen lassen. Ich glaube nicht, dass du ein Spitzel des Mamluken bist. Du bist ganz die Tochter deines Vaters. Ich vertraue ihm mehr als manchem meiner Ordensbrüder.«

»Aber warum bin ich dann hier? Verzeiht, Herr. Ich –«

»Ist schon gut. Du weißt sicher, dass wir mit dem Sultan Verhandlungen führen wollen. Doch die Unterhändler kommen noch nicht einmal zu einem Ergebnis, wenn es darum geht, den Ort des Treffens festzulegen, an dem wir das Gelingen feiern wollen. Also sind wir auf den Gedanken gekommen, die Angelegenheit etwas zu beschleunigen und darüber hinaus dafür zu sorgen, dass uns der derzeitige Sultan von Ägypten keine Scherereien mehr machen kann.«

Fast hätte nun sie laut herausgelacht. »Keine Scherereien mehr machen kann.« So konnte man es auch ausdrücken. Sie hatte den Auftrag, den Mann zu töten.

Mathilde sah dem Hochmeister gerade in die Augen. Er sollte nicht glauben, sie wisse nicht, wovon er sprach. Dieser Heuchler und seine Helfershelfer würden sich die Hände nicht in Unschuld waschen und ihr Gewissen beruhigen können. »Gäbe es diesen Mann nicht, wäre vieles leichter«, erklärte sie mit unschuldigem Augenaufschlag.

»Ähm. Ja. Jetzt hat sich eine unerwartete Wendung ergeben. Sultan Baybars verlangt, dass du in sein Lager kommst. Er will mit dir sprechen. Deswegen ließ ich dich rufen. Wärst du bereit, zu gehen?«

Mathilde blieb der Mund offen stehen. Der Mamluk wollte, dass sie in sein Lager kam? Was sollte das? In ihrem Kopf arbeitete es fieberhaft. Wollte er sie foltern, weil sie ihm entkommen war? War das eine seiner Bedingungen für einen Waffenstillstand? Schließlich betrachtete er sie als sein Eigentum. Er hatte für sie bezahlt. Sollte sie also geopfert werden? Aber eines war klar: Sein Wunsch gab ihr die unerwartete Möglichkeit, nah an ihn heranzukommen. Und vielleicht dabei herauszufinden, wo er das Leinen aufbewahrte. Ihre Vorbereitungen waren längst getroffen, sie hatte nur noch auf den richtigen Moment gewartet, um sich in Baybars' Lager zu schleichen. Martin arbeitete bereits seit einigen Tagen als Stallknecht und Schmied im Lager des Feindes. Die Muslime hatten den Hünen, der so geschickt mit Amboss und Blasebalg umzugehen verstand, gerne genommen, nachdem ihr eigener Schmied plötzlich von einer rätselhaften Krankheit befallen worden war. Beinahe hätte Mathilde gelächelt. Beim Allmächtigen, sie war wirklich nicht untätig gewesen in der Zwischenzeit.

»Herr, wisst Ihr, was er von mir will?«, fragte sie schließlich.

»Nein. Es ist uns allen ein völliges Rätsel. Er hat gesagt, du müsstest seinem Küchenmeister helfen, denn er wolle seine fränkischen Gäste gebührend bewirten. Doch das halten wir für eine Ausflucht. Dennoch wäre es eine gute Gelegenheit, mehr über das Lager des Feindes, seine Truppenstärke und seine Pläne zu erfahren. Ich weiß, du wagst damit dein Leben, Kind. Aber wärst du bereit, der Forderung zu folgen? Dem Sultan scheint es sehr wichtig zu sein. Er hat davon sogar den Fortgang unserer Verhandlungen abhängig gemacht. Du kennst diesen Gegner, wie ich höre, und weißt, was den erwartet, der auch nur ein falsches Wort sagt. Dieser Mann ist ein fürchterlicher Feind und erbarmungslos. Seine Truppen sind hervorragend ausgebildet und ausgerüstet. In seinen Feldzügen gegen die Mongolen haben er und seine Leute Tausende niedergemäht, auch die Glaubensbrüder, die sich dem Feind angeschlossen hatten.«

»Ja, ich kenne ihn. Ich habe vor langer Zeit jemanden sagen hören, er sei sogar gerissener als Cäsar. Und ebenso unberechenbar und grausam wie Nero.«

De Revel schnaubte. »Da ist etwas Wahres dran. Also achte auf dich, mein Kind. Damit du gesund zurückkommst. Und berichte uns alles, was du in Erfahrung bringen kannst. Das wird uns in den weiteren Verhandlungen mit diesem Mann sehr helfen.«

Mathilde starrte den Großmeister an. War er ein so guter Heuchler, oder wusste er wirklich nicht, dass es darum ging, den Feind zu töten? Gut, der Bruder hatte ihr den Auftrag übermittelt. Aber ohne das Einverständnis des Großmeisters der Johanniter lief in Akkon nichts. Das hatte sie inzwischen gelernt. Oder kochten die Templer da wieder einmal ihr eigenes Süppchen? Oder die Loge? Gleichgültig. Sie würde diese Gelegenheit beim Schopf packen. Erneut richtete sie sich auf. In ihrer Stimme schwang keinerlei Unsicherheit mit. Keinerlei Angst. »Ich gehe. Wann?«

De Revel nickte bedächtig. »Dann bist du wirklich die, die man mir schilderte. Hier, nimm diesen Ring, Baybars hat ihn geschickt. Wenn du ihn zeigst, werden die Wachen dich ungehindert ins Lager und zu ihm lassen. Du beschämst mich, Kind. Beschämst einen alten Mann wie mich mit deinem Mut. Wenn ich jemals etwas für dich tun kann, dann wende dich an Hugues de Revel. Du wirst in ewig in mir und meiner Familie Freunde finden. Komm, Kind, lass uns gemeinsam beten, dass alles gelingt.« Er sank auf die Knie und griff nach dem mit Juwelen verzierten Kreuz, das er über der Brust trug.

Nun, wahrscheinlich rechnet er nicht damit, dass ich überlebe. Da lässt sich ein solches Versprechen leicht abgeben, dachte Mathilde bitter. Sie betrachtete den Ring, eine wunderbare Goldschmiedearbeit. Die Gemme, gefertigt aus einem Achat, zeigte den jagenden Löwen. Mathilde steckte ihn an den linken Daumen, den einzigen Finger, an den er passte. Dann senkte sie den Kopf, kniete sich neben den Großmeister und faltete die Hände.

Das Zelt des Sultans war schon von Weitem an den Wimpeln zu erkennen, die darüber flatterten. Sie hätte es auch ohne Begleitung des Soldaten gefunden, der sie dorthin brachte, obwohl es ein anderes war als das, was sie bei ihrem nächtlichen Ausflug nach Montfort gesehen hatte. Es war noch größer, noch prunkvoller.

Plötzlich preschte ein Reiter auf einem schwarzen Araberhengst wie der Teufel persönlich an Mathilde vorbei. Im nächsten Moment zügelte er das Pferd so heftig, dass es stieg. Es war Baybars höchstselbst. Er saß auf dem prachtvoll gearbeiteten Gestell über der Pferdedecke aus Samt, als wäre er mit dem Tier verwachsen. Überall in der Pferdedecke war in goldenen Stickereien der jagende Löwe eingearbeitet. Die Flanken des Rappen waren mit Schweiß bedeckt.

Baybars lachte, das von Wind und Wetter gegerbte Gesicht verzog sich, er zwinkerte mit seinem stahlblauen Auge. Die andere Augenhöhle hatte er mit einer Klappe verdeckt. Der Hengst tänzelte auf der Stelle. Der Sultan streckte die Hand aus. »Komm, Frau!«

Mathilde war fassungslos. Wollte er etwa, dass sie aufs Pferd stieg? Zu ihm?

Er wedelte mit der Hand. Ungeduld zeigte sich in seinen Zügen. »Komm, Frau.«

Mathilde schürzte die Röcke. Warum hatte sie nur eines ihrer besten neuen Kleider angezogen? Was hatte sie sich bloß dabei gedacht? Diese Heiden hatten einfach keine Manieren. Aber falls er denken sollte, dass sie sich vor ihm fürchtete … Sie ergriff die Hand.

Ehe sie sich versah, saß sie hinter ihm. Er stieß seinem Hengst die Hacken in die Flanken, und der preschte los. Mathilde blieb nichts anderes übrig, als sich an dem Mann festzuklammern, den sie töten würde. Sie war keine schlechte Reiterin, auch nicht in der Art, wie Männer auf dem Pferderücken saßen. Doch das hier war ein Höllenritt. Der Hengst galoppierte in rasendem Tempo über die Ebene von Akkon.

Nach einer Weile löste sich Mathildes Verkrampfung, und sie gab sich dem Rausch der Geschwindigkeit hin, den Bewegungen des kraftvollen Pferdeleibes unter sich. Es war, als flöge das Tier über den steinigen Boden. Der Hengst strauchelte nicht, seine schmalen Hufe fanden immer Halt. Der Mamluk lachte leise. Er musste bemerkt haben, wie sehr sie dieses Dahinfliegen genoss. Sie hatte sich selbst vergessen. Wie konnte sie nur! Sofort versteifte sie sich wieder.

Baybars zügelte seinen Hengst. Dann klopfte er ihm auf den Hals, strich zärtlich die von Schweiß verklebte Mähne zur Seite, beugte sich nach vorne und flüsterte ihm etwas ins Ohr. Das Ross warf den Kopf hoch, schnaubte und rollte mit den Augen. Es sah fast aus, als unterhielten sich Mann und Pferd. Nun, vielleicht taten sie das auch.

In gemächlichem Schritt ging es zurück ins Lager. Sie ritten gemeinsam durch die Reihen der Soldaten an den Lagerfeuern. Männer mit ledernem Brustschutz reinigten ihre Waffen, andere unterhielten sich, wieder andere schliefen. Doch jeder, den Mathilde sah, schien körperlich gut in Form zu sein. Alle warfen sich zu Boden, sobald sie ihres Herrn ansichtig wurden. Das hier war eine gut ausgerüstete Armee, wohlgenährte, kampfbereite Männer. Es mussten mindestens zweitausend sein. Mathilde drehte sich um. An der Art, wie die Soldaten ihrem Anführer nachsahen, an dieser Mischung aus Respekt und Anbetung in ihren Mienen, erkannte sie, dass sie ihm folgen würden. Wohin auch immer. Auch wenn sie sich mit dem Satan persönlich anlegen mussten. Und sie selbst? Auf eine gewisse Weise war sie ja auch ein Soldat. Und so wie es aussah, kam sie womöglich auf direktem Weg in des Teufels Küche. Im doppelten Sinn des Wortes. Aber warum zeigte er ihr das alles? *Wollte* er, dass sie in Akkon davon berichtete?

Vor dem Zelt des Sultans hielten sie an, und Baybars übergab den Zügel des Pferdes einem seiner Männer. Der Eingang war mit prachtvollen Teppichen verhängt. Ein Diener schob sie zur Seite. »Komm, Frau«, forderte der Mamluk sie erneut auf. Mathilde schlüpfte aus ihren Schuhen und trat ein.

Mehrere Lagen von Teppichen bedeckten den Boden, unzählige Kissen waren auf der etwas erhöhten Lagerstatt des Fürsten verteilt. Sie fühlte sich an ihr Gefängnis im Harem von Pamuk Pascha erinnert. In Mathilde wurde es eiskalt. Warum brachte er sie hierher? Dann sammelte sie sich. Er würde sie nicht nehmen, nachdem seine Folterknechte sie gehabt hatten.

Baybars klatschte in die Hände, bellte einige Befehle, sein Umhang flog auf den Boden. Ein Sklave hob ihn auf. Mit einer schroffen Handbewegung wies er Mathilde an, sich zu setzen. Ein weiterer Sklave brachte ihr *Kumis*, vergorene Stutenmilch. Mathilde wusste, dass der Trunk den Verstand benebeln konnte. Aber sie hatte einen solchen Durst, dass sie in langen Zügen trank und sich verschluckte. Der Sklave wollte nachschenken. Doch Mathilde schüttelte den Kopf. »Wasser, bitte«, erklärte sie auf Arabisch.

Ihr Gastgeber hatte die Szene beobachtet. Er nickte. Dann wandte er sich einem dritten Sklaven zu, wohl so etwas wie ein Kammerdiener. Zusammen verschwanden sie hinter einem Paravent. Mathilde hörte Männerstimmen und das Plätschern von Wasser. Von draußen klang der Ruf des Muezzin ins Zelt. Hinter dem Sichtschutz raschelte es, schließlich hörte sie die Stimme des Sultans. Er betete. Auch wenn er der unumschränkte Herrscher war, Baybars verneigte sich vor Allah zur vorgeschriebenen Stunde.

Einer der Sklaven verließ das Zelt. Ein weiterer zündete die Fackeln und die Ölpfannen an, die überall im Zelt verteilt waren, und erneuerte die Kohle in den Becken. Mathilde starrte sie einen Moment nachdenklich an. Draußen wurde es langsam Nacht. Ein erneuter kurzer Anfall von Entsetzen übermannte sie. Ob er doch wollte, dass sie hier übernachtete, sein Lager mit ihm teilte? Das würde er bereuen. Sie riss sich zusammen und nutzte die Gelegenheit, um sich im Zelt umzusehen. Kunstvoll geschnitzte Truhen fielen ihr auf sowie fein ziselierte Gefäße aus Messing und Gold, gehämmerte Kupfertabletts, auf denen allerlei Süßigkeiten angerichtet waren. Ihr knurrte der Magen.

Baybars' Stimme verstummte. Mehrere Männer betraten leise das Zelt. Die Neuankömmlinge taten, als sähen sie Mathilde nicht. Der Sultan kam hinter dem Paravent hervor.

Noch immer beachtete sie niemand. Die Männer schienen so etwas wie Sekretäre zu sein, denn der Mamluk gab ihnen mit rauer Stimme allerlei Anweisungen. Einer nach dem anderen nickte, verneigte sich tief und verließ dann rückwärts und in gebeugter Haltung das Zelt. Schließlich war sie mit Baybars allein. Es musste schon tief in der Nacht sein.

Im Licht der Fackeln und Öllampen wirkte das Gesicht mit der Augenklappe wie das eines Dämons. Mathilde versteifte sich wie ein Tier, bereit zur Flucht. Er kam zu ihr. Unwillkürlich wich sie einen Schritt zurück. Baybars' Gesicht verzog sich zu einem schiefen Lächeln. »Ich nicht will das von Frau.«

»Was wollt Ihr dann?«

Erneut klatschte er in die Hände, und der Teppich vor dem Eingang wurde zur Seite geschoben, ein massiger Mann mit einer großen Nase und einem riesigen Schnauzer darunter erschien und warf sich auf den Bauch. Der Sultan forderte ihn auf, sich zu erheben.

»Yassin, was macht Ihr denn hier?«, platzte Mathilde heraus.

Der Gebieter der Tiegel grinste schief und zwirbelte seinen mächtigen Schnurrbart. »Kochen, Frau!«

»Und ich?«

Yassin warf seinem Herrn einen Blick zu. Er wand sich, auf seiner Stirn erschienen Schweißtropfen. »Alina und ich ... also, wir werden haben bald Kind. Medizin von Frau war gut. Gut für Mann und gut für Alina.«

Bei der Heiligen Jungfrau, das war wirklich ein Besuch der Überraschungen. Yassin schien es jedenfalls gut zu gehen, soweit sie sehen konnte. Sein Schnurrbart war steif gezuckert und gezwirbelt und wies in kühnem Schwung nach oben auf die Nasensegel. Da dämmerte ihr, was der Mamluk von ihr wollte, und sie bekam heiße Ohren. Die Röte stieg ihr ins Gesicht.

Natürlich konnte er es ihr nicht selbst sagen. Und natürlich konnte auch Yassin es nicht direkt zur Sprache bringen. Das hätte die männliche Ehre des größten muslimischen Kriegsherrn seit Saladin geschmälert. Zumindest gab es Leute, die ihn dafür hielten, und einer davon war er sicher selbst.

Wie sie gehört hatte, gab es im Harem des Sultans jede Menge Frauen. Vermutlich hätte da auch die Kraft des stärksten Hengstes irgendwann nachgelassen. Baybars wusste, dass sie begriffen hatte, worum es ging, das sah sie an seinem Blick. Jetzt ging es nur noch darum, den Schein zu wahren. Männer konnten so unglaublich eitel sein. Sie sah zu Boden, um sich zu fassen, und dann auf den Koch. »Oh, das ist gut, Yassin. Kann es sein, dass dein Herr mich rufen ließ, um die Manneskraft weiterer Diener zu stärken? Er ist ein guter Herr, nicht wahr, er sorgt für seine Leute.«

»Oh ja, das tut er«, bestätigte Yassin eifrig. »Ihr könntet also …«

Sie nickte. »Natürlich. Doch dafür müsste ich zurück in die Stadt, meine Kräuter holen.«

Baybars bellte einige Worte. Mathilde hätte zu gern sein Gesicht gesehen, doch sie hielt den Blick stur auf Yassin gerichtet. Der zwirbelte seinen monumentalen Schnauzer bis an den Rand der Auflösung und wischte sich schließlich den Schweiß von der Stirn. »Großer König sagt, geht nicht. Holen lassen. Du mir sagen.«

»*Ihr* sollt nach Akkon gehen?« Ah, daher wehte der Wind. Der Sultan wollte des Angenehme mit dem Nützlichen verbinden und seinerseits den Feind ein wenig auskundschaften. Andererseits konnte sie sich nicht vorstellen, dass er noch keine Spitzel in der Stadt hatte. Wollte Baybars sie vielleicht dazu bringen, Yassin zum Vater oder zum Bruder zu schicken? Warum? Nun, diese Suppe würde sie ihm versalzen.

Es war Yassin anzusehen, dass ihn der Gedanke nicht glücklich machte, sich in die Stadt der Ungläubigen zu begeben. Doch so wie sie hatte er keine andere Wahl. Da kam Mathilde eine Idee. Sicher wollte der Sultan auf diese Weise sicherstellen, dass sie keine Gifte kommen ließ. Ahnte er etwas? Nun, schon so mancher Mann war an der Spanischen Fliege gestorben. Glücklich, mit schwellendem Gemächt und steifem Glied, mitten im Akt der Vereinigung.

»Yassin, das geht nicht«, erklärte sie fest.

Der massige Mann geriet in Panik, die Nasensegel begannen heftig zu zittern. »Muss gehen, muss gehen«, wiederholte er immer wieder.

»Nein. Keinesfalls. Ich muss selbst gehen. Ich allein kenne die richtigen Kräuter. Überhaupt, was habe *ich* davon, wenn ich diesen … stärkenden Trank zubereite?«, erklärte sie gelassener, als sie sich fühlte. Das Herz hämmerte ihr bis zum Hals.

»Frau was will?« Das war die Stimme des Mamluken. Sie klang verärgert.

Jetzt kam es darauf an. Martin hatte ihr vor ihrem Aufbruch durch einen Mann, den die Johanniter ins Lager des Feindes eingeschleust hatten, ein Kassiber geschickt und ihr darin mitgeteilt, er werde in der Nähe sein. Und bei dem, was sie jetzt vorhatte, konnte sie nur hoffen und beten, dass er es tatsächlich war.

Mathilde wandte sich um. »Ich tue, was Ihr verlangt, Herr. Doch ein

Mal, *ein* Mal nur lasst mich das Paket sehen, das Ihr bei meinem Vater gefunden habt.«

Er lachte. »Das Paket du willst sehen? Du bist wirklich eine – wie heißt – lustige Frau. Dachte schon so bei erster Begegnung. Ihr Christen braucht das, Bilder, Symbole. Ihr tut alles für altes Leintuch, auf dem toter bärtiger Mann zu sehen ist. Mohammed der Prophet war weise, als er uns verbot, uns ein Bild von Allah zu machen.«

Baybars marschierte zu einer Truhe, hob den Deckel, griff hinein und warf ihr ein Paket zu. Länglich, aus Kalbsleder. Sie konnte es gerade noch auffangen. Mathilde hielt den Atem an, während sie es in den Händen drehte. Die Siegel über den Knoten waren erbrochen. Jemand hatte versucht, das zu verbergen. Das Leder war sorgsam wieder zusammengenäht worden. Sie konnte den Gedanken kaum ertragen, dass dies womöglich das echte Leintuch war, das von den Händen der Ungläubigen besudelt worden war.

Was nun? Sie überlegte fieberhaft. Sie musste es tun, jetzt gleich. Der Plan konnte gelingen, und etwas anderes fiel ihr auf die Schnelle ohnehin nicht ein. Innerlich zitterte sie wie Espenlaub und betete das Vaterunser. Verzeih mir, Herr, verzeih mir, falls es das echte Tuch sein sollte, flehte sie stumm.

»Pah«, erklärte sie laut und drehte das Paket mit abschätzigem Blick hin und her. »So ist es also wahr. Dieses Tuch ist nicht echt. Eine üble Fälschung. Die Siegel sind falsch. Ich weiß, wie die echten Siegel aussehen. Mein Vater hat es mir erklärt.« Mit diesen Worten warf sie das Paket zu Boden. »Hier, seht, was es wert ist.« Sie atmete tief ein – und dann trampelte sie darauf herum. Hoffentlich nahm er ihr das ab.

Der Mamluk betrachtete sie entgeistert. In seinen Augen stand erst Unglauben, dann Zweifel. Eine Christin trampelte auf der wertvollsten Reliquie ihres Glaubens herum? Sie musste doch mit der ewigen Verdammnis rechnen, wenn sie so etwas tat.

Mathilde erkannte, was in ihm vorging, und flehte inbrünstig zum Allmächtigen, dass er damit nicht recht hatte. Sie hatte ja keine Ahnung, ob dies das echte Tuch war oder nicht. Aber es war wichtig, dass Baybars *glaubte*, es sei eine Fälschung. Sie bückte sich und schleuderte das Tuch in eine Ecke. »Müll«, erklärte sie so verächtlich wie möglich. »Ihr wollt mich wohl betrügen? Also, was bekomme ich?«

»Dein Leben, Frau«, erklärte der Sultan mürrisch. Die Entwicklung gefiel ihm sichtlich nicht, die Ader an seiner linken Schläfe pochte. Yassin stieß ein leises »Phiiiiii« aus und machte sich so klein wie möglich. Mathilde warf sich zu Boden.

»Verzeiht, großer Herrscher«, stammelte sie. »Ich wollte Euch nicht beleidigen. Doch das Tuch ist wirklich nicht echt. Mein Vater sagte mir, es sei ganz sicher nicht mehr in Akkon.«

»Und wo ist es?«, grollte Baybars.

»Das weiß ich nicht. Aber mein Vater hat mir erzählt, das Tuch, das Ihr bei ihm gefunden habt, sei Teil eines Täuschungsmanövers gewesen. Ihr solltet glauben, dass Ihr das Tuch in Händen haltet, während es in Wirklichkeit heimlich außer Landes geschafft wurde. Er meinte, Pilger hätten es mit nach Norden genommen. Er wusste auch nicht genau, wohin. Nach Italien, vielleicht auch Frankreich. Das Grabtuch Christi ist jedenfalls längst nicht mehr im Heiligen Land. Aber wo es genau ist, weiß ich nicht.« Nun, da hatte sie die Wahrheit zwar ein wenig verbogen, aber in Notfällen wie diesen waren Lügen sicherlich erlaubt. Außerdem kam es auf eine mehr nun auch nicht mehr an.

»Ich lasse foltern Frau.«

Ihr lief es eiskalt über den Rücken. Sie wusste zu gut, was das hieß.

»Oh weiser und starker König, vielleicht lasst Ihr Euch überzeugen, wenn ich, eine gläubige Christin, das Tuch jetzt in einem dieser Kohlebecken verbrenne. Ist es das echte Tuch, begehe ich damit eine Todsünde. Sollte ich Euch also anlügen, würde mich das für ewig ins Fegefeuer bringen, ich müsste jede Sekunde tausend Qualen erleiden und für immer in einer Glut rösten, die heißer ist, als es sich ein Mensch vorstellen kann. Dagegen sind alle Qualen nichts, die Eure Folterknechte sich auszudenken vermögen.«

Baybars machte eine wegwerfende Handbewegung. »Pah, Frau, das würdest du nicht tun.«

Er durfte nicht wissen, wie es in ihr aussah. Sie war innerlich nur noch ein Bündel Angst. Sie spielte mit ihrem Seelenheil, ihrem ewigen Leben. Es musste gelingen, sie musste ihn überzeugen. Mathilde hatte alle Mühe, das Zittern aus ihrer Stimme fernzuhalten. »Oh doch, das würde ich.«

Sie ging zielstrebig zu dem Paket, das in einer Zeltecke gelandet war, kauerte sich davor, um Baybars möglichst die Sicht zu verdecken, hob es auf und schob es in ihren linken Ärmel. Gleichzeitig ließ sie ein ähnliches Paket aus ihrem rechten Ärmel gleiten. Sie gab vor, nur mühsam auf die Beine zu kommen, um Zeit zu gewinnen. Sie musste noch in

Windeseile die Siegel erbrechen, damit der Austausch nicht auffiel. Sie tat so, als sei ihr das Paket aus den Händen geglitten, und bückte sich ein weiteres Mal. Dabei löste sie die Siegel von den Knoten. Dann wandte sie sich um. Hatten Baybars oder Yassin bemerkt, was geschehen war? Nein. Geschafft! Sie hatte den Austausch geschafft! Und es war leichter gegangen als gedacht.

Mathilde ging auf das Kohlebecken zu, das ihr am nächsten stand, und hielt das Paket über die Flammen. Dann schaute sie herausfordernd zu Baybars. »Nun? Erlaubt Ihr, das ich es verbrenne?«

Er stürzte sich auf sie, riss ihr das Paket aus den Händen und warf es, ohne genauer hinzusehen, zurück in die Truhe. »Frau schlau. Sehr schlau. Aber ich nicht glaube. Und nun Frau wird besorgen, was Frau braucht. Aber nicht gehen selbst nach Akkon.«

Sie sah ihn für einen kurzen Moment an. Nur ganz kurz. Sie erkannte die Unsicherheit. Er wusste es nicht. Er war sich nicht mehr sicher.

»Ich warne Frau. Yassin hier wird sterben, wenn falsche Kraut. Und bringe viel. Genug für zwei Männer. Wenn nicht tun, dann ich töten Yassin.«

Der Koch hielt die Luft an. Sein Blick war flehend.

Mathilde nickte langsam. So war das also. Sie konnte den Plan mit dem Gift nicht durchführen. Den Tod eines anderen Vorkosters hätte sie in Kauf genommen. Aber nicht den von Yassin. Er würde von jeder Dosis ihrer Liebesmedizin etwas schlucken müssen, ehe der Sultan sie nahm.

Trotz ihrer tiefen Enttäuschung hätte sie fast geschmunzelt. Das würde einen gehörigen Kindersegen geben in der nächsten Zeit, soweit sie wusste, hatte der Koch drei Frauen. Er konnte es sich leisten, Baybars bezahlte seinen Bediensteten fürstlich.

»Also gut. Mein Leibdiener kann alles aus Akkon hierher bringen. Und nein, ich werde meine Rezepturen ausschließlich einem Mann meines Vertrauens mitteilen. Alles andere wäre auch zu gefährlich. Eine Prise zu viel von dem einen oder anderen Mittel könnte tödlich sein. Mein Diener weiß, was zu tun ist. Außerdem gebe ich mein Wissen nicht einfach so aus der Hand. Das ist meine Bedingung. Könnt Ihr mir außerdem die Hoden eines weißen Kamelbullen, eines Löwen und eines Elefanten besorgen? Dazu das Herz eines Löwen? Große Krieger brauchen eine große Medizin. Also entweder wir machen es auf meine Weise oder gar nicht.«

Baybars wollte auffahren, doch dann überlagerte offenbar ein anderer Gedanke seinen Zorn. Mathilde wusste, was er ihr besorgen sollte, würde ihn ein Vermögen kosten. Jeder Muslim liebte seine Kamele. Weiße Kamelbullen waren das Kostbarste, was es gab. Das galt auch für Löwen und für Elefanten. Wie alle Herrscher hatte auch Baybars eine ganze Menagerie exotischer Tiere um sich versammelt. Der Löwe war immerhin sein Wappentier. Oh, wenn sie ihn schon nicht töten konnte, dann würde sie wenigstens dafür sorgen, dass er einen hohen Preis bezahlte. Beim Entmannen dieser Tiere würde ihm das Herz bluten. Falls er so etwas wie ein Herz hatte. Ah, er schluckte. Gut!

»So soll es sein«, erklärte er nach einem kurzen Zögern. Von einem Moment auf den anderen flackerte wieder das Misstrauen in seinem Blick auf. »Köchin hat einen Diener? Seltsame Menschen, diese Christen, bei denen Diener Diener haben. Gebt mir Liste. Ein Sklave kann sie ihm bringen. Wo ist Diener?«

Was nun? Sie hatte gehofft, allein zu Martin gehen zu können. Doch wenn sie das tat, dann verriet sie, dass er bereits im Lager war. Sie hoffte, er war wirklich in der Nähe und hatte es irgendwie geschafft, sich an das Zelt zu schleichen und mitzuhören. Sonst war alles gefährdet. Herr, bitte hilf, und ihr Heiligen, bitte helft, Heilige Jungfrau, was soll ich nur tun?

Sie musste Zeit gewinnen. »Er wartet draußen vor dem Lager auf mich. Ich muss ihm genau einschärfen, was ich benötige. Das kann nur ich. Sonst wird er womöglich noch einen Fehler machen und das Falsche besorgen.«

Baybars klatschte in die Hände. Zwei Soldaten erschienen. Sie waren bis unter die Zähne bewaffnet. »Gut. Frau gehe zu Diener. Sage ihm. Dann komme zurück. Warte hier. Bis Mittel hat gewirkt. Wenn Frau fliehen, Yassin stirbt.«

Der Koch schnaufte entsetzt auf, seine Nase geriet noch mehr in Bewegung. Mathilde sah die Todesangst in seinen Augen. Sie zweifelte nicht einen Augenblick daran, dass dieser Unhold tun würde, was er sagte. Baybars war geübt darin, die Schwächen anderer für seine Zwecke zu nutzen. Nur dadurch und durch seine Vorsicht war er noch am Leben, denn es gab mehr als einen Menschen, der ihn hasste. Natürlich wusste er, dass sie Yassin recht gut kannte. Auch hier hatte er wieder schlau erlaubt, dass so etwas wie Freundschaft zwischen ihnen entstanden war. Und er wusste genau, dass sie nicht noch einmal zusehen würde, wie ein

Mensch, der ihr etwas bedeutete, unter der Folter starb. Er hatte sie in der Hand. In ihr arbeitete es fieberhaft. Was sollte sie tun, was sollte sie nur tun? Sie durfte Yassins Leben nicht aufs Spiel setzen. Zumal er bald Vater werden würde. Sie hatte schließlich mit dafür gesorgt, dass dieses Kind gezeugt worden war.

»Wenn Frau nicht gehorchen, dann sterben Koch. Sterben langsam«, wiederholte Baybars eindringlich. »Und danach sterben seine ganze Familie. Schneiden Kind aus Bauch von Frau.«

Yassins Augen wurden riesengroß, und er warf sich jammernd vor seinem Sultan auf den Boden. »Herr, Gnade, Gnade! Oh Hochwohlgeborener, Vater der Barmherzigkeit und Beherrscher der Weisheit, Euer demütiger Knecht fleht um Gnade!« Er schluchzte und heulte, die Tränen liefen ihm übers Gesicht. Immer wieder verneigte er sich mit erhobenen Händen. »Herr, großer König, ich flehe –«

»Sei ruhig.«

Yassins Flehen verstummte abrupt. Nur noch ein Wimmern war zu hören, das er einfach nicht unterdrücken konnte.

»Ich schwöre bei meiner Ehre, ich kehre zurück. Euch wird durch mich kein Leid geschehen. So wahr mir Gott helfe. Lasst diesen Mann. Er hat Euch nichts getan.«

»Frau, du nicht sprechen so mit mir. Zu Boden, Weib! Zu Boden. Frau nichts hat Ehre. Ich schwöre, dieser Mann hier sterben, wenn du nicht gehorchst. Und wenn du mir bringst Gift, dann auch. Hier, ich habe gegeben diese Männer Befehl.«

Ah, jetzt gab er es sogar zu, die Liebesdrogen waren für ihn selbst bestimmt. Doch sie kam nicht dazu, Genugtuung zu empfinden, dass sie recht gehabt hatte. Die beiden Soldaten ergriffen Yassin und fesselten ihn an Händen und Füßen. Dann banden sie die Fesseln hinter seinem Rücken zusammen, sodass er nur noch zusammengerollt liegen, sich kaum noch rühren konnte, und trugen ihn hinaus. Sie keuchten dabei. Denn er war schwer.

Mathilde würde das Flehen und die Todesangst in Yassins Blick niemals vergessen. Dafür, dass er Menschen so etwas antat, hasste sie Baybars noch mehr. Doch sie wusste auch, sie konnte ihn unter diesen Umständen nicht töten. Yassin war gut zu ihr gewesen. Sie würde nicht die Ursache dafür sein, dass er und seine Familie leiden mussten.

Erneut begann sie stumm zu beten, rief die Namen aller Heiligen an, die ihr einfielen. Macht, dass Martin in der Nähe ist, macht, dass er sieht, wohin wir gehen. Allmächtiger, hilf deiner treuen Dienerin Mathilde. Ich schwöre, wenn ich lebendig hier herauskomme und niemandem etwas geschieht, werde ich … Ja, was würde sie? Es musste etwas Großes sein. Etwas Schweres. Etwas, was sie im Tausch anbieten konnte. Entschlossen dachte sie den Satz zu Ende: Wenn ich lebendig hier herauskomme, werde ich den Schleier nehmen.

Das war das Einzige, was sie hatte. Das einzige wirklich Wertvolle, was sie dem Allmächtigen zum Tausch anbieten konnte: ihr restliches Leben.

Die beiden Soldaten nahmen sie in die Mitte und führten sie hinaus. »Jetzt hoffe ich nur, dass ich meinen Diener gleich finde«, erklärte sie mit erhobener Stimme. »Ich weiß nicht mehr genau, wo ich ihn zurückgelassen habe!«

»Wohin, Frau?«

Mathilde gab sich den Anschein, als müsste sie sich orientieren. Martin brauchte vielleicht noch Zeit. Sie blickte sich suchend um. »In diese Richtung. Ich glaube, ich bin aus dieser Richtung ins Lager gekommen. Nein, das kann nicht sein. Ich glaube, es war eine andere. Oh je, ich weiß es nicht mehr.« Sie schlug die Hände vor die Augen und begann fürchterlich zu jammern. »Oh je, oh je, ich weiß nicht mehr, wo bin ich nur hergekommen?«

In Windeseile versammelte sich ein Pulk heftig debattierender Menschen um Mathilde und ihre beiden Bewacher. »Frau ist von hier gekommen«, erklärte der eine und wies nach Westen. »Frau von hier gekommen«, erklärte ein anderer und wies nach Osten. Der Dritte war mehr für Norden.

»Was ist hier los?«, bellte Baybars. Er war aus dem Zelt getreten, um herauszufinden, was der ganze Aufruhr sollte. Alle fielen sofort zu Boden. Nur Mathilde sank betont langsam in die Knie. Sie wusste, es war unklug, seinen Zorn herauszufordern. Aber sie konnte nicht anders. Außerdem wollte er etwas von ihr. Und das hatte er noch nicht.

Als Baybars begriff, dass sie der Grund für den Trubel war, begann das Misstrauen in seinen Augen erneut zu flackern. »Du von da gekommen. Da Stadt«, erklärte er und wies in Richtung Akkon.

Mathilde tat so, als wäre sie sehr erleichtert. Sie verneigte sich tief. »Verzeiht einer unwürdigen Dienerin ihre Torheit, oh großer Herrscher, Vater der Weisheit«, murmelte sie und ging in die Richtung, in die der Mamluk gewiesen hatte. Hoffentlich war Martin da, hoffentlich hatte er alles gehört, hoffentlich! Sie wagte kaum aufzuschauen, ging zögernd, Schritt für Schritt. Schließlich sah sie doch hoch.

Und von ihrem Herzen fiel ein ganzes Gebirge. Da hockte Martin auf der Erde, an einen Stein gelehnt, als wartete er. Bei ihrem Anblick sprang er auf und dienerte. Er hatte tatsächlich alles gehört. Die Tränen schossen ihr in die Augen. Sie hätte ihn am liebsten umarmt. Nun, vielleicht sollte sie es tun.

Ohne weitere Umstände fiel sie ihm um den Hals. Die beiden Wachen zerrten sie zurück. Doch es war zu spät. Das Päckchen war bereits aus ihrem Ärmel in seine Umhängetasche geglitten. Jetzt war es endgültig geschafft! Sie hätte jubeln können.

Nun konnte sie nur noch beten, dass der Allmächtige ihr Opfer annahm. Dass Baybars nicht bemerkte, dass sie das Paket ausgetauscht hatte. Die Siegel waren der Schwachpunkt. Hoffentlich hatte sich der Sultan das Paket mit dem Tuch nicht genauer angeschaut.

Mathilde stand im Küchenzelt in Baybars' Lager und walkte den Teig, als wäre er der Feind. Sie hatte es satt, ihren Verstand zu belauern und ihre Gefühle ständig erneut zusammenzuklauben. Seit sie den Entschluss gefasst hatte, den Schleier zu nehmen, waren die Gedanken an Steinmar wieder allgegenwärtig. Manchmal schien es ihr, als habe sie jedes einzelne Wort, jeden Moment wie ein Bild in einen Rahmen gefasst und in ihrem Inneren aufgehängt. Als gehe sie nun von Rahmen zu Rahmen. Als erlebe sie alles von Neuem. Gut, es lenkte ab von der Angst, Baybars könnte den Betrug entdecken. Doch jetzt, wo sie Steinmar nicht mehr haben konnte, ihren Ritter mit dem großen Kopf, den Spötter mit den blauen Augen, ganz sicher niemals mehr haben konnte, sehnte sie sich nach ihm wie nie zuvor. War das nicht verrückt? Sie war eindeutig nicht ganz bei Trost. Männer konnten ihr doch egal sein. Alle Männer, nach dem, was geschehen war. Keiner hatte auch nur die leiseste Ahnung von den Gefühlen einer Frau. Sie waren nur Sachen für sie, Eigentum, dazu da, sie zu benutzen, wie es ihnen gerade beliebte. Auch er war da nicht anders.

Sie fühlte sich beobachtet und hob den Blick. Yassin zwinkerte ihr zu und bedeutete ihr, sie müsse sich beeilen. Gleich darauf bedachte er einen seiner Lehrlinge mit einem empörten »Phiiiiii« und tunkte ihm das Gesicht kurz in die missratene Schlagsahne. Der Junge hatte sie zu lange geschlagen, sodass sie zu Butter verklumpt war. Mathilde lachte schallend. Die Falten auf Yassins Stirn verzogen sich. Er schmunzelte ebenfalls. Mathilde lächelte zurück, froh, dass es ihr erspart geblieben war, wieder die Burqu zu tragen. Sie fühlte sich wohl in der weiten Pumphose und dem knielangen Überkleid. Gut, um ein Kopftuch kam sie nicht herum. Aber das war im Frankenland auch nicht anders. Wenn sie in der Küche stand, trug sie immer eine Haube, wie sie bei den verheirateten Frauen üblich war. Und kam sich dabei vor wie eine Hochstaplerin. Denn in den Augen der sie umgebenden Menschen war sie ohne Ehemann und längst auf dem besten Wege, eine alte Jungfer zu werden.

»Frau, gleich kommt Bote!«

Mathilde nickte Yassin zu. Ja, natürlich, der Bote des Sultans würde die fällige Portion Liebestrank abholen. Sie begab sich eilends hinter den Paravent. Mathilde hielt es noch immer für besser, ihr Rezept geheim zu halten. Doch es schien zu wirken. Jedenfalls erzählten sich die Leute in der Küche, der Sultan sei stark wie ein Stier und begatte jeden Tag gleich mehrere Frauen. Und das Haschee aus Stier- und Kamelhoden, Löwenherzen und Elfenbeinpulver, gewürzt mit Goldstaub, schmeckte noch nicht einmal schlecht, behauptete Yassin. Zum Haschee gab es den üblichen Trunk. Brrr. Besser nicht daran denken, was alles dort hineinkam.

Jemand rüttelte am Paravent. Sie seufzte. Es half nichts, sie würde wieder einmal vorkosten müssen. Danach war Yassin an der Reihe. So stellte der Sultan sicher, dass er nicht vergiftet wurde. Yassin würde sein Vorkosteramt allerdings erst später, im Beisein von Baybars ausüben. Damit bekam auch er gleich etwas zusätzliche Manneskraft verpasst. Wie immer hatte sie für seine Rückkehr außerdem eine zusätzliche kleine Portion hinter dem Paravent beiseitegestellt. Mit einem Seufzer trat sie vor den Bediensteten des Sultans, nahm eine Gabel des Haschees und kaute langsam und bedächtig. Der Bote ließ sie nicht aus den Augen. Dann trank sie einen kleinen Schluck vom Liebestrunk. Es schmeckte ekelhaft. Doch sie verzog keine Miene. Um zu zeigen, dass sie keineswegs gedachte, von den Lebenden zu den Toten zu wechseln, drehte sie sich mehrfach um die eigene Achse. Der Mann nickte bedächtig und zog, beladen mit der Karaffe und dem dampfenden Haschee, ab. Yassin folgte ihm auf dem Fuße.

Sie sah ihm nach, glücklich, dass er durch sie nicht zu leiden gehabt hatte. Er hatte sich geweigert, darüber zu sprechen, was nach ihrem misslungenen Fluchtversuch geschehen war. Vielleicht wusste selbst Baybars, dass ein guter Küchenmeister nicht so leicht zu finden war. Vielleicht war sein Zorn nach Nehemias Folterung auch abgekühlt. Aber erstaunlich war das schon. Letztendlich hatte es sich für Baybars aber wohl ausgezahlt, Yassin am Leben zu lassen. Der Koch hatte Nehemias Rolle als Auskundschafter und Vertrauter übernommen und war damit für Babybars von doppeltem Wert. Der Sultan musste nur damit drohen, ihm etwas anzutun, und sie tat, was er wollte. Yassin versuchte auch immer wieder brav, sie auszuhorchen. Mathilde gab ihm Hinweise von geringer Wichtigkeit. Dabei horchte sie gleichzeitig ihn aus. Und beide wussten, dass sie wusste, dass er wusste. Doch das tat der Freundschaft keinen Abbruch.

Nach Yassins Abgang kehrte Mathilde zu ihrem Pastetenteig zurück. In ihrem Kopf drehte sich alles. Sie war dieses verdammte Opium nicht gewohnt. Doch zu einem anständigen Kraftmittel gehörte es nun einmal dazu.

Sie dachte über die Verhandlungen nach. Der englische Edward, die Großmeister der Ritterorden und der Sultan waren übereingekommen, sich nun persönlich in die Gespräche einzuschalten. In den letzten Tagen war ein ganzes Heer von Unterhändlern zwischen den Lagern hin- und hergewandert. Es hatte unzählige Zusammenkünfte mit praktisch ununterbrochenen Beratungen gegeben, mal in Akkon, mal im Lager des Mamluken. Das bedingte jedes Mal ausgiebiges gemeinsames Tafeln. Die Emissäre hatten zudem ganze Wagenladungen an Pergamenten und Geschenken hin- und herbefördert. Und nun, endlich, würden auch diejenigen zusammenkommen, die die Entscheidungen über Krieg und Frieden fällten.

Und so war sie wieder in der Küche gelandet. Baybars hatte befohlen, dass sie einige Gerichte zu den Essen anlässlich der Zusammenkünfte beisteuern sollte und auch zum großen Festmahl, mit dem das Zustandekommen der Verträge gefeiert werden würde. Bis es so weit war, sollten die Ungläubigen sich möglichst wohlfühlen, hatte Yassin ihr erklärt. Beide wussten, der Sultan wollte die Franken mit ihren Lieblingsgerichten ködern und milde stimmen, am besten einlullen. Wenn der Magen gut gefüllt war und der Ranzen spannte, herrschte im Kopf meist Leere, und das Misstrauen wurde eingeschläfert, das wusste man auch bei den Gefolgsleuten des Propheten.

Mit der Forderung des Sultans, Yassin zur Seite zu stehen, war ihre Hoffnung neu aufgeflammt, dass sie es doch noch schaffen konnte, Baybars zu vergiften. Sie musste endlich einen Weg finden, die Drogen an ihm und den anderen Vorkostern vorbei in sein Essen zu schmuggeln.

Bisher war ihr dazu keine wirklich überzeugende Lösung eingefallen. Sie hatte nur ein neues Rezept für Haschischplätzchen entdeckt, mit dem sie hoffte, die Stimmung beim nun offenbar unmittelbar bevorstehenden Festgelage zur Feier der Übereinkunft möglichst schnell so weit zu entspannen, dass sie Baybars unbemerkt das Gift verabreichen und aus dem Lager fliehen konnte. Besonders vielversprechend war der Plan jedoch nicht, denn Baybars war an Drogen gewöhnt.

Für die Gerichte, die sie beizusteuern hatte, war noch jede Menge vorzubereiten. Mathilde hatte sich viel vorgenommen. Kein Ungläubiger sollte jemals behaupten können, die Christen verstünden nichts von gutem Essen. Sie rümpften ja sowieso schon die Nase über diese »Schweinefleischfresser« und »Säufer«. Baybars war strenggläubig, hielt sich an die Gebote des Korans. Er trank keinen Alkohol. Und das forderte er auch von seinen Leuten.

In diesem Moment rief der Muezzin. Alle Muslime im Küchenzelt rannten nach draußen. Mathilde wusste, was dort geschah, sie hatte es oft genug gesehen. Die Leute reinigten Hände und Füße mit Sand oder ein wenig des kostbaren Wassers und rollten ihren Teppich aus. Drei oder vier Sklaven knieten zwischen all den Töpfen und Tiegeln nieder, den Kopf gen Mekka gewandt, um die Feuer im Auge behalten zu können.

Mathilde walkte derweil weiter den Pastetenteig und rief sich in Erinnerung, was sie alles aufzutischen gedachte. Natürlich Pasteten. Aber sie kannte inzwischen auch viele orientalische Gerichte und gedachte, aus der abend- und der morgenländischen Küche ihre ganz besondere Mathildemischung zuzubereiten. Auf ihrem Speiseplan standen *Babaganoush*, eine orientalische Vorspeise aus Auberginen, *Bulgurpilaw* mit Rosinen und Pinienkernen, *Rissoles* mit Rindermark, Fischrillette, Fleischbällchen mit Ingwer, *Khoresht-e-ghormeh sabzi*, Lammfleisch mit Bohnen und Kräutern, und *Köfte*, kräftig gewürzte Hackfleischbällchen, dazu mit Trockenpflaumen gefüllte gegrillte Wachteln in Nuss-Ingwer-Soße, Granatapfelhühnchen mit Walnuss, Rosenpudding und noch einiges mehr. Vielleicht Mandelmilch? Der starke Geschmack würde das Gift überdecken. Sie musste noch einmal drüber nachdenken.

Aber auch Yassin hatte eine lange Liste. Die Tafel würde sich biegen: Er plante, allerlei gegrillte und gefüllte Singvögel zu servieren, und zwar in ihrem eigenen Balg. Sie sollten später in einem Vogelkäfig auf den

Tisch kommen, so, als seien sie noch lebendig und nicht entbeint und dann wieder gefüllt. Dazu hatte er sich bei Mathilde einige Tricks abgeschaut. *Hummus Tahina* stand außerdem auf seinem Speiseplan, natürlich, dieses Kichererbsenmus gehörte auf jede anständige Tafel. Außerdem zweierlei Bohnenpüree, die würzige Walnusspaste, die er einfach unnachahmlich herzustellen verstand, und allerlei Nachspeisen, das ließ er sich nicht nehmen. Zum Beispiel *Baklava* und gefüllte Walnüsse, *Knafa*, die süßen Fadennudeln, sowie seine wunderbaren Pistazienplätzchen. Und das waren nur die Gerichte, an die sie sich erinnern konnte. Baybars hatte sogar angeordnet, Eis aus den Bergen des Libanon herbeischaffen zu lassen, damit sein Koch Sorbets herstellen konnte.

Wieder wanderten Mathildes Gedanken zu Steinmar, in ihrem Bauch regten sich die Schmetterlinge. Was sollte das? Wirkte sich die ständige Vorkosterei von Liebesmahlzeiten und Liebestränken am Ende auch auf ihre Gefühle aus? Bloß nicht. »Blöde Kuh«, murmelte sie in die lautstarken Gebete der Leute von der Küchenbrigade hinein. Dann gab sie dem Pastetenteig einige schallende Ohrfeigen mit.

»Aber, aber, kleine Wachtel! Soo schlimm steht es mit dir? Das hätte ich jetzt nicht gedacht«, raunte plötzlich eine Stimme.

Mathilde fuhr herum. »Ritter Steinmar! Was macht Ihr denn hier, ich meine …« Ein Ozean brach auf. Sie paddelte hilflos darin herum und war kurz davor, in der Flut ihrer Gefühle unterzugehen.

»*Preis sei Allah, der Besitzer der Erhabenheit und der Ehre*«, schmetterten die Betenden vielstimmig auf Arabisch.

»Mach den Mund wieder zu. Ich gehöre zu jenen, die die letzten Einzelheiten für das große Treffen morgen erörtern und festlegen sollen. Ich bin für das geplante Turnier zuständig und natürlich auch für Weib und Gesang.«

»*Preis sei Allah, Besitzer der Prächtigkeit und der Majestät.*«

»Was auch sonst. Morgen also. Dann sind die Verhandlungen wohl heute Abend beendet.« Mathilde rang heldenhaft um Fassung. Dieser verdammte Mann.

»Na, na, höre ich da eine gewisse Missbilligung heraus?«

*»Preis sei Allah, Besitzer des Ehemaligen und des glanzvollen Königreichs.«*

»Es steht mir nicht zu, Euch zu missbilligen.« Sie warf ihm einen kurzen Seitenblick zu.

»Ich sehe schon, diese Ungläubigen scheinen dir ein besseres Benehmen beigebracht zu haben.«

»*Preis sei Ihm, Verleiher der Rühmlichkeit und der Schönheit*«, schallte es gen Mekka.

Sie schnaubte verächtlich. »Dafür müsstet Ihr nicht in diese Küche kommen. Also, was tut Ihr hier?« Etwas stimmte mit ihr nicht. Opium, das musste das Opium sein. Warum waren ihre Knie so weich? Ach, diese blauen Augen. Die Hände. Sie konnten so zärtlich sein. *Nein!* Ein erneutes Schnauben begleitete ihre nächste Attacke auf den Pastetenteig.

»Oha, da habe ich mich bezüglich des besseren Benehmens wohl getäuscht. Ich dachte, du freust dich, mich zu sehen.«

*»Preis sei Ihm, Verleiher des Lichtes und der Würde.«*

»Worüber sollte ich mich wohl bei Eurem Anblick freuen, Herr Ritter?«

Er gluckste. »Unverschämt wie eh und je. Da bin ich froh. Ich dachte schon, die Geschehnisse der Vergangenheit hätten dir den Schneid abgekauft.«

Mathilde klatschte und walkte.

»*Preis sei Ihm, der den Weg einer Ameise beim Überqueren eines Steines bemerkt.*« Diese Stelle des Gebetes mochte sie besonders.

»Der arme Teig«, erklärte er betont mitfühlend.

Sie antwortete nicht. Sollte er sich doch über sie lustig machen. Es war ihr gleich.

Er zögerte. »Nun, dann muss ich meine Aufmerksamkeit eben anderen Damen zuwenden.«

»Na bitte. Macht. Das geht mich nichts an.« Wieder wurde der Teig bestraft.

»Ach? Da hatte ich aber einen anderen Eindruck.«

»Spart Euch die Anzüglichkeiten. Das war einmal. Ich mache einen Fehler für gewöhnlich nicht zweimal.«

Er runzelte die Stirn. »Mir scheint, du bist mir nicht sehr wohlgesinnt. Nun gut. Ich soll dich grüßen. Von deinem Vater. Du hast deine Sache gut gemacht. Bisher.«

*»Preis sei Ihm, der das Fallen des Vogels in der Luft erkennt.«*

Mathilde wusste, was er damit sagen wollte. Alle warteten darauf, dass Baybars das Zeitliche segnete. Sie würde es versuchen. Aber sicher nicht um den Preis von Yassins Tod. Sie wusste, dass es gewaltigen Ärger mit der Loge bedeutete, falls ihr der Giftanschlag nicht gelang. Egal. Falls ihr im letzten Augenblick nicht noch ein Ausweg einfiel, müsste eben jemand anderes diese Aufgabe erledigen. Es würde sich sicher jemand finden. Sie hatte sich Gott versprochen. Es lag nun alles in seiner Hand.

Sie wusste schon, in welches Kloster sie wollte. Zu den Frauen von Klingental, in das Kloster, das Herr Walther von Klingen gestiftet hatte. Dann schloss sich ein Kreis, und alles ergab vielleicht einen Sinn.

Ein leises Bedauern überkam sie. Sie würde die Kastilierin wahrscheinlich nicht mehr zu Gesicht bekommen, Edwards Prinzessin. Und auch mit der Beobachtung des Turniers und der Spielleute würde es nichts werden. Sie hatte sich vorgenommen, spätestens während des Festmahls zu fliehen. Hoffentlich hatte Martin ihre Nachricht erhalten. Sobald sie eine Möglichkeit sah, Outremer gefahrlos zu verlassen, würde sie ihn bitten, mit ihr in die Heimat zurückzukehren.

Sie hob den Kopf. Irgendwann musste sie es Steinmar sagen. Warum nicht jetzt?

»*Preis sei Ihm, der auf dieser Weise ist und niemand anderes Ihm gleich ist.*« Bald war das Gebet zu Ende.

»Es wird niemals mehr eine solche … Zusammenkunft zwischen uns geben.« Sie stockte. »Ihr könnt Euch das Gesülze und Gesinge sparen. Ich habe einen Schwur getan. Wenn das alles vorbei ist, werde ich den Schleier nehmen.«

Jetzt hatte sie ihn getroffen. Er schaute sie an, wie vom Donner gerührt. »Das kannst du nicht! Du bist doch mein Weib!«

»Euer Weib? Macht Euch nicht lächerlich! Es gibt genügend Männer, die ihre Frauen ins Kloster bringen lassen, um sie loszuwerden. Aber so etwas liegt Euch natürlich fern. Ihr versteckt Euer Weib lieber.« Es gelang ihr nur beinahe, die Bitterkeit aus ihrer Stimme herauszuhalten. Dafür ätzte das Gefühl ein Loch in ihre Brust.

Die Sklaven in der Küche rollten ihre Teppiche wieder zusammen. Einige warfen dem Überraschungsgast finstere Blicke zu. Bald würden Yassin und die anderen zurückkommen.

»Wir werden sehen«, erklärte Steinmar plötzlich in aller Gemütsruhe.

Was sollte das jetzt?

»Ja, wir werden sehen«, erwiderte sie trotzig.

In der Nacht fasste Mathilde einen ihrer spontanen Entschlüsse. Sie wollte Steinmar um keinen Preis der Welt ein weiteres Mal begegnen. Sie hasste die Schwäche, die sie in seiner Gegenwart überkam. Sie musste fort. Gleich jetzt. Egal, welche Probleme ihr daraus erwuchsen, egal, was der Vater, was die Marianer sagen würden. Schlimmer konnte es nicht werden. Und im Kloster war sie vor Nachstellungen jeder Art sicher. Ihr Bewacher, der darauf achten sollte, dass Baybars die Frau, für deren Entführung er einmal bezahlt hatte, nicht wieder abhandenkam, schlief. Er war betrunken. Sie würde die Gelegenheit nutzen und von hier verschwinden. Jetzt. Sie hatte genug. Genug davon, von den Männern benutzt zu werden. Sollten doch andere die Pasteten fertig machen. Yassin würde schon klarkommen. Sie musste nur noch Martin finden. Er war wieder in seine Rolle als Schmied geschlüpft und verrichtete sein Handwerk weit ab von den Kreisen, in denen sich Yassin und die Männer der Leibgarde des Sultans bewegten, die ihn als Mathildes Diener kennengelernt hatten. Das Feldlager war riesig.

Sie erhob sich leise. Der Bewacher lehnte am Zeltpfosten, den Kopf auf der Brust, und schnarchte. Alkoholdunst schlug ihr entgegen. Er grunzte. Doch er wachte nicht auf. Sie schlich sich leise hinaus. Das Einzige, was sie bedauerte, war, dass sie sich nicht von Yassin verabschieden konnte.

# XIX

Martin und Mathilde kehrten heim in eine brennende Welt. Der Krieg zwischen Rudolf von Habsburg und dem Bischof von Basel hatte an Wut zugenommen.

Heinrich von Neuenburg war es gelungen, Rheinfelden zu erobern, die Stadt, die für uneinnehmbar gehalten worden war. Ebenso wie Rudolfs Burg Hertimberc.

Rudolf hatte Rache geschworen und rückte unablässig weiter gen Basel vor, plünderte dabei ein Dorf nach dem anderen und brachte seine Beute nach Seckingen. Außerdem holte er sich Rheinfelden zurück. Der Habsburger wütete, sammelte und presste Männer in seinen Dienst, er eroberte Breisach, das dem Bischof gehörte, und befehdete die Herren von Toggenburg, die Söhne von Heinrichs Schwester.

Nichts und niemand schien den Grafen von Habsburg noch aufhalten zu können. Er drang mit seinen Leuten immer weiter ins Land seines Feindes ein. Rudolf hatte zudem kampfkräftige Verstärkung bekommen. Den Päpstlichen war es gelungen, ihre Feinde, die Sterner, ja, den gesamten Adel der Königstreuen aus Basel zu vertreiben. Die meisten hatten sich in Rudolfs Feldlager geflüchtet und zogen nun mit ihm in den Kampf.

Immer wieder marodierten entgegen Rudolfs Befehlen auch kleinere Trupps von Reisigen und Sternern plündernd durch die Dörfer. Überall qualmten die Höfe, über der Region hing der Geruch von Verwesung und Tod. Die Angst legte sich über die Gemüter der Menschen wie ein Leichentuch, die Gerüchteküche brodelte. Auch in Mathildes Wirtshaus. Die üblichen Gäste blieben aus, nur noch allerlei Gelichter fand den Weg zu ihr sowie hin und wieder einige Edelleute, die meinten, so ein Krieg sei etwas Feines, eine Sache der Ehre. Und dann tranken sie sich Mut an, ehe sie aufbrachen, um den nächsten armen Bauersmann und seine Familie zu malträtieren.

Mathilde befand sich in einem seltsamen Zustand, irgendwo zwischen Tag und Traum, zwischen dem Versuch zu vergessen und Bildern, die immer wieder den dünnen Firnis der Zeit durchstießen. Und sie konnte sich mit dem Befehl nicht abfinden, der ihr übermittelt worden war. Doch sie wusste, dieses Mal musste sie es. Nun, wo sie Steinmars

Nähe entkommen war, begann ihr Verstand wieder zu arbeiten. Sie hatte den Bogen mit ihrer erneuten heimlichen Abreise – oder eher der Flucht aus Baybars' Lager und dann aus Akkon endgültig überspannt. Erneut hatte sie nicht getan, was die Loge von ihr erwartet hatte.

Die Marianer hatten sich nicht dazu geäußert, wie ihre Strafe aussehen würde. Noch nicht. Ihre Botschaft war aber unmissverständlich. Sie lautete: »*Wir untersagen es ihr, bei dem Gelübde, das sie getan, den Schleier zu nehmen.*«

Sie erkannte die Schrift. Heinrich von Isny hatte die Worte niedergeschrieben. Mathilde wurde trotz der unmissverständlichen Drohung, die in diesen Worten lag, warm ums Herz, als sie an den Vertrauten des Habsburgers dachte. Der Knoderer gehörte zu den wenigen Menschen, die sie noch achtete. Die edlen Herren und Damen, die so großtaten – sie waren doch alle nur Heuchler, Betrüger. Ehebrecher. Machtgierig, eigennützig, Diebe und Mörder. Vergewaltiger.

»Was ist Euch?«, fragte Gertrud, als sie bei diesen Gedanken etwas heftiger in der Brotsuppe rührte.

»Nichts, es ist nichts.«

»Ich sehe doch, dass Euch etwas umtreibt. Ist es, weil Ihr Lütold gestern verpasst habt, als er nach Euch fragte? Er schien mir recht unglücklich, als er Euch nicht antraf.«

Mathilde wurde bleich. Sie schüttelte den Kopf. »Was du nur dauernd mit Lütold hast. Nein, habe ja eben erst durch dich erfahren, dass er mir seine Aufwartung machen wollte.« Würde sie denn nie Ruhe vor dem Tiefensteiner haben? Seine Gegenwart war ihr inzwischen unangenehm. Sie wollte nicht immer wieder von Neuem erklären müssen, dass sie ihn niemals heiraten würde. Aber Gertrud verteidigte ihn stets, sie hatte offenbar einen Narren an ihm gefressen. Nun ja, Lütold war längst wieder am Rhein und hatte sich wenigstens davon überzeugt, dass sie gut heimgekommen war. Steinmar nicht. Sie wollte ihn nicht wiedersehen. Aber das war ihr nun auch nicht recht.

Wie sollte sie Gertrud nur sagen, dass sie ins Kloster gehen würde? Oder Martin, dem treuen Freund. Und Junge. Sie war nur noch hier, weil die Kingentaler Nonnen sie nicht hatten aufnehmen wollen. Trotz des Verbotes der Loge hatte sie es versucht, war eines Tages einfach vor den Toren des Klosters aufgetaucht. Sie hatten sie auf Antwort warten lassen wie eine Bettlerin auf Almosen. In diesen Zeiten könnten sie keine Novizinnen aufnehmen, zumal sie daran dächten, sich vor den Toren

Basels auf der anderen Rheinseite niederzulassen, hatte die Äbtissin ihr schließlich ausrichten lassen. Es sei ihnen außerdem von höherer Seite bedeutet worden, dass man es nicht gern sähe, wenn Mathilde von Waldshut aufgenommen würde.

So war sie unverrichteter Dinge wieder abgezogen. Sie schnaubte unwillkürlich. Ja, wenn sie Geld gehabt hätte, eine große Mitgift oder von adeliger Herkunft gewesen wäre! Dann hätten die Nonnen sie bestimmt aufgenommen.

Doch es widerstrebte ihr aufzugeben. So schrieb sie Heinrich von Isny: »*Ich habe einen heiligen Eid getan, den Schleier zu nehmen. Nur der Heilige Vater selbst kann mich davon entbinden.*«

Die Antwort war noch knapper gewesen. »*Ihr habt auch uns einen Eid geschworen.*« Keine Anrede, keine Unterschrift.

»Was ist Euch? Ich merke es doch, Ihr seid verändert, seit Ihr zu uns zurückgekehrt seid. So still, in Euch gekehrt. Martin schweigt sich ebenfalls aus. Kein Lachen mehr, keine Lieder. Ihr habt wohl Schlimmes erlebt und gesehen«, meinte Gertrud mitfühlend.

Die beiden Frauen schauten sich kurz an. Dann senkte Gertrud den Blick. Ihr Gesicht war hart geworden. Sie schien verstanden zu haben, sagte aber nichts.

»Wie soll mich auch nicht die Wehmut überkommen, wenn ich sehe, wie die Menschen geschunden werden und leiden. So eine einfache Brotsuppe wie diese hier ist inzwischen für alle ein Festessen«, meinte Mathilde schließlich in die Stille hinein, die bedrückend zwischen ihnen hing.

Gertrud nickte. »Ja, schlimm ist es. Manchmal glaube ich, es hört nie auf. Nicht nur, dass die Raupen im letzten Jahr erneut alles kahl gefressen haben, da konnten die Priester noch so viel Weihwasser auf die Bäume sprengen, es half nichts. Dann kam noch die Mäuseplage. Fast die gesamte Ernte ist hin.«

»Ja, selbst die Großen trifft es. Ich hörte, dass Graf Rudolfs Vetter, Gottfried von Habsburg-Laufenburg, gestorben ist. Die Leute sagen, er kämpfte unter dem Böhmen Ottokar gegen den Ungarnkönig Stefan und wurde so schwer verletzt, dass er starb. Und sein jüngerer Sohn, ebenfalls Gottfried genannt, segnete kurz danach das Zeitliche. Jetzt muss der andere, der minderjährige Rudolf die Geschäfte führen. Doch es heißt, dass an seiner statt der Bischof von Konstanz und der Neu-Kyburger die Zügel in der Hand halten.«

Gertruds Blick war düster geworden. »Und unser Landesherr höchstselbst zog nach dem Fest der heiligen Margarethe mit Heeresmacht gen Freiburg und schädigte Menschen und Ernte aufs Schwerste.« Das klang bitter.

Mathilde schaute die Freundin an. »Du wirst doch wohl nicht den Bischof unterstützen wollen?«

Gertrud antwortete nicht.

Mathilde wandte sich wieder dem Herd zu. Durch die geöffnete Küchentür hörten sie ein Murmeln, dann ein Lachen. Das war Junge. Nicht mehr lange, dann würde er wohl in den Stimmbruch kommen. Es war heiß. Vom Suppentopf stieg Dampf auf. Sie wischte sich mit dem Ärmel Schweiß und Haarsträhnen aus dem Gesicht. Wieder dieses Lachen, gefolgt von Martins tiefer Stimme.

Und dann sagte eine andere, schon lange nicht mehr gehörte Stimme: »Herzlichen Glückwunsch zum Geburtstag, kleine Wachtel.« Die rundliche Gestalt des Minnesängers schob sich durch die Tür des Küchenhauses. Ihm folgte ein strahlender Martin. Die Vorhut bildete Junge, der einen kleinen Kuchen mit einer brennenden Kerze in der Hand hielt. »Oh, kein Willkommensgruß? Sapperlot, wir haben sie überrascht. Jetzt hat sie doch tatsächlich ihren eigenen Geburtstag vergessen.« Steinmar klimperte auf der Harfe.

*»Sommerzeit, ich freu mich dein,*
*Denn ich kann nun schauen*
*Mein süßes ländlich Mägdelein,*
*Meines Herzens Fraue.*
*Die Maid, die Kraut zu holen geht,*
*Die hab ich mir erkoren.*
*Steinmar, fasse Zuversicht,*
*Wer heimlich liebt, der hüte sich.«*

Übergangslos brach Mathilde in Tränen aus. Sie hasste sich dafür. »Wwwo kommt Ihr denn nun schon wieder her?«, stammelte sie.

»Vor drei Tagen kam ich aus dem Heiligen Land, und schon eile ich zu dir, holde Maid, um deinen Geburtstag gebührend zu würdigen, und du? Tsss, das ist wieder mal ein Empfang. Aber ich sollte das ja inzwischen kennen.«

»Jajaja, das solltet Ihr«, schniefte Mathilde. Tatsächlich, sie hatte Geburtstag. Sie wurde achtzehn Jahre alt. Uralt. Andere hatten in diesem Alter längst Kinder. Aber sie würde nie Kinder haben. Nie, niemals.

»Und dabei hab ich sogar ein neues Lied geschrieben für dich!«

Sie errötete. »Für mich?«

Er griff wieder in die Saiten.

*»Ein Knecht, der lag verborgen,*
*Bei einer Dirn er schlief*
*Bis an den lichten Morgen,*
*Bis laut der Hirte rief:*
*»Wohlauf! Lasst aus die Herd.*
*Darob erschrak die Dirne und ihr Geselle wert.*

*Das Stroh, das musst er räumen*
*Und von der Liebsten zieh'n.*
*Er wagte nicht, zu säumen.*
*Nahm in den Arm sie hin.*
*Das Heu, das auf ihm lag,*
*Sah die Schöne im Gegenlicht tanzen in den Tag.*

*Davon sie musst' so lachen,*
*Ihr wurden die Augen groß,*
*So süße konnte er machen*
*In des frühen Morgens Schoß*
*Mit ihr das Bettespiel.*
*Sag an – wer sah ohn' Getue der Freuden je so viel!«*

Als er geendet hatte, war sie feuerrot geworden. »Für mich? Wie könnt Ihr es wagen! Dddas ist unglaublich! Singt das ja nie wieder, so ein zotiges Lied und dann angeblich auch noch für mich! Wwwas sollen denn die Leute denken!«

»Vielleicht denken sie, was wahr ist, kleine Wachtel. Ich habe dich vermisst, weißt du, auch wenn du ein unmögliches Weibsbild bist, um das man sich ständig Sorgen machen muss. Ich war ganz schön zornig, als ich hörte, dass du wieder einmal einfach weggelaufen bist.«

»Ich bin nicht weggelaufen! Ich hatte es satt, von allen nur benutzt zu werden! Ihr … Ihr Unhold! Haltet Euch künftig aus meinem Leben heraus!«

Steinmar schaute sie traurig an und lehnte seine Harfe an die Wand neben der Tür. Doch gleich darauf kam der Spötter wieder durch. »Gut, gut, dann eben keine Lieder mehr. Aber wenigstens ein Stück von diesem wunderbaren Johannisbeerkuchen mit Eischneekappe könntest du mir kredenzen, den Gertrud und Junge heute Nacht heimlich für dich gebacken haben.«

Mathilde schossen schon wieder die Tränen in die Augen. Sie umarmte Gertrud.

Dann ging sie zu Junge und drückte auch ihn. »Ees ist ssso schön, dddass ees euch gibt«, schluchzte sie. »Und dich, mein Freund Martin«, fügte sie leise hinzu.

Steinmar baute sich vor ihr auf. »Und ich? Was ist mit mir? Ist das alles? Ich laufe mir die Seele aus dem Leib, um zur rechten Zeit hier zu sein. Dichte und singe, was das Zeug hält – ist das der Dank?« Seine Stimme klang empört, doch in seinen Augen blitzte der alte Schalk. Es lag aber auch noch etwas anderes darin. Etwas ... nein, nicht weiter darüber nachdenken. Lieber nicht hinsehen. Er hatte noch immer die blauesten Augen der Welt.

Mathilde sammelte sich, schob betont langsam die Haare zurück unter das Kopftuch, richtete sich auf und erklärte kühl wie eine gekränkte Königin: »Ja, das ist der Dank. Mehr habe ich nicht für Euch, Ritter Steinmar. Ihr führt nichts Gutes im Schilde, das sehe ich schon. Oder warum sonst schreibt Ihr Lieder, bei denen jeder Gott weiß was denken muss! Was ist mit meiner Ehre? Ach ja, ich vergaß, Ihr wisst schon lange nicht mehr, was Ehre ist.«

Junge blieb der Mund offen stehen. Gertrud schaute zu Steinmar und schnitt ein Stück Kuchen ab. Das reichte sie dem Ritter. Martin räusperte sich. Alle erwarteten, dass er zornig werden würde.

Doch nichts dergleichen. Steinmar erwiderte nichts auf Mathildes Anschuldigungen, sondern gab sich den Anschein, als sei er völlig mit dem Gebäck beschäftigt. Doch Mathilde sah sehr wohl, dass die Ader an seinem Hals pochte. »Hhmmm, saftig, ganz wie das Geburtstagskind«, erklärte er in lässigem Ton. »Und diese süßen Äpfelchen, oben knusprig, innen weich ...«

Da musste Mathilde wider Willen schmunzeln. »Johannisbeeren sind das, keine Äpfel. Sagtet Ihr das nicht vorhin selbst? Ach, Ihr könnt es nicht lassen!«

»Nein, das kann ich nicht«, bestätigte er ernst.

Sie warf ihm einen forschenden Blick zu. Wenn sie es nicht besser wüsste, hätte sie glatt geglaubt, er würde meinen, was er sagte.

Gertrud, Junge und Martin verließen wie auf Verabredung das Küchenhaus. Steinmar schien das nicht zu bemerken, er marschierte von Tiegel zu Töpfchen und wieder zurück, schnupperte, steckte den Zeigefinger hinein. Als gäbe es nichts Wichtigeres auf der Welt.

»Lasst das!«

Er zog den Finger zurück, steckte ihn in den Mund und lutschte daran herum. Er wirkte wie ein ertappter Lausbub. Doch dieses Mal verkniff sich Mathilde das Lächeln. »Was soll das? Tut nicht so scheinheilig. Oder glaubt Ihr, ich merke nicht, dass hier etwas im Busch ist?«

Steinmar seufzte. »Ich vergaß, du bist ein misstrauisches Weibsbild. Hmm. Ich sehe schon, du hast einiges gelernt in deiner Zeit am Mittelmeer. Schmecke ich da nicht einige Zutaten des Orients heraus und erschnüffle bekannte Gerüche?«

»Ich habe einige Kräuter mitgebracht. Einen Teil davon habe ich sogar im Küchengarten eingepflanzt«, erklärte sie ungeduldig. »Aber das wollt Ihr bestimmt nicht mit mir besprechen, Ritter Steinmar. Ist etwas mit meinem Vater oder meinen Bruder?« Ihre Beklemmung wuchs.

»Beruhige dich, kleine Wachtel. Es geht ihnen gut. Dein Vater kommt später nach Waldshut zurück als gedacht. Er hat noch eine Aufgabe zu erfüllen. Doch lass uns besser nicht darüber sprechen. Es gibt überall ungebetene Lauscher.«

Sie atmete auf. »Bei mir gibt es keine Lauscher. Was wollt Ihr hier?«

Er sah sie seltsam an. »Keine Lauscher? Schon möglich. Aber es ist besser, einmal zu viel vorsichtig zu sein. Was soll ich schon hier wollen? Willst du nicht wissen, wie es nach deinem sehr überraschenden Verschwinden weiterging? Hätte Martin mir nicht eine Nachricht hinterlassen, ich wäre umgekommen vor Sorge.«

Mit Martin hatte sie demnach noch ein Hühnchen zu rupfen. »Umgekommen vor Sorge. Ha!«

»Ja, umgekommen vor Sorge.« Er biss ein weiteres Stück Kuchen ab. »Köstlich, wirklich köstlich.«

»Also, was ist jetzt?«

»Nun, unser gemeinsamer Bekannter, der große Sultan, erschien mir recht aufgeräumt bei den letzten Verhandlungen zum Stillhaltepakt, die du leider nicht mehr miterleben konntest. Alle kamen überein, dass die Waffen ruhen sollten, und zwar genau auf zehn Jahre, zehn Monate und zehn Tage. Das sollte bei einem großen Festessen gefeiert werden, wie du weißt. Alles war aufs Beste vorbereitet, prächtig geschmückt. Manche der Pasteten, die wir serviert bekamen, erinnerten mich an dich. Edward, besonders aber sein Weib, die kastilische Prinzessin, haben sie sehr gelobt. Es gab auch feine Spiele, so manch schöner Strauß wurde ausgefochten. Und natürlich die Lieder!«

»Ritter Berthold Steinmar von Klingnau!«

»Also schön. Alles verlief zunächst friedlich. Dann jedoch behauptete Edward plötzlich, Baybars habe ihm seine Assassinen geschickt, und erklärte, der ausgehandelte Waffenstillstand sei null und nichtig. Und Baybars brüllte im Gegenzug, all das stimme nicht. Edward habe versucht, ihn zu töten, doch er habe geschwiegen, um die Verhandlungen nicht zu gefährden. Oder warum sonst sei diese Frankenköchin so plötzlich aus dem Lager geflohen? Der englische Prinz bestritt das vehement.«

»Wie kommt Edward darauf, dass Baybars ihn vergiften will? Und umgekehrt? Habt Ihr einen anderen ins Lager des Mamluken geschickt, der meinen Auftrag übernehmen sollte? Ich sehe es schon an Eurem Gesicht, Ihr werdet mir nichts dazu sagen. Wahrscheinlich haltet Ihr mich für blöde.«

»Unbesonnen, ja. Aber blöde? Oh nein, für blöde halte ich dich nicht, kleine Wachtel.«

Angst durchfuhr sie. »Da ist doch noch mehr! Habt Ihr etwa doch schlechte Nachrichten von meinem Bruder und meinen Vater?«

»Nein, beide sind wirklich wohlauf. Sie lassen dich grüßen. Nicht sehr herzlich, wie du dir denken kannst, denn sie sind über deine plötzliche Abreise ebenso verärgert wie die anderen Marianer. Dein Vater hat, wie ich schon sagte, noch etwas zu erledigen, danach plant er die Rückkehr in die Heimat. Er hat mir ausdrücklich aufgetragen, dir auszurichten, dass er erwartet, seine Tochter in Waldshut vorzufinden.«

Ja, das konnte sie sich denken.

Steinmar nestelte an seinem Wams herum. Er brachte ein Papier zum Vorschein. »Das soll ich Euch von Heinrich von Isny geben. Übrigens auch im Auftrag des Grafen.«

Mathilde erbrach das Siegel mit dem Habsburger Löwen. Wieder ein Schreiben ohne Anrede und Unterschrift. »*Wir haben wegen deines Schwurs, den Schleier zu nehmen, an den Heiligen Vater geschrieben und um einen Dispens deines Eheversprechens angefragt. So lange warte, wenn dir dein Seelenheil und dein Leben lieb sind. Und diene.*«

So war das also. Sie hatte niemanden gebeten, beim Papst um die Annullierung ihrer Ehe nachzusuchen. Die einzigen beiden Männer, die das Recht dazu hatten, einen solchen Brief für sie zu schreiben, waren ihr Vater und Steinmar. Und die hatten das sicher nicht getan. Sie wollten sie in Sicherheit wiegen, wollten sie hinhalten und verhindern, dass sie doch noch kurzerhand ins Kloster ging. Mathilde starrte auf die Schrift. Und sosehr sie sich auch innerlich wehrte, sie wusste, sie hatte keine Wahl. Dieses Mal musste sie gehorchen. Diese Leute kannten nichts, sie würden auch das Kirchenasyl brechen, um sie zu bestrafen.

Sie schaute hoch. »Ihr wisst, was darin steht?«

Er zog ein unglückliches Gesicht. »Nicht direkt. Ich weiß aber, worum es geht. Du willst vom Papst den Dispens von unserer Ehe, um den Schleier nehmen zu können. Tu das nicht, kleine Wachtel. Ich flehe dich an.«

»Ihr fleht mich an? Ihr wagt es? Ihr, der Ihr mich doch erst in diese unmögliche Lage gebracht habt?«

Steinmar senkte den Kopf. »Es tut mir leid. Aber vergiss nicht, es geschah auch, um dich zu retten.«

»Ha. Mich retten. Ihr brauchtet mich!«

»Ja, ich brauchte dich.«

»Spart Euch Eure Anzüglichkeiten. Ihr wisst genau, es war nicht *so* gemeint.«

Er ging zur Tür und griff nach der Harfe. »Ich denke, ich gehe jetzt besser. Mit dir ist heute nicht gut Kirschen essen. Nicht so gemeint?« Er wandte sich noch einmal um. »Aber ich, kleine Wachtel, aber ich habe es so gemeint. Ohne jede Anzüglichkeit.« Wieder griff er in die Saiten, klimperte einige Töne.

Mathilde starrte ihn an. In ihrem Inneren schlugen die Gedanken Purzelbäume. Allmächtiger, wie leichtgläubig und dumm war sie doch wieder einmal gewesen! Wann lernte sie es endlich? Als Kind hatte sie immer gedacht, allen, die Macht besaßen, stünde sie auch zu, sie müssten von Haus aus gut und edel sein. Und der Vater hatte sie in diesem Kinderglauben bestärkt. Als kleines Mädchen hatte sie sich nicht gefragt, warum ihr Vater dem Habsburger so vorbehaltlos diente. Schließlich kam der Lehnsherr gleich nach Gott in der Hierarchie der Herrschenden.

Doch inzwischen gab es für sie diese Selbstverständlichkeiten nicht mehr. Sie hatten sich in nichts aufgelöst, ebenso wie ihre kindlichen

Vorstellungen von Gut und Böse und davon, dass alle Menschen sich auch an das hielten, was sie predigten. Es war eine ebenso unabweisbare wie bittere Erkenntnis: Mochten die hohen Herrschaften der Kirche auch noch so oft spenden, nach außen gut- und schöntun, es war besser, niemandem von ihnen etwas zu glauben. Nur die Armen und Ungebildeten hielten sich weitgehend an ihre Rolle im Gefüge. Aber wahrscheinlich auch nur, weil ihnen nichts anderes übrig blieb, weil sie dem Schutz ihrer Lehnsherren ausgeliefert waren. Weil sie einen Herrn brauchten, um sich zurechtzufinden. Jemanden, der ihnen sagte, wie sie sich zu verhalten hatten in dieser Welt der Zölle, Gerichtsbarkeiten, Dienstbarkeiten, Fälle und Lehen. Schon im Nachbardorf konnten ganz andere Regeln gelten.

Sie musste sich nur vergegenwärtigen, wie es entlang des Rheins aussah. In Laufenburg, nicht weit von Rudolfs Stadt Waldshut entfernt, herrschte nach der Erbteilung die Laufenburger Linie der Habsburger, die ihre eigenen Regeln erließ, im einen halben Tagesritt entfernten Seckingen war wieder Rudolf der Herr. Und meist waren sich die verschiedenen hohen Herren noch nicht einmal grün. Selbst innerhalb von Familien. Die Habsburger selbst lieferten den besten Beweis dafür.

Die Herren waren nicht der Fels, der sie ihren Untertanen sein müssten. Die Armen hatten auf Sand gebaut. Sie folgten Männern, die nichts konnten als schöne Reden schwingen und die sich eigentlich um nichts anderes kümmerten als den eigenen Machterhalt, die eigenen Pfründe. Wer war dieser Rudolf denn schon, der sich Hoffnungen auf die Herrschaft über die deutschen Lande machte? Vielleicht sogar auf die Kaiserkrone des Heiligen Römischen Reiches. War er ein besonders guter Mensch? Nein, ein kleiner Graf, ein Emporkömmling, der sich ehrgeizig, gierig und skrupellos zu einer Größe gekämpft hatte, mit der zu rechnen war.

Rudolf beherrschte inzwischen einen für das Imperium Romanum bedeutenden Teil Boden. Er hatte Besitz an der Reuß, bis hinauf zum Zuger und Vierwaldstätter See. Zu seinen Ländereien gehörten Bremgarten, Meienburg und die Grafschaft im Frickgau. Außerdem sollte er verstreuten Besitz im Elsass haben bei Mühlhausen und bei Schlettstadt am Fuße der Vogesen, bis in die Gegend von Straßburg. Ob zu Lehen oder zu Eigen – niemand wusste das so genau. So hatte er jedenfalls angefangen, beäugt von neidischen Nachbarn. Und der Graf kontrollierte wichtige Handels- und Verbindungswege von Deutschland nach Italien, hatte inzwischen das reiche Erbe der Kyburger an sich gerissen. Das machte ihn einflussreich. Nicht weil er besonders klug oder ehrbar gewesen wäre. Wieso hatte sie nur so lange gebraucht, um zu begreifen, wie die Dinge lagen in dieser Welt der Männer?

Die neue Straße über den Gotthard unterlag ebenfalls Rudolfs Kontrolle. Die Habichtsburg war das sichtbare Zeichen dieser Wacht. Mathilde runzelte die Stirn. Ja, diese Straße hatte sie auf ihrem Weg nach Outremer kennengelernt, weiß Gott. Jede Unebenheit, jede Steigung. Wer diesen Weg einmal gegangen war, vergaß ihn nicht, spürte ihn für immer in den Knochen. Sie erinnerte sich bis heute an jeden Stein, der sich durch die Pilgersandalen hindurch in ihre Fußsohlen gebohrt hatte.

Hab und Gut! Dazu zählten nicht nur die Burgen und Meierhöfe, die Wälder und die Felder, sondern auch die Menschen darauf. Im Zweifel wurden sie abgeschlachtet wie Vieh. Auf diese Weise wurde der Feind geschwächt, denn von Erschlagenen kamen kein Korn, keine Schweine, kein Zehnt mehr. Aber ob sie erschlagen wurden oder einer Seuche zum Opfer fielen, dem Typhus, der Schwindsucht, welchen Unterschied machte das? Die Leute saßen mittendrin. Und liefen so schnell sie konnten, wenn sie die Möglichkeit hatten, versteckten sich, wenn sich die Mächtigen untereinander bekriegten. Und sie hungerten.

Selbst eine einfache Brotsuppe, wie die im Kessel, aus trockenen Krusten, zermahlen und geröstet, aufgegossen mit Wasser, gewürzt mit Kräutern und Knoblauch sowie einigen wenigen Knochen darin, war für viele zum unerreichbaren Hochgenuss geworden. Sie hatte in Erinnerung an das Mittelmeer und seine Früchte ein wenig getrocknete Zitronenschale hinzugegeben. Mathilde streckte den Finger hinein und probierte. Es schmeckte nicht schlecht, fand sie.

Steinmar hörte auf, an der Harfe herumzuzupfen. »Warum sagst du nichts, Weib?«

»Was genau tut mein Vater gerade? Wo ist er? Dauernd diese Geheimnisse. Ich habe es satt, behandelt zu werden wie ein unmündiges Kind. Ich plaudere nichts aus. Das müsstet Ihr wissen. Warum kommt er nicht heim? Und was ist mit …«

Er kam einige Schritte auf sie zu. »Leise. Was ist womit?«

»Mein Vater, was hat er zu tun, worin besteht die Aufgabe, von der Ihr spracht? Und … das Tuch? Hat er das echte?«

»Du weißt es also wirklich nicht, kleine Wachtel.«

Sie schüttelte den Kopf.

»Nun, wenn sie es dir nicht mitgeteilt haben, werde ich das auch nicht tun. Ich kann verstehen, dass sie dir nicht mehr vertrauen.«

Dieser Satz ging ihr nach. Wenn sie ehrlich war, konnte sie das auch verstehen. Und wieso glaubte Steinmar, dass es in ihrem Haus ungebetene Lauscher gab? Nein, das konnte nicht sein. Im Waldshuter Hof gab es niemanden, der sie ausspähte und herumschnüffelte. Für wen auch? Wer sollte an ihr Interesse haben? Außer ganz wenigen Eingeweihten wusste ja niemand, dass sie der Loge diente.

»Nun, dann eben nicht.« Sie wandte sich wieder ihrer Suppe zu.

Steinmar seufzte theatralisch, packte sein Instrument und stapfte zur Tür hinaus. Was hatte er erwartet? Dass sie ihm zu Füßen fiel und ihn anflehte, ihr zu sagen, was der Vater vorhatte? Und wie es um die Suche nach dem Tuch stand? Den Teufel würde sie tun.

Es war bereits dunkel. Die Tage wurden in der Woche nach Laurenti längst wieder kürzer. In einem knappen Monat begann die Erntezeit, und der Altweibersommer würde über die abgeernteten Felder, zwischen die Blätter der Buchen und Eichen seine Spinnfäden spannen. Silbriges Garn zwischen leuchtendem Gelb, sattem Rot und dem ersten Braun. Es war die Zeit des Sammelns. Der wilden Brombeeren, des Obstes, das von den Bäumen gefallen war. Des Einlegens, Einsalzens, Einstampfens. Die Vorräte für den Winter mussten angelegt werden.

Mathilde, Gertrud und Junge saßen nach einem Tag eifrigen Werkelns einträchtig in der Gaststube. Martin kümmerte sich im Stall um die Tiere. Der Schankraum war leer, wie so oft in diesen Tagen, es gab nur wenig zu verdienen. Glücklicherweise konnten sie sich selbst versorgen mit dem Gemüse, das Gertrud hinter dem Küchenhaus anbaute. Bald waren außerdem die späten Äpfel und die Pflaumen reif.

Und hin und wieder kamen auch Aufträge, immer mit der Anfrage, ob sie sie nicht selbst ausliefern könnte. Es hatte sich herumgesprochen, dass die Wirtin des Waldshuter Hofs nun auch nach der Manier der Orientalen zu kochen verstand. Meist waren die Bestellungen klein und wohl eher der Geltungssucht und dem Bedürfnis der kleinen und großen Freiherren nach Klatsch zuzuschreiben. Jeder wollte wissen, wie es in Akkon aussah, ob es stimmte, dass unter den Kreuzfahrern Sodom und Gomorrha herrschte, was die Kastilierin für Gewänder trug und ob der englische Prinz wirklich so groß war wie ein Riese. Sie hatte diese

Fragen alle brav beantwortet – und manches ein wenig ausgeschmückt. Ab und an nahm ein Ritter sie beiseite und fragte nach einem gewissen Trunk. Das nächste Mal, beim nächsten Auftrag, brachte sie einige Schlucke davon mit, immer noch erstaunt darüber, wie diese Neuigkeit nun wieder an den Rhein gelangt war. Lütold, das musste Lütold gewesen sein. Er hatte sich bisher nicht persönlich bei ihr blicken lassen, war nur hin und wieder gekommen, wenn sie fort gewesen war.

Mathilde beugte sich wieder über ihre Zeichnung. Sie war keine begnadete Malerin, doch sie bemühte sich redlich aufzuzeichnen, wie die Kleidung der englischen Prinzessin ausgesehen hatte. Auch wenn sie es nicht genau wusste. So tat sie hier etwas dazu, dann wieder dort. Und vermischte dies alles mit Elementen aus der Frauenmode der Serails. Die Damen nahmen ihr diese Zeichnungen mit Begeisterung ab. Ob eine von denen, die plötzlich Pumphosen unter ihren langen Überkleidern trugen und sich sehr fortschrittlich dabei vorkamen, wohl ahnte, dass sie alle Mathildes Phantasie aufgesessen waren? Gertrud schaute ihr zu und schüttelte wieder einmal den Kopf. Sie hielt nichts von solcherlei Eitelkeiten und Firlefanz.

Mathilde zeichnete und merkte nicht, wie die Zeit verging. Junge hatte sich bereits an seinen Platz neben den Herd gelegt, Gertrud schlief mit dem Kopf auf den Armen auf der Tischplatte. Es war still und friedlich.

Die Tür wurde aufgerissen. Steinmar stürmte herein. Mathilde und die anderen schraken hoch. »Schnell, Martin, komm mit«, schrie er.

»Was ist?«, erkundigte sich Mathilde.

»Schnell, wir müssen nach Seckingen. In der Stadt ist ein Feuer ausgebrochen. In einer Bäckerei. Es breitet sich immer mehr aus.« Erst jetzt bemerkte Mathilde den zweiten Mann hinter Steinmar. Sie kannte ihn, er war früher öfter im Gasthof gewesen, um sich das eine oder andere Essen zu verdienen. Erkenfried, ein Sänger aus Basel. Sie hatte gehört, er sei inzwischen Pfleger im Spital der Deutschherren am Rhein in Seckingen.

»Woher, ich meine, wer? Ist es Brandstiftung?«, hob Gertrud an.

»Was ist hier los?«, fragte Martin, der wohl den Lärm gehört hatte und zur Tür hereinstürzte.

»Stell dir vor, sie sagen, in Seckingen brennt es«, jammerte Junge. »Oh die Armen!«

»Es nimmt mich wunder, dass der Neuenburger die Stadt nicht schon längst angegriffen hat. Wo der Habsburger sie doch dauernd als Ausgangspunkt für seine Angriffe gegen Bischofsland verwendet.« Gertrud klang zornig.

Alle starrten sie verwundert an. Der Neuenburger sollte den Brand gelegt haben? Wieso der Neuenburger? Davon hatte Erkenfried nichts gesagt.

Gertrud sah die verdutzten Mienen der anderen und fügte eilig hinzu: »Ich meine ja nur, es könnte doch sein! Weil Erkenfried doch aus Basel stammt, könnte er vielleicht wissen, ob der Bischof dahintersteckt. Vielleicht hat er jemanden erkannt, jemanden gesehen? Auch wenn er inzwischen als Pfleger im Seckinger Spital arbeitet, so hat er doch sicher noch Verbindungen in seine alte Heimat, und –«

»Ich gehe mit«, unterbrach Martin sie. Ein Vetter von ihm lebte mit seiner Familie in der brennenden Stadt.

»Ich auch«, erklärte Mathilde. Dann stutzte sie. »Warum seid Ihr eigentlich hier, Herr Erkenfried? Solltet Ihr nicht besser in Seckingen helfen, das Feuer zu löschen?«

»Wir müssen die Gebeine des Heiligen in Sicherheit bringen! Agnes von Pfirdt schickt mich. Sie benötigt Schutz, und ich versprach ihr, den Grafen von Habsburg in Kenntnis zu setzen, er weilt gerade auf der Burg Hauenstein. Dort traf ich auch Herrn Steinmar. Herr Heinrich von Isny riet mir, Euch zu holen.«

»Natürlich, ich komme mit«, wiederholte Mathilde.

»Nein! Ich sagte Euch schon, dass ich dagegen bin, Herr Erkenfried.« Das war Steinmar.

»Ich bin eine gute Hüterin heiliger Dinge, meint Ihr nicht? Und wenn Heinrich von Isny mich ruft …« Mathilde funkelte ihn an.

»Ich weiß, der Gürtelknopf will, dass du mitgehst, aber –«

»Das ist so gut wie ein Befehl der M… des Grafen.«

Sie kamen zu spät, trotz des Höllenrittes. Der Feuerschein war bereits von Weitem zu sehen. Kurz vor Seckingen kam ihnen eine Gruppe dunkler Gestalten entgegen. In der Nacht, aus der Entfernung und vor dem rot und orange glühenden Himmel wirkten sie fast wie riesige Krähen. Oder Geister aus der Hölle. Steinmar erkannte die Anführerin sofort. »Anna von Pfirdt und ihre Frauen«, flüsterte er, stieg vom Pferd und verneigte sich. »Eure Erlaucht, wie glücklich bin ich, dass Euch nichts geschehen ist.«

Das Gesicht der rundlichen Dame im schwarzen Umhang wirkte im Mondlicht weiß und erschöpft. Sie musste sich mehrmals räuspern, ehe sie sprechen konnte. »Es ist schrecklich. Wir haben verzweifelt versucht, die Flammen zu löschen. Doch sie fraßen sich immer weiter! Das Kastell, die Kirche, das Spital der Kommende, alles brennt! Der Herr und der heilige Fridolin bestrafen die Stadt für ihre Sünden. Sie haben uns das Feuer vom Himmel geschickt.«

Mathildes Pferd tänzelte unruhig und schnaubte. Sie hatte die Leute von den Sünden der Seckinger erzählen hören, es aber nicht so recht glauben wollen. Doch wenn selbst die Äbtissin es sagte! Es hieß, die Seckinger hätten in diesen rechtlosen Zeiten das Vertrauen in den Schutz ihres Stadtheiligen Fridolin verloren und seien selbst zu Räubern geworden, hätten sich von anderen geholt, was ihnen nicht gebührte. Es sollte Fressgelage gegeben haben, Verschwendung, Hurerei. Dann hatte Sankt Fridolin die Gottlosigkeit seiner Kinder nicht mehr länger mit ansehen können und sogar seine eigene Kirche zerstört. Seltsam. Die Kleinen wurden für ihre Sünden sofort bestraft. Die Großen kamen immer davon. Selbst bei Gott.

Die vier Stiftsdamen im Gefolge der Äbtissin bekreuzigten sich.

»Was ist mit den Gebeinen des heiligen Fridolin?«, fragte Steinmar.

Die Äbtissin schüttelte den Kopf. »Ich weiß es nicht. Alles ging so schnell. Wir konnten sie nicht retten. Ich hoffe auf unsere Chorherren. Aber ich weiß es nicht. Wir sind nur fort, hinaus aus dieser Feuerhölle.«

»Ehrwürdige Frau, unser Herr Rudolf schickt mich. Er hat von den schrecklichen Geschehnissen gehört. Wir werden in die Stadt reiten, um zu schauen, ob wir die heiligen Reliquien retten können. Sind sie noch immer, wo sie waren?«

Anna von Pfirt nickte. »Ich baue auf die Herren.«

»Wohin wollt Ihr, edle Frau?«, erkundigte sich Erkenfried.

»Ich führe die Damen zunächst zum Murger Dinghof. Vielleicht können wir ins Stift zurückkehren, wenn das Schlimmste vorüber ist.«

Mathilde betrachtete die aufgelöste Äbtissin. Anna von Pfirdt galt als herrisch, sie war es gewohnt, zu befehlen, was Mathilde nicht weiter erstaunlich fand, schließlich war sie die Schwester des alten Grafen von Pfirdt und die Tante von Diepold, dem Gatten von Katharina von Klingen. Sie wusste, dass Anna zu den Papsttreuen gehörte. Ein Vorfahr, Berthold, war sogar Bischof zu Basel gewesen. Und so standen die Pfirdts von ihrer Gesinnung her eher dem Basler Bischof nahe als dem Grafen von

Habsburg, ihrem Rivalen im Sundgau. Bischof Heinrich hatte erst im Jahr zuvor dem Grafen Ulrich von Pfirdt Stadt und Schloss, die etwa zwei Meilen von Basel entfernt lagen, für tausend Mark Silber abgekauft.

Doch nun wirkte sie verstört. Kein Wunder, sie hatte sich wohl sicher geglaubt unter dem Schutz des derzeitigen Basler Bischofs und nun auf schlimme Weise erfahren müssen, dass es auch für sie keine Sicherheit mehr gab. Sie schien erleichtert, als Steinmar versprach: »Wir werden nach den Gebeinen des Heiligen suchen. Und so sie zu retten sind, werden wir das tun.«

»Fort. Es ist alles fort«, wimmerte eine der Frauen.

»Sei still, Margarete!«

Die Gescholtene verstummte sofort.

Die dunklen Gestalten zogen weiter ostwärts, während der Trupp um Mathilde gen Westen auf den Feuerschein zusprengte. Kurz vor der Stadt kamen ihnen erneut fliehende Menschen entgegen.

Wieder zügelte Steinmar sein Pferd. »Was ist geschehen, gute Leute, warum seid ihr so voller Entsetzen? Das Feuer? Ist es so furchtbar? Stehen noch einige Häuser?«

»Nein, nein, wir müssen weiter«, brüllte ein Mann mit rußigem Gesicht. »Der Neuenburger, er ist mit seinen Leuten in die Stadt eingefallen wie die wilde Horde! Sie reißen alles nieder, auch die Häuser am Au-Tor, die das Feuer bisher verschont hat!«

»Also doch. Der Bischof von Basel?«, fragte Mathilde.

»Ach, dachtet Ihr, die Bischöfe seien gut und edel?« Eine Frau drückte ihr Kind an die Brust. Ein größeres hielt sie an der Hand. Nun zerrte sie es weiter, den anderen hinterher.

»Sie versuchen wohl ebenfalls, in Murg Zuflucht zu finden. Die Armen.« Mathilde sah den Flüchtenden mitleidig nach.

Steinmar griff zu seinem Schwert. »Dieser dreimal verfluchte Bischof. Heinrich von Isny hatte wieder einmal recht. Selbst Gertrud ist auf den Gedanken gekommen. Er steckt hinter dem Brand. Wie sonst hätte er mit seinen Leuten so schnell vor Ort sein können, noch in der nämlichen Nacht! Das wird er büßen. Wenn Graf Rudolf davon hört, wird er Vergeltung üben. Am liebsten würde ich diesem angeblichen Gottesmann mein Schwert gleich selbst in den Leib rammen.«

»Seid vernünftig. Gegen Bischof Heinrich und seine Leute können wir nichts ausrichten. Er ist sicherlich mit einem ganzen Trupp gekommen, um der Stadt den Rest zu geben und zu plündern, was nicht niet-

und nagelfest ist. Wir müssen warten, bis sie sich wieder davongemacht haben«, mahnte Erkenfried.

Stumm ritten sie weiter, mit jedem Schritt vorsichtiger. Ein Stück vor der Stadt, in Sichtweite der Mauern, versteckten sie sich am Rheinufer, warteten und versuchten, sich einen möglichst guten Überblick zu verschaffen. In der Stadtbefestigung klafften große Breschen. Sie konnten Männerstimmen hören. Grölen, Gebrüll, Gelächter. Mauern, die brachen, Steine, die barsten. Es klang wie ein Schrei. Dann wieder ein schreckliches Aufheulen. Wahrscheinlich hatte es einen armen Bürger erwischt. Eine Frau kreischte. Männerjohlen. Dann Hämmern.

»Schaut, sie bauen Flöße«, flüsterte Erkenfried.

Sie spähten den Fluss entlang. Es stimmte. Offensichtlich brauchte der Neuenburger sie, um seine Beute abzutransportieren. Sie sahen gebeugte menschliche Körper, über deren Schultern Säcke lagen, andere, die Truhen und Fässer auf den Flößen abluden. Sie hörten scharfe Befehle, die sie antreiben sollten, immer wieder übertönt vom Geräusch brechender Balken und herunterkrachender Steine.

Sie nehmen die ganze Stadt auseinander, Stein für Stein, dachte Mathilde. Ihre Hoffnung sank, dass sie die Gebeine des Heiligen, den wertvollsten Schatz der Seckinger, noch finden würden.

Nach und nach wurden die Stimmen weniger, das Hämmern hörte auf. Und im Morgengrauen stakten die Männer des Neuenburgers das letzte Floß in die Mitte des Flusses, danach trieb es rheinabwärts. Eine gespenstische Stille setzte ein.

Sie warteten, bis die Sonne ein wenig höher gestiegen war. Die Scheibe tauchte strahlend über den Ausläufern des Juras auf, als sie aufbrachen. Vorsichtig ritten sie in die Stadt. Die Sonne verbreitete eine schon fast unheimliche Stimmung und brachte verkohlte Balken und rußige Mauerreste zum Leuchten.

Von der einstmals stolzen Stadt des heiligen Fridolin waren nur noch rauchende Ruinen übrig. Am Au-Tor fanden sie die Reste von vier Häusern, die der Brand offensichtlich verschont hatte, nicht aber die plündernden Männer des Bischofs, die sogar die Steine abgetragen und ebenso fortgeschafft hatten wie alles, was sich bewegen ließ. Das galt auch für das St. Petersmünster. Die Tore waren ausgehängt worden, die Glocken fort, im Inneren alles ausgeplündert. Jemand hatte neben den Altar gekackt. Steinmar, Mathilde, Erkenfried und die anderen neigten ihr Haupt im geschändeten Kirchenraum und schickten ein stummes

Gebet gen Himmel im Gedenken an all die Toten und Verwundeten: das Werk des Bischofs von Basel in einer einzigen Nacht.

Dann ritten sie zum Marktplatz und zum ehrwürdigen Stift mit der Kirche des heiligen Fridolin und versuchten, sich durch die Steinhaufen einen Weg in die Krypta zu bahnen. Über dem Eingang zur Krypta war offenbar eine Mauer des Kirchenschiffs zusammengestürzt. Niemand wusste, ob vor oder nach der Plünderungsaktion des Neuenburgers. Sie hatten keine große Hoffnung, die Gebeine noch zu finden, zumal sie in einem kostbaren Silberschrein aufbewahrt wurden, den der Bischof sicherlich hatte suchen lassen. Jeder wusste davon, schließlich wurde er jährlich in einer Prozession durch die Stadt getragen, was Pilger von nah und fern anlockte.

Mit bloßen Händen räumten sie Brocken um Brocken fort. Sie hörten Steine kollern, menschliche Schritte, die zwischen den Trümmern zu ihnen strebten. Anna von Pfirdt und ihre Frauen waren zurückgekehrt und halfen. Die Äbtissin hatte das untätige Warten im Murger Dinghof nicht ausgehalten. Und auch drei der Chorherren fanden sich ein und packten mit an.

Nach und nach tauchten weitere Gesichter in der zerstörten Kirche auf, verzweifelte Menschen, viele weinten und jammerten, schlugen sich an die Brust und klagten sich an. Sie versammelten sich um die Grabenden. Manche warfen sich auf die Knie, weinten und schrien, die Arme gegen den Himmel gereckt. Auf ein harsches Wort der Äbtissin hin begannen sie ebenfalls, Steinbrocken wegzuräumen.

Und dann geschah das Wunder. Stück für Stück tauchte der Zugang zur Krypta unter den Trümmern auf. Und er war unversehrt. Offensichtlich hatten der Neuenburger und seine Leute wie durch ein Wunder die Stelle übersehen.

Sie würden wohl nie erfahren, wie dieses Mirakel zustande gekommen war. Den Menschen war es auch gleich. Vielen liefen die Tränen übers Gesicht und zogen Schlieren in den Ruß, als Anna von Pfirdt zusammen mit einem Chorherrn, den Mathilde nicht kannte, in die Krypta stieg. Atemlose Stille breitete sich aus. Einige sanken auf die Knie. Schließlich tauchten die beiden wieder auf, staubig und verdreckt. Doch der Chorherr trug den Silberschrein. »Gelobt sei Jesus Christus« – ein inbrünstiges, vielstimmiges Dankesgebet stieg zum Himmel empor. Der heilige Fridolin hatte seine Stadt nicht im Stich gelassen. Alle kamen sie zum Schrein, alle wollten ihn berühren, ihn küssen.

»Wir müssen ihn fortbringen«, erklärte Steinmar in den Trubel hinein. Den Worten folgte ein entsetzter Aufschrei.

»Ritter Steinmar hat recht«, pflichtete Erkenfried ihm bei. »Wer weiß, ob der Basler Bischof mit seinen Leuten nicht wieder zurückkehrt. Vielleicht erinnert er sich ja wieder daran, wo die Krypta liegt. Wenigstens, bis hier alles wieder aufgebaut ist.«

Anna von Pfirdt, schon lange nicht mehr ihr gewohntes properes Selbst, sondern eine verschmierte, verzweifelte Frau, sah zu Steinmar. »Und wohin sollen wir gehen?«

»Wenn wir die Reliquien an den ihnen in Dingen der Kirche gebührenden Ort, nämlich nach Basel ins Münster, überführen, werden der Bischof und die Kanoniker sie nur unter Gewaltanwendung wieder herausgeben. Wir können sie nicht dem Mann geben, der die Stadt hat zerstören lassen«, meinte eine der Kanonissen, eine hagere, noch ziemlich junge Frau, der die Umstände ebenso zugesetzt hatten wie allen anderen. Eine kleinere nickte eifrig. »Wenn wir sie aber den Predigern und anderen Religiösen zum Aufbewahren geben, wird der Bischof sie ihnen gewaltsam entreißen.«

Anna von Pfirdt hob die Stimme. »Herr Rudolf von Habsburg schickt uns durch Ritter Steinmar hier sein Mitgefühl und seinen Trost. Er wird uns nicht im Stich lassen. Lasst uns also die Reliquien jenem benachbarten Herrn übergeben, der unserem Kloster durch ein gewisses Treuepfand verpflichtet ist, nämlich dem jungen Grafen von Habsburg in Laufenburg, dem Sohn von Rudolfs Vetter. Er wird uns und die heiligen Gebeine beschützen.«

Und so geschah es. Rudolf III. Graf von Habsburg-Laufenburg empfing sie würdevoll. Obschon kaum den Kinderjahren entwachsen, noch mit Flaum statt einer dichten Manneszier im Gesicht, wusste er sich angenehm zu verhalten. Er würde ein würdiger Nachfolger für den so plötzlich verstorbenen Vater werden, fand Mathilde, und wenn er nach ihm kam, auch ein streitbarer Burgherr. Denn als sie am Nachmittag in den Hof der Burg hoch über den Laufen einritten, focht er gerade einen Strauß mit einem seiner Gefolgsleute aus. Nur so zum Plausch. Trotzdem hatten beide Streiter Schnitte und Wunden.

Als der junge Graf vom Begehr der Gäste hörte, zögerte er nicht und ließ den Schrein in einen würdigen Raum bringen, gut abgeschirmt gegen Blicke und Eindringlinge. Dazu ordnete er an, dass Tag und Nacht ein Licht zu brennen habe.

Und so knieten sie nieder in diesem kleinen Raum und beteten zum Allmächtigen um Schutz, dankten ihm, dass er das Wunder hatte geschehen lassen und die Gebeine des heiligen Fridolin gerettet waren. Doch Anna von Pfirdt beließ es nicht dabei. Ihre Lobpreisungen und das Flehen um weitere Hilfe für den Wiederaufbau des Stiftes und für die Menschen in Seckingen, die die Brandnacht und die Plünderungen des Neuenburgers überlebt hatten, schienen nicht aufhören zu wollen. Mathilde hatte den Eindruck, als kenne die Äbtissin sämtliche Einwohner der Stadt mit Namen, einschließlich ihres Viehbestandes, und wolle Sorge tragen, auch nichts und niemanden zu vergessen.

Mathilde taten auf dem harten Steinboden nach einer Stunde die Knie weh. Sie rutschte hin und her und versuchte, ihr Gewicht möglichst unbemerkt mal auf das eine und dann wieder auf das andere Knie zu verlegen. Das heimatlos gewordene Häuflein der Stiftsdamen und Chorherren betete indessen mit solcher Inbrunst, dass sie ihre Gliedmaßen offenbar nicht spürten. Dem jungen Habsburger jedoch schien es ähnlich zu ergehen wie ihr, auch er rutschte immer wieder herum. Verstohlen zwinkerte sie ihm zu.

Fast im selben Moment bemerkte sie, dass die Augen der Äbtissin auf sie gerichtet waren. Seltsam. Als wollte Anna von Pfirdt sie etwas fragen. Nein, sie musste sich irren, wahrscheinlich eine Sinnestäuschung, verursacht durch das Flackern der Kerzen. Wie peinlich, dass sie in ihrer Unaufmerksamkeit beim Gebet erwischt worden war. Mathilde senkte schnell den Blick.

Doch irgendwann hatte das Beten und Flehen ein Ende. Der junge Habsburger ließ für seine erschöpften Gäste noch ein einfaches Mahl zubereiten, danach sanken alle auf ihr Lager. Am nächsten Morgen verließ Mathilde zusammen mit Steinmar die Burg. Erkenfried blieb.

Mathilde ging der Blick der Seckinger Äbtissin nicht aus dem Sinn. »Anna von Pfirdt hat mich einmal recht seltsam angesehen. Könnt Ihr mir sagen, ob die ehrwürdige Frau etwas von mir will?«, erkundigte sie sich während des Heimrittes bei Steinmar.

»Was sollte sie von dir wollen?«

»Das frage ich Euch, Herr Ritter.«

»Nun, vielleicht findet sie dich ebenso zum Anbeißen wie ich, kleine Wachtel.«

»Ach, jetzt hört endlich mit diesen Dummheiten auf!«, fauchte sie und ärgerte sich darüber, dass ihr seine Worte doch gefielen. Nein! Sie würde nie wieder auf seine Schmeicheleien und sein Schöntun hereinfallen. Außerdem schien es ihr, als habe er eben über Anna von Pfirdt nicht die Wahrheit gesagt. Wieder einmal. War da nicht ein merkwürdiger Blick gewesen, als sie ihre Frage gestellt hatte? Die ganze Lobhudelei war einmal mehr nichts als eine Finte, um sie abzulenken. Oh ja, darin war er groß. Aber sie würde sich nicht von ihm einseifen lassen. Sie würde schon noch herausfinden, was hier gespielt wurde.

Nur eine Woche nach dem Brand rächte sich der Habsburger. Basels Vorstadt am Heiligen Kreuze fiel in der Nacht nach dem Bartholomäustag in Schutt und Asche. Rudolfs Reisige hatten den Brand gelegt.

Und acht Tage später kam eine Botschaft der Äbtissin von Seckingen. Ob die Jungfer Mathilde es wohl einrichten könne, nach Laufenburg zu kommen? Mathilde wunderte sich. Sie konnte, selbstredend. Eine Bitte der mächtigen Frau war so gut wie ein Befehl. War da etwas im Busch? Oder ging es nur um eine Bestellung? Vielleicht hatte ja auch die Sundgauerin von den Pasteten gehört. Nein. Wohl eher Ersteres.

Sie kam am frühen Abend in Laufenburg an. Flüsterte ihr der Fluss im Rauschen und Gurgeln der Stromschnellen eine Warnung zu? Sie zügelte ihr Pferd auf der Brücke, schaute hinunter und sah eine Weile zu, wie zwei Flößer Holzstämme voneinander lösten und die Karrer die Waren um den Laufen herum trugen. Unterhalb der Stromschnellen würde das Floß wieder zusammengebaut und die Fässer und Säcke weiter rheinabwärts transportiert werden. Der Händler, dem diese Waren wohl gehörten, zeterte empört, als er erfuhr, was er an Zoll und für die Arbeit der Karrer zu zahlen hatte. Der Lohn für die Flößer würde ja auch noch anfallen. Doch es half ihm nicht, und so zückte er murrend seinen Beutel.

Mathilde schmunzelte, löste sich von der Szene und trieb ihr Ross über den steilen Saumpfad den Berg hinauf, vorbei an den Häusern der Ministerialen und der Kirche St. Johann. Die einfacheren Leute, die Fischer und Bürger, wohnten weiter unten. Der Kirche gebührte die gehobene Stellung. Ganz oben, hoch über der Brücke, thronte nur noch der Graf in seiner Burg.

Anna von Pfirdt erwartete sie bereits im Burghof. Mathilde stieg vom Pferd und machte den erforderlichen Hofknicks.

Die Seckinger Äbtissin zog sie ungeduldig wieder hoch. »Kommt, erholt Euch, esst etwas, und dann müssen wir hinunter.«

Diese Gräfin schien nicht viele Worte zu machen. Ihr Gesicht war immer noch bleich, sie hatte tiefe Augenringe, als habe sie lange nicht mehr geschlafen. Was ging hier vor? Mathilde lief ein kalter Schauer über den Rücken.

Brot, etwas mit Wasser verdünnter Wein und lauwarmer Hirsebrei waren für sie bereitgestellt. Der Burgherr ließ sich nicht blicken. Auch niemand sonst. Die Burg wirkte wie ausgestorben. Seltsam.

Mathilde aß mit langen Zähnen. Der Koch des Habsburgers benötigte eindeutig Nachhilfe. Sie löffelte schweigend. Auch Anna von Pfirdt sprach kein Wort, schaute Mathilde nur zu. Ihre Augen verfolgten jede ihrer Bewegungen.

Mathilde schob die Breischüssel von sich und schaute sie an. »Was kann ich für Euch tun, hohe Frau?«

»Seid Ihr die Jungfer, die im Heiligen Land gewesen ist?«

Mathilde senkte zustimmend den Kopf.

»Wart Ihr diejenige, die sich in das Lager dieses Ungläubigen gewagt hat, dieses Ungeheuers, dieses …« Sie schnippte mit den Fingern.

»Ihr sprecht von Sultan Baybars, vermute ich, Ehrwürdige«, antwortete Mathilde.

»Ja. Ich habe gehört, er soll sich Mahlzeiten aus dem Fleisch seiner eigenen Kinder kochen lassen, ihnen aber vorher bei lebendigem Leib das Herz herausreißen und es roh fressen wie ein Tier! Ihr müsst sehr mutig sein. Das ist gut.«

»Ich habe den Sultan niemals so etwas tun sehen. Und auch andere nicht«, antwortete Mathilde ruhig. »Doch woher wisst Ihr –«

Anna von Pfirdt zog ein Medaillon aus dem Ausschnitt ihres strengen schwarzen Überkleides.

Mathilde hielt den Atem an. Gab es denn hierzulande niemanden von Stand, der nichts mit den Marianern zu tun hatte?

»Es heißt, Ihr habt das Tuch gefunden.«

Mathilde schaute die Äbtissin groß an. Dann zuckte sie die Schultern. »Ich hatte Glück, es gelang mir, ein Tuch gegen ein anderes auszutauschen. Ob es das echte Grabtuch war, weiß ich nicht.«

Anna von Pfirdt kniff die Lippen zusammen. Mathilde hatte das Gefühl, die hohe Dame hatte mehr gesagt, als sie eigentlich wollte. Was sollte das heißen? Dass ihr in Baybars' Lager tatsächlich das echte Leinen in die Hände gefallen war? Sie schluckte. Konnte es sein? Konnte es wirklich sein? Und wie hatten sie das festgestellt? Hatte der Vater den

Streifen geholt? Oder war das Tuch inzwischen am Rhein? Aber wo war dann der Vater?

Sie bekam keine Gelegenheit, danach zu fragen. »Kommt. Es ist alles vorbereitet«, befahl Anna von Pfirdt herrisch.

Jetzt war Mathildes Neugierde vollends geweckt. »Wo sind die Leute, die Bediensteten der Burg, der Kastellan? Ich habe bisher noch niemanden gesehen. Ist der Habsburger fort?«

»Sie haben Angst, deswegen habe ich Euch rufen lassen. Mich dünkt, Ihr habt mehr Mut als diese ganze Horde von ... Jedenfalls, wer konnte, ist fortgegangen.«

»Aber wovor haben sie Angst?«

»Das werdet Ihr sehen. Und gebt mir Euren Rat.«

»Ihr wollt einen Rat von mir?«

Die Äbtissin hob die Hand. »Lasst gut sein. Ihr werdet noch früh genug erleben, worum es hier geht, mein Kind. Jetzt ruht Euch aus. Da hinten in der Kammer ist ein Lager für Euch bereitet. Ich werde Euch holen, wenn es an der Zeit ist.«

Es dauerte lange, bis Mathilde einschlafen konnte. Doch als Anna von Pfirdt sie wie versprochen höchstselbst weckte, schreckte sie aus tiefem Schlaf hoch und war zunächst noch ganz benommen. Durch das Fenster der Kemenate schien der Mond. Seinem Stand am Himmel nach musste es schon spät in der Nacht sein. Mathilde schlüpfte in ihre Sandalen.

»Zieht Euch etwas Warmes über, Kind, es könnte kühl werden.«

Mathilde griff nach dem Umhang, mit dem sie sich zugedeckt hatte, und legte ihn sich um die Schultern. Dann folgte sie der Äbtissin.

Es waren nur das Geräusch des Wasserfalls und ihre Schritte zu hören, als sie durch die zugigen Gänge gingen. Das Licht des Mondes fiel durch die Fensteröffnungen und erleuchtete ihren Weg. Irgendwo krächzte ein später Vogel. Ansonsten nichts. Als sei die gesamte Burg in einen ewigen Schlaf gefallen. Es war gespenstisch. Mathilde fröstelte. Sie zog die Schultern hoch.

Die Gräfin führte sie in den Raum, in dem der silberne Schrein mit den Gebeinen des heiligen Fridolin wie ein Sarg aufgebahrt worden war. Das ewige Licht brannte noch, ganz wie beim letzten Mal. Es waren außerdem Fackeln entzündet worden. Und jemand hatte Decken und Kissen in den Raum gebracht sowie zwei Schemel.

»Setzt Euch. Am besten, Ihr nehmt Euch gleich eine Decke. Es könnte kalt werden. Es dauert nicht mehr lange.«

Mathilde tat, wie ihr geheißen. Die Äbtissin schien nicht geneigt zu sein, lange Gespräche zu führen, sie starrte nur vor sich hin. Mathilde seufzte und vertrieb sich die Zeit, indem sie das Spiel der Flammen auf dem Silberschrein beobachtete. Manchmal war es, als würden die Ornamente tanzen. Die Zeit verging. Sie nickte erneut ein.

Sie wurde von einem eisigen Luftzug geweckt. Fast zeitgleich legte sich die Hand der Äbtissin auf ihren Arm. »Es beginnt«, flüsterte sie. Mathilde konnte die Anspannung in der Stimme der Frau hören. Und die Angst.

Ein dumpfes Geräusch ertönte. Poch. Pochpoch. Poch, pochpoch. Erst ganz langsam, aber regelmäßig. Ein leises Klopfen? Es klang als trommelte jemand den Takt zu einem Lied. Wer war das? Außer ihnen befand sich niemand im Raum.

Es wurde eisig kalt. Das ewige Licht erlosch. Und dann auch die Fackeln. Eine nach der anderen.

Mathilde lief eine Gänsehaut über den Rücken, sie gruselte sich fast zu Tode. Doch sie schaute sich um. Woher kamen dieser Luftzug und dieses Klopfen? Stand jemand hinter der Tür? Sie lauschte. Poch. Pochpoch. Poch, pochpoch, Poch. Pochpoch. Poch, pochpoch. Nein, das kam nicht aus Richtung der Tür. Poch. Pochpoch. Poch, pochpoch, Poch. Pochpoch. Poch, pochpoch. Konnte das sein? Ihr Verstand weigerte sich zunächst, es zu glauben, doch schließlich konnte sie sich dieser Wahrnehmung nicht mehr verschließen: Es pochte im Schrein.

Mathilde starrte auf die Truhe. Poch. Pochpoch. Poch, pochpoch. Poch. Pochpoch. Poch, pochpoch. Würde sich gleich der Deckel auftun und der heilige Fridolin wiederauferstehen? Oder vielleicht brachen die Mauern auf, und alle Dämonen der Hölle erschienen, um sie zum Fürsten der Finsternis zu bringen? Sie hielt den Atem an. Was war das? Was geschah hier? Sie blickte hinüber zur Äbtissin, konnte aber nur wenig sehen. Umrisse. Mehr nicht. Dann vernahm sie ein Murmeln. Anna von Pfirdt betete.

Mathilde faltete ebenfalls die Hände und fiel ein.

»Jungfrau, Mutter Gottes mein, lass mich ganz Dein Eigen sein. Dein im Leben, Dein im Tod, Dein in Unglück, Angst und Not, Dein in Kreuz und bittrem Leid, Dein für Zeit und Ewigkeit. Jungfrau, Mutter Gottes mein, lass mich ganz Dein Eigen sein, Mutter, auf Dich hoff und baue ich, Mutter, zu Dir ruf und seufze ich, Mutter, Du gütigste, steh mir bei. Mutter, Du mächtigste, Schutz mir leih. O Mutter, so komm, hilf beten mir. O Mutter, so komm, hilf streiten mir. O Mutter, so komm hilf leiden mir.

*O Mutter, so komm und bleib bei mir.*«

Die Stimme der Äbtissin stockte, Mathilde verstummte ebenfalls. Das Pochen wurde schneller und schneller, wie ein Trommelwirbel, veränderte den Klang, wurde heller als … ja, als würden Knochen aneinandergeschlagen. Der Knochenmann mit der Sense war hier! Kam er, um sie zu holen? Mathilde bekreuzigte sich.

Und dann – Stille. Sie legte sich wie ein Tuch auf die beiden Frauen, senkte sich über den Schrein. Das ewige Licht ging wieder an. Ebenso die Fackeln. Eine nach der anderen. Als wäre nichts gewesen. Mathilde schluckte. Sie hatte die Leute von Geistern sprechen hören. Von Dämonen. Doch die einzigen Dämonen, denen sie bisher begegnet war, waren Menschen aus Fleisch und Blut gewesen.

»Was war das?«, fragte sie tonlos. »Hab ich das geträumt?«

Anna von Pfirdt schüttelte den Kopf. »Nein. Seit drei Tagen klopft es. Nacht für Nacht. Und dann hört es plötzlich auf. Als wolle der Heilige uns etwas sagen. Aber ich verstehe ihn nicht. Kind, Ihr habt das heilige Tuch berührt, Ihr seid unserem Herrn nahe gewesen, bitte, ich flehe Euch an, was, sagt mir, was will uns der Heilige mitteilen?«

In Mathildes Kopf wirbelten die Gedanken durcheinander. »Ihr habt das heilige Tuch berührt … Was will uns der Heilige sagen? Ich flehe Euch an«, hatte die Äbtissin gesagt. *Sie* flehte ein einfaches Mädchen an, eine Köchin? Mathilde spürte, dass ihr das Herz bis zum Hals klopfte. Sie versuchte, ruhiger zu werden, atmete tief durch. Ein, aus, ein, aus. Das hatte ihr schon mehr als einmal geholfen. Sie starrte erneut auf den Schrein. Leer, ihr Kopf war völlig leer. Und dann wusste sie es. Ohne jeden Zweifel. »Der Heilige will heim«, flüsterte sie.

»Aber da ist nichts mehr, alles ist abgebrannt. Es gibt kein Lager mehr, auf das wir unser Haupt betten könnten.«

»Dann müsst Ihr mit dem blanken Boden vorliebnehmen«, antwortete Mathilde. Und hatte das Gefühl, die Worte stammten nicht von ihr, sondern seien ihr von einer höheren Macht eingegeben worden.

Anna von Pfirdt starrte sie an. Schließlich nickte sie. »So sei es. Begleitet Ihr mich?«

Am nächsten Morgen ritt Anna von Pfirdt mit ihrem Häuflein Versprengter und beschützt von Männern des Habsburgers mit der wertvollen Fracht wieder gen Seckingen. Im Burghof hatte sich zum Abschied das Gesinde der Burg eingefunden, alle mit verängstigten Gesichtern. Auch der junge Burgherr war wieder zugegen und entschuldigte sich wortreich für seine fehlende Gastfreundschaft. Doch die Äbtissin winkte ab.

Der Schrein samt den Knochen wurde zum Kolloquium der Kanonissen gebracht. Dort waren wenigstens zwei Räume erhalten geblieben, in denen sie sich notdürftig einrichteten, immer darauf bedacht, nicht zu viel Aufmerksamkeit zu erregen, damit der Neuenburger nicht erführe, dass der Schrein wieder in Seckingen war.

Und wieder klapperten die Gebeine. Nacht um Nacht. Da schickte Mathilde eine Botschaft an Graf Rudolf von Habsburg. Tags drauf ritt ein Haufen bis unter die Zähne bewaffnete Reisige in Seckingen ein, sie waren zu den Hütern des Heiligen bestimmt worden. Zusammen mit Anna von Pfirdt brachte Mathilde den Schrein dorthin, wo er hingehörte: in die Krypta unter dem zerstörten Stift. Und von Stund an hörte das Klappern auf. Der heilige Fridolin ruhte wieder in Frieden, wohl bewacht und geschützt von Habsburger Reisigen.

Und kaum waren die Gebeine wieder zurück, da löste sich auch die Lähmung, die die Menschen der unglücklichen Stadt so lange gefangen gehalten hatte. Sie begannen, die Trümmer beiseitezuräumen, ihre Häuser wieder aufzubauen und von vorn zu beginnen. Aus den anderen Besitzungen des Stifts, vom Wald, aus dem Fricktal und von noch weiter her, kamen bald Hilfslieferungen an, sogar von Lehnsleuten und Hörigen, die selbst wenig hatten, manche allerdings nicht ganz freiwillig. Korn, Wein, Schabzieger, der würzige Kleekäse aus dem Glarus, Eier, Ziegen, die ersten Früchte des Herbstes und vieles mehr. Jeder half, so gut er konnte, auch der Habsburger. Der jährliche Zehnt war ohnehin bald fällig. Jeder wusste: Nicht mehr lange, und dann würde das mächtige Stift mit dem Gotteshaus des heiligen Fridolin Wiederauferstehung feiern. Das große Richtfest war zu Pfingsten des kommenden Jahres vorgesehen.

Da ritt Mathilde wieder heim.

Im Gegensatz zu vielen anderen versuchte Steinmar nicht herauszufinden, was in der Nacht in der Gruft der Laufenburger Burg geschehen war. Und Mathilde drängte es nicht danach, darüber zu sprechen. Was hätte sie auch erzählen sollen? Sie konnte es sich ja selbst nicht erklären.

Nicht lange nach der Rückkehr der Gebeine flauten auch die Kämpfe zwischen dem Bischof von Basel und Rudolf von Habsburg für einige Zeit ab. Die Dreschflegel und Mistgabeln wurden für anderes benötigt, als Krieg zu führen. Die Ernte musste eingebracht werden, die Bauern hatten keine Zeit mehr zu kämpfen. Auch wenn nur wenige Felder bestellt worden und noch weniger, gut versteckt, den Überfällen und Brandschatzungen entgangen waren.

Die Menschen atmeten durch in jener kurzen Zeit des Friedens. Die Spinnräder begannen zu surren, die Leute rückten an den langsam kälter werdenden Abenden am Feuer zusammen und erzählten einander die alten Geschichten. In diesem Jahr kam eine neue hinzu. Die von dem Heiligen, der so lange mit seinen Gebeinen geklappert hatte, bis er heimgebracht worden war. Und die Leute priesen den Allmächtigen für dieses Wunder, das Hoffnung machte.

Dann brach die große Kälte herein. Die Alten sagten, sie könnten sich nicht erinnern, wann es jemals so eisig gewesen war. Drei Tage vor Weihnachten froren sogar die Quellen ein. Doch am Weihnachtstag hatte der Himmel ein Einsehen. Es begann zu tauen.

Der Winter brachte auch den Krieg zurück. Rudolf von Habsburg brach mit seinen Mannen auf, um die Burg Wehr zu belagern, die dem Bischof gehörte. Und am 30. Dezember fiel die Festung durch Verrat. Ein Bauer namens Wolf öffnete den Männern des Habsburgers eine geheime Pforte. Der Graf triumphierte, denn unter den Gefangenen war auch der Herr von Rötteln, ein Weltgeistlicher und der Neffe Heinrich von Neuenburgs.

Einige Zeit nach dem Jahreswechsel verschwand Lütold von Tiefenstein sang- und klanglos. Niemand wusste, wo er war. Mathilde vermutete zunächst, er habe seine Heiratspläne endlich aufgegeben, denn er erschien überhaupt nicht mehr im Waldshuter Hof, auch nicht hinter ihrem Rücken. Dann erfuhr sie, dass der Habsburger die fast wieder aufgebaute Burg Tiefenstein in Schutt und Asche gelegt hatte. Auch wenn sie an den Basler Bischof verkauft worden war, so würde ihn dies doch tief treffen. Lütold tat ihr fast schon wieder leid. Er musste den Habsburger glühend hassen.

Für Graf Rudolf reihte sich inzwischen ein Erfolg an den anderen. Das bewegte auch jene, die bisher gezögert hatten, sich zu ihm zu bekennen. Die Leute des Abtes von St. Gallen erkannten ihn als ihren Herrn an. Jeder spürte es, es lag förmlich in der Luft: Die entscheidende Phase im Krieg zwischen dem Basler Bischof und dem Grafen von Habsburg hatte begonnen.

# XX

Es war Juli geworden. Rudolf lagerte mit seinen Truppen vor Binningen und versuchte in immer neuen Angriffen, die Basler Verteidigungslinien zu überrennen. Gleichzeitig setzte er die Politik der Nadelstiche fort. Seine Leute unternahmen Streifzüge ins Elsass und rheinaufwärts. Das schädigte den Neuenburger und brachte gleichzeitig Einnahmen, um die wachsende Zahl der Kämpfer zu versorgen und zu entlohnen, die Rudolf unter Waffen hielt. Überall presste er zudem weitere kampffähige Männer in seinen Dienst, selbst die ganz jungen.

Wer nicht freiwillig folgte, wurde erschlagen. Mitte Juli, um das Fest der heiligen Margarethe herum, verwüstete er das Gregorienthal westlich von Colmar. Am Tage vor Laurentii brandschatzte er das Dorf Klingen bei Schaffhausen und hätte beinahe die Burg genommen. Danach ritt er mit seinen Heerscharen erneut nach Basel. Und von Stund an befand sich die Stadt wieder im Belagerungszustand. Der Ring zog sich enger und enger zusammen. Während der Habsburger vor den Mauern der Stadt tobte und die Vororte zerstörte, arbeiteten im Inneren seine Vertrauensleute daran, den Widerstandswillen der Basler zu untergraben. Viel Handsalbe wechselte in diesen Tagen den Besitzer. Doch noch hielt die Stadt stand.

Mathilde und Martin befanden sich im Tross des Habsburgers, zusammen mit anderen Bediensteten. Gertrud und Junge waren in Waldshut geblieben und trieben die Wirtschaft um. Mathilde war wieder die Leibköchin des Grafen, und Martin machte sich als Schmied nützlich. Es gab ständig Waffen zu schmieden oder Rüstungen auszubessern und anzupassen. Denn nicht jeder Ritter konnte sich eine neue Rüstung leisten, und so kämpften viele in Harnischen, die sie Gegnern abgenommen oder vom Vater geerbt hatten.

Auch allerlei anderes Volk hatte sich im Feldlager vor Basel eingerichtet. Marketenderinnen boten ihre Waren feil, Hübschlerinnen sich selbst, Handwerker aller Art schmiedeten, sägten, bauten. Dazu kamen Geistliche, die von den Qualen der Hölle erzählten, und die Ehefrauen der Soldaten, die ihren Männern mit Qualen drohten, falls sie es wagen sollten, zu einem dieser Kebsweiber zu gehen. Es gab fahrendes Volk, Gaukler und Feuerspucker, Jongleure und Akrobaten, Sänger und Schauspieler, die diese ganze bunte Schar unterhielten. Solcherlei Kurzweil wurde gerne angenommen, wenn gerade niemand umzubringen, kein Bauernhof und keine Burg zu plündern war, auf der die Gefolgsleute des Basler Bischofs saßen. Und wenn versehentlich auch andere Güter geplündert wurden – niemand scherte sich darum. Hauptsache, Rudolf bekam sein Teil und war in der Lage, seine Leute zu unterhalten. Das Land hatte schließlich den Krieg zu ernähren. So war es immer gewesen. Und so würde es immer sein.

Mathilde konnte langsam keine Pasteten mehr sehen. Doch Rudolf von Habsburg schien nicht genug davon bekommen zu können, egal, ob sie mit Hasenfleisch, Hühnerhaschee, Fisch oder anderem gefüllt waren. Zumal sich diese Pasteten auch wunderbar kalt und aus der Hand essen ließen. Der Habsburger war ständig beschäftigt, er hatte tagsüber wenig Zeit für ausgedehnte Mahlzeiten. Denn unentwegt kamen Boten aus allen Teilen des Reiches. Papst Gregor, der noch immer für einen weiteren Kreuzzug trommelte, war ungeduldig geworden und hatte den Kurfürsten angedroht, selbst einen König zu küren, wenn sie sich nicht auf einen Kandidaten für den Thron einigen konnten. Das brachte die Dinge ins Rollen. Niemand wollte einen »Pfaffenkönig«, selbst die Kirchenfürsten nicht.

Wie es schien, hatte sich Erzbischof Werner von Mainz an die Spitze der Bewegung gesetzt und bereits zum Ende des vorangegangenen Jahres mit Verhandlungen innerhalb der rheinischen Kurfürstengruppe zum Ausgleich von Ansprüchen und zur Einigung auf einen Kandidaten für den vakanten Königsthron begonnen. Und vor wenigen Tagen schließlich hatten sich die drei geistlichen Kurfürsten, die Erzbischöfe von Mainz, Köln und Trier, auf Rudolf als Kandidaten verständigt. Kurz darauf war auch Pfalzgraf Ludwig, der sich selbst Hoffnungen gemacht hatte, auf diese Linie eingeschwenkt. Damit hatte Rudolf die vier mächtigsten Männer im Süden des Reiches hinter sich. Nun mussten noch der Herzog von Sachsen, der Markgraf von Brandenburg und der König von Böhmen überzeugt werden. Bei Letzterem würde das schwierig werden, denn Ottokar hatte bei Papst Gregor selbst einen Anspruch auf die Krone angemeldet.

Einiges wusste Mathilde aus der Gerüchteküche, die jeden Tag mehr brodelte. Es lag eine ungeheure Anspannung in der Luft. Anderes hatte ihr Steinmar berichtet, den sie bis auf einige kurze Besuche, bei denen er sie über die Entwicklung der Dinge im Groben auf dem Laufenden hielt, allerdings wenig zu Gesicht bekam. Denn er war ständig mit irgendwelchen geheimen Botschaften unterwegs, über die er nichts sagen wollte oder konnte. Natürlich. Sie war ja nur eine Frau. Gut genug, für andere die Kohlen aus dem Feuer zu holen, aber ansonsten eben das kleine Dummchen. Sie durfte schuften, walken und kneten, mal diesen, mal jenen Sonderwunsch der hohen Herren und ihrer Damen bedienen – aber selbst denken? Nein, das stand Frauen nicht an.

Mathilde hatte ein Händchen dafür entwickelt, alles Mögliche und Unmögliche zu besorgen, wenn es galt, die ausgefallensten Gelüste zu bedienen. Neulich hatte eine Dame sogar eine Pastete gefüllt mit Fischrogen gefordert. Sie hoffte wohl, damit die Potenz ihres Gemahls zu steigern. Die Dame schien nicht zu wissen, dass die Lachse erst Ende des Jahres den Rhein hinaufstiegen, um zu ihren Laichgründen zu gelangen. Nun, da musste man sich eben etwas einfallen lassen. Grütze mit viel Salz und versetzt mit getrocknetem Lachs, gut durchgewalkt, mehrfach eingekocht und bis zur Unkenntlichkeit vermantscht, hatte auch ihre Wirkung getan. Jedenfalls war besagte Dame einige Tage darauf mit deutlich freundlicherer Miene zu ihr gekommen und hatte eine weitere Pastete geordert.

Dank ihres Geschicks war Mathilde jetzt zudem Gebieterin über reiche Vorräte aller Art. Der größte Teil der Ernte war eingebracht. Rudolf hatte sich seinen Teil, ohne groß zu fragen, geholt. Nach ihren Anordnungen wurde Wild eingelegt und eingekocht, Kraut gestampft, allerlei Fruchtmus hergestellt, Gemüse eingelagert – kurz: alles erledigt, was mit dem Ende des Sommers und dem baldigen Beginn des Herbstes so anfiel.

Und weil plötzlich wieder jedermann, der etwas auf sich hielt, Mathildes Pasteten auftischen wollte, kam sie kaum nach. Sie arbeitete schon längst nicht mehr allein, sondern hatte Helfer angelernt, darunter auch einige ältere Waisenkinder, denen der Krieg die Eltern genommen hatte. Auf diese Weise konnte sie sie mit durchfüttern. Von den Tischen der Wohlhabenden fiel immer etwas ab. Und falls nicht, zweigte sie etwas ab. Mehr als einmal wünschte sie sich, Junge wäre hier und könnte ihr helfen, die Rasselbande in Schach zu halten, die fast täglich um eine weitere kleine Rotznase anwuchs. Die Größeren kümmerten sich um die Kleineren. Die Arbeit in der Küche war hart, die Hitze in der Nähe der gemauerten Öfen und Feuerstellen manchmal kaum erträglich, obwohl das Kochzelt luftig gebaut worden war. Es bestand aus zwei Planen und einem Dach, das über ein hölzernes Gerüst gespannt war, um den Regen abzuhalten.

Im Frühherbst des Jahres 1273 lagen sie noch immer vor Basel. Und Mathilde machte sich Sorgen. Außer einer kurzen Botschaft, dass er aus dem Heiligen Land zurückgekehrt, aber derzeit in wichtigen Geschäften unterwegs war, gab es noch immer keine Nachricht von ihrem Vater.

Sie sah unter der Plane hindurch nach draußen. Die Blätter der ersten Bäume auf den Höhen von Schwarzwald und Jura begannen sich zu verfärben. Bald würde die Weinlese beginnen. Allerdings bestand wenig Hoffnung auf einen guten Jahrgang, denn die Stöcke hatten durch die strenge Kälte zu Weihnachten stark gelitten. Noch einige kalte Nächte, und die Hügel würden in prunkvollen Herbstfarben leuchten. Das Wetter schien sich jedenfalls zu halten, tagsüber war es noch fast sommerlich warm. Nur vom Rhein her strich hin und wieder eine Brise über die Zeltstadt, die eine Ahnung der unaufhaltsam nahenden kalten Tage vermittelte.

Sie stieg gerade über einen Dreijährigen, der zwischen ihr und dem Schmalztopf saß und hoffnungsvoll darauf wartete, dass er etwas Teig oder vielleicht sogar Fleisch abbekam, als sie das Flüstern einer bekannten Stimme hörte. »Psst, Jungfer Mathilde!«

Sie wandte sich um, konnte aber niemanden entdecken. »Lütold? Wo kommt Ihr denn plötzlich her? Wo habt Ihr die letzten Monate gesteckt?«

»Bitte seid leise, ich muss Euch etwas sagen. Kommt zur großen Weide am Rheinufer, da, wo die Hübschlerinnen ihr Lager aufgeschlagen haben.«

»Den Teufel werde ich tun. Wenn Ihr etwas wollt, dann zeigt Euch.«

»Pssst, bitte. Ich bin hier auf der anderen Seite der Zeltwand. Es ist dringend. Euer Vater schickt mich.«

»Das kann jeder sagen.« Es kam keine Antwort. Sie hörte ein Rascheln. »Lütold? Lütold wo seid Ihr?«

»Kommt näher. Schaut«, zischte er.

Mathilde wischte sich die mehligen Hände am Rock ab und ging zögernd zur Zeltwand. Da wurde ein kleiner, in ein Tuch eingeschlagener Gegenstand darunter hindurchgeschoben. Sie bückte sich, schlug den Stoff auseinander und erstarrte. Es war die rechte Seite eines Marianer-Medaillons, das Zeichen, dass ein Mitglied der Loge in höchster Not war. Dem Aussehen nach war es das Medaillon eines Mannes. Sie musste es sich genauer anschauen, wenn sie allein war. Mathilde sah sich um. Hatte jemand sie beobachtet? Nein, es schien nicht so zu sein. Hastig steckte sie den Fund in ihren Gürtelbeutel und holte sich noch einen Apfel aus der Kiste, die direkt neben ihr stand. Dann biss sie hinein und schlenderte aus dem Küchenzelt wie ein Mensch, der eine kurze Pause machen will.

Sie ging um die Zeltplane herum. Dort war niemand mehr. Sie konnte den Tiefensteiner auch nirgends sonst entdecken. Er war wohl schon zur Weide gegangen. Mathilde beschloss, erst einmal herauszufinden, welcher Marianer diesen Hilferuf geschickt hatte. Vielleicht verstand sie dann auch, warum das Medaillon an sie gegangen war, schließlich gab es unter den Mitgliedern der Loge viel mächtigere Menschen als sie. Mathilde drehte sich mit dem Rücken zum Lager und zog die halbe Münze hervor. Sie sah die Zeichen und erstarrte: Da war das phönizische Mem und dann noch das Taw, zwei Balken, die ein gleichschenkliges Kreuz bildeten, und fünf Herzen. Das Medaillon gehörte einem Mann, dessen Vorname mit einem M begann und der zum engsten Kreis der Eingeweihten gehörte, zu jenen, die die ganze Geschichte des Grabtuchs Christi kannten und um den Streifen Stoff wussten, durch den es erkannt werden konnte. Davon gab es auf der ganzen Welt ihrer Einschätzung nach nur eine Handvoll. Der Graf von Habsburg gehörte natürlich dazu, Heinrich von Isny, mit ziemlicher Sicherheit der neue Papst, Steinmar – und ihr Vater. Lütold hatte ihr einen Hilferuf ihres Vaters gebracht.

Während sie zur großen Weide ging, überlegte sie, was sie davon halten sollte. Wie kam Lütold an das Medaillon? War der Vater bereits ins Elsass gereist, um Kaiser Rotbarts Grab aufzusuchen, den Streifen auszugraben und ihn mit den beiden Tüchern zu vergleichen, die sie hatten? Das wäre jedenfalls eine einleuchtende Erklärung. Bis ins Elsass war es nicht weit. Dann musste er dabei in eine schlimme Gefahr geraten sein, aus der er sich allein nicht befreien konnte. Vermutlich war er auf sich selbst gestellt gewesen, denn das Geheimnis musste gewahrt bleiben. Hatte er die bisher entdeckten Tücher bei sich gehabt oder den Streifen zu den Tüchern bringen sollen? Hatte er den Streifen schon gehabt, als er das Medaillon zerbrach und ihr schickte? Was war mit ihm geschehen? Lebte er noch? War er verletzt? Befand er sich in Gefangenschaft?

Und wieso, wieso hatte ausgerechnet der Tiefensteiner ihr den Hilferuf gebracht? Sie wusste, dass ihr Vater Lütold, ebenso wie sie selbst inzwischen, nicht so recht traute. Wenn dieser das Medaillon trotzdem hatte, konnte das nur zweierlei heißen. Er war bei ihrem Vater gewesen. Oder bei denen, die ihn überfallen und es ihm mit Gewalt abgenommen hatten. Mathilde blieb abrupt stehen und hielt die Luft an. Wenn das eine Falle war? Sie erinnerte sich an die Worte, die Lütold ihr auf der Festung Montfort zugeflüstert hatte, darüber, dass sie ihn letzten Endes doch heiraten würde. Das war eindeutig eine Drohung gewesen und nicht die Liebeserklärung eines schmachtenden Freiers. Sie atmete aus und ging weiter. Sie konnte noch so viel grübeln, es nutzte nichts, sie musste das Wagnis eingehen und ihn treffen, wenn sie den Dingen auf den Grund gehen wollte. Nur eines war sicher: In ihrem Gürtel trug sie unzweifelhaft die Hälfte des Medaillons ihres Vaters. Und nur Lütold konnte ihr sagen, wo er es herhatte.

Andererseits wäre es vielleicht sinnvoll, Martin wissen zu lassen, wo sie hinging. Sie kehrte zurück ins Küchenzelt und griff sich einen ihrer Schützlinge, einen zehnjährigen Jungen. Sie beschrieb ihm, wo er Martin finden konnte, und drückte ihm das wieder ins Tuch eingeschlagene Medaillon in die Hand. Sie gab es ungern her, doch sie hatte keine andere Wahl. Sie musste Martin die Dringlichkeit ihrer Nachricht vor Augen führen. Er konnte zwar nicht lesen, aber das Medaillon der Marianer kannte er inzwischen. »Gib das Martin, dem Schmied. Und sage ihm, Mathilde erwartet ihn bei der großen Weide der Hübschlerinnen. Und lass dir das nicht abnehmen, von niemandem, gib es auf jeden Fall Martin. Wenn du ihn nicht findest, warte, bis er kommt«, bläute sie dem Jungen ein. »Du darfst niemandem, wirklich niemandem außer Martin diese Botschaft überbringen. Das ist ein großes Geheimnis. Rudolf von Habsburg wird dich reich belohnen, wenn du deine Sache gut machst.«

Der Junge nickte begeistert und stob davon.

Mathilde sah ihm nach und machte sich dann erneut auf den Weg in Richtung Weide, mehr konnte sie nicht tun.

Lütold war von einigen Hübschlerinnen umgeben, als sie den Baum erreichte. Sie boten ihm offenbar ihre Dienste an. Er stieß sie grob weg, als er Mathilde kommen sah. »Wieso seid Ihr jetzt erst hier, Jungfer Mathilde?«

»Ich musste eine gute Gelegenheit abwarten, heimlich zu verschwinden. Ich konnte schließlich die Töpfe nicht einfach auf dem Feuer stehen lassen. Dann wäre einiges übergekocht und angebrannt. Der Geruch hätte bald das ganze Lager alarmiert. Und aus der Art Eures ... ähm ... Annäherungsversuches schließe ich, dass niemand wissen soll, dass wir uns treffen.«

»Gut gemacht. Ist Euch jemand gefolgt?«

»Nein, ich denke nicht. Aber nun sagt schon, was ist mit meinem Vater? Wo ist er?«

»Das kann ich Euch nicht sagen.«

»Wieso lockt Ihr mich dann hierher? Woher habt Ihr das Medaillon?«, fuhr sie ihn ungeduldig an.

Er zögerte. »Jemand ... hat es mir gegeben. Ein Ritter des Deutschen Ordens. Ulrich-Walther von Klingen, der Komptur der Kommende Beuggen, hat den Mann geschickt. Er kann Euch Rede und Antwort stehen. Ich werde Euch zu ihm bringen.«

»Und warum ist er nicht selbst zu mir gekommen? Warum erst zu Euch?«

Lütold zuckte die Achseln. »Bischof Heinrich hat ihn zusammen mit anderen Reisenden gefangen genommen. Es hieß, in der Gruppe befinde sich ein Kundschafter des Habsburgers. Der Mann hat nach mir verlangt. Er wusste wohl, dass ich Euch kenne.«

Das roch entschieden faul. »Dieser Bote sitzt in Basel im Verlies? Wie wollt Ihr da hineinkommen?«

Lütold grinste. »Mit genügend Handsalbe gibt es immer wieder einen Weg nach Basel hinein und wieder heraus. Auch in die Kasematten.«

Das roch nicht nur, das stank zum Himmel. Wollte der Tiefensteiner sie Heinrich von Neuenburg in die Hände spielen? Der Bischof von Basel galt als sehr nachtragend. Sie sah sich um. Wenn sie nur jemandem Bescheid geben könnte, wohin sie ging. Die Frauen hatten sich verdrückt. Und Martin war nirgends zu entdecken.

»Wollt Ihr nun wissen, was mit Eurem Vater ist, oder nicht? Wir haben nicht ewig Zeit. Der Weg nach Basel hinein ist nur für kurze Zeit für uns offen. Und die ist bald vorüber, weil Ihr so spät kamt.«

Das entschied die Sache. Sie saß in der Zwickmühle. Falls sie wissen wollte, was das alles zu bedeuten hatte, musste sie dem Tiefensteiner wohl oder übel folgen.

Er brachte sie in eines der Domherrenhäuser am Münsterplatz. Warum nicht in sein eigenes Haus? War das nun gut oder schlecht? Immerhin brachte er sie nicht ins Gefängnis. Und den rachsüchtigen Bischof von Basel hatte Mathilde bislang auch nicht entdecken können. Eine Baslerin mittleren Alters, dem Aussehen nach eine Bürgersfrau, öffnete ihnen. Mathilde vermutete, dass sie die Haushälterin eines Domherrn mit den unter den frommen Herren üblichen nächtlichen Nebenaufgaben war.

Als die Frau Lütold und Mathilde sah, nickte sie. »Ihr werdet schon erwartet. Hier entlang.« Mit diesen Worten öffnete sie die Tür zur Wohnstube. Dort war ein kleiner Altar mit einem Kandelaber aufgebaut, die Kerzen brannten. Mathilde dachte sich zunächst nichts dabei. Ein Domherr, ob tugendsam oder nicht, musste den Schein wahren.

»Wartet einen Augenblick, Jungfer Mathilde. Ich bin gleich wieder zurück, und dann reden wir«, meinte Lütold.

Zunächst glaubte Mathilde, der Tiefensteiner müsse kurz austreten, doch dann wurde sie eines Besseren belehrt. Lütold kam mit einem hageren Priester im Messgewand zurück.

»Das ist sie?«, erkundigte sich dieser.

»Das ist sie«, bestätigte Lütold. Dann wandte er sich mit einem süßlichen Lächeln zu Mathilde um. »So. Und jetzt werdet Ihr mir Euer Jawort geben.«

»Den Teufel werde ich tun«, fauchte Mathilde. Sie hatte es allmählich satt, mit Eheschließungen überrumpelt zu werden.

»Oh doch, das werdet Ihr. Denkt an Euren Vater. Ohne Euer Jawort werdet Ihr nie erfahren, was mit ihm ist. Außerdem könnte ich Euch ohne Weiteres dem Bischof übergeben. Seine Eminenz ist ohnehin sehr verärgert über Euch. Dann verrottet Ihr in einem Basler Verlies, und Eurem Vater ist auch nicht geholfen. Heinrich von Neuenburg hat diesem Handel ohnehin nur zugestimmt, weil Ihr ihm einmal das Leben gerettet habt.«

»Welchem Handel? Was habt Ihr mit dem Bischof von Basel verabredet?«

Lütold feixte. »Das sind Familienangelegenheiten, das erzähle ich Euch alles später, wenn wir Mann und Weib sind. Also reicht mir Eure Hand, holde Schöne. Ich sagte doch, Ihr werdet mich ehelichen.«

»Ich nehme Euch nicht ab, dass Ihr derart in Liebe zu mir entbrannt seid, dass Ihr ohne mich nicht leben könnt.«

»Oh, das bin ich auch nicht. Aber ich habe mir alle Mühe gegeben,

Euch zu umschmeicheln, findet Ihr nicht auch? Doch nun ist meine Geduld am Ende.«

»Was soll das alles? Wollt Ihr Gold?«

Lütold nickte. »Ja, natürlich. Eures. Aber alles, und keine Almosen. Was dachtet Ihr denn? Nun gut, ich gebe es zu, Euer Anblick kann einen Mann schon in Wallung bringen. Warum also sollte ich darauf verzichten, wenn ich das zusammen mit Eurem Vermögen haben kann? Nein, versucht nicht zu leugnen, ich weiß aus sicherer Quelle, dass Ihr gute Geschäfte gemacht habt. Sagt, wie viele Beutel mit klingenden Münzen sind es, die Ihr unter Eurem Bett in Waldshut versteckt habt? Nun schaut nicht so. Ihr werdet beizeiten erfahren, woher ich das weiß. Dazu das Haus, an dem ein gewisser Arnold immer noch großes Interesse hat und das ihm ein schönes Sümmchen wert ist, wenn ich es ihm überlasse. Doch nun ist genug geredet. Los, beginnt schon«, fuhr er dann den Priester an.

Mathilde überlegte angestrengt. Was sollte sie tun? Sie entkam ihm nicht. Aber sie war doch bereits verheiratet. Beging sie eine Sünde, wenn sie zustimmte? Mit Sicherheit. Sollte sie es ihm sagen, würde er dann von seinem wahnsinnigen Vorhaben ablassen? Doch sie hatte hoch und heilig versprochen, das Geheimnis ihrer Eheschließung mit Steinmar für sich zu behalten. Und wenn sie einfach behauptete …

»Ich kann Euch nicht die Hand zum Ehebund reichen. Auch wenn ich es wollte. Deswegen habe ich mich immer gesträubt.«

»Warum nicht? Was soll das? Glaubt ja nicht, dass Ihr mich einlullen oder davon abbringen könnt.«

»Das liegt mir fern, Ritter von Tiefenstein. Aber ich habe bereits einen Gatten.«

Er fuhr auf. »Einen Gatten, Ihr? Und wer soll das sein? Das wüsste ich doch.«

»Es ist ein Geheimnis. Weder Gertrud noch Junge noch sonst jemand weiß davon. Ich bekam im Heiligen Land das Einverständnis meines Vaters … Martins Weib zu werden.«

Anfangs reagierte er auf diese Mitteilung hin fassungslos. Dann lachte er. »Ihr glaubt tatsächlich, Ihr könnt mich hinters Licht führen. Einen Stallknecht als Ehemann? Wenn es eine solche Eheschließung gegeben hätte, wüsste ich davon. Nie und nimmer ist das wahr.«

Sie schaute ihn aufmerksam an. »So, und von wem solltet Ihr das wissen? Ich sagte doch, es war eine heimliche Eheschließung.«

Er schüttelte den Kopf. »Ich wüsste davon«, erklärte er bestimmt. »Also versucht nicht weiter, Euch herauszureden. Heute und jetzt werdet Ihr meine Frau.«

Natürlich hätte sie sich weigern können, doch sie traute Lütold durchaus zu, dass er sie an den Bischof von Basel auslieferte. Er hatte von einem Handel gesprochen. Was war das für ein Handel? Das erfuhr sie nur, wenn sie zum Schein nachgab. Außerdem musste sie unbedingt wissen, was mit dem Vater geschehen war. Und wieso er so sicher war, dass er von einer Eheschließung erfahren hätte. Er musste jemanden haben, der sie auskundschaftete. Und machte die erste Ehe nicht eine zweite ungültig? Auch wenn sie bezüglich des Gatten gelogen hatte, um ihr Versprechen nicht zu brechen. Sie musste es darauf ankommen lassen.

Sie nickte.

Als habe er ihren letzten Gedanken gelesen, bedachte er sie mit dem lüsternen Blick eines stolzen Besitzers. »Das ist brav, meine Liebe.«

Mathilde hatte ihr Jawort kaum gesprochen, da wurde ein Wandvorhang zur Seite geschoben. Dahinter verbarg sich eine Tür im Mauerwerk, aus der nun Bischof Heinrich von Basel trat. »Vater Bernhard, Ihr könnt gehen.«

Der Priester nickte und verschwand hastig aus dem Zimmer.

Heinrich von Neuenburg wandte sich dem Tiefensteiner zu. »So, Lütold. Nun habt Ihr, was Ihr wolltet. Eure neue Frau wird Euch ein gehöriges Sümmchen einbringen, wenn wir sie an unseren Freund Baybars, den Sultan von Kairo ausliefern, der sie, Gott weiß warum, unbedingt haben will. Ich vermute, um sich an Ihr zu rächen. Sie hat ihm schließlich etwas gestohlen.«

Mathilde konnte nicht glauben, was sie da hörte. Ausliefern? Gestohlen? Woher wusste der Neuenburger …

Der Bischof betrachtete sie abschätzend, während er weitersprach. »Falls Ihr es nicht vorzieht, Ritter Lütold, sie zu behalten und Euch mit ihr auf den Ländereien niederzulassen, die ich Euch für Eure Treue zu Lehen gegeben habe. Neben dem, was Ihr von mir bekommt, könnte das Vermögen Eures Weibes vielleicht sogar reichen, um auf Eurem Familienstammsitz ein standesgemäßes Leben zu führen. Dieses Weib ist ja eine wirklich hervorragende Köchin. Wenn sie Eurem Haushalt vorstünde, würde Euch das regelmäßige Einnahmen bescheren, und Ihr müsstet Euer Schwert nicht mehr für fremde Herren schwingen. Es braucht ja nicht bekannt zu werden, dass sie noch immer Bestellungen für Pasteten annimmt, das würde sich für eine Dame von Tiefenstein nicht ziemen. Und ein paar Kinderchen sind auch nicht zu verachten, oder? Doch vorher, meine Liebe, werdet Ihr mir sagen, was ich wissen will. Nun schaut nicht so erstaunt. Glaubt Ihr, nur Euer Vater oder dieser Möchtegern-König Habsburg haben Beziehungen ins Heilige Land? Glaubt Ihr, nur Ihr versteht Euch aufs Geschäft des Auskundschaftens?«

Mathilde hatte alle Mühe, ihre Verblüffung zu verbergen. Nur ihr Zorn war noch größer als ihr Erstaunen. Was dachten sich diese Männer eigentlich? Dass sie sich hin- und herschieben ließ wie eine Figur in einem Schachspiel? Nun, sie würde auch wieder zum Zug kommen. Sie war noch lange nicht schachmatt gesetzt. Es wäre nicht das erste Mal, dass ein Bauer den König schlägt, dachte sie grimmig. Jetzt wurde ihr vieles klar. Einer der Verräter, von denen der Vater in Outremer gesprochen hatte, stand offenbar im Dienste des Basler Bischofs. Möglicherweise gleichzeitig auch in dem von Sultan Baybars. Und Lütold war also, wie befürchtet, wirklich ein treuer Gefolgsmann dieser hinterlistigen Eminenz. Er hatte sich anfangs nur an sie herangemacht, um Neuigkeiten aus dem Lager des Habsburgers zu erfahren.

Heinrich von Neuenburg streckte die Hand aus und zog sie zu sich. »Da wundert Ihr Euch, was? Dachtet Ihr etwa, ich wüsste nicht, was Ihr dem Sultan gestohlen habt und was der Habsburger braucht? Doch wir werden ihm die Suppe versalzen, nicht wahr, werter Ritter Lütold? Ist es nicht ein wirklich bemerkenswerter Zufall, dass ausgerechnet die Leibköchin des Grafen das Werkzeug seiner Vernichtung sein wird? Als sei es Bestimmung. So, meine werte Dame, gebt mir das Medaillon.«

»Ich habe es nicht bei mir. Was ist mit meinem Vater?«

Auf Heinrichs Gesicht zeichnete sich erst Verärgerung, dann Genugtuung ab. »Nun, Ihr werdet es mir später geben. Das ist vorläufig zweitrangig. Was mit Eurem Vater ist? Sagte ich das nicht? Oh, das tut mir leid, meine Liebe, aber es ließ sich einfach nicht vermeiden. Er war so uneinsichtig. Er ist tot. Wir haben ihn im Elsass erwischt. Leider waren meine Leute etwas zu forsch bei der Sache, so starb er uns während der hochnotpeinlichen Befragung unter den Händen weg. Dummerweise hatte er das, wonach wir suchen, nicht dabei. Sein letztes Wort galt jedoch Euch, meine Tochter. Er sagte ›Mathilde‹. Also, Schwester der Marianer, wo ist das Tuch?«

Mathilde wurde speiübel. Sie war kalkweiß und wankte. Lütold wollte sie stützen, doch sie schüttelte seinen Arm ab. In ihrem Gesicht stand der blanke Hass. »Das werdet Ihr mir büßen, Lütold von Tiefenstein. Und Ihr ebenfalls, Heinrich von Neuenburg, mögt Ihr Bischof sein oder auch nicht. Ich stehe nicht allein auf dieser Welt.«

Heinrich von Neuenburg schien nicht im Mindesten beunruhigt. »Vielleicht, vielleicht aber auch nicht. Falls Ihr die Marianer meint, die können Euch nicht helfen. Denn momentan ist es wohl so, dass Ihr in unserer Gewalt seid. Und alles, was Euch gehört, ist nun Eigentum Eures Gatten, Eure nicht unansehnliche Person eingeschlossen. Er kann mit Fug und Recht über Euch verfügen, wie es ihm gut dünkt. Lütold, redet Eurer Gemahlin zu. Ich halte es ihr momentan zugute, dass sie über den Tod ihres Vaters sehr bestürzt ist. Deswegen will ich zunächst Gnade vor Recht ergehen lassen. Sonst könnte es am Ende doch noch sein, dass ich sie in meine Folterkammern bringen lassen muss.«

»Egal, was Ihr macht. Ob Ihr mich foltert oder umbringt. Durch mich bekommt Ihr das Tuch nicht.«

»Und wieso seid Ihr Euch da so sicher?«

»Weil ich nicht weiß, wo es ist.«

Heinrich von Basel wiegte den Kopf hin und her. »Tzzz, wer wird denn hier lügen? Wisst Ihr nicht, dass das eine Sünde ist? Ich bin genauestens unterrichtet. Anna von Pfirdt hat mir gestanden, dass Ihr wisst, wo das Tuch ist. Gut, sie war ein wenig verärgert, nachdem meine Leute mit Seckingen fertig waren. Aber was hätte ich machen sollen? Dieser Habsburger hat die Stadt als Ausgangspunkt für seine Raubzüge in meine Ländereien benutzt. Aufgrund meiner langen Verbundenheit zu den Grafen von Pfirdt habe ich anfangs Langmut gezeigt. Doch irgendwann ging es nicht mehr. Allerdings hatte ich meine Leute angewiesen, die Krypta mit den Gebeinen des heiligen Fridolin unversehrt zu lassen. Das war mein Zeichen des guten Willens. Und das hat die Äbtissin nach gutem Zureden schließlich verstanden. Oder glaubt Ihr wirklich, ich wusste nicht, wo sich der Schrein befindet? Außerdem habe ich ihr versprochen, die Gebeine des heiligen Fridolin auch künftig nicht anzurühren. Da sagte sie mir, dass ihr wissen müsstet, wo sich das Grabtuch befindet.«

Mathilde atmete tief durch. In was für einen Sumpf aus Ränken und Intrigen war sie hier nur geraten? »Anna von Pfirdt – wir haben nie darüber gesprochen. Ich habe keine Ahnung, weshalb sie glaubt, dass ich weiß, wo das Tuch ist.«

»Weil der Habsburger damit prahlt, dass Ihr und Euer Vater es ihm gebracht und in seinem Auftrag an einem geheimen Ort versteckt hättet. Natürlich nur hinter vorgehaltener Hand, aber seine Leute sorgen schon dafür, dass diese Nachricht sich bei den Richtigen herumspricht. Nämlich bei denen, deren Unterstützung er für seine Pläne braucht. Ich bin mir sicher, dass der neue Papst deshalb insgeheim Rudolfs Wahl zum deutschen König befördert und den Böhmen hat abblitzen lassen. Dieser Ottokar Pøemysl schäumt, wie man hört. Ich bin nur gespannt, wie er sich bei der eigentlichen Wahl verhält. Ohne ihn sind die sieben Kurfürsten, die Rudolf für seine Wahl benötigt, nicht beisammen. Doch die anderen sechs scheint der Habsburger endgültig in der Tasche zu haben, seit er mit dem Grabtuch Christi gewunken hat. Offenbar haben sie sich noch nicht einmal durch die Argumente von Karl von Anjou beeinflussen lassen, der gerne seinen Neffen, den Sohn des vor Tunis verstorbenen Franzosenkönigs Ludwig, auf dem Thron gesehen hätte. Und das trotz einer saftigen Handsalbe. Das ist ungewöhnlich für diese goldgierigen Herren. Seit durchgesickert ist, dass der Sundgauer die Reliquie besitzt, hat auch der dritte Mitbewerber, Siegfried von Anhalt, plötzlich keine Ambitionen auf die Krone mehr, und Friedrich von Thüringen, der Sohn der Kaisertochter Margarethe von Hohenstaufen, ebenfalls nicht. Findet Ihr dieses Zusammentreffen nicht auch äußerst merkwürdig? Zufall ist das jedenfalls nicht, das begreift selbst der größte Tor. Und ein Tor bin ich nicht. Aber ich werde nicht zulassen, dass der Habsburger den deutschen Thron besteigt. Also. Wo ist es? Und versucht nicht, mich weiter für dumm zu verkaufen.«

Mathilde war völlig aufgewühlt und bemühte sich verzweifelt, einen klaren Gedanken zu fassen. Sie war noch immer wie betäubt von der Nachricht über den Tod des Vaters, hin- und hergerissen zwischen der tiefen Trauer, der Angst um sich selbst, der Verblüffung über die Behauptungen des Grafen von Habsburg und ihrem wachsenden Zorn. Sie hatte keine Ahnung, ob der Graf inzwischen wirklich im Besitz des echten Grabtuches war. Oder ob er überhaupt schon wissen konnte, ob er es hatte. Denn der Vater war ja offenbar bei dem Versuch, den Streifen zu holen, der ihm Klarheit darüber verschaffen könnte, von den Männern des Bischofs getötet worden. Wenn der Habsburger das behauptet hatte, dann wohl tatsächlich, um die Kurfürsten bei ihrer Wahl zu beeinflussen. Und sie war das Bauernopfer. Mathilde hatte mehr als genug davon, von den Mächtigen zum Spielball ihres Ehrgeizes gemacht zu werden. Sie schob kampfeslustig das Kinn vor und bemühte sich noch nicht einmal mehr darum, halbwegs höflich zu klingen. »Ihr könnt mich noch ewig dasselbe fragen. Meine Antwort bleibt ebenfalls dieselbe. Ich weiß es nicht.«

Der Bischof wandte sich an den Tiefensteiner. »Lütold. Seid Ihr wirklich sicher, dass Ihr Euch mit diesem Weib abgeben wollt? Nun, soweit ich weiß, hättet Ihr sie lieber am Stück. Also überlasse ich Euch beiden Turteltäubchen wohl für eine Weile Euch selbst. Die erste Nacht soll ja die schönste sein. Und vielleicht könnt Ihr die Dame mit Euren – ähäm – Fähigkeiten doch noch überreden, uns zu sagen, was wir wissen wollen. Ich würde es Euch wenigstens raten. Sonst bekommt Ihr Eure Burg Tiefenstein niemals mehr von mir zurück. Ich habe dann bestimmt keine Lust, sie nach der Plünderung durch den Habsburger ein weiteres Mal auf meine Kosten neu aufbauen zu lassen, nur damit mein Lehnsmann eine standesgemäße Wohnstatt hat. Also, zeigt Euch als ganzer Mann und nutzt das Schwert, das der Schöpfer Euch gegeben hat. Ich habe von einigen Damen gehört, dass Ihr ausgesprochen gut ausgestattet seid. Dann wird sie schon singen. Ihr habt Zeit bis übermorgen.«

Heinrich von Neuenburg lachte schallend, dann ging er in den Geheimgang und zog die Tür hinter sich zu. Mathilde konnte hören, dass auf der anderen Seite ein Riegel vorgeschoben wurde. Sie rannte zur Zimmertür und rüttelte daran. Vergebens. Sie war ebenfalls verriegelt.

»Oh, meine Schöne, gebt Euch keine Mühe. Es wäre außerdem schade, wenn Ihr so erhitzt seid. Ich mag den Geruch von Schweiß nicht. Aber da ich weiß, dass Ihr direkt aus der Küche des Habsburgers kommt, habe ich Euch etwas mitgebracht. Hier, in diesem Flakon ist Rosenwasser. Das ist mein Hochzeitsgeschenk an Euch, meine Mitgift sozusagen. Kommt, hebt die Röcke, dann können wir etwas davon auf den wichtigsten Stellen verteilen. Wenn Ihr gebadet habt, werde ich mir erlauben, Euch genauer in Augenschein zu nehmen. Doch für den Moment wird es reichen. Ich denke, wir sollten unsere Ehe möglichst schnell vollziehen, damit Ihr nicht hinterher behaupten könnt, sie sei niemals voll gültig geschlossen worden. Gleich kommt der Priester zurück. Er wird den Vollzug bestätigen.«

Mathilde war fassungslos. »Ihr wollt vor dem Priester …«

»Natürlich, meine Liebe. Ihr wisst doch, dass Zeugen üblich sind, weil die Eheschließung erst durch den Vollzug rechtskräftig wird. Ich kenne Euch und Eure Schliche. Wir werden verhindern, dass Ihr Euch später herausredet. Außerdem werdet Ihr den Pfaffen schnell vergessen. Ich bin wirklich so gut ausgestattet, wie der Bischof sagte.«

»Wenn Ihr auch nur einen Schritt näher kommt, dann …«

»Was dann?«, fragte Lütold betont lässig. »Ach meine Liebe, wollt Ihr mich kratzen, ein wenig beißen vielleicht? Ah, das wäre ganz in meinem Sinne, denn ein wenig Schmerz erhöht den Liebesgenuss um ein Vielfaches. Wenn ich es mir recht überlege, könnten wir ja schon ein wenig anfangen. Der Pfaffe wird jeden Moment eintreten.«

Er kam auf sie zu. Mathilde raffte die Röcke und flüchtete sich zum Altar, vor dem sie getraut worden waren.

»Aber meine Liebe, so widerwärtig bin ich wirklich nicht. Wollt Ihr wirklich Fangen mit mir spielen? Muss ich tatsächlich Gewalt anwenden? Nicht dass ich etwas dagegen hätte.«

»Bleibt mir vom Leib«, fauchte sie.

»So gerne ich Euch immer zu Diensten war, das wird sich nicht machen lassen«, säuselte Lütold. Dann machte er überraschend zwei schnelle Schritte und packte sie am Handgelenk.

Mathilde versuchte, sich dem Griff zu entwinden. Doch ehe sie sich versah, hatte er sie hochgehoben und machte Anstalten, sie zu Boden zu werfen.

Sie schlug mit den Armen um sich. Noch im Fallen geriet sie mit einer Hand an den Kandelaber. Sie zog ihn Lütold so kräftig über den Schädel, wie sie nur konnte. Dann krachte sie zu Boden. Der Tiefensteiner wankte, in seinen Augen stand ein erstaunter Blick. Gleich darauf lag er schwer auf ihr.

Mathilde strampelte wild, hielt aber inne, als sie bemerkte, dass er sich nicht rührte. War er bewusstlos, oder hielt er sie zum Besten? Wollte er mit ihr spielen? Sie schob seinen Körper vorsichtig ein Stück zur Seite. Er rührte sich noch immer nicht. Da rollte sie ihn vollends von sich herunter. Dabei entdeckte sie, dass ihm Blut über das Gesicht lief. Ihr ganzes Kleid war voll davon. Sie griff unter ihren Rock und riss einen Streifen ihres Hemdes ab. Damit band sie ihm die Hände zusammen. Sicher war sicher. Sie trat ihn und wartete, was passierte. Dann noch einmal. Nichts. Ob er tot war? Gut, dann war er eben tot.

Noch immer schwer atmend, sah sie sich um. Wie kam sie bloß hier heraus, ehe der angekündigte Priester kam? Das Fenster, natürlich. Sie hatte keine Probleme damit, es zu öffnen. Offenbar hatte niemand damit gerechnet, dass sie versuchen könnte zu fliehen. Doch, sie hatten ja die Tür verschlossen. Nun, dann hatten sie das Fenster eben vergessen. Sie schaute hinaus. Da waren Leute. Was sollte sie tun? Egal, nur hier heraus und schnellstmöglich fort. Mathilde zog sich einen Schemel ans Fenster, schürzte den Rock, stieg hoch und ließ sich an der Außenseite hinuntergleiten.

Sie wäre beinahe gefallen, denn in diesem Augenblick begannen die Schlegel in den Glocken der Münstertürme einen wilden Tanz. Das Metall dröhnte. War es bereits Mittag? Nein. Dann musste den Menschen der Stadt Gefahr drohen. Ob Rudolf von Habsburg es endlich geschafft hatte, Basels Mauern zu überwinden? Mathilde suchte den Horizont nach Rauchschwaden ab. Nichts, kein Feuer, kein Kriegsgeschrei und Säbelrassen. Die Turmbläser hatten auch kein Signal ausgeschickt, zumindest hatte sie nichts gehört.

Dann erinnerte sie sich, dass sie schnellstens von hier fortmusste, und huschte um die Hausecke. Da kam ihr auch schon ein Pulk heftig debattierender und gestikulierender Menschen entgegen, die in Richtung Münster rannten. Mathilde wurde einfach mitgerissen. Zunächst wollte sie sich wieder befreien, doch dann kam sie auf den Gedanken, dass die Leiber sie vor den Blicken ihrer Verfolger retten konnten, und ließ sich mit ihnen treiben.

Immer mehr Leute strömten auf den Vorplatz des Münsters. Angstvolle Rufe ertönten. »Was ist geschehen? Brennt es, kommen die Leute des Habsburgers? Warum haben die Glocken uns zum Münster gerufen?« Bald war der ganze weite Platz voller Menschen. Frauen mit Kleinkindern auf dem Arm. Männer mit Harken und Spießen, andere mit ledernen Eimern zum Wasserholen, falls irgendwo ein Feuer ausgebrochen sein sollte.

Da trat Heinrich von Neuenburg aus der Kirche, begleitet von einigen Domherren und weiteren Ratgebern. Er war bleich und wirkte angespannt. In der kurzen Zeit, seitdem er Lütold und sie allein gelassen hatte, mussten ihn schlechte Nachrichten erreicht haben, dachte Mathilde schadenfroh. Da hob er die Hand. Die Menge verstummte.

»Hört, hört«, rief der Ausrufer. »Hört, hört, werte Leute, was unser Herr, der edle Heinrich zu Neuenburg, Bischof zu Basel, uns zu sagen hat.«

Heinrichs Rede war nur kurz. »Sechs der sieben Kurfürsten haben dem Grafen Rudolf von Habsburg die Krone der deutschen Lande angetragen. Er hat angenommen. Die eigentliche Kür soll demnächst bei

Dieburg vonstattengehen. Der Graf von Habsburg hat daraufhin dieser Stadt einen ehrenvollen Frieden sowie den Schutz vor Plünderungen versprochen, wenn wir ihm nicht länger Widerstand leisten. Ich habe ihm eine Botschaft geschickt, dass wir das Angebot annehmen. Selbst der Bischof von Basel muss sich unter diesen Umständen beugen. Der künftige deutsche König versichert im Gegenzug, er werde die alten Rechte und Freiheiten nicht antasten, die Basel insbesondere von seinem Vorfahr, dem Staufer Friedrich II., zugesichert bekommen hat. Außerdem hat er allen, die ihm bisher feindlich gegenüberstanden, Straffreiheit zugesagt. Er hat einen heiligen Eid geschworen, dies wahr zu machen, sobald er im Dom zu Aachen zum deutschen König gekrönt worden ist.«

# XXI

»Hast du gehört, kleine Wachtel, was der Neuenburger ausgerufen haben soll, als ihm Rudolfs Bote die Nachricht überbrachte, dass die Kurfürsten unserem Herrn die Krone angetragen haben?«

Mathilde zählte die Fässer mit eingelegtem Fisch. »Eins, zwei, drei, das reicht nicht. Äh, nein. Wie auch? Ich war ja nicht dabei. Was hat er denn gesagt?«

Steinmar grinste schief. »Herrgott im Himmel, sitze fest, damit dieser Rudolf nicht auch dich wegdrängt.«

Mathilde lachte. »Wirklich, das hat er gesagt?«

Steinmar nickte. »Ja, wir wissen es von einem Diener, der zugegen war, als er die Botschaft erhielt.«

Mathilde kaute an ihrer Unterlippe und öffnete einige Tiegel. »Ach, wie gerne wäre ich dabei gewesen. Wir brauchen mehr Agrez. Der Essig geht auch zur Neige. Meint Ihr, hier in den Wäldern um Dieburg gibt es Rebhühner und Wachteln?«

Steinmar schaute sie für einen Moment fassungslos an. »Warum sollte es hier kein Wild geben? Diese Frau! Da rede ich hier über die Zukunft der deutschen Lande, vielleicht sogar des Heiligen Römischen Reiches, und du denkst an nichts weiter als ans Essen.«

»Das würdet Ihr auch, wenn Ihr dafür sorgen müsstet, dass die Herren Kurfürsten fürstlich speisen können, wenn sie Rudolf endlich gewählt haben. Und ihre ganze Entourage noch dazu. Allein im Gefolge des Erzbischofs Heinrich von Trier sollen sich tausendachthundert Ritter und Knappen befinden. Ich hoffe nur, er hat seine eigenen Köche mitgebracht. Aber der Neuenburger könnte mit seinen Befürchtungen schon recht haben, dass nun alle dem Habsburger folgen und er auf verlorenem Posten steht.«

»Wie meinst du das?«

»Nun, soweit ich weiß, sind Rheinfelden, Neuenburg und Breisach mit fliegenden Fahnen zu Graf Rudolf übergelaufen. Und die Basler huldigen ihm inzwischen, als hätten sie nie etwas anderes getan. Der Bischof kann einem fast schon leidtun.«

»Kein falsches Mitleid, kleine Wachtel, er hat dir übel genug mitgespielt. Hast du eigentlich in der Zwischenzeit etwas von Lütold gehört?«

»Nein. Er hat auch keine Ansprüche auf mich erhoben. Entweder hat mein Hieb auf seinen Schädel dafür gesorgt, dass er alles vergessen hat, oder er weiß inzwischen, dass dieser Pfaffe, der die Eheschließung vornahm, beeidet hat, alles sei unrechtmäßig vonstattengegangen und deshalb ungültig.«

»Glücklicherweise. Sonst hätte ich ihn umbringen müssen.«

Mathilde warf ihm einen schrägen Blick zu. Er schien das ernst zu meinen. »Das hättet Ihr nicht. Ich nehme ohnehin den Schleier. Aber das wisst Ihr. Da kommt es auf einen Ehemann mehr oder weniger nicht an.«

»Das tust du nicht.«

»Oh doch, das tue ich. Da könnt Ihr noch so stänkern. Außerdem dürftet Ihr ja inzwischen genügend andere Hochzeiten eingefädelt haben, um die unsrige zu vergessen.«

»Was meinst du damit?«

»Nun, ich hörte, dass Ihr nicht ganz unbeteiligt an der Anbahnung der Ehe von Rudolfs Tochter Mathilde mit dem Pfalzgrafen Ludwig zu Rhein und seiner anderen Tochter Agnes mit Herzog Albrecht von Sachsen-Wittenberg wart. Diese Schwiegersöhne dürften dem Haus Habsburg weitere Unterstützung sichern.«

»Woher weißt du das denn nun wieder?«

»Ich höre eben dies und das.«

»Hast du auch gehört, dass Rudolf befohlen hat, in Basel alle Verliese zu öffnen, und dass auch jene begnadigt worden sind, die seit Jahren in den habsburgischen Gefängnissen schmachten?«

Mathilde nickte. »Ja, habe ich. Das wird schon so ein Gelichter sein. Mir fällt dabei sofort ein gewisser Lütold von Tiefenstein ein. Dummerweise habe ich ihn nicht umgebracht.«

Steinmar verzog das Gesicht. »Nun bist du aber ungerecht. Es geht nicht um Einzelne, sondern darum, dass das große Ziel bald erreicht ist.«

»Mag sein. Ich habe trotzdem anderes zu tun, als Maulaffen feilzuhalten. Es kann nicht mehr lange dauern, bis die Kurfürsten ihre Wahl bekannt geben. Denn noch ist der Habsburger ja nur der Bewerber, auf den sich die meisten Fürsten geeinigt haben. Vielleicht spuckt ihm der Böhme doch noch in die Suppe. Und nach solcherlei Verrichtungen haben die hohen Herren meist Hunger. Nach dem Kürungsmahl wird Graf Rudolf möglichst schnell aufbrechen wollen, um in Frankfurt einzuziehen. Sofern er wirklich gewählt wird. Bis dahin muss alles, was ich für das Festmahl zur Krönung benötige, gekocht, eingepackt und versorgt sein.«

»Oh, die Herren haben bereits gewählt, die Versammlung ist zu Ende. Deswegen bin ich gekommen, um dir die freudige Mitteilung zu bringen. Aber du bringst mich immer durcheinander. Nun ist Rudolf also der gekürte deutsche König. Die Salbung durch den Erzbischof von Köln in Frankfurt ist nur noch eine Formsache.«

»Waas? Das sagt Ihr mir so nebenbei? Was war mit dem Böhmenkönig? Ich kann mir nicht vorstellen, dass der Pøemysl zugestimmt hat. Er ist ja nicht erschienen. Oder hat er eine Botschaft geschickt?«

»Er hat den Bischof von Bamberg geschickt, und der hat wortreich gegen die Wahl Einspruch erhoben.«

»Und was ist dann passiert? Ich meine, der Böhme ist nicht irgendwer, sondern einer der mächtigsten Kurfürsten. Er herrscht ja nicht nur über Böhmen, sondern auch über Österreich, die Steiermark, Kärnten und Krain. Er kann jede Menge Ärger machen, wenn er sich übergangen fühlt.«

Steinmar nickte anerkennend. »Ich sagte es doch bereits, du hast den Verstand eines Mannes. Nun, sie haben ihn aber trotzdem übergangen und kurzerhand Herzog Heinrich von Niederbayern als siebten Kurfürsten hinzugezogen. Der hat ja bereits mitgestimmt, als Richard von Cornwall König wurde. Auch der Niederbayer war aber dummerweise nicht anwesend. Zum Glück ist er jedoch ein Bruder des Pfalzgrafen Ludwig zu Rhein, dem Eidam des Habsburgers. Und der hat dann einfach das Stimmrecht für ihn ausgeübt. Pfalzgraf Ludwig oblag nach seinem Verzicht auf den eigenen Anspruch zudem die Ehre, die eigentliche Wahl zu vollziehen. Du hättest den Wittelsbacher sehen sollen, wie er aufgestanden ist, gekleidet wie ein Pfau, und verkündet hat: ›Im Namen der heiligen und ungeteilten Dreifaltigkeit mit Willen aller Kurfürsten verkünde und wähle ich den Grafen von Habsburg zum König.‹ Ein erhebender Moment.«

Mathilde runzelte die Stirn.

»Hat der zu Rhein nicht seine erste Frau umbringen lassen, weil er irrtümlich dachte, sie hätte ihn betrogen? Arme Mathilde von Habsburg, dass sie ihn ehelichen musste. Aber wen schert schon eine Frau.« Sie machte eine Pause. »So ist es also vollbracht. Wart Ihr dabei, oder wisst Ihr dies alles vom Hörensagen?«

»Ja, es ist vollbracht. Natürlich war ich dabei. Und du hast dazu beigetragen, dass alles so kam. Dein Vater wäre stolz auf dich gewesen, kleine Wachtel.«

Über Mathildes Gesicht legte sich ein Schatten.

Steinmar versuchte sofort, sie abzulenken. »Übrigens, die Bischöfe Werner von Mainz und Heinrich von Trier wollen sogar für die Kosten der Krönung aufkommen. Sie wissen, dass Rudolf nach dem Feldzug gegen Basel kaum noch über einen roten Heller verfügen kann. Ja, und morgen wird es in Frankfurt ein feierliches Hochamt im Bartholomäusmünster geben, daran soll sich die Belehnung der Kurfürsten durch Rudolf von Habsburg anschließen.«

»Morgen schon? Heilige Maria, Mutter Gottes, das ist ja noch früher als gedacht. Dann hoffen wir, dass die Herren Erzbischöfe wirklich ihre Geldkatze zücken. Ich weiß nämlich jetzt schon bald nicht mehr, wie ich die Bauern und Händler vertrösten soll, die auf ihre Bezahlung warten. Meint Ihr, jemand könnte sie um eine kleine Vorauszahlung angehen? Eier haben wir auch fast keine mehr.« Mathilde schloss den Deckel einer Kiste und hielt inne. »So, sie haben Ottokar also ausgeschaltet. Das gibt sicher noch Ärger. Vielleicht nicht sofort, aber der Böhmenkönig wird das nicht einfach so hinnehmen. Außerdem bekommt Ihr ebenfalls Ärger, aber sofort. Falls Ihr nämlich nicht schnellstens das Weite sucht und mich arbeiten lasst. Agathe, Walter, Ferdinand, Bertha … wo steckt ihr! Wie weit seid ihr? Schnell, wir müssen uns beeilen und alles vorbereiten. Es geht früher los, als wir meinten!«

Steinmar hob in komischer Verzweiflung die Hände. »Ist ja schon gut. Aber sag mal, ich meinte, Gertrud und Junge in der Menge der Schaulustigen gesehen zu haben. Sind sie bei dir?«

Mathilde schaute ihn groß an. »Gertrud und Junge? Nein. Das kann nicht sein. Die sind in Waldshut.«

»Dann habe ich mich wohl geirrt. Bis bald, kleine Wachtel.«

»Auf Nimmerwiedersehen, Herr Ritter.«

Er lachte schallend. »Nun, mit diesem frommen Wunsch wirst du kein Glück haben.« Er schlenderte betont lässig zum Küchenzelt hinaus.

Mathilde sah ihm nach. Doch erst als er verschwunden war, fiel ihr ein, dass sie ganz vergessen hatte, ihn noch einmal nach dem Verbleib des Grabtuchs zu fragen. Und ob der Graf von Habsburg tatsächlich das echte hatte.

Mathilde ging im Geiste noch einmal all die Gerichte durch, die sie anlässlich der Feier nach der Belehnungszeremonie zu servieren gedachte. Vieles davon ließ sich schon vorbereiten. Die Pasteten natürlich. Sie hoffte, dass es nicht zu heiß werden würde, sonst lief ihr das Aspik auseinander, das sie für die Sülze brauchte. Rudolf von Habsburg würde für die Lieferung von Eis nichts herausrücken. Sie hatte schon zweimal nachfragen lassen. Nun, immerhin war heute schon der Michaelstag. Und im Oktober war keine allzu große Wärme mehr zu erwarten.

Sie lachte grimmig. Der Graf von Habsburg hatte schon immer als sparsam gegolten. Aber nun schien er wirklich in Geldnöten zu stecken. Und auch in anderen. Unter den Dienstboten wurde bereits darüber gespottet, dass sich die Erzbischöfe von Mainz und Köln nicht darauf einigen konnten, wem bei der Krönungsfeier im Dom von Aachen der beste Platz an der Seite des Königs gebührte. Immerhin war der Erzbischof von Mainz ja der designierte Kanzler des Reiches. Der Erzbischof von Köln sollte Rudolf salben und ihm die Bügelkrone aufs Haupt setzen. Sie war gespannt, was der gekürte König selbst dazu zu sagen hatte, er konnte es sich nicht leisten, einen der Herren zu verprellen.

Sie seufzte. Nach Frankfurt war es ja nicht weit. Es war aber geplant, mit dem ganzen Tross nach der Belehnungsfeier stromabwärts zu reisen. Und dann galt es erneut, alles zu verpacken, was nicht niet- und nagelfest war. Unterwegs in Boppard würde Reinhard von Hoheneck seinem künftigen König die Reichsinsignien übergeben: die Bügelkrone Ottos des Großen, den goldenen Reichsapfel und die wundertätige heilige Lanze, die wohlbehütet auf der Burg Trifels ihres rechtmäßigen Besitzers geharrt hatte. Der Hohenecker gab sie sogar freiwillig her – gegen ein Ehrengeschenk von tausend Mark Silber. Zu diesem Anlass stand ein weiteres Festessen an, für das sie irgendwie die Zutaten herbeischaffen lassen musste. An die eigentliche Krönungsfeier mochte sie gar nicht denken. Dabei war schon die Nachfrage aus der Küche des Bischofs von Mainz gekommen, was sie zu servieren gedenke.

Nun, wenn sich die Bischöfe bei ihren Rangkämpfen nicht einigen konnten, würde es vielleicht gar kein Festessen geben. Immerhin war es nach altem Brauch Aufgabe der Kurfürsten, den König zu bedienen. Wenn ihnen die Einigung nicht gelang, gab es womöglich nur Wasser und Brot. Bei solchen Herren konnte es dauern, bis sie eine Übereinkunft gefunden hatten. Und sie waren bestens bewandert im jahrelangen Zögern und Lavieren. Denn eigentlich hätten sie sich schon längst auf einen neuen Regenten geeinigt haben müssen. Das besagte die Goldene Bulle: »*Wenn nun die Kurfürsten oder ihre Gesandten in vorerwähnter Form und Weise diesen Eid geleistet haben, sollen sie zur Wahl schreiten und fortan die ehgenannte Stadt Frankfurt nicht verlassen, bevor die Mehrzahl von ihnen der Welt oder Christenheit ein weltliches Oberhaupt gewählt hat, nämlich einen römischen König und künftigen Kaiser. Falls sie dies jedoch binnen dreißig Tagen, vom Tag der Eidesleistung an gerechnet, noch nicht getan haben, sollen sie von da an, nach Verlauf dieser dreißig Tage, forthin nur Brot und Wasser genießen und keinesfalls aus besagter Stadt weggehen, bevor sie oder die Mehrzahl von ihnen einen Herrscher oder ein weltliches Oberhaupt der Gläubigen gewählt haben, wie oben steht.*«

Mathilde schmunzelte. Heinrich von Isny hatte ihr das aufgeschrieben, damit sie wusste, womit sie zeitlich zu rechnen hatte.

Aber so weit, dass sie Wasser und Brot essen mussten, hatten die hohen Herren es dann doch nicht kommen lassen. Leider, denn das hätte ihr etwas mehr Luft für ihre Vorbereitungen für das Krönungsessen beschert. Die Krönung. In diesem Zusammenhang musste sie an die wertvollste Reliquie des Frankfurter Kaiserdoms denken – die Schädeldecke des Apostels Bartholomäus. Angeblich hatten sie ihn geschunden. Jedenfalls wurde er immer mit der eigenen Haut über dem Arm dargstellt. Brrr. Vielleicht hatte auch diese Geschichte den hohen Herren geholfen, sich auf ihre Pflichten zu besinnen. Dem Pfalzgraf bei Rhein oblag die Ehre, das Amt des Truchsess auszuüben und Rudolf eine goldene Schüssel zu überreichen, der Herzog von Sachsen trug den Marschallsstab, und der Markgraf von Brandenburg hatte dem neuen König als Kämmerer eine Schüssel mit warmem Wasser zu bringen. Das Schenkenamt hätte eigentlich dem Böhmenkönig gebührt. Doch er war naturgemäß nicht anwesend. Sie war jetzt schon gespannt, welche Lösung sich da finden würde.

Mathilde atmete tief aus. Sie musste aufhören, ihre Gedanken in die Zukunft wandern zu lassen, und sich mit dem Naheliegenden befassen, nämlich der Liste der Speisen, die anlässlich der Belehnungsfeier aufgetischt werden sollen. Insgesamt hatte sie dreißig verschiedene Gerichte vorgesehen. Sie hoffte, die Zutaten würden reichen. Sie hatte bereits einige nach Frankfurt bringen lassen. Aber natürlich konnte ihr niemand sagen, wie viele Gäste denn nun eigentlich erwartet wurden. Auf ihrer Liste standen geröstete Kapaune, Rebhühner, Hasenzibet, Fleisch- und Fischaspik, Lerchenpastete, Rissoles aus Rindermark, schwarzer Pudding und Würste, gewürzter Reis, Zwischengerichte von Schwan, Pfau, Rohrdommel und Reiher, Wildpasteten und Singvögel, Süß- und Salzwasserfisch mit einer Lachssoße in der Farbe von Pfirsichblüten, weißer Lauch mit gebratenem Regenpfeifer, Ente mit Schweineinnereien, gefülltes Ferkel, Aal in Aspik, geschmorte Bohnen und als Nachspeise Fruchtwaffeln, karamellisierte neue Birnen, orientalisches Konfekt, Mispelfrucht, Nüsse und gewürzter Wein.

Also ans Werk, sonst käme der künftige König auch noch auf den Gedanken, seine Köchin wie einst den geschundenen Apostel häuten zu lassen. Außerdem hätte sie zu gerne noch etwas von der Belehnungsfeier gesehen.

Nach einigem Drücken und Schieben fand Mathilde doch noch einen Platz ganz hinten im Frankfurter Kaiserdom. Sie wollte unbedingt das feierliche Hochamt erleben, das der Erzbischof von Mainz las. Die Messe war aber bereits vorbei, als sie es endlich geschafft hatte. Sie reckte den Hals. Da vorne stand der gekürte König. Etwas hinter ihm seine Gemahlin Gertrud von Hohenberg. Es hieß, sie wolle sich nach der Krönung Königin Anna nennen lassen. Niemand wusste, weshalb. Beide waren prächtig gewandet. Rudolf von Habsburg trug einen Rock aus schwarzem Samt, auf dem linken Ärmel prangte ein Zweig mit zweiundzwanzig Rosen, die aus Saphiren und Rubinen zusammengesetzt waren. Seine scharlachrote Samtrobe war auf jeder Seite mit einem gestickten Habsburgerlöwen verziert, dessen Mähne und Schnauze von Juwelen glitzerten. Gleich würde Rudolf die Kurfürsten belehnen und ihren Gefolgschaftseid entgegennehmen. Die Messdiener schwenkten die Weihrauchkübel. Der Erste der Kurfürsten kniete nieder. Es war der Erzbischof von Mainz, der Erzkanzler des Reiches.

Plötzlich gab es einen Aufruhr vor dem Altar. Mathilde hustete. Sie konnte bei all den Weihrauchschwaden kaum atmen, geschweige denn viel erkennen. »Was ist da los?«, erkundigte sie sich bei ihrer Nachbarin. Die zuckte die Schulter. Da hörte sie die Worte durch den Kirchenraum hallen: »Das Zepter, wo ist das Zepter? Gebt dem König das Zepter.«

Mathilde lief es kalt den Rücken hinunter. Jeder wusste, dass die Belehnungszeremonie nur gültig war, wenn sie mit dem Zepter durchgeführt wurde.

Die Menge in der Kirche begann zu murren, manche scharrten mit den Füßen. »Das ist ein böses Omen«, rief ein Mann.

»Wie will einer König werden, der kein Zepter hat, um die Kurfürsten zu belehnen?«, schrie eine Frau.

Mathilde konnte erkennen, dass die Kurfürsten unruhig wurden. Zumindest die Bischöfe mussten es doch gewohnt sein zu knien, dachte sie boshaft. Und dann tat der Habsburger etwas, für das sie ihn noch lange bewunderte. Er machte einen Schritt zum Altar und packte das Kruzifix, dann dröhnte seine Stimme durch den hohen Dom. »Dieses Zeichen, durch welches Wir und die ganze Welt erlöst worden sind, soll Unser Zepter sein!«

Es brandete tosender Beifall auf. Das Einzige, was Mathilde bedauerlich fand, war, dass die hohen Herren nicht noch ein wenig länger hatten knien müssen.

Nach der Belehnungszeremonie wandte sich Rudolf an das Kirchenvolk. »Heute will ich all denen jegliche Schuld nachsehen, die mir geschadet haben; alle Gefangenen sollen frei sein, die in meinen Kerkern schmachten, und ich gelobe, von nun an Schirmer des Landfriedens zu sein, wie ich bisher ein unersättlicher Kriegsmann gewesen bin.«

Mathilde hörte die Worte mit gemischten Gefühlen. Das galt dann wohl auch für Lütold von Tiefenstein und Heinrich von Neuenburg. Ein bisschen hätten sie schon in königlichen Verliesen schmachten können, fand sie. Nur, um einmal selbst zu merken, wie das war.

Dann wandte sie ihre ungeteilte Aufmerksamkeit wieder den Geschehnissen beim Altar zu. Wie es schien, würden die Noblen des Reiches bald aufbrechen. Sie musste los, denn das bedeutete, dass sie sich demnächst zu Festmahl und Ritterspielen niedersetzen würden. Die Stadt Frankfurt hatte für den König und die Kurfürsten aufgefahren, was möglich war, alles natürlich den Bürgern abgepresst. Es war auch ein wunderbarer Tjostplatz eingerichtet worden, an dem sich alle, die etwas auf sich hielten, schon jetzt durch ihre Dienerschaft Plätze gesichert hatten.

Da fielen Mathilde zwei Frauengestalten auf, die nicht weit vor ihr standen. Sie waren tief verschleiert, vielleicht Witwen, die bei der Feier nicht erkannt werden wollten, weil sie die übliche Trauerzeit noch nicht beendet hatten. Eine von ihnen war kleiner, etwas verwachsen und hatte einen Buckel. Gleich darauf lüpfte die Größere leicht den Schleier, um sich mit ihrer Begleiterin auszutauschen. Die Art, wie sie sich bewegte, kam Mathilde bekannt vor. Sollte das etwa tatsächlich Gertrud sein? Steinmar hatte auch schon behauptet, sie gesehen zu haben, doch sie hatte das als Hirngespinst abgetan. Aber wenn dies Gertrud war, wer war das neben ihr? Sie sollte sich wohl besser selbst überzeugen, am besten unauffällig. Denn wenn die Freundin heimlich, ohne ihr etwas davon mitzuteilen, hier in Frankfurt weilte, musste es einen Grund dafür geben. Dieser Gedanke bereitete Mathilde Unbehagen.

Vorne am Altar begann sich der Zug der Noblen zu formieren und in Richtung des Portals des Kaiserdoms zu bewegen. Und auch die Leute vor ihr machten sich bereit, um aus der Kirche zu strömen, sobald die hohen Herren vorbei waren. Jeder versuchte, einen Blick auf den neuen König zu erhaschen, womöglich ein Stück seines Gewandes zu berühren. Dies schien auch die Absicht der beiden verschleierten Frauen zu sein, die sich rücksichtslos in Richtung Gang schoben. In Mathilde wuchs die Beklemmung. Etwas ging hier nicht mit rechten Dingen zu, das spürte sie genau. Sie boxte sich frei, als einige Leute sie Richtung Ausgang drängen wollten.

Als sie es endlich geschafft hatte, konnte sie die beiden verschleierten Gestalten zunächst nicht mehr sehen. Sie blickte forschend über die Reihen der Menschen, das Gefühl der Dringlichkeit wurde größer. Da, da vorne waren sie! Gleich würde Rudolf von Habsburg an ihnen vorbeiziehen. Sie standen ganz still, inzwischen direkt am Mittelgang. Sie wirkten nicht gefährlich. Mathilde atmete auf, sie hatte sich wohl getäuscht. Da sah sie ein Messer aufblitzen.

Danach ging alles ganz schnell. »Rudolf, Herr! Gebt acht! Mörder!«, schrie sie und wedelte verzweifelt mit den Armen. »Herr! Achtung! Zwei Frauen mit einem Messer!«

Der Zug stockte. Da wandte sich die eine der Frauen um. Sie hatte den Schleier zurückgeschlagen, ihr Blick war Mathilde zugewandt. Das Messer hielt sie noch immer in der Hand. Sie versuchte nicht zu fliehen. Und dann wurde sie auch schon von den Schergen ergriffen. Mathilde würde diesen Blick so voller Hass und Verzweiflung niemals vergessen. Es war Gertrud.

Die andere der beiden verschleierten Frauen hatte offenbar nicht die Absicht, sich ohne Widerstand abführen zu lassen. Sie hatte ebenfalls ein Messer, stach damit um sich und versuchte weiterhin und gegen alle Vernunft, zu Rudolf vorzudringen. Doch der König wurde längst durch eine Mauer von Leibern geschützt. Mathilde drückte und schob, und schließlich hatte sie es geschafft, zu ihr aufzuschließen. Sie zog ihr von hinten den Schleier fort. Ein Ellbogen traf sie schmerzhaft in den Magen. Doch Mathilde kümmerte sich nicht darum. Sie griff von hinten um die Unbekannte und versuchte, ihre Arme festzuhalten. Da wandte die Gestalt den Kopf. Mathilde blickte direkt in die ebenso hasserfüllten Augen von Junge.

Im selben Moment fühlte sie eine glühende Hitze in ihrem Rücken, gefolgt von einer eisigen Kälte. Sie bekam keine Luft mehr und gurgelte.

»Nun wirst du die Rechnung bezahlen, die zwischen uns offen ist«, sagte eine Stimme.

»Lütold von Tiefenstein, wie kommt Ihr hierher?«, wollte sie sagen. Doch sie bekam die Worte nicht heraus. Es wurde schwarz um sie.

Hinterher konnte sich Mathilde nur noch an fiebrige Träume erinnern, in denen sich das Grabtuch um sie geschlungen und sie fast erstickt hatte, an Hände, die sie festhielten. Und sie hatte das Gefühl, dass Steinmar bei ihr gewesen sein musste. Das Echo seiner Stimme klang in ihr nach.

Sie erwachte vom Schluchzen einer Frau. Gertrud? Warum weinte sie? »Gertrud, was ist geschehen, wo bin ich hier?« Da kam die Erinnerung zurück. »Gertrud, warum wolltest du unseren König umbringen, was ist geschehen? Ich verstehe das alles nicht! Bitte, könnte ich etwas zu trinken haben? Mein Mund ist ganz trocken.«

Gertrud hob das vergrämte Gesicht. »Hier, hier ist ein Becher mit einem Kräutertrunk. Der Medicus hat ihn verschrieben. Ich habe etwas Wein daruntergemischt. Ich bin so glücklich, dass es Euch wieder besser geht. Ihr hattet zwei Tage hohes Fieber. Bitte verzeiht mir, Frau Mathilde. Das wollte ich nicht. Ich wollte nicht, dass Euch etwas geschieht. Das habe ich Lütold immer wieder gesagt. Ihr wart all die Zeit gut zu mir. Wartet, Ihr seid noch so schwach. Ich helfe Euch beim Trinken.«

Mathilde nahm einige Schlucke. Das tat gut. Sie konnte spüren, wie der Kräuterwein ihre Kehle hinunterfloss und ihrem Körper Kraft gab.

»Lütold? Was hat der Tiefensteiner mit dir zu tun? Jetzt weiß ich es wieder. Er wollte mich umbringen!«

Gertrud begann von Neuem zu schluchzen. Ihre Augen waren rot gerändert vor lauter Weinen. »Verzeiht, bitte verzeiht mir«, brachte sie schließlich heraus.

Mathilde fiel das Sprechen noch schwer. »Aber du hast mir doch nichts getan. Doch warum wolltet ihr Rudolf von Habsburg töten? Du und Junge?«

»Ihr seid zu schwach. Lasst uns warten, bis es Euch wieder besser geht.«

»Hat der König dich nicht gefangen gesetzt?«

»Doch. Aber Ihr habt im Fieber immer und immer wieder nach mir gerufen. Da dachte der König, dass es Euch helfen könnte, wenn ich bei Euch wäre, und ließ mich aus dem Verlies holen. Er verschob die hochnotpeinliche Befragung und gestattete mir, bei Euch zu bleiben und Euch zu pflegen, bis es Euch wieder besser geht. Doch der Henker wartet schon.«

»Nein, nicht die Folter! Nicht … sterben. Es ist gut, dass du da bist«, flüsterte Mathilde. Dann schlief sie ein.

Als sie einige Stunden später wieder aufwachte, saß Steinmar an ihrem Lager. »Oh, kleine Wachtel, kannst du nicht einmal etwas so machen wie andere Leute auch? Ich meine, musst du dauernd jemandem das Leben retten und dabei dein eigenes aufs Spiel setzen? König Rudolf ist dir sehr dankbar.«

König Rudolf, wie sich das anhörte. »Und Ihr, was ist mit Euch? Dauernd scheltet Ihr mit mir.«

»Ach kleine Wachtel, du glaubst gar nicht, welche Angst ich um dich ausgestanden habe.«

Hatte er gesagt, dass er Angst um sie gehabt hatte? Das war schön. Mathilde dämmerte erneut weg, dieses Mal endgültig in den Schlaf der Heilung.

Als sie das nächste Mal erwachte, war Gertrud gerade dabei, ihren Körper mit Rosenwasser abzuwaschen. Sie merkte zunächst nicht, dass Mathilde aufgewacht war. Die genoss für einen Moment das wunderbar frische Gefühl und die sanften Hände der Freundin. Aber war Gertrud denn eine Freundin? »Was ist geschehen? Weshalb das alles?«

Gertrud sah auf. »Wartet, erst kleide ich Euch wieder an.«

»Dabei kannst du doch reden, oder?«

»Ja, aber … es ist so schwer …«

»Dann fangen wir damit an: Was hast du mit Lütold von Tiefenstein zu schaffen?«

»Er ist mein Neffe«, antwortete Gertrud leise.

»Er ist was?«

»Mein Neffe. Und Junge ist … meine Tochter. Sie haben sie mir fortgenommen, damals, gleich nach meiner Niederkunft. Als ich sie dann bei Euch wiederfand, da war es wie ein Zeichen des Himmels.«

»Erzähle.«

Was Gertrud zu berichten hatte, war die Geschichte einer gequälten Frau, eine, wie sie sich so oft in den letzten Jahren abgespielt hatte. Eine, die Mathilde selbst erlebt hatte. Rudolf von Habsburg war bei seinen Plünderungszügen und der unrechtmäßigen Aneignung von Hab und Gut anderer Leute nicht zimperlich vorgegangen. Auf diese Weise hatte er große Vermögen an sich gerissen wie das der Kyburger, aber auch kleinere wie das der Herren von Tiefenstein. Nun hatte ihn diese Vergangenheit eingeholt.

Zu der Zeit, in der Gertruds Geschichte spielte, war er noch ein Heißsporn von gut zwanzig Jahren gewesen, doch er hatte sich bereits aufgemacht, der Mann zu werden, der nach der Königswürde und schließlich der Kaiserkrone des Heiligen Römischen Reiches greifen sollte. Und er hatte nicht immer mit ehrenhaften Mitteln gekämpft. Er hatte das Schloss von Hugo von Tiefenstein um jeden Preis erobern wollen. Und als ihm die Belagerung zu lange dauerte, hatte er zum Schein Frieden angeboten. Daraufhin war Ritter Hugo aus seiner Burg hervorgekommen – und heimtückisch von habsburgischen Reisigen erschlagen worden.

»Aber wie stehst du zu Hugo von Tiefenstein? Bist du am Ende mit ihm verwandt?«

»Ja, er war mein Bruder.«

»Du bist demnach Gertrud von Tiefenstein?«

Sie nickte stumm.

Da begann Mathilde zu ahnen, wie die Geschichte weiterging. Und was Gertrud dann zu erzählen hatte, konnte sie gut nachvollziehen. Der junge Rudolf hatte sich die Schwester seines Feindes mit Gewalt in sein Bett geholt.

»Und Junge?«

»Sie ist seine Tochter. Ich nannte sie Mechthild, nach meiner Mutter. Sie war eine Freiin von Klingen.«

»Du meinst, sie war verwandt mit Walther von Klingen, dem treuen Gefolgsmann Rudolfs? Nun verstehe ich gar nichts mehr.«

»Es war schwer zu sagen in diesen Zeiten, wer Freund war und wer Feind. Damals lag Rudolf mit seinem Laufenburger Vetter im Streit. Und meine Familie stand auf dessen Seite, hat sogar umfangreichen Besitz drangegeben, um die Gründung der Kompturei Beuggen zu ermöglichen. Du weißt, dort, wo Ulrich-Walther von Klingen heute Komptur ist. Mein Vater hat für den Deutschen Orden Verzicht auf seine Ansprüche an das Schloss Beuggen sowie auf die dazugehörigen Güter im Dorf und Bann geleistet und an das Ordenshaus die Einkünfte von vierzehn Leibeigenen um sechs Mark Silber verkauft. Doch heute steht die Balley Elsass des Deutschen Ordens treu hinter Rudolf von Habsburg.«

»Du meine Güte. Und als deine Tochter auf die Welt kam, haben sie sie dir also fortgenommen? Warst du denn nicht froh, ich meine, sie ist die Frucht einer …« Mathilde konnte das Wort nicht aussprechen.

»Sie war so wunderschön, als sie geboren wurde, dass mir das Herz schmolz. Sie konnte doch nichts dafür. Seht, wie verkrümmt sie ist, was sie aus ihr gemacht haben, was sie erleiden musste. Mein Bruder Ulrich hat die Schande nicht ertragen. Ich wusste nicht, wohin sie sie gebracht hatten, er wollte es mir nicht sagen. Da hielt es mich nicht mehr bei meiner Familie. Ich brach auf, um sie zu suchen. Und gleichzeitig versuchte ich, die Scham aus mir herauszuprügeln. Jahr um Jahr zog ich mit den Flagellanten. Doch der Schmutz wollte nicht fortgehen.« Sie schluchzte erneut.

»Oh, du Arme, ich kann gut verstehen, wie du dich gefühlt haben musst.«

»Ihr auch?«

»Ja, ich auch.«

Mathilde griff nach Gertruds Hand und drückte sie. Der Zorn darüber, so hintergangen worden zu sein, war längst dem Mitleid gewichen. Gertrud warf ihr einen dankbaren Blick zu. »Das dachte ich mir schon, als Ihr aus Outremer zurückkamt. Nun, irgendwann konnte ich kaum noch weiter. Nicht mehr lange, und ich wäre gestorben. Da habt Ihr mich aufgenommen. Und dann habt Ihr auch noch Mechthild für mich gefunden. Ich weiß noch, wie Ihr sie zu uns brachtet. Es dauerte eine Weile, bis ich begriff, dass dieser Junge ein Mädchen war. Und mein Kind. Sie hat versucht, sich auf diese Weise vor Übergriffen zu schützen. Meine arme Kleine. Könnt Ihr Euch das vorstellen: Mein Bruder hatte sie einfach verpackt wie eine Sache zu Rudolf in dessen Brugger Stadthaus geschickt. Dazu sandte er ihm die Nachricht, dies sei der Spross seiner Lenden, und er solle sich um den Säugling kümmern. Der Graf hat Mechthild, ohne einen weiteren Gedanken an sie zu verschwenden, einer Küchenmagd übergeben, die sie im Alter von fünf Jahren nach Klingnau mitnahm und kurz darauf starb. Aber immerhin, Mechthild hat überlebt. Meine Tochter ist stark.«

»Aber wie hast du sie erkannt?«

»Sie war mir gleich merkwürdig vertraut. Und als ich begriff, dass sie ein Mädchen ist, habe ich begonnen, sie auszufragen. Sie erzählte mir ihre Geschichte. Und sie zeigte mir etwas. Vielleicht hofften sie, der Herr würde ihnen vergeben, dass sie sie einfach ausgesetzt hatten, vielleicht dachten sie, es beweise ihre Herkunft, ich weiß es nicht. Jedenfalls haben sie es ihr nicht fortgenommen.« Gertrud zog einen Ring mit dem Siegel der Herren von Tiefenstein hervor. »Da wusste ich, was mein Herz mir schon eine ganze Weile gesagt hat. Dass sie meine Tochter ist. Es war mein Ring, den sie mir da zeigte.«

»Und Lütold?«

»Ich schickte ihm Nachricht, wo ich war, und er ergriff die Gelegenheit, durch Euch näher an Rudolf von Habsburg heranzukommen. Er war in den Dienst des Basler Bischofs getreten, der diesen Plan gerne unterstützt hat. Lütold hatte wie ich Rache geschworen, und Heinrich von Neuenburg konnte einen solchen jungen Mann gut brauchen, der Rudolf von Habsburg noch glühender hasste als er selbst. Er entlohnte ihn gut. Und Lütold hatte ja nichts mehr außer einer zerstörten Burg. Der Habsburger hatte ihm alles genommen.«

»Also hat er mir den Hof gemacht, um mich auszuhorchen. Und weil er an mein Vermögen wollte. Er schlug damit gleich zwei Fliegen auf einen Streich.«

Gertrud nickte. »Verzeiht, ja.«

»Hat Junge, Entschuldigung, Mechthild, damals in Brugg versucht, Rudolf zu vergiften?«

»Nein, sie hat die ganze Geschichte ihrer Abstammung erst von mir erfahren. Sie haben ihr zwar den Ring gelassen, ihr sonst aber nichts weiter gesagt. Das muss jemand anderes gewesen sein, wahrscheinlich im Auftrag des Basler Bischofs. Lütold hat einmal so etwas angedeutet. Aber es können auch andere gewesen sein. Der Graf von Habsburg hat sich bei seinen Raubzügen mehr als einen Feind gemacht.«

Der Rest war schnell erzählt. Alle Versuche von Gertrud und Lütold, in den folgenden Wochen und Monaten nahe genug an Rudolf von Habsburg heranzukommen, um ihn zu ermorden, waren gescheitert. Schließlich hatte er triumphiert und war zum deutschen König gekürt worden. Da hatten Gertrud von Tiefenstein, ihre Tochter und ihr Neffe eine Verzweiflungstat beschlossen: Sie wollten Rudolf beim Auszug aus dem Kaiserdom töten. Im Angesicht des leidenden Christus. Denn es durfte einfach nicht geschehen, dass diesem Mann, diesem Vergewaltiger und Plünderer, auch noch die heilige Bügelkrone aufs Haupt gesetzt wurde. »Wir haben erneut versagt«, meine Gertrud zum Schluss. »Und nun wird er uns wohl hinrichten lassen.«

»Das werde ich verhindern«, erklärte Mathilde entschlossen. »Dieser König schuldet mir etwas für sein Leben. Außerdem brauche ich dich und Junge … ich meine Mechthild in Waldshut. Ihr seid doch meine Familie.«

Gertrud schaute sie traurig an. »Danke, Ihr seid eine großherzige Frau. Doch eigentlich ist es mir gleich, ob ich lebe oder sterbe. Nur um Mechthild und Lütold tut es mir leid. Sie sind noch so jung.«

»Um Lütold tut es mir nicht leid«, erwiderte Mathilde.

Gertrud nickte. »Das kann ich verstehen. Aber bitte, er ist doch mein Neffe. Und der Familie Tiefenstein ist schon genug Unrecht geschehen. Ich weiß, er hat Euch schwer verletzt. Bitte schreibt dies seinem unbändigen Hass und seiner Unbesonnenheit zu. Er wird das sicherlich nicht wieder tun. Er hat doch ein Recht auf Leben und Liebe. Wenigstens er. Damit die Familie Tiefenstein fortbesteht.«

»Liebe? Ja, darauf hat wohl jeder Mensch ein Recht.« Mathilde schluckte.

Gertrud streichelte ihr sanft über den Arm. »Ich müsst nicht verzagt sein, Frau Mathilde. Ritter Berthold Steinmar von Klingnau liebt Euch. Und das hat er vorgestern beim großen Festmahl nach der Kürung auch alle Welt wissen lassen. Ihr hättet ihn sehen sollen. Vor all diesen Fürsten und Noblen des Reiches sang er sein Lied für Euch! Und wie gebannt sie ihm zugehört haben! ›Stimmt ein Lied für mich an, Minnesänger‹, hatte König Rudolf ihn aufgefordert. Da hat der Ritter gelacht und gesagt: ›Habt ein wenig Geduld, König. Denn zuvor muss Zeit für Minne sein, sie ist die wahre Königin, die Herrscherin über uns alle.‹ Dann hat er eine Pause gemacht und gesagt: ›Auch über mich. Deshalb widme ich mein erstes Lied an diesem Tag einer Frau, ohne die wir alle nicht hier säßen. Meines Herzens Frouwe.‹ Das seid Ihr, Frau Mathilde. Und dann hat er ein Lied gesungen, das alle noch nicht kannten.«

»Woher weißt du das?«, fragte Mathilde leise. »Du warst doch die ganze Zeit hier.«

»Jeder weiß es, alle sprechen davon, die Dienstboten, die mir halfen, Euch zu versorgen, ebenso wie die Mächtigen des Reiches. Jeder kennt inzwischen die Geschichte der Köchin, die dem neu gekürten König das Leben rettete und an die Ritter Berthold Steinmar von Klingnau sein Herz verlor.«

»Ach Gertrud, wenn es doch wahr wäre. Ich wäre so gerne dabei gewesen. Aber nun ist es zu spät. Ich habe einen heiligen Eid geschworen, den Schleier zu nehmen.«

»Aber, aber, kleine Wachtel, darüber ist das letzte Wort noch nicht gesprochen.«

Die beiden Frauen zuckten zusammen, sie hatten Steinmar nicht hereinkommen hören.

Mathilde errötete bei dem Gedanken, er könnte ihre sehnsüchtigen Worte gehört haben, versuchte sich aufzurichten, sank aber dann zurück. »Das ist wieder so ganz Eure Art. Anstatt anzuklopfen wie ein wohlerzogener Mensch, schleicht Ihr Euch hier herein, um zu lauschen.«

»Ich habe nicht gelauscht«, widersprach er beleidigt.

»Ach nein, nicht?«

»Nein. Ich habe nicht gehört, dass du gerne dabei gewesen wärst, als ich mein Lied für dich sang«, sagte er leise. »Und so kann ich es wohl noch einmal für dich singen. Für dich ganz allein.«

Gertrud sah von einem zum anderen. »Entschuldigt mich, ich habe dringende Geschäfte zu erledigen.« Damit war sie auch schon aus dem Zimmer.

»Gertrud, bleib hier!«, rief Mathilde ihr hinterher, doch die Tür war schon hinter ihr zugefallen.

»Hast du etwa Angst vor mir? Ja, ich glaube, du hast Angst vor mir. Dabei habe ich extra meine Harfe mitgebracht. Und ich dachte schon, du willst vielleicht das Lied hören, das ich für dich gedichtet habe. Aber das willst du ja nicht.«

Mathilde schob das Kinn nach vorne. »Seht Ihr denn nicht, dass ich schwer krank bin? Lasst das Spotten, sonst werde ich noch kränker.«

»Ach, soll das heißen, du willst mein Lied für dich hören? Ja, dann musst du es mir schon sagen, kleine Wachtel.«

Sie dachte nicht daran.

»Also gut, dann eben nicht. Dann nehme ich meine Harfe und gehe.« Er machte sich daran, seine Worte wahr zu machen.

»Wartet.«

Er wandte sich um. »Ach, soll ich doch singen? Wie? Ich höre nichts.«

»Könntet Ihr bitte das Lied für mich singen?«, bat Mathilde leise.

Er lächelte sie liebevoll an. »Siehst du, so schwer war es doch gar nicht, meine Liebste. Ach, ich habe dich so vermisst. Ich wusste selbst nicht, wie sehr du mir fehlen würdest. Du warst mir so nah und doch so unerreichbar.«

Und wieder füllte seine Stimme den Raum, streichelte sie, wand sich um ihr Herz. Und heilte so lange schmerzende Wunden.

*»Wenn Heide und Aue dann grünen,*
*Dann sollt ich die Liebste seh'n*
*Und mich mit ihr versöhnen,*
*Dann Lieb wird mir gescheh'n.*
*Hab immer an sie gedacht,*
*Mich gesehnt, und das hat mich gebracht*
*In die Not.*
*Wenn ich mein Lieb nicht bald halten kann,*
*Bin ich tot.«*

Mathilde wurde heiß und kalt. Sie wurde feuerrot. Steinmar tat, als bemerkte er es nicht.

*»Viel furchtbares Jammern und Schrein*
*Tost wild in dem Herzen mein.*
*Will nah'n mich ihr viel süße Zeit,*
*Dass sie wird müssen selig sein.*
*Fern von ihr war ich allzu lang.*
*Und dann bin ich vor Freude krank*
*Statt in Not.*
*Wenn ich mein Lieb nicht bald halten kann,*
*Dann bin ich tot.*

*Sollt jemals ich Freude gewinnen,*
*Kommt sie von der Fraue mein.*
*Um sie werb' ich voll glühendem Minnen.*
*Ich wähnt mich in der Sonne Schein.*
*Säh dann in ihren Augen Dinge,*
*Die nicht der Schönheit nur entspringen.*
*Ach, diese Not.*
*Wenn ich mein Lieb nicht bald halten kann,*
*Dann bin ich tot.«*

Die Töne verklangen. Steinmar schaute sie nur an. Sie las die Sehnsucht in seinem Blick, zum ersten Mal zeigte er sie. Offen, unverstellt.

»Ihr liebt mich? Ihr liebt mich wirklich?« Mathildes Stimme klang wie die eines kleinen Mädchens.

Steinmar nahm sie vorsichtig in den Arm. »Was dachtest du denn, du dummes, störrisches Weibsbild! Ich konnte dich nie vergessen. Egal, was ich auch angestellt habe. Du siehst also, du kannst unmöglich den Schleier nehmen.«

»Ich habe es aber doch geschworen, einen heiligen Eid der Jungfrau Maria.«

»Dein Eheversprechen an mich ist aber älter. Was mich daran erinnert, dass es da noch einen zweiten Ehemann gibt.« Er zwinkerte ihr zu.

»Ich wusste nicht, was ich tun sollte ...«

»Keine Angst, selbst der Knoderer sagt, dass diese Ehe ungültig ist. Der Priester, der euch getraut hat, hat schließlich zugegeben, dass es bei der Eheschließung nicht mit rechten Dingen zugegangen ist. Aber das weißt du ja bereits. Und was den Schleier betrifft, so gestatte ich dir höchstens, den Schleier der verheirateten Frau über dein Haar zu legen. Jetzt, wo dein Vater nicht mehr lebt, muss ich als dein Mann auch in seinem Sinne sprechen. Denk daran, der Gatte ist der Vormund des Weibes. Und ich erlaube es dir nicht, ins Kloster zu gehen. Und einen Dispens bekommst du auch nicht, sei gewiss.«

Beim Gedanken an den Vater wurde ihr das Herz wieder schwer. Sie senkte den Blick. »Aber –«

Er umfasste ihr Gesicht mit beiden Händen. »Sei nicht traurig, kleine Wachtel. Dein Vater hatte ein erfülltes Leben. Er hat sich für etwas eingesetzt, an das er glaubte, das er für wichtig hielt. Das können nicht viele von sich sagen. Und du bist nicht allein. Du hast mich. Nein, kein Aber. Kannst du nicht einmal aufhören zu widersprechen? Nun, dann muss ich dir eben den Mund verschließen.«

Und das tat er dann auch. Mathilde hatte ausnahmsweise nichts dagegen einzuwenden. Sie fand seine Art zu küssen ausgesprochen anregend. Und da waren sie wieder, die Schmetterlinge im Bauch.

Mathilde fühlte, wie ihr Widerstand schwach und schwächer und ihr Körper immer nachgiebiger wurde. Doch das war nicht der Verletzung zuzuschreiben.

Sie hätte gerne noch weitergeküsst, ewig, wie sie sich eingestand. Aber das schien der Tag der Besuche zu sein. Wieder ging die Tür auf.

Rudolf von Habsburg trat ein. »Oh, was sehe ich da. Ich hoffe, ich störe die beiden Turteltauben nicht. Steinmar, ich muss Euch rügen, dass Ihr Eure Herzensdame nicht schon längst so geherzt und geküsst habt. Sie hat es nämlich verdient.«

Mathilde spürte, wie ihr die Röte erneut ins Gesicht stieg. Steinmar sprang auf und wollte niederknien. »Majestät, welche Ehre!«

Rudolf hielt ihn zurück. »Nun, nun, wir sind hier unter uns. Es sind keine großartigen Ehrenbezeugungen notwendig. Schon gar nicht, wenn man bedenkt, dass Euer Weib mir das Leben gerettet hat. Wärt Ihr nicht gewesen, Frau Mathilde, ich zweifle, ob ich demnächst zur Krönungsfeier in den Dom von Aachen einziehen könnte. Habt Ihr einen Wunsch, kann ich etwas für Euch tun?«

»Ach, ich wäre bei der Krönung gerne dabei.«

»Ich hätte Euch auch gerne dabei, doch Ihr seid noch zu schwach. Ich werde wohl ohne meine Köchin auskommen müssen. Ihr hattet für meine Gäste am Tag der Belehnung Wunderbares vorbereitet. Wir haben so manchen Humpen auf Euch und Eure Kochkunst geleert. Und jeder hat gefragt, welcher Zauberer in meiner Küche waltet. Ich hoffe, Ihr werdet Euch nicht noch einmal abwerben lassen. Also, Mathilde von Waldshut, durch Eure Heirat seid Ihr bereits eine Frau von Stand. Ich gedachte, Euch auch die andere Hälfte des Hauses sowie einiges Land zukommen zu lassen, sodass Ihr künftig sorglos leben könnt. Euer Gatte wird keine Einwände haben, denn es bleibt ja in der Familie. Und er wird von mir fürstlich entschädigt. Schließlich habt Ihr klug dafür gesorgt, dass Euch niemand Euer Hab und Gut fortnehmen kann. Dennoch würde ich Euch gerne in meinem Dienst behalten. Was haltet Ihr davon? Wollt Ihr nicht an die Stelle Eures Vaters treten? Er war einer meiner Treuesten. Und meinem Herzen nah. Auch deshalb frage ich erneut: Gibt es sonst noch etwas, was ich für Euch tun kann?«

»Ich war noch niemals bei einer Krönung. Wenn Ihr dafür sorgen könntet, dass ich einen Platz auf dem Schiff bekäme, dann könnte ich mit nach Aachen. Ich kann ja sprechen und könnte für das Festmahl von meinem Lager aus alles Notwendige in die Wege leiten.«

»Das werdet Ihr gewisslich nicht, Frau Mathilde. Ich benötige Eure Dienste viel zu dringend, als dass ich Euch dieser Gefahr aussetzen würde. Erst werdet gesund. Also, kann ich sonst noch etwas für Euch tun? Nun sprecht schon ohne Scheu. Wenn ich Euch den Wunsch erfüllen kann, werde ich es tun.«

Sie zögerte. »Danke, Majestät, Ihr zeigt Euch sehr gnädig gegenüber einer einfachen Frau. Doch, da ist wirklich etwas, das mir mindestens ebenso am Herzen liegt, wenn nicht – ich hoffe, Ihr verzeiht mir das – sogar mehr. Bitte, könntet Ihr nicht Gertrud, ihre Tochter und Lütold von Tiefenstein begnadigen?«

Rudolf von Habsburg runzelte die Stirn. »Ihr verlangt viel. Seid Ihr ihnen nicht gram? Immerhin haben sie Euch hintergangen. Und Lütold versuchte sogar, Euch zu töten.«

Mathilde überlegte, was sie tun sollte. Sie konnte ja schlecht dem König mitteilen, dass er auch ein gerüttelt Maß an Verantwortung für die Geschehnisse trug, schließlich waren seine Plünderungszüge der Auslöser gewesen. Und zudem war Junge aller Wahrscheinlichkeit nach seine Tochter. Es schien jedoch nicht so, als sei er gewillt, sie anzuerkennen.

»Ich flehe Euch an, Majestät. Zeigt Gnade. Die Gnade, die Ihr versprochen habt. Ich brauche beide für mein Wirtshaus in Waldshut«, erklärte sie kläglich. »Wenn Ihr sie aber unbedingt wegsperren müsst, dann schickt sie in ein Kloster. Dort können sie keinen Schaden mehr anrichten. Und Lütold – wollt Ihr ihm nicht in Eurem Heer eine Möglichkeit zur Wiedergutmachung geben? Wenn eintritt, was ich glaube, dann könnte es sehr wohl sein, dass Ihr bald mit Heeresmacht gegen den Böhmenkönig ziehen müsst. Dann könnt Ihr gute Kämpfer brauchen. Lütold von Tiefenstein hat Mut. Außerdem weiß er einiges über Heinrich von Neuenburg. Das könnte noch nützlich werden.«

Rudolf wiegte den Kopf hin und her. »Euer Weib wäre kein schlechter Staatsmann, Ritter Berthold. Sie weiß zu überzeugen.«

Steinmar seufzte theatralisch. »Ja, ihre flinke Zunge fürchtet selbst so mancher Mann.«

»Ihr, Ihr … Heuchler!« Mehr fiel Mathilde auf die Schnelle nicht ein.

»Seht Ihr, was ich meine, Euer Majestät?«

Rudolf von Habsburg hob den Zeigefinger. »Na, na, Ihr werdet Eurem liebenden Gatten doch nicht widersprechen wollen?«, fragte er neckend.

»Sie widerspricht mir ständig«, klagte Steinmar mit einem Augenzwinkern.

»Nun, wie mir bei meinem Eintreten schien, habt Ihr einen guten Weg gefunden, sie daran zu hindern, mein Freund.«

Zum vierten Mal errötete Mathilde bis unter die Haarwurzeln.

Rudolf schaute lächelnd auf sie herunter. »Nun gut, ich werde darüber nachdenken. Gibt es noch etwas, was ich für Euch tun kann?«

»Ich weiß nicht. Also, ja. Könnte ich bitte einmal das Grabtuch Christi sehen? Ich hörte, dass Ihr das echte habt. Herr, bitte! Immerhin ist mein Vater dafür gestorben.«

Rudolfs Miene wurde ernst. »Ich würde Euch gerne einen Blick auf das echte Grabtuch ermöglichen. Doch ich kann es nicht.«

»Aber der Neuenburger behauptet es. War es denn nicht in dem Paket, das ich in Baybars' Lager durch ein anderes ersetzt habe?«

Rudolf nickte. »Das habe ich verbreiten lassen.«

Nun setzte sich Mathilde doch auf, ungeachtet der stechenden Schmerzen im Rücken. »Heißt das ... Ich meine, um gewählt zu werden, habt Ihr –«

Steinmar warf ihr einen warnenden Blick zu. Sie brach ab. Er hatte recht. Einen König bezichtigte man nicht einfach so der Lüge. Das war Hochverrat.

»Ja, das habe ich«, erklärte Rudolf, als habe er ihre Frage gehört und scheinbar ohne jedes schlechte Gewissen. »Manchmal heiligt der Zweck die Mittel. Und in diesem Fall steht es so, dass ich zwar eine Fälschung in meinem Besitz habe, zwei sogar mit dem Tuch, das Euer Vater und Ritter Steinmar in der Festung Montfort gefunden haben, nicht aber das echte Tuch. Doch das wissen nur wenige Menschen. Es muss noch im Besitz der Templer sein. Sie hatten vermutlich nie die Absicht, diese unschätzbar wertvolle Reliquie tatsächlich herauszurücken. Schon gar nicht an einen anderen Orden, der es womöglich nicht mehr hergegeben hätte. Ich weiß nicht, wo sie es verborgen halten. Vermutlich ist es längst in Frankreich. Aber natürlich muss ich schnellstmöglich einen Weg finden, um in den Besitz der wahren Reliquie zu gelangen. So, Frau Mathilde, nun seid Ihr Trägerin eines der größten Geheimnisse Eures Königs. Und damit verbinde ich nun auch einen Wunsch. Wenn ich Eure Freundin Gertrud, deren Tochter und diesen Lütold begnadige, werdet Ihr mir dann weiter dienen und darauf verzichten, den Schleier zu nehmen? Tut Ihr mir dann auch einen Gefallen?«

»Ich werde schweigen«, erklärte Mathilde.

»Das und noch etwas.«

Mathilde schaute ihn fragend an.

»Werdet Ihr mir dienen, zusammen mit Eurem Gatten? Ich kann auf Helfer wie Euch nicht verzichten.«

»Aber mein Schwur?«

»Heinrich von Isny wird Euch die Beichte abnehmen und Euch davon entbinden«, erklärte Rudolf.

»So soll es denn sein«, stimmte Mathilde kleinlaut zu. »Und was ist der Gefallen, den Ihr von mir fordert?« Sie sagte bewusst nicht erbittet.

»Ich sagte es doch schon. Nun gut, Ihr seid noch schwach, da ist es Euch wohl entgangen. Aber könnt Ihr Euch das nicht denken?«

Sie schüttelte den Kopf.

»Tretet die Nachfolge Eures Vaters an, bringt zu Ende, was er begann. Bringt mir das echte Tuch und werdet seine Hüterin. Und helft uns bei der Suche nach den Verrätern in unseren Reihen. Wir wissen noch immer nicht, wer es ist. Anfangs hatten wir Lütold von Tiefenstein im Verdacht. Aber er war nur eine kleine Laus, die uns der Bischof von Basel in den Pelz gesetzt hat, dank Eurer Umsicht konnte er uns nie gefährlich werden. Doch es muss jemand anderes Hochrangiges sein, so viel wissen wir inzwischen. Jemand, der an entscheidender Stelle sitzt.«

»Wenn sie wieder gesund ist«, meldete sich Steinmar zu Wort.

»Ja, wenn sie wieder gesund ist«, antwortete der König. »So, und jetzt lasse ich Euch allein. Ich denke, Ihr könnt einiges tun, werter Herr, damit Euer Weib schnell wieder auf die Beine kommt.«

Mathilde errötete zum fünften Mal. »Aber woher … und wer könnten der oder die Verräter sein? Ein Mitglied der Loge?«

»Wir rätseln noch, kleine Wachtel. Vermutlich haben der oder die Verräter auch deinen Vater auf dem Gewissen. Unter den Brüdern und Schwestern ist unser Ehebund bekannt. Der Verräter wusste aber nichts davon. Und Lütold auch nicht. Sonst hätte der Tiefensteiner nicht so … energisch um dich geworben. Wofür ich ihm übrigens irgendwann noch die Arme und alles mögliche andere abhacken werde«, fügte er grimmig hinzu. »Doch kannst du jetzt nicht endlich aufhören zu fragen und deinen Mund für Wesentlicheres gebrauchen? Ich habe da so einen Einfall, der mich sehr angenehm dünkt.«

König Rudolf lachte. »Ich sehe schon, ich muss mich überaus dringend und auf der Stelle wichtigen Amtsgeschäften widmen. Gehabt Euch wohl, meine Freunde.«

Nachdem Rudolf gegangen war, ließ Berthold Steinmar von Klingnau seinem Weib keine Zeit zu fragen, welcher Einfall das denn gewesen sein mochte. Er schloss sie in die Arme. Und dann machten sie da weiter, wo sie beim Eintreten des Königs aufgehört hatten.

# Nachwort

Nach der Wahl des Grafen Rudolf von Habsburg durch die Kurfürsten schrieb ein Colmarer Chronist: »Die Schwerter fangen an zu rosten, die Pflugscharen des Landmannes werden hervorgeholt, die Schiffe füllen sich wieder mit Fracht, da keine Räuber mehr drohen …«

So schnell ging es jedoch nicht. Rudolf von Habsburg hatte auch nach seiner Wahl zum König und der Krönung in Aachen noch mancherlei Sträuße auszufechten, einen sehr wesentlichen mit Ottokar von Böhmen, Herzog von Österreich. Er gewann ihn. Das legte den Grundstein für die Dynastie der Habsburger, die gemeinhin als österreichisch gilt, obwohl der erste König aus der Region Hochrhein stammte. Rudolf ist übrigens nie zu einem Kreuzzug aufgebrochen, sosehr ihn Papst Gregor auch bedrängt hat.

Er ist allerdings auch nie Kaiser des Heiligen Römischen Reiches geworden.

Damit wären wir beim historischen Hintergrund dieser Geschichte. Sie beruht im Wesentlichen auf überlieferten Ereignissen. Ich habe die Geschehnisse um den Streit des Habsburgers mit dem Bischof von Basel auf der Grundlage der Orts- und Stadtchroniken geschildert, auch wenn die eine oder die andere Schlacht nicht genauso stattgefunden haben mag, weil ich nicht alle zeitlich genau zuordnen konnte. Das gilt ebenso für Rudolfs Plünderungszüge. Als Beispiel sei die Belagerung der Burg der Herren von Tiefenstein genannt, bei der er den Burgherrn durch eine Finte herausgelockt haben soll. Sogar die Geschichte vom Klappern der Knochen des heiligen Fridolin und das Treffen zu Pfingsten auf der Seckinger Brücke finden sich in den Chroniken. In welchem Jahr genau die Stadt Waldshut gegründet wurde, konnte ich nicht herausfinden.

Weitere Quellen waren neben dem Internet die Colmarer Annalen, Veröffentlichungen zu Rudolf von Habsburg, zur Musikgeschichte und dem Minnegesang.

Dazu habe ich diverse Rezeptsammlungen gewälzt, unter anderem die von Barbara Welserin, und daraus mein eigenes Süppchen gekocht. Mehr dazu im Anhang.

Die meisten der handelnden Personen sind überliefert, natürlich auch der Minnesänger Berthold Steinmar von Klingnau, den ich sofort sympathisch fand, als ich entdeckte, dass er als Einziger in der Manessischen Handschrift, auch Codex Manesse oder Heidelberger Liederhandschrift genannt, nicht mit einer Waffe, sondern mit einem Becher abgebildet ist. Und soweit ich das den Quellen entnehmen konnte, galt er auch unter seinen Zeitgenossen als recht lebenslustig, er war Wein, Weib und Gesang jedenfalls keineswegs abhold, wie seine Lieder beweisen.

Herkunft und Person Steinmars sind aber umstritten, es gibt verschiedene Versionen. »Mein« Steinmar basiert auf der Studie »Ritter Steinmar, Minnesänger und Bürger von Waldshut« von Dr. Emil Müller, erschienen 1960 bei H. Zimmermann KG Waldshut. Die verbliebenen Lücken habe ich durch meine Phantasie gefüllt.

Das gilt auch für die Lücken, die sich für mich in der Geschichte der Herren von Tiefenstein auftaten oder bei der Legende vom Fluch, der angeblich auf dem Hause Habsburg lag. Und auch darüber, ob das Leinen von Turin das echte Grabtuch Christi ist, lässt sich trotz aller wissenschaftlicher Klärungsversuche bis heute trefflich spekulieren. Mehr dazu und zu den anderen historisch belegten Personen finden Sie ebenfalls im Anhang.

Edward Plantagenet und der Sultan von Ägypten haben damals tatsächlich einen Waffenstillstand ausgehandelt – für zehn Jahre, zehn Monate, zehn Tage und zehn Stunden. Im August 1290 richteten italienische Kreuzfahrer ein Massaker unter den muslimischen Händlern in Akkon an. Die Mamluken nahmen blutige Rache und eroberten die Stadt 1291.

Damit war auch die letzte Bastion der Kreuzfahrer im Heiligen Land in muslimischer Hand.

Mathilde und ihre Familie sind meine Erfindung. Mit ihrer Hilfe ist es mir jedoch hoffentlich gelungen, eine sinnliche Schilderung des Mittelalters zu verfassen und auch Sie für diese Zeit zu interessieren. Vielleicht haben Sie ja Lust, das eine oder andere von Mathildes Rezepten nachzukochen.

Und vielleicht summen Sie beim Kochen die Reime von Steinmars Liedern vor sich hin, die dieser vor rund siebenhundertfünfzig Jahren geschrieben hat. Da es meines Wissens keine überlieferten Melodien dazu gibt, können Sie Ihrer Intuition je nach Ihren gesanglichen Möglichkeiten freien Lauf lassen. Diejenigen der insgesamt vierzehn von ihm überlieferten Lieder, die in diesem Roman vorkommen, finden Sie, zum Teil von mir übersetzt und dazu in mittelhochdeutscher Fassung, ebenfalls im Anhang.

Wichtig ist mir auch der Dank an das Team des Emons Verlages, insbesondere an meine Lektorin Marit Obsen, die mir wertvolle Hinweise gegeben hat.

Also dann: Lassen Sie uns gemeinsam das Glas heben. Damit wir auf das Leben anstoßen können. Und auf die Liebe.

*Petra Gabriel, im Herbst 2011*

# Anhang

# Die (Liebes-)Rezepte Mathildes

Die Menschen des Mittelalters aßen, was Feld und Wald hergaben. Niemand dachte sich etwas dabei, Singvögel zu verspeisen oder einen Schwan. Auf den Tafeln landeten Gerichte aus dem Fleisch von Dachsen und Bären – von Tieren also, die damals noch in den Wäldern Europas lebten. Salz wurde mit Gold aufgewogen. Außerdem wurde ausgiebig mit heimischen Kräutern hantiert, die teilweise das Salz ersetzten.

Viele Gewürze wie Muskat, Safran oder Zimt und Pfeffer mussten mühsam aus fernen Ländern herbeigeschafft werden, das machte sie kostspielig. So kamen sie meist nur bei den Wohlhabenden in die Küchen, dann aber in kräftigen Dosierungen, denn die langen Transportwege bedeuteten auch einen Verlust an Aroma. Die folgenden Rezepte sind deshalb dem heutigen Geschmack angepasst.

Gekocht wurde darüber hinaus mit allerlei Färbemitteln, manchmal selbst mit dem giftigen Grünspan. Vieles wurde in Breiform aufgetischt, auch Fleisch und Fisch. Da freuten sich die oft von Zahnproblemen geplagten Schlemmer. Die zerstampfte Masse wurde wieder in den vorher sorgsam abgelösten Balg eines Vogels gestopft oder bekam die Form eines anderen Tieres. Das war auch ein beliebter Trick zu Fastenzeiten, wo der falsche vom echten Hasen wegen der vielen Gewürze selbst geschmacklich kaum noch zu unterscheiden war.

Zudem liebten die Menschen Soßen. Alles wurde übergossen und getunkt, um nicht zu sagen: ertränkt. Und es gab sogar schon Teigwaren (Marco Polo soll Teigtaschen aus China mitgebracht haben, aber das ist nicht bewiesen). Die ersten Rezeptsammlungen, ähnlich denen, die wir heute kennen, stammen aus dem 14. Jahrhundert. Vieles über das »richtige Essen« ist aber auch bei Hildegard von Bingen nachzulesen, die im 12. Jahrhundert lebte.

Es wurden übrigens alle Speisen gemeinsam aufgetragen. Das Wort Gang bezeichnete im Mittelalter nur, wie oft das Gesinde laufen musste, um alles auf den Tisch zu bringen. Als Besteck gab es Löffel und Messer.

Bezüglich der Rezepte aus dem Mittelmeerraum (sie sind im Folgenden mit einem * gekennzeichnet) wäre noch anzumerken, dass es viele Zutaten, die heute aus der Küche des Vorderen Orients und des

Nahen Ostens nicht mehr wegzudenken sind, damals noch nicht gab. Tomaten und Paprika zum Beispiel.

Zum guten Schluss: In den Originalrezepten des Mittelalters finden sich kaum Mengenangaben. Ich habe mich daran gehalten und nur in Ausnahmefällen, zum Beispiel bei hierzulande nicht so bekannten Gerichten oder bei Teigen und süßen Speisen, bei denen es auf die Konsistenz ankommt, die Mengen hinzugefügt. Dies soll ja auch kein Kochbuch sein, sondern nur eine Ergänzung zu Mathildes Geschichte, weshalb Sie die Gerichte nach Belieben ausschmücken und verfeinern können. Über den Daumen gepeilt benötigen Sie für eine Person etwa 150 Gramm Fisch oder Fleisch. Die Rezepte sind alphabetisch geordnet. Und falls Sie sich weiter informieren wollen, können Sie dies wie ich unter anderem mit Hilfe des Buches »Die Küchengeheimnisse des Mittelalters« von Maggie Black oder mittels der Rezeptsammlung von Jürgen Fahrenberg tun, die den wunderbaren Titel trägt: »Wie man eyn teutsches Mannsbild bey Kräfften hält.«

# Allgemeines, Gewürze

*Agrez* ist ein Säuerungs- und Geliermittel aus unreifem Streuobst, Trauben, Quitten, Stachel- und Johannisbeeren, diese enthalten viel Pektin. Zubereitung: Grüne Streuobstäpfel samt Schalen fein hacken, ebenso das andere Obst. Diese Masse wird mit einem Viertel der Obstmenge an Wasser schnell erhitzt, damit das Pektin nicht zerfällt, und dann bei kleiner Hitze zu einem Brei auf die Hälfte eingedickt. Anschließend heiß durch ein Sieb streichen und abfüllen. Mit einer Schicht warmen Honigs abdichten und die Gefäße luftdicht verschließen. Man kann die Früchte auch mit Honig einkochen. Durch den Honig gärt die Masse nicht, man kann sie länger aufheben.

*Aspik/Sülze:* Die gleiche Menge Knochen (zum Beispiel Schweins- oder Kalbsfüße) und gut gesalzenes Wasser mit etwas Essig, Suppengrün, Lorbeerblatt sowie Senf- und Pfefferkörnern über Nacht im Backofen bei 100 Grad garen lassen. Dabei zieht die Stärke aus den Knochen. Die Flüssigkeit durch Erhitzen auf die Hälfte reduzieren und kalt aufbewahren. Beim Erkalten entsteht Gelatine. Man kann sie auch einfrieren.

*Essig:* Sammeln Sie Wein- und Mostreste (getrennt). Wenn genug beisammen ist, geben Sie die Flüssigkeit auf eine Essigmutter. Nach drei Wochen ist der Alkohol zu Essig geworden. Jetzt können Sie ihn abseien und in saubere Flaschen füllen. Auch Apfelmost, der lange genug steht, ergibt einen tollen Salatessig.

*Feines Gewürz:* Zu vielen Gerichten im Mittelalter wurde diese Gewürzmischung verwendet: 16 Gramm Zimt, 16 Gramm Ingwer (Galgant), 4 Gramm Nelkenpulver, 16 Gramm (getrocknete und zerstampfte) Lorbeerblätter.

*Gewürzmischung stark* (zum Beispiel für Pasteten): ⅓ TL gemahlener Kümmel, ⅛ TL gemahlener schwarzer Pfeffer und gemahlener Ingwer.

*Gewürzmischung sanft* (für die Soße): ⅛ TL gemahlener Koriander, 1 Prise gemahlener Zimt, brauner Zucker.

*Pilzöl* (schmeckt gut zu frischem Fladenbrot): 50 Gramm getrocknete Morcheln (es geht auch mit anderen Pilzen) klein hacken, mit 250 Gramm Distelöl übergießen und rund zwei Wochen dunkel und warm stellen. Die Morcheln ausfiltern (vielleicht für eine Soße verwenden), das Öl im Dunkeln kalt stellen.

*Treibmittel* waren das *Hirschhornsalz* und die *Pottasche*. Hirschhornsalz wurde durch trockenes Erhitzen (»trockene Destillation«) von geraspelten Hirschgeweihen gewonnen. Später verwendete man statt der Geweihe auch Knochen, Horn, Leder, Klauen und Ähnliches. Der Name Pottasche (Kaliumkarbonat) stammt von der alten Methode der Anreicherung von Kaliumkarbonat aus Holzasche mittels Lösung der Salze durch Auswaschen mit Wasser und anschließendem Eindampfen in Töpfen (Pötten). Pottasche wurde als Treibmittel für Flachgebäck wie Kekse eingesetzt. Wie Hirschhornsalz wird auch die Pottasche in Wasser oder Milch aufgelöst, damit sie sich gleichmäßig verteilen kann.

**Zitronenschalen* einlegen: Unbehandelte Zitronen waschen, der Länge nach kreuzweise einschneiden, sodass die Viertel am Stielende noch zusammenhängen. Das Fruchtfleisch salzen (je Kilogramm Zitronen 125 Gramm Salz), die Früchte wieder zusammendrücken und dicht in ein sauberes Glas schichten. Mit frisch gepresstem Zitronensaft bedecken. Das Salz zieht den Saft heraus, und die Schale wird innerhalb einer Woche weich. Zugedeckt an einem kühlen Ort aufbewahren. Nach drei bis vier Wochen können die Früchte verwendet werden. Vor Gebrauch das Salz abspülen und das Fruchtfleisch entfernen. Zum Würzen wird nur die Schale verwendet.

## Pasten und Soßen

*Apfel-Trauben-Soße:* Man nehme grüne oder blaue Trauben und säuerliche Äpfel. Rotwein, Pfeffer. Äpfel und Trauben pürieren, mit dem Wein durch ein Sieb drücken, mit Pfeffer abschmecken (schmeckt gut zu Rehbraten).

*Früchtemus:* Wurde oft zu Brei serviert. Das Obst zerkleinern, kochen und vorsichtig – unter ständigem Rühren – zum Brei eindicken. Das Mus ist fertig, wenn sich der Brei vom Boden löst und als Klumpen am Löffel hängen bleibt. Besonders gut zum Einlagern eignet sich Mus aus zerkochten Zwetschgen. Hervorragend ist zum Beispiel Apfel-Rhabarber-Kompott: Je 1 Pfund Äpfel und Rhabarber zerkleinern und mit etwas Wasser kochen. Je nach Geschmack Zimtstange, Ingwer oder Kardamom zugeben. Einkochen und durch ein Sieb streichen. Schmeckt warm und kalt.

*Tipp:* Kerne vom Steinobst, die Kerngehäuse und Schalen von Äpfeln, Birnen oder Quitten nicht wegwerfen, sondern sammeln, entsaften und aus der Mischung mit → Agrez und Honig ein Gelee kochen. Zur Aufbewahrung das Fruchtmus heiß in Gläser mit Schraubdeckeln füllen (und zum Abkühlen auf den Deckel stellen). Kühl und trocken lagern.

*Hollermus:* Holunderbeeren abzupfen, waschen und in sprudelndem Wasser schnell weich kochen. Herausnehmen, gut abtropfen lassen und vorsichtig Honig oder → Agrez einrühren. Schmeckt als Beilage zu Wild, Fisch und gebackenem Käse.

*Nuss-Ingwer-Soße:* Man nehme gemahlene Nüsse, Ingwer, Pfeffer, Salz, Honig, Rotwein (je nach Geschmack auch Sanddorn- oder Holundersaft), Stärke (im Mittelalter wurden die Soßen zumeist mit zerstoßenem alten Brot oder Butter abgebunden). Die Nüsse-Rotwein-Gewürzmischung aufkochen und mit Stärke eindicken.

*Preiselbeersoße:* Man nehme Preiselbeeren, füge trockenen Weißwein hinzu sowie Pfefferkörner, Pimentkörner, Gewürznelke, Honig, Salz, Speisestärke. Alles etwa fünf Minuten aufkochen lassen, durchsieben, pürieren, noch etwas einkochen lassen und gegebenenfalls mit Sahne verfeinern.

*Pfeffersoße:* Brot in Schmalz goldgelb braten, in kleine Stücke brechen und im Mixer mit Salz und viel Pfeffer vermischen. Bratensaft beziehungsweise Fleischbrühe und Rotweinessig nach Geschmack hinzugeben, durchmixen, bis die Flüssigkeit ganz glatt ist. In einen Topf geben und unter ständigem Rühren erhitzen, dann zwei bis drei Minuten simmern lassen. Die Soße soll pikant pfeffrig schmecken. Warm servieren. Passt zu den verschiedensten Fleischgerichten.

**Würzige Walnusspaste Muhammara (Türkei)* für 4 Personen: 150 Gramm Walnusskerne, 1 Scheibe Weizenvollkornbrot, entrindet und leicht geröstet, 8 EL Olivenöl, 2 EL Granatapfelsirup oder Saft einer halben Zitrone, Pfeffer nach Geschmack, 1 TL Kreuzkümmel, 2 TL Zucker und Salz im Mixer pürieren.

# Beilagen

*Brennende Sehnsucht:* Man nehme Ricotta oder Magerquark, gut abgetropft, und ⅔ dieser Menge an würzigem, geriebenem Hartkäse, 2 Eier und 1 Eigelb je etwa 150 Gramm Ricotta, so viel Butter wie Hartkäse, doppelt so viel Mehl, Zwiebeln, Muskat, Salz und Pfeffer sowie viermal so viele Brennnesseln wie Ricotta. Diese vorher kurz aufkochen und abkühlen lassen, dann fein hacken. Daraus mit zunächst nur der Hälfte der Butter und des Hartkäses einen Teig mixen, Nocken formen und im Salzwasser kochen. Danach noch etwa fünf Minuten in den auf 175 Grad vorgeheizten Backofen schieben. Mit der restlichen Butter und dem Hartkäse servieren.

⋆*Bulgurpilaw* mit Rosinen und Pinienkernen: Heiße Brühe (etwa 500 Milliliter pro 250 Gramm Bulgur) samt Rosinen, Salz, Pfeffer und einem kräftigen Schuss Sonnenblumenöl aufkochen, Bulgur hinzufügen, umrühren und bei schwacher Hitze 15 Minuten garen, bis der Bulgur an der Oberfläche Vertiefungen bildet. Den Pilaw auf der abgeschalteten Herdplatte zugedeckt noch 20 Minuten ruhen lassen. Pinienkerne rösten, untermischen und servieren.

⋆*Couscous* (stammt von den Berbern): Gleiche Menge Getreide und heißes Wasser sowie Salz in einer Schüssel langsam glatt rühren. Erdnuss- oder ein mildes Pflanzenöl dazugeben. Das Couscous mit Alufolie abdecken und etwa 20 Minuten in den auf 200 Grad vorgeheizten Ofen schieben. (Es gibt auch Schnellkoch-Couscous, der in zehn Minuten servierbereit ist: Einfach Wasser aufkochen und über die gleiche Menge Couscous gießen, umrühren, 7 Minuten warten, erneut umrühren, etwas Butter dazu oder ein nussiges Öl. Fertig.) Passt zu vielen Fleisch- und Fischgerichten. Fein ist es auch mit Joghurtdip und gesottenem sommerlichem Gemüse – da passt alles hinein, was der Sommer zu bieten hat, inklusive Knoblauch, Zwiebeln, Petersilie: Naturjoghurt anrühren mit Zitronensaft, frisch gehackter Minze (oder einigen Tropfen Pfefferminzöl, Vorsicht!), Salz und Pfeffer, Rosmarin, Thymian, Gurke(n) sowie Rosinen oder geschnittenen Datteln.

*Eierteigstäbchen:* Man nehme 2 Eier und vermische sie mit 250 Milliliter Milch und 500 Gramm Mehl. Salzen, mit Kümmel, Bertram (Estragon), Kerbel und Safran zum Färben zu einem festen Teig verkneten. Den Teig zu einer Rolle formen, in ein Leintuch einbinden und in Salzwasser gut eine Stunde gar ziehen lassen. Dann abkühlen lassen und mit einem Messer (vorher immer in heißes Wasser tauchen) in Streifen schneiden (so dick wie der kleine Finger). Die Streifen im heißen Ausbackfett (Schmalz) schwimmend knusprig backen, herausnehmen, auf Küchenpapier legen und entfetten. Danach in einer Masse aus 2 klein gehackten Eiern, grob gemahlenem Pfeffer, Salz und reichlich gehackter Pimpernelle (oder Petersilie) wenden.

*Frommentee – Getreideauflauf:* Man nehme 250 Gramm dunkles Mehl (Dinkel- oder Roggenvollkorn) und verquirle es kräftig mit 250 Milliliter Milch, 4 Eiern und 1 TL Honig. Man würze mit 1 TL Ingwer, 1 Prise Safran und Salz und lasse die Masse 30 Minuten ausquellen. Dann in eine flache Pfanne (Fettpfanne des Backofens) geben. Den Teig noch einmal durchrühren und im vorgeheizten Backofen (200 Grad/Stufe 3 bei Gas) etwa 30 Minuten goldbraun ausbacken. In den letzten 10 Minuten mehrfach mit 3 bis 4 EL Butter oder Schmalz bestreichen. Noch warm in Portionen schneiden.

*Goldene Schnitten:* Eier mit der gleichen Menge Milch verquirlen. Weißbrotscheiben hineintauchen und diese sofort im heißen Fett schwimmend ausbacken. Oder auch Weißbrotscheiben in Milch einweichen, durch das verquirlte Ei ziehen und ausbacken. Schmeckt allein, mit Obst, Marmelade oder auch zu salzigen Gerichten. Man kann auch → Hollermilch nehmen.

*Hirsebratlinge:* Unter einen festen Hirsebrei (→ siehe Rezept) werden Eier, eine angedünstete Zwiebel und frisch gehackte Petersilie (Brennnesseln) gemengt. Bratlinge formen und in Butter goldbraun ausbacken. Dazu schmeckt ein Salat vom Sauerampfer mit Brombeeressig.

*Nonnenfürze:* Eier und halb so viel Eiweiß mit Honig kräftig aufschlagen, gemahlene Mandeln, pro Ei 50 Gramm Mehl und Salz unterarbeiten, einen festen Teig kneten, zugedeckt etwa 30 Minuten ruhen lassen.

Soße: Mit 500 Millilitern fruchtigem Weißwein 4 Eigelb und 3 EL Honig vermengen und unter Rühren heiß werden lassen, bis die Soße cremig gebunden ist. Warm stellen.

Den Teig fingerdick ausrollen und Rauten oder Quadrate schneiden (2 bis 3 Zentimeter Seitenlänge). In heißem Fett schwimmend ausbacken und mit der Soße servieren.

*Omelett mit Eischnee:* Eier teilen. In das Eigelb wird pro Ei 1 EL → Agrez mit 1 Prise Salz gerührt, das Eiweiß zu Schaum schlagen. Dann den Eischnee vorsichtig unter das Eigelb heben und in nicht zu heißer Pfanne mit Deckel mit gehacktem Löwenzahn stocken lassen.

*Rissoles/Krapfen mit Rindermark*: Für die Rissolen aus Mehl (etwa 100 Gramm pro 50 Gramm Fett – Schmalz, Butter oder Margarine), Fett, Eigelb, Salz, 1 Prise Zucker und Milch nach Bedarf einen festen Teig herstellen.

Füllung: Blanchiertes Rindermark klein würfeln, mit Eigelb, Semmelbrösel, Salz, Pfeffer und kräftig Muskat mischen und abschmecken. Sauerampfer fein hacken, daruntergeben. Den Backofen auf 220 Grad vorheizen.

Den Teig portionsweise circa 2 Millimeter dick ausrollen. Kreise von 10 bis 12 Zentimeter Durchmesser ausstechen. Die Füllung etwas unterhalb der Mitte verteilen. Teigränder mit Wasser bestreichen. Leere Teighälfte über die Füllung klappen, Ränder zusammenpressen, nach Belieben leicht zusammenschieben und wellen.

Die Rissoles auf ein mit Backpapier belegtes Blech setzen (mit dem Wellenrand nach oben). Mit verquirltem Ei bestreichen, mit einer Gabel mehrmals einstechen. In der Mitte des Ofens 25 bis 30 Minuten backen oder in heißem Schmalz oder Fett ausbacken.

*Quarktorte mit Safran und Knoblauch*: Man nehme 250 Gramm Mehl, 125 Gramm Butter, entsprechend Salz und Wasser. Alles am besten am Vorabend zu einem Teig verarbeiten und kalt stellen.

Füllmasse: 5 Knoblauchknollen, 200 Gramm Schweinebrust, gesalzen oder frisch, 300 Gramm Quark, 3 Eier, 80 Gramm Rosinen, 2 Briefchen Safran, Salz, je 1 TL Nelken, Muskat, Zimt, Ingwer (Galgant) und Pfeffer.

Den geschälten und den eine Viertelstunde in Salzwasser gegarten Knoblauch zerstampfen. Quark, gehackten Speck, Gewürze, Safran, Eier und Rosinen hinzugeben, Mischung gut glätten. Den ausgerollten Teig in eine Kuchenform geben, die Masse hineinfüllen und mit einer Teigplatte abdecken. Im heißen Ofen 45 bis 60 Minuten backen. Es können auch mehrere kleinere Törtchen gebacken werden.

# Fischgerichte

*Aal in grüner Soße*: Den vorbereiteten Aal unter fließendem, kaltem Wasser waschen, in 5 Zentimeter breite Stücke schneiden, mit Zitronensaft beträufeln, 10 Minuten ziehen lassen, salzen und pfeffern.

Soße: Zwiebeln fein hacken, Champignons blättrig schneiden, ein Bund Dill fein hacken. In einer Kasserolle Butterschmalz heiß werden lassen, Zwiebeln darin glasig rösten, mit Mehl bestäuben und mit Rinderbrühe oder Fischfond (2 Teile) und Weißwein (1 Teil) aufgießen. Aalstücke in die Soße legen und 30 Minuten dünsten lassen. Champignons zugeben, salzen, würzen. 1 Eigelb mit Rahm verrühren, die Soße damit legieren, vor dem Anrichten die Soße mit dem Dill abschmecken.

*Eglifilet an gesottenen Eiern mit Kräutern und Bärlauch*: Egli ist eine im alemannischen Sprachraum gebräuchliche Bezeichnung für den Flussbarsch. Pro Filet 1 Ei hart kochen, abschrecken und schälen. Kräftig Bärlauch, Zwiebeln und Knoblauch in Fett glasig dünsten. 2 sauer eingelegte Gurken hacken und zu den glasigen Zwiebeln geben (es geht auch ohne Gurken). Mit Weißwein ablöschen. Die Eier würfeln und unterheben. Barsch filetieren, die Filets anbraten. Die Eier-Kräuter-Mischung dazu reichen.

Variation: Semmelbrösel unter die Eier-Kräuter-Mischung geben, auf dem – in diesem Fall rohen – Fisch verteilen und alles miteinander bei 220 Grad im Backofen garen, bis die Kruste braun ist.

*Fischrillette:* Fischfleisch vom Kopf oder den Gräten fein mit der Gabel zerpflücken und mit frischen Kräutern, → Agrez, Salz, Pfeffer und Muskat durcharbeiten, bis eine homogene Masse entsteht. In eine Form geben, mit zerlassener Butter luftdicht verschließen. Besonders lecker wird diese Fischrillette, wenn noch ein Teil geräucherter Fisch eingearbeitet wird.

*Fischmus:* Fisch säubern (für 4 Personen etwa 1000 Gramm, wahlweise Forelle, Schleie, Hecht, Zander, Lachs, Flussaal), fein schneiden, in Wasser mit einem Kräutersträußchen aufkochen und circa 15 Minuten ziehen lassen. Aus 50 Gramm gemahlenen Mandeln und 500 Millilitern Milch cremige Mandelmilch kochen. Acht entrindete Weißbrotscheiben darin einweichen, Gleichzeitig 50 Gramm Reis weich kochen. Fischfleisch mit Brot und Reis im Mixer pürieren und kalt stellen.

*Forellen in Sahne:* Forellen (1 pro Person) in eine Auflaufform geben, Salz, trockenen Weißwein, Sahne und Pfeffer darübergießen, mit Zwiebeln oder Knoblauch füllen, darüber Karotten und Sellerie (es geht auch Suppengewürz), wenn möglich Dill. In den Ofen schieben und garen.

*Hecht auf Äpfeln:* Im Wechsel Zwiebeln und Äpfel auf ein Backblech schichten, darüber kommt der gesalzene Fisch. Mit Weißwein übergießen und mit Butterflocken garnieren. In den Ofen schieben. Der Fisch ist fertig, wenn die Augen weiß sind.

*Gebratener Lachs mit Weinsoße:* Den Lachs filetieren und in Stücken auf dem Rost braten. Für die Soße halbtrockenen Weißwein und 1 gute Prise Zimtpulver durchseihen, klein gehackte Zwiebeln dazugeben und aufkochen, die Flüssigkeit auf kleiner Flamme reduzieren. Essig und gestoßenen Ingwer hinzugeben, den Topf vom Feuer nehmen. Den Lachs in eine Schüssel geben, mit der Soße übergießen.

# Fleischgerichte

*Fleischbällchen mit Ingwer* (ergibt etwa 40 Bällchen): Man nehme je 1 Pfund gehacktes Rind- und Schweinefleisch, 150 Gramm Mehl, 3 verrührte Eier, 1 EL gehackten Ingwer, ½ TL Nelkenpulver, 1 TL Honig, ½ Tasse Mehl. Alles gut miteinander vermischen, die Masse in kleine Bällchen (etwa 4 Zentimeter Durchmesser) formen und diese drei bis vier Minuten in Salzwasser kochen, abtropfen lassen. Dann knusprig braten. Danach in einer Mischung aus gehackter Petersilie und Mehl wenden. Die Bällchen sollten grün sein.

*Eingelegtes Kalbfleisch (*Buknade):* Man nehme ein gutes Stück Kalbfleisch, Kitz oder Huhn, setze es in Knochen- oder Fleischbrühe kalt an und koche es langsam. Kräuter wie Petersilie oder Ysop und Salbeiblätter sehr fein hacken. Sehr fein gehackte Zwiebeln in Butter oder Schmalz andünsten, Mehl hinzugeben, anschwitzen. Frische, geschnittene Champignons kurz andünsten (man kann auch andere, getrocknete Pilze nehmen), bis sie trocken sind. Mehlschwitze mit der Fleischbrühe ablöschen, mit Obst- oder Weißweinessig, gemahlener Muskatblüte und Nelkenpulver, Salz, Pfeffer und → Agrez abschmecken. Reduzieren und mit Sahne und Eigelb legieren. Dann die Kräuter hineingeben. Das Kalbfleisch in gabelfertige Würfel schneiden und zusammen mit den Champignons servieren. Schmeckt gut zu Klößen oder Nudeln.

*Gebratenes Schweinefleisch mit Würzwein:* Für 6 Personen werden etwa 1,8 Kilogramm Schweinefleisch (Lendenstück am Knochen) benötigt. Man nehme Koriander, klein gestoßenen Kümmel, feinen Pfeffer und zerdrückten Knoblauch in Rotwein, mische alles zusammen und salze es. Die rohen Schweinelenden häuten und mit dem Messer gut anstechen, über Nacht in die Soße legen. Ofen auf 220 Grad (Gas Stufe 7) vorheizen. Dann den Braten auf einen Spieß stecken und immer wieder mit Würzwein beträufeln, den Bratensaft auffangen (man kann das Fleisch vor dem Braten auch dick mit Semmelbröseln oder Mehl panieren).

Soße: Hühnerfond und Bratenflüssigkeit erhitzen, simmern und etwas reduzieren. Abschmecken. Zum Fleisch servieren.

*Khoresht-e-ghormeh sabzi/Lammfleisch mit Bohnen und Kräutern:* Zwiebeln in Öl (kein Olivenöl) anbraten, Lammfleisch in Würfeln hinzugeben, dazu möglichst einige Fleischknochen, salzen und pfeffern, weiter anbraten und mit Wasser aufgießen. Getrocknete Limone(n), ersatzweise Zitronensaft hinzufügen und mindestens 1,5 Stunden schmoren.

Inzwischen Bohnen (Schwarzaugenbohnen oder Wachtelbohnen, über Nacht eingeweicht) in Wasser gar kochen und abgießen. Petersilie, Schnittlauch, Dill, etwas Minze klein hacken (oder getrocknet) Kurkuma zum Fleisch geben und 30 Minuten gar kochen. Gekochte Bohnen zufügen und nochmals abschmecken. Dazu Reis servieren.

*Köfte* (türkisch von persisch kuffteh: »zerstampftes Fleisch«) sind kräftig gewürzte, gebratene, gebackene oder gegrillte Hackfleischbällchen, -röllchen oder -fladen, vor allem aus Ochsen- oder Rindfleisch (auch gemischt), die in zahlreichen Varianten in der gesamten orientalischen Küche von Nordafrika über Südosteuropa bis nach Indien verbreitet sind. Typische Gewürze sind Zwiebeln, Knoblauch, Oregano, Kreuzkümmel, Paprikapulver, Pfeffer, Zimt oder Nelkenpulver sowie eine Gewürzzubereitung namens Köfte-Bahar (Köfte-Gewürz, ähnlich dem indischen Curry). Man kann sie (muss aber nicht) unter anderem mit Bulgur binden (auf 500 Gramm Fleisch 3 EL), wie bei Frikadellen einfach alle Zutaten zusammen verkneten und eine Stunde im Kühlschrank abgedeckt ziehen lassen. Nun werden entweder kleine »Eier« geformt und platt gedrückt (zum Braten in der Pfanne) oder große, flache Burger (zum Grillen) beziehungsweise etwas dickere (zum Frittieren) geformt.

Man kann die Masse auch anderweitig verarbeiten, zum Beispiel kann man sie zwischen Kartoffelscheiben in eine Auflaufform schichten, selbst gemachte Soße darübergießen und ab in den Ofen.

*Presssack:* Ein abgebrühter und zerteilter Schweinekopf wird mit 6 gebrühten Kalbsfüßen in einen großen Topf gelegt. Dazu gibt man 2 in Scheiben geschnittene Zwiebeln, 1 gelbe Rübe, eine Selleriewurzel, Petersilienwurzeln, Pfefferkörner, Gewürznelken, Lorbeerblätter, frische Wacholderbeeren, etwas Thymian und Zitronenschale und Salz. Dann mit 1 Liter gutem Essig und 500 Millilitern Weißwein sowie Wasser aufgießen und alles langsam weich sieden. Den entstehenden Schaum abschöpfen. Die Stücke werden herausgenommen und, wenn sie kalt sind, entbeint, das Fleisch mit roter, gekochter Ochsenzunge in grobe Würfel geschnitten, in eine Schüssel gegeben und zugedeckt. Die Brühe abseihen, entfetten und bis auf etwa 1 Liter einkochen und über das geschnittene Fleisch gießen. Zusammen nochmals aufkochen, dann in eine glatte, runde Form füllen und kalt stellen. Vor dem Servieren wird die Form kurz ins heiße Wasser getaucht, um die Masse zu lösen, dann wird der Presssack gestürzt, nach Bedarf in dünne Scheiben aufgeschnitten und, mit grüner Petersilie garniert, aufgetischt.

*Schwarzer Pudding* ist eine Art Blutwurst, wobei Blut vom Schwein, vom Ochsen oder von der Gans verwendet werden kann. Blut in einen tiefen Topf laufen lassen, abkühlen lassen, kräftig Salz hinzufügen. Auf 11 Deziliter Blut kommen 3 Deziliter Milch und 3 mittelgroße gehackte Zwiebeln, kräftig Beifuß und Pfeffer sowie 350 Gramm Rindertalg. Alles vermischen und in eine vorbereitete Haut einfüllen oder in eine feuerfeste Form. Die Haut im Wasser, die Form im Herd bei 150 Grad etwa anderthalb Stunden backen. Auskühlen lassen, in Scheiben schneiden und in der Pfanne braten. Mit Eiern, Speck oder Würsten servieren.

*Schweinefleischröllchen (etwa 24 Stück):* 700 Gramm in Brühe gesottenes Schweinefleisch fein hacken oder durch den Fleischwolf drehen. 300 Gramm beiseitestellen. Mehl in einer Schüssel mit ½ TL Salz, 40 Gramm Korinthen, 1 klein gehackten Knoblauchzehe und Eigelb sowie etwas Wasser vermischen. Den Teig ausrollen und zu rund 8 Zentimeter breiten und langen Streifen schneiden, mit geschlagenem Eiweiß bestreichen. Auf das Ende eines Streifens 1 knappen TL Fleischfüllung geben und den Teig aufrollen, die Enden zusammendrücken und fest verschließen. Die gefüllten Röllchen in Salzwasser auf kleiner Flamme fünf bis sieben Minuten kochen. Man kann sie aber auch mit Eiweiß bestreichen und 10 bis 20 Minuten bei 200 Grad (Ofen vorheizen) backen.

Soße: Brühe mit dem restlichen Fleisch, gemahlenem Koriander, je 1 Prise gemahlenem Zimt, Muskat und braunem Zucker sanft einkochen. Einen kräftigen Schuss Apfelbrand (Cidre) sowie Sahne hinzufügen. Mit den gekochten Teilchen servieren.

*Tipp:* Für die Füllungen sind der Phantasie keine Grenzen gesetzt. Das geht auch mit Fisch, Käse, Spinat, Bärlauch, Löwenzahn oder einer Mischung daraus.

*Gebratenes Wild:* Man nehme nach Bedarf Wildfleisch in Scheiben und lege es mindestens zwei bis drei Stunden in eine Marinade aus Rotwein und etwas Öl mit 1 guten Prise gemahlenem Ingwer, Salz und schwarzem Pfeffer. Anschließend auf einen Bratenspieß stecken, dann kreuzweise in Form von Rauten einschneiden oder mit salzigem Schweinespeck spicken. Mit → Pfeffersoße servieren.

*Wildgericht mit scharfer Soße:* Man koche verschiedene Stücke Wildfleisch in 2 Teilen Wasser und 1 Teil Wein, schneide es in Stücke und gebe es in die → Pfeffersoße. Dann lasse man es darin köcheln.

# Geflügel

*Gans in → Aspik:* Gegartes Gänsefleisch von den Knochen lösen und in kleine Stücke schneiden. Möhren in dünne Scheiben schneiden, bissfest garen, blanchierte Erbsen, fein gewürfelte Gewürzgurken und fein gehackte Petersilie dazugeben und alles mit dem Fleisch vermengen.

Schnelles Aspik: Stark reduzierte (geschmacksintensive) Geflügelbrühe entfetten. Weißwein, weißen Balsamico, mild, mit Salz und viel Pfeffer erhitzen. Die Flüssigkeit muss sehr stark gewürzt sein, da das Aspik viel Geschmack »schluckt«. Eingeweichte und ausgedrückte Blattgelatine darin auflösen. In eine Kastenform einen Spiegel gießen, fest werden lassen.

Auf den festen Spiegel als schönes Muster ein paar Möhrenscheiben legen. Vorsichtig die Gans-Gemüse-Mischung darauf verteilen. Die restliche Flüssigkeit aufgießen. Abkühlen lassen und kalt stellen, am besten über Nacht.

Mit einer dicken Soße aus Buttermilch, Mayonnaise und fein gehackten Kräutern (zum Beispiel Beifuß), Salz, Pfeffer und fein gehacktem oder gepresstem Knoblauch servieren.

*Gefüllte Wachteln:* Für die Füllung Toastbrot entrinden und in kleine Würfel schneiden. Butter in eine Pfanne geben, aufschäumen lassen, die Brotwürfel darin goldgelb rösten und dann auf Küchenpapier abtropfen lassen. Saure Äpfel schälen, entkernen und klein würfeln. Einen kräftigen Schuss Calvados und etwas Honig mit den Apfelwürfeln in einer Schüssel vermischen und kurz ziehen lassen. In einer zweiten Schüssel das Brot mit etwas gehackter Petersilie, Eigelb und kräftig Crème fraîche verrühren, die Apfelfüllung mit der Marinade zugeben und mit Salz, Pfeffer und Muskat abschmecken. Die Bauchhöhlen der Wachteln mit Salz und Pfeffer würzen, anschließend die Füllung hineingeben. Mit den Händen die Wachteln in Form bringen und mit Küchengarn dressieren.

Öl in der Pfanne erhitzen, die Wachteln hineinsetzen und im vorgeheizten Ofen bei 180 bis 200 Grad 20 bis 25 Minuten braten. Um eine gleichmäßige Bräunung zu erzielen, während der letzten fünf Minuten des Bratvorgangs etwas frische Butter zerlassen und damit die Wachteln mehrmals bepinseln. Die gefüllten Wachteln aus dem Ofen nehmen, mit einem scharfen Messer entlang dem Brustbein halbieren und servieren. Dazu passt Weinsauerkraut.

*Gegrillte Wachteln:* Wachteln mit Backpflaumen füllen, mit Speck umwickeln und 20 Minuten grillen. Dazu passt eine Würzsoße aus Geflügelfond, in Weinessig eingeweichtem Roggenbrot ohne Rinde, Ingwer, Pfeffer, gemahlenem Kümmel und etwas Honig.

*Tipp:* Besonders gut schmeckt dazu auch eine Nuss-Ingwer-Soße oder eine Apfel-Trauben-Soße.

**Granatapfelhühnchen mit Walnuss*: Am besten schmeckt dieses klassische persische Gericht, wenn man es am Vortag zubereitet und dann aufgewärmt serviert. Hähnchenbrustfilets in Butterschmalz rundum gut anbraten, dann in eine feuerfeste Form geben. Das Fett in der Pfanne belassen. Die Hähnchenbrustfilets im Backofen bei 180 Grad in 20 Minuten fertig garen (dies entfällt, wenn man das Gericht erst am nächsten Tag aufgewärmt serviert). Inzwischen die Walnusskerne zu einem Drittel grob hacken, ein weiteres Drittel mahlen und das letzte Drittel in einer alten Kaffeemühle so lange zerkleinern, bis ein Walnussmus entsteht (wer keine alte Kaffeemühle besitzt, mahlt zwei Drittel der Nüsse). Gehackte und gemahlene Nüsse in der Pfanne anrösten, herausnehmen. Zwiebeln schälen und würfeln, im Fett glasig anbraten. Mit dem Saft von Granatäpfeln ablöschen (dazu die Granatäpfel wie Orangen auspressen), Nüsse und Walnussmus dazugeben, salzen und pfeffern. Safran mit etwas Zucker mischen und im Mörser zermahlen. Mit 1 Schuss Weißwein (zur Not mit Wasser) verrühren, ziehen lassen. Nach 10 Minuten unter die Soße mischen und auch den Zimt unterrühren. Alles 20 Minuten einkochen lassen, ggf. mit Wasser verdünnen, mit Zitronensaft und evtl. mit etwas Granatapfelsirup (Grenadine) abschmecken, dann die Soße über die Hähnchenbrustfilets geben. 45 Minuten bei 180 Grad abgedeckt in den Ofen geben oder entsprechend länger bei niedrigerer Temperatur.

*Rebhuhn mit Pilzfüllung:* Pfifferlinge oder andere Pilze (etwa 100 Gramm pro Vogel) säubern und in Butter kurz dünsten. Mit Salz und Pfeffer abschmecken und erkalten lassen. Die Pfifferlinge in die Rebhühner füllen, diese mit dem Speck umwickeln und in heißem Fett oder im Backofen braten, bis sie gar sind. Dazu passt eine Soße aus Estragon und Sahne sowie rundum angebratene kleine Pellkartoffeln.

# Gemüse

**Babaganoush, orientalische Vorspeise mit Auberginen:* Den Backofen auf 220 Grad vorheizen, Auberginen waschen, mit einem spitzen Messer ein paarmal einstechen und so lange backen, bis sie ganz weich sind und die Haut fast schwarz ist (etwa 30 Minuten), dann aus dem Ofen nehmen und etwas abkühlen lassen. Die noch lauwarmen Auberginen halbieren und das weiche Fruchtfleisch mit einem Löffel aus der Schale lösen. Dann das Fruchtfleisch zusammen mit Sesampaste (Tahin), Zitronensaft, durchgepressten Knoblauchzehen, Pfeffer und ein wenig Zucker und Salz im Mixer pürieren, noch einmal abschmecken. Kurz vor dem Servieren fein gehackte Oliven und Petersilie auf das Babaganoush streuen. Dazu gibt es Fladenbrot, mit Sesam und Schwarzkümmel bestreut.

*Dicke Bohnen mit Erbsen:* Knoblauchzehen schälen, fein hacken. Gehackte Zwiebeln in Öl goldbraun anschwitzen, Knoblauchzehen, Erbsen und Bohnen etwa zwei Minuten mitschwitzen, dabei häufig wenden. Frische Minze, frischen Dill, Salz und frisch gemahlenen Pfeffer, Zitronensaft, gut Zucker (auf 500 Gramm etwa 2 TL) und ein wenig Wasser vermischen. Soße hinzugeben, dünsten, bis die Hülsenfrüchte weich sind. Kalt oder heiß servieren.

*Gebassenes:* Zwiebeln in Schmalz glasig dünsten, Sauerkraut lockern und drauflegen, einige zerdrückte Wacholderbeeren, Lorbeerblatt und kräftig Honig dazugeben, bei milder Hitze alles 20 Minuten schmoren. Dann Spalten von säuerlichen Äpfeln hineingeben, salzen und Weißwein hinzufügen. Obendrauf kommt geräucherter Schinkenspeck (kann auch Kasseler sein). Bei zugedecktem Topf noch einmal 30 Minuten schmoren lassen. Abschmecken.

**Hummus Tahina:* Kichererbsen aus der Dose mit Sesampaste (Tahin), kräftig Knoblauch, etwas Zitronensaft, weißem Pfeffer, Currypulver, etwas Salz und Cumin (oder heutzutage Chili) in den Mixer geben. Etwas neutrales Öl und einen Teil der aufgefangenen Kichererbsenflüssigkeit nach und nach dazugeben und mixen, bis eine cremige Konsistenz erreicht ist. Abschmecken. Mit einer Klarsichtfolie abdecken und mindestens zwei Stunden ruhen lassen, das ist wichtig! Die Creme auf eine tiefe Platte gießen und mit Petersilie dekorieren. Mit frisch aufgebackenem Fladenbrot servieren.

**Marinierte kleine Auberginen:* Auberginen waschen, die Blütenansätze entfernen und halbieren (die beiden Hälften sollten noch zusammenhängen), mit geschälten Knoblauchzehen (1 pro 100 Gramm) in Salzwasser etwa 15 Minuten kochen und abgießen.

Marinade: Die Knoblauchzehen zerdrücken und mit Olivenöl, Granatapfelsirup, Zitronensaft, 1 guten Prise Pfeffer (besser noch ist Chilipulver) und Kreuzkümmel sowie gehackter glattblättriger Petersilie mischen. Auberginen nach dem Abtropfen in der Marinade wenden. Mindestens einen halben Tag ruhen lassen. Kalt servieren.

*Sauerkraut selbst stampfen:* Am besten beginnt man etwa fünf Wochen vor Weihnachten damit, so hat man zur Gans gleich frisches Sauerkraut dazu. Utensilien: Ein Gärtopf aus Steinzeug, am besten sollte er gerade sein. Dazu ein Holzstampfer und ein Krauthobel. Für einen Gärtopf brauchen Sie etwa 5 Kilogramm gehobeltes Weißkraut (frisch, am besten direkt vom Feld, und ganz wichtig: Es muss Spätkraut sein), 5 grob geriebene Möhren, 100 Gramm Salz, 1 EL Kümmel, 10 Wacholderbeeren.

Dann geht es etappenweise an die Verarbeitung. Je mehr Lagen Sie machen, desto leichter ist das Stampfen, das sehr sorgfältig erledigt werden muss. Zu jedem Teil des Weißkrauts fügt man einen Teil der Möhren hinzu. Nun kommt es lagenweise in den Gärtopf und wird kräftig gestampft, bis das Kraut mit Saft bedeckt ist. Schließlich werden entsprechend viele Wacholderbeeren untergemischt. Es folgt auf dieselbe Weise die nächste Lage und so weiter. Der Gärtopf wird bis oben hin gefüllt. Allerdings muss über dem Kraut mindestens 5 Zentimeter hoch der Saft stehen. Ist dies nicht der Fall, muss man weiterstampfen, denn sonst gelingt das Sauerkraut nicht. Zwar könnte man auch abgekochtes Wasser oder Molke auffüllen, doch ist das bei ausreichendem Stampfen und frischem Kraut nicht nötig. Man kann auch Weißwein hinzugeben, so erhält man Weinsauerkraut.

Schließlich kommen nun die Steine auf das Kraut, um es zu beschweren. Ohne Beschweren wird der Gärprozess nicht angeregt. Der Deckel dient dazu, dass der Geruch sich nicht so ausbreiten kann und auch nichts hineingelangen kann.
Beim ersten Anstechen entfernt man die oberste Schicht des Krauts. Sie schmeckt meist nicht gut. Verbraucht man nun das Kraut zügig, muss man keine weitere Schicht entfernen. Nur wenn man einige Zeit keines herausgenommen hat, ist es wieder notwendig. Wichtig ist, dass stets 5 Zentimeter Lake über dem Kraut stehen.

Das Sauerkraut kann man sowohl roh als auch gekocht essen. Roh ist es sehr gut für die Darmflora. Es wird sogar empfohlen, nach der Einnahme von Antibiotika Sauerkrautsaft zum Aufbau der Darmflora zu trinken. Verbraucht man nicht so viel Kraut, kann man auch Teile davon einkochen. So hält es sich deutlich länger, da der Gärprozess unterbunden wird.

*Tipp:* Manchmal schäumt die Flüssigkeit sehr stark und läuft über. Aus diesem Grund, sollte man den Gärtopf in eine große Schüssel oder auf ein altes Blech stellen.

**Zweierlei Bohnenpüree*: Man nehme grob gewürfelte Zwiebeln, 1 Rosmarinzweig und Palbohnen (frische weiße Bohnenkerne), lasse alles in Wasser kurz aufkochen und zugedeckt bei schwacher (!) Hitze 20 bis 30 Minuten garen (oder vielmehr quellen lassen, damit die Bohnen nicht platzen). Bohnen durch ein Sieb gießen, abtropfen lassen und nach dem Entfernen des Rosmarinzweigs mit etwas Bohnenwasser pürieren. Mit Salz und Pfeffer abschmecken, auskühlen lassen. Bohnenpüree halbieren.

Knoblauch und Sesam in einer Pfanne ohne Fett kurz anrösten. In eine Hälfte des Bohnenpürees Knoblauch pressen und die Masse mit etwas Olivenöl verrühren. In einem Schälchen anrichten. Weiteres Olivenöl und Pesto verrühren und über das Bohnenpüree geben. Nach Belieben mit frittierten Salbeiblättchen garnieren.

Die zweite Hälfte des Bohnenpürees mit Sesampaste (Tahin), Zitronensaft und Olivenöl verrühren und mit etwas Cayennepfeffer und Kreuzkümmel abschmecken. Ebenfalls in einem Schälchen anrichten. Weiteren Knoblauch durch eine Knoblauchpresse drücken. Olivenöl, Knoblauch und Sesam verrühren und über das Bohnenpüree verteilen. Mit Koriander garnieren.

# Getränke

*Hollermilch:* Aus 1 Liter Milch und 10 Blütendolden einen Sud kochen, abkühlen lassen und abseihen. 2 EL → Agrez und – je nach Geschmack – 2 EL Honig hineinkochen und vom Feuer nehmen. Mit 4 Eigelb legieren. Sie kann so getrunken werden oder beschwipst mit süßem Weiß- oder Beerenwein. Bei getrockneten Hollerblüten entspricht 1 TL 2 Dolden. Vor dem Verarbeiten eine Stunde einweichen. Man kann aus getrockneten Blüten auch einen Tee zubereiten – für Schwitzkuren bei Fieber und Erkältung.

*Hollerwein/Beerenwein:* Für 10 Liter Wein benötigen Sie 7 Liter Wasser, 3 Liter zerdrückte Beeren (oder zerdrückte, abgekochte Hollerbeeren) und etwa 750 Gramm Honig (je nach Süße des Obstes) sowie 25 Gramm frische Hefe zum Starten des Gärprozesses. Kochen Sie Wasser und Honig zu einer Zuckerlösung auf, dann abkühlen lassen. Anschließend zusammen mit den zerdrückten Beeren bis zum Siedepunkt erhitzen, wieder abkühlen lassen. Die Hefe in einem kleinen Teil der Flüssigkeit auflösen und unter die Maische rühren. Diese in ein Fass oder einen Gärballon füllen und an einem warmen Ort je nach Obstsorte acht bis zwölf Wochen durchgären lassen. Darauf achten, dass das Gärrohr mit Wasser gefüllt ist und keine Luft in den Ballon kommt. Der Gärprozess ist beendet, wenn keine Gase mehr durch Gärrohr oder Gärspund aufsteigen. Wein vorsichtig vom abgesetzten Trester gießen oder mit dem Schlauch abziehen. In der verkorkten Flasche noch einmal vier Wochen zur Ruhe kommen lassen. Der Trester kann noch zu Schnaps gebrannt oder als Würze zum Most gegeben werden.

**Joghurtdrink:* Für einen Joghurtdrink ⅔ Joghurt, ⅓ Milch und Honig im Mixer mischen und auf Gläser verteilen. Mit feinen Streifen von Minze dekorieren.

*Aprikosen-Mandel-Flan:* Ofen auf 180 Grad vorheizen. 150 Gramm weiche Butter, dann 3 Eier und schließlich 150 Gramm feinen Zucker sowie 1 Prise Salz unterrühren. 150 Gramm grob gehackte Mandeln (blanchiert) und 2 bis 3 Tropfen Mandelessenz hinzufügen, zu einer weichen Masse verarbeiten und diese in eine ofenfeste Form füllen. Etwa 1 Kilogramm Aprikosen, halbiert und entsteint, mit der Schnittfläche nach unten in die Masse drücken. Etwa 45 Minuten backen, bis die Masse oben leicht gebräunt ist. (Das geht auch mit Birnenhälften, diese aber kurz vorkochen, bis sie knapp weich sind.)

Soße: 200 Gramm entsteinte und geviertelte Aprikosen mit 3 EL Wasser, Zucker nach Geschmack und 1 kräftigen Schuss Kirschwasser unter Rühren erwärmen, weich kochen und abkühlen lassen. Ich füge immer noch kräftig Zitronensaft hinzu.

⋆*Baklava:* Als Erstes macht man den Sirup. 300 Milliliter Wasser mit 450 Gramm Zucker aufkochen und zehn Minuten köcheln lassen, dann 30 Milliliter Rosenwasser hinzufügen. Abkühlen lassen. 350 Gramm gemahlene Pistazien, 150 Gramm Puderzucker und 1 EL Kardamom vermischen. Ofen auf 160 Grad vorheizen.

Eine flache rechteckige Backform mit Butter leicht einfetten. Darin eine Lage aus → Filoteig-Blättern (gibt es auch fertig in türkischen Läden) mit der geschmolzenen Butter bestreichen und die Hälfte des Nuss-Mixes mit einem Löffel darauf verteilen und festdrücken. Bei der zweiten Lage ebenso verfahren. Obendrauf kommt noch einmal eine Schicht mit Butter bestrichener Teigblätter. Nun schneidet man das Ganze als Erstes diagonal und danach vertikal mit einem scharfen Messer durch, sodass die einzelnen Baklava-Stücke später rautenförmig sind. Die restliche Butter darauf verteilen, 20 Minuten backen und danach die Temperatur auf 200 Grad erhöhen. Weitere 15 Minuten im Ofen lassen, bis die Oberfläche leicht golden wird. Aus dem Ofen nehmen und ¾ des Sirups auf die Baklava gießen, zusammen mit dem Restsirup servieren.

*Tipp:* In Griechenland serviert man Baklava zu sehr starkem Kaffee, den man ungesüßt trinkt, da die Baklava schon sehr zuckerhaltig ist.

*Gestockte Goldmilch:* Für 6 Personen 575 Milliliter Milch handwarm erhitzen, 4 Eier leicht schaumig rühren, salzen, in die Milch einrühren. Eine Auflaufform oder feuerfeste Schüssel buttern. Das Ei-Milch-Gemisch hineingießen und mit gut gefetteter Alufolie dicht verschließen. In eine große Pfanne oder einen geeigneten Topf stellen und bis auf halbe Höhe kochendes Wasser zugießen. Bei geschlossenem Deckel und niedriger Hitze (sodass das Wasser leicht kocht) etwa eine bis anderthalb Stunden stocken, dann abkühlen lassen. Die Masse sollte sich schneiden lassen. Mit pürierten Früchten ergibt sich ein gutes Dessert.

Es ist auch möglich, die Goldmilch im Backofen zu garen. Einfach den Topf mit dem Wasserbad bei 150 Grad (Gas Stufe 2) in den Ofen stellen. Nach 45 Minuten die Temperatur auf 160 Grad (Gas Stufe 3) erhöhen und dämpfen, bis die Masse die richtige Konsistenz hat.

*Tipp:* Pikant servieren mit gesalzenem Fischrogen oder überstreut mit geschnittenem Lauch.

**Gefüllte Walnüsse:* Aus 120 Gramm gemahlenen Mandeln, 120 Gramm Zucker und 3 EL Orangenblütenwasser eine feste Paste machen. Je nach Konsistenz mehr Orangenblütenwasser zugeben. Etwa 1 TL dieser Mischung leicht formen und zwischen 2 Walnusshälften (von 20 Walnüssen) geben. Leicht andrücken. Einen Teller mit Öl bestreichen und die Nüsse darauflegen. 120 Gramm Puderzucker karamellisieren lassen und etwas davon über jede Nuss gießen. Sobald der Guss aushärtet, sind die Nüsse fest und können vom geölten Teller leicht abgenommen werden. In Pralinenmanschetten geben.

*Hollerdolden in Teig:* Aus 250 Gramm Mehl und 4 Eigelb sowie knapp 500 Milliliter Flüssigkeit (Milch, Wein, Most oder Bier, auch Wasser, wenn es sein muss, Menge abändern je nach Größe der Eier) einen glatten Teig wie für Pfannkuchen herstellen. Dafür Eigelb und Eiweiß trennen, Letzteres schlagen und unterheben. Den Teig mit Salz, →Agrez und/oder Honig würzen. Die Dolden in den Teig tunken, in Butterschmalz, Butter oder Schmalz schwimmend ausbacken. Strunk abschneiden und servieren.

Für Bierteig: Einen Teig aus Mehl und einem 1:1-Gemisch aus Bier und Wasser anrühren.

*Johannisbeerkuchen:* Den Ofen vorheizen. Meine Mutter empfahl gute Mittelhitze, ich nehme 190 Grad. Für den Teig 4 Eigelb zu einem guten Schaum schlagen. 75 Gramm Zucker so lange unterrühren, bis sich die Kristalle aufgelöst haben. 200 Gramm Mehl mit 1 Päckchen Backpulver mischen und vorsichtig unterheben. Mit Milch die Beschaffenheit korrigieren: Der Teig sollte schwer vom Löffel fallen. Den Boden einer Springform mit Backpapier auslegen, den Teig einfüllen und glatt streichen.

Für den Belag 4 Eiweiß zu festem Schnee schlagen. 200 Gramm Zucker gut unterrühren und 100 Gramm gemahlene Mandeln unterheben. Die Masse teilen, unter etwa ⅔ davon 500 Gramm Johannisbeeren geben. Die Johannisbeer-Baiser-Masse in der Springform gleichmäßig verteilen und glatt streichen. Darauf das restliche Baiser geben und ebenfalls verteilen. Eine Stunde backen.

**Knafa/Kunafa:* Fadennudeln (in arabischen oder türkischen Geschäften erhältlich, »Katayef« im Kühlregal) mit kräftig Butter mischen. Die Hälfte der Nudeln legt man in eine Auflaufform oder auf ein Blech mit hohem Rand. Es folgt eine Schicht aus geriebenem Mozzarella, dann die zweite Schicht Nudeln. Zum Schluss gehobelte Mandeln als Deko. Alles kommt in einen gut vorgeheizten Ofen und wird gebacken, bis die Nudeln eine leicht goldbraune Färbung bekommen.

In der Zwischenzeit bereitet man eine Zuckerflüssigkeit vor: 2 Gläser Zucker auf 1,5 Gläser Wasser mit dem Saft einer Zitrone und ein paar Tropfen Rosenwasser dickflüssig kochen. Die Nudeln mit dem Sirup beträufeln. Achtung: Dieses Rezept ist das reinste Hüftgold.

*Mandel-Kirsch-Speise:* Man nehme 500 Gramm süße Mandeln und 4 bis 5 Bittermandeln, diese kurz in etwa 750 Milliliter Wasser aufkochen, kalt abschrecken und aus der Haut drücken. Im Mixer mit etwas Wasser und/oder Mandellikör glatt pürieren, dann wieder ins Wasser geben, langsam aufkochen und mindestens zehn Minuten ziehen lassen. Anschließend alles durch ein Tuch geben und fest auspressen. Die Mandelmilch kommt zurück in den Topf. Honig unterrühren und die Flüssigkeit auf 500 Milliliter einkochen. 1 Pfund Sauerkirschen entkernen (es gehen auch andere Früchte wie Brombeeren), in Saft (oder Wein) zehn Minuten kochen und dann pürieren. Das Püree mit 75 Gramm Reismehl unter die Mandelmilch geben, unter Rühren einige Minuten kochen lassen. In einer Schüssel erkalten lassen. Goldbraune zerschmolzene Butter mit Honig darübergießen und servieren.

⋆*Pistazienplätzchen:* 300 Gramm Mehl mit 200 Gramm Butter, 150 Gramm Zucker, 1 Ei, 1 Eigelb, Zitronenschale und gemahlenen Pistazien zu einem glatten Teig verkneten. Auf einer mit Mehl bestäubten Arbeitsfläche dünn ausrollen (circa 3 Millimeter dick) und mit beliebigen Formen ausstechen. Auf ein mit Backpapier belegtes Blech legen, dünn mit Eiweiß bestreichen und mit gehackten Pistazienkernen bestreuen. Bei 150 Grad circa 10 Minuten backen.

⋆*Rosenpudding:* Man bringe 275 Milliliter konzentrierte → Mandelmilch (oder Sahne) zum Sieden, blanchiere zwei Minuten lang die Blätter von voll aufgeblühten, aber nicht verblühten Rosen, breite sie dann auf Küchenpapier aus, lege eine Lage Papier darüber und beschwere sie. In einem Topf 4 gestrichene EL Reis- oder Maisstärke mit etwas Milch cremig rühren, dann die restliche Milch hinzugeben und auf kleiner Flamme köcheln lassen, bis die Flüssigkeit einzudicken beginnt. In einen Mixer geben und zusammen mit 50 Gramm Zucker, einem TL gemahlenem Ingwer und den Blütenblättern ganz glatt rühren. 575 Milliliter Sahne und 1 Prise Salz hinzugeben. Die Flüssigkeit erhitzen, aber nicht kochen. Auf kleiner Flamme rühren, bis die Masse etwa die Konsistenz von leicht geschlagener Sahne hat. 10 Datteln, entsteint und fein gehackt, sowie 1 EL fein gehackte Pinienkerne zum größten Teil hinzugeben. Noch einmal zwei Minuten rühren. In einer Schüssel abkühlen lassen. Ab und zu umrühren, damit sich keine Haut bildet. Kalt stellen. Vor dem Servieren mit den restlichen Datteln und Nüssen garnieren.

⋆*Sellou:* 50 Gramm Sesam und 50 Gramm gehackte Mandeln in einer Pfanne ohne Öl golden rösten. Mit 1,5 EL Anissamen in den Mixer geben und so gut wie möglich klein mahlen. 250 Gramm Mehl anbräunen (am besten in einer unbeschichteten Pfanne). Es ist fertig, wenn es nicht mehr wie rohes Mehl schmeckt, sondern ein bisschen wie Brotrinde. In einer beschichteten Pfanne 150 Gramm Butter zerlassen, das Mehl dazugeben und rühren, damit nichts anbrennt. Wenn die Masse schön gleichmäßig ist, die Pfanne vom Feuer nehmen und die gemahlene Masse, 60 Gramm Zucker und 1 TL Zimt hineinrühren. Es entsteht eine krümelige Mischung. Kalt, mit Mandeln und Puderzucker verziert genießen. Sellou schmeckt auch gut mit Honig und Datteln und ist sehr sättigend.

## Suppen/Breie

*Fischsuppe:* Flossen, Köpfe und Gräten der filettierten Fische mit weißem Wurzelgemüse (Sellerie, Petersilienwurzel, dem weißen Teil des Lauchs, Zwiebeln, etwas Karotte, 1 Lorbeerblatt, Wacholderbeeren, 1 Nelke, Pfeffer, Senfkörnern) kalt aufsetzen und kräftig auskochen. Suppe reduzieren und mit Sahne eindicken. Die Fischfilets in Würfel schneiden und kurz durchziehen lassen. Beim Servieren mit gerösteten Weißbrotwürfeln und gehacktem Dill garnieren.

*Brotsuppe:* Man nehme Brotreste, Gemüsebrühe, Hartkäse, Safran, Salz, Pfeffer, Petersilie, Schnittlauch, Öl. Das Brot (egal, ob Schwarz- oder Weißbrot) wird zerbröselt und in Öl oder Schweineschmalz angeröstet. Nun die Brühe angießen und weiterköcheln lassen. Kurz bevor das Brot ganz zerkocht ist, kommt der geriebene Hartkäse dazu. Schließlich die Suppe noch mit dem Safran, Salz, Pfeffer und den Kräutern würzen, gut durchmischen und heiß servieren.

**Rote Linsensuppe:* Man nehme gehackte Zwiebeln, Möhren und Sellerieblätter und dünste alles in Öl weich. Dann die roten Linsen, Gemüsebrühe, Salz und Pfeffer dazugeben und köcheln lassen, bis die Linsen zerfallen. Zuletzt Kreuzkümmel und Zitronensaft hinzufügen. Zum Garnieren Zwiebelscheiben dunkelbraun und kross rösten, sie sollten fast karamellisiert sein.

## Teige/Brot, süß und salzig

**Filoteig:* 500 Gramm Mehl, 4 EL Olivenöl, 1 gestrichenen TL Salz und 100 Milliliter Wasser mischen und mindestens zehn Minuten zu einem festen Teig verkneten. Einen Teigkloß formen, mit Öl bepinseln, damit er nicht austrocknet, und etwa 20 Minuten an einem warmen Ort ruhen lassen, am besten in einer Schüssel mit Deckel. Den Teigkloß in 6 bis 8 Stücke teilen, diese zu Kugeln formen, wieder mit Öl bepinseln und nochmals 10 bis 15 Minuten an einem warmen Ort gehen lassen. Ein sauberes Geschirrtuch mit Mehl bestäuben und eine Teigkugel darauf ausrollen, so dünn wie möglich. Diese Teigplatte auf ein Backpapier legen und mit allen anderen Teigkugeln ebenso verfahren. Das Küchenhandtuch immer wieder mit Mehl bestäuben. Bis zur Verarbeitung die Teigplatten mit einem feuchten Tuch abdecken. Der Teig kann sofort verarbeitet oder bis zum Backen eingefroren werden.

*Würziges Fladenbrot:* Man nehme 300 Gramm dunkles Roggenmehl, 200 Gramm Weizenmehl, 125 Gramm → Sauerteig, 250 Milliliter lauwarmes Wasser, 1 EL Salz, 5 Gramm wilden Thymian (Quendel), 5 Gramm Kümmel, 5 Gramm Koriander, 1 Zwiebel, 1 TL Butter, Mehl zum Bestreuen und Fett für das Backblech.

Das Mehl in eine Schüssel sieben, mischen und den Sauerteig in eine Vertiefung geben. Mit etwas Wasser, Sauerteig und etwa einem Drittel des Mehls einen nicht zu festen Vorteig bereiten und etwa eine halbe Stunde warm gestellt ruhen lassen. Das Salz, die zerstoßenen Gewürze, die klein geschnittene, in Fett angedünstete und gebräunte Zwiebel zugeben, außerdem langsam das restliche Wasser. Den Teig kräftig kneten, bis er sich aus der Schüssel löst, und an einem warmen Ort etwa zwei Stunden bis auf sein doppeltes Volumen aufgehen lassen. Den Teig noch einmal kräftig durchkneten, in 5 bis 6 gleich große Stücke teilen, Kugeln formen und mit der Hand zu Fladen platt drücken. Diese auf das gefettete, bemehlte Backblech legen, mehrmals einstechen und mit Mehl bestäuben. Im vorgeheizten Backofen etwa 30 Minuten bei 225 Grad backen. Sie sind fertig, wenn sie beim Beklopfen der Unterseite hohl klingen.

*Teig für Pasteten und salzige Torten:* Man nehme 250 Gramm Mehl, 1 Ei, 125 Gramm weiches Schmalz, ½ TL Salz, heißes Wasser nach Bedarf. Mehl mit Ei, Schmalz und Salz verkneten und dabei nach und nach so viel Wasser zugeben, dass ein glatter Teig entsteht. Zu einer Kugel formen und in Frischhaltefolie einige Stunden im Kühlschrank ruhen lassen. Den Teig nach Bedarf ausrollen, in größere oder kleinere Förmchen geben. Da hinein kann dann alles geben, was die Phantasie hergibt – Hauptsache klein gestampft, egal, ob Fleisch, Wild oder Fisch mit Würzkräutern (Petersilie, Dill, Kerbel, Knoblauch, Salz, Pfeffer) oder Brot-Ei-Gemüse-Mischungen. Vor dem Backen mit Teig abdecken, hineinstechen und mit verquirltem Eigelb bestreichen. Der Ofen sollte auf etwa 180 bis 200 Grad vorgeheizt sein, je nach Größe der Pastete. Sie ist fertig, wenn bei der Garprobe mit einem Holzspießchen kein Teig mehr an diesem hängen bleibt.

Füllung für kleine Pilzpasteten: Pilze blanchieren, klein hacken, mit etwas Sonnenblumenöl, fein geriebenem Ziegenkäse, je 1 guten Prise gemahlenem Pfeffer, Senfsamen, Beifuß und 1 geschlagenen Ei vermischen und in die Formen füllen. Die Ränder der Pasteten mit Ei bestreichen, Teigdeckel draufsetzen und dekorieren. Mit der Gabel Löcher in die Pasteten stechen, 15 bis 18 Minuten bei etwa 180 Grad backen. Man kann auch eine einzige, flache Pastete backen.

Füllung für Spanische Pastete: 1 Bund Schnittlauch (besser noch Bärlauch und Sauerampfer), 2 Zwiebeln, 100 Gramm Pilze (Champignons), zu gleichen Teilen (jeweils fein gehackt) Salm, Schweinefleisch und Hähnchenbrust mit kräftig Rindermark/Schmalz vermischen und mit Thymian, Rosmarin, Estragon und Kerbel, gut Pfeffer, Salz, 1 TL Löffel Honig sowie 1 Ei vermengen. Etwa 90 Minuten bei 200 Grad goldbraun backen. Dazu passt Hagebutten-Quitten-Mus oder auch Johannisbeergelee sowie eine Soße aus Preiselbeeren. Oder eine Soße aus Pflaumenmus (mit Zimt, etwas Honig, 1 Prise Salz und Ingwer). Diese Pastete schmeckt auch mit einer Füllung aus gekochtem und gehacktem Hühnerfleisch, Majoran, Basilikum, Estragon, Knoblauch, Crème fraîche, Wein, 2 Eiern.

Füllung für Mangoldpastete: Mangold, Petersilie, Minze, Majoran, 4 Eier, Muskat, Ingwer, Zimt und kräftigen geriebenen Käse oder Schafskäse mischen (geht auch mit einer Mischung aus Spinat, Sauerampfer, frischem Löwenzahn, Taubnessel, Sonneblumenkernen, Dinkel). Den Teig vor dem Einfüllen der Masse mit Speck auslegen.

*Sauerteig:* Man nehme 125 Milliliter lauwarmes Wasser, 125 Gramm Roggenmehl, 1 Prise gemahlenen Kümmel und 3 bis 4 EL Buttermilch und vermische alles in einem Steingut-, Glas- oder Plastiktopf miteinander. Dann zugedeckt zum Säuern an einen (hand-)warmen Ort stellen. Am dritten Tag haben sich kleine Gärblasen gebildet. Noch einmal 125 Milliliter lauwarmes Wasser und 200 bis 250 Gramm Roggenmehl zugeben, daraus einen zähflüssigen Teig rühren und zugedeckt über Nacht an einem warmen Ort stehen lassen. Damit lässt sich wunderbares Brot backen, allerdings gebe ich immer noch Hefe hinzu, weil der Teig sonst mindestens einen Tag gehen muss.
Wer ständig fertigen Sauerteig zur Verfügung haben möchte, nimmt vom fertigen rohen Brotteig ein Stück weg und rührt diesen erneut mit Wasser und Roggenmehl zu einer zähflüssigen Masse an. Der Teig fängt dann schneller an zu gären. Danach: siehe oben.

## Kleines Liebes-ABC

Und nun noch ein kleiner Ausflug ins Reich der Aphrodisiaka – wobei hier vor allem der Glaube zählt, der sich nicht selten aus der Form der Zutaten oder des Gerichtes speist. Für Liebesessen eignen sich insbesondere Wurzel- und Würzgemüse, natürlich Zwiebeln und Knoblauch und, unübertroffen, der Ingwer. Als Gewürze beziehungsweise Kräuter empfehlen unsere Altvorderen: Pfeffer, Safran, Zimt, Vanille, Minze, Basilikum, Bohnenkraut, Petersilie oder Brunnenkresse, Lavendel, Thymian und Wacholder. Den eingedickten Milchsaft des Lattichs, der Urform des Kopfsalates, verehrte man früher als Samenflüssigkeit der Götter. In der Pfeife geraucht, war er mit seinem morphinähnlichen Alkaloid ein sexuelles Stimulans. Feldsalat enthält ebenfalls opiatähnliche Stoffe, die für die Entspannung sehr aufgeregter Liebhaber sorgen. Von der Endivie sagte der Volksmund, sie mache einen faulen Hahn geil. Süßes und Heißes (als Dessert) gilt seit jeher als luststeigernd. Oder bereiten Sie Lammfleisch mit Kümmel, Anis und Fenchel zu, und schon haben Sie ein aphrodisisches Hauptgericht.

Im Volksglauben hat der Sellerie einen guten Ruf als Aphrodisiakum. Besonders potenzsteigernd soll übrigens Selleriesalat sein. Bereits im 15. Jahrhundert riet man dem Manne, seinen Penis mit Selleriesaft einzureiben, damit die Frau »ihn für allemal lieb hat«.

Weizen hat als Mittel gegen Impotenz keine Tradition, und doch ist er eines der wenigen Nahrungsmittel, dem die moderne Medizin zumindest in geringem Maß positive Auswirkungen auf den Geschlechtstrieb zubilligt. Er enthält nämlich sehr viel Vitamin E, und eben das wirkt leistungssteigernd, anregend und kräftigend auf die Sexualorgane.

Die Zwiebel stärkt das Herz. In der europäischen Volksmedizin wird sie daher von alters her als Aphrodisiakum betrachtet. Ihre Inhaltsstoffe wirken beruhigend auf die Nerven und stärken das Herz. Der Wissenschaft reicht dies aber nicht aus, um ihr deswegen eine potenzsteigernde Wirkung zu bescheinigen.

Eine entsprechende Wirkung sagt man hingegen folgenden Nahrungsmitteln nach: Ananas, Anis, Artischocken, Avocados, Basilikum, Chili, Datteln, Fenchel, Kardamom, Kresse, Kokosnuss, Koriander, Muskatnuss, Nelke, Pfirsich, Rosmarin, Senf, Spargel, Trüffel, Waldmeister, Zimt, Hummer, Kaviar, Austern. Aus dem Orient wird von »Fröhlichkeitspillen« berichtet, die neben Haschisch auch Opium, Stechapfel, Moschus, Honig und verschiedene Gewürze enthielten.

# Liebestrank und Liebeszauber

*Äußerlich anzuwendendes Aphrodisiakum:* Knoblaucheinreibungen auf den unteren Teil der Wirbelsäule.

*Kräftiger Liebeswein:* Man nehme 1 TL gemahlenen Zimt, 1 Gramm Ingwerwurzel, je 1 Gramm gemahlene Muskatnuss und Nelken, 20 Tropfen Pomeranzenöl, 20 Milliliter hochprozentigen Alkohol, 100 Milliliter Ahornsirup, 1 Liter kräftigen Rotwein. Alles miteinander vermischen und einige Tage durchziehen lassen, anschließend umfüllen und kredenzen.

*Für Antialkoholiker – die Liebesmilch:* Man erwärme Milch, schütte sie in zwei Tassen und füge Ingwer und Koriander hinzu – fünf Minuten ziehen lassen. Dann stelle man die Milch für eine Stunde in den Kühlschrank.

*Alter Trank gegen Impotenz:* 40 Tage lang morgens und abends einen Aufguss aus 2 Prisen Rosmarin, 6 Prisen Bohnenkraut, 2 Prisen Minze und 2 Prisen Eisenkraut pro Liter Wasser servieren. Anschließend drei Tage reinen Bohnenkrautaufguss (pro Topf 6 Prisen in kochendes Wasser).

*Liebestee:* Dazu nehme man 10 Gramm Salbei, 8 Gramm Bohnenkraut, 5 Gramm Minze, 1 TL Honig. Die Kräuter mit kochendem Wasser übergießen, ziehen lassen und mit dem Honig süßen.

*Liebessuppe:* Man schäle und würfle Karotten und Zwiebeln, gebe Salz und Pfeffer aus der Mühle hinzu und dünste alles mit Butter an. Dann mit Gemüsebrühe aufgießen und weich kochen. Die Suppe im Mixer fein pürieren und mit viel frischem Orangensaft nochmals erwärmen. Ingwer schälen und fein reiben, ebenfalls in die Suppe geben, mit Salz und Pfeffer abschmecken und auf Teller verteilen. Obenauf noch je 1 Klecks Crème fraîche setzen und servieren. Falls die Suppe zu dickflüssig wird, mit etwas Brühe verdünnen.

Falls das alles nicht hilft und die Liebesrezepte nicht wirken, hier noch ein wenig *Liebeszauber:* Legen Sie bei Vollmond einen roten Faden ins Fenster, sodass er vom Mond beschienen wird. Danach zerschneiden Sie ihn in drei gleich große Teile und flechten daraus einen Zopf. Anschließend müssen Sie drei Knoten in den Zopf machen und sich währenddessen ganz fest die Treue Ihres Partners und vor allem seine Liebe wünschen. Nähen Sie den Zopf in ein Kleidungsstück des Partners an einer Stelle, wo er ihn nicht findet.

Für das folgende *Hexenritual*, das eine dauerhafte romantische Liebesbeziehung herbeizaubern soll, benötigen Sie ein grünes Kleidungsstück, ein Holzstöckchen, ein paar Erbsen (getrocknet oder frisch), eine Tasse destilliertes oder Mineralwasser, eine Blume und Ihren schönsten Liebesroman (zum Beispiel diesen). Die beste Zeit für dieses Ritual ist die Mittagszeit des ersten Sonntags eines Monats. Ziehen Sie sich etwas Grünes an und gehen Sie – soweit vorhanden – in einen Garten und suchen sich ein ruhiges und abgeschirmtes Plätzchen (als Ersatz geht auch eine Topfpflanze mit frischer Erde). Setzen Sie sich vor ein Beet, möglichst dorthin, wo gerade frische Erde aufgeschüttet wurde. Legen Sie alle Zutaten neben sich und verscheuchen erst einmal alle negativen Gedanken aus Ihrem Kopf. Zeichnen Sie dann mit dem Holzstöckchen im Uhrzeigersinn einen Kreis in die frische Erde, in dessen Mitte Sie die Erbsen vergraben. Begießen Sie die Stelle mit ein wenig Wasser. Anschließend legen Sie die Blume auf die feuchte Erde. Nun stehen Sie auf und gehen langsam um den magischen Kreis herum, während Sie die folgenden Worte sprechen:

*Kreis des Merlin,*
*rund, vollkommen und erhaben*
*Wasser und Erde,*
*meinen Liebsten sollst du zu mir tragen.*
*Der Kreis ist vollbracht, und der Zauber für immer gemacht*
*so soll es sein.*

Nehmen Sie die Pflanze aus dem Kreis heraus und legen sie etwa zwölf Tage zwischen die Seiten des Liebesromans, bis sie ganz getrocknet ist. Danach können Sie die magische Blume an einem sicheren Platz aufbewahren – sie ist nun ein Liebestalisman.

# Die Lieder Steinmars, die im Roman vorkommen

Steinmar schrieb vierzehn Lieder (zehn mit Refrain) in 51 Strophen. Sie sind in der Heidelberger Liederhandschrift C/Codex Manesse fol. 308–310 überliefert. Es gibt die verschiedensten Abschriften. Ich habe mich – bis auf einige Ausnahmen zur Verdeutlichung und zur Vereinfachung (zum Beispiel der Umwandlung des v in ein u) – an eine mir vorliegende Kopie der Manessischen Handschrift gehalten, dabei aber auch weitere Bücher zurate gezogen wie »Epochen der Deutschen Lyrik, Von den Anfängen bis 1300«, dtv, Ausgabe April 1978; »Minnesangsfrühling in der Schweiz«, Max Geilinger, Zürich, 1945; die Vorlage der Universität Trier für die Erstellung eines Wörterbuches der mittelalterlichen Sprache; »Deutsche Lyrik des Mittelalters«, Seite 322; die Studie »Ritter Steinmar, Minnesänger und Bürger von Waldshut« von Dr. Emil Müller, H. Zimmermann KG Waldshut, 1960. Das gilt auch für die Übersetzungen, die ich jedoch teilweise sehr frei überarbeitet habe, um das Versmaß und die Sprachmusik Steinmars zumindest einigermaßen in unsere heutige Sprache hinüberzuretten. Außerdem habe ich mir die Freiheit genommen, die Lieder dem Fortgang der Handlung gemäß in den Roman einzuflechten, das heißt: mich nicht an die überlieferte Reihenfolge gehalten. Wichtigste Lauterklärungen: [e = en]; [i = in]; [ñ = nd]; [u = ou]. Die hochdeutschen Verse sind bei Zeilenbeginn immer großgeschrieben, die mittelhochdeutschen nur bei Versbeginn. Satzzeichen wurden nur zur besonderen Betonung gesetzt.

**Wenn ich kommen will von Schwere**

Wenn ich kommen will von Schwere
Swenne ich komme wil vo swære

So gedenk ich an ein Weib
Sô gedeke ich an ein wîb

Die ist schön und reich an Ehre
diu ist schoene uñ êrebære

Dass ihr tugendlicher Leib
daz ir tugendlich' lîb

All mein Sehnen höher ruft
hoehet mîne sende muot

Wie ein edler Falken wilde
als eine edele valke wilde

Schwingt es sich hoch in die Luft
sîn gevider in de liúfte tuot

II

Süßer Wunsch ob allen Weiben
Suezzer wunsch bî alle wîbe

Du bringst Ehre deutschem Land
dîn hânt êre tiútschiú lant

Du kannst Herzeleid vertreiben
dû kanst h'zeleit v'tribe

Und zerreißt der Sorge Band
uñ entbinde sorge bant

Durch dich sind alle Frau'n geehrt
dîn sint gêret elliù wîb

Dein Anblick, also hehr und reine
also h'e uñ also reine

Unsres Lebens Freuden mehrt
ist dîn froideb'nd' lîb

III

Ich wähnte aus dem Himmelreiche
Ich wæde ûz dem himelrîche

Mich ein Engel lachet an
mich ein engel lachet an

Als ich sie sah, die Wonnenreiche
do ich si sach so minnekliche

Gar alle Schwermut da zerrann
gar vo aller swære ich kan

Ich ward aller Freuden vollbracht
ich wart aller fróide vol

Wie die Seele, die nach Leiden
als ein sêle vo der wîzze

Auffahrn in den Himmel soll
diú ze himelrîche sol

**Herbstlied**

Da sie mir nicht lohnen will
Sît si mir niht lône wil

Der ich hab gesungen viel
d' ich hân gesunge vil

Seht, so will ich preisen
Seht, so wil ich prîsen

Dich Herbst, der mir die Sorgen nimmt
de d' mir tut sorgen rât

Der dem Maien, wild gestimmt
Herbest, der des meien wât

Will das Kleid abreißen
vellet vo de rîsen

Weiß es wohl, es ist nicht zu bestreiten:
ich weiz wol ez ist ein altes altez mære

Minnerlein, du bist ein armer Tropf
daz ei armez min'lin ist reht ein marterære

Zu allen Zeiten
seht zuo de was ich gewette

Will kein armes Luder bleiben
wâffen! die wil ich lân

Auf denn, will es wie der alte Weinschwelg treiben
uñ wil inz luoder trette

II

Komm, oh Herbst, erbarm dich mein
Herbst und'wint dich mîn

Denn ich will dein Helfer sein
wa ich wil dîn helfer sîn

Gegen den Glanz des Maien
gege de glanze meien

Für dich lass ich Liebesnot
durh dich mîde ich sende nôt

Da dein Gebewein ist tot
sît dir gebewîn ist tôt

Nimm mich tumben Mann
nimm mich tumbe leige

An seiner statt als Diener an
vür in zeime stæte igesinde!

Sag Steinmar, ja, das will ich tun
Steimâr sich daz wil ich tuon

Kannst die Stimm' mir leihen
swenne ich nu baz bevinde

Falls ich denk, du kannst mich preisen wohl
ob dû mih kanst gebrüeven wol

Heissa, so sing ich – bis wir sind alle voll
wâsen! ich singe das wir alle w'den vol

III

Herbst, nun hör, so will ich leben!
Herbest nû hœre an mi leben

Wirt, du sollst uns Fische geben
wirt du solt uns vische geben

Gib mit offner Hand
mê danne zehe hande

Gänse, Hühner, Vögel, Schwein
gense, hünr vogel swîn

Würste, Pfauen trag herein
dermel pfâwe sunt da sîn

Wein aus welschem Land
wîn vo welschem lande

Füll auf die Schüsseln, lass sie überlaufen
des gib uns vil uñ heisse uns schüzzel schoche!

Ich leer sie alle – und die Becher will zum Grund ich saufen
kœpfe uñ schüzzel wirt vo mir untz an de grunt erloche

Wirt, lass deine Sorgen sein
wirt du lâ dîn sorge sîn

Heissa, das bekümmert Herz stärkt nur ein Leib von Wein
wâsen! joch muoz ein riuwig h'ze trœsten wîn

IV

Was du uns gibst, das würze gut
Swaz dû uns gîst daz wurze uns wol

Besser als man sonst wohl tut
baz dànne ma ze mâze sol

Dass wir glüh'n vor Hitze
daz in uns w'de ein hitze

Aus dem Trunk steig auf ein Dunst
daz gege de trunke gange ei dunst

Wie der Rauch der Feuersbrunst
als ei rouch vo einer brunst

Dass ein jeder schwitze
un daz d'ma er switze

Schweißgebadet glaub er, dass er lecke
daz er wæne, daz er vaste leke

Schaffe, dass der Mund wie aus der Apotheke schmecke
schaffe daz d' mut uns als ein apotêke smeke!

Erlieg ich doch des Weines Kraft
erstume ich vo des wînes kraft

Heissa, so gieß als Freund, o Wirt
wâsen! so giuz in mich wirt

In mich den Saft!
durh geselleschaft

V

Wirt, durch mich führt eine Straß'
Wirt durh mich ei strâze gât

Offen, breit und ohne Maß
darû schaffe uns allen rât

Stopfe sie mit Speisen
mager hande spîse

Hinterdrein an Wein noch schieb
wines d'wol tribe ein rat

Wein, der wohl ein Mühlrad trieb
hœret ûf d' strâze pfat

Will den Schlund noch preisen
mîne slunt ich prîse

Mich würget nicht die dickste Gans, wenn ich sie denn schlinge
mich würget niht ei grôzziu gáns so ichs slínde

Herbst, mein Trautgesell schlag ein, auf dass ich mich dir verdinge
h'best trût geselle mi noch ním mich ze íngesinde!

Meine Seel auf eine Rippe floh
mîn sêle ûf eime rippe stât

Ach, die Flut des Weins bedrängt sie so
wâffen! diu vo de wîne darûf gehüppet hat

**Wie ein Schwein in einem Sacke**

Wie ein Schwein in einem Sacke
Als ein swîn in eine sâke

Fährt das Herz mir hin und her
vert mi h'rze hin uñ dar

Wilder noch als wie ein Drache
wildeklîcher danne ein trake

Strebt es zu ihr voll Begehr
viht ez vo mir zuo zir gar

Stürmt es durch die ganze Brust
ez wil ûz durh ganze brust

Von mir zu der Freudenreichen
vo mir zu der sælderîche

Also stark ist seine Lust
also stark ist sîn gelust

Weh, wie lang noch soll das währen?
wê, wie lange sol daz w'n

*Refrain:* Seit Lohn mir ward in süß Gewähr'n
*Refrain:* Ît mîn lôn ist gên der süezen

Sie ist mir ferner noch als fern
hiure unnâher dane vern

## Grünen will ich

Grünen will ich mit der Saat
Ich will gruone mit der sât

Die da prangt im Festtagsstaat
diú so wuneklîche stât

Ich will mit den Blumen blühen
ich will mit dien blume blüen

Und mit den Vöglein singen
uñ mit de vogelîn singe

Lauben will ich wie der Wald
ich will loube sô der walt

Gleich der Heide an Gestalt
sam diú heide sîn gestalt

Und ich lasse mich nicht müh'n
ich wil mih niht lâzze mu'en

Mit den Blumen aufzublüh'n
mit alle bluome springe

Und zu Liebe meiner Fraue
ich wil zeliebe mîñ liebe frouwe

Taun mit süßen Maies Taue
mit vil süezzee meie tòuwe tòuwe

*Refrain:* S'ist mir alles nicht zu viel
*Refrain:* Dest mir alles niht zevil

Wenn sie mich nur trösten will
ob sî mich trœsten wil

II

Sie ist so gar nach Wunsch ein Weib
Si ist so gar nach wunsche ein wîb

Wenn ich erblicke den heren Leib
swene ich schouwe ir w'de lîb

Des Grales Herr wähn' ich zu sein
des grâles h're wæne ich sîn

Ich bin so voller Freude
ich bin so fröide rîch

Dass ich in der Freude Tanz
daz ma in der fröide wol

Den Gral noch übertreff an goldnem Glanz
dâmit ub'gulde sol

Sie hat wunderbaren Schein
sî hât wuneb'nde schîn

Der Sonne gleicht sie dabei ganz
d'sune wol gelîch

Ich will zum Guten aller guten Weiber
Ich wil zeguote aller guote wîbe

Gedenken wohl, zulieb dem reinen Leibe
gedeke wol zeliebe ir reine lîbe

*Refrain:* S'ist mir alles nicht zu viel
*Refrain:* Dest mir alles niht zevil

Wenn sie mich nur trösten will
ob sî mich troesten wil

III

Tröste süße Trösterin
Trœste süezze trœsterîn

Tröste wohl, denn ich bin dein
trœste wol wa ich bin dîn

Öffne deinen roten Mund
sliúz ûf dîne rôte munt

Und heiß mich froh zu bleiben
du heiz mich vrô belîbe

Sodass ich fröhlich fahr
sô mag ich frœîche varn

Noch höher fliege als der Aar
i den liúfte ob den arn

Lieb, tu mir deine Hilfe kund
lieb tuo mir dîn helfe kunt

Mein Trost ob allen Weiben
mi trôst ob alliu wîben

Ich will in Treu vertraun dir jetzt
Ich wil i triúwe dir getriúwe hiúre

Dass mich die Güte dein mit Freuden letzt
daz mich dîn güete wol ze fröiden stiúre.

*Refrain:* S'ist mir alles nicht zu viel
*Refrain:* Dest mir alles niht zevil

Wenn sie mich nur trösten will
ob sî mich troesten wil

**Nû solt ich die schoene zît** (dritter Vers)

Felsen möchten sich erbarmen
Es moeht in die felse gân

Hörten sie das Flehn des Armen
daz ich h' geflêhet hân

Und ein harter Flint würd weich
uñ moeht och h'rten vlins gelinde

Wär ein Amboss selbst ihr Herz
Wær ir h'rze ein anebôz

Meine Klage und mein Schmerz
sôst mîn klage doh so grôz

Sollten Gnade finden gleich
daz ich wol genâde solte vinde

Des Meeres Grund
des mêres grunt

Dem würde kund
dem moehte kunt

Ach, mein langes Klagen
sîn mîn langez wüefen

Wollt man an der Minne Tor schmählich mich verjagen
sît mich an d' mine tor niema hoeret ruffe

*Refrain:* Schöne, Schöne, Schöne, Schöne tröste mich
*Refrain:* Schœne, schœne, schœne, schœne, trœste mih

Lass mich ein, erbarme dich
lâ mich frowe erbarmen dich!

## Es hat sich schön erschlossen

Es hat sich schön erschlossen
Sich hât vil schône entslozzen

Die liebe Sommerzeit
diú liebe sumerzît

Gen den süßen Maien
gên de süezze meie

Steht auf der Freude Tor
stênt offe fröide tor

Die grünen Bäume sprossen
ûz grüener boume brozzen

Beendet ist der Streit
so dringet widerstrît

Durch Blüten mancherleien
bluot vil maniger leijen

So schön wie nie zuvor
des ist in nieman vor

Maien hat die Heide wohl geschœnet
meie hât die heide wol geschoenet

Und den Wald mit Sange ganz durchtönet
uñ den walt mit sange wol betoœnet

*Refrain*: Doch ich lebe sehnend, bang, in Ungemach
*Refrain*: sô lebe ich in sende ungemache

Vor der Minne, wie erschrecke ich
vor minnen schrike ích mìch

Und wie eine Ente tauch ich mich
tûchen als ein ente sich

Wenn schnelle Falken jagen, in den Bach
die snelle valken jagent in einem bache

II

Da ich mich der Wohlgetanen
Doch ich mích der wolgetâne

Mit Diensten unterwand
mit dienest und'want

In meiner Freud ich wähnte
aller lande h'e

Der Herr der Welt zu sein
wânde ích vo fröiden sîn

Sie braucht mich nicht zu mahnen
ích mag ir niht âne

Mich zwingt zu ihr ein Band
mich twingent iriú bant

Doch ist sie allzu ferne
si ist mir al ze verre

Die liebe Fraue mein
diú liebiú frowe mîn

Herr Gott! Wie gerne ich sie sähe
're got, wie g'ne ich sî gesæhe

Oh, dass es doch in kurzer Zeit geschähe!
uñ daz i kurzer zît geschæhe!

*Refrain*: Noch leb ich sehnend, bang, in Ungemach
*Refrain*: noch lebe i in sende ungemache

Vor der Minne, wie erschrecke ich
vor minnen schrike ích mìch

Und wie eine Ente tauch ich mich
tûchen als ein ente sich

Wenn schnelle Falken jagen, in den Bach
die snelle valken jagent in einem bache

## Sommerzeit, ich freu mich dein

Sommerzeit, ich freu mich dein
Summerzit, ich frôwe mich din

Denn ich kann nun schauen
daz ich mag beschowen

Mein süßes ländlich Mägdelein
eine süezzee selderin

Meines Herzens Fraue
mînes herzens frôwe

Die Dirne die's Kraut holen geht
eine dirne diu nah krûte

Die meinem Herzen nahe steht
gat die hân ich zeinem trûte

Hab ich mir erkorn
mir erkorn

Bin zu dienen ihr geborn
ich bin ir ze dienst erbron

*Refrain:* Schau um dich!
*Refrain:* Wart umbe dich!

Wer heimlich liebt, der hüte sich
swer verholne minne der hüete sich

II

Den ganzen Winter lang
Si was mir den wint lang

Musst im Haus sie bleiben
vor v'sperret leider

Nun führt zur Heide sie ihr Gang
nu nimmt sie ûf die heide ir gang

In ihren Sommerkleidern
in des meie kleider

Sie pflückt Blumen für den Kranz
dâ sie bluome zeine kranze

Den sie windet und zum Tanz
brichet de si zuo dem tanze

Dann tragen will
trage wil

Da kann ich mit ihr plaudern viel
dâ gekôse ich mit ir vil

*Refrain:* Schau um dich!
*Refrain:* Wart umbe dich!

Wer heimlich liebt, der hüte sich
swer verholne minne, der hüete sich

III

Ich sehn mich nach der Liebe Stund
Ich fröwe mich der liebe stunt

Hoff, im Garten sie zu sehn
sô sie gât ze garte

Und ihr rosenroter Mund
un ir rôserôter munt

Will später den Kuss mir zugestehn
mich ir heizzet warte

Da wird ganz selig mir zumut
sô wirt hôhe mir ze muote

Entkommen ist der Mutter Hut.
wan si ist üz ir muot huote

Ist sie dann wohl
dane wol

Vor der in Acht ich mich nehmen soll
vor der ich mich hute sol

*Refrain:* Schau um dich!
*Refrain:* Wart umbe dich!

Wer heimlich liebt, der hüte sich
Swer verholne minne, der hüete sich

IV

Obwohl ich mich nun hüten soll
sit daz ich mich hüete sol

Vor ihrer Mutter Blicken
vor ir muotert lâge

Mein Herzelieb so wag es wohl
h'zelieb du tu so wol

In Lieb dich bald zu schicken
balde es mit mir wage

Gib auf deinen Widerstand
brich den truz uñ

Brich aus aus all der Hut
al die huôte

Ach, wie wohl würd mir zumut
wa mir ist dez wol zemuote

Und gäb dir mein Leben
uñ sól ich lebe

Meine Lieb
dir sî lîb uñ

Und all mein Gut
guot gegebe

*Refrain:* Schau um dich!
*Refrain:* Wart umbe dich!

Wer heimlich liebt, der hüte sich
Swer verholne minne, der huete sich

V

Steinmar, komm und fasse Mut
Steimâr hœhe dîne muot

Gereicht's dir doch zur Ehre
wirt mir diu vil hêre

Wenn diese Maid so stolz und gut
si ist hübesch uñ so guot

Erst die Deine wäre
du hâst ir iemer êre

Denn dann hast du den besten Teil
dû bist an de beste teile

Hast Glück und aller Freuden Heil
der zer w'lte fröiide heile

Was dann wohl
hœren sol

Die Welt vollkommen machen soll
des wirstû gew't da wol

*Refrain:* Schau um dich!
*Refrain:* Wart umbe dich!

Wer heimlich liebt, der hüte sich
Swer verholne minne, der hüete sich

## Lied vom Knecht, der bei der Magd lag

Ein Knecht, der lag verborgen
Ein kneht d'lag v'borge

Bei einer Dirn er schlief
bî einer dirne er slief

Bis an den lichten Morgen
unz ûf den liehte morge

Bis laut der Hirte rief:
d'hirte lûte rief:

»Wohlauf! Lasst aus die Herd!«
»wol ûf, lâz ûz die h'te!«

Darob erschrak die Dirne und ihr Geselle wert
des erschrak diú dirne uñ ir geselle wert

II

Das Stroh, das musst er räumen
Daz strou daz must er rûme

Und von der Liebsten ziehn
uñ vo d'liebe varn

Er wagte nicht, sich zu säumen
er torste sich niht sûme

Nahm in den Arm sie hin
er nam si an den arn

Das Heu, das auf ihm lag
daz höi daz ob im lag

Sah die Schöne im Gegenlicht tanzen in den Tag
daz ersach djú reine ûf fliege in den dag

III

Davon sie musst' so lachen
Davo sie muoste erlache

Ihr wurden die Augen groß
ir sige diú ogen zuo

So süße konnte er machen
so suozzee kunde er mache

In des fühen Morgens Schoß
in dem morgen fruo

Mit ihr das Bettespiel
mit ir daz bettespil

Sag an – wer sah ohn' Getue der Freuden je so viel?
wer sach ân geræte ie fröiden mê so vil!

## Wenn Heide und Aue dann grünen

Wenn Heide und Aue dann grünen
Sô djú heide uñ ówe wirt grüene

Dann sollt ich die Liebste seh'n
ê solt ich mîn lieb gesehen

Und mich mit ihr versöhnen
daz ich mich wohl mit im v'süene

Dann Lieb mir wird geschen'n
sô wær liebe mir geschehe

Hab immer an sie gedacht
ich hân mich nah ihr v'dâht

Mich gesehnt, und das hat mich gebracht
uñ v'senet daz hât mich brâht

*Refrain* In die Not
*Refrain:* i die nôt

Wenn ich mein Lieb nicht bald seh, bin ich tot
in gesehe vil schiere mîn lieb ald' ich bin tôt

II

Viel sehnliches Jammern und Leid
Vil senelichez iâmerschrike

Tost wild dem Herzen mein
rûschet i dem h'rerzen mîn

Will nah'n mich ihr viel süße Zeit
nah ir vil süezze ougebliken

Dass sie wird müssen selig sein
sô si sælig selig müezze sîn!

Fern von ihr war ich allzu lang
mirst ir vrömde al ze lang

Und dann bin ich vor Freude krank
des bin ich an fröide krank

*Refrain:* statt in Not
*Refrain:* dast ein nôt

Wenn ich mein Lieb nicht bald seh, bin ich tot
in gesehe vil schiere mîn lieb ald' ich bin tot

III

Soll jemals ich Freude gewinnen
Sol ich iemer fröide gewine

Kommt sie von der Fraue mein
djú kumt vo der frowe mîn

Um sie werb ich voll glühendem Minnen
d'munt sach ich vo rœte brine

Ich wähnt mich in der Sonne Schein
ich wânde i der sune schîn

Säh dann in ihren Augen Dinge
séhe do ih in ir ouge sach.

Die nicht der Schönheit nur entspringen
vo ir sch œne ich niht ensp'ach

*Refrain:* Ach diese Not!
*Refrain:* ach d'nôt!
Wenn ich mein Lieb nicht bald seh, bin ich tot
in gesehe vil schiere mîn lieb ald' ich bin tôt

# Glossar: Begriffe und Orte

*Akko/Akkon:* Die Hafenstadt Akkon liegt auf einer Landzunge am nördlichen Küstenabschnitt der Bucht von Haifa. Die älteste Siedlung wurde hier in der Bronzezeit gegründet. Sie entspricht dem Tel Akko (arabisch »Tel el-Fukhar«: Scherbenhügel) unmittelbar im Osten der heutigen Stadt. Akkon wird in antiken Schriftquellen als bedeutende Stadt an der Nordküste des Landes Israel erwähnt. Die Kreuzfahrer, die 1099 das lateinische Königreich von Jerusalem gründeten, konnten die Stadt erst am 26. Mai 1104, nach monatelanger schwerer Belagerung und mit Unterstützung der genuesischen Flotte bezwingen und König Balduin I. übergeben. Akkon war immer heiß umkämpft, aber lange in muslimischer Hand. Die Muslime kapitulierten erst am 12. Juli 1191 vor dem englischen König Richard Löwenherz und dem französischen König Philipp August (Anführer des 3. Kreuzzuges).

In den folgenden hundert Jahren regierten die Kreuzfahrer ihr Königreich von Akkon aus. Jerusalem verblieb (abgesehen von einer kurzen Zeitspanne) unter muslimischer Herrschaft, wodurch sich die Bedeutung Akkons erheblich steigerte. Die Stadt war gewissermaßen der Stützpunkt der Kreuzfahrer im Heiligen Land, eine mächtige maritime Festung gegen die fortwährende muslimische Bedrohung und die politische und administrative Hauptstadt des lateinischen Reiches im 13. Jahrhundert. Akkons Hafen war für die Kreuzfahrer die Verbindung zum christlichen Europa und ermöglichte den Transport wertvoller Güter, die aus dem Osten stammten und per Schiff nach Westen gebracht werden sollten.

Die letzte Schlacht zwischen Kreuzfahrern und Muslimen um die Herrschaft über Akkon begann 1290. Nach einer langen Belagerung durch die Mamlucken unter Al-Ashraf Khalil wurde ein Teil der Stadtmauer im Norden durchbrochen; die Stadt selbst wurde am 18. Mai 1291 erobert. Das Ende der Kreuzfahrer im Heiligen Land war gekommen.

*Antoniusfeuer:* Im Mittelalter hielt man diese Krankheit noch für ansteckend. In Wahrheit aber war es eine Vergiftung durch das sogenannte Mutterkorn (es wurde so genannt, weil es auch zur Abtreibung eingesetzt werden konnte und wurde). Dieser Pilz nistet sich in Getreideähren ein und ist kurz vor der Ernte besonders toxisch. Der letzte große Ausbruch der Krankheit war 1926/27, als in der Sowjetunion etwa elftausend Menschen durch unzureichend gereinigtes Getreide starben.

*Atlit* ist eine Kreuzfahrerfestung etwa zwanzig Kilometer südlich von Haifa. Sie wurde im 13. Jahrhundert von William of Chartres gebaut, um Pilger zu schützen, die von Akkon nach Jerusalem wollten. Atlit wurde 1291 aufgegeben.

*Balley, auch Ballei,* nannte man seit etwa dem 13. Jahrhundert die Provinz eines Ritterordens, die meist mehrere Ordensniederlassungen (Kommenden) umfasste. Die Kommende Beuggen des Deutschen Ordens gehörte zur Balley Elsass-Lothringen.

*Basel*: Schon in der Spätbronzezeit, um 1000 v. Chr., gab es auf dem gegen Rhein und Birsig steil abfallenden Münsterhügel eine befestigte Höhensiedlung. Im 10. Jahrhundert siedelten Handwerker im unteren Birsigtal im Bereich Schifflände–Fischmarkt–Petersberg (heute Spiegelhof). Im 11. Jahrhundert entstanden in der unteren Talstadt neben Holzbauten auch erste Steinbauten.

*Beginen und Begarden* nannte man ab dem 13. Jahrhundert die Angehörigen von Gemeinschaften christlicher Laien. Beginen (weibliche Mitglieder) und Begarden (männliche Mitglieder) wollten ein frommes, keusches Leben in ordensähnlichen Hausgemeinschaften führen, ohne jedoch in eigentlichem Sinne zu den kirchlich anerkannten Orden zu zählen. Sie wurden von der römisch-katholischen Kirche jedoch teilweise als Ketzer gebrandmarkt und von der Inquisition gnadenlos verfolgt.

*Deutschordensritter-Kommende Beuggen*: Die Geschichte der Kommende begann mit einer Grundschenkung 1246. Ulrich von Liebenegg, aus thurgauischem Rittergeschlecht mit Stammsitz an der Töss und Schenk des Grafen von Kyburg, trat den deutschen Ordensrittern Beuggen ab, ursprünglich ein Dörflein mit Kirche, Fronhof und Adelsgeschlecht. Auf der Höhe hinter Beuggen heißt ein Stück Land das »Burstelfeld«. Dort stand das alte Schloss der einheimischen Ritter und Edelknechte, die von diesem Standort aus die Biegung des Rheins beherrschten. Durch Vergaben der Herren von Klingen am Rhein und im Aar-Wehratal sowie der von Tiefenstein im Albtal mit Eigengütern kam dann der Reichtum. Am Rhein, wo der Fronhof lag, wurden ein Rittergut und eine Kapelle errichtet, wohl um 1248. Um 1247 hatte die Kommende neun Brüder, Gottfried von Buckein war Komptur. Einer der Nachfolger war Ulrich-Walther, der jüngste Bruder von Walther von Klingen.

*Farbenlehre des Mittelalters:* Jede Farbe besaß auch in der »Liebesskala« ihren ganz besonderen Wert. So konnte der verliebte Ritter anhand der Kleiderfarben seiner Angebeteten deutlich erkennen, wie groß seine Chancen waren. Rot bedeutete Freude, Ehre und »brennende Liebe«, Grün »der Liebe Anfang« oder Verliebtheit, Blau »der Liebe Stetigkeit« oder die Treue, Grau »der Liebe Trauer«, Schwarz »der Liebe Ende« oder »des Leides Anfang und der Freude Ende«.

*Frauenkleidung im Islam:* Die *Burqu* ist ein Stofftuch, in dem am Oberkopf eine flache Kappe vernäht ist. Im Bereich der Augen befindet sich ein Sichtfenster, in das eine Art Gitter aus Stoff oder Rosshaar eingesetzt ist. *Niqab* heißt ein Schleier mit Augenschlitz, der in Verbindung mit einem *Tschador* getragen wird, ein *Hidschab* ist ein Ganzkörperschleier. Als *Tschador* wird ein großes, meist dunkles Tuch in Form eines umsäumten Halbkreises bezeichnet, das von muslimischen Frauen als Umhang um Kopf und Körper gewickelt wird.

*Fusta:* Die Fusta oder Fuste war ein schmales, leichtes, wendiges und schnelles Schiff mit geringem Tiefgang, das sowohl mit Rudern als auch einem Lateinersegel angetrieben wurde, also eine Art kleine Galeere mit zwölf oder achtzehn Rudern an jeder Seite. An jedem Ruder saßen zwei Mann.

Wegen ihrer Geschwindigkeit über kurze Angriffs- und Gefechtsdistanzen, ihrer Wendigkeit, ihrer Windunabhängigkeit und ihrer Fähigkeit, aufgrund des geringen Tiefgangs in flachen Gewässern operieren zu können, war sie bestens für Piraterie und Seekrieg im Mittelmeer geeignet. Sofern die Ruderer nicht kriegsgefangene Sklaven waren, stellten sie eine zusätzliche Kampfmannschaft zum Entern und Erobern gegnerischer Schiffe.

*Gabilot:* Waffe, Wurfspieß.

*Galgant:* Der Echte Galgant (Alpinia officinarum) wird auch Galgantwurzel, Kleiner Galgant oder Siam-Galgant genannt und gehört zur Familie der Ingwergewürze.

*Garzun* ist eine Art Lehrling, wie wir heute sagen würden, auf dem Weg zum Ritter. Ein Junge hatte vielerlei zu lernen, bevor er Knappe und dann gar ein Ritter werden konnte. Er musste lernen, sich zu benehmen und das Waidwerk zu pflegen, und wurde auf das Schildesamt vorbereitet, er lernte das Reiten, das Anrennen gegen den Gegner, wie man mit Sporn und Schenkeldruck das Pferd im Galopp dazu brachte, dass es nicht auswich, und wie man den Speer zu senken und den Schild gegen den Stoß des anderen zu halten hatte. Außerdem mussten sich die Jünglinge – zumindest am Hofe von Walther von Klingen – im Schreiben und Lesen üben.

*Ghibellinen* hießen die Parteigänger des Kaisers (oder auch Waiblinger, nach dem Stauferschloss Waiblingen und dem Kampfruf der Staufer im Krieg gegen die Welfen, der da lautete: Hie Welf, hie Waiblingen). Die Existenz dieses Namens ist erstmals um 1215 zur Zeit des Stauferkaisers Friedrich II. bezeugt.

*Die Guelfen* waren die Gegner der Ghibellinen, sie unterstützten die Partei des Papsttums. Der Name leitet sich von den Rivalen des Stauferhauses, dem Geschlecht der Welfen, ab.

*Das Grabtuch von Turin:* 2010 war das Grabtuch zuletzt in Turin ausgestellt (der Spiegel hat dazu eine interessante Themenseite veröffentlicht: http://tinyurl.com/6fqqsvx). Darauf ist der Abdruck eines 1,75 Meter großen, verletzten bärtigen Mannes zu erkennen. Seit 1578 wird es im Dom der norditalienischen Stadt Turin aufbewahrt. Bis heute ist jedoch nicht klar, ob das »Negativ« des Abbildes, das darauf zu sehen ist, tatsächlich Jesus von Nazareth darstellt.

Dietmar Nix (http://histor.ws/priv/) hat eine spannende, aber durchaus anzuzweifelnde Auflistung erstellt, wo das Tuch über die Jahrhunderte seit der Kreuzigung Christi und der Aufstände der Juden gegen die Römer aufbewahrt gewesen sein soll – was natürlich die Echtheit unterstellt (http://tinyurl.com/6crzeup). Eine solche Aufstellung (mit Quellenhinweisen und Abbildungen) findet sich auch unter der Internetadresse http://tinyurl.com/47yzx9t, wo auf eine weitere »Erscheinungsform« des Grabtuchs Bezug genommen wird, auf das »Schweißtuch der Veronika«. Dante Alighieri (* 1265; † 1321) beschreibt in »Vita nuova«, wie Scharen von Menschen kamen, um das Abbild vom Angesicht Jesu auf dem Tuch der heiligen Veronika zu bestaunen. Auch in seiner Göttlichen

Komödie schreibt Dante immer wieder über das Tuch der Veronika und betont stets, dass es das Antlitz Gottes zeige.

Zu der Zeit, als Balduin II. (* 1217; † 1273 in Neapel) Kreuzritterkaiser von Konstantinopel war, machte dieser dem französischen König Geschenke, um von ihm militärische Unterstützung zu erhalten. Laut Inventar von 1534 (Gerard v. St. Quentin de l'Isle/Paris) befand sich darunter ein dreißig Zentimeter langer Stoffstreifen vom Grabtuch.

*Heiliges Römisches Reich* (Sacrum Romanum Imperium): Zu Zeiten Rudolfs I. reichte es von der Nordsee bis nach Mittelitalien, von der Rhone bis an die Grenzen des Königreichs Ungarn. Die Städte Lyon, Mailand und Bologna gehörten dazu, ebenso wie Aachen, Frankfurt am Main, Wien und Magdeburg. Es war aber eher ein lockeres Gebilde ohne die Kennzeichen einer Nation und wurde, wenn überhaupt, nach den Prinzipien des Feudalismus regiert.

*Habichtsburg/Habsburg:* Stammburg der Habsburger im heutigen Kanton Aargau am Zusammenfluss von Aare und Reuß. Sie steht auf einer steilen Anhöhe, hat einen klobigen Bergfried aus Buckelquadersteinen und ist von einem wuchtigen, schmucklosen Palas geprägt. Der Turm ist der älteste Teil der Anlage, wohl entstanden um 1025. Kamin und Abtritt im Turm zeugen davon, dass er einst auch als Wohnung diente. Die Festung bot ihren Bewohnern ein wenig komfortables Dasein, Rudolf lebte schon nicht mehr dort. Heute ist die Habsburg ein beliebtes Touristenziel.

*Der Hotzenwald* umfasst die damalige Grafschaft Hauenstein, von der Wehra im Westen zur Schwarza und Schlücht im Osten, vom Rhein im Süden zum Hochkopf und dem Höchenschwander Berg im Norden.

*Instrumente im Mittelalter:* Flöte, Fiedel, Krummhorn, Pommer, Rankett (heute Wurstfagott genannt) sowie die Harfe, die jedoch viel kleiner war als unsere heutige und auf dem Schoß gespielt wurde (weshalb Historiker sie zur Unterscheidung Schoßharfe nennen). Dazu gab es die Drehleier, die Zupfleier, das Bordun (eine Art Bassinstrument) und das Psalterium.

*Kairo oder Al-Qâhira* (»die Starke« oder »die Eroberin«) ist die Hauptstadt Ägyptens. Ihre Ursprünge liegen in mehreren Siedlungen. Die altägyptische Siedlung am Ostufer des Nils – man nannte den Ort »Babylon in

Ägypten« – wurde im 1. Jahrhundert n. Chr. unter den Römern zur Zeit Trajans gegründet und später zur Festung ausgebaut. Kairo blieb nach der Islamisierung trotz zahlreicher politischer Wechselfälle lange das religiöse Zentrum der islamischen Welt.

*Klingnau* (Au = Wasser, dann das vom Wasser umflossene Land, eine Insel oder Halbinsel, später auch Land am Wasser) ist 1236 am Unterlauf der Aare gegründet worden und war ab 1269 im Besitz des Bischofs von Konstanz. Die Stadt entstand – auch wegen der ständigen Gefahr von Überschwemmungen – auf einer länglichen Hügelkrone. Ein Arm der verzweigten Aare floss hart am Hang vorbei, über dem die Burg erbaut war. Beim Schloss Klingnau wurden Waren aus der West- und Zentralschweiz angelandet und umgeschlagen, die dann wegen der Stromschnellen mit Lasttieren nach Zurzach weitertransportiert worden sind. Der Fernverkehr über Basel und ins benachbarte Leuggern führte über die Aarebrücke (seit Mitte des 13. Jahrhunderts bezeugt).

*Königswahl/Kurfürsten:* Die Kürung, also die Wahl, fand gewöhnlich in Frankfurt statt, die eigentliche Krönung dann im Dom von Aachen. Anfangs gab es sieben Kurfürsten, davon drei geistliche (der Erzbischof von Mainz als Erzkanzler für Deutschland, der Erzbischof von Köln als Erzkanzler für Italien und der Erzbischof von Trier als Erzkanzler für Burgund) und vier weltliche (der König von Böhmen als Erzschenk, der Pfalzgraf bei Rhein als Erztruchsess, der Herzog von Sachsen als Erzmarschall und der Markgraf von Brandenburg als Erzkämmerer des Reiches).

*Kommende:* Ordensniederlassung. Das Wort verweist auf das lateinische *commendare*, das in seiner Grundbedeutung so viel wie »anvertrauen«, »übergeben« oder »empfehlen« bedeutet.

*Mamluken:* Das arabische Wort *mamluk* geht auf die semitische Wurzel m-l-k (»besitzen«) zurück und kann etwa mit »in Besitz von jemandem sein« übersetzt werden, was eher für »Besitz des Königs« steht. Ursprünglich handelte es sich dabei also um Königssklaven, die ausschließlich für den Militärdienst verwendet wurden und die sich vielfach freiwillig selbst verkauften.

*Minne:* »Das Lächeln ist Lohn genug« könnte als Motto über dieser Lebenseinstellung stehen. Denn: Würde das Begehren durch größere Huld befriedigt, der Ritter würde sich verlieren, absinken in grobe Sinnlichkeit und damit an Ehre verlieren. Die minnende Verehrung einer hohen Frau war gesellschaftliche Pflicht. Ein Ritter hatte alle zu ehren, aber nur einer Einzigen zu dienen. Wem dieser Dienst galt, musste geheim bleiben. Doch es menschelte auch damals: Das erhöhte den Reiz. Alle mussten natürlich erfahren, dass der Minnende als Dienstmann einer Dame anerkannt war. Das zwang zu Andeutungen. Und es klaffte – wie heutzutage auch – eine große Lücke zwischen Anspruch und Wirklichkeit.

*Die Muntehe* war die gebräuchlichste Eheform des Mittelalters: »Munt« ist ein mittelalterlicher Begriff für »Vormundschaft, Bestimmungsgewalt«, das Wort »Ehe« stammt vom mittelalterlichen Begriff »ewa« ab, was »Gesetz, Recht« bedeutet. Eine Muntehe war also ein reines Rechtsgeschäft zwischen zwei (meist adeligen) Familien. Mit der Muntübertragung erhielt der Ehemann das alleinige Verfügungsrecht über das eheliche Vermögen, das alleinige Scheidungsrecht, die Verfügungsgewalt über die Ehefrau und über die zukünftigen Kinder. Im Gegenzug war er verpflichtet, seine Frau zu schützen.

Neben der Muntehe existierten im Mittelalter des Weiteren die Friedelehe (deren Existenz umstritten ist), die Kebsehe und die Raub- oder Entführungsehe. Die Kebsehe ist eine Eheform des Frühmittelalters. Das mittelalterliche Wort »Kebse« bedeutet so viel wie »Nebenfrau«. Kinder aus Kebsehen, sogenannte »Kegel«, waren nicht erbberechtigt. Als die Kinder einer Leibeigenen waren sie selbst Leibeigene, ungeachtet der Position ihres Vaters. Bis zum 9. Jahrhundert waren Kebsehen sehr weit verbreitet. Jedoch ging die Kirche besonders im 10. Jahrhundert sehr vehement gegen die Kebsverhältnisse vor.

*Outremer* (von französisch outre mer = jenseits des Meeres bzw. Übersee) wurde bereits in zeitgenössischen Quellen verwendet und bezeichnet die Gesamtheit der ursprünglich vier sogenannten Kreuzfahrerstaaten, die nach dem ersten Kreuzzug an der Levante gegründet worden sind. 1269, dem Jahr, in dem die Handlung des Romans einsetzt, war von diesen Staaten nur noch wenig übrig, unter anderem Akkon und die Burg Montfort des Deutschen Ordens.

*Sterner und Psitticher:* Die Ritterschaft in Basel war in die Fraktionen der Psitticher und der Sterner gespalten, in die Papst- und die Königstreuen. Selbst Angehörige derselben Familie lagen miteinander in Fehde. Die Psitticher hielten zum Bischof, die Sterner zu dessen Widersachern.

*Spanische Fliege:* Diese Fliege ist eigentlich ein Käfer aus der Familie der Ölkäfer. Ihren Ruhm als Potenzmittel hat der Stoff Kantharidin begründet, der in ihrem Körper vorkommt. Das Kantharidin diente über Jahrhunderte als Heilmittel und Aphrodisiakum, aber auch als Gift für Hinrichtungen und Meuchelmorde.

*Tjost:* Ritterliches Kampfspiel.

*Waldshut:* Die Waldshuter Kernstadt liegt am Hochrhein, etwa zwei Kilometer westlich der Einmündung der Aare in den Rhein, an der Grenze zum Schweizer Kanton Aargau. Die Stadt gilt als Gründung des Grafen von Habsburg, vermutlich um das Jahr 1250 herum (das genaue Datum ist nicht bekannt), um den Weg durch das Rheintal sichern zu können und einen Schutz zu haben für die jüngst erworbene Vogtei über das Gotteshaus St. Blasien. Zum Hause Habsburg gehörten zu diesem Zeitpunkt außerdem der Hochrhein, Säckingen und das linksrheinische Gebiet, das heutige Fricktal mit den Herrschaften Laufenburg und Rheinfelden. Die Habsburger übernahmen auch Landeshoheit und hohe Gerichtsbarkeit in den Gebieten der späteren sogenannten Hauensteiner Einungen (eine politisch-geografische Verwaltungseinheit). Zur Zeit der Wende vom 13. zum 14. Jahrhundert wird in einem Habsburger Urbar das Verwaltungsgebiet *»officium uffem Walde vnd ze Waltzhuot«* genannt. Die Bewohner der Region wurden im 14. Jahrhundert als *»lüte uff dem swartzwald«* geführt. Eine Urkunde vom 11. November 1259 nennt einen Mann namens Arnold von Waldishute als Schultheiß (ab 1279 Altschultheiß) von Waldshut. Das erste Siegel der Stadt, das *»Sigillum civium in Waldishut«*, stellt einen Landmann dar und ist seit 1277 überliefert.

# Reale Personen

Im Folgenden sind die wichtigsten historisch belegten Persönlichkeiten des Romans aufgeführt. Nicht von allen konnte ich jedoch genaue Lebens- und Todesdaten ausfindig machen.

*Anna von Pfir(d)t* ist zur Zeit des Romans Äbtissin in Bad Säckingen (erwähnt von 1253 bis 1276, gestorben zwischen 1280 und 1285). Sie entstammte einem bedeutenden Grafengeschlecht aus dem Sundgau.

*Baibars oder Baybars Al-Malik al-Zahir Rukn Al-Din Baibars al-Bunduqdari* (* 1223; † 1. Juli 1277 in Damaskus) war ein Mamlukenherrscher, Sultan von Ägypten und Syrien. Mit seiner Machtergreifung begann die Dominanz der Mamluken am östlichen Mittelmeer. Baybars bahnte den Weg für das Ende der Kreuzzüge, er vertrieb die Kreuzritter vollends aus Syrien und Ägypten und formte sein Reich zu einem machtvollen Staat, der sowohl Mongolen als auch Kreuzritter zurückschlagen konnte. Neben seinen Fähigkeiten als Stratege und Feldherr galt er als Potentat mit großem diplomatischem Geschick.

Baybars wurde auf der Krim geboren. Es heißt, er sei von Mongolen gefangen genommen und als Sklave nach Syrien verkauft worden. Sein erster Herr war der Emir von Hama, der dem dunkelhäutigen, ungewöhnlich groß gewachsenen und blauäugigen Baybars, der zudem in einem Auge eine getrübte Linse hatte, aber nie so recht traute. So verkaufte er ihn schnell wieder an einen ägyptischen Mamlukenoffizier. In Ägypten wurde Baybars schließlich zu einem der Leibwächter des Ayyubidenherrschers As-Salih Ayyub und 1250 Befehlshaber der Mamluken beim Feldzug gegen die Kreuzfahrer und Kommandeur unter Sultan Qutuz. Nach dieser Schlacht wurde Sultan Qutuz bei einer Jagdpartie ermordet. Baybars hatte möglicherweise die Hand im Spiel, weil er nicht wie erhofft vom Sultan mit dem Gouverneursposten von Aleppo für seinen militärischen Erfolg belohnt worden war.

Baybars folgte Qutuz als Sultan von Ägypten nach und begann seinen lebenslangen Kampf gegen die Kreuzfahrer-Hochburgen in Syrien. 1263 scheiterte sein Versuch, Akkon, die Hauptstadt des Königreichs Jerusalem, einzunehmen, doch er schlug die Heere der Kreuzfahrer in anderen Schlachten (Arsuf, Athlith, Haifa, Safad, Jaffa, Ashkalon, Caesarea).

Er eroberte Armenien, nahm Antiochia ein, richtete unter der Bevölkerung ein Massaker an und verkaufte die Übriggebliebenen als Sklaven. Der Fall von Antiochia war mit der Auslöser für den 9. Kreuzzug, den Edward Longshanks, Prinz von England, nach dem Tod des französischen Königs weiterführte.
Baybars, der gerade die Eroberung von Tripolis ins Auge gefasst hatte, unterbrach die Belagerung, um einen Waffenstillstandsvertrag mit Edward zu schließen. Es heißt, er habe versucht, den Engländer vergiften zu lassen. Angeblich starb Baybars aufgrund einer von ihm selbst angezettelten Intrige. Er wollte demnach einen rivalisierenden Prinzen namens Malik Kaher vergiften und bereitete einen vergifteten Trank aus Kumis (vergorener Stutenmilch). Aber Malik Kaher tauschte die Gläser aus. Und so starb Baybars selbst.

Baybars hatte mehrere Frauen, sieben Töchter und drei Söhne. Zwei seiner Söhne, Al-Said Barakah und Solamish, wurden Sultane.

*Berthold (Berchtold) Steinmar von Klingnau* (* 1251; † 1293 in Waldshut). Wer er war, woher er kam – wir wissen es nicht genau. Eine Annahme: Steinmar könnte mit dem Aargauer Berthold Steinmar (bezeugt * 1251; † 1293 bzw. 1299) identisch sein. Andere sagen, er stammte wohl eher aus der Württemberger Familie von Siessen-Stralegg, in der der Name Steinmar für das 13. Jahrhundert vielfach belegt ist. Ich habe mich für diese Version entschieden: Er war einer von drei Brüdern aus dem Dorfe Villigen, am linken Ufer der Aare gelegen.

Eine Familie Steinmar wird erstmals 1253 mit den Brüdern Berthold und Konrad durch zwei Klingnauer Urkunden fassbar. Die Familie muss bald nach der Stadtgründung, spätestens aber mit Walther von Klingens Übernahme der Herrschaft zugezogen sein und kam so auch in Kontakt mit Walthers entferntem Verwandten Rudolf von Habsburg. Der ältere Bruder Konrad scheint später in der Gegend von Beuggen begütert gewesen zu sein. Steinmar soll ein Haus direkt neben dem Waldshuter Stadttor besessen haben und auch dort gestorben sein.

Nachdem Rudolf von Habsburg König geworden war, boten sich für Steinmars Sangeslust und seinen Tatendrang weite Perspektiven. Seine Lieder berichten von zwei Feldzügen, die er im Heere Rudolfs erlebte. Steinmar zog mit dem König gegen Ottokar von Böhmen, focht in der Schlacht, die Ottokar das Leben kostete, und blieb vermutlich bis in den Sommer hinein in Wien. Ein zweites Mal folgte er dem König, als dieser im Herbst und Winter 1289 mit Heeresmacht auf den Reichstag nach Erfurt und hierauf zur Ordnung der Verhältnisse in Thüringen und Meißen ausrückte.

Das Jahreszeitenbuch des Verenastiftes vermerkt den Todestag Berthold Steinmars an einem 12. Juni.

*Eberhard von Habsburg-Laufenburg* war ein Vetter Rudolfs, der älteste Sohn von Rudolf dem Schweigsamen. Er heiratete Anna von Kyburg und wurde der Begründer des Hauses Neu-Kyburg.

*Eberhard (II.) von Waldenburg* (* 1248; † 19. Februar 1274 oder 20. Februar 1274 in Konstanz oder Gottlieben) war Fürstbischof von Konstanz von 1248 bis 1274. Eberhard von Konstanz war der Sohn von Eberhard von Waldenburg, einem Vetter von Walther von Klingen. Sein Nachfolger als Fürstbischof wurde Rudolf von Habsburg-Laufenburg, der zweite Sohn von Graf Rudolf I., dem Schweigsamen von Habsburg-Laufenburg, und der Gertrud von Regensberg.

Die Bischöfe von Konstanz waren zu dieser Zeit dabei, sich auswärts eigenes Territorium zu schaffen. Ihr Eigenbesitz reichte bald vom Randen bis an den Unterlauf der Aare: Tiengen bei Waldshut, dann Burg und Herrschaft in Küssaberg mit Gütern bei Reinheim, um 1260 das Städtchen Neunkirch im Rafzer Feld, gekauft von den Freien von Krenckingen. Diesem ansehnlichen Besitz fügte Bischof Eberhard II. von Konstanz, der als der eigentliche Begründer des bischöflichen Territoriums gelten kann, bald größere Erwerbungen südlich des Rheins hinzu.

*Edward I. aus dem Hause Plantagenet, englisch auch Edward Longshanks* (* 17. Juni 1239 in Westminster, London, England; † 7. Juli 1307 bei Burgh by Sands, Grafschaft Cumberland, England), auch genannt der Schottenhammer (Braveheart), hatte der Überlieferung nach ungewöhnlich lange Schenkel, war also hochgewachsen. Er herrschte von 1272 bis 1307 als König von England. Mit mehr als zweihundert Rittern beteiligte er sich, damals noch der Thronfolger, am Kreuzzug des Königs von Frankreich, Ludwig IX. Auch seine Frau Eleonore von Kastilien sowie sein Cousin Henry of Almain begleiteten den Zug. Er erfüllte damit ein Kreuzzugsgelübde, das sein Vater, König Heinrich III., abgegeben, aber niemals eingehalten hatte. Er sprach übrigens wie seine Vorfahren normannisches Französisch. Das im Roman erwähnte Kind war ein Mädchen.

*Papst Gregor, zuvor Tedaldo Visconti* (* 1210 in Piacenza, † 1.10.1276 und begraben in Arezzo), war Archidiakon von Lüttich, als er am 1.9.1271, obwohl er weder Priester noch Kardinal war und sich zurzeit als Kreuzfahrer im Heiligen Land aufhielt, nach fast dreijähriger Sedisvakanz durch den Kompromiss von Viterbo zum Papst gewählt wurde. Die Nachricht von seiner Wahl zum Nachfolger Clemens' IV. erreichte ihn in Akkon. Er traf am 13.3.1272 in Rom ein, wurde sechs Tage später zum Priester geweiht und am 27.3. als Gregor X. zum Papst gekrönt. Er drang auf die Beendigung des Interregnums in Deutschland und forderte Ende Juli 1273 die Kurfürsten zur Wahl eines Königs auf, andernfalls werde er einen solchen ernennen. Er stimmte schließlich zu, Rudolf auch zum Kaiser zu krönen. Doch dazu kam es nicht: Als Tag der Kaiserkrönung wurde der 2.2.1276 verabredet, Gregor starb wenige Wochen vorher.

*Heinrich II. von Isny* (* 1222; † 17./18. März 1288, Isny Hagenau). Eigentlich hieß der enge Vertraute Rudolfs Heinrich Göck(h)elmann oder Knoderer (Gürtelknopf). Er war als Heinrich IV. von 1275 bis 1286 Bischof von Basel, als Heinrich II. 1286 bis 1288 Erzbischof von Mainz und Erzkanzler des Reichs. Er wurde von Rudolf, dessen »Geheimnisse des Herzens er kennt«, mit viel Lob bedacht und zu einem der ersten Staatsmänner des Reiches erhoben, weswegen ihn viele verdächtigten, mit bösen Geistern im Bunde zu sein.

Heinrich Göckelmann wurde als Sohn eines Bäckers oder Schmieds in Isny im Allgäu geboren. Er trat dem Orden der Minoriten bei – von deren Ordenstracht rührt auch Heinrichs Beiname Knoderer oder Gürtelknopf her. Heinrich war von den Tagen der Wahl bis zu seinem eigenen Tode unermüdlich für Rudolf unterwegs und führte die Unterhandlungen wegen der Kaiserkrone, die Rudolf anstrebte, aber auch die Absprache der Vermählung von Rudolfs Sohn Hartmann mit der englischen Königstochter Johanna in England, London.

*Ottokar Pøemysl aus dem Haus der Pøemysliden* (* um 1232; † 26. August 1278 in Dürnkrut, Niederösterreich) war einer der mächtigsten Rivalen von Rudolf von Habsburg um die Krone und lieferte sich später einige Schlachten mit ihm. Seine letztendliche Niederlage machte die Habsburger eigentlich erst zu einer österreichischen Dynastie (Rudolf selbst fand Wien nicht besonders anziehend). Er war als Ottokar II. König von Böhmen (ab 1253), zudem Herzog von Österreich (ab 1251), Herzog der Steiermark (ab 1261) und Herzog von Kärnten und Krain (ab 1269).

Seine Mutter Kunigunde kam aus Schwaben. Seine letzte große Schlacht, übrigens eine der größten Ritterschlachten dieser Zeit, schlug er 1278 gegen Rudolf auf dem Marchfeld – und verlor.

*Rudolf (I.) von Habsburg* (* im Frühjahr 1218; † 15. Juli 1291 in Speyer), Sohn von Albrecht von Habsburg und Heilwig aus dem Geschlecht der Grafen von Kyburg. Er gilt als der Stadtgründer von Waldshut. Über die ersten zwanzig Jahre Rudolfs ist wenig bekannt. Er ist wohl in eher einfachen Verhältnissen aufgewachsen und hat nie Latein gelernt, wahrscheinlich auch nicht schreiben. In der Basler Stadtchronik wird er so beschrieben: »In seinem Anschauen ruhte ganz Deutschland und vor seinem Antlitz scheute sich jedermann.« Er soll ein Mann von hohem Wuchs und mit schlanken Gliedern gewesen sein, mit einem ernsten, bleichen Gesicht, ins Rötliche spielenden Haaren und einer Hakennase, mäßig bis geizig in Speise und Trank und von äußerster Schlichtheit in der Kleidung, der auch mit dem gemeinen Manne zu scherzen verstand.

Ein Biograf schrieb über ihn: »In Rudolfs Person spiegeln sich die Vorzüge und Schwächen seiner Zeit: Grausamkeit, Habsucht und skrupelloser Egoismus, wie auch Heldentum, Bereitschaft, sich zu überwinden, nüchterner, wacher Sinn für die Erfordernisse des Lebens. Rudolf war zumeist klüger als seine Rivalen, aber auch skrupelloser.«

Immer wieder kolportiert wird der Fluch des Hauses Habsburg: Ein Habsburger soll einst ein junges Mädchen geschwängert und dann verstoßen haben. Die Maid verfluchte den ungetreuen Liebhaber und dessen Nachkommenschaft für ewige Zeiten.

*Rudolf III. von Habsburg-Laufenburg* († 1315), Sohn von Rudolfs Vetter Gottfried I. von Habsburg-Laufenburg. Als Gottfried 1271 stirbt, übernehmen die Onkel Bischof Rudolf von Konstanz (ein Vetter Rudolfs) und Eberhard von Neu-Kyburg die Vormundschaft.

*Walther von Klingen* († 1. März 1286 in Basel) ist urkundlich nachweisbar ab dem 26. Dezember 1239, damals schon volljährig, also wohl geboren um 1218 wie Rudolf von Habsburg. Der Vater war Ulrich II. von Klingen, die Mutter Ita von Tegerfelden. Brüder: Ulrich und Ulrich-Walther, später Ritter und Komptur der Deutschordenskommende Beuggen. Die von Klingen waren Freiherren und keine Dienstmannen des Königs – im Gegensatz zu den Habsburgern. Die Familie zählte zu den mächtigsten in der Nordwestschweiz.

Durch eine Erbteilung gab es zwei Linien: Klingnau und die Herrschaft im Wehratal mit dem Tegerfeldener Besitz gingen an Walther. Durch die Besitztümer, die seine Mutter Ita, letzte der Freiherren von Tegerfelden, mit in die Ehe brachte, konnte das Deutschordenshaus Beuggen gegründet werden. Aus ihrem Erbe stammen Besitzungen am Unterlauf der Aare und Surb. Die jüngere Linie unter Ulrich von Klingen nahm ihren Sitz auf der Burg ob Stein am Rhein und nannte sich seit dem 14. Jahrhundert »von Hohenklingen«.

Walther von Klingen war ebenfalls ein Minnesänger. Von ihm sind im Codex Manesse acht Minnelieder überliefert. Er war ein Freund und großzügiger Gläubiger Rudolfs von Habsburg. Rudolf war in seinen jungen Jahren oft auf Klingnau, »wo ein frohes Sängerleben herrschte«, wie die Klingnauer in ihrer Chronik schreiben.

*Sophie,* die Ehefrau von Walther von Klingen, war eine Tochter des Grafen von Fro(h)burg und der Gertrud, einer geborenen Habsburgerin. Die Grafen von Froburg waren im Mittelalter ein bedeutendes Hochadelsgeschlecht in der Nordwestschweiz. Im 10. Jahrhundert errichteten sie auf einem Höhenzug oberhalb von Trimbach, nahe der Straße über den Unteren Hauenstein, die Froburg. Sophie gebar Walther acht Kinder. Am 1. März 1254 sind schon fünf Kinder verzeichnet: Ulrich, Walther, Hermann, Agnes und Verena. Bis zum 2. September 1256 schenkte sie ihrem Mann noch die Töchter Herzelaude (benannt nach Parzivals schmerzensreicher Mutter) und Katharina, am 30. September 1265 schließlich die Tochter Klara, die spätere Gattin des Markgrafen Hasso von Baden. Bis 1269 sind jedoch alle drei Söhne und die Tochter Agnes tot. Tochter Verena ist mit dem Grafen Heinrich von Veringen (Hohenzollern-Sigmaringen) verheiratet, Herzelaude mit dem Freien Ludwig von Lichtenberg (Unterelsass), Katharina zunächst mit Rudolf von Lichtenberg und in zweiter Ehe mit dem Grafen Pfirdt im Sundgau.

Die *Herren von Tiefenstein* (Teufen, auch Tüfen) galten als ein »unternehmendes, wagemutiges Geschlecht«, das im Zürichgau, im Aargau und im Albgau, besonders rechts der Alb bis zum Zwing und Bann von St. Blasien, beträchtliche Besitzungen hatte. Sie sind mit den Herren von Klingen verwandt. Der Name erschien ab 1239 für etwa hundert Jahre in den Dokumenten. Ihre Burg stand am Ausgang des Albtales auf einem massiven Granitfelsen rechts des Flusses, gegenüber dem Einfluss des Steinbaches und südlich geschützt durch das damals tief eingefressene Tal eines Bergbaches, der wie ein Schild die Felsensiedlung deckte und deshalb Schildbach genannt wurde. Die Tiefensteiner waren wohl das begütertste Geschlecht des albgauischen Adels – neben St. Blasien und dem Emporkömmling Habsburg – und hatten zusammen mit ihren Verwandten, den Herren von Klingen, ausgedehnte Eigengüter zwischen Aare und Rhein, dazu Besitz im Albgau und diesseits des Rheins.

Die Herren von Tiefenstein haben sich im Streit gegen Rudolf von Habsburg um die Städte Breisach und Rheinfelden auf die Seite des Bischofs von Basel geschlagen, wie eine Chronik zur Geschichte des Geschlechtes vermerkt. Die Tiefensteiner besaßen auch einen Hof, Tiefenstein genannt, in der Stadt Basel als bischöfliches Lehen. Als Rudolf von Habsburg die Burg Tiefenstein 1272 ein zweites Mal zerstörte, wurde sie nicht wieder aufgebaut.

*Hugo von Tiefenstein, der Ältere:* Rudolf von Habsburg belagert laut Colmarer Chronik sein Schloss – anfangs nicht mit viel Erfolg. Er bietet ihm schließlich zum Schein Frieden an. Ritter Hugo kommt aus seiner Burg hervor, wird in den Hinterhalt gelockt und von habsburgischen Dienstleuten hinterrücks erschlagen. Seine Gattin Mechthild war eine Freiin von Klingen.

*Hugo von Tiefenstein, der Jüngere:* Geschwister sind Ulrich und Gertrud. Hugo war verheiratet mit einer Frau namens Agnes. Sie hatten aber keine Kinder. Deswegen war sein Bruder Ulrich nach seinem Tod der Erbe.

Ein *Lütold von Tiefenstein* wird 1272 in den Colmarer Annalen genannt. Er könnte ein Sohn von Ulrich von Tiefenstein sein. Er taucht 1290 als Vogt einer Margareta von Trothofen, geborene von Löwenberg, auf, welche Wiesen zu Altpfirt (im Elsass) an den Probst von St. Leonard zu Basel verkauft hat.

*Heinrich von Tettingen:* Der Minnesänger ist in zahlreichen Urkunden zwischen 1236 und 1300 gut belegt. Seine Familie, Dienstmannen der Abtei Reichenau, war in Dettingen am östlichen Teil des Bodensees beheimatet. Walther von Klingen kannte ihn gut. Heinrich ist wohl mit seinen Brüdern Hartlieb, Ortlieb und Berchthold der Nachkomme des am 17. Juni 1259 verstorbenen Ritters Hartlieb von Tettingen.

*Heinrich III. von Neuenburg* († 18.9.1274), 1234 bereits urkundlich als Zeuge in einem Rechtsstreit erwähnt, war ab 1264 Bischof von Basel und ist Sohn des Grafen Neuenburg am See. Um 1230 wurde er Mitglied des Basler Domkapitels. Er besaß nicht die Bildung eines Geistlichen, aber glänzende Fähigkeiten, Ehrgeiz und einen Hang zur Gewalttätigkeit. Seine machtvolle Familie war versippt mit den Familien Rötteln, Toggenburg, Grandson und Regensburg. Er machte unaufhaltsam Karriere: Seit 1242 Archidiakon des Basler Hochstifts, vielfach ausgezeichnet von der Kirche, wurde er schließlich Probst von Moutier und von Solothurn, Dekan von Rheinfelden und Kirchherr von St. Martin zu Basel. 1260, nach dem Tod Heinrichs von Veseneck, übernahm er die Probstei im Domstift von Basel. Heinrich von Neuenburg wurde 1264 endlich Bischof. Er »hinterließ bei seinem Ableben zwanzig Waisenkinder der Sorge ihrer Mütter«, so die Basler Chronik. Als er starb, hatte Basel eine Verfassung, und die lange Reihe der Zünfte war organisiert. Nachfolger wurde der Archidiakon Peter Reich. Der Papst erkannte diesen jedoch nicht an und erhob stattdessen (auf Betreiben Rudolfs) Bruder Heinrich von Isny, Lesemeister des Barfüßerklosters zu Mainz, zum Basler Bischof.

Bischof Heinrich von Neuenburg starb verbittert über seine Niederlage gegen Rudolf von Habsburg und die Untreue seiner Verbündeten. Er wurde in der Marienkapelle im nördlichen Seitenschiff des Münsters beigesetzt. Er hatte sie aus eigenen Mitteln erbauen lassen.

*Morandus*, ein Mönch (* um 1075 bei Worms; † um 1115 bei Altkirch im Elsass), auch der »Apostel des Sundgaus« genannt, war der Legende nach ein Vorfahr Rudolfs von Habsburg und deshalb der Schutzpatron der Habsburger. Darüber hinaus beschützte er aber auch die Winzer und den Wein und wurde gegen Besessenheit angerufen. Nachdem Morandus auf der bischöflichen Schule des Bistums Worms erzogen worden war, wurde er wahrscheinlich schon in Worms zum Priester geweiht. Nach einer Wallfahrt nach Santiago de Compostela trat er in die Abtei Cluny als Benediktinermönch ein, etwa 1106 wurde er Mönch in der in Altkirch bestehenden Klosterniederlassung und schließlich Prior. Gegen Ende des 12. Jahrhunderts wurde er heiliggesprochen. Sein Grab findet sich in der Klosterkirche von Altkirch. Seine Gebeine sind allerdings weit verstreut, am bekanntesten ist ein Teil der Schädeldecke, die im Stephansdom in Wien aufbewahrt wird.